JEFFREY ARCHER

IMPERIUM

Jeffrey Archer

Imperium

Roman
Aus dem Englischen von
Lore Strassl

Gustav Lübbe Verlag

Für Michael und Judith

SONDERAUSGABE!

SCHLACHT DER MEDIENZARE UM IHRE IMPERIEN

The Globe

5. November 1991

Armstrong vor dem Bankrott

Die Aussichten standen schlecht für Richard Armstrong. Doch schlechte Aussichten hatten Armstrong bisher nie Kopfzerbrechen bereitet.

»*Faites vos jeux, mesdames et messieurs!* Machen Sie Ihre Einsätze!«

Armstrong starrte auf den grünen Filz. Der Berg roter Jetons war in der kurzen Zeit von nur zwanzig Minuten zu einem einzigen kleinen Stapel geschrumpft. An diesem Abend hatte er bereits vierzigtausend Franc verspielt – aber was waren schon vierzigtausend Franc, wenn man in den letzten zwölf Monaten eine Milliarde Dollar verschleudert hatte?

Er lehnte sich vor und schob sämtliche übriggebliebenen Jetons auf die Null.

»*Les jeux sont faits. Rien ne va plus*«, sagte der Croupier. Er setzte die Drehscheibe in Bewegung und ließ die kleine Elfenbeinkugel vom oberen Rand in den Kessel laufen. Sie flitzte im Kreis herum, ehe sie klappernd in die winzigen schwarzen und roten Fächer hinein- und wieder heraushüpfte.

Armstrong starrte ins Leere. Er senkte nicht einmal den Blick, nachdem die Kugel schließlich zur Ruhe gekommen war.

»*Vingt-six*«, verkündete der Croupier und machte sich sogleich daran, alle Jetons mit dem Rechen zu sich zu ziehen, außer denen auf der Sechsundzwanzig.

Ohne dem Croupier einen Blick zu gönnen, verließ Armstrong seinen Platz. Er schlurfte an den vollbesetzten Backgammon- und Roulette-Tischen vorbei zur Flügeltür, die von der Welt des Glücksspiels hinaus in die Wirklichkeit führte. Ein hochgewachsener, in blaue Livree gekleideter Mann öffnete dem weitbekannten Spieler die Tür und lächelte ihn in Erwartung des gewohnten 100-Franc-Trinkgelds an. Doch nicht einmal das war an diesem Abend drin.

Armstrong fuhr sich mit der Hand durch sein dichtes schwarzes Haar, schritt die üppig blühenden Terrassengärten des Casinos hinunter und vorbei am Springbrunnen. Seit der hastig einberufenen Vorstandssitzung in London waren vierzehn Stunden vergangen, und bei Armstrong machte sich die Erschöpfung bemerkbar.

Trotz seiner Körpermassen – Armstrong war seit Jahren nicht mehr auf eine Waage gestiegen – hielt er seinen schnellen, gleichmäßigen Schritt bei, als er über die Promenade eilte, bis er zu seinem Lieblingsrestaurant mit Blick über die Bucht gelangte. Er wußte, daß jeder Tisch seit mindestens einer Woche im voraus bestellt war, und der Gedanke, daß er dem diensteifrigen Personal ein bißchen Ärger bereiten würde, ließ ihn zum erstenmal an diesem Abend lächeln.

Armstrong schob die Tür des Restaurants auf. Ein großer, hagerer Ober drehte sich um und versuchte seine Überraschung zu verbergen, indem er sich tief verbeugte.

»Guten Abend, Mr. Armstrong«, sagte er. »Wie schön, Sie zu sehen. Wird sich Ihnen jemand anschließen?«

»Nein, Henri.«

Der Oberkellner führte den unerwarteten Gast durch das nahezu voll besetzte Lokal zu einem kleinen Tisch in einer Nische. Als Armstrong Platz genommen hatte, reichte der Ober ihm die große, ledergebundene Speisekarte.

Armstrong schüttelte den Kopf. »Nicht nötig, Henri. Sie wissen ja selbst genau, was ich mag.«

Der Ober runzelte kaum merklich die Stirn. Weder Angehörige des europäischen Hochadels, noch Hollywoodstars, ja, nicht einmal italienische Fußballprofis brachten ihn aus der Fassung, doch jedesmal, wenn Richard Armstrong das Restaurant besuchte, überkam ihn ein leichter Anflug von Panik. Und jetzt sollte er, Henri, auch noch das Dinner für Armstrong auswählen. Zum Glück war wenigstens der Stammtisch dieses berühmten Gastes noch frei. Wäre Armstrong nur wenige Minuten später gekommen, hätte er an der Bar warten und sich auf das Improvisationstalent des Personals verlassen müssen.

Ehe Henri eine Serviette auf Armstrongs Schoß legte, schenkte der Weinkellner ihm bereits ein Glas seines Lieblingschampagners ein. Armstrong starrte durchs Fenster in die Ferne, doch er nahm die große Jacht gar nicht wahr, die am Nordende der Bucht vor Anker lag. Seine Gedanken befaßten sich mit seiner Familie, seiner

Frau und den Kindern, die viel weiter weg waren, einige hundert Meilen entfernt. Was würden sie tun, wenn sie die Neuigkeit erfuhren? Der Ober servierte Armstrong eine Krebscremesuppe – nicht zu heiß, so daß er sie sofort verzehren konnte. Armstrong haßte es zu warten, bis irgend etwas abkühlte. Lieber verbrannte er sich die Zunge.

Zur Verwunderung des Oberkellners nahm der Gast den Blick nicht vom Horizont, als sein Glas zum zweitenmal gefüllt wurde.

Wenn ich erst die Zwischenbilanz der Gesellschaft vorgelegt habe – wie schnell werden meine Kollegen im Vorstand, diese Futterkrippenpolitiker mit Titeln und Beziehungen, ihre Spuren zu verwischen beginnen und sich von mir distanzieren, fragte sich Armstrong und konnte sich ein ironisches Lächeln nicht verkneifen. Nur Sir Paul Maitland, vermutete er, vermochte seinen Ruf zu retten.

Armstrong nahm den Löffel, tauchte ihn in die Suppe und löffelte die Schale mit schnellen, kreisenden Bewegungen aus.

Gäste an den Nachbartischen blickten hin und wieder in seine Richtung und wisperten ihrer Begleitung verstohlen zu.

»Einer der reichsten Männer der Welt«, vertraute ein einheimischer Bankier der jungen Dame an, die er an diesem Abend zum erstenmal ausführte. Sie wirkte angemessen beeindruckt. Normalerweise sonnte Armstrong sich in seiner Berühmtheit. Doch an diesem Abend hatte er keinen Blick für die anderen Gäste. In Gedanken befand er sich wieder im Sitzungssaal der Schweizer Bank, wo die Entscheidung gefallen war, den letzten Vorhang fallenzulassen – und das alles wegen läppischer 50 Millionen Dollar.

Die leere Suppenschale wurde umgehend abserviert, während Armstrong sich mit der Leinenserviette die Lippen tupfte. Der Ober wußte nur zu gut, daß dieser Gast Essenspausen zwischen den Gängen nicht ausstehen konnte.

Eine bereits entgrätete Dover-Seezunge – Armstrong verabscheute überflüssige Arbeit – wurde geschickt vor ihn hingestellt, daneben eine Schüssel besonders groß geschnittene Pommes frites, wie Armstrong sie gern mochte, sowie eine Flasche Ketchup – die einzige in der Küche für den einzigen Gast, der sie je verlangte. Abwesend schraubte Armstrong den Verschluß ab, stülpte die Flasche auf den Kopf und schüttelte sie kräftig. Ein rotbrauner, breiiger Klumpen klatschte mitten auf die Seezunge. Armstrong griff nach dem Messer und verteilte den Ketchup gleichmäßig auf dem weißen Fischfleisch.

Die Vorstandssitzung am vergangenen Vormittag war beinahe in ein Chaos ausgeartet, nachdem Sir Paul den Vorsitz niedergelegt hatte. Als der Tagesordnungspunkt »weitere geschäftliche Unternehmungen« abgehakt war, hatte Armstrong das Vorstandszimmer rasch verlassen und den Lift hinauf zum Dach genommen, wo sein Hubschrauber auf ihn wartete.

Der Pilot lehnte am Geländer und rauchte genüßlich eine Zigarette, als Armstrong erschien und »Heathrow!« bellte, ohne auch nur einen Gedanken an die Abfertigungsformalitäten zu vergeuden oder an die Frage, ob man momentan überhaupt eine Starterlaubnis bekommen konnte. Der Pilot drückte schnell seine Zigarette aus und rannte zum Landeplatz. Während der Helikopter über London City flog, dachte Armstrong darüber nach, was in den nächsten Stunden über ihn hereinbrechen würde, falls sich die 50 Millionen Dollar nicht beschaffen ließen. Und dazu hätte es eines Wunders bedurft.

Fünfzehn Minuten später setzte der Hubschrauber auf dem privaten Landeplatz auf, der jenen Personen, die sich seine Benutzung leisten konnten, als Flugsteig 5 bekannt war. Armstrong stieg aus dem Hubschrauber und schritt gemächlich zu seinem Privatjet hinüber.

Ein weiterer Pilot, der bereits auf Armstrongs Anweisungen wartete, begrüßte seinen Chef am Ende der Einstiegstreppe und erkundigte sich nach dessen Befinden.

»Danke, gut«, sagte Armstrong, ehe er sich auf den Weg in den hinteren Teil der Passagierkabine machte, während der Pilot sich ins Cockpit begab. Er ging davon aus, daß »Käpt'n Dick« zu seiner Jacht nach Monte Carlo wollte, um sich ein paar Tage zu entspannen.

Die Gulfstream flog in Richtung Süden. Während des zweistündigen Flugs tätigte Armstrong nur einen Anruf; er sprach mit Jacques Lacroix in Genf. Doch sosehr Armstrong ihn auch bekniete, stets lautete die Antwort: »Sie haben noch bis zum heutigen Geschäftsschluß Zeit, die 50 Millionen zurückzuzahlen, Mr. Armstrong. Falls Sie nicht dazu in der Lage sind, bleibt mir keine Wahl, als die Angelegenheit unserer Rechtsabteilung zu übergeben.«

Außer dem Anruf bestand die einzige Aktivität Armstrongs an Bord der Gulfstream darin, den Inhalt des Ordners zu zerreißen, den Sir Paul auf dem Konferenztisch des Sitzungssaales zurückgelassen hatte. Dann verschwand Armstrong auf die Toilette des Jet und spülte die kleinen Papierfetzen hinunter.

Als die Düsenmaschine auf der Landebahn des Flughafens von Nizza ausrollte, glitt sofort ein Mercedes heran, der von einem livrierten Chauffeur gelenkt wurde. Kein Wort wurde gewechselt, als Armstrong in den Wagen stieg und sich auf dem Rücksitz niederließ. Der Chauffeur brauchte seinen Chef gar nicht erst nach dessen Ziel zu fragen. Auf der Fahrt von Nizza nach Monte Carlo sprach Armstrong kein einziges Wort; sein Fahrer war schließlich nicht in der Lage, ihm 50 Millionen Dollar zu pumpen.

Als der Mercedes in den Jachthafen einbog, stand der Kapitän von Armstrongs *Sir Lancelot* stramm und wartete darauf, seinen Herrn und Meister an Bord willkommen zu heißen. Zwar hatte Armstrong niemanden wissen lassen, was er beabsichtigte, doch die dreizehnköpfige Besatzung der Jacht war bereits benachrichtigt worden, daß der Chef unterwegs sei. »Aber wohin er will, wissen nur er und der liebe Gott«, hatte seine Sekretärin hinzugefügt.

Sobald Armstrong beschloß, daß es an der Zeit sei, zum Flughafen zurückzukehren, würde man umgehend seine Sekretärin informieren. Nur auf diese Weise konnte jeder seiner Untergebenen, die über die ganze Welt verstreut arbeiteten, länger als eine Woche in seinem Job überleben.

Der Kapitän machte sich Sorgen. Man hatte den Chef erst in drei Wochen wieder an Bord erwartet – zu einer vierzehntägigen Urlaubskreuzfahrt mit seiner Familie. Als am Vormittag der Anruf aus London gekommen war, hatte der Kapitän sich in der Werft aufgehalten, um ein paar kleinere Reparaturen an der *Sir Lancelot* durchführen zu lassen. Er hatte sehr tief in die Tasche greifen müssen, doch es war ihm gelungen, die Jacht aus der Reparaturwerft und an ihren Anlegeplatz zu steuern – Minuten, ehe sein Chef in Frankreich eingetroffen war.

Armstrong stieg die Gangway hinauf und schritt an vier strammstehenden und salutierenden Männern in blütenweißer, gestärkter Uniform vorüber. Er schlüpfte aus den Schuhen und stieg hinunter zu seiner privaten Kabinenflucht. Als er die Kajütentür öffnete, stellte er fest, daß man bereits mit seiner Ankunft gerechnet hatte. Mehrere Faxmeldungen lagen ordentlich übereinandergelegt auf dem Nachttisch.

Hatte Jacques Lacroix vielleicht seine Meinung geändert und gewährte ihm einen Zahlungsaufschub? Doch Armstrong ließ diese Hoffnung sofort wieder fahren. Nach jahrelangen geschäftlichen Beziehungen mit den Schweizern hatte er sie nur zu gut kennengelernt. Sie waren und blieben Bürger eines phantasielosen Staates – Menschen, deren Bankkonten sich stets auf der Habenseite zu befinden hatten und in deren Wörterbüchern das Wort »Risiko« nicht aufgeführt war.

Armstrong strich das Faxpapier glatt, das die Eigenart besaß, sich immer wieder zusammenzurollen, und blätterte die Mitteilungen durch. Das oberste Fax stammte von seinen New Yorker Bankiers, die ihm mitteilten, daß die Aktien von Armstrong Communications an der Börse weiter gefallen waren. Er überflog die Seite, bis sein Blick auf der gefürchteten Zeile haften blieb: »Keine Käufer, nur Verkäufer. Falls dieser Trend noch einige Zeit anhält, wird der Bank nichts anderes übrig bleiben, als die Konsequenzen zu ziehen.«

Armstrong fegte die Faxe zu Boden und ging zu dem kleinen Safe, der hinter einem großen gerahmten Foto versteckt war, auf dem die Queen ihm leutselig die Hand schüttelte. Er drehte die Nummernscheibe vor und zurück, bis sie bei der Ziffernfolge 10-06-23 stehenblieb. Die schwere Tür schwang auf. Sofort steckte Armstrong die Hände in den Safe und nahm die dicken Geldscheinbündel heraus: dreitausend Dollar, zweiundzwanzigtausend Franc, siebentausend Drachmen und ein besonders dicker Packen italienischer Lire. Kaum hatte er das Geld eingesteckt, ging er von Bord der Jacht und machte sich auf den direkten Weg zum Spielcasino, ohne irgend jemandem von der Besatzung mitzuteilen, wohin er ging oder wann er vermutlich zurückkommen würde. Der Kapitän befahl einem Besatzungsmitglied, Armstrong zu beschatten, damit sie auf der Jacht nicht überrascht wurden, sobald der Chef sich durch den Hafen auf den Rückweg zur Jacht machte.

Eine große Portion Vanilleeis wurde vor ihn hingestellt. Der Oberkellner goß heiße Schokoladensoße darüber; da Armstrong dem Mann nicht sagte, daß er aufhören solle, goß er weiter Schokolode über das Eis, bis die silberne Sauciere leer war. Wie vor einigen

Stunden beim Abendessen, schaufelte Armstrong mit hastigen, kreisenden Bewegungen des Löffels das Eis in sich hinein, bis auch der letzte Tropfen Schokolade vom Rand des Bechers verschwunden war.

Eine Tasse dampfenden schwarzen Kaffees nahm den Platz des leeren Bechers ein. Armstrong blickte weiterhin hinaus auf die Bucht. Falls bekannt wurde, daß er nicht mal eine so lächerliche Summe wie 50 Millionen aufbringen konnte, würde in Zukunft keine Bank der Welt auch nur in Erwägung ziehen, Geschäfte mit ihm zu tätigen.

Wenige Minuten später kehrte der Ober zurück und stellte erstaunt fest, daß der Kaffee unangetastet war. »Sollen wir Ihnen eine andere Tasse bringen, Mr. Armstrong?« erkundigte er sich in leisem, respektvollem Tonfall.

Armstrong schüttelte den Kopf. »Nur die Rechnung, Henri.« Er leerte das Sektglas zum letztenmal. Der Ober eilte davon und kam fast augenblicklich mit einem gefalteten Blatt weißem Papier auf einem silbernen Tablett zurück. Armstrong war ein Gast, der auf gar nichts warten wollte, nicht einmal auf die Rechnung.

Er faltete das Blatt auf, zeigte jedoch kein sonderliches Interesse daran. Siebenhundertundzwölf Franc, *service non compris*. Armstrong unterschrieb und rundete den Betrag auf tausend Franc auf. Zum erstenmal an diesem Abend erschien ein Lächeln auf dem Gesicht des Oberkellners – ein Lächeln, das ihm allerdings vergehen würde, wenn er erst erfuhr, daß das Restaurant der letzte in einer langen Reihe von Gläubigern war.

Armstrong schob den Stuhl zurück, warf die zerknüllte Serviette auf den Tisch und verließ das Restaurant ohne ein weiteres Wort. Die Blicke aus mehreren Augenpaaren folgten ihm, als er ging; ein weiteres beobachtete ihn, als er auf den Bürgersteig trat. Er bemerkte das junge, vielversprechende Besatzungsmitglied seiner Jacht nicht, das in die Richtung der *Sir Lancelot* rannte.

Armstrong rülpste, als er die Promenade entlangschritt, vorbei an Dutzenden von Booten, die für die Nacht dicht nebeneinander vertäut am Steg lagen. Für gewöhnlich genoß er das Gefühl, daß die *Sir Lancelot* mit an Sicherheit grenzender Wahrscheinlichkeit die größte Jacht in der Bucht war; es sei denn, der Sultan von Brunei oder König Fahd waren im Laufe des Abends eingetroffen. Heute jedoch überlegte Armstrong, welchen Preis er bei einem möglichen Verkauf für die *Sir Lancelot* erzielen könnte. Doch sobald erst die Wahrheit bekannt war – würde da überhaupt noch jemand eine Jacht erwerben wollen, die Richard Armstrong gehört hatte?

Sich an die Haltetaue klammernd, zog Armstrong sich die Gangway hinauf, wo der Kapitän und der erste Offizier ihn bereits erwarteten.

»Sofort in See stechen!«

Armstrongs Befehl überraschte den Kapitän nicht. Er wußte, daß sein Chef nicht länger im Hafen bleiben wollte als nötig. Selbst in der dunkelsten Nacht konnte nur das sanfte Schaukeln des Schiffes Armstrong in den Schlaf wiegen. Der Kapitän erteilte seine Befehle, während Armstrong aus den Schuhen schlüpfte und unter Deck verschwand.

Als er seine Kajüte betrat, erwartete ihn ein neuerlicher Stapel Faxmitteilungen. Er griff danach, noch immer von der leisen Hoffnung erfüllt, daß es vielleicht doch einen Ausweg gab. Die erste Nachricht stammte von Peter Wakeham, dem stellvertretenden Vorstandsvorsitzenden der Armstrong Communications. Offenbar saß Wakeham trotz der späten Stunde immer noch an seinem Schreibtisch in London. BITTE ANRUFEN. DRINGEND! stand auf dem Fax. Die zweite Meldung war aus New York eingetroffen. Die Aktien des Unternehmens hatten einen nie dagewesenen Tiefstand von 2,23 Dollar erreicht, so daß Goldman & Sachs, Armstrongs Börsenmakler, es »wenngleich widerstrebend für nötig erachtet« hatten, ihre eigenen Armstrong-Aktien auf den Markt zu werfen. Das dritte Fax stammte von Jacques Lacroix aus Genf, der »bedauerlicherweise feststellen« mußte, daß die 50 Millionen Dollar zum vereinbarten Termin nicht eingegangen waren, so daß ihm keine Wahl geblieben war, als …

In New York war es jetzt siebzehn Uhr zwölf Ortszeit, in London zweiundzwanzig Uhr zwölf, und in Genf dreiundzwanzig Uhr zwölf. Morgen um neun Uhr früh würde Armstrong nicht einmal mehr Einfluß auf die Schlagzeilen seiner eigenen Zeitung haben, geschweige denn auf die Zeitung von Keith Townsend.

Er zog sich langsam aus und ließ seine Sachen achtlos zu Boden fallen. Dann nahm er eine Flasche Cognac aus dem Sideboard, schenkte sich einen großen Schwenker ein und streckte sich auf dem Doppelbett aus. Ganz still lag er da, während die Maschinen aufheulend zum Leben erwachten. Augenblicke später hörte er, wie der Anker aus dem Wasser gezogen wurde. Langsam manövrierte die Jacht aus dem Hafen.

Stunde um Stunde verging, doch Armstrong rührte sich nicht – es sei denn, um den Cognacschwenker hin und wieder nachzufüllen –, bis er die kleine Uhr neben dem Bett viermal schlagen hörte. Er stemmte sich in die Höhe und wartete einen Augenblick; dann setzte er die Füße auf den flauschigen Teppich, erhob sich auf etwas unsicheren Beinen und tappte quer durch die unbeleuchtete Kajüte zum Bad. Als er die offene Tür erreichte, griff er zum Kleiderhaken und nahm einen weiten, cremefarbenen Morgenrock herunter, auf den mit Goldfäden die Worte *Sir Lancelot* aufgestickt waren. Dann schlurfte er zur Kajütentür, öffnete sie leise und trat barfuß auf den schummrig beleuchteten Gang. Er zögerte, ehe er die Tür hinter sich verschloß und den Schlüssel in die Tasche des Morgenrocks steckte. Dann blieb er ganz still stehen, bis er sicher war, nur noch die vertrauten Geräusche der Schiffsmotoren zu vernehmen.

Armstrong wankte den schmalen Gang entlang und hielt kurz inne, als er die Treppe erreichte, die zum Deck führte. Dann stieg er langsam die Stufen hinauf, wobei er sich an den dicken Kordeln festhielt, die sich zu beiden Seiten an den Wänden befanden. Auf der obersten Stufe angelangt, blickte er nach links und rechts. Niemand zu sehen. Es war eine klare, kühle Nacht – nicht anders als neunundneunzig von hundert Nächten in dieser Gegend und zu dieser Jahreszeit.

Leise ging Armstrong weiter, bis er sich über dem Maschinenraum befand, dem lautesten Teil des Schiffes.

Er wartete einen Augenblick, bevor er die Gürtelkordel löste, den Morgenrock abstreifte und aufs Deck fallen ließ.

Dann stand er nackt in der warmen Nacht, starrte hinaus aufs dunkle Meer und fragte sich: Heißt es nicht, daß in einem solchen Augenblick das ganze Leben wie im Zeitraffertempo an einem vorüberzieht?

THE CITIZEN

5. NOVEMBER 1991

TOWNSEND VOR DEM BANKROTT

»Irgendwelche Anrufe?« erkundigte sich Keith Townsend, als er am Schreibtisch seiner Sekretärin vorbei zu seinem Büro ging.

»Der Präsident hat aus Camp David angerufen, kurz bevor Sie in die Maschine gestiegen sind«, antwortete Heather.

»Über welche meiner Zeitungen hat er sich diesmal geärgert?« wollte Townsend wissen und setzte sich.

»Den *New York Star.* Ihm ist zu Ohren gekommen, daß Sie auf der morgigen Titelseite seinen Kontostand veröffentlichen wollen.«

»Es ist wahrscheinlicher, daß *mein* Kontostand morgen Schlagzeilen macht.« Townsends australischer Akzent war ausgeprägter als sonst. »Was noch?«

»Margaret Thatcher hat ein Fax aus London geschickt. Sie hat sich mit Ihren Bedingungen für einen Vertrag über zwei Bände einverstanden erklärt, obwohl Armstrongs Angebot höher lag.«

»Da kann ich nur hoffen, daß auch mir jemand sechs Millionen Dollar bietet, wenn ich *meine* Memoiren schreibe.«

Heather bemühte sich um ein Lächeln.

»Sonst noch jemand?«

»Gary Deakins wird mal wieder vor den Richter zitiert.«

»Weshalb diesmal?«

»Auf der gestrigen Titelseite der *Truth* hat er den Erzbischof von Brisbane einer Vergewaltigung beschuldigt.«

»Die Wahrheit, die reine Wahrheit und nichts als die Wahrheit«, sagte Townsend lächelnd. »Solange die Wahrheit die Auflage steigert.«

»Bedauerlicherweise hat sich herausgestellt, daß die Frau, die Seine Eminenz angeblich vergewaltigt hat, eine sehr bekannte Laienpredigerin ist – und seit langem eine gute Freundin der erzbischöflichen Familie. Da steht Gary wohl ein Gang nach Canossa bevor.«

Townsend lehnte sich in seinem Sessel zurück und hörte sich weiter die unzähligen Probleme anderer Menschen rund um den Erdball an: die üblichen Beschwerden von Politikern, Geschäftsleuten und sogenannten Persönlichkeiten des öffentlichen Lebens, die seine sofortige Stellungnahme erwarteten und verlangten, daß Townsend ihre unverzichtbaren Karrieren rettete. Morgen um diese Zeit würden die meisten von ihnen sich wieder beruhigt haben und durch ein anderes Dutzend gleichermaßen aufgeregter, gleichermaßen unverschämter Primadonnen verdrängt worden sein. Townsend wußte, daß jeder dieser selbsternannten VIPs sich diebisch freuen würde, wenn er wüßte, daß Townsends Karriere am Rande des Zusammenbruchs stand – und das nur, weil der Direktor einer kleinen Bank in Cleveland verlangte, daß ein Kredit von 50 Millionen Dollar bis zum Ende des Tages zurückbezahlt wurde.

Während Heather weiter die Liste der Anrufe durchging – die meisten stammten von Personen, deren Namen Townsend nichts sagten –, schweiften seine Gedanken zu der Rede zurück, die er am vergangenen Abend gehalten hatte. Eintausend seiner Spitzenkräfte aus der ganzen Welt hatten sich zu einer dreitägigen Konferenz auf Honolulu eingefunden. Bei seiner Schlußrede hatte Townsend ihnen versichert, daß die Global Corporation »optimal auf die Herausforderungen der neuen Medienrevolution vorbereitet« sei. »Unser Unternehmen ist der Konkurrenz überlegen, denn wir sind am besten dafür qualifiziert, die Medien ins einundzwanzigste Jahrhundert zu führen«, waren die letzten, von allen Anwesenden minutenlang bejubelten Worte seiner Rede gewesen. Als er hinunter in den dicht gefüllten Saal voller zuversichtlicher Gesichter blickte, hatte Townsend sich gefragt, wie viele von diesen Trotteln ahnten, daß die Global in Wahrheit kurz vor der Pleite stand.

»Was soll ich wegen des Präsidenten unternehmen?« fragte Heather bereits zum zweitenmal.

Die Frage riß Townsend in die Wirklichkeit zurück. »Welcher Präsident?«

»Der Präsident der Vereinigten Staaten.«

»Warten Sie, bis er noch mal anruft. Bis dahin hat er sich vielleicht ein bißchen beruhigt. Ich werde inzwischen mit dem Redakteur des *Star* telefonieren.«

»Und Mrs. Thatcher?«

»Schicken Sie ihr einen Blumenstrauß mit einem Briefchen.

Wortlaut: ›Wir machen Ihre Memoiren zur Nummer eins auf den Bestsellerlisten – von Moskau bis New York.‹«

»Sollte ich nicht auch London hinzufügen?«

»Nein. Daß sie die Nummer eins in London wird, kann sie sich selbst denken.«

»Und was soll ich wegen Gary Deakins machen?«

»Rufen Sie den Erzbischof an und versprechen Sie ihm, daß wir ihm das so dringend benötigte neue Dach für seine Kathedrale finanzieren. In einem Monat schicken wir ihm dann einen Scheck über 10000 Dollar.«

Heather nickte, klappte ihren Block zu und fragte: »Möchten Sie irgendwelche Anrufe entgegennehmen?«

»Nur den von Austin Pierson.« Townsend machte eine Pause. »Stellen Sie ihn bitte sofort durch, wenn er sich meldet.«

Heather nickte und verließ das Zimmer.

Townsend drehte sich mit dem Sessel um und blickte aus dem Fenster. Er versuchte, sich an das Gespräch mit seiner Finanzberaterin zu erinnern, als sie ihn in seinem Privatjet auf dem Rückflug von Honolulu angerufen hatte.

»Die Bank in Zürich hat Ihrem Angebot zugestimmt.«

»Gott sei Dank«, hatte er erleichtert hervorgestoßen und einige Sekunden nachgedacht, ehe er die Frage aller Fragen stellte. »Und wie schätzen Sie meine Überlebenschancen ein?«

»Im Augenblick nicht höher als fünfzig zu fünfzig.«

»Aber jetzt, da die anderen Banken kompromißbereit sind, kann Pierson doch nicht …«

»Er kann, und möglicherweise wird er auch. Vergessen Sie nicht, daß er Direktor einer kleinen Bank in Ohio ist. Es interessiert ihn nicht die Bohne, worauf Sie sich mit anderen Banken geeinigt haben. Und nach der schlechten Presse, die Sie in den vergangenen Wochen hatten, ist derzeit nur eines wichtig für ihn.«

»Und was?«

»Keine weiteren Risiken einzugehen«, erwiderte sie.

»Aber ist ihm denn nicht klar, daß die anderen Banken allesamt abspringen, wenn er nicht mitmacht?«

»O ja, durchaus. Doch als ich ihn darauf hinwies, zuckte er nur die Schultern und sagte: ›In diesem Fall werde ich das gleiche Risiko eingehen wie die anderen auch.‹«

»Wie sind Sie denn mit ihm verblieben?«

»Unsere Besprechung hat länger als eine Stunde gedauert, aber ich konnte nicht herausfinden, was in seinem Kopf vorging. Zum Schluß sagte er nur, er müsse mit dem Finanzausschuß der Bank reden.«

Townsend hatte losgeflucht, als Miß Beresford hinzufügte: »Aber eines hat er mir versprochen.«

»Was?«

»Daß er sofort anrufen wird, wenn der Ausschuß seine Entscheidung getroffen hat.«

»Wie zuvorkommend von ihm. Tja, was soll ich tun, wenn es schiefgeht?«

»Die Presseerklärung herausgeben, auf die wir uns geeinigt haben.«

Townsend hatte geschluckt. »Gibt es denn keine andere Möglichkeit? Kann ich denn gar nichts tun?«

Miß Beresfords Antwort war sehr kurz und wenig tröstlich ausgefallen. »Überhaupt nichts. Warten Sie auf Piersons Anruf. – Tja, wenn ich den nächsten Flug nach New York kriegen will, muß ich jetzt los. Ich dürfte gegen Mittag bei Ihnen sein.« Dann hatte sie aufgelegt.

Townsend grübelte weiter über ihre Worte nach, während er sich nun erhob und im Zimmer auf und ab ging. Vor dem Spiegel auf dem Kaminsims blieb er stehen und begutachtete den Sitz seiner Krawatte – er hatte keine Zeit gehabt, sich umzuziehen, seit er aus dem Flugzeug gestiegen war, und das sah man. Unwillkürlich mußte er zum erstenmal daran denken, daß er älter aussah, als seine dreiundsechzig Jahre es erwarten ließen. Das war allerdings nicht weiter verwunderlich – nach allem, was Miß Beresford ihn in den letzten sechs Wochen hatte durchmachen lassen. Doch Townsend mußte sich eingestehen, daß er jetzt nicht vom Anruf des Direktors einer kleinen Bank in Ohio abhängig wäre, hätte er sich Miß Beresfords Rat ein bißchen früher eingeholt.

Wie ein Hypnotiseur starrte Townsend auf das Telefon, doch es klingelte nicht. Er machte keine Anstalten, sich mit dem Stapel Briefe zu beschäftigen, die Heather ihm zur Durchsicht und Unterschrift auf den Schreibtisch gelegt hatte. Er wurde erst aus seinen Gedanken gerissen, als die Tür geöffnet wurde und Heather ins Zimmer trat. Sie reichte ihm ein Blatt Papier: eine Liste alphabetisch geordneter Namen. »Ich dachte, Sie könnten die

Liste vielleicht brauchen«, sagte Heather. Sie arbeitete seit fünfunddreißig Jahren für Townsend und wußte, daß es ihm gewaltig gegen den Strich ging, untätig herumzusitzen und zu warten.

Ungewohnt langsam fuhr Townsend mit dem Finger die Namensliste hinunter. Drei Namen waren mit einem Sternchen versehen; dies bedeutete, daß die betreffenden Personen früher für die Global gearbeitet hatten. Derzeit standen siebenunddreißigtausend Angestellte in Townsends Diensten, von denen er sechsunddreißigtausend nie zu Gesicht bekommen hatte. Doch auf dieser Liste gab es drei Personen, die irgendwann einmal bei ihm beschäftigt gewesen waren; sie arbeiteten nun für den *Cleveland Sentinel*, eine Zeitung, von der Townsend noch nie gehört hatte.

»Wem gehört der *Sentinel*?« fragte er in der Hoffnung, den Besitzer ein bißchen unter Druck setzen zu können.

»Richard Armstrong«, antwortete Heather dumpf.

»Das hat mir gerade noch gefehlt.«

»Leider gehört Ihnen nicht eine einzige Zeitung im Umkreis von hundert Meilen um Cleveland«, fuhr Heather fort. »Bloß eine Rundfunkstation südlich der Stadt, die den ganzen Tag Country-&-Western sendet.«

In diesem Moment hätte Townsend ohne Bedenken den *New York Star* gegen den *Cleveland Sentinel* getauscht. Wieder blickte er auf die drei Namen mit den Sternchen, doch sie sagten ihm auch jetzt noch nichts. Er schaute zu Heather auf. »Ob einer von denen wohl noch was für mich übrig hat?« Er bemühte sich um ein Lächeln.

»Barbara Bennett bestimmt nicht«, entgegnete Heather. »Sie ist die Moderedakteurin des *Sentinel*. Nachdem Sie das Lokalblatt von Seattle übernommen hatten, für das Barbara arbeitete, wurde sie nach wenigen Tagen gefeuert. Sie hat wegen unrechtmäßiger Kündigung geklagt und behauptet, ihre Nachfolgerin habe eine Affäre mit dem Herausgeber. Wir mußten uns schließlich auf einen Vergleich einlassen. In der Verhandlung hat Barbara Sie als ›einen gewöhnlichen, gewinnsüchtigen Herausgeber von Pornomagazinen‹ bezeichnet. Daraufhin haben Sie die Anweisung erteilt, daß Barbara bei keiner Ihrer Zeitungen mehr eingestellt werden dürfe.«

Townsend wußte, daß es noch gut tausend andere Personen gab, von denen jede mit Freude seine Feder in Blut tauchen würde, um seinen Nachruf für die nächste Morgenausgabe zu verfassen.

»Mark Kendall?« fragte er.

»Leitender Gerichtsreporter«, erklärte Heather. »Er hat einige Monate für den *New York Star* gearbeitet, aber es gibt nichts Schriftliches, daß Sie ihm je begegnet sind.«

Townsend las einen weiteren Namen, der ihm nichts sagte, und wartete darauf, daß Heather ihm erneut Einzelheiten nannte. Er wußte, daß sie den besten Kandidaten für zuletzt aufgehoben hatte: selbst Heather genoß es, ihren Boß ein bißchen in der Hand zu haben.

»Malcolm McCreedy, leitender Redakteur beim *Sentinel.* Hat von 1979 bis 1984 beim *Melbourne Courier* für die Corporation gearbeitet. Damals erzählte er jedem bei der Zeitung, daß Sie früher sein Saufkumpan gewesen wären. McCreedy wurde gefeuert, weil er seine Artikel ständig zu spät ablieferte. Offenbar galt sein Hauptaugenmerk nach der morgendlichen Redaktionskonferenz dem Whisky und nach dem Mittagessen allem, was Röcke trug. Doch trotz seiner Behauptungen konnte ich rein gar nichts finden, was beweisen könnte, daß Sie ihm jemals begegnet sind.«

Townsend staunte, wie viele Informationen Heather in so kurzer Zeit hatte beschaffen können. Anderseits war ihm klar, daß Heathers Verbindungen, nachdem sie so lange für ihn arbeitete, fast genauso gut waren wie die seinen.

»McCreedy war zweimal verheiratet«, fuhr Heather fort. »Beide Ehen wurden geschieden. Mit seiner ersten Frau hatte er zwei Kinder – die jetzt siebenundzwanzigjährige Jill und Alan, vierundzwanzig Jahre alt. Alan arbeitet für die Corporation; er ist beim *Dallas Comet* in der Anzeigenabeilung.«

»Könnte nicht besser sein.« Townsend nickte. »McCreedy ist unser Mann. Er wird gleich einen Anruf von einem alten Freund bekommen, von dem er lange nichts gehört hat.«

»Ich wähle sofort seine Nummer. Hoffen wir, daß er nüchtern ist.«

Townsend nickte, und Heather kehrte in ihr Büro zurück. Der Besitzer von zweihundertsiebenundneunzig Zeitungen und Zeitschriften mit einer Gesamtleserzahl von über einer Milliarde auf der ganzen Welt wartete darauf, zum Redakteur eines Lokalblattes in Ohio – Auflage fünfunddreißigtausend – durchgestellt zu werden.

Townsend erhob sich und schritt wieder auf und ab. Dabei überlegte er sich, welche Fragen er McCreedy stellen wollte und in welcher Reihenfolge. Während er durchs Zimmer ging, schweifte sein Blick über die gerahmten Ausgaben seiner Zeitungen mit den aufsehenerregendsten Schlagzeilen:

Der *New York Star* vom 23. November 1963: »J. F. KENNEDY IN DALLAS BEI ATTENTAT GETÖTET.«

Der *Continent* vom 30. Juli 1981: »EWIGES GLÜCK!«, über einem Bild von Charles und Diana am Tag ihrer Hochzeit.

Der *Globe* vom 17. Mai 1991: »GESTÄNDNIS EINER JUNGFRAU: RICHARD BRANSON RAUBTE MIR DIE UNSCHULD.«

Ohne zu zögern hätte Townsend eine halbe Million Dollar gegeben, hätte er jetzt schon die Schlagzeilen der morgigen Zeitungen lesen können.

Das Telefon auf seinem Schreibtisch klingelte schrill. Townsend eilte zu seinem Drehsessel zurück und griff nach dem Hörer.

»Malcolm McCreedy ist jetzt am Apparat«, meldete Heather und stellte ihn durch.

Kaum hörte er das Klicken, sagte Townsend: »Malcolm, bist du es?«

»Ja, sicher, Mr. Townsend«, antwortete eine erstaunte Stimme mit unverkennbar australischem Akzent.

»Ist lange her, Malcolm, alter Knabe. Zu lange, finde ich. Wie geht's dir denn so?«

»Gut, Keith. Sehr gut.« Die Stimme klang allmählich selbstsicherer.

»Und wie geht's den Kindern?« fragte Townsend und blickte auf den Zettel, den Heather ihm auf den Schreibtisch gelegt hatte. »Jill und Alan, wenn ich mich recht entsinne. Arbeitet Alan nicht in Dallas für die Corporation?«

Ein längeres Schweigen trat ein, so daß Townsend sich bereits fragte, ob sie unterbrochen worden waren. Schließlich sagte McCreedy: »Stimmt, Keith. Beiden geht's sehr gut, danke. Und wie geht es Ihren Sprößlingen?«

»Ebenfalls sehr gut. Danke, Malcolm«, ahmte Townsend ihn mit voller Absicht nach. »Und sei nicht so förmlich zu einem alten Freund. Und? Wie gefällt dir Cleveland?«

»Na ja, ganz gut«, antwortete McCreedy, »aber ich wäre lieber wieder in Australien. Mann, wie gern würde ich am Samstagnachmittag mal wieder die Tigers spielen sehen.«

»Tja, das ist einer der Gründe, weshalb ich anrufe«, behauptete Townsend. »Aber zuerst hätte ich gern deinen Rat.«

»Selbstverständlich, Keith. Sie ... äh, du kannst dich stets auf mich verlassen«, versicherte McCreedy. »Aber vielleicht sollte ich jetzt lieber meine Bürotür schließen. Moment, bitte«, fügte er hinzu, nachdem er sicher sein konnte, daß inzwischen jeder Journalist in dem riesigen Redaktionsraum wußte, wer am anderen Ende der Leitung war.

Townsend wartete ungeduldig.

»Also, was kann ich für dich tun, Keith?« Die Stimme klang nun ein wenig außer Atem.

»Sagt dir der Name Austin Pierson etwas?«

Wieder setzte längeres Schweigen ein. »Er ist ein großes Tier in der hiesigen Finanzwelt, nicht wahr? Ich glaube, der Chef einer Bank oder Versicherungsgesellschaft. Warte einen Moment, dann hole ich mir den Mann auf meinen Computer.«

Wieder wartete Townsend. Hätte mein Vater vor vierzig Jahren die gleiche Frage gestellt, ging es ihm durch den Kopf, hätte es Stunden, vielleicht sogar Tage gedauert, ehe jemand dir erschöpfende Auskunft hätte geben können.

»Ich hab' den Burschen«, sagte der Mann aus Cleveland schon Augenblicke später. Er machte eine Pause; dann: »Jetzt weiß ich, warum der Name mir bekannt vorkam. Wir haben vor vier Jahren einen Bericht über ihn gebracht, als er Vorsitzender der hiesigen Handelskammer wurde.«

»Was kannst du mir über ihn sagen?« fragte Townsend, der nicht gern noch mehr Zeit mit Nebensächlichkeiten vergeuden wollte.

»Nicht sehr viel«, antwortete McCreedy, während er den Monitor vor sich studierte und hin und wieder andere Tasten drückte. »Scheint das Idealbild des braven, tüchtigen Staatsbürgers zu sein. Hat sich in der Bank von ganz unten hochgearbeitet. Ist Schatzmeister des hiesigen Rotary Club, Laienprediger der Methodisten, seit einunddreißig Jahren mit derselben Frau verheiratet. Drei Kinder, die alle hier in der Stadt wohnen.«

»Kannst du mir irgendwas über die Kinder sagen?«

McCreedy drückte auf weitere Tasten, ehe er antwortete. »Ja. Der Älteste unterrichtet Biologie an der hiesigen High-School. Die Tochter ist Oberschwester im städtischen Krankenhaus von Cleveland, und der Jüngste wurde erst vor kurzem als Partner in der namhaftesten Anwaltskanzlei dieses Staates aufgenommen. Falls du ein Geschäft mit Mr. Austin Pierson machen willst, Keith – es dürfte dich freuen, daß er einen makellosen Ruf genießt.«

Townsend freute sich ganz und gar nicht. »Es gibt also nichts in seiner Vergangenheit, das ...«

»Nichts, von dem ich wüßte, Keith«, sagte McCreedy. Rasch überflog er die fünf Jahre alten Notizen – in der Hoffnung, vielleicht doch einen kleinen Leckerbissen für seinen ehemaligen Chef zu finden. »Ah, ja, jetzt fällt mir alles wieder ein. Der Mann war unglaublich geizig. Er hat nicht mal erlaubt, daß ich ihn während der Geschäftsstunden interviewte. Als ich dann am Abend zu ihm nach Hause kam, hat er mir nichts weiter als einen verwässerten Ananassaft vorgesetzt.«

Townsend gelangte zu der Ansicht, daß er sowohl bei Pierson als auch bei McCreedy in einer Sackgasse angelangt war und daß es nichts bringen würde, das Gespräch fortzusetzen. »Danke, Malcolm. Du hast mir sehr geholfen. Ruf mich bitte an, falls du noch auf weitere Informationen über Pierson stößt.«

Er wollte gerade auflegen, als sein ehemaliger Angestellter fragte: »Was war denn die andere Sache, über die du mit mir reden wolltest, Keith? Weißt du, ich hatte gehofft, du könntest mir eine freie Stelle in Australien anbieten, vielleicht sogar beim *Courier.*« Er machte eine kurze Pause. »Glaub mir, Keith, ich würde sogar ein niedrigeres Gehalt in Kauf nehmen, wenn ich wieder für dich arbeiten dürfte.«

»Ich werde an dich denken, falls mal was frei wird, Malcolm«, versprach Townsend, »und dir sofort Bescheid geben.«

Townsend legte den Hörer auf. Er war sicher, nie wieder mit diesem Mann zu sprechen. Er hatte von McCreedy lediglich erfahren, daß Mr. Austin Pierson ein Ausbund an Tugend war – nicht die Sorte Mensch, mit der Townsend viel gemein hatte. Ja, er wußte nicht einmal, ob er mit so jemandem überhaupt umgehen konnte. Wie üblich erwies Miß Beresfords Rat sich als richtig. Ihm blieb gar nichts anderes übrig, als herumzusitzen und zu warten. Townsend lehnte sich in seinem Sessel zurück und schlug die Beine übereinander.

Es war elf Uhr zwölf in Cleveland, sechzehn Uhr zwölf in London und fünfzehn Uhr zwölf in Sydney. Ab achtzehn Uhr würde er wahrscheinlich nicht einmal mehr Einfluß auf die Schlagzeilen seiner eigenen Zeitungen nehmen können – geschweige denn auf die Zeitungen von Richard Armstrong.

Das Telefon läutete erneut. Ob McCreedy doch noch etwas Interessantes über Austin Pierson ausgegraben hatte? Townsend konnte durch nichts und niemanden von der Meinung abgebracht werden, daß jeder eine Leiche im Keller hatte.

Er nahm den Hörer ab.

»Ich habe zwei Anrufe für Sie, Mr. Townsend. Einen vom Präsidenten der Vereinigten Staaten und einen von Mr. Austin Pierson aus Cleveland, Ohio. Welchen wollen Sie zuerst annehmen?«

GEBURTEN, TRAUUNGEN UND TODESFÄLLE

The Times

6. Juli 1923

Kommunistische Kräfte am Werk

Es hat seine Vorteile, aber auch viele Nachteile, als ruthenischer Jude geboren zu sein, doch es dauerte lange, bis Lubji Hoch wenigstens *einige* der Vorteile entdeckte.

Lubji war in einer kleinen Feldsteinhütte am Rand von Douski zur Welt gekommen, einer winzigen Stadt unmittelbar an der damaligen Dreiländergrenze der Tschechoslowakei, Rumäniens und Polens. Lubjis genaues Geburtsdatum ließ sich nie ermitteln; denn seine Familie besaß keine Dokumente wie Geburtsurkunden und dergleichen. Jedenfalls war er ungefähr ein Jahr älter als sein Bruder und ein Jahr jünger als seine Schwester.

Als seine Mutter, Zelta, den kleinen Lubji in den Armen hielt, hatte sie gelächelt. Das Kind war vollkommen, bis hin zum leuchtend roten Muttermal unter dem rechten Schulterblatt – genau an der gleichen Stelle, an der auch sein Vater eines hatte.

Die winzige Hütte, in der die Familie wohnte, gehörte Lubjis Großonkel, einem Rabbi. Der Rabbi hatte Zelta mehrmals gebeten, Sergei Hoch, den Sohn eines einheimischen Viehhändlers, nicht zum Mann zu nehmen. Das junge Mädchen hatte sich zu sehr geschämt, ihrem Onkel zu gestehen, daß sie bereits ein Kind von Sergei erwartete. Obwohl Zelta die Bitte des Rabbi enttäuscht hatte, überließ dieser dem frisch vermählten Paar die Hütte als Hochzeitsgeschenk.

Als Lubji das Licht der Welt erblickte, waren die vier Zimmer schon übervoll, und als er seine ersten Schritte tat, hatte er bereits einen zweiten Bruder und noch eine Schwester.

Lubjis Vater bekam die Familie kaum zu Gesicht. Jeden Tag verließ er kurz nach Sonnenaufgang ihr Zuhause und kehrte erst bei Einbruch der Dunkelheit zurück.

Lubjis Mutter erklärte, daß er seiner Arbeit nachginge.

»Und was tut er?« wollte Lubji wissen.

»Er hütet das Vieh, das dein Großvater ihm hinterlassen hat.« Lubjis Mutter versuchte gar nicht erst, sich und den Kindern vorzumachen, die paar Kühe mit ihren Kälbern wären eine Herde.

»Und wo arbeitet Vater?« fragte Lubji.

»Auf den Weiden auf der anderen Seite der Stadt.«

»Was ist eine Stadt?« wollte Lubji wissen.

Zelta beantwortete weiter seine Fragen, bis das Kind schließlich in ihren Armen eingeschlafen war.

Der Rabbi sprach zu Lubji nie über seinen Vater, doch bei vielen Gelegenheiten erzählte er dem Jungen, daß seine Mutter als junge Frau von vielen Verehrern umschwärmt worden war und als schönstes und klügstes Mädchen der Stadt galt. »Wenn man diese Vorzüge bedenkt, hätte sie Lehrerin an der hiesigen Schule werden sollen«, erklärte der Rabbi dem Jungen. Jetzt mußte sie sich damit begnügen, ihr umfassendes Wissen an ihre ständig wachsende Familie weiterzugeben.

Doch von allen Kindern war es allein Lubji, der einen ebenso großen Wissensdurst entwickelte wie einst Zelta. Er saß zu Füßen seiner Mutter, verschlang jedes ihrer Worte und die Antworten auf seine zahllosen Fragen. Im Laufe der Jahre zeigte der Rabbi Interesse an den Fortschritten Lubjis – und machte sich Sorgen darüber, welche Seite der Familie größeren Einfluß auf den Charakter des Jungen haben würde.

Dieser Gedanke war dem Rabbi zum erstenmal gekommen, als Lubji ins Krabbelalter kam und die Haustür entdeckte. Von da an galt die Aufmerksamkeit des Kindes nicht bloß seiner an Haus und Herd geketteten Mutter, sondern auch dem Vater und dem Rätsel, wohin er eigentlich ging, wenn er jeden Morgen das Haus verließ.

Sobald Lubji stehen konnte, drückte er die Türklinke herunter, und kaum vermochte er zu laufen, trat er hinaus auf den Gehweg und in die große weite Welt außerhalb des Hauses, in der sein Vater unterwegs war. Einige Wochen war Lubji es zufrieden, die Hand des Vaters zu halten und mit ihm über die kopfsteingepflasterten Straßen des schlafenden Städtchens zu der Wiese zu trippeln, auf der sein Vater das Vieh hütete.

Doch bald schon langweilten ihn die Kühe, die bloß kauend herumstanden und immer nur darauf warteten, gemolken zu werden und dann und wann Kälber zur Welt zu bringen. Lubji wollte herausfinden, was sich in der Stadt abspielte, die gerade erst erwachte, wenn er morgens mit dem Vater durch die geheimnisvollen Straßen ging.

Douski als Stadt zu bezeichnen war eigentlich eine Übertreibung. Der Ort bestand lediglich aus ein paar Reihen steinerner Häuser, einem halben Dutzend Läden, einem Gasthof, einer kleinen Synagoge – zu der Lubjis Mutter jeden Samstag die ganze Familie mitnahm – und einem Rathaus, in dem Lubji noch nie gewesen war, das er jedoch für das aufregendste Gebäude auf der ganzen Welt hielt.

Eines Morgens band sein Vater ohne Erklärung zwei Kühen einen Strick um den Hals und führte sie in die Stadt. Lubji trottete glücklich neben ihm her und bombardierte ihn mit Fragen, was er mit den Tieren vorhatte. Doch anders als die Mutter beantwortete der Vater Lubjis Fragen nur zögernd, falls überhaupt, und die Antworten waren nur selten verständlich.

Lubji gab es schließlich auf, seinen Vater mit Fragen zu löchern, da er immer nur ein mürrisches »Wart's ab« zu hören bekam. Als sie den Stadtrand von Douski erreichten, wurden die Kühe mit viel gutem Zureden durch die Straßen zum Markt geführt.

Schließlich blieb der Vater an einer abgelegenen, wenig belebten Stelle in der Stadt stehen. Lubji hielt es für sinnlos, ihn zu fragen, weshalb er ausgerechnet hier angehalten hatte, weil der Junge sicher war, daß er sowieso keine Antwort bekam. Also standen Vater und Sohn mit ihren Rindviechern schweigend da. Es dauerte eine ganze Weile, ehe jemand sich für die beiden Kühe interessierte.

Lubji beobachtete fasziniert, wie die Leute langsam, mit prüfenden Blicken, um die Tiere herumgingen. Einige berührten sie, andere nannten offenbar irgendwelche Geldbeträge – in Sprachen, die Lubji nie zuvor gehört hatte. Ihm wurde klar, wie sehr sein Vater im Nachteil war, weil er sich hier, in diesem Vielvölkerstaat, nur in einer einzigen Sprache verständlich machen konnte. Also blickte Lubji die meisten Leute, die nach Begutachtung der hageren Kühe irgend etwas zum Vater sagten, nur verständnislos an.

Als sein Vater schließlich ein Angebot in jener Sprache erhielt, die Lubji verstand, besiegelte er den Verkauf der Kühe sofort per Handschlag, ohne auch nur den Versuch zu unternehmen, um den Preis zu feilschen. Mehrere Blätter bunten Papiers wechselten von einer Hand in die andere; die Kühe wurden ihrem neuen Besitzer übergeben, und Lubjis Vater marschierte auf den Markt, wo er einen Sack Getreide erstand, eine Kiste Kartoffeln, einige geräucherte Fische, verschiedene Kleidungsstücke, ein Paar getragene Schuhe, die dringend neu besohlt werden mußten, und weitere Sachen, darunter einen Schlitten und eine große Messingschnalle, die – wie der Vater offenbar glaubte – irgend jemand in seiner Familie benötigte. Lubji fand es merkwürdig, daß sein Vater stets die verlangte Summe bezahlte, ohne mit den Händlern zu feilschen, wie die anderen Leute es taten.

Auf dem Heimweg ging der Vater in den einzigen Gasthof der Stadt und ließ Lubji draußen auf dem Erdboden sitzen, mit dem Auftrag, ihre Neuerwerbungen zu bewachen. Erst als die Sonne bereits hinter dem Rathaus untergegangen war und Lubjis Vater mehreren Flaschen Sliwowitz den Garaus gemacht hatte, kam er taumelnd aus dem Gasthof. Lubji bekam neue Aufgaben zugewiesen: mit einer Hand mußte er den schweren Schlitten ziehen, der mit den Einkäufen beladen war; mit der anderen Hand mußte er den Vater stützen und nach Hause führen.

Als Lubjis Mutter die Haustür öffnete, taumelte der Vater an ihr vorbei und sank auf die Matratze. Augenblicke später schnarchte er.

Lubji half seiner Mutter, die Einkäufe in die Hütte schleppen. Doch so begeistert ihr ältester Sohn sich über die Waren ausließ – Zelta schien gar nicht erfreut darüber zu sein, was ihr Gatte als Gegenleistung für die Arbeit eines ganzen Jahres erworben hatte. Sie schüttelte den Kopf, während sie überlegte, was mit den verschiedenen Sachen geschehen sollte.

Den Sack Getreide stellte sie aufrecht in eine Ecke der Küche; die Kartoffeln ließ sie in ihrer Holzkiste, und den Fisch legte sie ans Fenster. Dann überzeugte Zelta sich von der Größe der Kleidungsstücke, ehe sie entschied, welches ihrer Kinder welche Sachen bekommen sollte. Die Schuhe kamen neben die Tür; sie sollten jedem dienen, der sie gerade benötigte. Die Messingschnalle legte Zelta in eine kleine Pappschachtel, die sie dann, wie Lubji sah, unter einem losen Fußbodenbrett neben dem Bett des Vaters versteckte.

In dieser Nacht, während der Rest der Familie schlief, gelangte Lubji zu der Einsicht, daß er von nun an nichts mehr auf den Viehweiden zu suchen hatte. Als sein Vater am nächsten Morgen aufstand, ging Lubji zur Tür und schlüpfte in die neuen Schuhe, die ihm viel zu groß waren, und folgte dem Vater aus dem Haus. Diesmal jedoch begleitete er ihn nur bis zum Stadtrand; dort versteckte der Junge sich hinter einem Baum. Er blickte seinem Vater nach, bis dieser nicht mehr zu sehen war. Der Vater ging davon, ohne sich ein einziges Mal umzublicken, um festzustellen, ob der Erbe seiner kargen Besitztümer ihm folgte.

Lubji machte kehrt und rannte zurück zum Markt. Den ganzen Tag verbrachte er damit, zwischen den Buden und Ständen herumzuschlendern und sich anzuschauen, was es dort zu kaufen gab. Einige Händler boten Obst und Gemüse feil, während andere sich auf Möbel und Haushaltsgeräte spezialisiert hatten. Doch die meisten waren bereit, mit allen möglichen Waren zu handeln, sofern sie sich Gewinn davon versprachen. Es machte Lubji Spaß, die verschiedenen Methoden zu studieren, welche die Händler im Umgang mit ihren Kunden anwendeten; manche versuchten es mit Einschüchterung, andere mit Beschwatzen – und fast alle logen, was die Qualität ihrer Ware betraf. Besonders aufregend für Lubji war, daß die Leute sich der unterschiedlichsten Sprachen bedienten. Rasch erkannte er, daß die meisten Kunden – wie auch sein Vater – übers Ohr gehauen wurden. Im Laufe des Nachmittags hörte Lubji genauer zu und schnappte einige Brocken in anderen Sprachen als der eigenen auf.

Als der Junge an diesem Abend nach Hause kam, bombardierte er seine Mutter erneut mit Fragen. Zum erstenmal machte Lubji die Erfahrung, daß es Fragen gab, die sogar seine Mutter nicht beantworten konnte. Ihr abschließender Kommentar zu der letzten unbeantworteten Frage an jenem Abend lautete: »Es wird Zeit, daß du zur Schule gehst, mein Kleiner.« Die Sache hatte nur einen Haken: In Douski gab es keine Schule für ein Kind in Lubjis Alter. Zelta beschloß, mit ihrem Onkel darüber zu reden, sobald sich die Gelegenheit bot. Es war ja immerhin möglich, daß ihr Sohn aufgrund seines brillanten Verstands einmal Rabbi wurde.

Am nächsten Morgen stand Lubji auf, noch bevor sein Vater erwachte. Wieder schlüpfte er in das eine Paar Schuhe und schlich aus dem Haus, ohne seine Brüder und Schwestern zu wecken. Er rannte den ganzen Weg bis zum Markt; dann schlenderte er wieder zwischen den Buden und Ständen herum und schaute den Händlern zu, die ihre Waren zum Verkauf ausstellten. Er lauschte, wie sie feilschten, und er verstand immer mehr von dem, was sie sagten. Allmählich erkannte Lubji, was seine Mutter meinte, als sie gesagt hatte, er habe eine von Gott gegebene Sprachbegabung. Daß er überdies ein unglaubliches kaufmännisches Talent besaß, das sich hier und jetzt zu entwickeln begann, wußte sie allerdings nicht.

Gebannt schaute Lubji zu, wie jemand ein Dutzend Kerzen für ein Hühnchen eintauschte, während ein anderer sich für zwei Sack Kartoffeln von einer Kommode trennte. Er stapfte weiter und beobachtete, wie eine Ziege für einen abgetretenen Teppich geboten wurde, und ein Karren Holz für eine Matratze. Lubji hatte den sehnlichen Wunsch, sich die Matratze leisten zu können, die breiter und dicker war als die eine, auf der seine ganze Familie schlief.

Morgen für Morgen kehrte er zum Marktplatz zurück. Er erkannte, daß die Tüchtigkeit eines Händlers nicht nur von seiner Ware abhing, sondern vor allem von seiner Fähigkeit, den Kunden zu überzeugen, daß er diese Ware benötigte. Lubji brauchte nur wenige Tage, um zu erkennen, daß die Leute, die diese farbigen Scheine benutzten, nicht nur besser gekleidet waren als die anderen, sondern sich ohne Zweifel auch in der besseren Lage befanden, ein gutes Geschäft zu machen.

Als Lubjis Vater die Zeit für gekommen hielt, die nächsten zwei Kühe zum Markt zu zerren, war der Sechsjährige bestens darauf vorbereitet, das Feilschen zu übernehmen. An jenem Abend mußte der junge Händler seinen Vater wieder von der Gaststube nach Hause bringen. Doch nachdem der Betrunkene auf die Matratze gesunken war, starrte Zelta diesmal sprachlos auf den Berg von Gegenständen, den der Sohn vor ihr auftürmte.

Lubji verbrachte mehr als eine Stunde damit, der Mutter zu helfen, die Sachen unter den Familienangehörigen aufzuteilen. Er verschwieg ihr jedoch, daß er immer noch ein Stück buntes Papier mit einer »10« darauf hatte. Er wollte herausfinden, was er sonst noch damit kaufen konnte.

Am nächsten Morgen rannte Lubji nicht direkt zum Markt. Statt dessen begab er sich zum erstenmal in die Schullstraße, um sich ein Bild davon zu machen, was in den Läden verkauft wurde, die sein Großonkel hin und wieder besuchte. Er betrachtete die Schaufenster eines Bäckers, eines Fleischers, eines Töpfers, eines

Textilgeschäfts und schließlich das eines Juweliers – Herr Lekski –; das einzige Geschäft, dessen Namen in Goldbuchstaben über der Tür prangte. Lubji starrte auf eine Brosche, die mitten im Schaufenster lag. Sie war sogar noch schöner als jene, die seine Mutter einmal im Jahr zu Rosch ha Schanna trug, dem jüdischen Neujahrsfest; Zelta hatte Lubji einmal erzählt, die Brosche sei ein Familienerbstück. Als er an diesem Abend nach Hause kam, stellte er sich ans Feuer, während seine Mutter den Eintopf zubereitete. Er erzählte ihr, daß die Läden nichts weiter seien als Buden, die nicht abgebaut würden und Fenster an den Vorderseiten besäßen, und daß er – die Nase an die Glasscheibe gedrückt – gesehen habe, daß fast alle Kunden mit Papierscheinen bezahlten und gar nicht erst versuchten, mit den Ladenbesitzern zu feilschen.

Am nächsten Tag kehrte Lubji zur Schullstraße zurück. Er nahm sein Stück Papier aus der Tasche und betrachtete es eine Zeitlang. Er wußte immer noch nicht, was er im Tausch dafür bekam. Nachdem er ungefähr eine Stunde durchs Schaufenster der Bäckerei gestarrt hatte, marschierte er voller Selbstvertrauen in das Geschäft und reichte dem Mann hinter dem Ladentisch den Schein. Der Bäcker nahm ihn und zuckte die Schultern. Hoffnungsvoll zeigte Lubji auf einen Laib Brot im Regal hinter ihm, und der Ladenbesitzer reichte ihn dem Jungen. Zufrieden mit diesem Tausch, wandte Lubji sich zum Gehen, doch der Bäcker rief ihm nach: »Vergiß dein Wechselgeld nicht!«

Unsicher, was der Mann damit meinte, drehte Lubji sich um und beobachtete, wie der Bäcker den Schein in eine Metallschachtel legte, ein paar Münzen herausnahm und sie über den Ladentisch hinweg dem Jungen reichte.

Als er wieder auf der Straße war, betrachtete der Sechsjährige die Münzen mit großem Interesse. Auf einer Seite waren Zahlen eingeprägt, auf der anderen Seite der Kopf eines Mannes, den Lubji nicht kannte.

Durch diesen Handel ermutigt, betrat der Junge den Laden des Töpfers und erstand im Tausch gegen die Hälfte seiner Münzen eine Schüssel, von der er hoffte, daß seine Mutter sie brauchen konnte.

Als nächstes blieb er vor Herrn Lekskis Laden stehen, dem Juweliergeschäft, wo sein Blick sich sofort auf die wunderschöne Brosche richtete, die in der Mitte des Schaufensters lag. Lubji schob die Tür auf und marschierte zum Ladentisch, hinter dem ein alter Mann in Anzug und Krawatte stand.

»Was kann ich für dich tun, kleiner Mann?« fragte Herr Lekski und beugte sich über den Tresen, um zu seinem Kunden hinunterzublicken.

»Ich möchte die Brosche für meine Mutter kaufen.« Lubji deutete zum Schaufenster und hoffte, daß seine Stimme selbstsicher genug klang. Dann öffnete er die Faust, um Herrn Lekski die drei kleinen Münzen zu zeigen, die ihm nach seinen morgendlichen Geschäften noch geblieben waren.

Der alte Mann lachte nicht; statt dessen erklärte er Lubji freundlich, daß er sehr viel mehr Münzen bräuchte, ehe er darauf hoffen könne, die Brosche zu erstehen. Lubjis Kopf lief rot an. Er schloß die Faust wieder um die Münzen und wandte sich rasch zum Gehen.

»Aber komm morgen ruhig noch einmal her«, schlug der alte Mann ihm vor. »Vielleicht kann ich doch etwas für dich finden.« Mit hochrotem Gesicht rannte Lubji auf die Straße, ohne sich umzudrehen.

In dieser Nacht fand er keinen Schlaf. Immer wieder sprach er im Geist jene Worte, die Herr Lekski zu ihm gesagt hatte. Am nächsten Morgen stand er wieder vor dem Juwelierladen – lange, ehe der alte Mann erschien und die Ladentür öffnete. An diesem Tag bekam Lubji von Herrn Lekski die erste Lektion. Sie lautete: Leute, die es sich leisten können, Schmuck zu kaufen, stehen nicht schon vor dem ersten Hahnenschrei auf.

Herr Lekski, ein Stadtältester, war von dem *chuzpe* des Sechsjährigen sehr beeindruckt gewesen. Immerhin hatte der kleine Kerl den Mut aufgebracht, mit einer Handvoll nahezu wertloser Münzen sein Geschäft zu betreten. Im Laufe der nächsten Wochen ermutigte Herr Lekski den Sohn des Viehhändlers, indem er dessen unaufhörlichen Strom von Fragen beantwortete. Es dauerte nicht lange, und Lubji kam jeden Nachmittag auf ein paar Minuten ins Juweliergeschäft. Wenn der alte Mann jemanden bediente, wartete Lubji jedesmal vor dem Laden. Sobald der Kunde gegangen war, stürmte Lubji durch die Tür und rasselte die Fragen herunter, die er sich in der vergangenen Nacht überlegt hatte.

Herr Lekski stellte zufrieden fest, daß Lubji niemals die gleiche Frage ein zweites Mal stellte, und daß er sich jedesmal, wenn ein Kunde den Laden betrat, rasch in die Ecke zurückzog und sich hinter der Tageszeitung des alten Mannes versteckte. Obwohl Lubji die Seiten umblätterte, konnte Herr Lekski nie sicher sein, ob der Junge die Worte las oder nur die Bilder betrachtete.

Eines Abends, nachdem Herr Lekski den Laden geschlossen hatte, nahm er den Jungen mit hinter das Geschäft, um ihm sein Auto zu zeigen. Lubji riß die Augen weit auf, als er erfuhr, daß dieses wundersame Ding sich bewegen konnte, ohne von einem Pferd gezogen zu werden. »Aber es hat doch keine Beine!« rief er ungläubig. Er öffnete die Wagentür und kletterte neben Herrn Lekski ins Innere. Als der alte Mann auf einen Knopf drückte, um den Motor anzulassen, fühlte der Junge sich gleichermaßen übel wie verängstigt. Doch wenngleich er kaum über das Armaturenbrett zu blicken vermochte, wollte er schon kurz darauf mit Herrn Lekski den Platz tauschen und sich hinters Lenkrad setzen.

Herr Lekski fuhr Lubji durch die Stadt und setzte ihn vor der heimischen Hütte ab. Der Junge stürmte sofort in die Küche und rief seiner Mutter zu: »Eines Tages hab' ich auch ein Auto!« Zelta lächelte bei dem Gedanken und verschwieg ihrem Sohn, daß sogar der Rabbi nur ein Fahrrad besaß. Dann fütterte sie ihr jüngstes Kind weiter – und schwor sich wieder einmal, daß es das letzte sein würde. Dieser neuerliche Familienzuwachs hatte zur Folge gehabt, daß der schnell wachsende Lubji sich nicht mehr zu seinen Schwestern und Brüdern auf die Matratze zwängen konnte. Seit einiger Zeit mußte er mit den alten, in der Feuerstelle ausgelegten Zeitungen des Rabbi vorliebnehmen.

Sobald es dunkel wurde, balgten die Kinder sich um einen Platz auf der Matratze; die Hochs konnten es sich nicht leisten, ihren geringen Vorrat an Kerzen zur Verlängerung des Tages zu vergeuden. Nacht für Nacht lag Lubji in der ausgepolsterten Feuerstelle, dachte an Herrn Lekskis Auto und versuchte eine Möglichkeit zu finden, seiner Mutter zu beweisen, daß sie im Irrtum war. Dann erinnerte er sich an die Brosche, die sie nur zu Rosch ha Schanna trug. Er zählte die Tage an den Fingern ab und gelangte zu dem Ergebnis, daß er noch sechs Wochen warten mußte, ehe er den Plan, den er sich ausgedacht hatte, in die Tat umsetzen konnte.

Den größten Teil der Nacht vor Rosch ha Schanna lag Lubji wach. Kaum hatte seine Mutter sich am nächsten Morgen angezogen, folgte Lubjis Blick ihr – oder vielmehr der Brosche, die sie trug.

Nach dem Gottesdienst, als sie die Synagoge verlassen hatten, fragte sich Zelta, weshalb ihr Sohn auf dem gesamten Heimweg ihre Hand nicht losließ. Seit seinem dritten Geburtstag hatte er das nicht mehr getan. Sobald sie in ihrer kleinen Hütte waren, setzte Lubji sich mit übereinander geschlagenen Beinen in die Ecke des Zimmers, in der sich die Feuerstelle befand, und beobachtete, wie seine Mutter das winzige Schmuckstück von ihrem Kleid löste. Einen Augenblick betrachtete Zelta das Erbstück; dann kniete sie nieder, hob die lose Bodendiele neben der Matratze an und legte die Brosche behutsam in die alte Pappschachtel, ehe sie das Bodenbrett zurückschob.

Während Lubji der Mutter zuschaute, verhielt er sich so still, daß Zelta sich Sorgen machte und ihn fragte, ob er sich nicht wohl fühle.

»Mir geht's gut, Mama«, beruhigte er sie. »Aber heute ist Rosch ha Schanna, und da hab' ich darüber nachgedacht, was ich im neuen Jahr tun soll.« Seine Mutter lächelte, denn sie hegte noch immer die Hoffnung, daß sie ein Kind geboren hatte, aus dem vielleicht ein Rabbi wurde. Lubji schwieg, weil er über das Problem mit der Schachtel nachdenken mußte. Er verspürte keinerlei Gewissensbisse, daß er in den Augen seiner Mutter eine Sünde beging, wenn er seinen Plan verwirklichte; schließlich hatte er sich fest vorgenommen, bis zum Ende des Jahres alles an seinen alten Platz zurückgelegt zu haben, so daß niemand je etwas von seiner Tat erfahren würde.

In dieser Nacht, als die anderen Familienmitglieder sich auf die Matratze gelegt hatten, bettete Lubji sich in die Feuerstelle und tat so, als würde er schlummern, bis er sicher war, daß alle anderen in Schlaf gefallen waren. Er wußte, daß für die sechs unruhigen, dicht aneinander gedrängten Leiber – zwei Köpfe oben, zwei unten, und Mutter und Vater an den Enden – der Schlaf ein Luxus war, der selten länger als ein paar Minuten dauerte.

Als Lubji glaubte, daß außer ihm niemand mehr wach war, kroch er vorsichtig an den Wänden des Zimmers entlang, bis er zur gegenüberliegenden Seite der Matratze gelangte. Sein Vater schnarchte dermaßen laut, daß Lubji befürchtete, jeden Moment müsse eines seiner Geschwister aufwachen und ihn entdecken.

Er hielt den Atem an, als er suchend über die Bodendielen tastete, um festzustellen, welche sich hochheben ließ.

Die Sekunden dehnten sich zu Minuten, doch plötzlich bewegte sich eine der Dielen leicht. Indem er die rechte Hand auf ein Ende drückte, konnte Lubji sie langsam hochheben. Dann schob er die Linke in die kleine Vertiefung und ertastete den Rand eines Gegenstandes. Er griff zu und zog behutsam die Pappschachtel hervor. Dann schob er das Bodenbrett wieder an Ort und Stelle zurück.

Lubji verharrte völlig regungslos, bis er sicher sein konnte, daß niemand seine Tat bemerkt hatte. Einer seiner jüngeren Brüder drehte sich auf die Seite, worauf seine Schwestern stöhnten und notgedrungen dem Beispiel des Bruders folgten. Lubji nutzte die Gunst des Augenblicks und beeilte sich, an der Wand entlang zurückzuhuschen, bis er zur Haustür gelangte.

Vorsichtig erhob er sich aus der knienden Haltung und tastete nach der Türklinke. Sein schweißnasser Handteller bekam sie zu fassen, und langsam drückte er sie hinunter. Die Angel knarrte laut, wie Lubji es nie zuvor aufgefallen war. Er schlich hinaus auf den Gehweg, stellte die Pappschachtel auf den Boden, hielt den Atem an und schloß die Tür hinter sich.

Die kleine Schachtel an die Brust gedrückt, rannte Lubji fort von der Hütte. Er blickte nicht zurück; deshalb sah er nicht, daß sein Großonkel ihn aus seinem Haus beobachtete, das gleich hinter der elterlichen Hütte stand. »Genau wie ich es befürchtet habe«, murmelte der Rabbi vor sich hin. »Er schlägt ganz nach der Familie seines Vaters.«

Sobald Lubji von der Hütte aus nicht mehr gesehen werden konnte, schaute er zum erstenmal in die Schachtel, konnte den Inhalt trotz des Mondscheins aber nicht richtig erkennen. Er huschte weiter, noch immer von der Angst erfüllt, daß er jemandem auffallen könne. Als er die Ortsmitte erreicht hatte, setzte er sich zitternd vor Furcht und Erregung auf die Stufen eines wasserlosen Springbrunnens. Es dauerte mehrere Minuten, bis er all die Schätze, die in der Schachtel gehütet lagen, deutlich zu erkennen vermochte.

Da waren zwei Messingschnallen, mehrere einzelne Knöpfe – darunter ein großer, glänzender – und eine alte Münze mit dem Kopf des Zaren. Und dort, in einer Ecke der Schachtel, lag das begehrte, wertvollste Stück von allen: eine kleine runde Silberbrosche, ringsum mit winzigen Steinen verziert, die in der Sonne des frühen Morgens funkelten.

Als die Rathausuhr sechsmal schlug, klemmte Lubji sich die Schachtel unter den Arm und marschierte zum Markt. Als er sich inmitten der Händler befand, setzte er sich zwischen zwei Marktstände und nahm alles aus der Schachtel heraus. Dann stellte er sie mit dem Boden nach oben vor sich hin und legte ihren Inhalt auf die flache graue Pappoberfläche; die Brosche lag als Prunkstück in der Mitte. Kaum war Lubji damit fertig, blieb ein Mann mit einem Sack Kartoffeln über der Schulter vor ihm stehen und betrachtete die Schätze des Jungen.

»Was willst du dafür haben?« fragte er auf tschechisch und deutete auf den großen glänzenden Knopf.

Der Junge mußte daran denken, daß Herr Lekski eine Frage nie mit einer Antwort erwiderte, sondern stets mit einer Gegenfrage.

»Was hast du dafür zu bieten?« erkundigte Lubji sich in der Muttersprache des Mannes.

Der Bauer stellte den Sack auf den Boden.

»Sechs Erdäpfel.«

Lubji schüttelte den Kopf. »So was Wertvolles wie das hier«, er hob den Knopf in die Sonne, damit der Interessent ihn besser sehen konnte, »muß mindestens zwölf dicke Kartoffeln bringen.«

Unwillig zog der Bauer die Brauen zusammen.

»Neun«, bot er schließlich.

»Zu wenig«, entgegnete Lubji fest. »Und du solltest bedenken, daß mein erstes Angebot immer das günstigste ist.« Er hoffte, daß er sich wie Herr Lekski anhörte, wenn der mit einem unentschlossenen Kunden verhandelte.

Der Bauer schüttelte den Kopf, hob den Sack Kartoffeln auf, warf ihn sich über die Schulter und stapfte zur Ortsmitte. Lubji fragte sich, ob es wohl ein dummer Fehler gewesen war, die ihm angebotenen neun Kartoffeln nicht genommen zu haben. Er fluchte und legte seine Ware so auf dem Boden der Schachtel aus, das sie besser zur Geltung kam. Die Brosche ließ er in der Mitte.

»Und wieviel willst du dafür?« fragte ein anderer Kunde und deutete auf die Brosche.

»Was hast du denn dafür zu bieten?« Lubji wechselte zu Ungarisch über.

»Einen Sack von meinem besten Weizen«, antwortete der Bauer. Stolz hob er einen Sack von einem schwer beladenen Esel und setzte ihn vor Lubji ab.

»Und warum willst du die Brosche?« fragte Lubji, der sich an eine andere Verkaufstaktik von Herr Lekski erinnerte.

»Meine Frau hat morgen Geburtstag«, erklärte der Ungar, »und voriges Jahr hab' ich vergessen, ihr was zu schenken.«

»Dieses wunderschöne Erbstück ist seit mehreren Generationen in meiner Familie.« Lubji hob die Brosche in die Höhe, damit der Mann sie sich genau anschauen konnte. »Ich tausche es gegen den Ring an deinem Finger ...«

»Mein Ring ist aus Gold«, entgegnete der Bauer lachend, »deine Brosche aber nur aus Silber.«

»... und einen Sack von deinem Weizen«, fuhr Lubji fort, als wäre er nicht dazu gekommen, seinen Satz zu beenden.

»Du bist ja verrückt!« schimpfte der Bauer.

»Die Brosche hat mal eine Herzogin getragen, ehe sie ihren ganzen Besitz verlor. Ist die Mutter deiner Kinder das Schmuckstück etwa nicht wert?« Lubji hatte natürlich keine Ahnung, ob der Mann überhaupt Kinder hatte, doch er stieß weiter ins gleiche Horn: »Oder soll sie wieder ein Jahr leer ausgehen?«

Der Ungar schwieg, während er sich die Worte dieses aufgeweckten Jungen durch den Kopf gehen ließ. Lubji legte die Brosche auf die Schachtel zurück; er ließ keinen Blick von ihr. Am Ring des Mannes schien er kein Interesse mehr zu haben.

»Den Ring kannst du bekommen«, sagt der Bauer schließlich. »Aber nicht den Weizen noch dazu.«

Lubji runzelte die Stirn, während er so tat, als würde er über das Angebot nachdenken. Wieder hob er die Brosche in die Höhe und betrachtete sie im Sonnenlicht. »Na gut.« Er seufzte. »Aber nur, weil deine Frau Geburtstag hat.« Herr Lekski hatte ihn gelehrt, dem Kunden immer das Gefühl zu geben, er habe das bessere Geschäft gemacht. Rasch streifte der Bauer den schweren goldenen Ring vom Finger und griff nach der Brosche.

Kaum war dieser Handel abgewickelt, kehrte Lubjis erster Interessent mit einem alten Spaten zurück. Er ließ den halbvollen Sack Kartoffeln vor dem Jungen zu Boden plumpsen.

»Ich hab's mir überlegt«, sagte der Tscheche. »Ich geb' dir für den Knopf zwölf Erdäpfel.«

Doch Lubji schüttelte den Kopf. »Jetzt will ich fünfzehn«, erklärte er, ohne aufzublicken.

»Vorhin wolltest du nur zwölf!«

»Stimmt, aber jetzt hast du die Hälfte deiner Kartoffeln – und offenbar die größere Hälfte – für den Spaten hergegeben«, sagte Lubji.

Der Bauer zögerte.

»Wenn du morgen wieder zu mir kommst, will ich zwanzig Kartoffeln«, erklärte Lubji.

Wieder zog der Tscheche finster die Brauen zusammen; aber diesmal hob er seinen Sack nicht auf, um davonzustapfen. »Einverstanden«, brummte er verärgert und nahm ein paar Kartoffeln aus dem Sack.

Wieder schüttelte Lubji den Kopf.

»Was willst du denn jetzt noch?« brüllte der Bauer den Jungen an. »Ich dachte, wir wären uns einig!«

»Du hast meinen Knopf gesehen«, sagte Lubji, »aber ich hab' noch keinen Blick auf deine Kartoffeln geworfen. Da ist es doch gerecht, daß ich sie mir selbst aussuche.«

Der Tscheche zuckte die Schultern, öffnete den Sack und ließ den Jungen tief hineingreifen, damit er sich fünfzehn Kartoffeln auswählen konnte.

An diesem Tag machte Lubji kein weiteres Geschäft. Als die Händler ihre Buden und Stände abbauten, packte er seine alte und neue Habe zusammen und verließ den Marktplatz. Erst jetzt machte er sich Gedanken darüber, daß seine Mutter herausfinden könnte, was er getan hatte.

Er durchquerte die Stadt bis zum anderen Ende und blieb dort stehen, wo die Straße sich zu zwei schmalen Wegen gabelte. Einer führte zu der Weide, auf der sein Vater tagsüber die Kühe hütete; der andere Weg führte in den Wald. Lubji blickte zurück, um sich zu vergewissern, daß niemand ihm gefolgt war; dann verschwand er ins Unterholz. Nach kurzer Zeit hielt er bei einem Baum, den er mit Sicherheit wiedererkennen würde, wenn er zurückkehrte. Zwischen den Wurzeln buddelte er mit den Händen ein Loch und vergrub die Schachtel sowie zwölf Kartoffeln.

Als er einigermaßen sicher war, daß niemand das Versteck entdecken konnte, ging er langsam zur Straße zurück und zählte dabei die Schritte. Zweihundertundsieben. Er warf einen flüchtigen Blick über die Schulter zum Waldrand; dann rannte er durch die Stadt, ohne stehen zu bleiben, bis er zur elterlichen Hütte gelangte. Nachdem er einige Sekunden vor der Tür verschnauft hatte, trat er ein.

Seine Mutter schöpfte bereits die dünne Rübensuppe in die Teller. Lubji wich der unangenehmen Frage aus, weshalb er so spät nach Hause kam, indem er rasch die drei übriggebliebenen Kartoffeln auf den Tisch legte. Seine Geschwister kreischten begeistert, als sie sahen, was er da mitgebracht hatte.

Zelta ließ die Schöpfkelle in den Topf fallen und blickte Lubji in die Augen. »Hast du sie gestohlen?« fragte sie und stemmte die Hände in die Hüften.

»Nein, Mutter«, versicherte Lubji, und Zelta wirkte erleichtert. Sie nahm die Kartoffeln und wusch eine nach der anderen in einem Eimer, der leckte, wenn er mehr als halb voll war. Sie entfernte die Erde von den Kartoffeln und schälte sie geschickt mit den Fingernägeln. Dann schnitt sie jede in acht Stücke und verteilte sie, wobei ihr Mann eine Extraportion bekam. Sergei dachte nicht einmal daran, seinen Sohn zu fragen, wie er an die besten Nahrungsmittel herangekommen war, die seit Tagen auf den Tisch des Hauses kamen.

Erschöpft von seinem ersten Arbeitstag als Händler, schlief Lubji an diesem Abend ein, noch ehe es dunkel wurde.

Am nächsten Morgen verließ er das Haus, bevor sein Vater erwachte. Er rannte den ganzen Weg bis zum Wald, zählte zweihundertundsieben Schritte, blieb am Fuß des Baumes stehen und fing zu graben an. Als er die Pappschachtel hervorgeholt hatte, kehrte er in die Stadt zurück, um den Händlern beim Aufbau ihrer Stände zuzuschauen.

An diesem Tag kauerte Lubji sich zwischen zwei Buden am hinteren Ende des Marktplatzes, doch bis die wenigen Kunden zu ihm gelangten, hatten sie ihre Geschäfte entweder schon beendet oder kein Interesse mehr. An diesem Abend erklärte Herr Lekski ihm die drei wichtigsten Regeln für einen Händler: der richtige Standort, der richtige Standort, der richtige Standort. Lubji begriff es sehr schnell.

Am nächsten Morgen bot er seine Ware umweit des Eingangs zum Marktplatz feil. Rasch stellte er fest, daß viel mehr Leute als am Tag zuvor bei ihm stehenblieben, um zu sehen, was er anzubieten hatte. Mehrere Interessenten erkundigten sich, was er für den Goldring haben wolle. Einige probierten ihn sogar an, doch trotz verschiedener Angebote konnte Lubji kein Geschäft abschließen, das ihm gewinnbringend erschien.

Er versuchte gerade, zwölf Kartoffeln und drei Knöpfe gegen einen Eimer einzutauschen, der keine Löcher hatte, als er einen vornehmen Herrn in langem schwarzem Mantel bemerkte, der an einer Seite stand und geduldig wartete, daß Lubji sein Geschäft abschloß.

Als der Junge aufblickte und sah, wer der Mann war, erhob er sich rasch, sagte: »Guten Morgen, Herr Lekski«, und winkte seinen Kunden hastig weiter.

Der alte Mann trat einen Schritt vor und schaute sich die Sachen an, die auf der Schachtel lagen. Lubji konnte kaum fassen, daß der Juwelier sich für seine Ware interessierte. Zuerst betrachtete Herr Lekski die alte Münze mit dem Zarenkopf; er nahm sie zwischen die Finger und studierte sie eingehend. Lubji erkannte, daß der Juwelier sich gar nicht ernsthaft für die Münze interessierte: es war lediglich eine List, die Lubji den alten Herrn oftmals hatte anwenden sehen, bevor dieser nach dem Preis des Gegenstands fragte, auf den er es *wirklich* abgesehen hatte. »Laß dir nie anmerken, worauf du tatsächlich aus bist«, hatte er dem Jungen mindestens hundertmal gesagt.

Lubji wartete geduldig, bis der alte Mann seine Aufmerksamkeit der Mitte des Schachtelbodens zuwandte.

»Was verlangst du dafür?« fragte der Juwelier schließlich und nahm den goldenen Ring in die Hand.

»Was hast du dafür zu bieten?« fragte der Junge, wie er es von dem alten Mann gelernt hatte.

»Hundert Kronen«, erwiderte Herr Lekski.

Lubji wußte nicht recht, was er jetzt tun sollte. Niemand hatte ihm je mehr als zehn Kronen für irgend etwas geboten. Dann erinnerte er sich an den Grundsatz seines Lehrmeisters: »Verlange den dreifachen Preis, und schlag beim doppelten ein.« Lubji blickte zu seinem Mentor auf. »Dreihundert Kronen.«

Der Juwelier bückte sich und legte den Ring auf die Mitte des Schachtelbodens zurück. »Zweihundert. Höher gehe ich nicht.« Seine Stimme klang entschieden.

»Zweihundertfünfzig«, sagte Lubji hoffnungsvoll.

Herr Lekski schwieg eine Zeitlang, betrachtete stumm den Ring. »Zweihundertfünfundzwanzig«, erklärte er schließlich, »aber nur, wenn du die alte Münze drauflegst.«

Lubji nickte sofort und bemühte sich, seine Freude über das Ergebnis dieses Geschäfts zu verbergen.

Herr Lekski holte eine Börse aus der Innentasche seines Mantels, reichte Lubji die zweihundertfünfundzwanzig Kronen und steckte die Münze und den Goldring ein. Der Junge blickte zu dem alten Mann empor und fragte sich, ob er überhaupt noch etwas von ihm lernen konnte.

An diesem Nachmittag schloß Lubji kein Geschäft mehr ab; deshalb packte er seine Pappschachtel schon früh zusammen und ging zur Ortsmitte, mit sich und seinem Tagewerk zufrieden. In der Schullstraße kaufte er für zwölf Kronen einen nagelneuen Eimer, für fünf ein Hühnchen und für eine Krone einen Laib frisches Brot.

Der junge Händler pfiff vergnügt vor sich hin, während er die Hauptstraße entlangspazierte. Als er an Herrn Lekskis Geschäft vorbeikam, schaute er in die Auslage, um sich zu vergewissern, daß die wunderschöne Brosche noch da war, die er seiner Mutter zu Rosch ha Schanna kaufen wollte.

Fassungslos ließ Lubji den neuen Eimer fallen. Seine Augen wurden immer größer. Nicht mehr die Brosche war Mittelpunkt der Auslage, sondern eine alte Münze mit einem Etikett darunter. Es besagte, daß sie 1829, während der Regierungszeit des Zaren Nikolaus I. – dessen Bild auf der Münze prangte – geprägt und in Umlauf gebracht worden war. Lubji blickte auf das Kärtchen mit dem Preis:

Eintausendfünfhundert Kronen.

Melbourne Courier

25. Oktober 1929

Krise an der Wall Street: Der grosse Börsenkrach

Als Australier der zweiten Generation geboren zu sein hat viele Vorteile und einige Nachteile. Es dauerte nicht lange, bis Keith Townsend einige der Nachteile erkannte.

Keith hatte am 9. Februar 1928 um 14 Uhr 37 in einem großen Herrenhaus im Kolonialstil das Licht der Welt erblickt. Der erste Anruf, den seine Mutter noch aus dem Wochenbett tätigte, galt dem Direktor von St. Andrews, einem humanistischen Gymnasium; Lady Townsend erklärte dem Direktor, daß sie ihren Sohn für das Schuljahr 1941 in St. Andrews anmelden wollte. Der erste Anruf seines Vaters, den dieser von seinem Büro aus tätigte, galt dem Vereinsdirektor des Cricketclubs von Melbourne, um Keith als neues Mitglied eintragen zu lassen; denn um in diesen exklusiven Club aufgenommen zu werden, mußte man eine Wartezeit von fünfzehn Jahren in Kauf nehmen.

Keith' Vater, Sir Graham Townsend, stammte ursprünglich aus Dundee in Schottland, doch um die Jahrhundertwende waren seine Eltern mit ihrem Sprößling auf einem Viehdampfer nach Australien ausgewandert. Wenngleich Sir Graham der Besitzer des *Melbourne Courier* und der *Adelaide Gazette* war und obwohl der König ihn im vergangenen Jahr in den Adelsstand erhoben hatte, wurde er von der Melbourner Gesellschaft ignoriert; einige Familien waren fast schon ein Jahrhundert im Lande und wurden es nie leid, Leute wie die Townsends mit der Nase darauf zu stoßen, daß *sie* weder als arme Einwanderer ins Land gekommen waren, noch von Strafgefangenen abstammten. Dabei schauten sie Sir Graham stets von der Seite an und tuschelten hinter seinem Rücken.

Doch Sir Graham scherte sich nicht um die Meinung dieser Herrschaften – und falls doch, ließ er es sich niemals anmerken. Am liebsten verkehrte er mit Leuten, die bei der Zeitung arbeiteten, und wer zu Sir Grahams Freunden zählte, verbrachte wie er selbst mindestens einen Nachmittag in der Woche auf der Rennbahn. Ob dabei Pferde oder Windhunde um die Wette liefen, war Sir Graham egal.

Keith' Mutter hingegen konnte von der Melbourner Gesellschaft nicht so leicht brüskiert werden. Sie stammte in direkter Linie von einem hohen Marineoffizier der Ersten Flotte ab. Wäre sie eine Generation später geboren, hätte vielleicht sie und nicht ihr Sohn im Mittelpunkt dieser Geschichte gestanden.

Da Keith der einzige Sohn war – er war der mittlere von drei Geschwistern –, betrachtete Sir Graham es von der Geburt des Jungen an als gegeben, daß dieser ihm später ins Zeitungsgeschäft folgen würde, und entsprechend wurde Keith erzogen. Mit drei Jahren besuchte er zum erstenmal den Verlag seines berühmten Vaters und wurde sofort süchtig nach dem Tintengeruch, dem Klappern der Schreibmaschinen und dem Rattern der Druckerpressen. Von diesem Augenblick an begleitete er seinen Vater in die faszinierende Welt des *Melbourne Courier*, wann immer er die Gelegenheit bekam.

Sir Graham förderte die Interessen seines Sohnes. Er nahm ihn sogar fast jedesmal mit zur Rennbahn, wenn er an den Samstagnachmittagen dorthin verschwand – sehr zum Unwillen Lady Townsends, die darauf bestand, daß Keith am nächsten Tag die Morgenmesse besuchte. Doch zu ihrer Enttäuschung zeigte ihr Sohn schon bald mehr Interesse an den Buchmachern als an den Geistlichen.

Um diesem frühen sittlichen Verfall Einhalt zu gebieten, entwickelte Lady Townsend eine solche Entschlossenheit, daß sie eine Gegenoffensive begann. Als Sir Graham sich auf einer längeren Geschäftsreise in Perth befand, stellte sie ein Kindermädchen namens Florrie ein, dessen einzige Aufgabe darin bestand, die Kinder zu beaufsichtigen. Doch Florrie, eine Witwe in den Fünfzigern, erwies sich als dem vierjährigen Keith nicht gewachsen. Schon nach wenigen Wochen versprach sie ihm, es seiner Mutter nicht zu verraten, wenn der Vater ihn mit zur Rennbahn nahm. Als Lady Townsend dieses Komplott entdeckte, wartete sie ab, bis ihr Gemahl seine jährliche Geschäftsreise nach Neuseeland unternahm; dann ließ sie auf der Titelseite der Londoner *Times* eine Annonce aufgeben. Drei Monate später ging im Hafen von Melbourne eine gewisse Miss Steadman von Bord eines Schiffes und meldete sich in Toorak zum Dienst. Sie erwies sich als genau das, was ihre Zeugnisse versprochen hatten.

Die in St. Leonard in Dumfries aufgewachsene Tochter eines schottischen presbyterianischen Geistlichen wußte, was man von ihr erwartete. Florrie liebte die Kinder auch weiterhin so sehr, wie die Kinder sie liebten; Miss Steadman hingegen schien nur ihren Beruf zu lieben und das, was sie für ihre heilige Pflicht hielt.

Sie bestand darauf, daß sie stets und von jedem – egal welchen Standes – mit »Miss Steadman« angeredet wurde, und sie ließ alle deutlich merken, wo sie auf ihrer gesellschaftlichen Leiter standen. Der Chauffeur fügte der Anrede stets eine knappe Verbeugung hinzu; selbst Sir Graham konnte der resoluten ältlichen Jungfer seinen Respekt nicht versagen.

Gleich am ersten Tag organisierte Miss Steadman die Erziehung der Kinder auf eine Weise, die sogar einen Offizier der Militärakademie in Sandhurst beeindruckt hätte. Keith versuchte alles – über Schmeicheln und Schmollen bis hin zum Heulen –, um sich Miss Steadman gefügig zu machen, doch er mußte rasch einsehen, daß sie eisern bis ins Mark und durch nichts zu erweichen war. Sein Vater wäre ihm zu Hilfe gekommen, hätte nicht seine Gemahlin Miss Steadmans Lob in den höchsten Tönen gesungen – vor allem, was ihre Bemühungen beraf, dem jungen Herrn korrektes Englisch beizubringen.

Mit fünf begann Keith' Schulzeit, und am Ende der ersten Woche klagte er Miss Steadman sein Leid, daß die anderen Jungen nicht mit ihm spielen wollten. Sie war der Ansicht, es sei nicht ihre Aufgabe, dem Jungen zu erklären, daß sein Vater sich im Laufe der Jahre viele Feinde gemacht hatte.

Die zweite Woche erwies sich als noch schlimmer; denn Keith wurde ständig von einem Jungen namens Desmond Motson gepiesackt, dessen Vater vor kurzem in einen Betrug um Schürfrechte verwickelt gewesen war, welcher im *Melbourne Courier* mehrere Tage Schlagzeilen gemacht hatte. Daß Motson fünf Zentimeter größer und gut drei Kilo schwerer war als Keith machte ihm die Sache auch nicht gerade leichter.

Oft dachte Keith daran, mit diesem Problem an seinen Vater heranzutreten. Da sie einander jedoch nur noch an den Wochenenden sahen, gab Keith sich damit zufrieden, ihn an den Sonntagvormittagen in seinem Arbeitszimmer zu besuchen und sich seines

Vaters Meinung über den Inhalt der *Courier-* und *Gazette-*Ausgaben der vergangenen Woche anzuhören und wie er diese Zeitungen mit denen seiner Konkurrenten verglich.

»›VOLKSFREUND UND DIKTATOR‹ – eine schwache Schlagzeile«, kritisierte sein Vater eines Sonntagmorgens, als er auf die Titelseite der *Adelaide Gazette* des Vortags blickte. Kurze Zeit später fügte er hinzu: »Und eine noch schwächere Story. Von diesen Leuten dürfte keiner jemals wieder auch nur in die Nähe einer Titelseite kommen.«

»Aber es steht nur ein einziger Name über der Kolumne«, stellte Keith fest, der seinem Vater aufmerksam zugehört hatte.

Sir Graham lachte. »Stimmt, mein Junge. Aber vergiß nicht, daß die Schlagzeile von einem Redakteur stammt und nicht vom Verfasser des Artikels.«

Keith blickte verwirrt drein, bis sein Vater ihm erklärte, daß Schlagzeilen häufig geändert wurden – manchmal Augenblicke, bevor die Zeitung in Druck ging.

Sir Graham machte sich daran, einen Artikel über den neuen deutschen Reichskanzler laut vorzulesen. Bei dieser Gelegenheit hörte Keith zum erstenmals den Namen Adolf Hitler. »Aber ein verflixt gutes Foto«, fügte sein Vater schließlich hinzu und deutete auf das Bild eines kleinen Mannes mit einem Schnurrbart, der Keith an eine Zahnbürste erinnerte; mit selbstzufriedenem Gesicht und erhobener rechter Hand posierte der Mann vor seinen Anhängern und den Fotografen. »Vergiß nie das uralte Klischee, mein Junge: ›Ein Foto ist soviel wert wie tausend Worte.‹«

An der Tür war ein scharfes Klopfen zu hören. Beide wußten, daß nur die Fingerknöchel von Miss Steadman ein solches Geräusch verursacht haben konnten. Sir Graham vermutete, daß der Zeitpunkt ihres sonntäglichen Klopfens sich höchstens um einige Sekunden verschoben hatte, seit sie in die Dienste der Townsends getreten war.

»Herein«, rief er mit seiner strengsten Stimme. Er drehte sich um und zwinkerte seinem Sohn zu. Keiner der männlichen Townsends ließ sonst jemanden wissen, daß sie Miss Steadham hinter ihrem Rücken »Gruppenführer« nannten.

Miss Steadman trat ins Arbeitszimmer und beglückte Vater und Sohn mit den gleichen Worten wie jeden Sonntag seit einem Jahr: »Es wird Zeit für Master Keith, sich zum Kirchgang bereitzumachen, Sir Graham.«

»Großer Gott, Miss Steadman, ist es schon so spät?« entgegnete er jedesmal, ehe er seinen Sohn zur Tür stupste. Nur widerstrebend verließ der Junge das Arbeitszimmer seines Vaters, die einzige sichere Zuflucht, und folgte Miss Steadman durch die Tür.

»Wissen Sie, was mir mein Vater gerade gesagt hat, Miss Steadman?« fragte Keith mit betont australischem Akzent, weil er wußte, daß er sie damit ärgern würde.

»Ich habe nicht die leiseste Ahnung, Master Keith«, antwortete Miss Steadman. »Aber was es auch war – hoffen wir, daß es dich nicht daran hindert, dich auf Reverend Davidsons Predigt zu konzentrieren.« Keith hüllte sich in düsteres Schweigen, als sie die Treppe zu seinem Zimmer hinaufstiegen. Er gab keinen Laut mehr von sich, bis er bei seinem Vater und seiner Mutter auf dem Rücksitz des Rolls saß.

Keith wußte, daß er sich auf jedes Wort des Geistlichen konzentrieren mußte, denn bevor er und seine Schwestern zu Bett gingen, wurden sie von Miss Steadman einer eingehenden Befragung unterzogen, was die Predigt betraf, bis hin zu den unbedeutendsten Einzelheiten. Sir Graham schätzte sich glücklich, daß Miss Steadman ihn nicht der gleichen strengen Prüfung unterzog.

Drei Nächte allein im Baumhaus – das Miss Steadman kurz nach ihrer Ankunft hatte errichten lassen – war die Strafe für jedes Kind, das es im Nachplappern der langweiligen Predigt auf weniger als achtzig Prozent brachte. »Das fördert die Charakterbildung«, erklärte sie den Kindern immer wieder. Keith gestand Miss Steadman nie, daß er hin und wieder mit Absicht falsche Antworten gab; denn drei Nächte im Baumhaus waren eine wahre Erlösung von ihrer Tyrannei.

Als Keith elf war, traten zwei Ereignisse ein, die sein ganzes Leben beeinflussen sollten – und beide Ereignisse ließen ihn in Tränen ausbrechen.

Nach der Kriegserklärung an Deutschland erhielt Sir Graham einen Sonderauftrag der australischen Regierung, der mit sich brachte, daß er viel unterwegs und daher selten zu Hause sein würde, wie er seinem Sohn erklärte. Das war das erste Ereignis.

Das zweite trat nur wenige Tage später ein, nachdem Sir Graham nach London gereist war. Keith wurde ein Platz am St. Andrews angeboten – einem humanistischen Gymnasium mit Internat am Stadtrand von Melbourne –, und seine Mutter bestand darauf, daß der Junge sich diese Chance nicht entgehen ließ.

Keith wußte nicht, welches dieser beiden Ereignisse ihm größeren Kummer bereitete.

In seiner ersten langen Hose wurde der schluchzende Junge zum ersten Schultag nach St. Andrews gefahren. Seine Mutter vertraute ihn einer Matrone an, die so aussah, als wäre sie aus dem gleichen Holz geschnitzt wie Miss Steadman. Der erste Junge, den Keith erblickte, als er durch die Eingangstür trat, war Desmond Motson, und zu seinem Entsetzen erfuhr Keith kurz darauf, daß er und Motson nicht nur das Klassenzimmer, sondern auch den Schlafsaal teilten. In der ersten Nacht tat Keith kein Auge zu.

Am nächsten Morgen stand er ganz hinten in der Aula und lauschte der Ansprache seines neuen Rektors, Mr. Jessop, der aus Winchester stammte, einem Ort irgendwo in England. Schon nach wenigen Tagen machte Keith die Erfahrung, daß Mr. Jessops Vorstellung von Spaß und Freude ein 10-Meilen-Querfeldein-Lauf war, gefolgt von einer kalten Dusche. Dies gehörte zu Mr. Jessops Erziehungsprogramm für die braven Jungen, von denen man zudem erwartete, daß sie sofort, nachdem sie sich umgezogen hatten und wieder auf ihren Zimmern waren, Homer im Original lasen. Keith' Lesestoff hatte in letzter Zeit fast ausschließlich aus den Berichten über »unsere tapferen Kriegshelden« und ihren Einsatz an der vordersten Front bestanden, die im *Courier* zu lesen waren. Nach einem Monat in St. Andrews wäre er gern bereit gewesen, mit den Frontkämpfern zu tauschen.

Während seiner ersten Ferien sagte Keith zur Mutter, daß er in der Zukunft keine Hoffnung für sich sähe, wenn die Schulzeit tatsächlich die glücklichste Zeit seines Lebens sein sollte. Selbst Keith' Mutter war klar geworden, daß er nur wenige Freunde hatte und sich zum Einzelgänger entwickelte.

Der einzige Tag der Woche, auf den Keith sich freute, war der Mittwoch; dann nämlich war ab Mittag Ausgang, und die Schüler mußten erst zur Schlafenszeit zurück sein. Sofort nach dem Läuten der Schulglocke radelte Keith die sieben Meilen zur nächsten Rennbahn, wo er sich einen glücklichen Nachmittag lang zwischen der Tribüne und den Ställen herumtrieb. Mit zwölf hielt er sich für einen echten Kenner des Pferderennsports und wünschte sich sehnlichst, mehr eigenes Geld zu haben, um wirklich fette, lohnende Wetten abschließen zu können. Nach dem letzten Rennen des Nachmittags radelte er dann zum *Courier* und schaute zu, wie die erste Ausgabe druckfrisch aus der Presse kam. Zur Schule kehrte er immer erst im letzten Augenblick zurück.

Als echter Sohn seines Vaters fühlte Keith sich im Umgang mit Zeitungsleuten und den bunten Vögeln von der Rennbahn viel wohler als bei den Söhnen der Melbourner High Society. Aus tiefstem Herzen sehnte er sich danach, dem für die Berufsberatung zuständigen Lehrer zu gestehen, daß er nach seinem Schulabschluß Reporter für den *Sporting Globe* werden wollte, eine weitere Zeitschrift, die seinem Vater gehörte. Doch nie vertraute er sein Geheimnis jemandem an, aus Angst, es könnte seiner Mutter hinterbracht werden, die offensichtlich ganz andere Pläne für seine Zukunft hatte.

Wenn Keith seinen Vater zur Rennbahn begleiten durfte – ohne seiner Mutter oder Miss Steadman je mitzuteilen, wohin sie sich begaben –, hatte er beobachtet, wie vor jedem Rennen riesige Summen gesetzt wurden. Auch sein Vater wettete gern und schob seinem Sohn hin und wieder eine Sixpence-Münze zu, damit auch er sein Glück versuchen konnte. Anfangs setzte Keith auf dieselben Pferde wie sein Vater, doch zu seiner Verwunderung hatte dies fast immer die Folge, daß er mit leeren Taschen nach Hause kam.

Nach mehreren solcher Mittwochnachmittags-Ausflügen zur Rennbahn – und nachdem er hatte feststellen müssen, daß seine Sixpences meist im dicken Lederbeutel eines Buchmachers verschwanden – beschloß Keith, einen Penny die Woche in den *Sporting Globe* zu investieren. Wenn er regelmäßig die Pferderenn-Fachzeitschrift las, erfuhr er vielleicht einiges über den Victoria Racing Club und ob die Pferde und Jockeys gut in Form waren und was die Trainer und Besitzer über die Gewinnchancen zu sagen hatten. Doch selbst mit diesem neu erworbenen Wissen setzte er so regelmäßig wie zuvor auf die falschen Pferde. Oft hatte er schon in der dritten Woche des Trimesters sein ganzes Taschengeld verwettet.

Keith' Leben änderte sich, als er auf der Werbeseite des *Sporting Globe* die Anzeige für ein Buch mit dem Titel *Wie man den Buchmacher austrickst* entdeckte, verfaßt von einem gewissen »Lucky Joe«. Er überredete Florrie, ihm eine halbe Crown zu leihen und schickte eine Postanweisung an die Adresse, die in der Anzeige genannt wurde. Jeden Morgen ging er dem Postboten entgegen, bis das Buch neunzehn Tage später endlich eintraf. Von dem Moment an, da Keith die erste Seite aufschlug, wurde bei den abendlichen Lesestunden Homer von Lucky Joe als Pflichtlektüre verdrängt. Nach zweimaligem Lesen des Buches war Keith davon überzeugt, ein System entdeckt zu haben, das ihm permanente Siegwetten bescheren würde. Am folgenden Mittwoch raste er zur Rennbahn und fragte sich kopfschüttelnd, weshalb sein Vater nie Lucky Joes unfehlbare Methode benutzte.

Am Abend radelte Keith ohne das mitgebrachte Taschengeld für das gesamte Trimester wieder zurück. Doch gab er nicht Lucky Joe die Schuld an seiner Pleite; statt dessen vermutete er, daß er das System einfach nicht richtig verstanden hatte. Nachdem er das Buch zum drittenmal gelesen hatte, wurde ihm sein Fehler klar. Wie Lucky Joe auf Seite 71 erklärte, mußte man über ein bestimmtes Anfangskapital verfügen, sonst brauchte man sich gar nicht erst der Hoffnung hinzugeben, den Buchmacher überlisten zu können. Auf Seite 72 nannte Lucky Joe den Mindestbetrag – zehn Pfund –, doch da Keith' Vater sich immer noch im Ausland befand und seine Mutter ihm schon aus Prinzip kein Geld gab, hatte Keith keine Möglichkeit, umgehend zu beweisen, daß Lucky Joe recht hatte.

Keith gelangte zu dem Schluß, daß er irgendwie an eine Summe herankommen mußte, die zehn Pfund möglichst überstieg; da es jedoch gegen die Schulordnung verstieß, während der Trimester Geld zu verdienen, blieb ihm nichts anderes übrig, als sich damit zufriedenzugeben, Lucky Joes Buch ein weiteres Mal zu lesen. Keith hätte eine Eins im Trimesterabschlußzeugnis bekommen, wäre *Wie man den Buchmacher austrickst* die Pflichtlektüre gewesen.

In den nächsten Ferien kehrte Keith nach Toorak zurück und sprach mit Florrie über seine finanziellen Probleme. Sie erzählte ihm, wie ihre Brüder sich während der Schulferien zusätzliches Taschengeld verdient hatten. Keith befolgte Florries Rat und begab sich am nächsten Samstag wieder zur Rennbahn, diesmal aber nicht, um Wetten abzuschließen – dazu fehlte ihm noch immer das nötige Kapital –, sondern um hinter den Stallungen Pferdeäpfel in einen Zuckersack zu schaufeln, den Florrie ihm gegeben hatte. Mit dem schweren Sack auf der Lenkstange radelte er nach Melbourne zurück und verteilte den Dung auf den Blumenbeeten seiner Verwandten. Nach zehn Tagen und siebenundvierzig solcher Fahrradtransporte zur Rennbahn und zurück hatte Keith dreißig Shilling eingenommen, den Düngemittelbedarf seiner gesamten Verwandtschaft befriedigt und obendrein die Düngerversorgung ihrer unmittelbaren Nachbarn übernommen.

Am Ende der Ferien hatte er fast vier Pfund beisammen. Nachdem seine Mutter ihm schließlich sein Taschengeld von einem Pfund für das kommende Trimester ausgehändigt hatte, konnte Keith es gar nicht erwarten, sein Glück wieder auf der Rennbahn zu versuchen. Das einzige Problem bestand darin, daß Lucky Joe bei seinem narrensicheren System auf Seite 72 darauf hinwies: »Versuchen Sie dieses System nicht mit weniger als zehn Pfund zu spielen«, was auf Seite 73 wiederholt wurde.

Keith wollte *Wie man den Buchmacher austrickst* gerade ein neuntes Mal lesen, als ihn Mr. Clarke, der Internatsleiter, während der Lesestunde dabei ertappte, wie er das Buch durchblätterte. Nicht nur, daß sein kostbarster Besitz beschlagnahmt und wahrscheinlich vernichtet wurde – Keith mußte auch noch die Demütigung über sich ergehen lassen, vor versammelter Schülerschaft vom Rektor Prügel zu beziehen. Während er sich über den Tisch beugte, starrte er unwillkürlich auf Desmond Motson in der vordersten Reihe, der seine Schadenfreude nicht verbergen konnte.

Mr. Clarke erklärte Keith an diesem Abend, ehe das Licht ausgeschaltet wurde, daß er ohne seine Fürsprache zweifellos der Schule verwiesen worden wäre. Keith wußte, das hätte seinem Vater gar nicht gefallen – Sir Graham war zur Zeit auf dem Rückweg von einem Ort namens Jalta auf der Krim –, genauso wenig wie seiner Mutter, die bereits davon sprach, daß ihr Sohn nach dem Schulabschluß eine Universität namens Oxford in England besuchen sollte. Doch für Keith war es immer noch wichtiger, eine Möglichkeit zu finden, aus seinen knapp vier Pfund ein Vermögen von zehn Pfund zu machen.

Während der dritten Woche des neuen Trimesters kam Keith eine Idee, wie sein Geld sich auf eine Weise verdoppeln ließ, die niemals auffliegen würde.

Der Süßwarenstand der Schule war jeden Freitag zwischen siebzehn und achtzehn Uhr geöffnet und blieb dann bis zur gleichen Zeit in der darauffolgenden Woche geschlossen. Bereits am Montag hatten die meisten Jungen ihre sämtlichen Süßigkeiten verschlungen, sich durch ihren Vorrat an Kartoffelchips gemampft und zahllose Flaschen Limonade in sich hineingeschüttet. Obwohl sie im Augenblick genug von all dem süßen Zeug hatten, bezweifelte Keith keinen Augenblick, daß es die Burschen schon bald wieder danach gelüsten würde. Er überlegte sich, daß unter den gegebenen Umständen die Zeit zwischen Dienstag bis Donnerstag ideal für einen Verkauf wäre. Er benötigte lediglich einen gewissen Bestand der gängigsten Artikel, die am Süßwarenstand zu haben waren, um sie dann mit gutem Gewinn zu verkaufen, sobald die Jungen ihre Wochenration verschlungen hatten.

Als der Süßwarenstand am folgenden Freitag öffnete, stand Keith an der Spitze der langen Schlange. Der Lehrer, der die Aufsicht führte, staunte nicht schlecht, als der junge Townsend für insgesamt drei Pfund einen großen Karton Pfefferminzstangen, einen noch größeren mit sechsunddreißig Packungen Chips, zwei Dutzend Riegel Schokolode, mit Kirschcreme gefüllt, sowie zwei Kasten mit je zwölf Flaschen Limonade kaufte. Er meldete es Keith' Internatslehrer. Mr. Clarkes Bemerkung lautete bloß: »Das wundert mich aber, daß Lady Townsend dem Jungen so viel Taschengeld gibt.«

Keith schleppte seine Einkäufe in den Umkleideraum, wo er alles in seinem Spind versteckte. Jetzt hieß es nur noch, geduldig bis zum Beginn der nächsten Woche zu warten.

Am Samstagnachmittag radelte er zur Rennbahn, obwohl er beim Ausscheidungsspiel der Kricketmannschaft des Internats gegen das Team der Geelong Grammar School hätte zuschauen sollen. Der Nachmittag verlief bedrückend für Keith, weil er selbst keine Wetten abschließen konnte. Eigenartig, ging es ihm durch den Kopf, daß man immer dann einen Sieger nach dem anderen tippt, wenn man kein Geld zum Wetten hat.

Nach dem sonntäglichen Gottesdienst schaute Keith sich in den Gemeinschaftsräumen der älteren und jüngeren Schüler um und stellte erfreut fest, daß ihre Vorräte an Süßigkeiten und Getränken bereits knapp wurden. Während der Vormittagspause am Montag beobachtete er, wie seine Klassenkameraden auf dem Korridor herumstanden, ihre letzten Süßigkeiten austauschten, die letzten Tafeln Schokolade auswickelten und den letzten Rest Limonade beinahe tröpfchenweise genossen.

Am Dienstagvormittag sah er die vielen leeren Flaschen, die bei den Mülltonnen in der Ecke des Hofes aufgereiht waren. Am Nachmittag war er bereit, seine Theorie in die Praxis umzusetzen.

Während der Sportstunde schloß er sich in die kleine Druckerei der Schule ein, deren Einrichtung sein Vater im vergangenen Jahr gestiftet hatte. Obwohl die Druckerpresse ziemlich alt und nur von Hand zu bedienen war, genügte sie für Keith' Bedürfnisse.

Eine Stunde später trat er mit dreißig Kopien seiner ersten Ausgabe aus der Druckerei. Sie verkündete die Neueröffnung eines alternativen Süßwarenstandes. Ort: der Umkleideraum der älteren Schüler. Öffnungszeiten: Mittwoch zwischen siebzehn und achtzehn Uhr. Auf der Rückseite waren die Artikel und ihre neuen Preise aufgeführt.

Zu Beginn der letzten Unterrichtsstunde dieses Nachmittags verteilte Keith das Blatt an jeden Klassenkameraden und war genau in dem Moment damit fertig, als der Erdkundelehrer das Klassenzimmer betrat. Keith plante bereits eine Neuauflage mit leichtem Preisanstieg für die nächste Woche, falls der morgige Verkauf sich als Erfolg erwies.

Als Keith sich kurz vor siebzehn Uhr am folgenden Nachmittag im Umkleideraum einfand, stellte er erfreut fest, daß bereits mehr als zwanzig Interessenten vor seinem Spind warteten. Lange vor Ende der Verkaufsstunde hatte Keith alle Waren an den Mann gebracht. Die Preiserhöhung von gut fünfundzwanzig Prozent für die meisten Artikel brachte ihm einen Gewinn von gut einem Pfund.

Desmond Motson allerdings, der von einer Ecke aus beobachtet hatte, wie das Geld die Besitzer wechselte, empörte sich über die unverschämten Preise. Die lakonische Antwort des jungen Unternehmers lautete bloß: »Du kannst es dir aussuchen. Entweder, du stellst dich an, oder du wartest bis nächsten Freitag.« Verschleierte Drohungen vor sich hin murmelnd, verließ Motson den Umkleideraum.

Am Freitag stand Keith erneut an der Spitze der Schlange vor dem Süßwarenstand und kaufte ein, was auf seiner Liste stand – er hatte sich notiert, in welcher Reihenfolge ihm seine Waren beim ersten Verkaufstag ausgegangen waren.

Als Mr. Clark informiert wurde, daß Townsend diesmal mehr als vier Pfund am Süßwarenstand ausgegeben hatte, verwunderte es ihn nun doch und er beschloß, mit dem Rektor über die Sache zu reden.

An diesem Samstag fuhr Keith nachmittags nicht zur Rennbahn, sondern nutzte die Zeit, hundert Blatt der zweiten Ausgabe seiner Verkaufsliste zu drucken, die er am Montag verteilte – diesmal nicht nur an die eigenen Klassenkameraden, sondern auch an die Schüler der beiden Klassen unter der seinen.

Am Dienstagvormittag, während einer Unterrichtsstunde über die britische Geschichte von 1815 bis 1867, rechnete Keith auf der Rückseite des »Reformierten Gesetzesentwurfs« von 1832 aus, daß er bei gleichbleibender Gewinnspanne noch drei Wochen brauchte, bis er die zehn Pfund beisammen hatte, die er benötigte, um Lucky Joes unfehlbares System ausprobieren zu können.

Doch beim Lateinunterricht am Mittwochnachmittag begann Keith' eigenes unfehlbares System zu versagen. Der Rektor kam unerwartet ins Klassenzimmer und forderte Townsend auf, ihm unverzüglich auf den Flur zu folgen. »Und bring den Schlüssel zu deinem Spind im Umkleideraum mit.« Während sie schweigend über den langen grauen Flur marschierten, reichte Mr. Jessop Keith ein Blatt Papier. Keith studierte die Liste, die er viel besser auswendig kannte als die Tabellen in seinem Lateinbuch. Pfefferminzstangen 8 Pence, Chips 4 Pence, gefüllte Schokolade 4 Pence, Limonade 1 Shilling. Verkauf von 17–18 Uhr am Mittwoch vor Spind 19. »Wer zuerst kommt, mahlt zuerst.«

Keith bemühte sich, eine gleichmütige Miene beizubehalten, während er über den Flur eskortiert wurde.

Als sie den Umkleideraum betraten, sah Keith seinen Internatsleiter und den Sportlehrer bereits vor seinem Spind stehen.

»Schließ die Tür auf, Townsend«, befahl der Rektor barsch.

Keith schob den kleinen Schlüssel ins Schloß und drehte ihn langsam; dann schwang er die Tür auf, und alle vier blickten in den Spind. Mr. Jessop war sichtlich verblüfft, nichts weiter darin zu erblicken als einen Cricketschläger, ein Paar alte Kniepolster und ein zerknittertes weißes Hemd, das offenbar seit Wochen nicht mehr getragen war.

Der Rektor sah verärgert aus, der Internatsleiter verdutzt, und der Sportlehrer verlegen.

»Könnte es sein, daß Sie den Falschen verdächtigt haben?« fragte Keith mit Unschuldsmiene.

»Mach die Tür wieder zu, und geh sofort zum Unterricht zurück, Townsend«, wies der Rektor ihn an. Keith gehorchte mit gleichmütigem Kopfnicken und schlenderte über den Flur zurück.

Als er wieder an seinem Pult saß, erkannte Keith, daß er sich entscheiden mußte, was er nun tun sollte. Sollte er seine Ware in Sicherheit bringen und seine Investition retten? Oder sollte er einen kleinen Hinweis geben, wo die Ware vielleicht gefunden werden könnte, und auf diese Weise ein für allemal eine alte Rechnung begleichen?

Desmond Motson drehte sich um und starrte Keith an. Er war sichtlich überrascht und enttäuscht, daß Townsend wieder auf seinem Platz war.

Keith bedachte ihn mit einem breiten Lächeln. Nun wußte er, welche Entscheidung er treffen mußte.

THE TIMES

9. MÄRZ 1936

DEUTSCHE TRUPPEN IM RHEINLAND

Als die Deutschen die entmilitarisierte Zone des Rheinlandes vertragswidrig besetzt hatten, hörte Lubji zum erstenmal den Namen Adolf Hitler.

Seine Mutter war jedesmal zutiefst entsetzt, wenn sie in der Wochenzeitschrift des Rabbi von den Untaten des Führers las. Sobald Zelta mit einer Seite fertig war, reichte sie diese ihrem ältesten Sohn. Sie hörte erst zu lesen auf, wenn es zu dunkel für sie wurde, um die Worte entziffern zu können. Lubji konnte für gewöhnlich noch einige Minuten länger lesen.

»Müssen wir alle den gelben Judenstern tragen, falls Hitler über unsere Grenze kommt?« fragte er.

Zelta tat so, als wäre sie eingeschlafen.

Seit einiger Zeit konnte sie es vor den anderen Familienmitgliedern nicht mehr verbergen, daß sie von allen ihren Kindern Lubji am liebsten hatte – und das, obwohl sie ihn verdächtigte, am Verschwinden ihrer kostbaren Brosche schuld zu sein. Voller Stolz hatte sie verfolgt, wie er zu einem großen, gutaussehenden jungen Burschen herangewachsen war. Doch in einem Punkt blieb Zelta eisern: Trotz Lubjis Erfolgen als Händler, von denen zugegebenermaßen die ganze Familie profitierte, mußte er Rabbi werden. Sie selbst mochte ihr Leben vergeudet haben, doch Lubji sollte seine Chance nutzen.

Während der vergangenen sechs Jahre hatte Zeltas Onkel, der Rabbi, Lubji jeden Vormittag in seinem Haus auf dem Hügel unterrichtet. Gegen Mittag entließ er ihn dann, damit er zum Markt zurückkehren konnte, wo er inzwischen einen eigenen Stand erworben hatte. Ein paar Wochen nach Lubjis Bar-Mizwa-Feier hatte der alte Rabbi Zelta einen Brief ausgehändigt, in dem Lubji ein Stipendium an der jüdischen Oberschule in Ostrau zugesichert wurde. Es war der glücklichste Tag in Zeltas Leben. Sie wußte, daß ihr Sohn klug war, vielleicht sogar außerordentlich klug, doch ihr war auch klar, daß sie eine solche Zusage nur dem Einsatz und dem guten Ruf ihres Onkels zu verdanken hatten.

Als Lubji von diesem Stipendium erfuhr, versuchte er, sich seine Bestürzung nicht anmerken zu lassen. Obwohl er sich nur noch an den Nachmittagen auf dem Markt aufhalten durfte, machte er bereits so viel Gewinn, daß er jedem in seiner Familie ein Paar Schuhe hatte kaufen können; überdies konnten sie sich jetzt regelmäßig zwei Mahlzeiten am Tag leisten. Am liebsten hätte Lubji seiner Mutter klipp und klar gesagt, daß es sinnlos war, Rabbi zu werden, wo sein größtes Ziel doch darin bestand, ein Geschäft auf dem leeren Grundstück neben Herrn Lekskis Laden zu errichten.

Herr Lekski schloß das Geschäft und nahm sich den Tag frei, um den angehenden Oberschüler mit dem Wagen nach Ostrau zu bringen. Auf der langen Fahrt sagte Herr Lekski, er hoffe, daß Lubji nach Schulabschluß das Juweliergeschäft übernehmen werde – worauf Lubji sofort zurück nach Hause wollte. Erst nach langem Zureden nahm er seine kleine lederne Reisetasche, die er beim letzten Geschäft des vergangenen Tages erstanden hatte, und schritt durch den großen steinernen Torbogen, der zur Oberschule führte. Hätte Herr Lekski zum Schluß nicht hinzugefügt, daß er Lubji sein Geschäft nur dann anvertrauen würde, wenn dieser die fünfjährige Schulzeit auf sich nahm, wäre der Junge, ohne zu zögern, wieder in den Wagen gesprungen.

Lubji stellte bald fest, daß es auf der Oberschule keine anderen Schüler gab, die aus so ärmlichen Verhältnissen stammten wie er. Einige seiner Klassenkameraden ließen es Lubji direkt oder indirekt spüren, daß er aus einer anderen Gesellschaftsschicht kam, mit deren Angehörigen sie nicht unbedingt verkehren wollten. Im Laufe der nächsten Wochen mußte Lubji zudem erkennen, daß die Fähigkeiten, die er sich als Händler auf dem Markt erworben hatte, auf einer solchen Lehranstalt nur wenig Nutzen brachten – obwohl selbst seine größten Gegner nicht bestreiten konnten, daß Lubji eine natürliche Begabung für Sprachen besaß. Und lange Arbeitsstunden, wenig Schlaf und strenge Disziplin machten dem Jungen aus Douski ohnehin nichts aus.

Am Ende seines ersten Jahres in Ostrau schloß Lubji in den meisten Fächern überdurchschnittlich gut ab. In Mathematik war er der Beste; in Ungarisch – jetzt seine zweite Sprache – der Drittbeste. Dem Direktor der Oberschule entging allerdings nicht, daß sein begabtester Schüler kaum Freunde hatte und fast zum Einzelgänger geworden war; zumindest war der Direktor erleichtert darüber, daß niemand mehr versuchte, den oft unbeherrschten Jungen einzuschüchtern – der einzige, der dies gewagt hatte, war auf der Krankenstation gelandet.

Als Lubji nach Douski zurückkehrte, war er erstaunt darüber, wie klein die Stadt ihm nun vorkam, wie arm seine Familie tatsächlich war und wie sehr sie sich daran gewöhnt hatte, sich ganz auf ihn zu verlassen.

Jeden Morgen, nachdem sein Vater zur Viehweide aufgebrochen war, stieg Lubji wieder den Hügel hinauf zum Haus des Rabbi, um seine Studien fortzusetzen. Der alte Gelehrte staunte, wie gut der Junge Fremdsprachen beherrschte; er gab sogar zu, daß er in Mathematik nicht mehr mit Lubji Schritt halten konnte. Nach dem Unterricht beim Rabbi begab Lubji sich auf den Markt, wie früher, und brachte an guten Tagen genug Lebensmittel mit, um die ganze Familie satt zu bekommen.

Er versuchte, seinen Brüdern das Geschäftemachen beizubringen, damit sie vormittags und während seiner Abwesenheit den Stand übernehmen konnten. Doch er mußte rasch einsehen, daß es hoffnungslos war. Er wünschte sich, seine Mutter würde ihm erlauben, zu Hause zu bleiben und sich ein Geschäft aufzubauen, von dem sie alle ihren Nutzen hatten. Doch Zelta zeigte kein Interesse daran, was Lubji auf dem Markt trieb; sie fragte ihn nur nach seinen schulischen Leistungen. Wieder und wieder las sie sein Zeugnis und hätte die Noten wahrscheinlich im Schlaf aufsagen können, noch ehe die Ferien zu Ende waren – was immerhin Lubjis Entschluß stärkte, ihr mit dem nächsten Zeugnis noch bessere Noten nach Hause zu bringen.

Als die sechswöchigen Ferien endeten, packte Lubji widerstrebend seine kleine lederne Reisetasche, und Herr Lekski fuhr ihn abermals nach Ostrau. »Mein Angebot steht weiterhin«, versicherte ihm der alte Mann, »doch erst mußt du deinen Abschluß haben.«

Während Lubjis zweitem Jahr auf der Oberschule fiel bei den Gesprächen der Name Adolf Hitler fast so oft wie der von Moses. Jeden Tag kamen Juden über die Grenze, die vor den Schrecken des Naziregimes in Deutschland flüchteten, und Lubji fragte sich, was dieser Hitler als nächstes vorhatte. Er las jede Zeitung, die er in die Hand bekommen konnte, egal in welcher Sprache und welchen Erscheinungsdatums.

HITLER BLICKT NACH OSTEN, stand auf der Titelseite der *Ostrava*. Als Lubji Seite sieben aufschlagen wollte, um den eigentlichen Artikel zu lesen, stellte er fest, daß die Seite fehlte – was ihn jedoch nicht davon abhielt, sich zu fragen, wie lange es noch dauern würde, bis des Führers Panzer in die Tschechoslowakei einrollten. Und eines stand für Lubji fest: Zur Rasse von Hitlers Herrenmenschen gehörten er und seinesgleichen ganz bestimmt nicht.

An diesem Vormittag äußerte er in der Geschichtsstunde seine Besorgnis, doch der Lehrer konnte offenbar nicht weiter als bis zu Hannibal denken und ob der es über die Alpen schaffte. Lubji klappte sein altes Geschichtsbuch zu und marschierte, ohne die Konsequenzen zu bedenken, aus dem Klassenzimmer und den Flur hinunter zu den Privaträumen des Direktors. Vor einer Tür, durch die er bisher noch nie getreten war, zögerte er kurz; dann klopfte er entschlossen an.

»Herein!« rief eine Stimme.

Lubji öffnete langsam die Tür und betrat das Arbeitszimmer des Schulleiters. Der gottesfürchtige Mann trug seine roten und grauen Amtsroben, und auf seinen langen schwarzen Ringellokken saß ein schwarzes Käppchen. Er blickte von seinem Schreibtisch auf. »Ich nehme an, dich führt eine Angelegenheit von außerordentlicher Dringlichkeit zu mir, Hoch?«

»Ja, Herr Direktor«, versicherte Lubji. Dann verlor er den Mut.

»Nun?« drängte der Direktor, nachdem sich eine Weile nichts getan hatte.

»Wir müssen uns darauf vorbereiten, von einem Moment zum anderen zu fliehen«, platzte es plötzlich aus Lubji heraus. »Wir müssen davon ausgehen, daß es nicht mehr lange dauern wird, bis Hitler …«

Der alte Mann lächelte den Fünfzehnjährigen an und machte eine wegwerfende Handbewegung. »Hitler hat hundertmal erklärt, daß er kein Interesse daran hat, Gebiete zu besetzen, die nicht zum deutschen Reich gehören«, erklärte er, als würde er einen unbedeutenden Fehler verbessern, der Lubji in einer Geschichtsprüfung unterlaufen war.

»Entschuldigen Sie, daß ich Sie belästigt habe, Herr Direktor.« Lubji erkannte, daß er einen so weltfremden Mann nicht überzeugen konnte, und mochte er seinen Fall noch so überzeugend darlegen.

Doch im Laufe der nächsten Wochen mußte zuerst Lubjis Klassenlehrer und schließlich auch der Direktor zugeben, daß vor ihren Augen Geschichte geschrieben wurde.

An einem warmen Septemberabend forderte der Direktor die Schüler bei seiner täglichen Runde auf, ihre Sachen zu packen, da sie im Morgengrauen des kommenden Tages das Schulgebäude verlassen würden. Er wunderte sich nicht, als er feststellte, daß Lubjis Zimmer bereits geräumt war.

Wenige Minuten nach Mitternacht überquerte eine deutsche Panzerdivision die Grenze und rückte, ohne auf Gegenwehr zu stoßen, gegen Ostrau vor. Die Soldaten durchstöberten die Oberschule, noch ehe die Frühstücksglocke läutete, und zerrten sämtliche Schüler auf die wartenden Lastwagen. Nur einer meldete sich beim Anwesenheitsappell nicht: Lubji Hoch, der die Schule in der Nacht zuvor verlassen hatte.

Nachdem er seine Habseligkeiten in die kleine Lederreisetasche gestopft hatte, schloß Lubji sich dem Flüchtlingsstrom zur ungarischen Grenze an. Er hoffte inständig, daß seine Mutter nicht nur die Zeitungen gelesen, sondern auch Hitlers Absicht vorhergesehen und mitsamt der Familie die Flucht ergriffen hatte. Erst vor kurzem waren Lubji Gerüchte zu Ohren gekommen, daß die Deutschen sämtliche Juden zusammentrieben und in Internierungslager sperrten. Er versuchte, gar nicht erst daran zu denken, was seiner Familie im Fall einer Gefangennahme widerfahren mochte.

Nachdem Lubji sich in dieser Nacht aus dem Eingangstor der Oberschule gestohlen hatte, konnte er die Einheimischen beobachten, die von Haus zu Haus eilten, um ihre Verwandten zu warnen, während andere ihr Hab und Gut auf Pferdewagen luden, die ganz sicher auch vom langsamsten deutschen Panzer eingeholt wurden. Jetzt ist nicht die Zeit, sich Sorgen um Hab und Gut zu machen, hätte Lubji den Leuten am liebsten zugerufen, Möbel und Kleider kann man nicht erschießen. Doch niemand blieb lange genug stehen, um dem hochgewachsenen, muskulösen jungen Mann mit den langen schwarzen Ringellocken zuzuhören, der die

Einheitskleidung der jüdischen Oberschule trug. Als die deutschen Panzer das Schulgebäude umzingelten, hatte Lubji bereits mehrere Kilometer auf der Straße zurückgelegt, die nach Süden zur Grenze führte.

An Schlaf dachte er nicht einmal. Er konnte bereits das Donnern von Geschützen hören, als die anrückenden deutschen Truppen sich von Westen her der Stadt näherten. Unentwegt marschierte Lubji weiter, vorbei an jenen, die viel zu langsam vorankamen, weil sie all ihre Habe zogen oder schoben, die sie im Laufe des Lebens angesammelt hatten. Er überholte schwerbeladene Esel; Karren, deren Räder dringend repariert werden mußten; Familien mit kleinen Kindern und greisen Frauen und Männern, die kaum die Chance hatten, sich rechtzeitig in Sicherheit zu bringen. Er sah, wie Mütter ihren Söhnen die Locken abschnitten und alles fortwarfen, das sie als Juden verraten könnte. Gern wäre er stehengeblieben, um ihnen deshalb Vorhaltungen zu machen; doch er wollte keine kostbare Zeit verlieren. Er schwor, sich durch nichts auf der Welt dazu bringen zu lassen, seinen Glauben aufzugeben.

Die Disziplin, die man Lubji in den vergangenen zwei Jahren auf der Oberschule gelehrt hatte, machte es ihm leichter, ohne Essen und Trinken und ohne Rast bis zum Tagesanbruch weiter zu marschieren. Schließlich aber mußte er sich ein wenig Schlaf gönnen: beim ersten Mal hinten auf einem Karren, beim zweiten Mal auf dem Beifahrersitz eines Lastwagens. Lubji war fest entschlossen, ein befreundetes Land zu erreichen und sich auf dem Weg dorthin durch nichts und niemanden aufhalten zu lassen.

Obgleich die ersehnte Freiheit keine zweihundert Kilometer entfernt war, sah Lubji die Sonne dreimal auf- und untergehen, ehe er endlich die Rufe jener Menschen hörte, die an der Grenze zum freien, unabhängigen Ungarn angelangt waren. Schließlich blieb er am Ende einer schier endlos langen Schlange hoffnungsvoller Einwanderer stehen. Drei Stunden später waren die Wartenden nur ein paar hundert Meter vorangekommen, und die Flüchtlinge, die vor Lubji standen, ließen sich für die Nacht nieder. Besorgte Augen blickten in die Runde und sahen dunklen Rauch zum Himmel steigen, und alle vernahmen das Donnern von Geschützen, als die Deutschen ihren unerbittlichen Vormarsch fortsetzten.

Lubji wartete, bis es stockdunkel war; dann ging er lautlos an den schlafenden Familien vorbei, bis er die Lichter des Grenzpostens deutlich sehen konnte. So unauffällig wie möglich legte er sich in den Straßengraben und benutzte seine Reisetasche als Kopfkissen. Als der Grenzbeamte am Morgen die Schranke hob, wartete Lubji an der Spitze der Schlange. Nachdem die Wartenden hinter ihm erwachten und den unentwegt Psalmen murmelnden jungen Mann in seiner Schuluniform sahen, dachte nicht einer daran, ihn zu fragen, wie er nach vorn in die Warteschlange gekommen war.

Der Grenzbeamte vergeudete nicht viel Zeit mit der Durchsuchung der kleinen Reisetasche. Nachdem Lubji über die Grenze war, hielt er sich auf der Straße nach Budapest, der einzigen ungarischen Stadt, von der er gehört hatte. Von großzügigen Familien, die erleichtert waren, den Deutschen entkommen zu sein, mit Nahrungsmitteln versorgt, erreichte Lubji nach weiteren zwei Tagen und Nächten am 23. September 1939 die Außenbezirke der ungarischen Hauptstadt.

Beim Anblick Budapests glaubte Lubji, seinen Augen nicht trauen zu können. Bestimmt war dies die größte Stadt der Welt. Er verbrachte mehrere Stunden allein damit, durch die Straßen zu spazieren, und jeder Schritt berauschte ihn mehr. Schließlich ließ er sich erschöpft auf der Freitreppe einer großen Synagoge nieder. Als er am nächsten Morgen erwachte, galt seine erste Frage nach dem Weg zum Marktplatz.

Beinahe ehrfürchtig starrte Lubji auf die schier endlosen Reihen von Ständen und Buden – so weit, wie das Auge reichte. An einigen Verkaufsständen wurde nur Gemüse oder Obst angeboten; an anderen alte Möbel, und in einer Bude lediglich Bilder, von denen einige sogar gerahmt waren.

Obwohl Lubji ihre Sprache fließend beherrschte, lautete die einzige Frage der Händler, als er ihnen seine Dienste anbot: »Hast du was zu verkaufen?« Zum zweitenmal in seinem Leben sah Lubji sich mit dem Problem konfrontiert, daß er nichts besaß, womit er einen Tauschhandel hätte tätigen können. Deshalb konnte er nur zuschauen, wie andere Flüchtlinge kostbare Familienerbstücke für nicht mehr als einen Laib Brot oder einen Sack Kartoffeln hergaben. Rasch wurde ihm klar, daß man im Krieg mit einigem Geschick ein Vermögen anhäufen konnte.

Lubji wollte gerade weitergehen, als ein junger Mann, nur

wenige Jahre älter als er, zu einem Kiosk schlenderte, sich ein Päckchen Zigaretten und eine Schachtel Streichhölzer geben ließ und davonging, ohne zu bezahlen. Die Besitzerin des Kiosks versuchte, dem jungen Burschen nachzulaufen; sie fuchtelte mit den Armen und schrie: »Dieb! Dieb!« Doch der junge Mann zuckte bloß die Schultern und zündete sich eine Zigarette an. Lubji rannte ihm die Straße entlang nach und legte ihm eine Hand auf die Schulter. Als der Bursche sich umdrehte, sagte Lubji: »Du hast die Zigaretten nicht bezahlt.«

»Hau ab, verdammter Slowak«, knurrte der Mann und stieß ihn zur Seite, ehe er weiter die Straße entlangschlenderte. Lubji folgte ihm erneut und packte ihn diesmal am Arm. Wieder drehte der Kerl sich um und schlug ohne Vorwarnung nach seinem Verfolger. Lubji duckte sich, und die Faust zischte über seine Schulter hinweg. Als der Mann vom Schwung des eigenen Schlages nach vorn gerissen wurde, versetzte Lubji ihm einen derart wuchtigen Fausthieb in die Magengrube, daß der Bursche rückwärts taumelte, schwer auf den Boden prallte und die Zigaretten wie auch die Streichhölzer fallen ließ. In diesen Sekunden hatte Lubji wieder etwas entdeckt, das er offenbar von seinem Vater geerbt hatte.

Seine Körperkraft hatte ihn dermaßen erstaunt, daß er einen Augenblick zögerte, ehe er sich bückte und die Zigaretten und Streichhölzer aufhob. Er ließ den Kerl, der sich die Hände auf den schmerzenden Leib preßte, auf der Straße sitzen und rannte zum Kiosk zurück.

»Vielen Dank«, sagte die alte Frau, als Lubji ihr die Ware zurückbrachte.

»Ich bin Lubji Hoch«, stellte er sich vor und verbeugte sich tief.

»Und ich bin Frau Cerani«, sagte sie.

Als die alte Dame an diesem Abend nach Hause ging, schlief Lubji auf dem Pflaster hinter dem Kiosk. Am folgenden Morgen sah Frau Cerani überrascht, daß der junge Mann immer noch da war – er saß auf einem Stapel neuer Zeitungen.

In dem Moment, als Lubji sah, wie die alte Dame die Straße herunterkam, machte er sich daran, die zusammengeschnürten Zeitungspacken zu öffnen. Dann beobachtete er die Frau, wie sie die Zeitungen sortierte und übersichtlich in Ständern zur Schau stellte, so daß sie den Leuten, die zu dieser frühen Stunde zur Arbeit eilten, ins Auge fielen. Im Laufe des Tages erzählte Frau

Cerani ihrem jungen Helfer von den verschiedenen Zeitungen und beobachtete staunend, in wie vielen Sprachen Lubji lesen konnte, und mehr noch: Bald stellte sie fest, daß er sich mit jedem Flüchtling zu unterhalten vermochte, der an den Kiosk kam, um sich über Neuigkeiten aus seiner Heimat zu informieren.

Am nächsten Morgen hatte Lubji – schon lange, bevor Frau Cerani kam – sämtliche Zeitungen in ihre Ständer einsortiert. Einige hatte er sogar schon an frühe Kunden verkauft. Gegen Ende der Woche döste Frau Cerani so manche Stunde glücklich in einem Winkel ihres Kiosks und brauchte nur hin und wieder mit einem Rat auszuhelfen, wenn Lubji die Frage eines Kunden einmal nicht beantworten konnte.

Nachdem Frau Cerani am Freitagabend den Kiosk geschlossen hatte, bedeutete sie Lubji, mit ihr zu kommen. Die beiden schritten schweigend dahin, bis sie vor einem Häuschen hielten, das etwa anderthalb Kilometer vom Kiosk entfernt war. Die alte Frau forderte Lubji auf, mit ihr hineinzukommen und führte ihn ins Wohnzimmer, wo sie ihn ihrem Mann vorstellte. Herr Cerani erschrak zuerst beim Anblick des schmutzstarrenden jungen Hünen; dann aber stieg Mitleid in ihm auf, als er erfuhr, daß Lubji ein jüdischer Flüchtling aus Ostrau war. Er lud ihn ein, zum Abendessen zu bleiben. Es war das erste Mal, daß Lubji wieder an einem Tisch saß, seit er von der Oberschule geflüchtet war.

Während des Essens erfuhr Lubji, daß Herr Cerani einen großen Zeitungsladen betrieb, der auch den Kiosk seiner Frau belieferte. Lubji stellte seinem Gastgeber eine Reihe von Fragen über Remittenden, Ladenhüter, Sonderausgaben, Gewinnspanne und Warenbestand. Es dauerte nicht lange, und der Zeitungshändler wußte, weshalb die Einnahmen des Kiosks in der abgelaufenen Woche in die Höhe geschnellt waren. Als Lubji den Abwasch besorgte, besprachen sich Herr und Frau Cerani in einer Ecke des Wohnzimmers. Schließlich winkte Frau Cerani Lubji herbei. Er vermutete, daß es nun ans Abschiednehmen ging. Doch statt Lubji zur Tür zu führen, stieg Frau Cerani die Treppe hinauf, drehte sich um und winkte ihm erneut, ihr zu folgen. Oben angelangt, öffnete sie die Tür zu einer Kammer. Es lag kein Teppich auf dem Boden, und die einzigen Möbel waren ein schmales Bett, eine wacklige Kommode und ein Tischchen. Traurig blickte die alte Frau auf das leere Bett; dann deutete sie darauf und verließ die Kammer ohne ein weiteres Wort.

In den nächsten zwei Wochen verdoppelte sich der Umsatz des kleinen Kiosks beinahe, so viele Einwanderer aus so vielen Ländern kamen, um sich mit dem jungen Mann – der anscheinend jede Zeitung gelesen hatte – darüber zu unterhalten, was in ihrer Heimat vor sich ging. Am Monatsletzten händigte Herr Cerani Lubji seine erste Lohntüte aus. Und beim Abendessen an diesem Tag ließ er den jungen Mann wissen, daß er ihn ab Montag in sein Geschäft mitnehmen wolle, damit er mehr über die Zeitungsbranche lerne. Frau Cerani war sehr enttäuscht, obwohl ihr Mann ihr versicherte, daß er ihr Lubji nur für eine Woche entführen wollte.

Im Laden merkte der Junge sich rasch die Namen der Stammkunden und welche Zeitungen und Zeitschriften sie kauften und ihre Zigaretten-Lieblingsmarken. Während der zweiten Woche fiel Lubji ein gewisser Herr Farkas auf, der auf der gegenüberliegenden Straßenseite ebenfalls ein Zeitungsgeschäft führte. Doch da weder Herr noch Frau Cerani ihn namentlich erwähnten, brachte Lubji es nicht zur Sprache. Am Sonntagabend erklärte Herr Cerani seiner Frau, daß er Lubji ganz bei sich im Laden behalten würde. Es schien sie nicht zu überraschen.

Jeden Morgen stand Lubji um vier Uhr auf, um den Laden zu öffnen. Es dauerte nicht lange, bis er bereits den Kiosk belieferte und die ersten Kunden bediente, noch ehe das Ehepaar Cerani zu Ende gefrühstückt hatte. Im Laufe der nächsten Wochen kam Herr Cerani fast jeden Tag ein bißchen später ins Geschäft, und wenn er am Abend abgerechnet hatte, drückte er Lubji oft die eine oder andere Münze in die Hand.

Lubji stapelte die Münzen auf dem Tischchen neben seinem Bett. Jedesmal, wenn er zehn beisammen hatte, wechselte er sie gegen einen grünen Schein. In den Nächten lag er manchmal wach und malte sich aus, daß er Laden und Kiosk übernehmen würde, wenn Herr und Frau Cerani in den Ruhestand gingen. Seit kurzem behandelten sie ihn, als wäre er ihr Sohn: Sie machten ihm kleine Geschenke, und Frau Cerani umarmte ihn sogar, bevor er zu Bett ging, was Lubji schmerzlich an seine Mutter erinnerte.

In Lubji keimte die Hoffnung auf, daß sein Wunsch in Erfüllung ging, als Herr Cerani sich zuerst einen Tag, später ein ganzes Wochenende frei nahm und bei seiner Rückkehr erfreut feststellte, daß der Umsatz schon wieder gestiegen war.

An einem Samtagmorgen hatte Lubji auf dem Rückweg von der Synagoge das Gefühl, daß ihm jemand folgte. Er blieb stehen, drehte sich um und sah Herrn Farkas, die Konkurrenz von der anderen Straßenseite. Abwartend verharrte der Mann nur ein paar Schritte hinter Lubji.

»Guten Morgen, Herr Farkas.« Lubji lüpfte den breitkrempigen schwarzen Hut.

»Guten Morgen, Herr Hoch.« Bis zu diesem Moment hatte Lubji noch nie als »Herr Hoch« von sich gedacht. Aber er hatte ja schließlich erst vor kurzem seinen siebzehnten Geburtstag gefeiert, und in diesem Alter pflegte man noch nicht so angesprochen zu werden.

»Möchten Sie mit mir reden?« fragte er.

»Ja, Herr Hoch.« Herr Farkas kam die paar Schritte heran und verlagerte sein Körpergewicht nervös von einem Fuß auf den anderen. Lubji erinnerte sich an Herrn Lekskis Rat: »Du darfst nie etwas sagen, wenn ein Kunde einen nervösen Eindruck macht.«

»Ich würde Ihnen gern eine Stellung in einem meiner Geschäfte anbieten.« Jetzt blickte Herr Farkas zu ihm auf.

Zum erstenmal wurde Lubji klar, daß Herr Farkas mehr als nur einen Laden hatte. »Als was?« erkundigte er sich.

»Als stellvertretender Geschäftsführer.«

»Und mein Gehalt?« Als Lubji den Betrag gehört hatte, schwieg er, obwohl hundert Pengö die Woche fast doppelt soviel war, wie Herr Cerani ihm bezahlte.

»Und wo soll ich wohnen?«

»Über dem Laden ist ein Zimmer«, antwortete Herr Farkas. »Ich glaube, es ist viel größer als die Dachkammer, die Ihnen die Ceranis zur Verfügung gestellt haben.«

Lubji blickte zu ihm hinunter. »Ich werde mir Ihr Angebot durch den Kopf gehen lassen, Herr Farkas.« Und wieder lüpfte er den Hut. Als er zum Haus der Ceranis gelangte, hatte er beschlossen, Herrn Cerani von diesem Gespräch zu erzählen, ehe es jemand anderes tat.

Der alte Mann zupfte an seinem dichten Schnurrbart und seufzte, als Lubji zum Ende kam. Doch er sagte nichts.

»Ich habe ihm natürlich zu verstehen gegeben, daß ich nicht daran interessiert bin, für ihn zu arbeiten«, fügte Lubji hinzu und wartete auf eine Reaktion seines Chefs. Doch Herr Cerani schwieg weiterhin. Erst beim Abendessen brachte er das Thema zur Sprache. Lubji lächelte, als er erfuhr, daß er zum Wochenende eine Lohnerhöhung erwarten dürfe. Doch am Freitag war er sehr enttäuscht; ein Blick in das kleine braune Kuvert zeigte ihm, wie gering diese Erhöhung war.

Als Herr Farkas sich am nächsten Samstag bei Lubji erkundigte, ob er sich entschieden habe, antwortete der junge Mann lediglich, daß er mit seinem derzeitigen Lohn zufrieden sei. Er verbeugte sich tief, ehe er davonschritt – und hoffte, den Eindruck hinterlassen zu haben, erst bei einem *noch* höheren Angebot interessiert zu sein.

Während Lubji in den nächsten Wochen seiner Arbeit nachging, blickte er hin und wieder zu dem großen Zimmer über dem Zeitschriftenladen auf der anderen Straßenseite hinauf. Und nachts, wenn er wach im Bett lag, malte er sich aus, wie es wohl im Inneren des Zimmers aussah.

Nach einem halben Jahr bei den Ceranis hatte Lubji fast seinen gesamten Lohn sparen können. Seine einzigen größeren Ausgaben waren die für einen zweireihigen Anzug, zwei Hemden und eine getupfte Krawatte gewesen, alles aus zweiter Hand; diese Sachen hatten erst kürzlich seine Schulkleidung ersetzt. Doch ungeachtet seiner materiellen Sicherheit machte er sich immer größere Sorgen darüber, in welches Land die Deutschen als nächstes einfallen würden. Nach Hitlers Blitzkrieg in Polen hatte der deutsche Diktator dem ungarischen Volk in wiederholten Reden versichert, daß er es als Verbündeten betrachte. Doch nach Hitlers bisherigem Vorgehen zu schließen, hatte das Wort »Verbündeter« in Deutschland vielleicht eine andere Bedeutung als in Polen.

Lubji versuchte, die Gedanken an eine neuerliche Flucht zu verdrängen, doch mit jedem Tag wurde ihm schmerzhafter bewußt, daß er Jude war; die Leute ließen es ihn spüren, und Lubji entging nicht, daß so mancher Bürger Budapests sich offenbar darauf vorbereitete, die Nazis willkommen zu heißen.

Eines Morgens, auf dem Weg zur Arbeit, spuckte ein Passant Lubji an. Er war wie vom Donner gerührt. Doch schon im Laufe der nächsten Tage häuften sich derartige Vorfälle. Dann wurden die ersten Steine auf Herrn Ceranis Auslage geworfen, und einige Stammkunden kauften von nun an auf der gegenüberliegenden

Straßenseite bei Herrn Farkas ein. Dennoch wies Herr Cerani unerschütterlich darauf hin, daß Hitler kategorisch erklärt habe, er werde die ungarische Gebietshoheit niemals verletzen.

Lubji erinnerte seinen Chef daran, daß der Führer sich genau dieser Worte bedient hatte, bevor er in Polen eingefallen war.

Lubji wußte, daß sein bisher gespartes Geld nicht reichte, eine weitere Grenze zu überqueren; deshalb ging er am nächsten Montag, noch ehe die Ceranis zum Frühstück heruntergekommen waren, entschlossen über die Straße und betrat den Laden der Konkurrenz. Herr Farkas konnte seine Verwunderung nicht verhehlen, als er Lubji durch die Tür kommen sah.

»Gilt Ihr Angebot noch, mich zum stellvertretenden Geschäftsführer zu machen?« fragte Lubji sofort, da er nicht gern auf der falschen Straßenseite ertappt werden wollte.

»Nicht für einen Juden, o nein«, antwortete Herr Farkas und blickte ihn an, ohne im mindesten verlegen zu werden. »Mögen Sie noch so tüchtig sein. Sobald Hitlers Wehrmacht nach Ungarn kommt, übernehme ich sowieso Ihren Laden.«

Lubji ging, ohne ein weiteres Wort zu verlieren. Als Herr Cerani eine Stunde später in sein Geschäft kam, erzählte Lubji ihm, daß Herr Farkas ihm ein neuerliches Angebot gemacht habe. »Aber ich habe ihm gesagt, daß ich mich nicht kaufen lasse.« Herr Cerani nickte, schwieg jedoch auch diesmal. Lubji wunderte sich allerdings nicht, als er am Freitag in seiner Lohntüte ein kleines bißchen mehr Geld vorfand.

Lubji sparte auch weiterhin sein ganzes Gehalt. Und dann kam, was er befürchtet hatte: Die ersten Juden wurden wegen Bagatellen verhaftet. Lubji dachte über seinen Fluchtweg nach. Jede Nacht, sobald die Ceranis zu Bett gegangen waren, schlich Lubji die Treppe hinunter, um in Herrn Ceranis kleinem Arbeitszimmer den alten Atlas zu studieren. Er ging die möglichen Fluchtwege mehrmals durch. Auf keinen Fall durfte er Jugoslawien durchqueren oder auch nur betreten; denn zweifellos dauerte es nicht mehr lange, bis auch dieses Land das gleiche Schicksal erlitt wie Polen und die Tschechoslowakei. Italien kam ebensowenig in Frage wie Rußland. So entschied Lubji sich schließlich für die Türkei. Obwohl er keine amtlichen Papiere besaß, beschloß er, sich Ende der Woche zum Bahnhof zu begeben und irgendeinen Zug ausfindig zu machen, der durch Rumänien und Bulgarien nach Istanbul fuhr. Kurz nach Mitternacht faltete Lubji die alten Europakarten zum letztenmal zusammen und kehrte auf seine kleine Dachkammer zurück.

Er wußte, daß er den Ceranis bald Bescheid sagen mußte, beschloß jedoch, damit zu warten, bis er am kommenden Freitag seine Lohntüte erhalten hatte. Er stieg ins Bett. Bevor er einschlief, versuchte er sich vorzustellen, wie das Leben in Istanbul sein würde. Ob es dort einen Markt gab? Und waren die Türken ein Volk, das gern Handel trieb und feilschte?

Laute Schreie und Klopfgeräusche rissen Lubji aus tiefem Schlaf. Er sprang aus dem Bett, rannte zu dem kleinen Fenster und blickte vorsichtig hinaus. Auf der Straße wimmelte es von bewaffneten Soldaten. Einige hämmerten mit den Kolben ihrer Gewehre an Türen. Es konnte sich nur noch um Minuten handeln, bis sie das Haus der Ceranis erreichten. Hastig schlüpfte Lubji in seine Kleider, holte das Geldbündel unter der Matratze hervor, stopfte es sich unter den Hosenbund und schnallte den Gürtel fester.

Er rannte zum ersten Stock hinunter und ins Badezimmer, das er mit den Ceranis teilte. Mit dem Rasiermesser des alten Mannes schnitt er sich rasch seine schwarzen Ringellocken ab, die ihm bis auf die Schultern hingen, warf sie in die Toilettenschüssel und spülte sie hinunter. Dann nahm er Herrn Ceranis Pomade aus dem Arzneischrank, klatschte sich eine Handvoll aufs Haar und verrieb sie; Lubji hoffte, auf diese Weise würde es weniger auffallen, daß sein Haar eben erst so unfachmännisch gestutzt worden war.

Lubji warf einen raschen letzten Blick in den Spiegel und betete inbrünstig, daß ihn die Invasoren in seinem hellgrauen Zweireiher mit dem breiten Revers und dem weißen Hemd mit dem blauen, getupften Binder für einen ungarischen Geschäftsmann auf Besuch in der Hauptstadt halten würden. Zumindest sprach er jetzt ein akzentfreies Ungarisch. Als Lubji die Treppe hinunterhuschte, hörte er, daß bereits gegen die Tür des Nachbarhauses gehämmert wurde. Rasch warf er einen Blick ins Wohnzimmer, doch die Ceranis waren nicht da. Er ging weiter in die Küche, wo er das alte Ehepaar engumschlungen unter dem Tisch kauernd vorfand. Solange die sieben Kerzen Davids in der Zimmerecke standen, konnten die Ceranis schlecht verheimlichen, daß sie Juden waren.

Wortlos ging Lubji auf Zehenspitzen zum Küchenfenster, das

einen Blick auf den Garten hinter dem Haus gewährte. Er öffnete es vorsichtig und steckte den Kopf hinaus. Hier war von Soldaten nichts zu sehen. Lubji drehte den Kopf nach rechts und sah eine Katze einen Baum hinaufklettern. Er blickte nach links – direkt in die Augen eines Soldaten. Neben ihm stand Herr Farkas. Er nickte und sagte: »Das ist er.«

Lubji lächelte hoffnungsvoll, doch der Soldat schmetterte ihm brutal den Gewehrkolben ans Kinn. Kopfüber stürzte Lubji aus dem Fenster auf den Gartenweg.

Als er emporschaute, blickte er auf ein Bajonett, dessen Spitze knapp über seiner Nasenwurzel schwebte.

»Ich bin kein Jude!« rief er. »Ich bin kein Jude!«

Vielleicht hätte der Soldat ihm eher geglaubt, hätte Lubji die Worte nicht auf jiddisch gebrüllt.

Daily Mail

8. Februar 1945

Jalta: Die Konferenz der Grossen Drei

Als Keith zum St.-Andrews-Internat zurückkehrte, um dort sein letztes Schuljahr zu absolvieren, wunderte sich niemand, daß der Direktor ihm gar nicht erst die Möglichkeit gab, Vertrauensschüler zu werden.

Doch es gab einen anderen wichtigen Posten, den Keith vor seinem Abschluß zu erlangen versuchte, auch wenn keiner seiner Schulkameraden ihm die geringste Chance einräumte, dieses Ziel zu erreichen.

Keith wollte Redakteur des *St. Andy* werden, der Schülerzeitschrift, wie es seinerzeit bereits sein Vater gewesen war. Sein einziger Rivale für diesen Posten war ein Junge aus seiner eigenen Klasse, »Swotty« Tomkins, der im vergangenen Jahr stellvertretender Redakteur gewesen war und den der Direktor für geeignet hielt. Man ging davon aus, daß Tomkins – der bereits einen Studienplatz in Cambridge in der Tasche hatte, wo er Englisch studieren wollte – von den dreiundsechzig wahlberechtigten Schülern der sechsten Klasse klar favorisiert wurde. Doch zu diesem Zeitpunkt ahnte noch niemand, wie weit Keith gehen würde, um sich den Posten zu sichern.

Kurz bevor die Wahl stattfinden sollte, besprach Keith das Problem mit seinem Vater, während sie einen Spaziergang über den Landsitz der Familie machten.

»Wähler ändern ihre Absicht oft im letzten Augenblick«, sagte Sir Graham, »und die meisten lassen sich bestechen oder einschüchtern. Ich jedenfalls habe diese Erfahrung gemacht, sowohl in der Politik wie im Geschäftsleben. Ich kann mir nicht vorstellen, daß es bei der sechsten Klasse von St. Andrews anders ist.« Sir Graham blieb stehen, als sie zur Hügelkuppe gelangten, von der aus man über ihr Anwesen hinwegschauen konnte. »Und vergiß nicht«, fuhr er fort, »daß du einen Vorteil hast, den die meisten Kandidaten bei anderen Wahlen nicht haben.«

»Was für einen Vorteil?« erkundigte sich der Siebzehnjährige, als sie auf dem Rückweg zum Haus den Hügelhang hinunterschlenderten.

»Bei so wenigen Wählern kennst du jeden einzelnen persönlich.«

»Das könnte ein Vorteil sein, wenn ich beliebter wäre als Tomkins«, entgegnete Keith. »Bin ich aber nicht.«

»Nur wenige Politiker verlassen sich ausschließlich auf ihre Beliebtheit, wenn sie gewählt werden wollen«, versicherte ihm sein Vater. »Würden sie das tun, wäre mindestens die Hälfte der führenden Politiker dieser Welt nicht im Amt. Das beste Beispiel dafür ist Churchill.«

Auf dem Rückweg zum Haus hörte Keith seinem Vater aufmerksam zu.

Als Keith nach St. Andrews zurückkehrte, blieben ihm nur zehn Tage, die Ratschläge seines Vaters zu befolgen; dann war bereits der Wahltermin. Keith bediente sich jedes vertretbaren Mittels, die Wähler für sich zu gewinnen: mit Eintrittskarten für das Fußballstadion, mit Bier, mit den verbotenen Zigaretten. Einem Wähler versprach er sogar eine Verabredung mit seiner älteren Schwester. Doch wann immer er auszurechnen versuchte, wie viele Stimmen er sich verschafft hatte – nie war er sicher, die Mehrheit für sich zu gewinnen. Es gab nun einmal keine Möglichkeit, mit Sicherheit vorherzusagen, wie jemand bei einer geheimen Wahl abstimmte. Und es war auch keine Hilfe für Keith, daß der Direktor keinen Hehl daraus machte, wen er lieber auf dem Redakteursposten sah.

Achtundvierzig Stunden vor der Stimmabgabe ließ Keith sich die zweite von seinem Vater empfohlene Taktik durch den Kopf gehen – die Einschüchterung. Doch solange er des Nachts wachlag und darüber nachgrübelte, ihm fiel nichts Brauchbares ein.

Am Nachmittag des nächsten Tages besuchte ihn Duncan Alexander, der neu ernannte Schulsprecher. »Ich brauche zwei Karten für das Spiel Victoria gegen South Australia im MCG-Stadion.«

Keith blickte von seinem Schreibtisch auf. »Und was bekomme ich dafür?«

»Meine Stimme«, erwiderte der Schulsprecher. »Ganz zu schweigen von meinem Einfluß auf andere Wähler.«

»Bei einer geheimen Wahl?« entgegnete Keith. »Das soll wohl ein Witz sein.«

»Willst du damit andeuten, daß mein Wort dir nicht genügt?«

»Da liegst du gar nicht so verkehrt.«

»Und was würdest du davon halten, wenn ich dir ein paar pikante Einzelheiten über Cyril Tomkins erzähle, die du nach Belieben verwenden kannst?«

»Hängt davon ab, ob diese pikanten Einzelheiten genug Gewicht haben.«

»Auf jeden Fall haben sie soviel Gewicht, daß er seine Kandidatur zurückziehen müßte.«

»Wenn das wirklich stimmt, bekommst du zwei Plätze auf der Ehrentribüne, und ich werde dich jedem Spieler der Mannschaft vorstellen, den du persönlich kennenlernen möchtest. Aber bevor ich mich von den Karten trenne, muß ich natürlich wissen, was du mir über Tomkins zu berichten hast.«

»Erst will ich die Karten sehen«, verlangte Alexander.

»Willst du damit sagen, daß mein Wort dir nicht genügt?« Keith grinste.

»Da liegst du gar nicht so verkehrt.« Jetzt grinste auch Alexander.

Keith zog die oberste Lade seines Schreibtisches auf und holte eine kleine Metallschatulle heraus. Dann steckte er den kleinsten der Schlüssel, die an seiner Kette befestigt waren, ins Schloß, drehte ihn, klappte den Deckel hoch und kramte in der Schatulle, bis er zwei lange, schmale Karten zum Vorschein brachte.

Er hielt sie so, daß Alexander sie genau betrachten konnte.

Nachdem sich ein zufriedenes Lächeln auf dem Gesicht des Schulsprechers ausgebreitet hatte, fragte Keith: »Also, was weißt du über Tomkins? Was könnte ihn zwingen, seine Kandidatur aufzugeben?«

»Er ist schwul.«

»Das weiß doch jeder.« Keith winkte ab.

»Ja. Aber nicht jeder weiß, daß er im letzten Halbjahr beinahe von der Schule geflogen wäre.«

»Wär' ich doch fast auch«, erwiderte Keith. »Das ist doch nichts von Bedeutung.« Er legte die zwei Karten in die Schatulle zurück.

»Aber vielleicht ist es von Bedeutung, daß er mit dem jungen Julian Wells aus der unteren Klasse auf dem Klo erwischt wurde.«

Alexander machte eine Pause. »Beide mit heruntergelassenen Hosen.«

»Wenn die Sache wirklich so drastisch war – wieso ist Tomkins dann noch hier?«

»Weil es keine ausreichenden Beweise gab. Ich hab' gehört, daß der Lehrer, der die beiden entdeckt hat, die Tür einen Moment zu spät öffnete.«

»Oder einen Moment zu früh«, meinte Keith.

»Außerdem weiß ich aus sicherer Quelle, daß der Direktor diese Art von öffentlicher Aufmerksamkeit zur Zeit bestimmt nicht als förderlich für das Ansehen der Schule betrachtet – vor allem, wenn man bedenkt, daß Tomkins bereits ein Stipendium für Cambridge in der Tasche hat.«

Keith lächelte nun breit, langte wieder in die Schatulle und holte eine Karte heraus.

»Du hast mir beide versprochen!« protestierte Alexander.

»Die andere bekommst du morgen – wenn ich gewählt werde. So kann ich wenigstens halbwegs sicher sein, daß du dein Kreuz ins richtige Kästchen machst.«

Alexander nahm die Karte. »Die andere hole ich mir morgen.«

Nachdem der Schulsprecher die Tür hinter sich geschlossen hatte, blieb Keith an seinem Schreibtisch sitzen und fing wie rasend zu tippen an. In kürzester Zeit schaffte er vier Seiten auf der kleinen Remington, die sein Vater ihm zu Weihnachten geschenkt hatte. Nachdem er seinen Text fertiggestellt hatte, las er ihn durch, nahm ein paar Korrekturen vor und ging dann zur Druckerpresse der Schule, um eine limitierte Extraausgabe herzustellen.

Fünfzig Minuten später kam Keith wieder zum Vorschein – mit einer fingierten Titelseite in der Hand, frisch aus der Presse. Er blickte auf die Uhr. Cyril Tomkins gehörte zu den Schülern, die zwischen siebzehn und achtzehn Uhr stets brav über ihren Klassenarbeiten saßen. Wahrscheinlich war es auch an diesem Tag nicht anders. Keith ging über den Flur und klopfte leise an Tomkins' Tür.

»Herein!« rief Tomkins.

Als Keith eintrat, blickte der fleißige Schüler von seinem Schreibtisch auf. Er konnte sein Erstaunen nicht verbergen; denn Townsend hatte ihn bisher noch nie besucht. Ehe Tomkins fragen konnte, was Keith zu ihm führte, begann dieser bereits: »Ich dachte, du würdest vielleicht gern die erste Ausgabe der Schülerzeitschrift unter meiner Federführung sehen.«

Tomkins schürzte die wulstigen Lippen. »Ich glaube, du wirst feststellen, daß ich die morgige Wahl im Galopp gewinnen werde – wenn ich eine deiner viel zu häufig benutzten Redewendungen gebrauchen darf.«

»Nicht, wenn du vorher deine Kandidatur zurückziehst«, sagte Keith.

»Warum sollte ich?« Tomkins nahm seine Brille ab und putzte sie mit dem Ende seiner Krawatte. »*Mich* kannst du nicht bestechen, wie du es bei den anderen Schülern der sechsten Klasse versucht hast.«

»Stimmt«, gab Keith zu, »aber ich hab' trotzdem das Gefühl, daß du deine Kandidatur zurückziehen wirst, wenn du das hier erst gelesen hast.« Er schob ihm die Titelseite hin.

Tomkins setzte die Brille wieder auf, kam jedoch nicht über die Schlagzeile und einige Worte des ersten Absatzes hinaus, ehe er sich übergab, daß das Erbrochene auf seine Bücher und Schulhefte klatschte.

Keith mußte gestehen, daß diese Reaktion weitaus heftiger war, als er es sich erhofft hatte. Sein Vater wäre allerdings einer Meinung mit seinem Sohn gewesen: Angesichts einer solchen Schlagzeile konnte man sich der Aufmerksamkeit des Lesers versichern: DIE HOSEN UNTEN! *Schüler der sechsten Klasse mit Freund auf dem Klo ertappt. Leugnen macht alles nur schlimmer.*

Keith nahm die Titelseite zurück und zerriß sie gemächlich, während der kreidebleiche Tomkins versuchte, seine Fassung wiederzugewinnen. »Natürlich würde ich mich freuen, wenn du stellvertretender Redakteur bleibst, solange du deine Kandidatur rechtzeitig vor der Wahl zurückziehst.«

EINE LANZE FÜR DEN SOZIALISMUS, lautete die Schlagzeile der ersten Ausgabe der *St. Andy* unter ihrem neuen Redakteur.

»Das Papier und der Druck sind von weit besserer Qualität als je zuvor«, sagte der Direktor auf der Lehrerkonferenz am folgenden Vormittag. »Was man vom Inhalt leider nicht behaupten kann. Na ja, wir müssen wohl dankbar sein, daß es nur zwei Ausgaben je Trimester gibt.« Die Lehrer nickten.

Dann berichtete Mr. Clarke, daß Cyril Tomkins sein Amt als

stellvertretender Redakteur bereits wenige Stunden nach dem Erscheinen der ersten Ausgabe zur Verfügung gestellt hatte. »Wirklich schade, daß er nicht der verantwortliche Redakteur wurde«, bemerkte der Direktor. »Konnte jemand von Ihnen erfahren, warum er seine Kandidatur in letzter Minute zurückgezogen hat?«

Keith lachte, als ihm am nächsten Nachmittag diese Geschichte von einer Person zugetragen wurde, die sie wiederholt am Frühstückstisch gehört hatte.

»Aber wird er versuchen, in dieser Sache etwas zu unternehmen?« fragte Keith, als sie den Reißverschluß ihres Rockes hochzog.

»Glaub ich nicht. Vater hat nur noch gesagt, er ist froh darüber, daß du nicht auch noch gefordert hast, Australien zur Volksrepublik zu machen.«

»Na, das wär' doch was«, meinte Keith.

»Wie sieht's aus? Nächsten Samstag zur gleichen Zeit?« fragte Penny, während sie sich den Rollkragenpullover über den Kopf streifte.

»Ich werd's versuchen«, versprach Keith. »Aber in der Turnhalle geht es nächste Woche nicht, weil die schon für einen Schulboxkampf vergeben ist. Aber wenn du möchtest, daß wir es mitten im Ring treiben, umgeben von begeisterten Zuschauern ...«

»Ich halte es für klüger, wenn im Boxring andere flachgelegt werden«, entgegnete Penny. »Hast du keine besseren Vorschläge?«

»Ich laß dir die Wahl«, sagte Keith. »Wie wär's mit dem Schießstand im Keller? Oder mit dem Kricketpavillon?«

»Der Kricketpavillon!« antwortete Penny, ohne zu zögern.

»Was hast du gegen den Schießstand?« wollte Keith wissen.

»Da ist es immer so kalt.«

»Ach, wirklich?« Keith machte eine Pause. »Dann also der Kricketpavillon.«

»Aber wie kommen wir da rein?«

»Mit 'nem Schlüssel.«

»Das geht nicht. Der Pavillon ist immer verschlossen, wenn die erste Mannschaft nicht da ist.«

»Es sei denn, der Sohn des Sportwarts arbeitet für den *Courier.*«

Penny warf Keith die Arme um dem Hals, kaum daß er seine Hose zugeknöpft hatte. »Liebst du mich, Keith?«

Keith versuchte, sich eine überzeugende Antwort einfallen zu lassen, die ihn zu nichts verpflichtete. »Habe ich nicht meinen Nachmittag auf der Rennbahn für dich geopfert?«

Penny runzelte die Stirn, als Keith sich aus ihrer Umarmung befreite. Sie wollte ihn gerade in die Enge treiben, als er hinzufügte: »Also dann, bis nächste Woche.« Er schloß die Tür der Turnhalle auf und spähte hinaus auf den Gang. Dann blickte er über die Schulter und riet dem Mädchen: »Bleib mindestens noch fünf Minuten hier drin.«

Er machte einen Umweg zum Internatsgebäude und kletterte durchs Küchenfenster ins Innere.

Auf seinem Schreibtisch fand er einen Zettel vor: Der Direktor wünschte, ihn um zwanzig Uhr zu sprechen. Keith blickte auf die Uhr. Ihm blieben nur noch zehn Minuten. Er dankte Gott, daß er sich nicht von Penny hatte becircen lassen und noch länger in der Turnhalle geblieben war. Was mochte der Direktor diesmal gegen ihn vorzubringen haben? Keith vermutete, daß Penny ihn bereits in die richtige Richtung gewiesen hatte.

Im Spiegel über dem Waschbecken vergewisserte er sich, daß keine sichtbaren Spuren seiner außerschulischen Aktivitäten der vergangenen zwei Stunden zu erkennen waren. Er rückte seinen Binder zurecht und entfernte eine Spur Lippenstift von seiner Wange.

Während er über den knirschenden Kies zum Haus des Direktors eilte, probte er seine Verteidigung gegen den bereits seit Tagen erwarteten Verweis. Er ging seine Strategie in Gedanken durch und wurde immer zuversichtlicher, daß er auf jede mögliche Vorhaltung des Direktors die passende Antwort finden würde. Pressefreiheit, Wahrung demokratischer Grundrechte, die Schrecken der Zensur – falls der Direktor ihn dann immer noch tadeln sollte, würde Keith ihn an die Rede erinnern, die er am Gründungstag vor den Eltern gehalten hatte. Damals hatte der Direktor Hitler verdammt – wegen genau jener Unterdrückungs- und Einschüchterungstaktik gegenüber der deutschen Presse. Die meisten dieser Argumente hatte Keith am elterlichen Frühstückstisch aufgeschnappt, nachdem sein Vater von Jalta zurückgekehrt war.

Keith erreichte das Haus des Direktors, als die Glocke der Schulkapelle acht Uhr schlug. Ein Dienstmädchen öffnete auf sein Klopfen die Tür und begrüßte ihn höflich. »Guten Abend,

Mr. Townsend.« Für Keith war es das erste Mal, daß jemand ihn mit »Mister« anredete. Das Dienstmädchen führte ihn direkt zum Arbeitszimmer des Direktors. Mr. Jessop blickte von seinem mit Papieren überladenen Schreibtisch auf.

»Guten Abend, Townsend.« Er sprach ihn nicht beim Vornamen an, wie es bei Schülern des letzten Jahres normalerweise üblich war. Das konnte nur bedeuten, daß Keith sich in ziemlichen Schwierigkeiten befand.

»Guten Abend, Sir«, antwortete er, und irgendwie gelang es ihm, dem »Sir« einen herablassenden Beiklang zu verleihen.

»Bitte, nehmen Sie Platz.« Mr. Jessop deutete auf den Stuhl gegenüber seinem Schreibtisch.

Keith staunte. Wenn man einen Platz angeboten bekam, bedeutete das für gewöhnlich, daß man sich *nicht* in Schwierigkeiten befand. Aber bestimmt würde der Direktor ihm nicht auch noch einen …

»Möchten Sie einen Sherry, Townsend?«

»Nein, danke«, antwortete Keith fassungslos. Normalerweise wurde nur dem Schulsprecher Sherry angeboten.

Ah! schoß es Keith plötzlich durch den Kopf. Bestechung. Gleich wird er mir sagen, daß es klüger wäre, in Zukunft meine natürliche Neigung zur Provokation zu zügeln, indem ich … bla, bla, bla. Na, darauf habe ich eine Antwort parat. Du kannst mich mal …

»Mir ist natürlich klar, wieviel Arbeit erforderlich ist, sich für Oxford zu qualifizieren und obendrein noch die Schülerzeitung herauszugeben.«

Aha. Auf diese Tour versucht er es. Er will, daß ich die Redaktion aufgebe. Niemals! Da müßte er mich schon von der Schule verweisen. Und wenn er das tut, geb' ich eine Untergrundzeitung heraus, die noch vor der offiziellen erscheint.

»Dennoch hoffe ich, daß Sie die Zeit finden, eine weitere verantwortungsvolle Aufgabe zu übernehmen.«

Er will mich doch nicht etwa zum Vertrauensschüler machen? Ich kann's einfach nicht glauben.

»Es wird Sie vielleicht verwundern, Townsend, daß ich den Kricketpavillon für ungeeignet halte …«, fuhr der Direktor fort. Keith wurde puterrot.

»Ungeeignet?« platzte er heraus.

»Für die Mannschaft einer Schule, die einen so guten Ruf besitzt wie die unsere. Ich weiß, ich weiß – Sie haben sich in St. Andrews als Sportler nicht gerade hervorgetan, aber die Schulverwaltung hat beschlossen, daß wir in diesem Jahr bei unseren Spendenaufrufen die Notwendigkeit der Errichtung eines neuen Pavillons erwähnen sollten.«

Von mir kannst du keine Hilfe erwarten, dachte Keith. Aber rede ruhig noch ein bißchen weiter, bevor ich dir eine Abfuhr erteile.

»Übrigens habe ich eine erfreuliche Mitteilung für Sie. Ihre Mutter hat sich einverstanden erklärt, den Vorsitz des Spendenkomitees zu übernehmen.« Der Direktor machte eine Pause. »Deshalb hoffe ich, daß Sie es nicht ablehnen, als Vertreter der Schüler zu fungieren.«

Keith versuchte gar nicht erst zu antworten. Er wußte nur zu gut, daß es wenig Sinn hatte, den Alten unterbrechen zu wollen, wenn er erst mal in Fahrt war.

»Und da Sie nicht die anstrengenden Verpflichtungen eines Vertrauensschülers haben und die Schule auch in keiner ihrer Mannschaften vertreten, dachte ich, es würde Sie vielleicht interessieren, sich dieser Herausforderung zu stellen …«

Keith schwieg noch immer.

»Der Spendenbetrag, an den die Verwaltung dachte, beläuft sich auf 5000 Pfund. Sollte es Ihnen gelingen, diese zugegeben beachtliche Summe zu beschaffen, wäre ich bereit, das College, an dem Sie sich in Oxford beworben haben, sehr lobend über Ihre vorbildliche Handlungsweise zu informieren.« Er hielt inne, um die Notizen zu überfliegen, die vor ihm auf dem Schreibtisch lagen. »Worcester College, wenn ich mich recht entsinne. Falls ich Ihrer Bewerbung meine persönliche Empfehlung hinzufüge, würde sich dies sehr zu Ihren Gunsten auswirken, da bin ich ganz sicher.«

Und das, dachte Keith, von einem Mann, der jeden Sonntag selbstzufrieden die Stufen zur Kanzel hinaufsteigt, um gegen die Sünde der Bestechung zu wettern.

»Deshalb hoffe ich, Townsend, daß Sie sich meinen Vorschlag ernsthaft durch den Kopf gehen lassen.«

Da ein Schweigen von mehr als drei Sekunden Dauer einsetzte, ging Keith davon aus, daß der Direktor zum Ende gekommen war. Sein erster Impuls war, dem Alten zu sagen, er solle sich einen anderen Dummen suchen, der Geld für ihn zusammenbettelte – schon deshalb, weil Keith absolut kein Interesse an Kricket hatte und auch nicht daran, in Oxford zu studieren. Statt dessen wollte er sofort nach Schulabschluß zum *Courier* gehen, um dort eine Ausbildung zum Reporter zu durchlaufen. Doch im Augenblick mußte er sich noch damit abfinden, daß seine Mutter in dieser Angelegenheit am längeren Hebel saß. Wenn er allerdings bei der Aufnahmeprüfung absichtlich ein paar Böcke schoß und durchrasselte, konnte sie nichts dagegen tun.

Dennoch fielen Keith einige gute Gründe ein, dem Direktor den erbetenen Gefallen zu erweisen. Der Betrag war nicht übermäßig hoch, und falls es Keith gelang, die 5000 Pfund für die Schule zu sammeln, würde ihm dies möglicherweise einige Türen öffnen, die man ihm bisher vor der Nase zugeschmettert hatte. Und da war auch seine Mutter: Sie würde viel Trost und Beschwichtigung brauchen, nachdem man ihn in Oxford nicht aufgenommen hatte.

»Es sieht Ihnen gar nicht ähnlich, so lange für eine Entscheidung zu brauchen«, unterbrach der Direktor Keith' Überlegungen.

»Ich bin gerade dabei, mir Ihren Vorschlag ernsthaft durch den Kopf gehen zu lassen«, entgegnete Keith gemessen. Er hatte nicht vor, den Alten glauben zu lassen, daß er *so* leicht zu kaufen wäre. Diesmal war es der Direktor, der schwieg. Keith zählte bis drei. »Ich werde auf Ihr Angebot zurückkommen, Sir, wenn es Ihnen recht ist«, sagte er dann und hoffte, sich wie ein Bankdirektor anzuhören, der zu einem Kunden sprach, welcher um einen Überziehungskredit ersuchte.

»Und wann wird das sein, Townsend?« fragte der Direktor leicht gereizt.

»In zwei bis drei Tagen, Sir. Spätestens.«

»Danke, Townsend.« Der Direktor erhob sich, um Keith zu verstehen zu geben, daß das Gespräch beendet sei. Keith wandte sich zum Gehen, doch bevor er die Tür erreichte, fügte der Direktor hinzu: »Sprechen Sie auf jeden Fall mit Ihrer Mutter, ehe Sie eine Entscheidung treffen.«

»Dein Vater möchte, daß ich den Schülervertreter für die jährliche Spendensammlung spiele«, sagte Keith, während er nach seiner Hose tastete.

»Was wollen sie denn diesmal auf die Beine stellen?« fragte Penny, ohne den Blick von der Decke zu nehmen.

»Einen neuen Kricketpavillon.«

»Ich wüßte nicht, was an dem alten auszusetzen ist.«

»Es hat sich herumgesprochen, daß er für andere Zwecke mißbraucht wurde.«

»Ach, wirklich?« Sie zog an einem Hosenbein, und Keith blickte auf das nackte Mädchen hinunter. »Und was wirst du ihm antworten?«

»Daß ich es tun werde.«

»Warum? Es könnte dich deine ganze Freizeit kosten.«

»Ich weiß. Aber es wird ihn mir vom Hals halten, und es kann mir auf jeden Fall als eine Art Versicherungspolice dienen.«

»Versicherungspolice?«

»Ja, falls ich mal auf der Rennbahn gesehen werde – oder noch schlimmer ...« Er starrte wieder auf Penny hinunter.

»... in intimer Vereinigung mit der Tochter des Direktors auf dem Mattenwagen?« Sie stemmte sich hoch und machte sich wieder daran, ihn abzuküssen.

»Haben wir noch Zeit dafür?« fragte er.

»Ach, sei doch nicht so ängstlich, Keith. Die Mannschaft ist heute in Wesley, und das Spiel dauert bestimmt bis um sechs. Da kann sie gar nicht vor neun Uhr zurück sein. Also haben wir jede Menge Zeit.« Sie sank auf die Knie und knöpfte seine Hose auf.

»Es sei denn, es regnet«, gab Keith zu bedenken.

Penny war das erste Mädchen, mit dem Keith geschlafen hatte. Sie hatte ihn eines Abends verführt, als er eigentlich beim Konzert eines Gastorchesters zuhören sollte. Keith hätte nie gedacht, daß auf der Damentoilette so viel Platz war. Seine Erleichterung war groß; niemand schien zu merken, daß er soeben seine Unschuld verloren hatte. Für Penny war es sicher nicht das erste Mal gewesen; denn bisher hatte er ihr auf diesem Gebiet nichts Neues beibringen können.

Doch das alles hatte schon zu Beginn des vorherigen Trimesters angefangen, und mittlerweile schwärmte Keith für ein Mädchen namens Betsy, das im hiesigen Postamt hinter dem Schalter stand. Seine Mutter hatte sich bereits gewundert, daß ihr Sohn in letzter Zeit so regelmäßig nach Hause schrieb.

Keith lag auf der zerschlissenen obersten Matte und fragte sich, wie Betsy wohl nackt aussah. Heute war endgültig das letzte Mal mit Penny gewesen; das nahm er sich fest vor.

Als sie ihren Büstenhalter zuhakte, fragte Penny beiläufig: »Nächste Woche, um die gleiche Zeit?«

»Tut mir leid, nächsten Samstag kann ich nicht. Da hab' ich einen Termin in Melbourne.«

»Bei wem?« wollte Penny wissen. »Du wirst doch nicht etwa für die erste Mannschaft spielen?«

Keith lachte. »Nee, so tief sind die Jungs noch nicht gesunken. Ich muß zu einem Vorgespräch. Wegen Oxford.«

»Warum machst du dir überhaupt die Mühe?« fragte Penny. »Falls du wirklich angenommen wirst, würden sich doch bloß deine schlimmsten Befürchtungen über die Engländer bestätigen.«

»Ich weiß, aber meine Mutter...«, begann er, während er sich die Hose zum zweitenmal hochzog.

»Außerdem hab' ich gehört, wie mein Vater zu Mr. Clarke sagte, daß er deinen Namen nur deiner Mutter zuliebe noch auf die Liste gesetzt hat.«

Penny bereute die Worte, kaum daß sie ausgesprochen waren. Keith starrte zu dem Mädchen hinunter, das normalerweise nicht errötete, und seine Augen verengten sich zu Schlitzen.

Keith bediente sich seiner zweiten Ausgabe der Schülerzeitung, um seiner Meinung über Privatschulen Luft zu machen.

»Nun, da wir uns der zweiten Hälfte des zwanzigsten Jahrhunderts nähern, sollte nicht mehr Geld allein eine gute Ausbildung garantieren«, schrieb er. »Der Besuch der besten Schulen müßte jedem offenstehen, der die erforderliche Begabung besitzt, und sollte nicht davon abhängen, in welche Familie man hineingeboren wurde.«

Keith wartete, daß der Zorn des Direktors sich auf sein Haupt herabsenkte, doch von dieser Seite kam nur Schweigen. Mr. Jessop nahm die Herausforderung nicht an – was daran liegen mochte, daß Keith von den 5000 Pfund, die für den Bau des neuen Kricketpavillons erforderlich waren, bereits 1470 Pfund an Spenden gesammelt hatte. Zugegeben, das meiste davon stammte von Kontaktleuten seines Vaters, die das Geld bezahlten, um ihre Namen in Zukunft aus den Schlagzeilen der Titelseiten herauszuhalten, wie Keith vermutete.

Tatsächlich war die einzige Auswirkung des Artikels keine Beschwerde, sondern ein Angebot über 10 Pfund vom *Melbourne Age*, dem Hauptkonkurrenten Sir Grahams, der den zweitausendfünfhundert Anschläge langen Artikel ungekürzt abdrucken wollte. Keith nahm sein erstes Honorar als Journalist erfreut entgegen, verwettete jedoch am folgenden Mittwoch die gesamte Summe bereits wieder und bewies damit aufs neue, daß Lucky Joes System keineswegs unfehlbar war.

Trotzdem freute Keith sich darauf, seinen Vater mit dem kleinen Coup beeindrucken zu können. Am Samstag las er seinen Artikel im *Melbourne Age*. Die Redakteure hatten kein einziges Wort geändert, dem Artikel jedoch einen höchst irreführenden Titel verpaßt: SIR GRAHAMS SOHN FORDERT STIPENDIEN FÜR AUSTRALISCHE EINGEBORENE. Auf der einen Hälfte der Seite konnte man Keith' radikale Anschauungen lesen, auf der anderen einen Artikel des Redakteurs für Wissenschaft und Bildung, der sich überzeugend für die Privatschulen einsetzte. Die Leser wurden um ihre Meinung gebeten, und am folgenden Samstag hatte der *Age* auf Sir Grahams Kosten seinen großen Tag.

Keith war erleichtert, daß sein Vater dieses Thema nie zur Sprache brachte. Allerdings hörte er, wie er zu seiner Mutter sagte: »Der Junge dürfte eine Menge aus dieser Sache gelernt haben. Und überhaupt ... in mancher Hinsicht muß ich ihm sogar recht geben.«

Seine Mutter war allerdings nicht ganz dieser Ansicht, was sie auch deutlich zum Ausdruck brachte.

Während der Ferien wurde Keith jeden Vormittag von Miss Steadman auf die Abschlußprüfungen vorbereitet.

»Lernen ist nur eine andere Form der Tyrannei«, erklärte Keith nach einer anstrengenden Vormittags-Nachhilfestunde.

»Verglichen mit der Tyrannei, den Rest seines Lebens unwissend zu sein, ist es nichts«, versicherte Miss Steadman ihm.

Nachdem sie Keith noch einige Themen zum Wiederholen aufgegeben hatte, verließ er das Haus, um den Rest des Tages beim *Courier* zu verbringen. Wie sein Vater fühlte Keith sich bei den Journalisten viel wohler als in Gesellschaft der reichen und mächtigen ehemaligen St.-Andrews-Schüler, denen er immer noch Spendengelder für den Pavillon zu entlocken versuchte.

Für seine erste offizielle Arbeit beim *Courier* wurde Keith dem Gerichtsreporter der Zeitung zugeteilt, Barry Evans, der ihn jeden Nachmittag ins Gericht zu den Verhandlungen schickte – Taschendiebstähle, Einbrüche, Ladendiebstähle und hin und wieder ein Fall von Bigamie. »Halte nach Namen Ausschau, die in der Öffentlichkeit bekannt sind«, wies Evans ihn an. »Oder besser noch, nach Angeklagten oder Zeugen, die mit Prominenten verwandt sind. Am allerbesten sind natürlich Leute, die *selbst* in der Öffentlichkeit stehen.«

Keith war sehr fleißig, aber offensichtlich nicht sehr erfolgreich. Wenn es ihm tatsächlich gelang, etwas zu schreiben, das später auch gedruckt wurde, mußte er häufig feststellen, daß seine Reportage umgeschrieben und drastisch gekürzt worden war.

»Deine eigene Meinung interessiert mich nicht«, sagte der Gerichtsreporter, ein alter Hase in diesem Geschäft, immer wieder. »Mich interessieren nur die Fakten.« Evans hatte seine Ausbildung beim *Manchester Guardian* gemacht und wurde es nie müde, C. P. Scotts Worte zu wiederholen: »Kommentare sind frei, doch Fakten sind heilig.« Keith beschloß, falls ihm je ein Zeitungsverlag gehören sollte, würde er nie jemanden einstellen, der für den *Manchester Guardian* gearbeitet hatte.

Er kehrte zum zweiten Trimester des Abschlußjahres nach St. Andrews zurück und ließ im Leitartikel der ersten Ausgabe der Schülerzeitung durchblicken, daß es für Australien an der Zeit sei, sich von Großbritannien zu trennen. In seinem Artikel behauptete Keith, Churchill habe Australien seinem Schicksal überlassen und sich ausschließlich auf den Krieg in Europa konzentriert.

Wieder bot der *Melbourne Age* Keith die Gelegenheit, seine Ansichten einem größeren Publikum zu unterbreiten, doch diesmal lehnte er ab, trotz des verlockenden Honorars von 20 Pfund, dem Vierfachen der Summe, die er für vierzehn Tage als Volontär beim *Courier* bekommen hatte. Statt dessen beschloß er, seinen Artikel der *Adelaide Gazette* anzubieten, einer der Zeitungen seines Vaters. Doch der Chefredakteur lehnte ihn ab, kaum daß er die ersten Sätze gelesen hatte.

Im Laufe der zweiten Trimesterwoche erkannte Keith, daß sein größtes Problem nun darin bestand, eine Möglichkeit zu finden, sich von Penny zu trennen. Sie mißtraute den Ausflüchten, die er vorbrachte, um sich nicht mit ihr treffen zu müssen. Sie glaubte ihm selbst dann nicht, wenn er ausnahmsweise die Wahrheit sagte. Keith hatte Betsy bereits für den folgenden Samstagnachmittag ins Kino eingeladen. Es blieb jedoch das ungelöste Problem, wie man mit dem nächsten Mädchen ausging, solange man die Vorgängerin noch am Hals hatte.

Bei ihrem letzten Treffen in der Turnhalle, als Keith durchblikken ließ, daß es an der Zeit wäre, sich zu trennen, meinte Penny nur, daß sie in diesem Fall alles ihrem Vater erzählen würde. Keith war es völlig egal, wem sie es erzählte; aber er wollte seine Mutter nicht damit in Verlegenheit bringen. Die Woche über blieb er in seinem Zimmer, lernte ungewöhnlich fleißig und vermied es, irgendwohin zu gehen, wo er Penny zufällig über den Weg laufen könnte.

Am Samstagnachmittag begab er sich auf einem ziemlichen Umweg zur Stadt und traf sich vor den Roxy-Lichtspielen mit Betsy. Es geht doch nichts darüber, gleich drei Schulregeln an einem Tag zu brechen, dachte er. Er kaufte zwei Karten für Chips Rafferty in *Die Wüstenratten von Tobruk* und führte Betsy zu einem Doppelsitz in der letzten Reihe. Als auf der Leinwand das Wort »Ende« erschien, hatte er so gut wie nichts von dem Film mitbekommen, und die Zunge tat ihm weh. Er konnte den nächsten Samstag kaum erwarten; denn da hatte die erste Mannschaft ein Auswärtsspiel, und er konnte Betsy in die Freuden des Kricketpavillons einweihen.

Keith war erleichtert, daß Penny in der darauffolgenden Woche gar nicht erst versuchte, sich mit ihm in Verbindung zu setzen. Als er am Dienstag wieder einen Brief an seine Mutter zur Post brachte, verabredete er sich deshalb für den Samstagnachmittag mit Betsy. Er versprach ihr, sie an einen Ort zu führen, an dem sie bestimmt noch nie gewesen war.

Nachdem der Bus mit der ersten Mannschaft losgefahren und nicht mehr zu sehen war, wartete Keith hinter den Bäumen an der Nordseite des Sportplatzes auf Betsy. Nach einer halben Stunde fragte er sich, ob sie tatsächlich erschien, doch wenige Augenblicke später sah er sie quer über die Wiesen trippeln und vergaß sogleich seine Ungeduld. Sie hatte ihr langes blondes Haar mit einem Gummiband zu einem Pferdeschwanz gebunden, und ihr gelber Pullover saß so eng, daß es Keith an Lana Turner erinnerte; dazu trug sie einen engen schwarzen Rock, der ihr keine Wahl ließ, als ausgesprochen kurze Schritte zu machen.

Keith wartete, bis sie sich hinter den Bäumen zu ihm gesellte; dann nahm er sie am Arm und führte sie rasch in die Richtung des Pavillons. Alle paar Meter blieb er stehen, um sie zu küssen, und er hatte den Reißverschluß ihres Rockes bereits entdeckt, als sie noch mindestens zwanzig Meter bis zum Pavillon zurücklegen mußten.

Beim Erreichen der Hintertür zog Keith einen großen Schlüssel aus seiner Jackentasche, steckte ihn ins Schloß, drehte ihn langsam um, stieß die Tür auf und tastete nach dem Lichtschalter. In diesem Augenblick hörte er das Stöhnen. Ungläubig starrte Keith auf den Anblick, der sich ihm bot. Vier Augen blinzelten geblendet zu ihm empor. Das eine Augenpaar erkannte Keith sofort; das Gesicht konnte er zwar nicht sehen, aber die Beine waren ihm mehr als vertraut. Wem das zweite Augenpaar gehörte, wußte er ebenfalls auf den ersten Blick.

Ganz bestimmt würde Duncan Alexander nie den Tag vergessen, an dem er seine Unschuld verloren hatte.

THE TIMES
21. NOVEMBER 1940

UNGARN IM NETZ DER ACHSENMÄCHTE: ›ES KOMMEN NOCH MEHR‹, PRAHLT RIBBENTROP

Lubji lag zusammengekrümmt am Boden und drückte die Hände aufs Kinn. Der Soldat hielt das Bajonett dicht zwischen seine Augen und deutete mit einer Kopfbewegung an, daß er zu den anderen Gefangenen auf den wartenden Lkw steigen solle.

Lubji versuchte, seine Proteste in Ungarisch fortzusetzen, doch er wußte, daß es zu spät war. »Hör auf zu quasseln, Jude«, zischte der Soldat, »oder ich mach' dich zur Sau.« Das Bajonett bohrte sich in Lubjis Hose und riß die Haut an seinem rechten Bein auf. Lubji humpelte, so rasch er konnte, zum Lastwagen und schloß sich einer Gruppe benommener, hilfloser Menschen an, die nur eines gemein hatten: daß man sie allesamt für Juden hielt. Herr und Frau Cerani wurden höchst unsanft auf die Ladefläche befördert, ehe der Lkw sich auf die langsame Fahrt aus der Stadt machte. Nach einer Stunde erreichte er den Hof des Stadtgefängnisses, und Lubji wurde mitsamt allen anderen ausgeladen, als wären sie Vieh.

Die Männer mußten sich hintereinander aufstellen und wurden quer über den Hof in eine große steinerne Halle geführt. Wenige Minuten später marschierte ein SS-Feldwebel herein, gefolgt von einem guten Dutzend deutscher Soldaten. Der SS-Mann brüllte einen Befehl in seiner Muttersprache. »Er sagt, wir müssen uns ausziehen«, flüsterte Lubji, der die Worte ins Ungarische übersetzte.

Alle schlüpften aus ihrer Kleidung, und die Soldaten trieben die nackten Männer zu Reihen zusammen. Die meisten froren und zitterten, einige weinten. Lubji ließ den Blick auf der Suche nach einer Fluchtmöglichkeit durch die Halle schweifen. Es gab nur eine Tür – von Soldaten bewacht – und drei kleine Fenster, ziemlich hoch oben.

Minuten später kam ein zigarillorauchender SS-Offizier in

maßgeschneiderter Uniform hereinmarschiert. Er stellte sich in die Mitte der Halle und erklärte Lubji und den anderen mit knappen Worten, daß sie nun Kriegsgefangene seien. »Heil Hitler!« rief er abschließend; dann wandte er sich zum Gehen.

Lubji trat einen Schritt nach vorn und lächelte, als der Offizier an ihm vorüberschritt. »Guten Tag, Herr Hauptmann«, sagte er. Der Offizier blieb stehen und starrte den jungen Burschen abfällig an. Lubji versuchte, ihm in gebrochenem Deutsch klarzumachen, daß sie einen schrecklichen Fehler begingen; dann öffnete er die Hand, in der er ein Bündel Pengös hielt.

Der Offizier lächelte, nahm die Geldscheine und setzte sie mit seinem Zigarillo in Brand. Die Flamme wuchs. Als er das Bündel nicht mehr festhalten konnte, warf er Lubji die brennenden Scheine vor die Füße und marschierte weiter. Lubji mußte daran denken, wie viele Monate er gebraucht hatte, um so viel Geld zu sparen. Die Gefangenen standen frierend in der steinernen Halle. Die Wachen, von denen einige rauchten, während andere sich unterhielten, beachteten sie nicht, als gäbe es die nackten Männer gar nicht. Es dauerte eine gute Stunde, ehe eine weitere Gruppe Männer in die Halle trat, diesmal in langen weißen Kitteln und mit Gummihandschuhen. Sie schritten die Reihen auf und ab und blieben vor jedem Gefangenen einige Sekunden stehen, um dessen Penis zu betrachten. Drei Männer wurden aufgefordert, sich wieder anzukleiden und nach Hause zu gehen. Mehr schien es nicht zu brauchen, um wieder in die Freiheit zu kommen. Lubji fragte sich, welchem Test die Frauen unterzogen wurden.

Nachdem die Weißkittel gegangen waren, befahl man den Gefangenen, sich anzuziehen; dann wurden sie aus der Halle gebracht. Auf dem Weg über den Hof suchten Lubjis Augen erneut nach einer Fluchtmöglichkeit, doch überall standen Soldaten mit Bajonetten nur wenige Schritte entfernt. Die Gefangenen wurden in einen langen Flur und dann eine schmale Steintreppe hinunter getrieben, wo in größeren Abständen trübe Petroleumfunzeln an den Wänden hingen und für schummriges Licht sorgten. Sie kamen an überfüllten Zellen vorbei. Schreie und flehentliche Bitten drangen in so vielen verschiedenen Sprachen an Lubjis Ohr, daß er es gar nicht wagte, sich umzuschauen. Plötzlich wurde die Tür einer Zelle aufgerissen; jemand packte Lubji am Kragen und beförderte ihn kopfüber hinein. Er wäre auf dem Steinboden aufgeschlagen, wäre in der Zelle Platz genug gewesen; statt dessen landete er auf mehreren Leibern.

Einen Augenblick lag er still; dann plagte er sich hoch und versuchte, irgend etwas zu erkennen. Doch da es nur ein sehr kleines, vergittertes Fenster gab, dauerte es eine Zeitlang, bis er einzelne Gesichter ausmachen konnte.

Ein Rabbi leierte einen Psalm herunter, doch offenbar nahmen nur wenige Gefangene Notiz davon. Lubji versuchte auszuweichen, als ein älterer Mann, der direkt vor ihm stand, sich übergab. Er wich vor dem Gestank zurück. Dabei prallte er gegen einen Gefangenen mit heruntergezogener Hose. Dann setzte er sich in eine Ecke, mit dem Rücken zur Wand – so konnte niemand ihn überraschen.

Als die Tür wieder aufschwang, hatte Lubji keine Ahnung, wie lange er sich schon in diesem pestartig stinkenden Verlies befand. Drei Soldaten mit Stablampen traten ein und leuchteten den Gefangenen in die Augen. Blinzelten die Augen nicht mehr, wurde der Betreffende hinaus auf den Korridor gezerrt und nie wieder gesehen. Es war das letzte Mal, daß Lubji Herrn Cerani sah.

Die Tage ließen sich nur daran abzählen, daß Licht und Dunkelheit sich vor dem winzigen Gitterfenster ablösten, sowie an der einen Mahlzeit, die jeden Morgen in einer Schüssel für sämtliche Gefangenen in die Zelle geschoben wurde. Alle paar Stunden kamen die Soldaten, um weitere Leichen hinauszuzerren, bis sie sicher sein konnten, daß nur die Zähesten überlebten.

Lubji vermutete, daß auch er über kurz oder lang sterben würde; dies war offenbar die einzige Möglichkeit, aus der engen Zelle hinauszukommen. Mit jedem Tag schlotterte sein Anzug weiter um seinen Körper, und Loch um Loch mußte er seinen Gürtel enger schnallen.

Dann, eines Morgens, stürmte urplötzlich eine Gruppe Soldaten in die Zelle. Sie zerrten die noch Lebenden hinaus. Man befahl ihnen, den Korridor entlangzumarschieren und die schmale Steintreppe zum Hof hinaufzusteigen. Als Lubji hinaus in die Sonne trat, mußte er die Hand schützend vor die Augen legen. Er hatte etwa zehn, fünfzehn, vielleicht sogar zwanzig Tage in diesem Verlies zugebracht, und seine Augen waren zu »Katzenaugen« geworden, wie die Gefangenen es nannten.

Und da hörte er das Hämmern. Er drehte den Kopf und sah

mehrere Gefangene einen Galgen errichten; vom Balken hingen acht Schlingen herunter. Wäre Lubjis Magen nicht leer gewesen, hätte er sich übergeben. Ein Soldat stieß ihm mit dem Bajonett gegen die Hüfte, und rasch folgte er den anderen Gefangenen, die in einer Schlange Aufstellung nahmen, um auf die Ladeflächen mehrerer bereits überfüllter Lastwagen zu klettern.

Auf dem Weg zur Stadt ließ ein lachender Wachtposten die Gefangenen wissen, daß sie nun, wie das Recht es verlange, vor ein Gericht gestellt und gleich darauf ins Gefängnis zurückgebracht und gehängt würden – jeder einzelne. Die letzte Hoffnung wurde zur Verzweiflung, doch zum erstenmal war Lubji nicht sicher, ob der Tod ihm überhaupt noch etwas ausmachte.

Die Lastwagen hielten vor dem Gerichtsgebäude, und die Gefangenen wurden hineingeführt. Lubji bemerkte, daß die Soldaten keine Bajonette mehr auf die Gewehre gesteckt hatten und ein wenig Abstand hielten. Im Haus durften die Gefangenen sich in den hell beleuchteten Korridoren auf Holzbänke setzen, ja, sie bekamen sogar Brotscheiben auf Blechtellern. Lubji wurde mißtrauisch und spitzte die Ohren, als die Wachen sich unterhielten. Einigen Gesprächen entnahm er, daß die Deutschen nur vorgeben wollten, den »Beweis« zu erbringen, daß sämtliche gefangenen Juden Verbrecher seien; denn an diesem Vormittag war ein Beobachter des Roten Kreuzes aus Genf anwesend. Lubji hegte die Hoffnung, daß ein solcher Mann es nicht als Zufall ansehen würde, daß jeder Gefangener Jude war. Doch ehe Lubji darüber nachdenken konnte, wie sein Wissen sich nutzen ließ, packte ein Unteroffizier ihn am Arm und führte ihn in den Gerichtssaal. Lubji wurde zur Anklagebank gewiesen und sah sich einem älteren Richter gegenüber, der auf einem erhöhten Platz vor ihm saß. Die Verhandlung – falls dieses kurze, zur Routine erstarrte Ritual diese Bezeichnung verdiente – dauerte nur wenige Minuten. Bevor das Todesurteil über Lubji verhängt wurde, mußte ein Beamter ihn sogar auffordern, dem Gericht seinen Namen zu nennen.

Der hochgewachsene, ausgemergelte junge Mann blickte auf den Beobachter des Roten Kreuzes hinunter, der rechts neben ihm saß. Offenbar gelangweilt, starrte der Mann auf den Fußboden und schaute erst auf, als das Todesurteil verkündet wurde.

Ein anderer Soldat nahm Lubjis Arm, um ihn von der Anklagebank und aus dem Saal zu führen, damit der nächste Gefangene seinen Platz einnehmen konnte. Plötzlich erhob sich der Rot-Kreuz-Beobachter und stellte dem Richter eine Frage in einer Sprache, die Lubji nicht verstand.

Der Richter machte ein düsteres Gesicht und wandte seine Aufmerksamkeit wieder Lubji zu.

»Wie alt sind Sie?« fragte er ihn auf ungarisch.

»Siebzehn«, erwiderte Lubji. Der Staatsanwalt trat vor den Richter und flüsterte irgend etwas.

Der Richter blickte Lubji an, zog die Brauen zusammen und erklärte: »Das Urteil wird in lebenslängliche Haft umgewandelt.« Er machte eine Pause und lächelte, ehe er hinzufügte: »Wiederaufnahmeverfahren in zwölf Monaten.« Der Beobachter schien mit seiner vormittäglichen Leistung zufrieden und nickte zustimmend.

Der Wächter, der offenbar der Meinung war, das Gericht sei mit Lubji viel zu menschlich umgegangen, kam wieder herbei, packte Lubji an der Schulter und zerrte ihn auf den Korridor zurück. Nachdem man ihm Handschellen angelegt hatte, brachte man ihn auf den Hof und beförderte ihn unsanft auf einen offenen Lkw. Andere Gefangene hatten stumm auf ihn gewartet, als wäre er der letzte Fahrgast eines Linienbusses.

Die Ladeklappe wurde zugeschmettert, und Augenblicke später setzte der Laster sich mit einem Ruck in Bewegung. Lubji konnte das Gleichgewicht nicht halten; er stürzte auf den Boden der Ladefläche.

In kniender Haltung schaute er sich um. Auf dem Laster befanden sich zwei bewaffnete Wachtposten, die einander gegenübersaßen. Einer der beiden hatte den rechten Arm verloren; der Mann sah kaum weniger resigniert aus als die Gefangenen.

Lubji kroch nach hinten und kauerte sich auf den Boden. Er senkte den Kopf und versuchte sich zu konzentrieren. Die Fahrt zum Gefängnis würde etwa vierzig Minuten dauern; er war sicher, daß seine letzte Chance gekommen war, wollte er nicht wieder in ein finsteres Loch gesteckt werden oder trotz des Urteilspruches neben den anderen Gefangenen am Galgen baumeln. Wie kannst du fliehen, überlegte er fieberhaft, als der Wagen langsam durch einen Tunnel fuhr. Lubji versuchte sich zu erinnern, wie viele Unterführungen es zwischen Gefängnis und Gerichtsgebäude gegeben hatte. Drei oder vier. Er war nicht sicher.

Als der Laster einige Minuten später durch den nächsten Tunnel fuhr, zählte Lubji langsam. »Eins, zwei, drei.« Fast vier Sekunden lang befanden sie sich in völliger Dunkelheit. Eines hatte Lubji den Wachtposten voraus: Nach den drei Wochen im Verlies kam er im Dunkeln zweifellos besser zurecht als sie. Allerdings waren seine Gegner zu zweit. Lubji schaute den Posten an, der ihm gegenüber saß. Nein, dachte er. Zu anderthalbt.

Lubji blickte nach vorn auf die vorüberziehende Landschaft. Er schätzte, daß sie jetzt die halbe Strecke zwischen Stadt und Gefängnis zurückgelegt hatten. Neben der rechten Straßenseite verlief ein kleiner Fluß. Es könnte sich als schwierig, wenn nicht gar unmöglich erweisen, ihn zu überqueren; schließlich hatte Lubji keine Ahnung, wie tief das Wasser war. Am anderen Ufer erstreckten sich Wiesen bis zu einer Baumgruppe, die nach seiner Schätzung zwischen drei- und vierhundert Meter entfernt war.

Wie lange würde er mit gefesselten Händen für dreihundert Meter brauchen? Er drehte den Kopf, um festzustellen, ob eine weitere Unterführung in Sicht kam; aber da war keine. In Lubji stieg die Furcht auf, daß sie bereits durch den letzten Tunnel vor dem Gefängnis hindurch waren. Konnte er einen Fluchtversuch am hellichten Tag riskieren? Lubji gelangte zu dem Schluß, daß er gar keine andere Wahl hatte, wenn es auf den nächsten drei Kilometern keinen Tunnel mehr gab.

Etwa anderthalb Kilometer zogen vorüber. Lubji sagte sich, daß er eine Entscheidung treffen müsse, sobald sie um die nächste Kurve fuhren. Langsam zog er die Beine unters Kinn und legte die Handschellen auf die Knie. Er drückte das Rückgrat gegen die Hinterwand der Ladefläche und legte sein gesamtes Körpergewicht auf die Zehenspitzen.

Als der Wagen um die nächste Kurve brauste, starrte Lubji hinunter auf die Straße. Beinahe hätte er »Mazeltov!« geschrien, als er ungefähr fünfhundert Meter voraus die Unterführung erblickte. Ausgehend von dem winzigen Lichtpunkt am hinteren Ende, schloß er, daß die Fahrt durch den Tunnel mindestens vier Sekunden dauerte.

Angespannt und sprungbereit kauerte Lubji auf den Zehenspitzen. Sein Herz schlug so laut und heftig, daß er befürchtete, die Wachen würden davon alarmiert. Er blickte zu dem zweiarmigen Posten empor, der soeben eine Zigarette aus einer Innentasche zog, sie lässig zwischen die Lippen steckte und nach einem Streichholz wühlte. Lubji wandte den Blick wieder in Richtung der Unterführung, die jetzt nur noch etwa hundert Meter entfernt war. Ihm war klar, daß er nur einen winzigen Augenblick hatte, sobald sie in die Dunkelheit eingetaucht waren.

Fünfzig Meter – vierzig – dreißig – zwanzig – zehn. Lubji holte tief Atem; der Tunnel war jetzt vor ihnen. Er sprang auf, warf die Handschellen um den Hals des Zweiarmigen und drehte mit solcher Kraft, daß der Posten über das Seitenbrett der Ladefläche geschleudert wurde und schreiend auf die Straße hinunterstürzte.

Bremsen kreischten, als der Laster aus dem Tunnelausgang schlitterte. Lubji sprang über das Seitenbrett und rannte zurück in den vorläufigen Schutz der Dunkelheit. Zwei oder drei andere Gefangene folgten ihm dichtauf. Kaum war Lubji am anderen Tunnelausgang angelangt, stürmte er nach rechts und über eine Wiese hinweg, ohne ein einziges Mal zurückzublicken. Er hatte mindestens hundert Meter zwischen sich und die Straße gebracht, als er die ersten Kugeln über seinen Kopf hinwegsirren hörte. Er bemühte sich, die zweiten hundert Meter bis zum Waldrand zurückzulegen, ohne sein Tempo zu verlangsamen. Alle paar Schritte pfiff ihm eine neue Salve um die Ohren. Er schlug Haken wie ein Hase. Dann hörte er den Schrei. Hastig blickte er über die Schulter und sah einen der Gefangenen, die ihm gefolgt waren, leblos am Boden liegen, während ein zweiter ihm noch immer folgte, in nur wenigen Metern Abstand. Lubji hoffte, daß der Einarmige der Schütze war.

Die Bäume ragten jetzt nur noch etwa achtzig Meter entfernt empor. Jede Kugel spornte Lubji wie ein Startschuß an und zwang einen weiteren Meter aus seinem zitternden Körper. Dann hörte er den zweiten Schrei. Diesmal schaute er nicht zurück. Noch fünfzig Meter. Ein Gefangener hatte einmal erwähnt, daß deutsche Gewehre eine Reichweite von dreihundert Meter besäßen; also brauchte er nur noch sechs, sieben Sekunden, bis er in Sicherheit war. In diesem Moment schlug ihm die Kugel in die Schulter. Die Wucht des Geschosses trieb ihn noch einige Schritte weiter; dann landete er kopfüber im Schlamm. Er versuchte zu kriechen, kam aber höchstens zwei Meter weit, bevor er nach vorn aufs Gesicht kippte. Er blieb liegen und fand sich mit dem Tod ab.

Wenige Augenblicke später spürte er, wie grobe Hände seine

Schultern packten. Andere rissen ihn an den Fußgelenken in die Höhe. Lubji fragte sich noch, wie es den Deutschen gelungen war, ihn so schnell zu erreichen. Wäre er nicht bewußtlos geworden, hätte er es herausgefunden.

Als Lubji zu sich kam, hatte er keine Ahnung, wieviel Zeit vergangen war. In der undurchdringlichen Dunkelheit, in der er sich befand, konnte er nur vermuten, daß er wieder in seiner Zelle war und daß ihm die Hinrichtung bevorstand. Dann spürte er den furchtbaren Schmerz in der Schulter. Er versuchte, sich auf den Handflächen hochzustemmen, doch es war unmöglich. Er bewegte die Finger und stellte erstaunt fest, daß er keine Handschellen mehr trug.

Er blinzelte und versuchte etwas zu sagen, doch nur ein Wispern entrang sich seiner Kehle. Wahrscheinlich hörte er sich wie ein verwundetes Tier an. Wieder versuchte er mühsam, sich aufzurichten, doch auch diesmal gelang es ihm nicht. Er blinzelte noch einmal, denn er konnte nicht glauben, was er da vor sich sah. Neben ihm kniete ein junges Mädchen und wischte mit einem feuchten Lappen über die Stirn. Lubji redete in verschiedenen Sprachen zu ihr, doch sie schüttelte nur den Kopf. Als sie schließlich etwas sagte, redete sie in einer Sprache, die Lubji nie zuvor gehört hatte. Dann lächelte sie, deutete auf sich und sagte schlicht: »Mari.«

Lubji schlief ein. Als er erwachte, schien ihm die Morgensonne in die Augen, und diesmal gelang es ihm, wenigstens den Kopf zu heben. Offenbar befand er sich auf einer Waldlichtung. Er sah einen Kreis hoch beladener bunter Wagen und Pferde, die im Schatten der Bäume grasten. Als er sich in die andere Richtung wandte, blieb sein Blick auf einem Mädchen haften, das sich wenige Schritt entfernt mit einem Mann unterhielt, der ein Gewehr trug. Jetzt erst wurde Lubji bewußt, wie schön sie war.

Als er rief, drehten beide sich um. Der Mann eilte sofort zu Lubji und begrüßte ihn in seiner Sprache. »Ich bin Rudi«, stellte er sich vor; dann berichtete er, wie er und seine Gruppe vor einigen Monaten über die tschechische Grenze geflohen waren – nur um feststellen zu müssen, daß die Deutschen auch in diesem Land hinter ihnen her waren. Ständig mußten sie weiterziehen, erzählte Rudi, da die Herrenrasse Zigeuner wie ihn noch geringer achtete als Juden.

Lubji bombardierte ihn mit Fragen. »Wer seid ihr? Wo bin ich?« Und, am wichtigsten: »Wo sind die Deutschen?« Er hielt erst inne, als Mari – Rudis Schwester, wie sich herausstellte – mit einer Schale voll heißer Flüssigkeit und einem dicken Stück Brot zu ihm kam. Sie kniete sich neben ihn, flößte ihm den dünnen Haferschleim ein und fütterte ihn mit Brot, während ihr Bruder erzählte, wie Lubji zu ihnen gekommen war. Rudi hatte die Schüsse gehört und sich zum Rand des Wäldchens geschlichen; denn er hatte befürchtet, von den Deutschen entdeckt worden zu sein. Doch es waren die entflohenen Gefangenen gewesen, auf die Jagd gemacht worden war. Nur einem von ihnen gelang es, nahe genug an das Zigeunerlager zu kommen, daß er schwerverwundet gerettet werden konnte: Lubji. Die anderen waren allesamt erschossen worden.

Die Deutschen hatten Lubji nicht weiter verfolgt, als sie beobachtet hatten, wie er in den Wald geschleppt worden war. »Vielleicht haben sie Angst bekommen, weil sie nicht wußten, mit wem sie's zu tun hatten.« Rudi lachte. »Dabei besitzen wir bloß zwei Gewehre, eine Pistole und einige provisorische Waffen, von der Mistgabel bis zum Fischmesser. Wahrscheinlich haben die Deutschen befürchtet, daß auch die anderen Gefangenen entkommen würden, wenn sie dir folgten. Tja, da hab' ich das Lager abbrechen lassen und Befehl gegeben, weiterzuziehen, sobald die Kugel aus deiner Schulter geschnitten war. Denn ich war mir sicher, daß die bei Sonnenaufgang mit einem größeren Trupp wieder zu dem Waldstück kommen.«

»Wie kann ich euch je danken?« murmelte Lubji.

Als Mari ihn zu Ende gefüttert hatte, hoben zwei Zigeuner ihn behutsam auf einen Wagen, und der kleine Zug setzte seinen Weg fort. Es ging tiefer in den Wald hinein. Immer weiter entfernten sie sich von der Stelle, wo auf die Gefangenen geschossen worden war. Sie mieden Ortschaften, ja, sogar Straßen. Mari pflegte Lubji Tag für Tag, bis er sich schließlich aufsetzen konnte. Sie war erfreut, daß er so schnell ihre Sprache lernte. Als sie eines Abends mit dem Essen zu ihm kam, sagte er in fließendem Romani, sie sei die schönste Frau, die er je gesehen habe. Mari errötete, rannte fort und kam erst mit dem Frühstück wieder zu ihm.

Dank Maris Pflege erholte Lubji sich rasch und konnte sich bald schon an den Abenden zu seinen Rettern ans Feuer setzen. Als aus den Tagen Wochen wurden, legte Lubji an Gewicht zu und konnte seinen Gürtel wieder ein wenig weiter schnallen.

Eines Abends, nachdem er mit Rudi von der Jagd zurückgekehrt war, erklärte Lubji seinen Gastgebern, daß er sie bald verlassen würde. »Ich muß zu einem Hafen und zusehen, so weit wie möglich von den Deutschen wegzukommen«, sagte er. Rudi nickte, als sie ums Feuer saßen und sich ein gebratenes Kaninchen teilten. Keiner sah, wie traurig Mari war.

Als Lubji in dieser Nacht zu den Wagen schlenderte, fand er Mari wartend vor. Er kletterte zu ihr auf die Ladefläche, legte sich auf den Rücken und versuchte ihr zu erklären, daß er ihre Hilfe beim Ausziehen nicht mehr brauchte, da seine Verletzung fast verheilt war. Sie lächelte nur, streifte behutsam sein Hemd von der Schulter, nahm den Verband ab und reinigte die Wunde. Dann wühlte sie in ihrer Tasche aus Zelttuch, runzelte die Stirn und zögerte kurz, bevor sie Stoffstreifen aus ihrem dünnen Kleid riß, mit denen sie Lubjis Schulter neu verband.

Lubji starrte schweigend auf Maris lange braune Beine, während ihre Finger langsam seine Brust hinunter zum Hosenbund wanderten. Sie lächelte ihn an, als sie die Knöpfe seiner Hose öffnete. Lubji legte seine kalte Hand auf Maris Oberschenkel und wurde puterrot, als sie ihren Rock hob. Sie trug nichts darunter.

Erregt wartete Mari, daß Lubji seine Hand bewegte, doch er starrte das Mädchen weiterhin nur an. Schließlich beugte sie sich vor und zog ihm die Hose herunter; dann stieg sie über ihn, ließ sich behutsam auf ihn hinab und nahm ihn in sich auf. Er blieb so reglos liegen, als wäre er erneut von einer Kugel getroffen worden, bis Mari begann, sich mit zurückgeworfenem Kopf langsam auf und nieder zu bewegen. Sie nahm Lubjis andere Hand, schob sie sich in den Ausschnitt und erbebte, als die Finger ihre warme Brust berührten. Lubji ließ die Hand, wo sie war; doch er rührte sich immer noch nicht, obwohl Maris rhythmische Bewegungen schneller und schneller wurden. Erst als er einen lustvollen Aufschrei kaum noch unterdrücken konnte, zog er sie zu sich herunter und küßte sie wild auf die Lippen. Einige Sekunden später legte er sich erschöpft zurück und fragte sich, ob er ihr wohl weh getan habe, bis er die Augen aufschlug und ihren Gesichtsausdruck sah. Sie sank auf seine Schulter, rollte auf die Seite und schlief sofort tief und fest ein.

Lubji lag wach. Wie schrecklich, ging es ihm durch den Kopf, wenn du gestorben wärst, ohne zuvor eine solche Lust verspürt zu haben. Nach einigen Stunden weckte er Mari. Diesmal blieb er nicht regungslos liegen. Ständig entdeckten seine Hände neue, bislang unerforschte Teile ihres Körpers, und Lubji stellte fest, daß er dieses Erlebnis beim zweitenmal sogar noch mehr genoß. Dann schliefen sie beide.

Als die Karawane am nächsten Tag weiterzog, sagte Rudi zu Lubji, sie hätten während der Nacht eine weitere Grenze überquert und befänden sich nun in Jugoslawien.

»Was sind das dort für Berge, die mit Schnee bedeckt sind?« erkundigte sich Lubji.

»Das Dinarische Gebirge«, antwortete Rudi. »Sehr gefährlich. Meine Karawane schafft es nicht, diese Berge zu überqueren, um zur Küste zu gelangen.« Eine Zeitlang schwieg er; dann fügte er hinzu: »Aber einem entschlossenen Mann könnte es vielleicht gelingen.«

Sie zogen noch drei Tage weiter, wobei sie nur kurze nächtliche Pausen einlegten. Weiterhin mieden sie Städte und Dörfer, bis sie schließlich an die Ausläufer des Gebirges gelangten.

In dieser Nacht lag Lubji wach, während Mari an seiner Schulter schlief. Er dachte über sein neues Leben nach und über das Glück, das ihm im Laufe der letzten Wochen zuteil geworden war. Er fragte sich, ob er die kleine Gruppe wirklich verlassen und sich wieder allein durchschlagen sollte. Aber wenn er den Deutschen je entkommen wollte, hatte er keine Wahl: Er mußte irgendwie auf die andere Seite des Gebirges gelangen und an der Küste ein Schiff finden, das ihn so weit wie möglich fortbrachte.

Am nächsten Morgen zog Lubji sich an, lange ehe Mari erwachte. Nach dem Frühstück ging er im Lager umher, schüttelte jedem seiner neu gewonnenen Freunde die Hand und verabschiedete sich zuletzt von Rudi.

Mari wartete, bis er zu ihrem Wagen zurückkehrte. Lubji nahm sie in die Arme und küßte sie zum letztenmal. Sie klammerte sich an ihn, als wollte sie ihn nie mehr loslassen. Als er sich schließlich behutsam von ihr löste, reichte sie ihm ein großes Bündel Proviant. Er lächelte; dann schritt er rasch fort vom Lager auf das Gebirge zu. Obgleich Lubji hören konnte, daß ihm Schritte folgten, blickte er nicht zurück.

Lubji wanderte immer höher in die Berge hinauf, bis es zu dunkel wurde, als daß er auch nur einen Schritt weit hätte sehen können. Er suchte sich einen großen Felsblock, der ihm Schutz vor dem rauhen, kalten Wind bot, doch wenngleich er sich dicht an den Fels kauerte, fror er jämmerlich. Er verbrachte eine schlaflose Nacht, aß von Maris Proviant und dachte an die Wärme ihres Körpers.

Kaum war die Sonne aufgegangen, marschierte und kletterte Lujbi weiter, ohne je länger als ein paar Minuten anzuhalten, um zu verschnaufen. Am Abend stieg die Furcht in ihm auf, bei diesem klirrend kalten Wind im Schlaf zu erfrieren. Er versuchte, wach zu bleiben, wurde am nächsten Morgen aber von den ersten Sonnenstrahlen geweckt.

Am dritten Tag war sein Proviant aufgebraucht, und Lubji wußte nicht einmal, wie weit sein Ziel noch vor ihm lag. Er sah nur eine endlose Berglandschaft und fragte sich, warum er Rudi und seine kleine Zigeunergruppe verlassen hatte.

Am vierten Morgen konnte er kaum noch einen Fuß vor den anderen setzen – vielleicht schaffte der Hunger, was die Deutschen nicht geschafft hatten. Am Abend des fünften Tages schlurfte er nur noch ziellos voran, zu Tode erschöpft und halb erfroren; es war ihm beinahe gleichgültig, ob er lebte oder starb. Dann, plötzlich, vermeinte er in der Ferne Rauch aufsteigen zu sehen. Doch er mußte noch eine weitere Nacht hungern und frieren, ehe flakkernde Lichter ihm bestätigten, daß seine Augen ihn nicht getäuscht hatten. Vor ihm lag eine Ortschaft, und dahinter erstreckte sich das Meer.

Bergab mochte es zwar etwas schneller gehen, doch war es nicht weniger gefährlich. Lubji rutschte mehrmals aus, stürzte, rappelte sich nur mühsam auf. Deshalb erreichte er die grüne Ebene nicht vor Sonnenuntergang, wie er sich erhofft hatte. Immer wieder versteckte der Mond sich hinter Wolken, und in der Dunkelheit kam Lubji nur sehr langsam voran.

Als er den Rand der Ortschaft erreichte, waren die meisten Lampen in den kleinen Häusern bereits gelöscht, doch Lubji schleppte sich weiter voran – in der Hoffnung, jemanden anzutreffen, der noch wach war. Das erste Haus, zu dem er gelangte, gehörte offenbar zu einem kleinen Bauernhof. Lubji fragte sich, ob er anklopfen sollte, entschied sich aber dagegen, da nirgends

Licht brannte. Er wartete, bis der Mond wieder hinter einer Wolke hervorkam, als er eine Scheune auf der gegenüberliegenden Seite des Hofes bemerkte. Lubji schleppte sich zu dem windschiefen Unterschlupf hinüber. Hühner rannten gackernd vor ihm davon, und beinahe wäre er gegen eine schwarze Kuh geprallt, die offenbar nicht die Absicht hatte, dem Fremden aus dem Weg zu gehen. Das Scheunentor stand halb offen. Lubji ging hindurch, ließ sich auf das Stroh sinken und schlief auf der Stelle ein.

Als er am nächsten Morgen erwachte, stellte er fest, daß er sich nicht bewegen konnte; er wurde von irgend etwas zu Boden gedrückt. Für einen Augenblick glaubte er, wieder im Gefängnis zu sein, bis er die Augen aufschlug und zu einer stämmigen Gestalt emporstarrte, die über ihm aufragte. Der Mann hielt eine lange Heugabel in den Fäusten, die sich als Grund für Lubjis Bewegungsunfähigkeit erwies.

Der Bauer brüllte etwas in einer Sprache, von denen Lubji einige Brocken beherrschte, und er seufzte vor Erleichterung, daß es nicht Deutsch war. Er hob den Blick zum Himmel und sprach ein stummes Dankgebet, daß seine Lehrer ihm eine so umfassende Bildung hatten zuteil werden lassen. Dann erzählte er dem Mann mit der Heugabel, daß er vor den Deutschen geflohen und über die Berge gekommen sei. Der Bauer schien ihm nicht zu glauben, bis er die kaum verheilte Schußverletzung an Lubjis Schulter sah. Der Mann konnte es kaum fassen. Der Bauernhof hatte bereits seinem Vater gehört, und selbst der hatte nie erwähnt, daß es irgend jemandem je gelungen war, allein die Berge zu überqueren.

Er führte Lubji zum Haus, ohne die Heugabel aus der Hand zu legen. Beim Frühstück, das die Frau des Bauern ihm vorsetzte – Speck, Eier und dicke Scheiben Brot – erzählte Lubji, wenngleich mehr mit den Händen als mit Worten, was er in den vergangenen Monaten durchgemacht hatte. Die Frau war voller Mitgefühl und füllte immer wieder seinen leeren Teller nach. Der Bauer dagegen sagte wenig; er war immer noch mißtrauisch.

Als Lubji mit seiner Geschichte zu Ende war, warnte der Bauer ihn: Trotz der mutigen Worte Titos, des Partisanenführers, hielt er es nur für eine Frage der Zeit, bis die Deutschen in Jugoslawien einmarschierten. Lubji fragte sich, ob es überhaupt ein Land auf der Welt gab, das vor dem deutschen Führer sicher war. Vielleicht mußte er den Rest seines Lebens vor Adolf Hitler davonlaufen.

»Ich muß zur Küste«, sagte er. »Wenn ich mit einem Schiff übers Meer käme ...«

»Es spielt keine Rolle, wo du mit dem Schiff anlegst«, sagte der Bauer, »Hauptsache, es ist so weit wie möglich von diesem Krieg entfernt.« Er biß in einen Apfel. »Wenn die Deutschen dich noch mal erwischen, lassen sie dich nicht wieder entkommen. Sieh zu, daß du ein Schiff findest – irgendein Schiff, das dich nach Amerika bringt, oder nach Mexiko oder Westindien, oder wenigstens bis nach Afrika.«

»Wie komme ich zum nächsten größeren Hafen?«

»Dubrovnik ist zweihundert Kilometer südlich von hier.« Der Bauer zündete sich eine Pfeife an. »Dort findest du genug Schiffe mit Leuten drauf, die nur zu gern fort von diesem Krieg wollen.«

Lubji sprang auf. »Ich muß sofort los.«

»Nicht so hastig, junger Mann«, sagte der Bauer und paffte an der Pfeife. »So schnell kommen die Deutschen nun auch wieder nicht über die Berge.« Lubji setzte sich wieder. Die Frau des Bauern schnitt einen weiteren Brotlaib an, tunkte den Anschnitt in Bratenfett und setzte ihn Lubji vor.

Es waren nur noch ein paar Krumen übrig, als Lubji sich schließlich vom Tisch erhob und dem Bauern aus der Küche folgte. Die Frau packte Äpfel, Käse und Brot in einen Sack und reicht ihn Lubji, bevor dieser zu dem Mann auf den Traktor kletterte. Der Bauer brachte Lubji zum Ortsrand. Die Straße, die sie befuhren, führte zur Küste, wie der Bauer ihm versicherte.

Lubji stapfte los und reckte jedesmal, wenn sich ein Fahrzeug näherte, den Daumen in die Höhe. Doch in den ersten zwei Stunden hielt kein einziger Wagen. Es war bereits später Nachmittag, als endlich ein klappriger alter Tatra wenige Meter vor ihm stehenblieb.

Lubji rannte zur Fahrerseite, als das Fenster heruntergekurbelt wurde.

»Wohin willst du?« fragte der Mann am Steuer.

»Nach Dubrovnik«, antwortete Lubji lächelnd. Der Fahrer zuckte die Schultern, kurbelte wortlos das Fenster hoch und – fuhr weiter.

Mehrere Traktoren, zwei Personenwagen und ein Laster fuhren an Lubji vorbei, bis endlich wieder ein Wagen hielt; der Fahrer stellte die gleiche Frage wie der erste, und Lubji gab die gleiche Antwort.

»So weit muß ich zwar nicht«, sagte der Mann, »aber ich könnte dich immerhin ein Stück mitnehmen.«

Ein Personenwagen, zwei Laster, drei Pferdefuhrwerke und ein Motorrad mit Soziussitz halfen Lubji schließlich, die Reise nach Dubrovnik in drei Tagen zu bewältigen. In dieser Zeit hatte Lubji allen Proviant verzehrt, den die Bäuerin ihm mitgegeben hatte, und alles nur mögliche erfahren, wie er in Dubrovnik ein Schiff finden konnte, das ihm helfen würde, den Deutschen zu entkommen.

Nachdem man ihn am Rand der geschäftigen Hafenstadt abgesetzt hatte, dauerte es nicht lange, bis Lubji feststellte, daß die schlimmsten Befürchtungen des Bauern sich bewahrheiteten: Er sah, wie die Einwohner sich auf eine deutsche Invasion vorbereiten, wohin er auch blickte. Lubji hatte nicht die Absicht, noch einmal so lange zu warten, bis die Nazis sich der Stadt näherten. Hier würden sie ihn nicht im Schlaf überraschen.

Wie der Bauer es ihm geraten hatte, begab er sich sofort zum Hafen. Die nächsten zwei Stunden schritt er den Kai auf und ab und versuchte zu erraten, welche Schiffe von woher kamen und wohin sie wollten. Drei Schiffe zog er in die engere Wahl, ohne jedoch zu wissen, wann sie auslaufen würden oder was ihr Bestimmungshafen war. So streifte Lubji im Hafen herum, doch sobald er irgend jemanden in Uniform sah, verschwand er eiligst in einem der vielen Gäßchen des Hafenviertels. Einmal tauchte er sogar hastig in einer überfüllte Kneipe unter, obwohl er gar kein Geld besaß.

Er setzte sich in die hinterste Ecke der schmuddeligen Kaschemme, hoffte, nicht aufzufallen und lauschte den Gesprächen, die in verschiedenen Sprachen an den Nachbartischen geführt wurden. Nach einer Weile erfuhr er, wo es käufliche Frauen gab, welches Schiff die beste Heuer für Heizer bezahlte, ja, sogar, wo man sich zu einem günstigen Preis einen Neptun tätowieren lassen konnte. Doch in dem geräuschvollen Durcheinander bekam er auch mit, daß die *Arridin* als nächstes Schiff Anker lichten würde, sobald sie eine Ladung Weizen übernommen hatte. Nur über den Bestimmungshafen dieses Schiffes konnte Lubji nichts herausfinden.

Ein Seemann wiederholte ein paarmal das Wort »Ägypten«, was Lubji sogleich an Moses und das Gelobte Land denken ließ.

Er stahl sich aus der Kneipe und kehrte zum Kai zurück. Diesmal nahm er jedes Schiff genauer in Augenschein, bis er schließlich zu einer Gruppe Männer gelangte, die Säcke zum Laderaum eines kleinen Frachtdampfers mit Namen *Arridin* schleppten. Lubji betrachtete die Flagge, die schlaff vom Mast des Schiffes hing. Es ging kein Wind, der die Flagge hätte zum Flattern bringen können; deshalb wußte er nicht, aus welchem Land der Dampfer stammte. Doch eines war er sich gewiß: Ein Hakenkreuz war nicht auf der Flagge.

Lubji trat zur Seite und beobachtete, wie die Schauerleute sich die Säcke auf die Schultern hoben, sie die Laufplanke hinaufschleppten und in ein Loch in Decksmitte fallen ließen. Am Ende der Laufplanke stand ein Vorarbeiter und hakte jeden Sack ab, der an ihm vorbeigetragen wurde. Alle paar Sekunden entstand eine Lücke in der Reihe der Arbeiter, wenn einer von ihnen mit etwas langsameren Schritten die Planke hinunterstieg. Lubji wartete geduldig auf den richtigen Moment, um sich unbemerkt in die Reihe stehlen zu können. Schließlich trat er nach vorn, als wollte er am Schiff vorbeigehen; dann bückte er sich rasch, warf sich einen Sack über die linke Schulter und stapfte aufs Schiff zu. Als er zum Vorarbeiter am Ende der Rampe gelangte, verbarg er sein Gesicht hinter dem Sack, den er sodann auf der Decksmitte in die gähnende Luke fallen ließ.

Lubji wiederholte diesen Weg mehrmals, um sich ein besseres Bild vom Schiff machen zu können, denn eine Idee keimte in ihm auf. Nachdem er ungefähr ein Dutzend Säcke geschleppt hatte, stellte er fest, daß er sich ein gutes Stück von seinem Hintermann entfernen und beinahe gemeinsam mit dem Vordermann das Ladedeck erreichte, wenn er etwas schneller ausschritt. Als der Haufen Getreidesäcke auf dem Kai immer mehr schrumpfte, erkannte Lubji, daß ihm nicht mehr viel Zeit blieb. Er mußte rasch handeln.

Er wuchtete sich einen weiteren Sack auf die Schulter und war bald dicht hinter dem Mann vor ihm, der seinen Sack in den Laderaum fallen ließ und sich dann anschickte, die Laufplanke wieder hinunterzugehen.

Als Lubji die Decksmitte erreichte, ließ auch er seinen Sack in den Laderaum fallen – dann, ohne auch nur einen Blick über die Schulter zu wagen, sprang er ihm nach. Er landete ein wenig ungeschickt oben auf dem Haufen Säcke und mußte sich beeilen, rasch in die dunkelste Ecke des Laderaums zu gelangen. Ängstlich wartete er auf die erhobenen Stimmen von Männern, die herbeieilten, um ihm herauszuhelfen. Doch kein Ruf ertönte. Einige Sekunden vergingen; dann erschien der nächste Schauermann über der Luke und ließ seinen Sack hinunterfallen, ohne nachzusehen, wo er aufprallte.

Lubji versuchte, sich so tief in die Ecke zu drücken, daß niemand ihn sehen konnte, der durch die Luke hinunterschaute; zugleich wollte er vermeiden, daß ein Sack Weizen direkt auf ihm landete. Doch um nicht zu ersticken, mußte er nach jedem Sack, der in den Laderaum plumpste, den Kopf heben, einen raschen Atemzug tun, und sofort wieder untertauchen. Noch bevor der letzte Sack im Laderaum landete, hatte Lubji vom Kopf bis zu den Zehen Blutergüsse, und er keuchte wie eine Ratte, die zu ersaufen drohte.

Er glaubte schon, daß es schlimmer nicht werden könne, als die Luke plötzlich zugeschlagen und eine Holzplatte über dem Gitter verkeilt wurde. Lubji bemühte sich verzweifelt, den Haufen Säcke bis zur Spitze hinaufzuklettern. Nachdem er es geschafft hatte, drückte er den Mund dicht an die winzigen Ritzen des Gitters über ihm, um auf diese Weise an ein bißchen frische Luft zu kommen.

Kaum hatte er es sich oben auf dem Sackhaufen halbwegs bequem gemacht, begannen die Maschinen unter ihm zu dröhnen. Wenige Minuten später spürte er das schwache Schaukeln des Schiffes, als es langsam aus dem Hafen lief. Er konnte Stimmen auf Deck hören, und hin und wieder stampften Füße auf den Planken über seinem Kopf. Als der kleine Frachter aus dem Hafen ausgelaufen war und durch immer tieferes Wasser pflügte, wurden aus dem Wiegen und Schaukeln ein Schlingern und Stampfen. Lubji zwängte sich zwischen zwei Säcke und hielt sich mit ausgestreckten Armen daran fest, um nicht durch die Luft geschleudert zu werden.

Mitsamt der Säcke wurde er ständig von einer Seite auf die andere geworfen. Es wurde so schlimm, daß er um Hilfe rufen wollte; doch inzwischen war es dunkel, nur die Sterne leuchteten am Himmel über ihm, und die Seeleute hatten sich allsamt unter Deck zurückgezogen. Lubji bezweifelte, daß sie seine Schreie überhaupt hören würden.

Er hatte keine Ahnung, wie lange die Reise nach Ägypten dauerte und fragte sich ängstlich, ob er im Laderaum überleben könnte, falls ein Sturm aufkam. So war er zwar glücklich, bei Sonnenaufgang noch am Leben zu sein, mußte jedoch ständig damit rechnen, daß ihn ein plötzliches Ende ereilte.

Lubji konnte nicht mit Bestimmtheit sagen, wie viele Tage vergangen waren, als sie endlich in ruhigere Gewässer gelangten, obgleich er sicher war, die meiste Zeit wachgelegen zu haben. Liefen sie in einen Hafen ein? Es war kaum noch eine Bewegung des Schiffes zu spüren, und auch das Dröhnen der Maschinen wurde zunehmend leiser, bis es schließlich ganz erstarb. Kurz darauf hörte Lubji, wie die Ankerkette über Bord rasselte. Obwohl das Schiff nun ruhig lag, führte sein Magen sich immer noch so auf, als befänden sie sich auf hoher See.

Nach etwa einer Stunde zog ein Matrose die Eisenstange heraus, die den Lukendeckel gesichert hatte. Augenblicke später vernahm Lubji Stimmen in einer Sprache, die er nie zuvor gehört hatte. Er vermutete, daß es sich um Ägyptisch handelte, und wieder seufzte er erleichtert, daß es nicht Deutsch war. Dann wurde der Lukendeckel abgehoben, und Lubji sah zwei stämmige Burschen, die zu ihm hinunterstarrten.

»Was haben wir denn da?« rief einer, als Lubji verzweifelt die Hände hob.

»Einen deutschen Spion, möchte ich wetten!« entgegnete sein Kamerad mit rauhem Lachen. Der erste lehnte sich über die Luke, faßte Lubjis Arme und zog ihn an Deck, als wäre er ein Sack Weizen. Lubji blieb mit ausgestreckten Beinen vor den beiden sitzen, atmete tief die frische Luft ein und wartete schicksalergeben darauf, ergriffen und wieder ins Gefängnis gesperrt zu werden.

Als sich nichts tat, blickte er auf und blinzelte in die Morgensonne. »Wo bin ich?« fragte er auf tschechisch. Aber die Seeleute verstanden ihn nicht. Er versuchte es auf ungarisch, russisch und schließlich widerstrebend auf deutsch, doch erntete nur Achselzucken und Lachen. Schließlich nahmen ihn die beiden hoch und schleppten ihn fast bis zur Laufplanke, ohne auch nur den geringsten Versuch zu unternehmen, sich in irgendeiner Sprache mit ihm zu verständigen.

Lubjis Füße berührten kaum den Boden, als die Matrosen ihn von Bord des Schiffes hinunter zur Anlegestelle und von dort zu einem weißen Gebäude am entgegengesetzten Ende des Kais zerrten. Über der Tür standen Worte in Blockschrift, die dem illegalen Einwanderer rein gar nichts sagten: HAFENPOLIZEI – LIVERPOOL, ENGLAND.

St. Andy

12. September 1945

Die Morgenröte einer neuen Republik

»Schluss mit den Ehrentiteln!« lautete die Schlagzeile der dritten Ausgabe des *St. Andy*.

Nach Meinung des Redakteurs waren diese sogenannten Ehrungen nichts anderes als ein bequemer Vorwand für nicht mehr ganz taufrische Politiker, sich selbst und ihren Freunden Titel zu verleihen, derer sie nicht würdig waren. *Ehrentitel werden stets an Personen verliehen, die sie gar nicht verdienen. Diese ärgerliche Zurschaustellung persönlicher Eitelkeiten ist nur eines von vielen Beispielen für die letzten Zuckungen eines Kolonialreichs, dem bei der erstbesten Gelegenheit der Todesstoß versetzt werden sollte. Wir müssen dieses antiquierte politische System endlich in die Mülltonne der Geschichte werfen.*

Mehrere Klassenkameraden schrieben an den verantwortlichen Redakteur und erinnerten ihn daran, daß sein Vater es keineswegs abgelehnt habe, in den Adelsstand erhoben zu werden. Und diejenigen, die mit der Geschichte besser vertraut waren, fügten hinzu, daß der letzte Satz einem Aufruf für eine Sache von wesentlich größerer Bedeutung entnommen war.

Diesmal konnte Keith die bei der wöchentlichen Lehrerversammlung geäußerte Meinung des Direktors nicht erfahren, da Penny ihn weder eines Blickes und schon gar keines Wortes mehr würdigte. Duncan Alexander und andere bezeichneten ihn als Verräter. Doch zum Ärger aller schien es Keith nicht zu berühren, welche Meinung andere von ihm hatten.

Im Laufe des Trimesters fragte er sich, was wahrscheinlicher war: die Einberufung zum Wehrdienst oder ein Studienplatz in Oxford. Ungeachtet seiner Befürchtungen stellte er die nachmittägliche Arbeit für den *Courier* ein, um mehr Zeit für seine Studien zu haben. Er verdoppelte seine Bemühungen sogar, als sein Vater versprach, ihm einen Sportwagen zu schenken, falls er die Abschlußprüfungen bestand. Die Vorstellung, es dem Direktor zu beweisen *und* einen eigenen Wagen zu haben, war unwiderstehlich. Miss Steadman, die Keith weiterhin während der langen dunklen Abende Nachhilfeunterricht erteilte, schien unter ihrer doppelten Belastung aufzublühen.

Als Keith für sein letztes Trimester nach St. Andrews zurückkehrte, war er bereit, sich sowohl den Prüfern wie dem Direktor zu stellen: Bei der Spendenaktion für den neuen Pavillon fehlten nur noch ein paar hundert Pfund. Keith beschloß, in seiner letzte Ausgabe des *St. Andy* den Erfolg der Spendenaktion zu verkünden. Er hoffte, daß der Direktor es sich dann dreimal überlegen würde, wegen eines Artikels in der nächsten Ausgabe, in dem die Abschaffung der Monarchie vorgeschlagen wurde, irgendwelche Schritte zu unternehmen.

Australien kann gut darauf verzichten, von einer mehr als zehntausend Meilen entfernten deutschen Mittelstandsfamilie regiert zu werden. Warum sollten wir, da wir uns nun der zweiten Hälfte des zwanzigsten Jahrhunderts nähern, ein solch elitäres System noch länger stützen? Entledigen wir uns dieser royalistischen Traditionen, posaunte der Leitartikel, *der britischen Nationalhymne, Flagge und Währung! Nach Beendigung des Krieges ist die Zeit reif, Australien zur Republik zu erklären.*

Mr. Jessop schwieg verkniffen, während die Redaktion des *Melbourne Age* Keith 50 Pfund für den Artikel bot. Keith nahm sich viel Zeit, das Angebot abzulehnen. Duncan Alexander ließ durchblikken, daß jemand aus der näheren Umgebung des Direktors ihm erzählt hatte, er halte es für unwahrscheinlich, daß Keith es bis zu den Abschlußprüfungen durchstehen würde.

Während der ersten Wochen seines letzten Trimesters verbrachte Keith weiterhin die meiste Zeit damit, sich auf die Prüfungen vorzubereiten, und gönnte sich nur hin und wieder eine Pause, um sich mit Betsy zu treffen, sowie einen einzigen Mittwochnachmittag auf der Rennbahn, während andere Schüler sich anregenderen Freizeitbeschäftigungen hingaben.

Keith hätte an besagtem Mittwoch die Rennbahn vielleicht gar nicht besucht, hätte einer der Jungs aus der örtlichen Turfszene ihm nicht einen »todsicheren Tip« gegeben. Er ging seine Finanzen sorgfältig durch. Von seinem Ferienjob hatte er etwas gespart; außerdem besaß er noch sein Taschengeld. Er beschloß, er würde nur eine Wette im ersten Rennen abschließen und gleich, nachdem er gewonnen hatte, zur Schule zurückkehren, um weiter an seinem

Prüfungsstoff zu arbeiten. An diesem Mittwochnachmittag holte er sich sein Fahrrad, das er hinter dem Postamt abgestellt hatte, und versprach Betsy, noch kurz vorbeizuschauen, bevor er zur Schule zurückfuhr.

Der »todsichere Tip« hieß Rum Punch und war für das 14-Uhr-Rennen gemeldet. Keith' Informant glaubte so fest an Rum Punchs Sieg, daß Keith fünf Pfund auf die junge Stute setzte, bei einer Quote von sieben zu eins für den Sieg. Noch ehe die Schranke gehoben wurde, überlegte Keith bereits, was er mit seinem Gewinn anstellen würde.

Rum Punch lag auf der gesamten Zielgeraden in Front, und obwohl ein anderes Pferd die Stute auf den letzten Metern zunehmend bedrängte, warf Keith triumphierend die Arme in die Höhe, als beide Tiere am Zielpfosten vorüberpreschten. Er ging zu seinem Buchmacher, um seinen Gewinn zu kassieren.

»Der offizielle Schiedsspruch für das erste Rennen des heutigen Nachmittags«, ertönte es aus den Lautsprechern, »verzögert sich ein wenig, da die Rennleitung auf ein Zielfoto zwischen Rum Punch und Colonus besteht.« Von Keith' Platz aus gesehen, hatte Rum Punch klar gewonnen; deshalb konnte er nicht verstehen, weshalb überhaupt ein Zielfoto gemacht worden war. Wahrscheinlich, vermutete er, damit die Veranstalter beweisen konnten, daß sie ihre Pflichten ernst nahmen. Er blickte auf die Uhr und beschäftigte sich in Gedanken mit Betsy.

»Hier nun das endgültige Ergebnis des ersten Rennens«, dröhnte die Stimme des Ansagers aus den Lautsprechern. »Es siegte die Nummer elf, Colonus, als Fünf-zu-vier-Favorit, mit einem halben Kopf Vorsprung vor Rum Punch, vorgewettet mit sieben zu eins.«

Keith fluchte laut. Hätte er Rum Punch doch auch auf Platz gesetzt! Dann hätte er seinen Einsatz wenigstens verdoppelt. Er zerriß seinen Wettschein und marschierte zum Ausgang. Als er sich den Fahrradständern näherte, warf er einen Blick auf die Ankündigungstafel des nächsten Rennens. Drumstick war unter den Teilnehmern und hatte überdies eine günstige Startnummer. Keith' Schritte gerieten ins Stocken. Er hatte bereits zweimal mit Drumstick gewonnen und war sicher, daß alle guten Dinge drei sind. Sein einziges Problem bestand darin, daß er seine gesamten Ersparnisse auf Rum Punch gesetzt hatte.

Er schlurfte weiter, als ihm plötzlich einfiel, daß er ja zeichnungsberechtigt für ein Konto bei der Bank of Australia war, das ein Guthaben von über 4000 Pfund aufwies.

Nochmals überflog er die Namen der an den Start gehenden Pferde und fand keinen ernst zu nehmenden Gegner für Drumstick. Diesmal würde er 5 Pfund auf Sieg *und* Platz setzen, so daß er bei einer Quote von drei zu eins wenigstens sein Geld zurückbekam, selbst wenn Drumstick nur den dritten Platz belegte. Keith ging durchs Drehkreuz, hob sein Fahrrad aus dem Ständer und radelte so schnell er konnte etwa eine Meile die Straße entlang, ehe er die nächste Bankfiliale entdeckte. Er stürmte hinein und stellte einen Scheck über 10 Pfund aus.

Bis zum Start des nächsten Rennens vergingen noch fünfzehn Minuten; deshalb konnte Keith ziemlich sicher sein, daß noch genug Zeit blieb, den Scheck einzulösen und rechtzeitig seine Wette zu machen. Der Schalterbeamte musterte den Kunden und betrachtete den Scheck; dann rief er die Zweigstelle in Melbourne an. Dort bestätigte man ihm umgehend, daß Mr. Townsend zeichnungsberechtigt für dieses Konto sei und der Scheck gedeckt war. Um vierzehn Uhr dreiundfünfzig zahlte der Schalterbeamte dem ungeduldigen jungen Mann die 10 Pfund aus.

Keith radelte mit einer Geschwindigkeit zur Rennbahn zurück, die selbst einen Tour-de-France-Sieger begeistert hätte. An der Bahn angelangt, ließ er sein Fahrrad einfach zu Boden fallen und stürmte zum nächsten Buchmacher. Bei Honest Syd setzte Keith 5 Pfund auf Platz und Sieg. Als die Startboxen aufsprangen, ging er entschlossen zum Absperrgitter und kam gerade rechtzeitig, um den Pulk der Pferde beim ersten Umlauf zu beobachten. Er traute seinen Augen nicht: Drumstick mußte am Start stehengeblieben sein; denn zu Beginn der zweiten Runde trottete die Stute abgeschlagen hinter dem Feld her, und obwohl sie auf der Endgeraden Boden gutmachte, überquerte sie die Ziellinie erst als vierte.

Keith sah sich die Liste der Pferde und Reiter des dritten Rennens an; dann radelte er so schnell wieder zur Bank, daß er den Sattel kein einziges Mal auch nur flüchtig berührte. Am Schalter bat er, einen Scheck über 20 Pfund einzulösen. Wieder wurde ein Anruf getätigt, und diesmal ersuchte der stellvertretende Bankdirektor in Melbourne, selbst mit Keith zu sprechen. Nachdem er sich seiner Identität versichert hatte, erlaubte er die Einlösung des Schecks.

Auch im dritten Rennen erging es Keith nicht besser als zuvor, und als der Sieger des sechsten Rennens über die Lautsprecheranlage bestätigt wurde, hatte er 100 Pfund vom Spendenkonto abgehoben und verwettet. Langsam radelte er zum Postamt zurück und dachte über die zu erwartenden Konsequenzen dieses Nachmittags nach. Er wußte, daß der Schulkämmerer das Konto am Monatsende überprüfen und sich mit Fragen über Einzahlungen und Abhebungen an den Schuldirektor wenden würde – und dieser würde sich seinerseits zur Aufdeckung der Sachlage an die Bank wenden. Der stellvertretende Bankdirektor würde daraufhin erklären, daß Mr. Townsend ihn an dem fraglichen Mittwochnachmittag fünfmal von einer Zweigstelle in der Nähe der Rennbahn angerufen und jedesmal darauf bestanden habe, einen Scheck einzulösen. Ohne Zweifel würde Keith sofort von der Schule fliegen – im Jahr zuvor hatte man einen Jungen aus den heiligen Hallen verwiesen, nur weil er eine Flasche Tinte gestohlen hatte. Aber schlimmer, noch viel schlimmer war, daß diese Neuigkeit auf der Titelseite jeder australischen Zeitung zu lesen sein würde, die nicht Keith' Vater gehörte.

Betsy wunderte sich, daß Keith sich nicht wenigstens ein paar Minuten bei ihr sehen ließ, nachdem er sein Fahrrad hinter dem Postamt abgestellt hatte. Er kehrte zu Fuß zur Schule zurück und konnte an nichts anderes denken, als daß er nur drei Wochen Zeit hatte, 100 Pfund zu beschaffen. Sofort ging er auf sein Zimmer und versuchte, sich auf alte Prüfungsfragen zu konzentrieren, doch immer wieder schweiften seine Gedanken zu den vorschriftswidrigen Abhebungen. Keith überlegte sich Dutzende von Ausreden, die sich unter anderen Umständen vielleicht glaubhaft angehört hätten; aber wie wollte er erklären, weshalb die Schecks in halbstündlichen Abständen eingelöst worden waren – bei einer Filiale, die sich so nahe an einer Rennbahn befand?

Am nächsten Morgen erwog Keith, sich freiwillig zur Armee zu melden; möglicherweise würde er dann nach Burma geschickt, ehe jemand darauf aufmerksam wurde, was er getan hatte. Falls er in der Schlacht fiel – mit einem Victoria Cross als postumer Auszeichnung –, würde man die fehlenden 100 Pfund in seinem Nachruf vielleicht nicht erwähnen. Keith hätte sich auf alles eingelassen, um den Makel loszuwerden – nur davon, in der folgenden Woche erneut Wetten zu plazieren, obwohl derselbe Pferdepfleger ihm einen weiteren »todsicheren Tip« gab, nahm er dann doch lieber Abstand. Seine Stimmung wurde auch nicht gerade besser, als er am Donnerstagmorgen im *Sporting Globe* las, daß dieser »todsichere Tip« zehn zu eins gebracht hätte.

Während er sich am nächsten Montag mit einem Aufsatz über Goldwährung abplagte, wurde ihm ein handgeschriebener Zettel ins Zimmer gebracht, auf dem lediglich stand: *Der Direktor möchte Sie sofort in seinem Arbeitszimmer sprechen.*

Keith wurde schlecht. Er ließ den halbfertigen Aufsatz auf seinem Schreibtisch liegen und schlurfte langsam zum Haus des Direktors hinüber. Wie hatten sie es nur so schnell herausgefunden? Hatte die Bank beschlossen, der Sache nachzugehen und den Kämmerer auf mehrere vorschriftswidrige Abhebungen aufmerksam zu machen? Aber wie konnten sie sicher sein, daß das Geld nicht für ordnungsgemäße Ausgaben erforderlich gewesen war? Keith hörte den Direktor bereits sarkastisch fragen: »Nun, Townsend, was waren denn das für ›ordnungsgemäße Ausgaben‹, für die das Geld in halbstündlichen Abständen abgehoben werden mußte – und das an einem Mittwochnachmittag, nur eine Meile von einer Rennbahn entfernt?«

Keith stieg die Stufen zum Haus des Direktors hinauf. Ihn fröstelte, und ihm war übel. Das Hausmädchen öffnete die Tür, noch ehe er dazu gekommen war, anzuklopfen. Als er das Zimmer betrat, glaubte er, das Gesicht des Direktors noch nie zuvor so streng gesehen zu haben. Er schaute sich um und sah Mr. Clark, seinen Hausaufseher, auf dem Sofa in der Ecke sitzen. Keith blieb stehen. Diesmal würde man ihm keinen Stuhl und kein Glas Sherry anbieten.

»Townsend«, begann der Direktor, »ich untersuche eine außerordentlich ernste Angelegenheit, in die Sie, wie mir leider zu Ohren gekommen ist, offenbar persönlich verwickelt sind.«

Keith bohrte sich die Nägel in die Handflächen, um sein Zittern zu unterdrücken. »Wie Sie sehen, Townsend, ist auch Mr. Clarke hier, weil ein Zeuge anwesend sein muß, falls diese Angelegenheit an die Polizei weitergeleitet wird.«

Keith spürte, wie ihm die Knie weich wurden. Er hatte Angst, zusammenzusacken, falls man ihm keinen Stuhl anbot.

»Ich möchte ohne Umschweife zur Sache kommen, Townsend.« Der Direktor machte eine Pause, als müsse er erst nach den richtigen Worten suchen. Keith' Zittern ließ nach. »Meine Tochter Penny ist … ist anscheinend … schwanger«, sagte Mr. Jessop schließlich, »und behauptet, vergewaltigt worden zu sein. Offenbar sind Sie« – Keith wollte gerade protestieren – »der einzige Zeuge des Vorfalls. Da der Beschuldigte nicht nur den Schlafsaal mit Ihnen teilt, sondern überdies der Vertrauensschüler dieser Anstalt ist, halte ich es für außerordentlich wichtig, daß Sie sich bereit erklären, uns bei dieser Untersuchung voll zu unterstützen.«

Keith stieß einen unhörbaren Seufzer der Erleichterung aus. »Ich werde mein Bestes tun, Sir.« Die Augen des Direktors kehrten zu einem Schriftstück zurück, das vor ihm auf dem Schreibtisch lag. Keith vermutete, daß es eine vorbereitete Aussage war.

»Haben Sie am Samstag, dem sechsten Oktober, gegen fünfzehn Uhr, den Kricketpavillon besucht?«

»Jawohl, Sir«, antwortete Keith ohne Zögern. »Meine Pflichten als Spendensammler machen es erforderlich, daß ich mich hin und wieder dort umschaue.«

»Ja, natürlich«, murmelte der Direktor. »Das ist völlig verständlich und außerdem sehr löblich.« Mr. Clarke blickte ihn ernst an und nickte bestätigend. »Können Sie mir mit eigenen Worte schildern, was Sie an dem betreffenden Samstag gesehen haben, als Sie den Pavillon betraten?«

Keith hätte am liebsten gegrinst, doch es gelang ihm, eine ernste Miene beizubehalten.

»Lassen Sie sich ruhig Zeit«, sagte Mr. Jessop. »Und was immer Sie von der Sache halten – Sie brauchen Ihre Äußerungen nicht als Petzerei zu betrachten.«

Keine Bange, dachte Keith, das tue ich bestimmt nicht. Er überlegte, ob er diese Gelegenheit nutzen sollte, zwei alte Rechnungen zu begleichen. Aber vielleicht brächte es ihm mehr ein, wenn …

»Vielleicht sollten Sie auch bedenken, daß der gute Ruf mehrerer Personen von Ihrer Interpretation der Geschehnisse an jenem bedauerlichen Nachmittag abhängt.« Es war das Wort »Ruf«, das Keith half, seine Entscheidung zu treffen. Er runzelte die Stirn, als würde er angestrengt über die möglichen Folgen seiner Aussage nachdenken, und fragte sich, wie lange er diese quälende Ungewißheit noch ausdehnen konnte.

»Als ich den Pavillon betrat«, Keith bemühte sich, ungewöhnlich verantwortungsvoll zu klingen, »konnte ich überhaupt nichts sehen, weil es stockdunkel war. Ich war erstaunt, bis mir klar wurde, daß sämtliche Jalousien heruntergelassen waren. Und mein Erstaunen wurde noch größer, als ich plötzlich Geräusche aus den Umkleideräumen hörte. Ich wußte ja, daß die Schulmannschaft an diesem Tag ein Auswärtsspiel hatte. Tja, ich taste also nach dem Schalter, und als ich das Licht anmache, da denke ich, mich trifft der Schlag, weil ...« Keith zögerte und tat so, als wäre es ihm zu peinlich, weiter zu erzählen.

»Sie brauchen sich keine Gedanken darüber zu machen, daß Sie vielleicht schlecht über einen Freund reden«, beruhigte der Direktor ihn. »Sie können sich auf unsere Diskretion verlassen.«

Aber du nicht auf meine, dachte Keith.

»... weil Ihre Tochter und Duncan Alexander nackt auf einer der Matten lagen.« Wieder machte Keith gekonnt eine bedeutungsvolle Pause, und diesmal bedrängte ihn der Direktor nicht, weiterzureden. Also ließ Keith sich Zeit. »Was auch vorgefallen war – es muß in dem Moment aufgehört haben, als ich das Licht einschaltete und ...« Wieder ein gekonntes Zögern.

»Das ist auch für mich nicht leicht, Townsend, wie Sie sich gewiß vorstellen können.«

»Ja, das ist mir klar, Sir.« Keith freute sich, wie gut es ihm gelang, aus dieser kurzen Episode einen langen Bericht zu machen. Er war offenbar doch zum Journalisten geboren.

»Hatten die beiden Ihrer Meinung nach Geschlechtsverkehr?«

»Ich gehe mal davon aus, Sir.« Keith hoffte, es würde unschlüssig klingen.

»Aber Sie können es nicht mit Sicherheit sagen?« fragte der Direktor.

»Doch, ich glaube schon«, antwortete Keith nach einer langen Pause, »denn ...«

»Es braucht Sie nicht verlegen zu machen, Townsend. Seien Sie versichert, daß ich lediglich daran interessiert bin, die Wahrheit zu erfahren.«

Aber ich vielleicht nicht, dachte Keith, der nicht im geringsten verlegen war – ganz im Gegensatz zu den beiden anderen Herren im Zimmer.

»Sie müssen uns genau sagen, was Sie gesehen haben, Townsend.«

»Es war nicht so sehr, was ich gesehen habe, Sir – es war mehr, was ich gehört habe«, entgegnete Keith.

Der Direktor senkte den Kopf. Diesmal brauchte er eine Weile, bis er sich wieder gefaßt hatte. »Die nächste Frage ist äußerst unangenehm für mich, Townsend, denn ich muß mich nicht nur völlig auf Ihr Erinnerungsvermögen verlassen, sondern auch auf Ihr Urteilsvermögen.«

»Ich werde mein Bestes geben, Sir.«

Jetzt war es der Direktor, der zögerte, und Keith mußte sich fast in die Zunge beißen, um nicht zu sagen: »Lassen Sie sich ruhig Zeit.«

»Nun, äh ... Townsend ... und denken Sie daran, daß es sich hier um eine streng vertrauliche Unterredung handelt ... hatten Sie den Eindruck, soweit Sie es beurteilen können, daß meine Tochter ... sozusagen ...«, wieder zögerte er, »... willig war?« Keith bezweifelte, daß der Direktor je einen unbeholfeneren Satz von sich gegeben hatte.

Keith ließ ihn noch ein paar Sekunden schwitzen, bevor er mit fester Stimme antwortete: »Was das betrifft, Sir, habe ich nicht den geringsten Zweifel.« Beide Männer blickten ihn direkt an. »Es war keine Vergewaltigung.«

Mr. Jessop verzog keine Miene, sondern fragte nur: »Wie können Sie da so sicher sein?«

»Weil keine der beiden Stimmen, die ich gehört habe, ehe ich das Licht anknipste, verärgert oder verängstigt geklungen hat. Ganz im Gegenteil. Es waren die Stimmen eines Pärchens, das – wie soll ich es ausdrücken – den Augenblick genossen hat.«

»Und Sie sind sich dessen ohne jeden Zweifel sicher, Townsend?« fragte der Direktor.

»Ja, Sir. Ganz sicher.«

»Wieso?« fragte Mr. Jessop.

»Weil – weil ich vierzehn Tage zuvor genau den gleichen Genuß mit Ihrer Tochter erleben durfte, Sir.«

»Im – Pavillon?« stammelte der Direktor ungläubig.

»Nein, Sir. Um ehrlich zu sein, Sir, in meinem Fall war es die Turnhalle. Ich glaube, Ihre Tochter zieht sie dem Pavillon vor. Sie sagte immer, die Gummimatten sind bequemer als die Kricketmatten.« Direktor und Hausaufseher waren sprachlos.

»Danke für Ihre Offenheit, Townsend«, gelang es dem Direktor schließlich irgendwie hervorzubringen.

»Das ist doch selbstverständlich, Sir. Benötigen Sie mich noch für irgend etwas anderes?«

»Nein, im Augenblick nicht, Townsend.« Keith wandte sich zum Gehen. »Ich wäre Ihnen jedoch sehr verbunden, wenn Sie in dieser Angelegenheit absolute Diskretion wahren.«

»Selbstverständlich, Sir.« Keith wandte sich ihm wieder zu. Er errötete leicht. »Es tut mir leid, Sir, wenn ich Sie in Verlegenheit gebracht habe, aber wie Sie selbst uns Schüler bei Ihrer Predigt vergangenen Sonntag ermahnt haben – man soll in jeder Situation, vor die das Leben einen stellt, an George Washingtons Worte denken: ›Ich kann nicht lügen.‹«

In den nächsten Wochen war Penny nirgends zu sehen. Als der Direktor darauf angesprochen wurde, antwortete er, daß Penny und ihre Mutter eine Tante in Neuseeland besuchten.

Keith schob die Probleme des Direktors rasch zur Seite und konzentrierte sich auf seine eigenen Sorgen. Ihm war noch immer keine Lösung eingefallen, wie er die 100 Pfund zurückzahlen konnte, die auf dem Pavillon-Spendenkonto fehlten.

Eines Morgens, nach der Andacht, klopfte Duncan Alexander an Keith' Tür.

»Ich wollte dir nur danken«, sagte Alexander. »Sehr anständig von dir, alter Junge«, fügte er hinzu und klang britischer als die Briten.

»Gern geschehen, Kumpel«, antwortete Keith mit betont australischem Akzent. »Außerdem hab' ich dem Alten ja nur die Wahrheit gesagt.«

»Das stimmt«, sagte der Vertrauensschüler. »Trotzdem stehe ich tief in deiner Schuld, alter Junge. Wir Alexanders haben ein gutes Gedächtnis.«

»Wir Townsends ebenfalls«, versicherte ihm Keith, ohne ihn anzublicken.

»Tja, dann ... wenn ich dir irgendwann mal irgendwie helfen kann, laß es mich wissen.«

»Das werde ich«, versprach Keith.

Duncan öffnete die Tür und blickte über die Schulter; dann fügte er hinzu: »Ich muß schon sagen, Townsend, du bist gar nicht so ein Stinktier, wie alle glauben.«

Nachdem die Tür sich hinter Alexander geschlossen hatte,

brummte Keith die Worte Asquiths, die er in einem kürzlich verfaßten Essay zitiert hatte: »Abwarten und Tee trinken.«

»Ein Anruf für Sie in Mr. Clarkes Arbeitszimmer auf dem Haustelefon«, sagte der Schüler der unteren Klasse, der Flurdienst hatte.

Je mehr der Monat sich seinem Ende zuneigte, desto mehr graute Keith davor, seine Post zu öffnen oder, schlimmer noch, einen unerwarteten Anruf entgegenzunehmen. Stets befürchtete er, daß jemand von seiner Spendenkonto-Unterschlagung erfahren hatte. Er rechnete nun jeden Tag mit dem Anruf des stellvertretenden Bankdirektors, der ihm mitteilte, daß dem Kämmerer nunmehr die letzten Kontoauszüge vorgelegt werden müßten.

»Aber ich habe mehr als 4000 Pfund an Spendengeldern gesammelt«, murmelte er immer wieder vor sich hin.

»Darum geht es nicht, Townsend«, konnte er den Direktor antworten hören.

Er versuchte, den viel jüngeren Schüler seine Nervosität nicht merken zu lassen. Schon vom Flur aus konnte er die offene Arbeitszimmertür seines Hausaufsehers sehen. Keith' Schritte wurden immer schleppender. Er trat ins Zimmer, und Mr. Clarke reichte ihm den Hörer. Keith wünschte sich, der Hausaufseher würde das Zimmer verlassen, doch er blieb an seinem Schreibtisch sitzen und korrigierte weiter die Hausaufgaben.

»Keith Townsend«, meldete er sich.

»Guten Morgen, Keith. Hier Mike Adams.«

Keith kannte den Namen. Adams war der Verleger des *Sydney Morning Herald*. Wie hatte er so schnell von dem fehlenden Geld erfahren können?

»Ah, ja«, murmelte Keith. »Was kann ich für Sie tun?« Nur gut, daß Adams ihn nicht zittern sah.

»Ich habe soeben die letzte Ausgabe des *St. Andy* gelesen, vor allem Ihren Artikel, daß Australien eine Republik werden soll. Ich halte ihn für ausgezeichnet und möchte ihn ungekürzt für den *SMH* übernehmen – falls wir uns auf ein Honorar einigen können.«

»Der Artikel ist unverkäuflich«, antwortete Keith fest.

»Ich biete Ihnen 75 Pfund«, sagte Adams.

»Ich würde meinen Artikel nicht mal von Ihnen abdrucken lassen, wenn Sie mir …«

»*Wieviel* bieten würden?«

Eine Woche vor der Aufnahmeprüfung für Oxford kehrte Keith nach Toorak heim, um sich noch einmal von Miss Steadman examinieren zu lassen. Gemeinsam gingen sie alle nur möglichen Fragen durch und lasen Musterantworten, die Miss Steadman vorbereitet hatte. Nur eines gelang ihr nicht: Sie konnte Keith nicht dazu bringen, entspannt zu sein. Doch er konnte Miss Steadman ja schwerlich anvertrauen, daß nicht die Prüfung der Grund für seine Nervosität war.

»Ich bin sicher, du bestehst«, versicherte Lady Townsend ihrem Sohn voller Zuversicht beim sonntäglichen Frühstück.

»Ich hoffe es«, murmelte Keith und dachte daran, daß morgen im *Sydney Morning Herald* seine Sicht der Zukunft Australiens zu lesen sein würde. Doch es war auch jener Tag, an dem seine Aufnahmeprüfungen begannen; deshalb hoffte er, daß seine Eltern mit ihrer Standpauke wenigstens die nächsten zehn Tage warten würden. Und bis dahin, vielleicht …

»Na ja, falls es knapp wird«, unterbrach der Vater Keith' Gedankengang, »wird dir sicher das Empfehlungsschreiben des Direktors nach deinem Erfolg bei der Spendensammlung helfen. Ach ja, ich habe ganz vergessen, dir zu sagen, daß deine Großmutter so beeindruckt von deinen Bemühungen ist, daß sie in deinem Namen weitere 100 Pfund gespendet hat.«

Es war das erste Mal, daß Lady Townsend ihren Sohn fluchen hörte.

Am Montagmorgen hatte Keith das Gefühl, so gut auf die Prüfung vorbereitet zu sein, wie es nur möglich war, und als er nach zehn Tagen die letzte schriftliche Arbeit abgab, war er beeindruckt, wie viele von den Fragen Miss Steadman vorhergesehen hatte. Er wußte, daß er seine Sache in Geschichte und Geographie gut gemacht hatte. Jetzt konnte er nur noch hoffen, daß der Prüfungsausschuß in Oxford die Klassiker nicht als wesentliches Kriterium für eine Aufnahme betrachtete.

Keith rief seine Mutter an. Er glaube, erklärte er ihr, so gut abgeschnitten zu haben, wie er nur hatte hoffen können; wenn er keinen Studienplatz in Oxford bekäme, läge es jedenfalls nicht daran, daß er Pech mit den Fragen gehabt habe.

»Das freut mich zu hören«, antwortete seine Mutter. »Aber ich kann dir nur einen guten Rat geben, Keith. Halte dich von deinem Vater lieber noch ein paar Tage fern.«

Das Gefühl der Leere nach Ende der Prüfungen war unvermeidlich. Während Keith auf die Bekanntgabe der Ergebnisse wartete, verbrachte er einen Teil seiner Zeit damit, die restlichen paar hundert Pfund an Spenden für den Pavillon zusammenzukratzen – auf der Rennbahn, wo er kleinere Wetten mit seinem eigenen Geld abschloß, und bei einer Nacht mit der Frau eines Bankers, die schließlich 50 Pfund springen ließ.

Am letzten Mittwoch des Trimesters informierte Mr. Jessop seine Lehrerkollegen bei der wöchentlichen Sitzung, daß St. Andrews die altehrwürdige Tradition fortsetzen würde, seine besten Schüler nach Oxford und Cambridge zu schicken und auf diese Weise die Verbindung mit diesen beiden angesehenen Universitäten aufrechtzuerhalten. Dann verlas er die Namen der Schüler, die Studienplätze bekommen hatten:

Alexander, D. T. L.

Tomkins, C.

Townsend, K. R.

»Ein Stinker, ein Streber und ein Selbstdarsteller, aber nicht unbedingt in dieser Reihenfolge«, murmelte der Direktor.

Morgenausgabe

Dem Sieger die Beute

DAILY MIRROR

7. JUNI 1944

ERFOLGREICHE LANDUNG DER ALLIIERTEN TRUPPEN AN DER KÜSTE DER NORMANDIE

Als Lubji Hoch dem Tribunal seine Geschichte erzählt hatte, blickten sie ihn nur ungläubig an. Entweder war er eine Art Übermensch oder ein pathologischer Lügner – sie konnten sich nicht entscheiden.

Der tschechische Dolmetscher zuckte die Schultern. »Einiges könnte durchaus so gewesen sein«, sagte er zu dem Offizier des Tribunals, der den Vorsitz führte. »Aber manches erscheint mir doch arg an den Haaren herbeigezogen.«

Der Vorsitzende dachte einige Minuten über den Fall Lubji Hoch nach; dann entschied er sich für den einfachsten Ausweg. »Er soll ins Internierungslager zurückgebracht und in sechs Monaten erneut dem Tribunal vorgeführt werden. Dann kann er uns seine Geschichte noch einmal erzählen, und wir werden sehen, wieviel davon sich geändert hat.«

Lubji hatte vor dem Tribunal gesessen, ohne auch nur ein Wort des Vorsitzenden zu verstehen. Immerhin hatte man ihm diesmal einen Dolmetscher zugeteilt; deshalb konnte er dem Verfahren wenigstens folgen. Auf dem Rückweg zum Internierungslager versprach er sich, daß er bei seiner nächsten Verhandlung in sechs Monaten keinen Dolmetscher mehr benötigen würde.

Englisch zu lernen erwies sich jedoch nicht als ganz so einfach, wie Lubji es erwartet hatte; als er zurück im Lager und unter seinen Landsleuten war, zeigten sie wenig Interesse daran, irgendeine andere Sprache als Tschechisch zu reden. Im Grunde war Pokern das einzige, das Lubji von ihnen lernen konnte, und es dauerte nicht lange, bis er sie alle in die Tasche steckte. Die meisten seiner Mitinternierten gingen davon aus, daß sie nach Hause zurückkehren durften, sobald der Krieg vorbei war.

Im Lager stand Lubji jeden Morgen als erster auf; seine Leidensgenossen ärgerten sich über ihn, weil er in allen Dingen schneller war als sie. Die meisten Tschechen betrachteten Lubji bloß als einen ruthenischen Streber, doch da er inzwischen gut eins achtzig groß war und immer noch wuchs, sagte es ihm keiner ins Gesicht.

Lubji war seit etwa einer Woche wieder im Lager, als die alte Frau ihm zum erstenmal auffiel. Nach dem Frühstück kehrte er in seine Baracke zurück, als er sie ein Fahrrad den Hang hinaufschieben sah, das mit Zeitungen beladen war. Ihr Gesicht konnte er nicht deutlich erkennen – selbst dann nicht, als sie bereits durchs Lagertor kam, weil sie es zum Schutz gegen den eisigen Wind mit einem Kopftuch verhüllt hatte. Sie machte sich daran, die Zeitungen auszuteilen, zuerst ans Offizierskasino, dann eine nach der anderen an die kleinen Häuser, die von den Unteroffizieren bewohnt wurden. Lubji schritt um den Exerzierplatz herum und folgte der Frau; er hegte die Hoffnung, sie könnte sich als die Person erweisen, die ihm helfen würde. Als ihr Zeitungsbeutel leer war, der von der Lenkstange hing, schob die Frau ihr Rad zum Tor des Lagers zurück. Im Vorübergehen rief Lubji ihr *»Hello!«* zu.

»Good morning«, gab sie zurück, schwang sich aufs Rad, fuhr durchs Tor und radelte ohne ein weiteres Wort den Hügel hinunter.

Am nächsten Morgen ging Lubji gar nicht erst zum Frühstück, sondern stellte sich ans Tor und wartete auf die Frau. Als er sah, wie sie ihr schwerbeladenes Fahrrad den Hang hinaufschob, rannte er ihr durchs Tor entgegen, bevor die Wachen ihn aufhalten konnten. *»Good morning«*, begrüßte er die Frau, nahm das Rad und schob es für sie.

»Good morning«, erwiderte sie. *»I'm Mrs. Sweetman. And how are you today?«* Lubji hätte es ihr gesagt, hätte er auch nur die leiseste Ahnung gehabt, was sie ihn gefragt hatte.

Während die Frau ihre Runde machte, trug Lubji eifrig jedes Bündel für sie. Eines der ersten englischen Worte, die er lernte, war das Wort für »Zeitung«. Von da an nahm er sich vor, jeden Tag zehn neue Wörter zu lernen.

Am Ende des Monats achtete der Wachtposten am Tor gar nicht mehr darauf, wenn Lubji sich jeden Morgen an ihm vorbeistahl, um der alten Frau bis zum Fuß des Hügels entgegenzulaufen.

Im zweiten Monat saß er bereits um sechs Uhr früh an der Schwelle von Mrs. Sweetmans kleinem Laden, um alle Zeitungen in die richtige Reihenfolge zu bringen und zu verpacken, bevor er das beladene Fahrrad den Hang hinaufschob. Als Mrs. Sweetman zu Beginn des dritten Monats versuchte, mit dem Lagerkommandanten sprechen zu dürfen und diesem ihre Bitte unterbreitete, hatte der Major keine Einwände, daß Lubji Hoch ihr in dem kleinen Laden jeden Tag ein paar Stunden zur Hand ging, sofern er vor dem Zapfenstreich zurück war.

Mrs. Sweetman erkannte rasch, daß ihr Laden nicht das erste Zeitschriftengeschäft war, in dem der junge Mann gearbeitet hatte, und sie versuchte gar nicht erst, Lubji zurückzuhalten, als er die Regale und Ständer neu ordnete, die Liefertermine umorganisierte und einen Monat später die Buchhaltung übernahm. Sie wunderte sich auch nicht, daß ihr Umsatz sich schon wenige Wochen nach Lubjis Eingriffen zum erstenmal seit 1939 erhöhte.

Immer wenn keine Kunden im Laden waren, half Mrs. Sweetman Lubji, Englisch zu lernen, indem sie ihm die Artikel auf der Titelseite des *Citizen* laut vorlas. Anschließend versuchte Lubji, sie ebenfalls laut zu lesen. Oft lachte Mrs. Sweetman herzhaft, wenn er ein Wort allzu komisch aussprach, worauf Lubji es sofort richtig artikulierte.

Als der Winter dem Frühling gewichen war, kam es kaum noch vor, daß Lubji sprachliche Schnitzer machte, und es dauerte nicht mehr lange, bis er sich in eine ruhige Ecke setzte, um ganz allein zu lesen. Er wandte sich nur noch an Mrs. Sweetman, wenn er auf Worte stieß, die ihm noch fremd waren. Lange bevor er wieder vorm Tribunal erscheinen sollte, befaßte Lubji sich bereits mit den Leitartikeln des *Manchester Guardian*, und eines Morgens, als Mrs. Sweetman auf das Wort »genotype« starrte, ohne auch nur zu versuchen, es ihm zu erklären, beschloß Lubji, ihr weitere Verlegenheit zu ersparen: Er schlug selbst im Oxford-Taschenwörterbuch nach, das er völlig verstaubt unter dem Ladentisch entdeckt hatte.

»Brauchen Sie einen Dolmetscher?« fragte der Vorsitzende des Tribunals.

»Nein, danke, Sir«, antwortete Lubji.

Der Vorsitzende hob eine Braue. Er war sicher, daß dieser junge Mann kein Wort Englisch beherrscht hatte, als er sechs Monate zuvor schon einmal vor ihm gestanden hatte. War das nicht der junge Bursche, der dem Tribunal diese unglaubliche und fesselnde

Geschichte aufgetischt hatte, was ihm alles widerfahren war, ehe er sich als blinder Passagier nach Liverpool durchschlagen konnte? Nun erzählte er genau dieselbe Geschichte, und trotz einiger grammatikalischer Fehler und einem grauenhaften Liverpooler Akzent hatte sie eine noch größere Wirkung auf das Tribunal als bei der ersten Befragung.

»Und was würden Sie jetzt gern tun, 'Och?« fragte der Vorsitzende, als der junge Tscheche seine Geschichte beendet hatte.

»Ich möchte Soldat werden und mein Teil zu Sieg in Krieg beitragen«, war Lubjis einstudierte Antwort.

»Das dürfte sich nicht als so einfach erweisen, 'Och.« Der Vorsitzende lächelte väterlich zu ihm hinunter.

»Wenn Sie mir nix Gewehr geben wollen, töte ich Nazis mit bloße Hände«, sagte Lubji herausfordernd. »Geben Sie mir Chance, mich zu bewähren.«

Der Vorsitzende lächelte ihn wieder an, bevor er dem diensthabenden Sergeanten zunickte, der kurz stramm stand und Lubji dann aus dem Saal führte.

Lubji erfuhr die Entscheidung des Tribunals erst nach einigen Tagen. Er lieferte gerade die Morgenzeitung im Offiziersquartier aus, als ein Corporal herbeikam und ohne jegliche Erklärung sagte: »'Och, Sie sollen zum Kommandanten kommen.«

»Wann?« erkundigte sich Lubji.

»Jetzt«, antwortete der Corporal, drehte sich wortlos um und marschierte los. Lubji legte die restlichen Zeitungen auf den Boden; dann eilte er dem Corporal hinterher, als dieser durch den Morgennebel quer über den Exerzierplatz in Richtung Bürobaracke marschierte. Beide hielten gleichzeitig vor einer Tür an, auf der »Kommandant« zu lesen war.

Der Corporal klopfte an. Als er »Herein!« hörte, öffnete er die Tür, marschierte ins Zimmer, nahm vor dem Schreibtisch des Majors Haltung an und salutierte.

»'Och, wie befohlen, zur Stelle, Sir«, meldete er so laut, als würde er sich auf dem Exerzierplatz befinden. Lubji blieb dicht hinter dem Corporal stehen und wurde fast angerempelt, als dieser einen Schritt zurück machte.

Lubji starrte auf den Offizier, der in seiner maßgeschneiderten Uniform hinter dem Schreibtisch saß. Zwar hatte er ihn schon zweimal gesehen, jedoch aus ziemlicher Entfernung. Nun stand

Lubji ebenfalls stramm und legte zackig die Hand an die Schläfe, wie er es beim Corporal gesehen hatte. Der Kommandant blickte kurz zu ihm auf; dann wandte er sich wieder dem einzelnen Blatt Papier zu, das vor ihm lag.

»'Och«, begann er, »Sie werden von hier zu einem Ausbildungslager in Staffordshire versetzt, wo Sie als Armeehelfer im Pionierkorps aufgenommen werden.«

»Jawohl, Sir!« rief Lubji glücklich.

Der Colonel hob den Blick nicht von dem Papier. »Sie werden morgen früh um sieben Uhr mit dem Bus das Lager verlassen.«

»Jawohl, Sir!«

»Zuvor werden Sie sich in der Schreibstube melden, wo Ihnen der Diensthabende alle erforderlichen Papiere sowie eine Fahrkarte aushändigen wird.«

»Jawohl, Sir!«

»Noch irgendwelche Fragen, 'Och?«

»Jawohl, Sir. Tötet das Pionierkorps Nazis?«

»Nein, 'Och.« Der Colonel lachte. »Aber man erwartet von Ihnen, daß Sie die Männer, die Nazis töten, mit Ihren unermeßlichen Kenntnissen und Erfahrungen unterstützen.«

Lubji kannte zwar das Wort ›messen‹, wußte aber nicht so recht, was er sich unter ›unermeßlich‹ vorstellen sollte. Er nahm sich vor, das Wort sobald wie möglich nachzuschlagen.

Am Nachmittag meldete er sich, wie befohlen, auf der Schreibstube und erhielt seine Papiere, die Militärfahrkarte und zehn Shilling. Er packte seine paar Sachen zusammen; dann schritt er zum letztenmal den Hügel hinunter, um Mrs. Sweetman für alles zu danken, was sie in den vergangenen sieben Monaten für ihn getan hatte, damit er Englisch lernen konnte. Lubji schlug das neue Wort im Taschenlexikon unter dem Ladentisch nach; dann versicherte er Mrs. Sweetman, ihre Hilfe sei unermeßlich für ihn gewesen. Die alte Dame wollte dem hochgewachsenen jungen Ausländer lieber nicht eingestehen, daß er ihre Sprache jetzt besser beherrschte als sie.

Am nächsten Morgen nahm Lubji den Bus zum Bahnhof – früh genug, um den Sieben-Uhr-zwanzig-Zug nach Stafford zu erreichen. Als er nach dreimaligem Umsteigen und mehreren Verzögerungen endlich dort eintraf, kannte er die *Times* in- und auswendig.

Am Bahnhof von Stafford wartete ein Jeep auf Lubji. Hinter dem Lenkrad saß ein Gefreiter des North Staffordshire Regiment, der so piekfein aussah, daß Lubji ihn mit »Sir« anredete. Auf der Fahrt zur Kaserne ließ der Gefreite keinen Zweifel daran, daß die »Kulis« – mit dem Slang tat sich Lubji immer noch schwer – die niederste Lebensform auf Erden waren.

»Sie sind nichts weiter als 'ne Meute von Drückebergern, die alles tun, um bloß nicht an richtigen Kampfhandlungen teilnehmen zu müssen.«

»Ich will an richtigen Kampfhandlungen teilnehmen«, versicherte Lubji ihm voller Entschlossenheit. »Und ich bin kein Drückeberger.« Er zögerte; er kannte das Wort nicht. »Oder doch?«

»Das wird sich zeigen«, sagte der Gefreite, als der Jeep vor der Versorgungsstelle hielt.

Lubji wurde eine Uniform verpaßt, deren Hose um gut fünf Zentimeter zu kurz war, sowie zwei Khakihemden, zwei Paar graue Wollsocken, eine braune Baumwollkrawatte, eine Feldflasche, Messer, Gabel und Löffel, zwei Decken, ein Überzug und ein Kopfkissen. Dann brachte man ihn zu seiner neuen Unterkunft – einer Kaserne, in der er mit zwanzig Armeehelfern aus dem Bezirk Staffordshire untergebracht war, von denen die meisten vor ihrer Einberufung Töpfer oder Bergleute gewesen waren. Lubji brauchte eine Zeitlang, bis ihm klar wurde, daß diese Männer tatsächlich die gleiche Sprache redeten, die er von Mrs. Sweetman gelernt hatte.

Im Laufe der nächsten Wochen tat Lubji nicht viel anderes, als Gräben auszuheben, Latrinen zu leeren und hin und wieder Lastwagen mit Abfällen zu einer Müllhalde zu fahren. Zum Unmut seiner Kameraden arbeitete er stets härter und länger als jeder andere von ihnen. Bald wurde Lubji klar, weshalb der Corporal die Kulis als Drückeberger betrachtete.

Jedesmal, wenn Lubji die Abfalltonnen hinter dem Offizierskasino leerte, nahm er die Zeitungen heraus, egal wie alt sie waren. Abends lag er dann, die Beine über das Fußende gehängt, auf seiner schmalen Pritsche und las bedächtig jede Zeitung. Er war vor allem an Berichten über den Krieg interessiert, doch je mehr er las, desto mehr befürchtete er, daß die Kampfhandlungen sich ihrem Ende näherten und die letzte Schlacht geschlagen sein würde, bevor man ihm Gelegenheit gab, an die Front zu kommen.

Lubji war seit etwa sechs Monaten ein »Kuli«, als er im schriftlichen Tagesbefehl las, daß das North Staffordshire Regiment seine jährlichen Boxausscheidungskämpfe veranstaltete. Die Sieger durften an den nationalen Armeemeisterschaften teilnehmen, die Ende des Jahres stattfanden. Lubjis Abteilung erhielt den Befehl, den Ring zu errichten und in der Sporthalle Stühle aufzustellen, damit das gesamte Regiment sich die Finalkämpfe anschauen konnte. Die Order war vom diensthabenden Offizier, Lieutenant Wakeham, unterschrieben.

Als der Ring in der Mitte der Sporthalle errichtet war, machte Lubji sich daran, die Klappstühle in Reihen rundum aufzustellen. Um zehn Uhr erhielt die Abteilung Erlaubnis, eine fünfzehnminütige Pause einzulegen. Fast alle eilten ins Freie, um sich ein Woodbine zu gönnen. Lubji aber blieb in der Halle und schaute den Boxern zu, die ihr Training aufnahmen.

Als der Schwergewichtsmeister des Regiments – ein Koloß, der hundertzwei Kilo auf die Waage brachte –, in den Ring stieg, hatte man noch keinen Sparringspartner für ihn gefunden. Deshalb mußte der Champion sich mit einem Punchingball zufriedengeben, den der größte anwesende Soldat für ihn hochhielt. Aber sehr lange konnte niemand einen Punchingball hochhalten, und nachdem die verfügbaren Männer, die ihre jeweiligen Vorgänger abgelöst hatten, völlig erschöpft waren, mußte der Champion mit Schattenboxen vorlieb nehmen. Sein Trainer wies ihn an, sich dabei einen unsichtbaren Gegner vorzustellen, den er k. o. schlagen müsse.

Lubji schaute mit großen Augen zu, bis ein schmächtiger Bursche die Sporthalle betrat. Er war knapp über Zwanzig und sah aus, als käme er frisch von der Schule, trug aber bereits einen Stern auf der Schulterklappe. Lieutenant Wakeham blieb vor dem Ring stehen und runzelte die Stirn, als er den Schwergewichtsmeister beim Schattenboxen sah. »Was ist, Sergeant? Können Sie keinen Sparringspartner für Matthews finden?«

»Nein, Sir«, kam es wie aus der Pistole geschossen. »Niemand, nicht einmal in der gleichen Gewichtsklasse, würde mehr als ein paar Minuten gegen Matthews durchhalten.«

»Schade«, murmelte der Lieutenant. »Ohne echte Herausforderung wird er sich nicht richtig in Form bringen können. Versuchen Sie wenigstens, jemanden zu finden, der bereit ist, eine oder zwei Runden mit ihm in den Ring zu steigen.«

Lubji ließ den Stuhl fallen, den er gerade aufklappen wollte, und rannte zum Seilgeviert. Er salutierte vor dem Lieutenant und sagte: »Ich boxe mit ihm, solange Sie wollen, Sir.«

Der Champion blickte aus dem Ring hinunter und lachte. »Ich box' doch nicht mit Kulis«, brummte er. »Genauso wenig wie mit Armeehelferinnen.«

Sofort stieg Lubji in den Ring, hob die Fäuste und wollte auf den Champion losgehen.

»Schon gut, schon gut«, rief Lieutenant Wakeham, der zu Lubji hinaufblickte. »Wie heißen Sie?«

»Ich bin Rekrut Hoch, Sir.«

»Gut. Ziehen Sie geeignete Sportkleidung an. Wir werden dann schon sehen, wie lange Sie gegen Matthews durchhalten.«

Als Lubji nach einigen Minuten zurückkam, war Matthews immer noch beim Schattenboxen. Er beachtete seinen Möchtegerngegner gar nicht, als dieser in den Ring stieg. Der Trainer half Lubji in ein Paar Boxhandschuhe.

»So, dann wollen wir mal sehen, aus welchem Holz Sie geschnitzt sind, 'Och«, sagte Lieutenant Wakeham.

Lubji näherte sich kühn dem Regimentsmeister und setzte zu einer rechten Geraden an, als er noch einen Schritt entfernt war. Matthews machte eine Finte nach rechts; dann hämmerte er seinen Handschuh mitten in Lubjis Gesicht.

Lubji taumelte nach hinten gegen die Seile, prallte davon ab und wurde auf den Champion zugeschleudert. Er wollte sich gerade abducken, als der zweite Haken kam und über seine Schulter zischte. Beim nächsten Schlag hatte Lubji weniger Glück – er traf genau das Kinn. Es dauerte nur Sekunden, bis Lubji zum erstenmal zu Boden ging. Am Ende der Runde hatte er eine gebrochene Nase und ein aufgerissenes Auge. Seine Kuli-Kameraden, die weiter Stühle aufgestellt hatten, unterbrachen ihre Arbeit und genossen statt dessen die kostenlose Unterhaltung aus einiger Entfernung. Als Lubji zu Boden ging, ertönte grölendes Gelächter.

Als Lieutenant Wakeham dem Kampf schließlich ein Ende machte, wollte er von Lubji wissen, ob er je zuvor in einem Boxring gestanden habe. Lubji schüttelte den Kopf. »Nun«, sagte Wakeham, »mit dem richtigen Training könnten Sie sich als sehr brauchbar erweisen. Ab morgen werden Sie für vierzehn Tage aller anderen morgendlichen Pflichten entbunden. Dafür melden Sie sich jeden Tag um sechs Uhr in der Sporthalle. Ich bin sicher, wir haben bessere Verwendung für Sie, als Stühle aufzustellen.«

Noch ehe die nationalen Meisterschaften veranstaltet wurden, lachten die anderen Kulis längst nicht mehr über Lubji. Sogar Matthews gab zu, daß Hoch ein viel besserer Sparringspartner war als ein Punchingball, und daß er es möglicherweise sogar ihm verdanke, daß er das Halbfinale erreicht habe.

Am Morgen nach den Meisterschaften wurde Lubji wieder zu seinen gewohnten Pflichten eingeteilt. Er machte sich daran, den Ring abzubauen und die Klappstühle in den Unterrichtsraum zurückzubringen. Er war gerade dabei, eine der Gummimatten zusammenzurollen, als ein Sergeant in die Sporthalle kam, sich kurz umschaute und brüllte: »'Och!«

»Sir?« rief Lubji und stand stramm.

»Lesen Sie keine Tagesbefehle mehr, 'Och?« donnerte der Sergeant von der anderen Seite der Sporthalle.

»Jawohl, Sir. Ich meine, nein, Sir. Natürlich, Sir.«

»Entscheiden Sie sich, 'Och! Sie hätten bereits vor fünfzehn Minuten im Rekrutierungsbüro des Regiments sein müssen!«

»Ich wußte nicht ...«

»Ich will Ihre Ausreden nicht hören, 'Och! Ich will, daß Sie mir folgen!« Lubji stürmte aus der Turnhalle und holte den Sergeanten ein, der lediglich sagte: »Mir nach, 'Och, pronto!«

»Pronto«, wiederholte Lubji. Es war sein erstes neues Wort seit mehreren Tagen.

Der Sergeant eilte über den Exerzierplatz, und zwei Minuten später stand Lubji atemlos vor dem Rekrutierungsoffizier. Auch Lieutenant Wakeham war zu seinen gewohnten Pflichten zurückgekehrt. Er drückte die Zigarette aus, die er gepafft hatte.

»'Och«, sagte er, nachdem Lubji Haltung angenommen und salutiert hatte. »Ich habe eine Empfehlung eingereicht, daß Sie als Schütze zum Regiment versetzt werden.«

Lubji schnappte nach Luft.

»Jawohl, Sir. Danke, Sir«, sagte der Sergeant.

»Jawohl, Sir. Danke, Sir«, echote Lubji benommen.

»Gut«, murmelte Wakeham. »Noch Fragen?«

»Nein, Sir. Danke, Sir«, entgegnete der Sergeant sofort.

»Nein, Sir. Danke, Sir«, antwortete Lubji. »Aber ich würde gern wissen ...«

Der Sergeant zog finster die Brauen zusammen.

»Ja?« fragte Wakeham und blickte auf.

»Bedeutet das, ich bekomme eine Chance, Nazis zu töten?«

»Sofern die Nazis Ihnen nicht zuvorkommen, 'Och«, sagte der Sergeant.

Der junge Offizier lächelte. »Ja, diese Chance bekommen Sie. Wir müssen jetzt nur noch ein Formular ausfüllen.« Lieutenant Wakeham tauchte seinen Federhalter ins Tintenfaß und blickte Lubji an. »Wie lautet Ihr voller Name?«

»Ist schon gut, Sir.« Lubji trat vor und griff nach dem Federhalter. »Ich kann das Formular selbst ausfüllen.«

Die beiden Männer beobachteten, wie Lubji sämtliche kleine Kästchen ausfüllte und auf der untersten Zeile schwungvoll unterschrieb.

»Sehr beeindruckend, 'Och.« Der Lieutenant nickte, als er das Formular durchsah. »Aber darf ich Ihnen einen Rat geben?«

»Jawohl, Sir. Danke, Sir«, sagte Lubji.

»Vielleicht ist es an der Zeit, daß Sie Ihren Namen ändern. Denn ich fürchte, mit einem Namen wie 'Och werden Sie im North Staffordshire Regiment nicht weit kommen.«

Lubji zögerte und starrte auf den Schreibtisch, der vor ihm stand. Sein Blick blieb auf einer Schachtel Zigaretten mit dem bekannten Bild eines bärtigen Seemannes hängen. Er strich den Namen »Lubji Hoch« durch und schrieb, als hätte er schon Zeit seines Lebens so geheißen: »John Player.«

Kaum war er mit seiner neuen Uniform ausgestattet, stolzierte Private Player vom North Staffordshire Regiment im Lager umher und salutierte vor jedem, der irgendeinen Rang hatte, vom Gefreiten aufwärts.

Am nächsten Montag wurde er zur zwölfwöchigen Grundausbildung nach Aldershot versetzt. Nach wie vor stand er jeden Morgen um sechs Uhr auf. Das Essen war in Aldershot zwar nicht besser, doch zumindest wurde er hier für etwas ausgebildet, das seiner Meinung nach die Mühe lohnte: Nazis zu töten. In Aldershot lernte Lubji den Umgang mit Gewehr, Maschinenpistole, Handgranaten und Kompaß. Auch das Kartenlesen, bei Tag wie bei Nacht, brachte man ihm bei. Er konnte langsam und im Schnellschritt marschieren, eine Meile schwimmen und drei Tage ohne

Verpflegung auskommen. Als er drei Monate später ins Pionierlager zurückkehrte, entging Lieutenant Wakeham das großspurige Auftreten des Immigranten aus der Tschechoslowakei nicht. Deshalb war er auch keineswegs überrascht, als er in den Berichten aus Aldershot las, daß Private Player zur vorzeitigen Beförderung vorgeschlagen worden war.

Private John Players erste Abkommandierung war die zum 2. Bataillon in Cliftonville. Schon wenige Stunden nach seiner Ankunft in der Kaserne wurde ihm klar, daß das Zweite sich gemeinsam mit einem Dutzend anderer Regimenter auf das Übersetzen nach Frankreich vorbereitete. Im Frühjahr 1944 war Südengland zu einem gigantischen Ausbildungslager geworden, und Private Player nahm mit Amerikanern, Kanadiern und Polen an Manövern und anderen Kriegsspielen teil.

Tag und Nacht liefen die Vorbereitungen, und alle warteten ungeduldig auf General Eisenhowers Einsatzbefehl zum Kampf gegen die verhaßten Deutschen. Obwohl Private Player ständig daran erinnert wurde, daß die Männer sich hier auf die entscheidende Schlacht des Krieges im Westen vorbereiteten, trieb das endlose Warten ihn fast in den Wahnsinn. In Cliftonville lernte Private Player weiter dazu; hatte er sich in Aldershot vor allem mit Waffen und körperlichem Drill befaßt, beschäftigte er sich nun mit der Regimentsgeschichte, dem Verlauf der Normandieküste, ja, sogar mit den Kricketregeln. Doch ungeachtet all dieser Vorbereitungen steckte er immer noch in der Kaserne fest und wartete fieberhaft darauf, »daß der Ballon endlich hochging«.

Und dann, ohne Vorwarnung, mitten in der Nacht des 4. Juni 1944, wurde er vom Motorenlärm zahlloser Lastwagen geweckt, und ihm wurde klar, daß die Vorbereitungen zu Ende waren. Aus den Lautsprechern dröhnten Befehle über den Exerzierplatz. Private Player wußte, daß die Invasion endlich ihren Anfang nahm.

Wie alle anderen Soldaten stieg er auf einen Mannschaftstransportwagen. Unwillkürlich mußte er daran denken, wie die Deutschen ihn damals auf einen Laster verfrachtet hatte. Als die Uhr die erste Stunde des 5. Juni schlug, rollte die Kolonne der North Staffordshires aus der Kaserne.

Ihre Gewehre umklammernd, fuhren sie den Rest der Nacht durch unbeleuchtete Straßen. Wenige Männer redeten; sie alle fragten sich, ob sie in vierundzwanzig Stunden noch am Leben sein würden. Als sie durch Winchester kamen, wiesen ihnen neu aufgestellte Wegweiser die Richtung zur Küste. Auch andere hatten sich auf diesen 5. Juni vorbereitet. Private Player schaute auf die Uhr. Es war wenige Minuten nach drei. Immer weiter fuhren sie, ohne genau zu wissen, wohin sie gebracht wurden.

»Ich hoffe bloß, daß jemand weiß, wo's langgeht«, murmelte ein Corporal, der Private Player gegenübersaß.

Noch eine Stunde verging, ehe die Kolonne im Hafen von Portsmouth zum Stehen kam. Immer mehr Soldaten sammelten sich vor den Anlegestellen, formierten sich rasch zu Divisionen und warteten auf ihre Befehle.

Players Einheit stand in drei stummen Reihen. Einige seiner Kameraden fröstelten in der kalten Nachtluft; andere zitterten aus Angst, als sie darauf warteten, an Bord eines Schiffes der riesigen Flotte zu gehen, die vor ihnen im Hafen lag. Wie sie wartete Division um Division. Vor ihnen lag die 100-Meilen-Fahrt über den Ärmelkanal, ehe man die Männer auf französischem Boden absetzen würde.

Private Player erinnerte sich nur zu gut daran, wie er vor noch gar nicht so langer Zeit ein Schiff gesucht hatte, das ihn so weit wie möglich von den Deutschen wegbringen sollte. Diesmal würde er nicht – nur mit prallen Weizensäcken als Gesellschaft – in einem vollgepackten Laderaum stecken, dem Erstickungstod nahe.

Die Lautsprecheranlage krächzte, und alle verstummten.

»Hier spricht Brigadegeneral Hampson«, dröhnte eine Stimme. »Für uns alle beginnt nunmehr die Operation Overlord, die Invasion in der Normandie. Die größte Flotte der Geschichte steht bereit, Sie über den Ärmelkanal zu bringen. Neun Schlachtschiffe, dreiundzwanzig Kreuzer, einhundertvier Zerstörer und einundsiebzig Korvetten, sowie die Schiffe der Handelsmarine werden dem Krieg die entscheidende Wende geben. Ihre Kompanieführer werden Ihnen nun Ihre Befehle erteilen.«

Gerade ging die Sonne auf, als Lieutenant Wakeham seine Einsatzbefehle erteilt hatte und seinen Männern befahl, sich auf die *Undaunted* zu begeben. Kaum befanden sie sich an Bord des Zerstörers, begann das Dröhnen der Maschinen und die schaukelnde Fahrt über den Kanal. Und noch immer wußte keiner von ihnen, wo man sie absetzen würde.

In der ersten halben Stunde dieser ziemlich bewegten Überfahrt – Eisenhower hatte entgegen dem Rat der besorgten Meteorologen eine stürmische Nacht gewählt – sangen die Männer Lieder und erzählten einander Witze und ziemlich unglaubhafte Geschichten über noch unglaubhaftere Eroberungen. Als Private Player die Kameraden mit der Geschichte unterhielt, wie er seine Unschuld an ein Zigeunermädchen verlor, das ihm eine deutsche Kugel aus der Schulter geschnitten hatte, lachten sie schallend; der Sergeant sagte, das sei die bisher unglaublichste Geschichte überhaupt.

Lieutenant Wakeham, der ganz vorn an der Reling kniete, warf plötzlich die Rechte hoch, und sofort verstummten alle. In wenigen Minuten würden sie an einem sehr ungastlichen Küstenstreifen von Bord gehen. Private Player überprüfte noch einmal rasch seine Ausrüstung. Er hatte eine Gasmaske dabei, ein Gewehr, zwei um die Brust geschlungene Patronengurte, eine eiserne Ration und eine Feldflasche. Das war fast so schlimm, als würde er wieder Handschellen tragen. Als der Zerstörer Anker warf, folgte er Lieutenant Wakeham auf das erste Amphibienfahrzeug, und schon näherten sie sich der Küste der Normandie. Ein Blick über die Schulter zeigte Player, daß viele seiner Kameraden noch seekrank waren. Ein Hagel von MG-Kugeln und Geschützfeuer erwartete sie. Private Player sah, wie Kameraden in anderen Fahrzeugen getötet oder verwundet wurden, noch ehe sie die Küste erreichten.

Als ihr Fahrzeug landete, hechtete Player sofort nach Lieutenant Wakeham über die Seitenwandung. Rechts und links stürmten Soldaten von anderen Booten unter dichtem Beschuß die Küste hinauf. Die erste Patronenhülse fiel links von Player zu Boden, als er noch keine zwanzig Schritt getan hatte. Sekunden später sah er einen Corporal noch einige Schritte weiter taumeln, nachdem er von mehreren Kugeln getroffen worden war. Players Instinkt riet ihm, in Deckung zu gehen, doch es gab nirgends eine; deshalb zwang er seine Füße, weiterzueilen. Wie alle anderen schoß auch er, obwohl er keine Ahnung hatte, wo genau der Feind sich befand.

Immer höher plagte er sich den Strand hinauf, ohne zu sehen, wie viele von seinen Kameraden hinter ihm fielen. An diesem Junimorgen war der Sand bereits mit Gefallenen übersät, und für alle paar Meter, die Player vorankam, mußte er doppelt so lange auf dem Bauch liegen, während das feindliche Feuer über seinen Kopf pfiff. Jedesmal, wenn er aufsprang, um weiterzustürmen, schlossen sich ihm weniger Kameraden an. Schließlich hielt Lieutenant Wakeham im Schutz der Klippen; Private Player war nur einen knappen Meter hinter ihm. Der junge Offizier zitterte so sehr, daß er sich erst wieder in die Gewalt bekommen mußte, ehe er einen Befehl hervorbrachte.

Als die Männer den Strand endlich hinter sich hatten, zählte Lieutenant Wakeham nur noch elf von den achtundzwanzig Mann, die im ersten Boot mit ihm gelandet waren. Der Funker erklärte ihnen, daß sie nicht anhalten dürften, sondern sofort weiter vorstoßen sollten. Offenbar war Player der einzige, der sich darüber freute. Die nächsten zwei Stunden bewegten die Männer sich langsam landeinwärts, auf die feindlichen Stellungen zu. Immer weiter stießen sie vor, wobei ihnen meist nur Hecken und Gräben als Schutz dienten. Fast jeder Meter, den sie vordrangen, wurde mit dem Blut von Kameraden getränkt. Erst als die Sonne unterging, durften sie Rast machen. Hastig wurde ein Lager errichtet, doch nur wenige fanden beim Donnern der feindlichen Geschütze Schlaf. Einige Männer beschlossen, Karten zu spielen; andere blickten vor sich hin oder starrten auf die endlosen Reihen der Gefallenen.

Doch Private Player wollte der erste sein, der den Deutschen Auge in Auge gegenübertrat. Als er sicher war, daß niemand auf ihn achtete, stahl er sich aus seinem Zelt und schlich auf die feindlichen Linien zu. Nach etwa vierzig Minuten Laufen und Kriechen hörte er deutsche Stimmen. Er machte einen engen Bogen um den feindlichen Vorposten, bis er einen deutschen Soldaten sah, der im Gebüsch seine Notdurft verrichtete. Von hinten schlich er sich an den Mann heran. Gerade als der Landser sich bückte, um seine Hose hochzuziehen, sprang Player ihn an und schlang einen Arm um den Hals des Mannes. Dabei drückte er offenbar etwas zu heftig zu; denn er hörte, wie dem Mann das Genick brach. Player ließ die Leiche ins Gebüsch sinken. Dann nahm er dem Deutschen die Erkennungsmarke und den Helm ab und kehrte zu seinem Lager zurück.

Er war etwa hundert Meter davon entfernt, als er ein »Wer da?« hörte.

Zum Glück erinnerte Player sich gerade noch rechtzeitig an die Parole. »Rotkäppchen«, antwortete er.

»Zeigen Sie sich!«

Player machte ein paar Schritte vorwärts. Plötzlich spürte er ein Bajonett im Nacken, und ein zweites an der Kehle. Ohne ein weiteres Wort wurde er zu Lieutenant Wakehams Zelt gebracht. Der junge Offizier hörte aufmerksam zu, was Player zu berichten hatte, und unterbrach ihn nur hin und wieder, um sich Einzelheiten erklären zu lassen.

»Gut gemacht, Player«, murmelte der Lieutenant, nachdem sein inoffizieller Kundschafter seinen Bericht beendet hatte. »Ich möchte, daß Sie eine Karte anfertigen, aus der die Stellung des feindlichen Lagers hervorgeht. Arbeiten Sie, so sorgfältig Sie nur können. Ich brauche Einzelheiten über die Beschaffenheit des Geländes, über die Entfernung, über alles, woran Sie sich erinnern können, und was uns bei unserem Vorstoß von Nutzen sein kann. Sobald Sie damit fertig sind, versuchen Sie ein wenig zu schlafen. Sie müssen uns führen, wenn wir beim ersten Tageslicht aufbrechen.«

»Soll ich ihm eine Verwarnung wegen unerlaubten Verlassens des Lagers erteilen?« fragte der Sergeant vom Dienst.

»Nein«, erwiderte Wakeham. »Hiermit befehle ich, daß Player mit sofortiger Wirkung zum Corporal befördert wird.« Corporal Player lächelte, salutierte und begab sich in sein Zelt. Doch bevor er sich schlafen legte, nähte er sich zwei Streifen an seine Kampfuniform.

Während das Regiment langsam Meile um Meile in Innere Frankreichs vorrückte, führte Corporal Player Spähtrupps hinter die feindlichen Linien und kehrte jedesmal mit wichtigen Informationen zurück. Einmal brachte er sogar einen deutschen Offizier mit, den er ebenfalls mit heruntergelassener Hose ertappt hatte.

Lieutenant Wakeham war beeindruckt, daß Player diesen Mann gefangengenommen hatte. Sein Erstaunen wurde noch größer, als er mit der Befragung des Gefangenen begonnen hatte und feststellte, daß der Corporal die Rolle des Dolmetschers übernehmen konnte.

Am nächsten Morgen stürmten sie die Ortschaft Orbec, die sie bei Anbruch der Nacht bereits wieder hinter sich ließen. Der Lieutenant ließ ans Hauptquartier funken, daß durch Corporal Players Einsatz die Kampfhandlungen verkürzt und dadurch viele Menschenleben gerettet werden konnten.

Drei Monate, nachdem Private Player an der Küste der Normandie gelandet war, marschierte das North Staffordshire Regiment über die Champs-Élysées, und der frischgebackene Sergeant Player dachte nur an eines: wie er ein Mädchen finden konnte, das bereit wäre, die drei Nächte seines Urlaubs mit ihm zu verbringen – oder besser noch: jede Nacht ein anderes.

Doch ehe die Männer auf die Stadt losgelassen wurden, mußten sich alle Unteroffiziere beim Willkommenskomitee für alliiertes Personal melden, wo sie beraten wurden, wie sie sich in Paris zurechtfinden konnten. Sergeant Player hätte sich keine größere Zeitverschwendung vorstellen können. Er wußte genau, wie er zurechtkommen mußte, egal in welcher europäischen Großstadt. Jetzt wollte er so schnell wie möglich losziehen, ehe die amerikanischen Truppen alle weiblichen Wesen unter vierzig für sich in Beschlag nahmen.

Als Sergeant Player im Hautquartier des Komitees eintraf, einem requirierten Haus an der Place de la Madeleine, stellte er sich an einer langen Schlange an, um endlich in den Besitz einer Informationsbroschüre zu kommen, der zu entnehmen war, was von einem alliierten Soldaten erwartet wurde, solange er sich auf alliiertem Gebiet aufhielt: wie er zum Eiffelturm kam; welche Bars und Restaurants sich in seiner Preisklasse befanden; wie er verhindern konnte, sich mit Geschlechtskrankheiten anzustecken. Der Text las sich, als hätte ein Damenkränzchen ihn verfaßt, und der Gemeindepfarrer hätte sich anschließend als Redakteur versucht.

Als Player endlich den Kopf der Schlange erreichte, blieb er wie gebannt stehen. Er war nicht fähig, auch nur ein Wort hervorzubringen, egal in welcher Sprache. Ein schlankes junges Mädchen mit tiefbraunen Augen und dunklem Lockenhaar stand hinter einem Schreibtisch und lächelte den hochgewachsenen, schüchternen Sergeanten an. Sie reichte ihm die Broschüre. Player nahm sie, machte aber keine Anstalten, weiterzugehen.

»Haben Sie noch irgendwelche Fragen?« erkundigte das Mädchen sich auf englisch, jedoch mit unüberhörbar französischem Akzent.

»Ja«, erwiderte er. »Wie heißen Sie?«

»Charlotte.« Sie errötete tief, obwohl man ihr diese Frage heute bestimmt schon ein dutzendmal gestellt hatte.

»Und sind Sie Französin?«

Sie nickte.

»Mach schon Platz, Sarge!« drängte der Corporal hinter ihm.

»Haben Sie in den nächsten drei Tagen schon was vor?« erkundigte Player sich nun in ihrer Muttersprache.

»Nicht viel. Aber ich habe hier noch zwei Stunden Dienst.«

»Dann warte ich auf Sie.« Er wandte sich um und setzte sich auf eine hölzerne Bank an der Wand.

Während der nächsten hundertzwanzig Minuten nahm John Player nur dann den Blick von dem Mädchen mit dem dunklem Lockenhaar, um des öfteren ungeduldig auf den Minutenzeiger der großen Wanduhr hinter ihr zu schauen. Er war froh, daß er gewartet und nicht vorgeschlagen hatte, später zurückzukommen; denn im Laufe dieser zwei Stunden sah er, wie sich mehrere andere Soldaten über den Tisch beugten und dem Mädchen offenbar die gleiche Frage stellten. Jedesmal blickte sie zu dem jungen Sergeanten, lächelte und schüttelte den Kopf. Als sie schließlich von einer Matrone mittleren Alters abgelöst wurde, ging sie zu Player herüber. Und nun war sie es, die ihm eine Frage stellte:

»Was möchten Sie als erstes tun?«

Das sagte er ihr lieber nicht; statt dessen erklärte er sich glücklich damit einverstanden, als sie vorschlug, ihm Paris zu zeigen.

In den nächsten drei Tagen wich Player nur dann von Charlottes Seite, wenn sie in den frühen Morgenstunden in ihr kleines Apartment zurückkehrte. Er fuhr den Eiffelturm hinauf, spazierte die Seineufer entlang, besuchte den Louvre und hielt sich an die meisten Ratschläge in der Broschüre, was zur Folge hatte, daß sie sich fast ständig in Gesellschaft von drei Regimentern unbeweibter Soldaten befanden, die ihren Neid nicht verbergen konnten, wenn sie Player mit Charlotte sahen.

Sie speisten in überfüllten Restaurants, tanzten in Nachtclubs, in denen es so eng war, daß sie sich fast auf der Stelle drehen mußten, und unterhielten sich über alles mögliche – nur nicht über den Krieg, der ihnen möglicherweise nur drei unvergeßliche Tage bescheren mochte. Beim Kaffee im Hotel Cancelier erzählte Player ihr von seiner Familie in Douski, die er seit vier Jahren nicht mehr gesehen hatte.

Dann weihte er sie in alles ein, was er seit seiner Flucht aus der Tschechoslowakei erlebt hatte; nur die Nächte mit Mari ließ er aus. Charlotte erzählte ihm von ihrem Leben in Lyon, wo ihre Eltern einen kleinen Gemüseladen besaßen, und wie glücklich sie gewesen war, als die Alliierten ihr geliebtes Frankreich befreit hatten. Doch jetzt wünschte sie sich nur das Ende des Krieges.

»Aber erst, wenn ich das Viktoriakreuz bekommen habe«, wehrte Player ab.

Charlotte schauderte; sie hatte gelesen, daß viele Männer diese Tapferkeitsauszeichnung postum bekommen hatten. »Aber wenn der Krieg zu Ende ist«, fragte sie, »was wirst du dann tun?« Diesmal zögerte Player. Sie hatte schließlich doch eine Frage gefunden, auf die er keine Antwort parat gehabt hatte.

»Nach England zurückkehren«, antwortete er schließlich, »wo ich es zu etwas bringen werde.«

»Wie?«

»Ganz bestimmt nicht, indem ich Zeitungen verkaufe.«

Während dieser drei Tage und drei Nächte lagen die beiden nur wenige Stunden im Bett – die einzige Zeit, die sie getrennt verbrachten.

Als Player Charlotte schließlich an der Tür ihres winzigen Apartments verließ, versprach er: »Sobald wir Berlin erobert haben, komme ich zurück.«

Tränen liefen Charlotte über die Wangen, als der Mann davonschritt, den sie liebte; denn viele Freunde hatten sie gewarnt und behauptet, daß die Soldaten sich nie mehr sehen ließen, wenn sie erst weg waren. Und sie behielten recht: Einen John Player sollte Charlotte Reville nie mehr wiedersehen.

Sergeant Player meldete sich wenige Minuten vor dem Appell zurück. Rasch rasierte er sich und wechselte sein Hemd, ehe er einen Blick auf den Tagesbefehl warf. Er las, daß er sich um neun Uhr beim Regimentskommandeur zu melden habe.

Punkt neun marschierte er ins Büro des Kommandeurs, stand stramm und salutierte. Player fielen eine Menge Gründe dafür ein, weshalb der Kommandeur ihn hierher beordert haben mochte, doch keiner erwies sich als zutreffend.

Der Colonel blickte von seinem Schreibtisch auf. »Tut mir leid, Player«, sagte er bedauernd, »aber Sie müssen das Regiment verlassen.«

»Warum, Sir?« Player fiel aus allen Wolken. »Was hab' ich mir zuschulden kommen lassen?«

»Nichts«, entgegnete der Colonel lachend. »Gar nichts. Im Gegenteil. Meine Empfehlung, Sie zum Lieutenant zu befördern, wurde vom Oberkommando befürwortet. Deshalb ist Ihre Versetzung zu einem anderen Regiment erforderlich. Schließlich sollen Sie nicht den Befehl über Kameraden übernehmen, mit denen Sie gemeinsam im Mannschaftsrang gedient haben.«

Sergeant Player schlug offenen Mundes die Hacken zusammen.

»Ich halte mich damit lediglich an Armeevorschriften«, erklärte ihm der Kommandeur. »Natürlich werden unserem Regiment Ihre besonderen Fähigkeiten und Kenntnisse fehlen. Aber ich bin sicher, daß wir in nicht allzu ferner Zukunft von Ihnen hören werden. Tja, Player, jetzt bleibt mir nur noch, Ihnen viel Glück bei Ihrem neuen Regiment zu wünschen.«

»Vielen Dank, Sir«, sagte Player, der davon ausging, das Gespräch sei beendet. »Ich danke Ihnen sehr.«

Er wollte schon salutieren, als der Colonel hinzufügte: »Darf ich Ihnen noch einen Rat geben, bevor Sie zu Ihrem neuen Regiment aufbrechen?«

»Ich wäre Ihnen sehr verbunden, Sir«, versicherte ihm der frischgebackene Lieutenant.

»›John Player‹ ist ein ziemlich lächerlicher Name. Ändern Sie ihn, damit Ihre Männer nicht hinter Ihrem Rücken über Sie grinsen.«

Lieutenant Richard Ian Armstrong begab sich am nächsten Morgen um sieben Uhr zur Offiziersmesse des King's Own Regiment.

Als er in seiner maßgeschneiderten Uniform über den Paradeplatz schritt, brauchte er ein paar Minuten, sich daran zu gewöhnen, von jedem Soldaten, der ihm begegnete, militärisch gegrüßt zu werden. In der Messe setzte er sich zu seinen neuen Offizierskameraden. Verstohlen, aber aufmerksam beobachte er, wie sie ihr Besteck hielten. Nach dem Frühstück, von dem er sehr spärlich aß, meldete er sich bei Colonel Oakshott, seinem neuen Kommandeur. Oakshott war ein rotgesichtiger, derb-gutmütiger, freundlicher Mann. Als er Armstrong begrüßte, ließ er durchblicken, daß er schon viel von den Leistungen des jungen Lieutenants gehört hatte.

Richard – oder vielmehr Dick, wie seine Offizierskameraden ihn bald riefen – war stolz darauf, Angehöriger eines so berühmten alten Regiments sein zu dürfen. Noch stolzer allerdings war er darauf, daß er jetzt ein britischer Offizier mit forschem, englischem Akzent war, dessen Herkunft keiner ahnte. Von den zwei überfüllten Zimmern in Douski war er sehr weit gekommen, und wie er so am Kamin in der Bequemlichkeit der Offiziersmesse des King's Own Regiment saß, sah er keinen Grund, weshalb er es nicht noch viel weiter bringen sollte.

Jeder Offizier des King's Own wußte bald von Lieutenant Armstrongs Heldentaten in Frankreich, und je näher das Regiment deutschem Territorium kam, desto mehr konnte Armstrong auch die skeptischsten Kameraden davon überzeugen, daß er nicht nur geprahlt hatte. Doch selbst sein eigener Trupp war von dem Mut schier überwältigt, den der Lieutenant bereits drei Wochen, nachdem er zum Regiment gekommen war, in den Ardennen bewies. Der Stoßtrupp unter Armstrongs Kommando drang vorsichtig in ein kleines Städtchen ein – in der Annahme, die Deutschen hätten sich bereits zur Befestigung ihrer Stellung in die umliegenden Berge zurückgezogen. Doch Armstrongs Zug war nur etwa hundert Meter weit die Hauptstraße vorgestoßen, als er mit Sperrfeuer eingedeckt wurde. Lieutenant Armstrong, nur mit einem Revolver und einer Handgranate bewaffnet, orientierte sich am Mündungsfeuer der Deutschen und stürmte »unter Einsatz seines Lebens«, wie später im Bericht zu lesen stand, auf die deutschen Schützengräben los.

Er hatte bereits die drei deutschen Soldaten im ersten Schützengraben kampfunfähig gemacht, ehe sein Sergeant zu ihm aufschließen konnte. Darauf ging Armstrong allein auf den zweiten Schützengraben los, aus dem heftig auf ihn geschossen wurde, so daß er keine Wahl hatte, als seine Handgranate hineinzuwerfen. Die Wirkung war verheerend. Nun erhoben sich provisorische weiße Fahnen aus dem dritten Schützengraben, und drei junge Soldaten kletterten heraus. Sie hielten die Hände erhoben. Einer machte einen Schritt nach vorn und lächelte. Armstrong blieb stehen und senkte die Waffe. Wenn sie sich ergaben, stellten sie keine Gefahr mehr dar. Sollten doch die Offiziere im Hauptquartier entscheiden, wie man mit den Kriegsgefangenen verfuhr.

Der Sergeant kam atemlos an Armstrongs Seite gerannt. Der junge Lieutenant fuhr zu ihm herum und machte kehrt. In seinem Lächeln war eine Spur von Verzweiflung zu erkennen. »Der Krieg ist eine schreckliche Sache«, sagte Armstrong. »Man braucht ihn nicht noch schrecklicher zu machen.«

»Stimmt, Sir«, entgegnete der Sergeant leise.

Nachdem sie in jener Nacht ihr Lager aufgeschlagen hatten, requirierte Armstrong ein deutsches Motorrad und raste mit einem Urlaubsschein für achtundvierzig Stunden nach Paris zurück. Um sieben Uhr am nächsten Morgen stand er vor dem Haus, in dem Charlotte wohnte.

Als die Concierge Charlotte informierte, daß ein Lieutenant Armstrong zu ihr wolle, erwiderte Charlotte, sie kenne niemanden mit diesem Namen. Sie vermutete, daß es sich um irgendeinen Offizier handelte, der sich von ihr die Stadt zeigen lassen wollte. Doch als sie sah, um wen es sich handelte, warf sie ihm die Arme um den Hals, und sie verließen Charlottes kleines Apartment den ganzen Tag und die folgende Nacht nicht. Obwohl sie Französin war, schockierte es die Concierge. »Ich weiß ja, daß Krieg ist«, sagte sie zu ihrem Mann, »aber die beiden haben sich nie zuvor gesehen!«

Am Sonntagabend mußte Dick Charlotte verlassen, um an die Front zurückzukehren. Er versprach ihr, wiederzukommen, sobald die Alliierten Berlin eingenommen hätten – und dann würden sie heiraten. Er schwang sich aufs Motorrad und brauste davon. Charlotte stand im Nachthemd am Fenster ihres kleinen Apartments und blickte ihm nach, bis sie ihn nicht mehr sehen konnte. »Es sei denn, du fällst, bevor Berlin fällt, Liebling«, flüsterte sie.

Das King's Own Regiment wurde für die Einnahme Hamburgs ausersehen, und Armstrong wollte der erste Offizier sein, der die Stadt betrat. Nach drei Tagen heftigsten Widerstands fiel Hamburg.

Am nächsten Morgen betrat Field Marshal Sir Bernard Montgomery die Stadt. In seinem Jeep stehend, hielt er eine Rede an die alliierten Truppen. Er bezeichnete die Schlacht um Hamburg als entscheidend und versicherte seinen Männern, daß der Krieg nun rasch zu Ende sein würde, so daß sie bald nach Hause zurückkehren dürften. Nachdem die Soldaten ihrem Oberbefehlshaber zugejubelt hatten, stieg er vom Jeep und verlieh Tapferkeitsmedaillen. Zu jenen, die das Military Cross erhielten, gehörte Captain Richard Armstrong.

Zwei Wochen später wurde die bedingungslose Kapitulation Deutschlands von General Jodl unterzeichnet und von Eisenhower angenommen. Am darauffolgenden Tag erhielt Captain Richard Armstrong eine Woche Urlaub. Er fuhr mit seinem Motorrad zurück nach Paris und traf wenige Minuten vor Mitternacht vor Charlottes Haus ein. Diesmal brachte die Concierge ihn direkt zum Apartment.

Am nächsten Morgen schritten Charlotte in einem weißen Kostüm und Dick in seiner Paradeuniform zum Standesamt. Dreißig Minuten später traten sie als Captain und Mrs. Armstrong heraus. Die Concierge und ihr Mann hatten als Trauzeugen fungiert. Den größten Teil ihrer dreitägigen Flitterwochen verbrachte das junge Paar in Charlottes winzigem Apartment. Als Dick seine Frau verließ, um zu seinem Regiment zurückzukehren, erklärte er, daß er mit Charlotte nach England heimkehren wolle, um dort ein großes Unternehmen aufzubauen.

»Haben Sie schon irgendwelche Pläne, jetzt, wo der Krieg vorbei ist, Dick?« fragte Colonel Oakshott.

»Ich werde nach England zurückkehren und mir eine Stellung suchen«, antwortete Armstrong.

Oakshott öffnete den bräunlichen Ordner, der vor ihm auf dem Schreibtisch lag. »Ich habe hier in Berlin vielleicht etwas für Sie.«

»Als was, Sir?«

»Das Oberkommando sucht einen geeigneten Mann für die Leitung der PRISC. Ich glaube, Sie sind genau der Richtige für diesen Posten.«

»Was in aller Welt ist die ...«

»Die PRISC ist die Abteilung für Öffentlichkeitsarbeit und Presseaufsicht. Der Posten ist wie geschaffen für Sie. Wir suchen jemanden, der Großbritanniens Sache überzeugend darstellen und sich gleichzeitig vergewissern kann, daß die Presse die Angelegenheit auch richtig interpretiert. Den Krieg zu gewinnen war eine Sache, aber die Welt davon zu überzeugen, daß wir die einstigen Feinde fair behandeln, ist eine andere – und sie erweist sich als viel schwieriger. Die Amerikaner, Russen und Franzosen werden ihre eigenen Vertreter abstellen; deshalb brauchen wir jemanden, der auch ein Auge auf sie haben kann. Sie beherrschen mehrere Sprachen und verfügen über alle nötigen Voraussetzungen. Und, Dick, Sie haben keine Familie in England, zu der Sie zurückeilen möchten.«

Armstrong nickte. Nach einigen Augenblicken sagte er: »Um Montgomery zu zitieren: ›Welche Waffen geben Sie mir, um den Job zu erledigen?‹«

»Eine Zeitung«, erwiderte Oakshott. »*Der Telegraf* ist eine der Berliner Tageszeitungen. Ihr derzeitiger Verleger ist Arno Schulz, ein Deutscher. Die ganze Zeit jammert er darüber, er könne seine Druckerpressen nicht in Betrieb halten, und ständig macht er sich Sorgen über die Papierknappheit. Außerdem fällt häufig der Strom aus. Wir möchten, daß *Der Telegraf* auch wirklich täglich erscheint und unsere Ansichten verbreitet. Ich wüßte niemanden, der diese Aufgabe besser erledigen könnte als Sie.«

»*Der Telegraf* ist nicht die einzige Berliner Tageszeitung«, wandte Armstrong ein.

»Stimmt.« Der Colonel nickte. »Ein anderer Deutscher verlegt im amerikanischen Sektor den *Berliner* – ein weiterer Grund, daß unser Projekt unter keinen Umständen scheitern darf. Momentan ist die Auflage des *Berliner* doppelt so hoch wie die des *Telegraf*. Wie Sie sich vorstellen können, hätten wir's umgekehrt lieber.«

»Und welche Befugnisse hätte ich?«

»Sie bekommen freie Hand. Sie dürfen sich Ihre Redaktion selbst einrichten und soviel Personal einstellen, wie Sie für nötig halten. Es ist auch eine Wohnung vorhanden, Sie könnten Ihre Frau also gleich herkommen lassen.« Oakshott machte eine Pause. »Hätten Sie gern eine kurze Bedenkzeit, Dick?«

»Die brauche ich nicht, Sir.«

Der Colonel zog die Brauen hoch.

»Ich nehme mit Freuden an.«

»Sehr gut. Fangen Sie an, indem Sie zuerst einmal Verbindungen herstellen. Sehen Sie zu, daß Sie jeden kennenlernen, der uns irgendwie von Nutzen sein kann. Falls Sie auf Probleme stoßen, verweisen Sie direkt an mich – egal, wer Ihnen in die Quere kommt. Sollten Sie irgendwie gar nicht weiterkommen, reichen für gewöhnlich die Worte ›Alliierter Kontrollrat‹, um selbst die unbeweglichsten Räder zu ölen.«

Captain Armstrong benötigte lediglich eine Woche, die geeigneten Redaktionsräume im Herzen des britischen Sektors zu requirieren, was er zum Teil tatsächlich dem Wort »Kontrollrat« verdankte, das er in fast jedem zweiten Satz benutzte. Ein bißchen länger brauchte er dazu, sein elfköpfiges Personal zu rekrutieren; denn die Besten arbeiteten bereits für den Rat. Armstrong erster Schritt bestand darin, Sally Carr abzuwerben, die Sekretärin eines Generals, die vor dem Krieg in London für den *Daily Chronicle* gearbeitet hatte.

Kaum stand Sally in Armstrongs Diensten, lief binnen kürzester Zeit alles wie am Schnürchen. Armstrongs nächster Coup erfolgte, als er entdeckte, daß Lieutenant Wakeham als Transportoffizier in Berlin stationiert war. Sally erzählte ihrem Chef, daß Wakeham sich mit dem stumpfsinnigen Ausfüllen von Reisedokumenten für die Soldaten zu Tode langweile. Armstrong machte Wakeham den Vorschlag, als sein Stellvertreter zur Zeitung zu kommen, und zu seiner Verwunderung nahm sein ehemaliger Vorgesetzter das Angebot nur zu gern an. Er brauchte allerdings einige Tage, bis Armstrong sich daran gewöhnt hatte, Wakeham mit »Peter« anzureden.

Armstrong vervollständigte sein Team mit einem Sergeant, zwei Corporals und einem halben Dutzend Privates aus dem King's Own, welche die nötige Voraussetzung für die entsprechenden Arbeiten mitbrachten. Allesamt hatten sie früher in Londons East End als Straßenhändler ihr Dasein gefristet. Den Cleversten, Private Reg Benson, machte Armstrong zu seinem Fahrer. Als nächstes organisierte er sich eine Wohnung in der Paulstraße, in der ein Brigadegeneral wohnte, welcher in Kürze nach England zurückkehren würde. Sobald der Colonel die erforderlichen Papiere unterschrieben hatte, bat Armstrong Sally, ein Telegramm an Charlotte in Paris zu schicken.

»Und der Text?« fragte sie und schlug eine Seite ihres Stenoblocks zurück.

»›Habe passende Wohnung gefunden. Pack alles und komm sofort.‹« Armstrong stand auf. »Ich fahre jetzt zum *Telegraf* und sehe mal nach Arno Schulz. Kümmern Sie sich inzwischen darum, daß hier alles glatt geht.«

»Was soll ich damit machen?« fragte Sally und reichte ihm einen Brief.

»Worum geht's?« Armstrong warf nur einen flüchtigen Blick darauf.

»Ein Journalist aus Oxford möchte Berlin besuchen und darüber schreiben, wie die Briten als Sieger die besiegten Deutschen behandeln.«

»Viel zu gut«, brummte Armstrong an der Tür. »Aber halten Sie mir für den Mann einen Termin frei.«

NEWS CHRONICLE

1. OKTOBER 1946

DIE NÜRNBERGER KRIEGSVERBRECHERPROZESSE: GÖRINGS SCHULD BEISPIELLOS IN IHRER UNGEHEUERLICHKEIT

Als Keith Townsend im Worcester College in Oxford eintraf, um Politikwissenschaften, Philosophie und Volkswirtschaft zu studieren, entsprach sein erster Eindruck von England genau dem, was er erwartet und stets angeprangert hatte: Es war selbstgefällig, versnobt und aufgeblasen und lebte offenbar noch in der viktorianischen Ära. Entweder war man Offizier oder trug einen Rang oder Titel, oder man zählte nicht. Und da Keith aus den Kolonien kam, ließ man ihn nicht im Zweifel darüber, in welche Kategorie er fiel.

Fast alle seine Kommilitonen kamen ihm wie jüngere Ausgaben von Mr. Jessop vor, und bereits nach einer Woche hätte er am liebsten seine Sachen gepackt und wäre sofort nach Hause zurückgekehrt, wäre da nicht sein Studienberater gewesen. Es hätte gar keinen größeren Unterschied geben können als den zwischen Dr. Howard und Keith' altem Direktor. Dr. Howard überraschte es gar nicht, als der junge Australier ihm bei einem Glas Sherry in seinem Zimmer gestand, wie sehr er das britische Klassensystem verachte, das selbst die Studenten hier noch genüßlich zelebrierten. Dr. Howard enthielt sich sogar eines Kommentars über die Leninbüste, die Keith in die Mitte des Kaminsims gestellt hatte, wo im vergangenen Jahr noch Lord Salisburys Platz gewesen war.

Dr. Howard wußte freilich auch keine unmittelbare Lösung für das Klassenproblem. Tatsächlich war der einzige Rat, den er Keith erteilte, am *Fresher's Fair* teilzunehmen, dem Informationstreffen für neue Studenten.

Keith befolgte Dr. Howards Rat und erfuhr am nächsten Vormittag, weshalb anzuraten war, dem Ruderklub, der philatelistischen Gesellschaft und dem Ausbildungskorps für zukünftige Offiziere beizutreten; vor allem aber ließ man ihn wissen, weshalb er sich für die Studentenzeitung engagieren sollte. Nachdem Keith den frischernannten Redakteur des *Cherwell* und vor allem dessen

Ansichten über die Aufgaben dieser Studentenzeitung kennengelernt hatte, beschloß er, sich lieber mit Politik zu beschäftigen. Er verließ das Fresher's Fair mit Anmeldeformularen für die Oxford Union und den Labour Club.

Am darauffolgenden Dienstag ging Keith ins *Bricklayer's Arms*, wo der Wirt ihm den Weg die Treppe hinauf zu dem kleinen Zimmer wies, in dem der Labour Club seine Treffen abhielt.

Der Vorsitzende des Clubs, Rex Siddons, begegnete dem »Genossen Keith« – er bestand von Anfang an darauf, ihn so anzureden – mit unverhohlenem Mißtrauen. Townsend hatte alles, was zu einem traditionellen Tory gehörte: einen geadelten Vater, eine private Schulausbildung, ein eigenes Konto, ja, sogar einen MG-Sportflitzer, wenngleich aus zweiter Hand.

Doch im Laufe der Wochen, als die Mitglieder des Labour Club immer wieder Keith' Ansichten über die Monarchie, die Privatschulen, die Verleihung von Ehrentiteln und das Elitedenken zu hören bekamen, wurde er für *alle* zu Genosse Keith. Einige Mitglieder nahm er nach den Treffen sogar mit auf sein Zimmer, wo sie bis in den frühen Morgen darüber diskutierten, wie sie die Welt verändern und das Commonwealth in seinen Grundfesten erschüttern würden, sobald sie erst aus diesem »schrecklichen Kaff« wie sie Oxford nannten, heraus waren.

Während seines ersten Trimesters stellte Keith erstaunt fest, daß er nicht automatisch bestraft oder getadelt wurde, wenn er eine Vorlesung versäumte oder nicht zum Seminar erschien, bei dem er seinem Tutor seinen wöchentlichen Aufsatz vorlesen sollte. Er brauchte mehrere Wochen, sich an dieses System zu gewöhnen, das ausschließlich auf Selbstdisziplin basierte. Und am Ende des Trimesters drohte sein Vater, ihm das Taschengeld zu sperren und ihn zu harter Arbeit nach Hause zurückzuholen, falls er sich nicht sofort auf den Hosenboden setzte.

Während seines zweiten Trimesters schrieb Keith seinem Vater jeden Freitag einen langen Brief, in dem er ihm in allen Einzelheiten über die Arbeiten berichtete, die er im Laufe der Woche angeblich bewältigte. Das half immerhin, die Beschimpfungen und Drohungen einzudämmen. Hin und wieder erschien Keith tatsächlich bei einer Vorlesung – wo er sich darauf konzentrierte, ein Roulettesystem zu perfektionieren – und bei Tutorenkursen, wo er sich bemühte, nicht einzuschlafen.

Während des Sommertrimesters entdeckte Keith die Pferderennbahnen von Cheltenham, Newmarket, Ascot, Doncaster und Epsom, was dazu führte, daß er nie genug Geld hatte, sich ein neues Hemd oder auch nur ein Paar Socken leisten zu können.

In den Ferien mußte er mehrere seiner Mahlzeiten im Bahnhof einnehmen, der wegen seiner Nähe zu Worcester von einigen Studenten als die College-Mensa betrachtet wurde.

Eines Nachts, als Keith im *Bricklayer's Arms* etwas zu viel getrunken hatte, schmierte er auf die altehrwürdige, im achtzehnten Jahrhundert errichtete Mauer der Worchester-Universität: *C'est magnifique, mais ce n'est pas la gare* – der Schuppen ist toll, aber es ist nicht der Bahnhof.

Am Ende seines ersten Jahres hatte Keith für die zwölf Monate, die er auf der Universität zugebracht hatte, nur sehr wenig vorzuweisen – außer einer kleinen Gruppe Gleichgesinnter, die entschlossen waren, das System zugunsten der schweigenden Mehrheit umzustürzen, sobald man sie erst auf die Gesellschaft losgelassen hatte.

Keith' Mutter, die regelmäßig schrieb, riet ihm, seine Ferien zu nutzen und in Europa herumzureisen, da er diese Chance vielleicht nie wieder bekommen würde. Da Keith diese Idee gefiel, machte er sich sogleich daran, eine Route auszuarbeiten – und er wäre tatsächlich gereist, hätte er nicht zufällig bei einem Drink im nahen Pub den Nachrichtenredakteur der *Oxford Mail* kennengelernt.

Liebe Mutter,

ich habe Deinen Brief mit den Vorschlägen bekommen, was ich während der Ferien unternehmen sollte. Eigentlich wollte ich Deinem Rat folgen und die französische Küste entlangfahren, vielleicht bis Deauville – aber dann hat der Nachrichtenredakteur der Oxford Mail mir die Chance geboten, Berlin zu besuchen.

Er möchte, daß ich vier längere Artikel über das Leben im besetzten Deutschland schreibe. Von Berlin soll ich weiter nach Dresden reisen, um über den Wiederaufbau der Stadt zu berichten. Für jeden Artikel bekomme ich bei Abgabe zwanzig Guinees. Meiner düsteren finanziellen Lage wegen – meine Schuld, nicht Deine – hat Berlin den Vorzug vor Deauville bekommen.

Falls es in Deutschland so was wie Ansichtskarten gibt, werde ich Dir welche mitsamt den Kopien der vier Artikel schicken, damit Dad sie lesen kann. Vielleicht interessiert der Courier sich ja dafür.

Schade, daß wir uns diesen Sommer nicht sehen.

Alles Liebe

Keith

Kaum hatten die Ferien begonnen, machte Keith sich auf denselben Weg wie viele andere Studenten: Er fuhr mit seinem MG nach Dover und setzte mit der Fähre nach Calais über. Doch während die anderen die Fähre verließen, um ihre Reise durch die historischen Städte des Kontinents anzutreten, lenkte Keith seinen kleinen Flitzer mit dem Faltdach in Richtung Berlin. Das Wetter meinte es so gut, daß er das Verdeck zum erstenmal offenlassen konnte.

Während Keith über die kurvenreichen Straßen Frankreichs und Belgiens fuhr, wurde er ständig daran erinnert, wie wenig Zeit vergangen war, seit in Europa der Krieg getobt hatte. Überall erblickte er verwüstete Hecken und Felder, wo statt Traktoren Panzer gefahren waren; er sah Bauernhäuser, die an der Frontlinie gelegen hatten und durch Bomben und Granaten zerstört worden waren, und Flüsse, die voll waren von achtlos zurückgelassener, zerstörter Ausrüstung und militärischem Gerät. Während Keith an immer mehr ausgebombten Häusern vorbei und durch Meilen um Meilen verwüsteter Landschaft fuhr, dachte er mit wachsendem Bedauern an Deauville mit seinen Kasinos und Rennbahnen.

Als es zu dunkel wurde, den Löchern in den Straßen auszuweichen, bog Keith in einen einsamen Feldweg ein, parkte den Wagen an der Fahrbahnseite und schlief sofort tief und fest ein. Noch im Dunkeln weckte ihn der Motorenlärm von Militärfahrzeugen, die schwerfällig in Richtung deutsche Grenze fuhren. Keith notierte sich: »Die Armee steht offenbar auf, ohne den Lauf der Sonne zu berücksichtigen.« Er mußte den Zündschlüssel ein paarmal drehen, ehe der Motor sich anzuspringen bequemte. Keith rieb sich die Augen, wendete den MG und fuhr auf die Straße zurück. Gerade noch rechtzeitig erinnerte er sich daran, daß er hier rechts fahren mußte.

Nach zweistündiger Fahrt erreichte er die Grenze und reihte sich in eine lange Schlange ein. Jeder, der nach Deutschland wollte, wurde peinlichst genau überprüft. Schließlich war Keith an der Reihe. Ein Grenzbeamter schaute sich seinen Reisepaß an. Als er feststellte, daß Keith Australier war, machte er lediglich eine bissige Bemerkung über Donald Bradman und winkte ihn weiter.

Nichts, was Keith gehört oder gelesen hatte, hätte ihn auf die Zustände in einem besiegten Land vorbereiten können. Er kam zusehends langsamer voran, da die Schlaglöcher hier noch tiefer waren und sich manchmal gar mit Bombentrichtern messen wollten. Bald wurde es unmöglich, mehr als hundert Meter weit zu kommen, ohne dabei so fahren zu müssen, als würde man einen Skooter auf dem Rummelplatz lenken. Und kaum hatte Keith einmal das Glück, mit über sechzig Stundenkilometer voranzukommen, mußte er an den Straßenrand ausweichen, um eine weitere Militärkolonne vorbeizulassen. Bei der letzten Kolonne sah Keith, daß die Jeeps Sterne auf den Türen aufgemalt hatten.

Keith beschloß, einen dieser unplanmäßigen Aufenthalte zu nutzen und in ein Gasthaus einzukehren, das er ein Stück abseits der Straße erspäht hatte. Das Essen war ungenießbar, das Bier dünn, und die finstere Miene des Wirts und seiner Gäste zeigten Keith nur zu deutlich, daß er nicht willkommen war. Er bestellte sich nichts mehr, sondern zahlte rasch und brach gleich wieder auf.

Nur langsam näherte er sich der deutschen Hauptstadt. Er erreichte die Außenbezirke Berlins wenige Minuten, bevor die Gaslaternen angezündet wurden. Sogleich hielt er in den Nebenstraßen Ausschau nach einem kleinen Hotel – er wußte, je näher er dem Stadtzentrum kam, desto unwahrscheinlicher war es, daß er sich die Preise leisten konnte.

Schließlich entdeckte er ein kleines Hotel an der Ecke einer ausgebombten Straße. Es stand ganz allein da, als hätte es gar nicht bemerkt, was ringsum geschehen war. Diese Illusion schwand jedoch, als Keith die Eingangstür geöffnet hatte. Die düstere Diele wurde nur von einer Kerze beleuchtet, und ein Portier in abgewetzter Hose und grauem Hemd stand mürrisch hinter dem Anmeldepult. Er nahm kaum Notiz davon, daß der junge Mann nach einem Zimmer fragte, und Keith sprach nur wenige Worte Deutsch. So hob er schließlich die offene Hand, in der Hoffnung, der Portier würde begreifen, daß sein neuer Gast fünf Tage zu bleiben beabsichtige.

Der Mann nickte zögernd, nahm einen Schlüssel von einem der Haken und führte Keith eine schlichte Holztreppe hinauf zu einem Eckzimmer im ersten Stock. Keith stellte seine Reisetasche ab und starrte auf das kleine Bett, den Stuhl, die Kommode mit drei statt acht Schubladenknöpfen, und auf den ramponierten Tisch. Er ging durchs Zimmer, schaute durchs Fenster auf die Trümmerlandschaft und dachte an den friedlichen Ententeich, den er von seinem Zimmer im College aus sehen konnte. Er drehte sich um und wollte dem Portier danken, doch der war bereits verschwunden.

Nachdem Keith seine Reisetasche ausgepackt hatte, zog er den Stuhl an den Tisch am Fenster. Dann schrieb er gut zwei Stunden lang seine ersten Eindrücke über das besiegte Deutschland nieder – nicht zuletzt deshalb, weil er sich seiner Nationalität wegen aus irgendeinem Grund schuldig fühlte.

Als die Sonne durch das vorhanglose Fenster schien, erwachte Keith. Er brauchte eine Weile, bis er sich in dem beschädigten Waschbekken, in das der Leitungshahn nur tropfenweise kaltes Wasser abgab, waschen konnte. Unter diesen Umständen beschloß er, auf eine Rasur zu verzichten. Er zog sich an, stieg die Treppe hinunter und öffnete auf der Suche nach der Küche mehrere Türen, ehe er sie fand. Eine Frau stand an einem Herd. Sie wandte sich zu Keith um, bemühte sich um ein Lächeln und deutete auf den Tisch.

Es sei alles rationiert und kaum etwas zu bekommen, außer Mehl, erklärte sie ihm in einem Kauderwelsch aus Deutsch und Englisch. Sie setzte ihm zwei große Scheiben Brot vor, hauchdünn mit Schweineschmalz beschmiert. Keith dankte ihr und erntete ein Lächeln. Nach einem zweiten Becher irgendwas – die Frau versicherte ihm, daß es Milch sei – ging Keith auf sein Zimmer zurück, setzte sich ans Fußende des Bettes und suchte die Adresse, wo das Treffen stattfinden sollte, auf einem alten Stadtplan, den er in einem Schreibwarenladen in Oxford erstanden hatte. Er verließ das Hotel schon kurz nach acht, weil er auf keinen Fall zu spät zum Treffen kommen wollte.

Er hatte bereits beschlossen, sich die Zeit so einzuteilen, daß er sich zumindest einen Tag lang in jedem Sektor der geteilten Stadt umsehen konnte. Den russischen wollte er sich für zuletzt aufheben, um ihn mit jenen Sektoren vergleichen zu können, die von den westlichen Alliierten kontrolliert wurden. Nach allem, was er bisher gesehen hatte, ging Keith davon aus, daß es unter den Sowjets nur besser laufen konnte. Das würde seine Genossen vom

Labour Club in Oxford zweifellos freuen, waren sie doch der Meinung, daß »Onkel Josef« viel bessere Arbeit leistete als Attlee, Auriol und Truman zusammen – ungeachtet der Tatsache, daß die meisten Mitglieder des Labour Club nie weiter nach Osten gereist waren als bis Cambridge.

Auf dem Weg zur Innenstadt hielt Keith mehrmals an, um sich zu erkundigen, wie er zur Siemensstraße käme. Endlich entdeckte er wenige Minuten vor neun die Zentrale der PRISC, der Abteilung für Öffentlichkeitsarbeit und Presseaufsicht im britischen Sektor. Er parkte seinen Wagen und schloß sich dem Strom männlicher und weiblicher Militärangehöriger in verschiedenen Uniformen an, welche die breite Freitreppe hinauf und durch die Drehtür gingen. Ein Schild machte darauf aufmerksam, daß der Fahrstuhl außer Betrieb war; deshalb stieg Keith die fünf Stockwerke zu Fuß hinauf. Obwohl es noch ein wenig zu früh für sein Interview war, meldete er sich am Empfang.

»Wie kann ich Ihnen behilflich sein, Sir?« fragte ein Corporal des weiblichen Armeekorps hinter ihrem Schreibtisch. Noch nie zuvor war Keith von einer Frau mit »Sir« angeredet worden, und es gefiel ihm nicht.

Er zog einen Brief aus der Innentasche seines Jacketts und reichte ihn ihr. »Ich habe um neun einen Termin beim Direktor.«

»Ich glaube nicht, daß er bereits im Hause ist, Sir, aber ich werde mich erkundigen.«

Sie griff nach dem Telefonhörer und sprach mit einer Kollegin.

»In ein paar Minuten wird sich jemand um Sie kümmern«, erklärte die Frau, nachdem sie aufgelegt hatte. »Bitte, nehmen Sie doch so lange Platz.«

Aus den paar Minuten wurde fast eine Stunde. Inzwischen hatte Keith beide Zeitungen, die auf dem Tischchen neben ihm lagen, von der ersten bis zur letzten Seite gelesen. *Der Berliner* war nicht viel besser als *Cherwell*, die Studentenzeitung in Oxford, von der Keith gar nichts hielt, und *Der Telegraf* war sogar noch schlechter. Da der Direktor der PRISC auf fast jeder Seite erwähnt wurde, konnte Keith nur hoffen, daß niemand ihn nach seiner Meinung fragte, was die Qualität dieses Blattes betraf.

Endlich kam eine andere Frau und erkundigte sich nach Mr. Townsend. Keith sprang auf und ging zum Schreibtisch.

»Ich bin Sally Carr«, stellte die Frau sich gleichmütig und in breitem Cockneydialekt vor, »die Sekretärin des Direktors. Was kann ich für Sie tun?«

»Ich habe Ihnen aus Oxford geschrieben«, antwortete Keith und hoffte, sich etwas älter anzuhören, als er war. »Ich bin Journalist bei der *Oxford Mail* und habe den Auftrag, eine Artikelserie über die Zustände in Berlin zu schreiben. Ich habe einen Termin bei...« Er drehte den Brief um. »... Captain Armstrong.«

»Oja, ich erinnere mich«, sagte Miss Carr. »Aber Captain Armstrong hält sich heute vormittag im russischen Sektor auf. Vor heute nachmittag erwarte ich ihn nicht im Büro. Wenn Sie morgen vormittag noch einmal vorbeikommen könnten, wird er sich bestimmt gern Zeit für Sie nehmen.« Keith war bemüht, sich seine Enttäuschung nicht anmerken zu lassen, und versicherte Miss Carr, er würde morgen um neun Uhr wieder erscheinen. Vielleicht hätte er seinen Plan, mit Armstrong zu sprechen, ganz aufgegeben, hätte man ihn nicht darauf aufmerksam gemacht, daß gerade dieser Captain besser darüber Bescheid wußte, was sich in Berlin tat, als alle Stabsoffziere zusammen.

Den Rest des Tages schaute Keith sich im britischen Sektor um. Oft blieb er stehen, um sich Notizen über alles zu machen, was er für seinen Artikel gebrauchen konnte: Die Art und Weise, wie die Briten sich gegenüber den Deutschen verhielten; die Läden mit den fast leeren Regalen, in denen viel zu viele Kunden etwas zu kaufen versuchten; die langen Schlangen vor sämtlichen Lebensmittelgeschäften; die gesenkten Köpfe der vom Krieg demoralisierten Menschen. Als irgendwo eine Uhr zwölf schlug, betrat er eine Kneipe voller Soldaten, in der es ziemlich laut zuging, und setzte sich ans Ende der Theke. Als ihn schließlich ein Kellner fragte, was er wünsche, bestellte er ein großes Glas Bier und ein Käsebrot – jedenfalls vermeinte er Käse zu bestellen, doch sein Deutsch war nicht so gut, daß er sicher sein konnte. Auf der Theke machte er sich ein paar weitere Notizen. Ihm fiel auf, daß die Kellner erst alle Gäste – aber wirklich *alle* – in Uniform bedienten und sich bei den Zivilisten Zeit ließen.

Keith konnte selbst hier, in diesem Lokal erkennen, daß das Klassensystem sogar dann fortbestand, wenn die Briten jemand anderes Stadt besetzt hielten. Einige Soldaten schimpften darüber – in einem Englisch, das Miss Steadman gar nicht gefallen hätte –, wie lange es dauerte, bis ihre Papiere bearbeitet seien, so daß sie endlich nach Hause durften. Andere schienen sich mit einem Leben in Uniform abgefunden zu haben; sie redeten nur vom nächsten Krieg und wo er wohl stattfinden würde. Keith runzelte die Stirn, als er einen Soldaten sagen hörte: »Kratz irgendeinen Kraut, und du wirst sehen, daß unter der Pelle ein verdammter Nazi steckt.« Doch nach dem Essen, als Keith die Erforschung des britischen Sektors wieder aufnahm, konnte er beobachten, daß die Soldaten diszipliniert waren und die Besiegten mit reservierter Höflichkeit behandelten – jedenfalls hatte es den Anschein.

Als die Jalousien der Geschäfte heruntergelassen und die Türen geschlossen wurden, kehrte Keith zu seinem kleinen MG zurück. Der Wagen war von Bewunderern umgeben, deren Neid sich rasch in Zorn verwandelte, als sie sahen, daß der Besitzer des Flitzers Zivil trug. Langsam fuhr Keith zu seinem Vorstadthotel zurück. Nachdem er in der Küche einen Teller Kartoffeln und Sauerkraut gegessen hatte, ging er auf sein Zimmer und schrieb in den nächsten zwei Stunden alles nieder, woran er sich vom heutigen Tag erinnerte. Schließlich ging er ins Bett und las Orwells *Farm der Tiere*, bis die Kerze heruntergebrannt war.

In dieser Nacht schlief Keith tief und fest. Nachdem er sich am Morgen wieder mit fast eiskaltem Wasser gewaschen hatte, machte er einen halbherzigen Versuch, sich zu rasieren, ehe er hinunter zur Küche ging. Mehrere Scheiben Brot, wieder mit einem Hauch Schweineschmalz beschmiert, erwarteten ihn bereits. Nach dem Frühstück packte Keith seine Papiere zusammen und machte sich wieder auf den Weg zur PRISC. Hätte er sich mehr auf die Straße konzentriert und weniger auf die Fragen, die er Captain Armstrong stellen wollte, hätte er sich vielleicht an das Umleitungsschild gehalten. Der Panzer, der geradewegs auf ihn zukam, war nicht in der Lage, schnell genug zu halten. Wenngleich Keith auf die Bremse stieg und nur die Ketten streifte, schleuderte der Koloß den MG in einem vollständigen Kreis herum und auf den Bürgersteig, wo er gegen einen Laternenpfahl aus Beton krachte. Am ganzen Leib zitternd, blieb Keith erst mal hinter dem Lenkrad sitzen.

Der Verkehr um ihn herum kam zum Stehen. Ein junger Lieutenant sprang aus dem Panzer und rannte zum MG, um sich zu vergewissern, daß der Fahrer nicht soviel abbekommen hatte wie sein Wagen. Noch immer zittrig, kletterte Keith vorsichtig aus dem MG. Nachdem er probehalber auf und ab gehüpft war und die Arme geschwungen hatte, stellte er erleichtert fest, daß er nur eine geringfügige Schnittwunde an der rechten Hand und ein schmerzendes Fußgelenk davongetragen hatte.

Der Panzer war, wie zu erwarten, völlig unversehrt. Der MG dagegen sah aus, als wäre er mitten in eine Schlacht geraten. Keith erinnerte sich, daß die Versicherung bei Unfällen im Ausland nur ein Drittel des Schadens zahlte. Trotzdem beteuerte er dem Panzeroffizier, ihn würde nicht die geringste Schuld treffen. Der Lieutenant zuckte nur die Achseln und erklärte Keith den Weg zur nächsten Werkstatt; dann verschwand er wieder in seinem stählernen Ungetüm.

Keith ließ seinen MG stehen und rannte zu der Werkstatt. Erst zwanzig Minuten später kam er ans Ziel und war sich schmerzhaft bewußt geworden, in welch schlechter Kondition er sich befand. Nach einer Weile machte er einen Mechaniker ausfindig, der Englisch sprach und ihm zusagte, daß der Wagen bei Gelegenheit abgeholt würde.

»Was heißt ›bei Gelegenheit‹?« fragte Keith.

»Kommt drauf an«, erwiderte der Mechaniker und machte die weltweit unmißverständliche Bewegung des Geldscheinzählens. »Alles eine Sache der – Priorität, müssen Sie wissen.«

Keith zückte seine Brieftasche und zog einen 10-Shilling-Schein heraus.

»Haben Sie keine Dollars?« fragte der Mechaniker enttäuscht.

»Nein«, antwortete Keith fest.

Nachdem er dem Mechaniker beschrieben hatte, wo der Wagen zu finden sei, setzte er seinen Weg zur Siemensstraße fort. Bereits jetzt war er zehn Minuten zu spät für den Interviewtermin – und das in einer Stadt, in der kaum Bahnen fuhren, und sogar noch weniger Taxis. Als Keith schließlich im PRISC-Hauptquartier eintraf, hatte *er* jemanden vierzig Minuten warten lassen.

Der weibliche Corporal von der Anmeldung erkannte Keith sofort wieder, hatte jedoch keine ermutigende Neuigkeit für ihn. »Captain Armstrong mußte vor wenigen Minuten zu einem Termin in den amerikanischen Sektor«, sagte sie. »Er hat über eine Stunde auf Sie gewartet.«

»Verdammt«, murmelte Keith, »ich hatte unterwegs einen

Unfall und bin hergekommen, so schnell ich konnte. Wäre es möglich, den Captain heute noch irgendwann zu sprechen?«

»Leider nein. Er wird sich den ganzen Nachmittag im amerikanischen Sektor aufhalten.«

Keith zuckte resigniert die Schultern. »Könnten Sie mir bitte beschreiben, wie ich zum französischen Sektor komme?«

Als Keith einige Zeit später durch die Straßen eines anderen Sektors in Berlin schlenderte, konnte er seinen gestrigen Erlebnissen nicht viel Neues hinzufügen. Ihm wurde nur immer schmerzhafter bewußt, daß es in dieser Stadt drei Sprachen gab, die er nicht beherrschte. Das war auch der Grund dafür, daß er sich ein Essen bestellte, das er gar nicht wollte, und dazu eine Flasche Wein, die er sich gar nicht leisten konnte.

Anschließend kehrte er zu dem Automechaniker zurück, um zu sehen, wie weit man mit der Reparatur bereits gekommen war. Die Gaslaternen brannten schon, als er die Werkstatt erreichte, und der einzige Mitarbeiter, der Englisch sprach, war offenbar schon nach Hause gegangen. Keith sah seinen MG in einer Ecke des Innenhofs stehen, noch im gleichen Zustand wie nach dem Unfall. Der eine Mann, der sich noch in der Werkstatt aufhielt, deutete stumm auf die 8 auf seiner Armbanduhr.

Am nächsten Morgen war Keith um Viertel vor acht wieder in der Werkstatt, doch der Mechaniker, der Englisch sprach, erschien erst um dreizehn nach acht. Er ging ein paarmal um den MG herum, bevor er düster verkündete: »Eine Woche mindestens, bis ich ihn wieder in Schuß hab'.« Diesmal drückte Keith ihm ein Pfund in die Hand.

»Aber vielleicht könnte ich es auch in zwei Tagen schaffen... hängt alles von der Priorität ab.« Keith mußte einsehen, daß er es sich leider nicht leisten konnte, absolute Priorität zu haben.

In der überfüllten Straßenbahn ließ er sich seine finanzielle Lage durch den Kopf gehen. Wenn er noch zehn Tage überstehen, seine Hotelrechnung und die Wagenreparatur bezahlen wollte, würde ihm nichts anderes übrigbleiben, als bei der Rückfahrt auf Übernachtungen in Hotels zu verzichten und statt dessen in seinem MG zu schlafen.

An der inzwischen vertrauten Haltestelle sprang er aus der Straßenbahn, rannte die Treppen hinauf und stand kurz vor neun am Empfang. Diesmal ließ man ihn – mit denselben Zeitungen als

Lektüre – zwanzig Minuten warten, bevor die Sekretärin des Direktors sich mit verlegener Miene an ihn wandte.

»Tut mir sehr leid, Mr. Townsend«, erklärte sie. »Captain Armstrong mußte völlig unerwartet nach England fliegen. Aber Lieutenant Wakeham, seinem Stellvertreter, wird es ein Vergnügen sein, sich mit Ihnen zu unterhalten.«

Keith verbrachte fast eine volle Stunde mit Lieutenant Wakeham, der ihn immer wieder »alter Junge« nannte, ihm erklärte, weshalb er keine Erlaubnis bekommen könne, sich in Spandau umzusehen, und Witze über Don Bradman riß. Als Keith den Lieutenant verließ, hatte er das Gefühl, mehr über die aktuelle Situation des Kricketsports in England erfahren zu haben als über die Zustände in Berlin. Den Rest des Tages schaute er sich im amerikanischen Sektor um und blieb immer wieder stehen, um sich mit GIs an Straßenecken zu unterhalten. Die amerikanischen Soldaten erzählten ihm voller Stolz, daß sie ihren Sektor niemals verließen und auch nicht die Absicht hätten – erst dann, wenn es zurück in die Staaten ging.

Am Spätnachmittag rief Keith in der Werkstatt an. Der englischsprechende Mechaniker versprach ihm, daß er seinen Wagen morgen abend abholen könne.

Am nächsten Tag fuhr Keith mit der Straßenbahn in den russischen Sektor. Er stellte sehr schnell fest, wie sehr er sich mit seiner Annahme getäuscht hatte, daß hier alles ein bißchen besser aussehen würde. Der Labour Club an der Universität zu Oxford würde gewiß nicht glücklich sein zu erfahren, daß die Schultern der Ostberliner noch gekrümmter waren, ihre Köpfe noch gebeugter und ihre Schritte noch langsamer als die ihrer Mitbürger in den Sektoren der westlichen Alliierten und daß die Leute offenbar nicht einmal miteinander redeten, geschweige denn zu Keith. Auf dem Hauptplatz war eine Statue Hitlers durch eine noch größere Lenins ersetzt worden, und steinerne Standbilder Stalins beherrschten jede Straßenecke. Nachdem Keith mehrere Stunden durch trostlose Gassen mit Läden ohne Waren und Kunden geschlendert war und nirgends ein Restaurant oder auch nur eine kleine Kneipe entdeckt hatte, kehrte er in den britischen Sektor zurück.

Er beschloß, am nächsten Morgen nach Dresden zu fahren. Vielleicht würde er mit seinem Auftrag etwas früher fertig; dann könnte er möglichwerweise noch zwei Tage in Deauville verbringen und seine schwindenden Finanzen aufstocken. Er pfiff vor sich hin und sprang auf eine Straßenbahn, die ihn zur Werkstatt brachte.

Der MG wartete auf dem Hof und sah wie neu aus. Jemand hatte ihn sogar gewaschen und poliert, so daß die rote Motorhaube im Abendlicht schimmerte.

Der Mechaniker reichte Keith den Schlüssel, und er setzte sich hinters Lenkrad und drehte die Zündung. Der Wagen sprang sofort an. »Großartig«, lobte er.

Der Mechaniker bestätigte es mit einem Nicken. Als Keith wieder ausstieg, zog ein anderer Mechaniker den Schlüssel aus dem Zündschloß.

»Wieviel bekommen Sie?« Keith öffnete seine Brieftasche.

»Zwanzig Pfund«, antwortete der englischsprechende Mechaniker.

Keith wirbelte herum und starrte ihn an. »Zwanzig Pfund?« entrüstete er sich. »Aber soviel habe ich nicht! Ich hab' Ihnen doch schon dreißig Shilling gegeben! Ich habe für den ganzen verdammten Wagen nur dreißig Pfund bezahlt!«

Das schien den Mechaniker nicht zu beeindrucken. »Wir mußten die Kurbelwelle austauschen, einige Teile für den Vergaser selbst anfertigen und ihn dann wieder zusammen- und einbauen. Und dann die ganze Arbeit an der Karosserie! Was meinen Sie, wie schwer es war, an Ersatzteile zu kommen. In Berlin ist so ein Luxus zur Zeit kaum gefragt. Zwanzig Pfund«, wiederholte er.

Keith nahm sein Geld aus der Brieftasche und zählte es. »Wieviel ist das in Reichsmark?«

»Wir nehmen keine Mark«, wehrte der Mechaniker ab.

»Warum nicht?«

»Die Briten haben uns vor Falschgeld gewarnt.«

Keith gelangte zu der Einsicht, daß es an der Zeit war, eine andere Taktik zu versuchen. »Das ist ja ungeheuerlich!« rief er. »Ich werde mir überlegen, ob ich Sie anzeigen soll, damit man Ihre Werkstatt schließt!«

Die Drohung ließ den Deutschen völlig kalt. »Sie mögen ja den Krieg gewonnen haben, mein Herr, aber das bedeutet noch lange nicht, daß Sie Ihre Rechnung nicht bezahlen müssen.«

»Sie bilden sich doch nicht etwa ein, daß Sie damit durchkommen!« brüllte Keith. »Ich werde Sie Captain Armstrong melden, meinem guten Freund vom Kontrollrat! Dann werden Sie schon sehen, wie weit Sie mit Ihren unverschämten Forderungen kommen!«

»Vielleicht ist es besser, wir rufen die Polizei und überlassen ihr diese Entscheidung.«

Das brachte Keith zum Schweigen. Er ging eine Zeitlang auf dem Hof hin und her, ehe er gestand: »Ich hab' keine zwanzig Pfund.«

»Dann werden Sie den Wagen wohl verkaufen müssen.«

»Niemals!« rief Keith.

»Tja, in diesem Fall müssen wir ihn als Sicherheit hier behalten – für die übliche Unterstellgebühr –, bis Sie die Rechnung bezahlen können.«

Keith' Gesicht wurde immer röter, während der Mechaniker und ein Kollege bei seinem MG stehenblieben. Sie wirkten erstaunlich gelassen. »Wieviel würden Sie mir denn für den Wagen geben?« fragte Keith schließlich.

»In Berlin besteht zur Zeit keine große Nachfrage nach Sportwagen aus zweiter Hand mit rechtsseitiger Lenkung. Aber ich würde sagen… hunderttausend Reichsmark könnte ich möglicherweise dafür aufbringen.«

»Aber Sie sagten doch, daß Sie keine Reichsmark nehmen!«

»Nur nicht von Durchreisenden. Unsere Geschäfte betreiben wir durchaus in Mark.«

»Sind die Hunderttausend abzüglich der Reparaturrechnung?«

»Nein«, erwiderte der Mechaniker. Er lächelte und fügte nach einer kurzen Pause hinzu: »Aber wir werden uns um einen guten Wechselkurs bemühen.«

»Verdammte Krauts«, murmelte Keith.

Zu Beginn seines zweiten Jahres in Oxford wurde Keith von seinen Freunden im Labour Club bedrängt, sich zur Wahl für den Vorstand zu stellen. Keith hatte längst erkannt, daß es nur der Vorstand war, der hohen Politikern vorgestellt wurde, wenn sie die Universität besuchten, obwohl der Labour Club mehr als sechshundert Mitglieder zählte. Und nur der Vorstand hatte die Macht, wichtige Beschlüsse zu verabschieden. Überdies wurden aus dem Vorstand jene Mitglieder gewählt, die zu Parteiversammlungen geschickt wurden und daher die Möglichkeit hatten, die Parteipolitik zu beeinflussen.

Als das Ergebnis der Vorstandswahl verkündet wurde, staunte Keith, mit welch hohem Prozentsatz man für ihn gestimmt hatte. Am darauffolgenden Montag nahm er an seiner ersten Vorstandssitzung im *Bricklayer's Arms* teil. Er setzte sich in die hintere Reihe und hörte stumm zu. Er konnte nur staunen, was sich vor seinen Augen abspielte. Von diesem Vorstand wurde allem gehuldigt, das Keith an Britannien verachtete. Die Vorstandsmitglieder waren reaktionär, voreingenommen und ultrakonservativ, wann immer es zu einer echten Entscheidung kam. Brachte jemand eine originelle Idee vor, wurde sie lang und breit erörtert und dann rasch vergessen, sobald man eine Pause im Parterre des Pubs einlegte. Keith war nunmehr überzeugt, daß es nicht genügte, nur Vorstandsmitglied des Labour Club zu sein, wenn er einige seiner radikaleren Ideen verwirklicht sehen wollte. Um dieses Ziel zu erreichen, mußte er in seinem letzten Jahr Vorsitzender des Labour Club werden. Als er dieses Vorhaben in einem Brief an seinen Vater erwähnte, schrieb Sir Graham zurück, er sei weit mehr daran interessiert, daß Keith seinen akademischen Grad bekomme als daß er Vorsitzender des Labour Club werde; letzteres sei für jemanden, der sein Nachfolger als Chef eines großen Zeitschriftenkonzerns werden wollte, nicht von besonderer Wichtigkeit.

Keith' einziger Rivale für den Posten war der zweite Vorsitzende, Gareth Williams, der mit einem Stipendium der Neath Grammar School studierte und als Sohn eines Bergmanns über die nötigen Voraussetzungen verfügte.

Die Vorstandswahl sollte in der zweiten Woche des Herbsttrimesters stattfinden. Keith war klar, daß jede Stunde der ersten Woche von Bedeutung war, wollte er zum Vorsitzenden gewählt werden. Da Gareth Williams beim Vorstand besser bekannt war als beim Fußvolk des Labour Club, wußte Keith genau, wo er den Hebel ansetzen mußte. Während der ersten zehn Tage des Trimesters lud er jeweils mehrere Mitglieder, die ihren Beitrag bezahlt hatten – darunter einige neue Studenten –, auf einen Drink zu sich in sein Zimmer ein. Nacht um Nacht konsumierten die Genossen Unmengen von Collegebier, Salzgebäck und billigem Wein, alles auf Keith' Kosten.

Vierundzwanzig Stunden vor der Wahl glaubte Keith es geschafft zu haben. Er ging die Mitgliederliste durch und hakte jene ab, um die er sich so großzügig gekümmert hatte und von denen er überzeugt war, daß sie für ihn stimmen würden. Bei jenen, von denen er wußte, daß sie Williams unterstützten, machte er Kreuzchen.

Die wöchentliche Vorstandssitzung am Abend vor der Wahl zog sich endlos dahin, doch Keith genoß die Vorstellung, daß er das letzte Mal seine Zeit vergeuden würde; daß er zum letztenmal erlebte, wie ein sinnloser Beschluß nach dem anderen gefaßt wurde, von denen jeder ohnehin im nächsten Papierkorb endete. Keith saß wieder hinten im Versammlungsraum. Er machte keine einzige Bemerkung zu den zahllosen Änderungen von Klauseln und Zusatzklauseln, auf die Gareth Williams und seine Kumpels so scharf waren. Fast eine Stunde lang diskutierte der Vorstand über das schreckliche Schicksal der mittlerweile mehr als dreihunderttausend Arbeitslosen. Keith hätte seine Genossen gern darauf hingewiesen, daß es in Großbritannien mindestens dreihunderttausend Personen gab, die schlicht und einfach für keinerlei Arbeit zu gebrauchen waren. Doch eine solche Bemerkung wäre einen Tag, bevor er die Unterstützung möglichst vieler Genossen bei der Wahl brauchte, nicht sehr klug gewesen.

Keith hatte sich in seinem Stuhl zurückgelehnt und kämpfte gegen das Einschlafen an, als die Bombe platzte. Es war während des Tagesordnungspunkts »Verschiedenes«, als Hugh Jenkins von St. Peter sich gewichtig von seinem Stuhl in der vorderen Reihe erhob. Keith redete nur selten mit Jenkins; verglichen mit diesem Burschen war Lenin ein Liberaler. Außerdem war Jenkins der engste Verbündete von Gareth Williams.

»Genosse Vorsitzender«, begann Jenkins nun, »man hat mich darauf aufmerksam gemacht, daß es zu einer Verletzung der Geschäftsordnungsbestimmung Nummer neun, Paragraph c, betreffs der Vorstandswahl gekommen ist.«

»Komm endlich zur Sache«, rief Keith. Er hatte bereits seine Pläne mit dem Genossen Jenkins, sobald er Vorsitzender war – Pläne, die sich in keinem Paragraphen c irgendwelcher Geschäftsordnungsbestimmungen fanden.

»Das habe ich vor, Genosse Townsend.« Jenkins drehte sich zu ihm um. »Insbesondere, da die Angelegenheit dich persönlich betrifft.«

Keith beugte sich vor und hörte, zum erstenmal an diesem

Abend, aufmerksam zu. »Es hat den Anschein, Genosse Vorsitzender, daß Genosse Townsend während der letzten zehn Tage Stimmen für sich geworben hat, um zum Vorsitzenden gewählt zu werden.«

»Natürlich habe ich das«, sagte Keith. »Wie könnte ich sonst erwarten, daß mir jemand seine Stimme gibt?«

»Ich freue mich, daß Genosse Townsend das so offen zugibt, Genosse Vorsitzender; denn das erspart uns die Mühe, einen internen Untersuchungsausschuß einzuberufen.«

Keith war verwirrt, bis Jenkins erklärte: »Es ist nur allzu offensichtlich, daß Genosse Townsend sich nicht die Mühe gemacht hat, einen Blick in unsere Statuten zu werfen, in denen ausdrücklich steht, daß jegliche Form von Werbung für einen Vorstandsposten streng verboten ist. Geschäftsordnungsbestimmung Nummer neun, Paragraph c.«

Keith mußte zugeben, daß er die Statuten gar nicht kannte und auch über Geschäftsordnungsbestimmung Nummer 9 und ihre Paragraphen nicht im Bilde war.

»Ich bedaure, daß es meine Pflicht ist, einen Antrag einzubringen«, fuhr Jenkins fort. »Nämlich, daß Genosse Townsend von der morgigen Wahl ausgeschlossen wird und zudem aus diesem Vorstand ausscheiden muß.«

Ein anderes Vorstandsmitglied in der zweiten Reihe sprang auf. »Der Tagesordnung halber, Genosse Vorsitzender, muß ich darauf hinweisen, daß es sich hier um zwei Anträge handelt.«

Der Vorstand diskutierte daraufhin vierzig Minuten lang, ob man über einen oder zwei Anträge abstimmen müsse. Das Problem wurde schließlich durch einen Zusatzantrag aus der Welt geschafft. Bei einer Abstimmung entschieden elf gegen sieben Mitglieder, daß die Angelegenheit als zwei Anträge zu behandeln sei. Daraufhin folgten mehrere Reden und Hinweise auf Geschäftsordnungsbestimmungen und Statuten, die Frage betreffend, ob man dem Genossen Townsend gestatten solle, an der Wahl zum Vorsitzenden teilzunehmen. Keith erklärte, er würde sich bei der Abstimmung über diesen Antrag gern der Stimme enthalten.

»Wie großmütig«, feixte Williams.

Der Vorstand stimmte mit zehn zu sieben Stimmen und einer Enthaltung dafür, daß Genosse Townsend als Kandidat für den Posten des Vorsitzenden ausscheiden müsse.

Williams bestand darauf, das Abstimmungsergebnis im Sitzungsbericht zu vermerken, falls irgendwann einmal jemand Berufung einlegen wolle. Keith machte sofort entschieden klar, daß er nicht im Traum die Absicht habe, in Berufung zu gehen. Williams konnte sein Feixen einfach nicht lassen.

Keith wartete nicht auf den Ausgang der zweiten Abstimmung. Er war längst wieder auf seinem Zimmer im College, als endlich über den neuen Vorsitzenden abgestimmt wurde. Keith entging einer langen Diskussion darüber, ob man neue Wahlscheine drukken solle, nun, da es nur noch einen Kandidaten für den Posten des Vorsitzenden gab.

Am nächsten Tag ließen mehrere Studenten keinen Zweifel daran, daß sie Keith' Disqualifizierung bedauerten. Er aber sagte sich bereits, daß die Labour Party wohl kaum noch vor dem Ende des Jahrhunderts den politischen Tatsachen ins Auge sehen würde, und daß es nur wenig gab, was er dagegen tun könnte – selbst wenn er Vorsitzender des Clubs geworden wäre.

Der Rektor der Universität pflichtete am Abend bei einem Glas Sherry in seiner Dienstwohnung dieser Ansicht bei. Dann fuhr er fort: »Ich bin allerdings gar nicht so traurig über den Ausgang, denn ich muß Ihnen leider mitteilen, Townsend, daß Ihr Tutor es für höchst unwahrscheinlich hält, daß Sie Ihr Studium an dieser Universität erfolgreich abschließen, wenn Sie sich auch in Zukunft so wenig Mühe geben wie in den vergangenen zwei Jahren.«

Ehe Keith etwas zu seiner Verteidigung erwidern konnte, fuhr der Rektor bereits fort: »Mir ist natürlich klar, daß ein akademischer Grad, den Sie in Oxford erwerben, von keiner allzu großen Bedeutung für Ihren erwählten Beruf ist. Doch bitte ich Sie zu bedenken, welch große Enttäuschung es für Ihre Eltern wäre, wenn Sie uns nach drei Jahren verlassen, ohne irgend etwas vorweisen zu können.«

Als Keith an diesem Abend auf sein Zimmer zurückkehrte, lag er noch lange wach und dachte über die Worte des Rektors nach. Doch was ihn schließlich zum Handeln bewegte, war ein Brief, den er wenige Tage später erhielt. Seine Mutter schrieb ihm, daß sein Vater einen leichten Herzinfarkt erlitten habe, und daß sie nur hoffen könne, es würde nicht mehr allzu lange dauern, bis Keith endlich bereit sei, ein wenig Verantwortung auf sich zu nehmen.

Keith meldete sofort einen Anruf zu seiner Mutter in Toorak

an. Als er endlich durchgestellt wurde, lautete seine erste Frage: »Möchstest du, daß ich sofort nach Hause komme?«

»Nein«, antwortete sie entschieden. »Aber dein Vater hofft, daß du dich jetzt endlich mehr auf dein Studium konzentrierst, denn ohne Abschluß wäre die Zeit in Oxford sinnlos gewesen.«

Wieder beschloß Keith, die Prüfer in Erstaunen zu versetzen. In den nächsten acht Monaten besuchte er jede Vorlesung und ließ sich kein Tutorium entgehen. Mit Dr. Howards Hilfe holte er in den zwei Trimesterferien nach, was er in den vergangenen zwei Jahren versäumt hatte. Jetzt wurde er sich seiner Nachlässigkeit bewußt und wünschte beinahe, er hätte statt seines MG die gute Miss Steadman mit nach Oxford genommen.

Am Montag der siebenten Woche seines letzten Trimesters begab sich Keith – in dunklem Anzug, Hemd, weißer Krawatte und seiner College-Robe – zu den Prüfungsausschüssen in der High Street der Universität. Während der nächsten fünf Tag saß er mit gesenktem Kopf an dem Schreibtisch, den man ihm zugewiesen hatte, und beantwortete so viele Fragen auf den elf Prüfungsbögen, wie er nur konnte. Als er am Nachmittag des fünften Tages hinaus in die Sonne trat, gesellte er sich zu seinen Freunden, die auf den Stufen des Prüfungsgebäudes saßen und mit jedem Sekt tranken, der vorbeiging und Lust hatte, sich ihnen anzuschließen.

Sechs Wochen später stellte Keith erleichtert fest, daß sein Name sich auf der ausgehängten Liste des Prüfungsausschusses befand, und daß er den akademischen Grad eines Bakkalaureus der Philosophischen Fakultät (mit Auszeichnung) erhalten hatte, obwohl er Dr. Howard beipflichtete, daß dieser Grad von geringer Bedeutung für die Karriere war, die er bald einschlagen würde.

Keith wollte am selben Tag, an dem er seine Prüfungsergebnisse erfuhr, nach Australien zurück, doch sein Vater wollte nichts davon hören. »Ich möchte, daß du für meinen alten Freund Max Beaverbrook vom *Express* arbeitest«, erklärte er ihm über die rauschende Telefonleitung. »Beaver wird dir in sechs Monaten mehr beibringen, als du in Oxford in drei Jahren gelernt hast.«

Keith hielt sich zurück, dem Vater zu antworten, daß das keine große Leistung wäre. »Was mir Sorgen macht, ist dein Gesundheitszustand, Vater. Ich möchte nicht in England bleiben, wenn ich dir zu Hause ein bißchen Streß abnehmen könnte.«

»Ich habe mich nie besser gefühlt, mein Junge«, versicherte Sir Graham. »Der Arzt sagt, daß sich alles normalisiert hat. Solange ich's nicht übertreibe, habe ich noch viele Jahre vor mir. Du wirst mir von viel größerem Nutzen sein, wenn du in der Fleet Street dein Handwerk von der Pike auf lernst, als wenn du jetzt heimkommst und mir im Grund genommen keine allzu große Hilfe bist. Tja, dann werde ich Beaver mal anrufen. Und du schreib ihm ein paar Zeilen – heute noch!«

Keith schrieb am gleichen Nachmittag an Lord Beaverbrook. Drei Wochen später lud der Besitzer des *Express* Sir Graham Townsends Sohn zu einem fünfzehnminütigen Vorstellungsgespräch ein.

Keith traf eine Viertelstunde zu früh am Arlington House ein. Einige Minuten spazierte er am St. Jame's auf und ab, bevor er den beeindruckenden Büropalast betrat. Er mußte weitere zwanzig Minuten warten, bis eine Sekretärin ihn zu Lord Beaverbrooks riesigem Büro mit Blick auf den St. James' Park führte.

»Wie geht es Ihrem Vater?« fragte Beaver als erstes.

»Danke, gut, Sir«, antwortete Keith, der vor Beavers Schreibtisch stand, da ihm kein Platz angeboten worden war.

»Und Sie möchten in seine Fußstapfen treten?« Der alte Mann blickte ihn an.

»Ja, Sir, das möchte ich.«

»Gut, dann melden Sie sich morgen früh um zehn Uhr in Frank Butterfields Büro beim *Express*. Er ist der beste stellvertretende Chefredakteur der gesamten Fleet Street. Noch Fragen?«

»Nein, Sir.«

»Gut«, sagte Beaverbrook. »Richten Sie Ihrem Vater meine besten Grüße aus.« Er senkte den Kopf, womit er Keith offenbar zu verstehen geben wollte, daß das Gespräch beendet war. Dreißig Sekunden später war Keith zurück auf dem St. James' und zweifelte beinahe daran, daß diese Begegnung tatsächlich stattgefunden hatte.

Am nächsten Morgen meldete er sich bei Frank Butterfield in der Fleet Street. Der stellvertretende Chefredakteur war ständig unterwegs und eilte von einem Redakteur zum anderen. Keith hatte Mühe, mit ihm Schritt zu halten. Schon bald war ihm klar, weshalb Butterfield dreimal geschieden war. Wenige Frauen würden Wert darauf legen, mit einem solchen Mann Schritt zu halten und ein solches Leben zu teilen. Jeden Abend, außer am Samstag, brachte Butterfield die Zeitung gewissermaßen zu Bett – und sie war eine Herrin, die nichts verzieh.

Im Laufe der Wochen langweilte es Keith immer mehr, nichts anderes zu tun, als Frank überallhin zu folgen. Es drängte ihn danach, ein besseres Bild darüber zu bekommen, wie die Zeitung hergestellt wurde, wie der ganze Betrieb überhaupt lief und organisiert und geleitet wurde. Frank, der sich der Ungeduld des jungen Mannes bewußt wurde, entwickelte ein Programm, das dafür sorgen sollte, daß sein Adlatus stets vollauf beschäftigt war. Keith verbrachte drei Monate im Vertrieb, die nächsten drei in der Anzeigenabteilung, und weitere drei in der Herstellung. Dort stieß er auf zahllose Fälle von Schlamperei: Gewerkschafter, die Karten spielten, während sie an den Druckerpressen hätten stehen sollen, oder die sich zwischen den schweren Aufgaben, Kaffee zu trinken oder Wetten beim nächsten Buchmacher abzuschließen, eine Arbeitspause gönnten. Manche schoben sogar mehrere Stechkarten unter verschiedenen Namen in die Stempeluhr und steckten den Lohn für jede Karte ein.

Als Keith sechs Monate beim *Express* war, hegte er längst seine Zweifel, daß der Inhalt das einzig Wichtige für den Erfolg einer Zeitung war. Hätten er und sein Vater an ihren gemeinsamen Sonntagvormittagen nicht die Anzeigenseiten im *Courier* genauso intensiv lesen sollen wie die Titelseite? Und wenn sie im Arbeitszimmer seines alten Herrn die Schlagzeilen der *Gazette* kritisiert hatten – wäre es da nicht produktiver gewesen, sich zu vergewissern, daß Sir Grahams Unternehmen nicht mehr Arbeiter beschäftigte, als tatsächlich benötigt wurden? Oder ob die Honorare und Spesen der Journalisten nicht ins Uferlose abglitten? So hoch die Auflage und der Absatz einer Zeitschrift auch sein mochte – das Hauptaugenmerk sollte darauf gerichtet sein, so gewinnbringend wie möglich zu wirtschaften. Über dieses Problem diskutierte Keith oft mit Frank Butterfield. Frank war der Meinung, daß sich an den längst eingefahrenen Praktiken in der Herstellung inzwischen wohl nichts mehr ändern ließe.

Regelmäßig schrieb Keith nach Hause und legte seine Theorien sehr ausführlich dar. Nun, da er viele Probleme seines Vaters aus erster Hand kennenlernte, befürchtete er, daß die Gewerkschaftspraktiken, die sich hier in der Fleet Street eingebürgert hatten, bald auch in Australien einreißen könnten.

Am Ende seines ersten Jahres sandte Keith – gegen Frank Butterfields Rat – ein langes Memorandum an Lord Beaverbrook im Arlington House. Er legte dar, daß in der Herstellung etwa zwei Drittel mehr Arbeiter auf der Lohnliste standen, als wirklich benötigt wurden; des weiteren schrieb er, daß es praktisch unmöglich sei, daß ein moderner Zeitungsverlag Gewinn mache, solange die Löhne die höchsten Betriebsausgaben darstellten. In Zukunft müsse sich jemand die Gewerkschaften vornehmen. Beaverbrook bestätigte den Erhalt des Memorandums nicht.

Keineswegs eingeschüchtert, begann Keith sein zweites Jahr beim *Express*. Er arbeitete jeden Tag mehr Stunden, als er sich in Oxford auch nur hätte träumen lassen. Dies bestärkte ihn in seiner Meinung, daß es früher oder später radikale Änderungen in der Zeitschriftenbranche würde geben müssen. Diesmal entwarf Keith ein langes Memorandum für seinen Vater, über das er mit ihm zu diskutieren beabsichtigte, sobald er wieder in Australien war. In seinen Darlegungen schilderte Keith, welche Veränderungen er für den *Courier* und die *Gazette* als notwendig erachtete, sollten diese Zeitungen auch in der zweiten Hälfte des Jahrhunderts gewinnbringend bleiben.

Keith war am Telefon in Butterfields Büro und buchte gerade seinen Flug nach Melbourne, als ein Bote ihm das Telegramm brachte.

THE TIMES
5. JUNI 1945

ALLIIERTER KONTROLLRAT ÜBERNIMMT REGIERUNGSGEWALT IN DEUTSCHLAND

Als Captain Armstrong den *Telegraf* zum erstenmal besuchte, überraschte es ihn, wie schäbig die kleinen, im Souterrain gelegenen Redaktionsräume waren. Er wurde von einem Mann begrüßt, der sich als Arno Schultz vorstellte, Chefredakteur der Zeitung.

Schultz war knapp eins sechzig, hatte glanzlose, graue Augen, kurzen Bürstenschnitt und trug einen dreiteiligen Vorkriegsanzug, der für ihn geschneidert worden sein mußte, als er gut fünf Kilo schwerer gewesen war. Sein Hemd war am Kragen und an den Manschetten ausgefranst, und die dünne schwarze Krawatte glänzte fettig.

Armstrong lächelte zu ihm hinunter. »Sie und ich haben etwas gemein«, stellte er fest.

Nervös verlagerte Schultz vor dem hochgewachsenen britischen Offizier sein Gewicht von einem Fuß auf den anderen. »Und das wäre?«

»Wir sind Juden«, antwortete Armstrong.

»Das hätte ich nie gedacht«, gestand Schultz ehrlich überrascht.

Armstrong konnte ein zufriedenes Lächeln nicht zurückhalten. »Ich möchte von Anfang an klarstellen«, sagte er, »daß ich beabsichtige, Ihnen jede Unterstützung zukommen zu lassen, damit *Der Telegraf* regelmäßig erscheint. Ich habe nur ein langfristiges Ziel: eine höhere Auflage zu erreichen als *Der Berliner.*«

Schultz meinte skeptisch: »Vom *Berliner* werden täglich doppelt so viele Exemplare verkauft wie vom *Telegraf*. Das war schon vor dem Krieg so. Beim *Berliner* haben sie viel bessere Druckmaschinen, mehr Personal und den Vorteil, sich im amerikanischen Sektor zu befinden. Ich glaube, Sie haben sich da ein Ziel gesetzt, das diese Zeitung niemals erreichen kann, Captain.«

»Dann werden wir bei dieser Zeitung wohl einiges ändern müssen, nicht wahr?« sagte Armstrong. »Betrachten Sie mich ab sofort als Besitzer dieses Zeitungsverlages. Sie selbst werden als Chefredakteur weitermachen. Wie wär's, wenn Sie mir Ihre Probleme nun genauer darlegen?«

»Wo soll ich anfangen?« überlegte Schultz laut und blickte zu seinem neuen Chef auf. »Unsere Druckmaschinen sind alt und viele Teile verschlissen. Und es ist unmöglich, Ersatz dafür zu beschaffen.«

»Stellen Sie eine Liste aller Dinge auf, die Sie benötigen. Ich sorge dafür, daß Sie bekommen, was Sie brauchen.«

Schultz machte keinen sonderlich überzeugten Eindruck. Er putzte seine zerkratzte Brille mit einem Taschentuch, das er aus der Jackentasche gezogen hatte. »Dann ist da noch das ständige Problem mit dem Strom. Kaum habe ich die Maschinen am Laufen, wird er abgeschaltet. Das passiert mindestens zweimal die Woche, so daß wir die Zeitung gar nicht erst herausgeben können.«

»Ich werde mich darum kümmern, daß so etwas nicht wieder vorkommt«, versprach Armstrong, obwohl er keine Ahnung hatte, wie er das bewerkstelligen sollte. »Was sonst noch?«

»Die Zensur«, erwiderte Schultz düster. »Der Prüfer legt jedes Wort in meinen Artikeln auf die Goldwaage. Das führt unweigerlich dazu, daß die Berichte zwei, drei Tage zu spät erscheinen und dadurch jede Aktualität verlieren. Und weil der Zensor den Rotstift stets bei den interessantesten Artikeln ansetzt, bleibt nicht viel Lesenswertes übrig.«

»Ich verstehe«, sagte Armstrong. »Von nun an werde *ich* die Überprüfung vornehmen, was Sicherheitsrisiken betrifft. Und ich werde mit dem Zensor reden, damit Ihnen diese Probleme in Zukunft erspart bleiben. Sonst noch was?«

»Ja, Captain. Das größte Problem wird erst dann auf mich zukommen, wenn der Strom *nicht* mehr ausfällt.«

»Das begreife ich nicht«, gestand Armstrong. »Wieso kann es zum Problem werden, wenn die Druckmaschinen ungestört laufen?«

»Weil mir dann das Papier ausgeht.«

»Wie hoch ist Ihre derzeitige Auflage?«

»Hundert-, hundertzwanzigtausend. Im Höchstfall.«

»Und *Der Berliner*?«

»Eine Viertelmillion ungefähr.« Schultz machte eine Pause. »Regelmäßig.«

»Ich werde dafür sorgen, daß Sie genug Papier für eine tägliche

Auflage von einer Viertelmillion erhalten. Aber Sie müssen sich noch bis Ende des Monats gedulden.«

Schultz, normalerweise ein sehr höflicher Mann, kam nicht einmal auf die Idee, sich zu bedanken, als Captain Armstrong ihn verließ, um zu seinem Büro zurückzukehren. Mochte dieser britische Offizier noch so selbstsicher sein – Schultz hielt es für unmöglich, daß der Mann seine Versprechen einlösen konnte.

Gleich nach seiner Rückkehr wandte Armstrong sich an Sally und bat sie, eine Liste sämtlicher Dinge zu tippen, um die Schultz gebeten hatte. Als die Liste fertig war, überprüfte Armstrong sie; dann gab er Sally den Auftrag, zwölf Kopien anzufertigen und ein Treffen der gesamten Belegschaft zu organisieren. Eine Stunde später zwängten sich alle Mitarbeiter in Armstrongs Büro.

Sally gab jedem eine Kopie der Liste. Armstrong ging sie vor versammelter Mannschaft durch; dann sagte er: »Ich will alles haben, was auf dieser Liste steht, und zwar pronto. Sobald sämtliche Punkte abgehakt sind, bekommt jeder von euch drei Tage Urlaub. Aber bis es soweit ist, werdet ihr täglich arbeiten, von frühmorgens bis spätabends, auch an den Wochenenden. Habe ich mich klar genug ausgedrückt?«

Einige nickten, doch keiner sagte etwas.

Neun Tage später traf Charlotte in Berlin ein. Armstrong schickte Benson zum Bahnhof, um sie abzuholen.

»Wo ist mein Mann?« fragte sie, als ihr Gepäck hinten im Jeep verstaut wurde.

»Er hat ein sehr wichtiges Treffen, das sich nicht verschieben ließ, Mrs. Armstrong. Aber ich soll Ihnen ausrichten, daß er heute abend so rasch wie möglich heimkommt.«

Als Dick nach Hause kam, stellte er fest, daß Charlotte bereits ausgepackt und ein Abendessen zubereitet hatte. Sie umarmte und küßte ihn zärtlich.

»Ich bin ja so glücklich, daß du endlich hier bist, Liebling«, sagte er. »Tut mir leid, daß ich dich nicht selbst vom Bahnhof abholen konnte.« Er blickte ihr in die Augen. »Aber ich schufte wie ein Ochse. Ich hoffe, du hast Verständnis dafür.«

»Aber natürlich«, versicherte Charlotte ihm. »Du mußt mir beim Essen alles über deinen neuen Posten erzählen.«

Armstrong erzählte ihr nicht nur beim Essen davon – er redete immer noch über seinen Job, als sie das schmutzige Geschirr einfach auf dem Tisch stehen ließen und zu Bett gingen.

Am nächsten Morgen kam Dick zum erstenmal, seit er in Berlin war, zu spät ins Büro.

Dank Captain Armstrongs Verbindung zum organisierten Schwarzhandel dauerte es bloß neunzehn Tage, bis fast jeder Artikel auf der Liste beschafft worden war; der Rest wurde mit Dicks wirkungsvoller Mischung aus Charme, Einschüchterung und Erpressung von anderen Betrieben requiriert. Als plötzlich ohne Anforderungsschein eine originalverpackte Riesenkiste mit sechs neuen Remington-Schreibmaschinen im Büro auftauchte, sagte Dick zu Lieutenant Wakeham: »Tu einfach so, als würdest du die Dinger gar nicht sehen.«

Wann immer Armstrong auf ein Hindernis stieß, erwähnte er lediglich die Worte »Colonel Oakshott« und »Kontrollrat«. Dies hatte fast immer zur Folge, daß der betreffende widerstrebende Beamte das Formular für die benötigten Gegenstände doch noch in dreifacher Ausfertigung unterzeichnete.

Peter Wakeham jedoch mußte leider zugeben, daß er mit dem Problem der Stromversorgung nicht zu Rande kam. Wegen Überlastung mußte einer der vier Berliner Sektoren mindestens drei von zwölf Stunden vom Stromnetz abgeschaltet werden. »Das Elektrizitätswerk«, erklärte Wakeham, »steht unter direkter Kontrolle eines amerikanischen Captains namens Max Sackville. Er behauptet, keine Zeit für ein Gespräch zu haben, egal mit wem.«

»Überlaß ihn mir«, sagte Armstrong.

Doch Dick mußte rasch erkennen, daß Sackville sich weder durch Charme, Einschüchterung noch Erpressung beeindrucken ließ, was zum Teil wohl daran lag, daß die Amerikaner offenbar alles im Überfluß besaßen und es als gegeben betrachteten, daß letztendlich sie das Sagen hatten, und sonst niemand. Dick fand jedoch heraus, daß der Captain eine Schwäche hatte, der er jeden Samstagabend frönte. Erst nach stundenlangem Zuhören – Sackville erzählte lang und breit, wie er sich bei Anzio das Verwundetenabzeichen verdient hatte –, lud der amerikanische Captain seinen englischen Offizierskollegen zu der wöchentlichen Pokerpartie ein.

In den nächsten drei Wochen sorgte Dick dafür, daß er jeden

Samstagabend ungefähr fünfzig Dollar verlor, die er sich am Montag darauf von der britischen Verwaltung zurückholte, indem er sie als »sonstige Ausgaben« verbuchte. Auf diese Weise stellte er sicher, daß der Strom im britischen Sektor nie zwischen fünfzehn Uhr und Mitternacht abgeschaltet wurde, außer an Samstagen, an denen *Der Telegraf* nicht gedruckt wurde.

Nach sechsundzwanzig Tagen hatte Arnold Schultz alles, worum er gebeten hatte, und jede Nacht liefen hundertvierzigtausend Exemplare des *Telegraf* durch die instand gesetzten Druckmaschinen. Lieutenant Wakeham wurde der Vertrieb überantwortet, und von nun an war die Zeitung Tag für Tag in den frühen Morgenstunden zur Verteilung auf den Straßen. Als Colonel Oakshott von Dick über den neuesten Umsatz des *Telegraf* unterrichtet wurde, zeigte er sich höchst erfreut über den Erfolg seines Protegés und gewährte der gesamten Belegschaft einen dreitägigen Sonderurlaub.

Bestimmt gab es niemanden, der sich mehr darüber freute als Charlotte. Seit sie in Berlin war, hatte sie Dick kaum einen Tag vor Mitternacht gesehen, und meist war er morgens bereits aus dem Haus, ehe sie erwachte. An diesem Freitag aber erschien er unerwartet schon am Nachmittag, noch dazu mit einem geliehenen Mercedes. Nachdem die leicht ramponieren Koffer des Ehepaares im Wagen verstaut waren, fuhren sie nach Lyon, um ein langes Wochenende mit Charlottes Familie zu verbringen.

Es beunruhigte Charlotte, daß Dick in Berlin anscheinend nicht imstande war, länger als ein paar Minuten einmal nicht an die Arbeit zu denken; um so dankbarer war sie, daß es in dem kleinen Haus in Lyon kein Telefon gab. Am Samstagabend ging die ganze Familie ins Kino und schaute sich David Niven in *Die perfekte Ehe* an. Am nächsten Morgen begann Dick, sich einen Schnurrbart wachsen zu lassen.

Kaum war Captain Armstrong zurück in Berlin, befolgte er den Rat des Colonels und baute ein Verbindungsnetz mit nützlichen Kontakten in allen Sektoren auf – was enorm beschleunigt wurde, wenn die Leute erfuhren, daß Dick eine Tageszeitung mit einer Auflage in Millionenhöhe (wie er behauptete) herausgab.

Fast alle Deutschen, mit denen Dick zu tun hatte, schlossen aus seinem selbstbewußten Auftreten, daß er einen Generalsrang bekleidete; alle anderen ließ er nicht im Zweifel darüber, daß er die Unterstützung der höchsten Militärs besaß, auch wenn er kein General war. Er sorgte dafür, daß bestimmte Stabsoffiziere regelmäßig im *Telegraf* erwähnt wurden – mit der Folge, daß sie seine Materialanforderungen fast immer genehmigten, so unverschämt sie auch sein mochten. Überdies nutzte Dick den Vorteil, durch die Zeitung für sich selbst Werbung machen zu können. Da er seine eigenen Beiträge veröffentlichen konnte, wurde er in einer Stadt, in der es von anonymen Uniformträgern nur so wimmelte, zu einer Berühmtheit.

Drei Monate, nachdem Armstrong seinen ersten Besuch bei Arno Schultz gemacht hatte, erschien *Der Telegraf* regelmäßig sechs Tage die Woche, und Dick konnte Colonel Oakshott melden, daß die Auflage die Zweihunderttausendmarke überschritten habe; wenn es so weitergehe, erklärte er, würden sie sogar ihren größten Konkurrenten, den *Berliner*, bald hinter sich lassen. Der Oberst sagte bloß: »Sie leisten hervorragende Arbeit, Dick.« Ihm war nicht ganz klar, worin Armstrongs Arbeit eigentlich bestand, doch war ihm nicht entgangen, daß die Spesen des jungen Captains auf mehr als zwanzig Pfund die Woche gestiegen waren.

Dick erzählte Charlotte vom Lob des Colonels. Doch wenngleich er sich merklich darüber freute, spürte Charlotte, daß ihn sein Job bereits zu langweilen begann. *Der Telegraf* hatte nun fast so hohe Verkaufszahlen wie *Der Berliner*. Die Stabsoffiziere in den drei Westsektoren freuten sich stets, Captain Armstrong in ihren Clubs begrüßen zu dürfen – schließlich brauchte man ihm bloß irgendeine Neuigkeit ins Ohr zu flüstern, wenn man wollte, daß sie am nächsten Tag in der Zeitung stand. Dies hatte zur Folge, daß Dick stets über einen Vorrat an kubanischen Zigarren verfügte, Charlotte und Sally an Nylonstrümpfen, und Peter Wakeham an Gordon's Gin; selbst die Verkaufsburschen des *Telegraf* hatten so viel Wodka und Zigaretten, daß sie nebenbei auf dem Schwarzmarkt damit handeln konnten.

Dennoch war Dick unzufrieden, da es mit seiner eigenen Karriere offenbar nicht weiterging. Obwohl oft genug von einer Beförderung die Rede gewesen war, schien in dieser Stadt nichts daraus zu werden; es gab hier viel zu viele Majors und Colonels, von denen die meisten bloß herumsaßen und darauf warteten, daß man sie nach Hause schickte.

Dick sprach mit Charlotte über die Möglichkeit, nach England zurückzukehren – vor allem, seit Großbritanniens neugewählter Premierminister, Clement Attlee, die Soldaten ersucht hatte, so rasch wie möglich heimzukommen, da viele unbesetzte Posten und Stellen auf sie warteten. Trotz ihres beinahe luxuriösen Lebens in Berlin schien Charlotte von dieser Idee angetan zu sein und ermutigte Dick, seine baldige Entlassung aus der Armee zu beantragen. Am nächsten Tag ersuchte er um ein Gespräch mit dem Colonel.

»Möchten Sie das wirklich?« fragte Oakshott. »Sind Sie sicher?«

»Jawohl, Sir«, antwortete Dick. »Jetzt, da alles wie am Schnürchen läuft, ist Schultz durchaus imstande, die Zeitung ohne meine Unterstützung weiterzuführen.«

»Wenn Sie meinen. Ich werde versuchen, den Vorgang zu beschleunigen.«

Einige Stunden später hörte Armstrong zum erstenmal den Namen Klaus Lauber – und nahm dies zum Anlaß, den Vorgang wieder zu verzögern.

Als Dick am Vormittag dieses Tages die Druckerei aufsuchte, berichtete ihm Schultz, daß sie zum erstenmal mehr Exemplare verkauft hatten als *Der Berliner*, und daß es vielleicht angebracht wäre, sich zu überlegen, ob sie nicht auch ein Sonntagsblatt herausbringen sollten.

»Ich wüßte nicht, was dagegen spricht«, entgegnete Dick ein wenig gelangweilt.

»Ich wünschte nur, wir könnten den gleichen Preis wie vor dem Krieg verlangen.« Schultz seufzte. »Bei unseren Verkaufszahlen könnten wir riesige Gewinne machen. Sie können es sich vielleicht nicht vorstellen, aber damals war ich ein wohlhabender, erfolgreicher und angesehener Mann.«

»Bald werden Sie's vielleicht wieder sein«, meinte Armstrong. »Und schneller, als Sie glauben«, fügte er hinzu und blickte durch das schmutzige Fenster auf den Bürgersteig, über den Scharen deprimiert aussehender Passanten schlurften. Er wollte Schultz gerade erklären, daß er die Absicht habe, ihm die alleinige Verantwortung für den *Telegraf* zu überlassen und nach England zurückzukehren, als der Deutsche erklärte: »Ich bin mir nicht sicher, ob das jemals wieder möglich ist.«

»Wieso nicht?« Armstrong blickte ihn verwundert an. »Der Zeitungsverlag gehört Ihnen, und jeder weiß, daß in Kürze einige Beschränkungen aufgehoben und auch deutsche Staatsbürger wieder Hauptaktionäre werden können.«

»Das mag ja sein, Captain Armstrong, aber bedauerlicherweise gehören mir keine Anteile der Gesellschaft mehr.«

Armstrong stutzte und wählte seine Worte mit Bedacht. »Tatsächlich? Warum haben Sie die Anteile verkauft?« Er blickte weiterhin aus dem Souterrainfenster.

»Ich habe sie nicht verkauft«, erwiderte Schultz. »Ich mußte sie abgegeben.«

»Ich fürchte, das verstehe ich nicht ganz.« Armstrong drehte sich zu ihm um.

»Eigentlich ist es ganz einfach. Nach der Machtergreifung hat Hitler ein Gesetz erlassen, das Juden den Besitz von Zeitungsverlagen untersagte. Also war ich gezwungen, meine Anteile jemandem zu überschreiben.«

»Und wem gehört *Der Telegraf* jetzt?« erkundigte sich Armstrong.

»Meinem alten Freund Klaus Lauber«, antwortete Schultz. »Er war Beamter im Reichsarbeitsministerium. Wir hatten uns vor vielen Jahren in einem hiesigen Schachklub kennengelernt, wo wir dienstags und freitags zusammen spielten – was wir übrigens auch nicht mehr durften, nachdem Hitler an die Macht gekommen war.«

»Aber wenn Lauber ein so guter Freund war, müßte er jetzt doch in der Lage sein, Ihnen die Anteile zurückzuverkaufen.«

»Ja, das wäre wohl möglich. Schließlich hat er nur einen nominellen Betrag dafür bezahlt – mit der mündlichen Vereinbarung, daß er mir die Anteile nach dem Krieg zurücküberschreibt.«

»Ich bin sicher, er wird sein Wort halten, wenn er so ein guter Freund war«, meinte Armstrong.

»Das würde er ganz bestimmt, doch während des Krieges haben wir uns der politischen Verhältnisse wegen aus den Augen verloren. Das letzte Mal habe ich Lauber im Dezember 1942 gesehen. Wie viele andere Deutsche wurde er zum namenlosen Teil einer Statistik.«

»Aber Sie müssen doch wissen, wo er gewohnt hat«, sagte Armstrong und schlug sich mit seinem Offiziersstock leicht auf die Wade.

»Seine Familie wurde nach den ersten schweren Bombenangriffen aus Berlin evakuiert. Seit damals habe ich nichts mehr von Lauber gehört. Weiß der Himmel, wo er jetzt ist«, fügte Schultz mit einem Seufzer hinzu.

Dick gelangte zu der Ansicht, daß er nun alle Information besaß, die er brauchte. »Was ist mit dem Artikel über die Eröffnung des neuen Flughafens?« wechselte er das Thema.

»Wir haben bereits einen Fotografen dort. Ich hab' mir gedacht, ich schicke noch einen Reporter, wegen der Interviews ...«, erwiderte Schultz gehorsam, doch Armstrong war mit den Gedanken schon woanders. Kaum saß er wieder an seinem Schreibtisch, beauftragte er Sally, beim alliierten Kontrollrat anzurufen und festzustellen, wem *Der Telegraf* gehörte.

»Ich dachte immer, er gehört Arno«, sagte Sally verwundert.

»Ich auch. Aber das ist offenbar nicht der Fall. Kurz nach Hitlers Machtübernahme mußte er seine Anteile an einen Arier verkaufen. Er hat eine Abmachung mit seinem Freund Klaus Lauber getroffen und überließ ihm die Aktien zu einem Spottpreis. – Ich muß folgendes wissen, Sally: Erstens, gehören die Anteile immer noch Lauber? Zweitens, wenn ja, ist er noch am Leben? Und drittens, falls er noch lebt – wo, zum Teufel, steckt er? Sag bitte kein Wort darüber, Sally. Auch nicht zu Lieutenant Wakeham.«

Sally brauchte drei Tage, um die Bestätigung zu erhalten, daß Major Klaus Otto Lauber beim allierten Kontrollrat als Besitzer des *Telegraf* registriert war.

»Aber lebt er noch?« fragte Armstrong.

»Und ob«, erwiderte Sally. »Zur Zeit sitzt er in Wales fest.«

»Wie bitte?« sagte Armstrong erstaunt. »Wie ist das möglich?«

»Major Lauber befindet sich in einem Internierungslager in der Nähe von Bridgend, seit er vor drei Jahren als Angehöriger von Feldmarschall Rommels Afrikakorps gefangengenommen wurde.«

»Was konnten Sie sonst noch herausfinden?« fragte Armstrong.

»Das war's schon«, erwiderte Sally. »Ich fürchte, der Major hatte keinen schönen Krieg.«

»Gut gemacht, Sally. Aber ich möchte gern noch mehr wissen. Versuchen Sie, alles über Lauber in Erfahrung zu bringen – wirklich alles. Geburtsdatum, Geburtsort, Ausbildungsgang, persönliche Dinge. Und dann möchte ich gern wissen, wie lange er im

Arbeitsministerium tätig war, und wie es dann mit ihm weiterging – bis zu dem Tag, als man ihn in Bridgend interniert hat. Ich brauche jede Information, mag sie noch so unbedeutend erscheinen. Es gibt genug Leute, die uns einen Gefallen schulden. Spannen Sie diese Leute ein. Den anderen versprechen Sie einfach das Blaue vom Himmel. So, ich gehe jetzt zu Oakshott. Gibt's sonst noch was?«

»Ein junger Journalist von der *Oxford Mail* würde gern ein Interview mit Ihnen führen. Er wartet schon über eine Stunde.«

»Vertrösten Sie ihn auf morgen.«

»Aber er hat Sie schriftlich um einen Termin ersucht, und Sie hatten sich einverstanden erklärt, ihm ein Interview zu geben.«

»Vertrösten Sie ihn auf morgen«, wiederholte Armstrong.

Sally kannte diesen Tonfall, und nachdem sie Mr. Townsend losgeworden war, legte sie alles andere zur Seite und machte sich an die Nachforschung über das nicht sonderlich bemerkenswerte Leben des Klaus Lauber.

Private Benson fuhr Armstrong zur Wohnung des kommandierenden Offiziers auf der entgegengesetzten Seite des britischen Sektors.

»Sie kommen wirklich mit den seltsamsten Anliegen«, sagte Colonel Oakshott, nachdem Dick ihm alles erläutert hatte.

»Und Sie werden feststellen, Sir, daß dadurch – auf Dauer gesehen – die Beziehungen zwischen den Besatzungsmächten und den Einwohnern Berlins weiter verbessert werden können.«

»Ich weiß ja, Dick, daß Sie von diesen Dingen viel mehr verstehen als ich, aber in diesem Fall will ich gar nicht erst daran denken, wie unsere hohen Herren reagieren.«

»Vielleicht sollten Sie diese Herren darauf hinweisen, Sir, daß es sich als erfolgreicher Beitrag zur Imagepflege erweisen könnte, wenn wir den Deutschen zeigen, daß unsere Kriegsgefangenen – Ehemänner, Söhne und Väter – von den Briten gerecht und anständig behandelt werden. Vor allem, wenn man bedenkt, wie die Nazis im Vergleich dazu mit den Juden verfahren sind.«

»Ich werde tun, was ich kann«, versprach der Colonel. »Wie viele Lager möchten Sie besichtigen?«

»Ich würde sagen, vorerst nur eines«, antwortete Armstrong. »Und sollte mein erster Versuch sich als erfolgreich erweisen, kommen in absehbarer Zukunft vielleicht noch zwei oder drei hinzu.« Er lächelte. »Ich hoffe, das wird den ›hohen Herren‹ einige von ihren Ängsten nehmen.«

»Haben Sie ein bestimmtes Lager im Auge?« erkundigte sich der Colonel.

»Der Nachrichtendienst hat mich darauf aufmerksam gemacht, daß eines sich für diesen Zweck besonders eignet. Es befindet sich nur wenige Meilen außerhalb von Bridgend.«

Um die Genehmigung für Captain Armstrongs Ersuchen zu bekommen, brauchte der Colonel ein wenig länger, als Sally benötigte, um alles über Klaus Lauber herauszufinden, was es herauszufinden gab. Immer wieder las Dick ihre Notizen, um sich die bestmögliche Strategie zurechtzulegen.

Lauber war 1896 in Dresden geboren. Er hatte am Ersten Weltkrieg teilgenommen und es bis zum Hauptmann gebracht. Nach Kriegsende bekam er eine Anstellung im Arbeitsministerium in Berlin. Obwohl er der Reserve angehörte, wurde er im Dezember 1942 als Major zur Wehrmacht eingezogen und in Nordafrika als Chef einer Einheit eingesetzt, die Brücken baute; kurz darauf wurde er Chef einer anderen Einheit, die diese Brücken wieder zerstörte. Im März 1943 wurde er bei der Schlacht von El-Agheila gefangengenommen und per Schiff nach England gebracht. Zur Zeit befand er sich in einem Internierungslager in der Nähe von Bridgend. In Laubers Personalakte im Kriegsministerium in Whitehall fand sich keinerlei Erwähnung, daß er Anteile am *Telegraf* besaß.

Als Armstrong die Notizen noch einmal studiert hatte, stellte er Sally eine Frage. Sie schaute rasch im Berliner Offiziershandbuch nach und nannte ihm drei Namen.

»Hat einer dieser Männer im King's Own oder bei den North Staffs gedient?« fragte Armstrong.

»Nein«, antwortete Sally, »aber einer ist bei der königlichen Schützenbrigade, die dasselbe Offizierskasino besucht wie wir.«

»Gut«, murmelte Dick, »das ist unser Mann.«

»Übrigens«, warf Sally ein, »was soll ich mit dem jungen Journalisten von der *Oxford Mail* tun?«

Dick überlegte kurz. »Sagen Sie ihm, ich mußte in den amerikanischen Sektor, und daß ich versuchen werde, mich irgendwann morgen mit ihm zu treffen.«

Es war ungewöhnlich, daß Armstrong im britischen Offizierskasino aß; denn bei seinem Einfluß und der Freiheit, sich überall in der Stadt aufzuhalten, war er in jedem Offizierskasino jedes Sektors willkommen. Und wenn es ums Essen ging, war man am besten beraten, sich im französischen Sektor aufzuhalten, sofern man – wie Dick – die Möglichkeit dazu hatte. Doch an diesem Dienstagabend betrat Captain Armstrong kurz nach achtzehn Uhr die eigene Messe und fragte den Corporal, der an der Bar bediente, ob er einen Captain Stephen Hallet kenne.

»O ja, Sir«, antwortete der Corporal. »Captain Hallet kommt für gewöhnlich gegen achtzehn Uhr dreißig. Er ist übrigens von der Rechtsabteilung«, fügte er hinzu. Aber das wußte Armstrong natürlich längst.

Er blieb an der Bar sitzen, nippte einen Whisky und behielt den Eingang im Auge. Immer, wenn ein Offizier hereinkam, blickte Dick den Corporal fragend an, der aber jedesmal den Kopf schüttelte – bis ein hagerer, vorzeitig kahl werdender Mann, um dessen Körper selbst die engste Uniform geschlottert hätte, die Bar ansteuerte. Er bestellte einen Tom Collins, und der Corporal nickte Armstrong unmerklich zu. Dick ging zur Bar und nahm auf einem Hocker neben dem Hageren Platz.

Er machte sich mit Hallet bekannt und erfuhr ziemlich schnell, daß der es kaum erwarten konnte, aus der Armee entlassen zu werden, um nach Lincoln's Inn Fields zurückzukehren und seine Karriere als Anwalt fortzusetzen.

»Ich werde mal sehen, ob ich da ein bißchen nachhelfen kann«, sagte Armstrong, obwohl er wußte, daß er auf die zuständige Abteilung keinerlei Einfluß ausüben konnte.

»Das ist sehr freundlich von Ihnen, alter Junge«, bedankte sich Hallet. »Lassen Sie's mich wissen, falls ich mich revanchieren kann.«

»Sollen wir einen Happen essen?« schlug Armstrong vor. Er rutschte von seinem Hocker und führte den Anwalt an einen ruhigen Tisch für zwei Personen in einer Ecke.

Nachdem sie das Tagesmenü bestellt hatten, bat Armstrong den Corporal, eine Flasche von seinem privaten Wein zu bringen. Dann schnitt er ein Thema an, bei dem er Hallets Rat benötigte, wie er dem Anwalt erklärte.

»Ich verstehe die Probleme, die einige Deutsche haben, nur zu gut.« Armstrong schenkte seinem Gesprächspartner ein. »Weil ich Jude bin.«

»Sie überraschen mich«, gestand Hallet. »Aber, wenn ich es recht bedenke, Captain Armstrong«, fügte er hinzu, während er am Weinglas nippte, »stecken Sie voller Überraschungen.«

Armstrong blickte ihn eindringlich an, entdeckte jedoch keinerlei Anzeichen von Ironie. »Vielleicht könnten Sie mir bei einem interessanten Fall helfen, der kürzlich auf meinem Schreibtisch gelandet ist.«

»Nur zu gern, falls es mir möglich ist«, versicherte Hallet.

»Das ist sehr freundlich von Ihnen.« Armstrong hatte sein Weinglas noch nicht angerührt. »Es würde mich interessieren, wie die Rechtslage für einen deutschen Juden aussieht, wenn er vor dem Krieg Firmenanteile an einen Arier verkauft hat. Kann er diese Anteile zurückfordern, wo der Krieg nun zu Ende ist?«

Der Anwalt überlegte und wirkte ein wenig verblüfft. »Nur wenn die Person, welche die Anteile erworben hat, soviel Anstand hat, sie an den betreffenden Juden zu verkaufen. Wenn nicht, kann der Jude nichts unternehmen. Die Nürnberger Gesetze von 1935, wenn ich mich recht entsinne.«

»Das finde ich aber gar nicht fair«, sagte Armstrong.

»Das ist es auch nicht.« Der Anwalt nahm einen weiteren Schluck Wein. »Aber so lautete nun mal das Gesetz zu jener Zeit, und wie die Dinge jetzt stehen, gibt es kein Gericht im ganzen Land, das etwas dagegen unternehmen könnte. – Hm, ich muß gestehen, dieser Rotwein ist köstlich. Wie sind Sie an diesen Tropfen herangekommen?«

»Ein guter Freund im französischen Sektor scheint einen unerschöpflichen Vorrat davon zu besitzen. Wenn Sie möchten, besorge ich Ihnen einen Zwölferkarton.«

Am nächsten Morgen erhielt Colonel Oakshott die Genehmigung, Captain Armstrong zu gestatten, im Laufe des kommenden Monats ein Internierungslager in Großbritannien zu besuchen; die Genehmigung galt jedoch lediglich für das Lager bei Bridgend und kein anderes. Darauf würde ausdrücklich hingewiesen, erklärte der Colonel.

»Ich verstehe«, murmelte Armstrong.

»Und die hohen Herren bestehen darauf«, fuhr der Colonel fort, »daß Sie nicht mehr als drei Gefangene interviewen, und keiner darf einen höherem Rang als den eines Oberst haben. Das ist ein ausdrücklicher Befehl des Abschirmdienstes.«

»Ich bin sicher, ich schaffe es trotz dieser Einschränkungen.«

»Hoffen wir, daß die ganze Sache sich lohnt, Dick. Ich habe da immer noch meine Zweifel, wissen Sie.«

»Ich hoffe, ich kann sie ausräumen, Sir.«

Armstrong bat Sally, sich um den für die Reise erforderlichen Papierkram zu kümmern.

»Wann möchten Sie fliegen?«

»Gleich morgen.«

»Dumme Frage«, murmelte sie.

Sally gelang es tatsächlich, Dick für den Flug nach London am Tag darauf einen Platz zu beschaffen, nachdem ein General im letzten Moment abgesagt hatte. Sie versprach überdies, dafür zu sorgen, daß ihn ein Wagen mit Fahrer am Flughafen abholte und direkt nach Wales brachte.

»Aber einem Captain steht kein Wagen mit Fahrer zu«, sagte er, als Sally ihm seine Reisepapiere überreichte.

»Das mag schon sein. Aber wenn der Brigadegeneral gern möchte, daß das Foto seiner Tochter auf der Titelseite des *Telegraf* erscheint, wenn sie nächsten Monat Berlin besucht, läßt sich auch das arrangieren.«

Armstrong staunte. »Was verspricht er sich denn davon?«

»Ich nehme an, in England findet der General keinen Ehemann für seine Tochter«, antwortete Sally. »Und wie ich am eigenen Leibe erfahren habe, wird hier jedem Rock nachgestellt.«

Armstrong lachte. »Wenn ich Sie selbst bezahlen müßte, Sally, bekämen Sie eine Gehaltserhöhung. Bleiben Sie an Lauber dran, und halten Sie mich auf dem laufenden, falls Sie was Neues herausfinden – auch die kleinste Kleinigkeit.«

Beim Abendessen erklärte Dick seiner Frau, er würde unter anderem deshalb nach Großbritannien fliegen, um schon mal die Fühler auszustrecken, wie es mit einer Stellung für ihn aussähe, sobald er aus der Armee entlassen war. Charlotte zwang sich zu einem Lächeln, doch in letzter Zeit hatte sie mitunter das Gefühl, daß Dick ihr nicht alles erzählte. Sprach sie ihn darauf an, antwortete er stets mit »Streng geheim!«.

Private Benson brachte Dick am nächsten Morgen zum Flughafen.

Die Lautsprecheranlage in der Abflughalle ertönte: »Captain Richard Armstrong wird gebeten, seine Dienststelle anzurufen.« Dick hätte es bestimmt getan, wäre sein Flugzeug nicht bereits auf der Startbahn losgerollt.

Als die Maschine drei Stunden später in London landete, marschierte Armstrong über die Rollbahn auf einen Corporal zu, der an einem auf Hochglanz polierten Austin lehnte und ein Schild hochhielt, auf dem in großen Lettern »CAPTAIN ARMSTRONG« stand. Kaum sah der Corporal den Offizier auf sich zukommen, nahm er Haltung an und salutierte.

»Ich muß sofort nach Bridgend«, sagte Dick, ehe der Soldat dazu kam, auch nur den Mund zu öffnen.

Sie fuhren über die A40, und Armstrong nickte sehr bald ein. Er erwachte erst, als der Corporal verkündete: »Nur noch zwei Meilen, Sir, dann sind wir da.«

Als sie sich dem Lager näherten, überkamen Dick die Erinnerungen an seine eigene Internierungszeit in Liverpool. Diesmal aber standen die Wachen stramm und salutierten, als er durchs Tor gefahren wurde. Der Corporal hielt den Austin vor dem Büro des Kommandanten.

Als Dick eintrat, erhob sich ein Captain hinter dem Schreibtisch, um ihn zu begrüßen. »Roach«, stellte er sich vor. »Freut mich, Ihre Bekanntschaft zu machen.« Er streckte die Rechte aus, und Armstrong schüttelte sie. Captain Roach hatte keinerlei Auszeichnungsstreifen über der Brusttasche und sah aus, als hätte er den Ärmelkanal allenfalls auf einem Tagesausflug überquert. Bestimmt war er noch nie in Feindberührung gekommen. »Niemand hat mir genau erklärt, wie ich Ihnen behilflich sein kann«, sagte er, während er Armstrong einen bequemen Sessel am Kamin anbot.

Dick kam sofort zur Sache. »Ich möchte eine Liste aller Gefangenen dieses Lagers. Mit drei von ihnen möchte ich zwecks Erstellung eines Berichts sprechen, den ich anschließend dem Kontrollrat in Berlin vorlege.«

»Kein Problem.« Der Captain nickte. »Aber warum haben Sie sich für Bridgend entschieden? Die meisten Nazigenerale sind in Yorkshire interniert.«

»Ich weiß«, entgegnete Armstrong. »Aber eine allzu große Auswahl wurde mir nicht geboten.«

»Verstehe. Haben Sie schon bestimmte Vorstellungen, mit wem Sie sprechen möchten? Oder soll ich aufs Geratewohl drei Namen für Sie aussuchen?« Captain Roach hielt ihm ein Klemmbrett entgegen, und Armstrong fuhr mit dem Zeigefinger die mit Schreibmaschine getippte Namensliste hinunter. Er lächelte. »Ich werde mit einem Unteroffizier, einem Leutnant und einem Major sprechen«, sagte er und kreuzte drei Namen an. Dann gab er dem Captain das Klemmbrett zurück.

Roach betrachtete Dicks Auswahl. »Bei den ersten beiden gibt's kein Problem. Aber mit Major Lauber werden Sie bedauerlicherweise nicht sprechen können.«

»Ich habe die uneingeschränkte Vollmacht des ...«

»Selbst wenn Sie die uneingeschränkte Vollmacht von Mr. Attlee persönlich hätten, würde Ihnen das nichts helfen«, unterbrach Roach ihn. »Soweit es Lauber betrifft, kann ich nichts für Sie tun.«

»Warum nicht?« brauste Armstrong auf.

»Weil er vor zwei Wochen gestorben ist. Ich habe ihn letzten Montag in einem Sarg nach Berlin zurückgeschickt.«

Melbourne Courier

12. September 1950

Sir Graham Townsend verstorben

Der Leichenzug hielt vor der Kathedrale. Keith stieg aus dem vordersten Wagen, bot seiner Mutter den Arm und führte sie die Freitreppe hinauf, gefolgt von seinen Schwestern. Als sie das Gotteshaus betraten, erhoben sich die Trauergäste von den Bänken. Einer der Kirchenräte schritt den Townsends voraus den Mittelgang hinunter zu der noch leeren ersten Bankreihe. Keith konnte regelrecht spüren, wie mehrere Augenpaare ihn zu durchbohren schienen, und aus allen Blicken sprach dieselbe Frage: »Ob du es wohl schaffen wirst?« Kurz darauf wurde der Sarg an ihnen vorübergetragen und auf einen Katafalk vor dem Altar gehoben.

Der Bischof von Melbourne hielt die Totenmesse ab, und Reverend Charles Davidson las die Gebete. Die Lieder, die Lady Townsend ausgewählt hatte, hätten Keith' altem Herrn ein Grinsen entlockt: *To be a Pilgrim, Rock of Ages, Fight the Good Fight.* David Jakeman, ein ehemaliger Redakteur des *Courier*, hielt die Totenrede. Er sprach von Sir Grahams Energie, seiner Lebensfreude, seiner Verachtung leeren Phrasen gegenüber, seiner Liebe zur Familie und wie sehr alle, die ihn gekannt hatten, ihn vermissen würden. Er beendete seine Würdigung des Verstorbenen mit dem Hinweis, daß Sir Grahams Sohn und Erbe Keith die Nachfolge des Vaters antreten würde.

Nach der Einsegnung nahm Lady Townsend wieder den Arm ihres Sohnes und folgte den Trägern mit dem Sarg aus der Kathedrale zum Friedhof.

»Asche zu Asche, Staub zu Staub«, deklamierte der Bischof, als der Eichensarg ins Grab hinuntergelassen wurde und die Totengräber Erde darauf schaufelten. Keith hob den Kopf und ließ den Blick rasch über die Anwesenden schweifen, die das Grab umstanden. Freunde, Verwandte, Kollegen, Politiker, Konkurrenten, Buchmacher – ja, vermutlich sogar ein oder zwei Aasgeier, die nur gekommen waren, um zu sehen, ob hier irgend etwas für sie zu holen war.

Nachdem der Bischof das Kreuzzeichen gemacht hatte, führte Keith seine Mutter langsam zur wartenden Limousine zurück. Kurz bevor sie den Wagen erreichten, blieb Lady Townsend stehen, wandte sich um und reichte eine Stunde lang jedem Trauergast die Hand, bis schließlich auch der letzte gegangen war.

Weder Keith noch seine Mutter redeten auf der Fahrt zurück nach Toorak auch nur ein Wort. Als sie ans Ziel gelangt waren, stieg Lady Townsend die Marmortreppe hinauf und zog sich in ihr Schlafzimmer zurück. Keith ging in die Küche, wo Florrie ein leichtes Mittagessen zubereitete. Er deckte ein Tablett mit paar Happen und brachte es zu seiner Mutter hinauf. Bevor er eintrat, klopfte er behutsam. Lady Townsend rührte sich nicht, als Keith das Tablett vor ihr abstellte. Er küßte sie auf die Stirn, drehte sich um und ließ sie wieder allein. Dann machte er einen langen Spaziergang auf dem Grundstück, wobei er dieselben Wege einschlug, die er so oft mit seinem Vater entlangspaziert war. Ihm war klar, daß er nun, da die Beerdigung vorüber war, das eine Thema anschneiden mußte, dem sie bislang ausgewichen waren.

Lady Townsend kam kurz vor zwanzig Uhr herunter, und gemeinsam begaben sie sich ins Eßzimmer. Wieder sprach sie von Keith' Vater und wiederholte im wesentlichen, was sie bereits am Abend zuvor gesagt hatte. Dabei stocherte sie lustlos in ihrem Essen herum. Nachdem der Hauptgang abgeräumt war, stand sie plötzlich auf und ging ins Wohnzimmer.

Als sie sich an ihren gewohnten Platz am Kamin gesetzt hatte, blieb Keith kurz stehen, ehe er im Sessel seines Vaters Platz nahm. Nachdem das Hausmädchen ihnen Kaffee gebracht hatte, beugte Lady Townsend sich vor, wärmte sich die Hände und stellte endlich die langerwartete Frage.

»Was hast du nun vor, Keith, jetzt, wo du wieder in Australien bist?«

»Als erstes werde ich morgen mit dem Chefredakteur des *Courier* reden. Es gibt da einige Änderungen, die rasch vorgenommen werden müssen, wenn wir den *Age* jemals überholen wollen.« Er wartete auf die Antwort seiner Mutter.

»Keith«, sie blickte ihn an, »ich sage es dir nicht gern, aber der *Courier* gehört uns nicht mehr.«

Keith war wie vom Donner gerührt. Er brachte kein Wort hervor.

Seine Mutter wärmte sich weiter die Hände am Kamin. »Wie du weißt, hat dein Vater alles mir vererbt, und für mich sind Schulden, gleich welcher Art, schon immer unerträglich gewesen. Vielleicht, wenn er dir die Zeitungen vermacht hätte ...«

»Aber, Mutter ...«, begann Keith.

»Vergiß nicht, daß du fast fünf Jahre fort warst, Keith. Als ich dich das letzte Mal gesehen habe, warst du noch ein Schuljunge, der widerstrebend an Bord der *SS Stranthedan* ging. Ich konnte nicht sicher sein, ob du ...«

»Vater hätte bestimmt nicht gewollt, daß du den *Courier* verkaufst. Es war die erste Zeitung, die er herausgegeben hat.«

»Und sie ist von Woche zu Woche tiefer in die roten Zahlen gerutscht. Als die Kenwright-Gruppe mir die Chance bot, mich ohne jegliche Verbindlichkeiten von dem Blatt zu trennen, hat der Vorstand mir geraten, das Angebot anzunehmen.«

»Aber du hast *mir* nicht die Chance geboten, einen Umschwung herbeizuführen. Ich weiß sehr wohl, daß die Auflagenhöhe beider Zeitungen in den letzten Jahren gesunken ist. Deshalb habe ich an einem Plan gearbeitet, etwas dagegen zu unternehmen – ein Plan, dem Vater über kurz oder lang zugestimmt hätte.«

»Ich fürchte, du wirst deinen Plan nicht mehr brauchen«, erklärte Lady Townsend. »Sir Colin Grant, der Vorstandsvorsitzende des *Adelaide Messenger*, hat mir ein Angebot von hundertfünfzigtausend Pfund für die *Gazette* gemacht. Unser Vorstand wird dieses Angebot bei der nächsten Sitzung wahrscheinlich annehmen.«

»Warum sollten wir die *Gazette* verkaufen?« Keith starrte seine Mutter ungläubig an.

»Weil wir bereits seit Jahren einen hoffnungslosen Konkurrenzkampf mit dem *Messenger* führen, und weil uns ihr Angebot unter den gegebenen Umständen sehr großzügig erscheint.«

Keith stand auf und trat vor seine Mutter hin. »Ich bin nicht nach Hause gekommen, um die *Gazette* zu verkaufen, Mutter. Ganz im Gegenteil. Irgendwann will *ich* den *Messenger* übernehmen.«

»Dieser Gedanke ist bei unserer derzeitigen finanziellen Lage völlig unrealistisch, Keith. Der Vorstand würde niemals seine Zustimmung erteilen.«

»Zur Zeit vielleicht nicht. Aber wenn unser Umsatz erst einmal höher ist als der des *Messenger*, dürfte die Sache anders aussehen.«

»Du ähnelst deinem Vater sehr, Keith.« Lady Townsend blickte zu ihm auf.

»Bitte, gib mir die Chance, zu beweisen, was ich kann«, bat Keith. »Du wirst feststellen, daß ich in meiner Volontärszeit in der Fleet Street eine ganze Menge gelernt habe. Und ich bin nach Hause gekommen, um dieses Wissen zu unserem Nutzen einzusetzen.«

Lady Townsend blickte eine Zeitlang ins Feuer, ehe sie antwortete: »Sir Colin hat mir neunzig Tage Bedenkzeit gegeben.« Wieder machte sie eine Pause. »Ich gebe dir genauso lange, mich davon zu überzeugen, daß ich sein Angebot nicht annehmen sollte.«

Als Keith am nächsten Morgen in Adelaide aus dem Flugzeug stieg, stellte er beim Betreten der Ankunftshalle als erstes fest, daß der *Messenger* über der *Gazette* in den Zeitungsständer gesteckt war. Keith stellte sein Gepäck ab und vertauschte die Zeitungen im Ständer; dann kaufte er je ein Exemplar.

Während er in der Schlange derjenigen stand, die auf ein Taxi warteten, machte er die Beobachtung, daß von den dreiundsiebzig Personen, die den Flughafen verließen, zwölf den *Messenger* gekauft hatten, aber nur sieben die *Gazette*. Im Taxi zur Stadt notierte er sich diese Feststellung auf der Rückseite seines Tickets, um mit Frank Bailey, dem Chefredakteur der *Gazette*, darüber zu reden, sobald er in seinem Büro war. Dann blätterte er beide Zeitungen durch und mußte zugeben, daß der *Messenger* den interessanteren Lesestoff bot. Doch er beschloß, diese Meinung nicht gleich an seinem ersten Tag in der Stadt zu äußern.

Das Taxi brachte Keith direkt vor den Eingang des Redaktionsgebäudes der *Gazette*. Er stellte sein Gepäck am Empfang ab und nahm den Aufzug in den zweiten Stock. Niemand beachtete ihn, als er zwischen den Reihen der Schreibtische hindurchschritt, an denen die Journalisten saßen und in die Tasten ihrer Schreibmaschinen hämmerten. Ohne an der Tür des Chefredakteurs anzuklopfen, trat Keith ein und platzte direkt in die morgendliche Redaktionskonferenz.

Völlig überrascht, erhob Frank Bailey sich hinter seinem Schreibtisch, streckte Keith die Hand entgegen und sagte: »Keith! Wie schön, Sie nach so langer Zeit wiederzusehen!«

»Freut mich auch, Sie wiederzusehen«, entgegnete Keith.

»Wir hatten Sie eigentlich nicht vor morgen erwartet.« Bailey wandte sich den Redakteuren zu, die an dem U-förmigen Tisch saßen. »Das ist Sir Grahams Sohn Keith, nach dem Tod seines Vaters der neue Verleger unserer Zeitung. Wer von Ihnen länger als fünf Jahre hier ist, wird sich gewiß an ihn erinnern, als er das letzte Mal hier war ... und zwar als ... als ...« Frank zögerte.

»Als Sohn meines Vaters«, beendete Keith den Satz.

Die Bemerkung wurde mit Gelächter quittiert.

»Bitte, machen Sie weiter. Tun Sie, als wäre ich gar nicht da«, bat Keith. »Ich habe nicht die Absicht, einer von den Verlegern zu werden, die sich in redaktionelle Entscheidungen einmischen.« Er ging in eine Zimmerecke, setzte sich aufs Fensterbrett und spielte den Beobachter, während Frank die Redaktionskonferenz weiterführte. Offenbar hatte er weder seine Fähigkeiten noch sein Engagement verloren, die Zeitung als Mittel zu benutzen, sich für jeden armen Teufel einzusetzen, den er für ein Opfer des Systems oder der Behördenwillkür hielt.

»Also, wie soll der morgige Leitartikel aussehen?« fragte er. Drei Hände schossen in die Höhe.

»Dave.« Der Chefredakteur deutete mit seinem Bleistift auf den leitenden Gerichtsreporter. »Ihre Meinung, bitte.«

»Es sieht ganz so aus, als käme es zum Urteil im Sammy-Taylor-Prozeß. Der Richter dürfte noch heute nachmittag seine Entscheidung fällen. Wenn man danach geht, wie er den Prozeß bislang geführt hat, sieht es für den armen Kerl düster aus. Der Richter würde Taylor an den Galgen bringen, hätte er auch nur die geringste Chance, mit einem solchen Urteil durchzukommen.«

»Ich weiß«, murmelte Dave. »Falls Taylor schuldig gesprochen wird, kommt es auf die Titelseite, und ich schreibe einen Leitartikel über die Art von Gerechtigkeit, mit der die Aborigines vor unseren Gerichten rechnen muß. Sitzen die Abos eigentlich noch mit ihren Protestschildern herum?«

»Und ob. Die Sache hat sich zur 24-Stunden-Wache entwickelt. Sie schlafen auf dem Bürgersteig, seit wir die Fotos gebracht haben, auf denen zu sehen ist, wie ihre Anführer von der Polizei davongezerrt werden.«

»Also gut. Falls es heute zum Urteil kommt und Taylor schuldig gesprochen wird, bekommen Sie die Titelseite, Jane«, wandte der

Chefredakteur sich an seine Nachrichtenredakteurin. »Ich brauche tausend Wörter über die Rechte der Abos und wie schändlich diese Verhandlung geführt wurde. Ein Schlag ins Gesicht der Gerechtigkeit, Rassenvorurteile ... na, Sie wissen schon, was ich will.«

»Was ist, wenn die Geschworenen Taylor für nicht schuldig befinden?« fragte Dave.

»In diesem unwahrscheinlichen Fall bekommen Sie die rechte Spalte auf der Titelseite, und Jane kann fünfhundert Wörter für Seite sieben schreiben, daß sich Australien, dank seines Rechtssystems, endlich aus dem finsteren Mittelalter befreit hat, und so weiter und so fort.«

Bailey wandte sich der anderen Seite des Zimmers zu und deutete mit dem Bleistift auf eine Frau, deren Hand erhoben geblieben war. »Maureen?«

»Im Royal-Adelaide-Krankenhaus grassiert eine mysteriöse Krankheit. In den vergangenen zehn Tagen sind drei kleine Kinder gestorben, aber der Leiter des Krankenhauses, Gyles Dunn, verweigert jeden Kommentar, sosehr ich ihn auch bedränge.«

»Sind die Kinder von hier?«

»Ja«, antwortete Maureen. »Alle aus der Gegend um Port Adelaide.«

»Alter?« erkundigte sich Frank.

»Zwei waren vier, eines drei Jahre. Zwei Mädchen und ein Junge.«

»Setzen Sie sich mit den Eltern in Verbindung, vor allem mit den Müttern. Ich möchte Fotos, Informationen über den familiären Hintergrund – schlichtweg alles, was Sie herausfinden können. Stellen Sie fest, ob es zwischen den Familien irgendeine Verbindung gibt, und mag sie noch so entfernt sein. Sind sie miteinander verwandt? Kennen sie einander? Arbeiten sie im gleichen Betrieb? Haben sie irgendwelche gemeinsamen Interessen, welche die drei Fälle möglicherweise in Zusammenhang bringen könnten? Und ich möchte irgendeine Erklärung von Gyles Dunn, selbst wenn sie nur ›kein Kommentar‹ lautet.«

Maureen nickte Bailey bestätigend zu, bevor dieser sich an den Fotoredakteur wandte. »Besorgen Sie ein Foto von Dunn, auf dem er gestreßt aussieht und das gut genug für die Titelseite ist. – Falls das Urteil im Taylor-Fall auf nicht schuldig lautet, gehört der Leitartikel Ihnen, Maureen. Anderenfalls bekommen Sie die Seite vier mit möglicher Fortsetzung auf Seite fünf. Versuchen Sie, sich Fotos von allen drei Kindern zu beschaffen, am besten aus dem Familienalbum – am liebsten wären mir Aufnahmen von fröhlichen, gesunden Kindern beim Spielen. Und ich möchte, daß Sie sich in diesem Krankenhaus umsehen. Falls Dunn sich weiterhin in Schweigen hüllt, sehen Sie zu, daß Sie in dem Laden irgend jemanden finden, der redet – einen Arzt, eine Schwester, notfalls auch einen Pförtner oder eine Putzfrau. Aber sorgen Sie dafür, daß Zeugen bei den Interviews dabei sind, oder nehmen Sie das Gesagte zumindest auf Band auf. Ich möchte nicht noch einmal so ein Fiasko wie vergangenen Monat mit Mrs. Kendal und ihrer Klage gegen die Feuerwehr erleben. – Und Dave«, der Chefredakteur wandte sich wieder an seinen Gerichtsreporter, »ich muß so schnell wie möglich erfahren, ob das Urteil im Taylor-Fall unter Umständen auf morgen verschoben wird, damit wir uns gleich ans Layout der Titelseite machen können. Hat sonst noch jemand irgendwas Brauchbares?«

»Thomas Playford wird heute vormittag um elf eine angeblich wichtige Erklärung abgeben«, sagte Jim West, der politische Redakteur. Allgemeines Stöhnen erhob sich.

»Ich bin nicht an Playfords Ergüssen interessiert, es sei denn, er gibt seinen Rücktritt bekannt«, brummte Frank. »Wenn es die übliche Tour ist, sich wichtig zu machen, und Playford wieder mal nichts als falsche Zahlen herunterrasselt, was er angeblich alles für das hiesige Gemeinwohl geleistet hat, dann bringen Sie's auf einer Spalte auf Seite elf. – Wie sieht's im Sport aus, Harry?«

Ein leicht übergewichtiger Mann, der in der Ecke gegenüber von Keith saß, blinzelte und wandte sich einem jungen Mann zu, der hinter ihm hockte, vermutlich ein Volontär. Der junge Mann flüsterte Harry etwas ins Ohr.

»Ach, ja«, sagte der Sportreporter, »irgendwann im Laufe des Tages wird die Aufstellung der Nationalmannschaft für das Spiel am Donnerstag gegen England bekanntgegeben.«

»Sind Spieler aus Adelaide dabei?«

Keith hörte während der gut eine Stunde dauernden Redaktionskonferenz stumm zu, obwohl er sich dann und wann gern zu Wort gemeldet hätte, da einige Fragen unbeantwortet blieben. Als die Redakteure schließlich gegangen waren, zeigte er Frank die

Notizen, die er sich im Taxi gemacht hatte. Der Chefredakteur notierte sich die Zahlen auf der Rückseite von Keith' Ticket und versprach, sich eingehend damit zu befassen, sobald er eine Verschnaufpause habe. Ohne sich weiter damit auseinanderzusetzen, legte er Keith' Notizen in die Ablage mit der Aufschrift »Ausgang«.

»Kommen Sie jederzeit zu mir, wenn Sie sich auf den neuesten Stand bringen wollen, Keith«, sagte er. »Meine Tür steht Ihnen stets offen.« Townsend nickte. Als er sich zum Gehen wandte, fügte Frank hinzu: »Sie wissen ja, daß Ihr Vater und ich immer gut miteinander ausgekommen sind. Bis vor kurzem ist er mindestens einmal im Monat zu einer Besprechung von Melbourne herübergeflogen.«

Townsend lächelte und schloß die Tür zum Büro des Chefredakteurs leise hinter sich. Wieder schritt er durch die Reihen klappernder Schreibmaschinen hindurch und nahm den Fahrstuhl in die oberste Etage.

Ein Schauder lief ihm über den Rücken, als er das Büro seines Vaters betrat. Zum erstenmal wurde ihm deutlich bewußt, daß er nun keine Chance mehr hatte, seinem alten Herrn zu beweisen, was für ein würdiger Nachfolger er werden würde. Er schaute sich im Zimmer um, bis sein Blick auf dem Bild seiner Mutter haften blieb, das auf dem Schreibtisch stand. Keith lächelte bei dem Gedanken, daß sie die einzige war, die nicht befürchten mußte, in nächster Zeit durch jemand anderen ersetzt zu werden.

Ein Hüsteln erklang, und Keith drehte sich um. Miss Bunting stand in der Tür. Sie war siebenunddreißig Jahre lang die Sekretärin seines Vaters gewesen. Als Kind hatte Keith oft gehört, wie seine Mutter Miss Bunting als »Winzling« bezeichnet hatte. Selbst wenn man ihren ordentlich gesteckten Haarknoten mitrechnete, brachte sie es nicht mal auf eins fünfundfünfzig. Nie hatte Keith sie mit einer anderen Frisur gesehen als mit diesem hochgesteckten Dutt; denn auch nach der Mode hatte sie sich nie gerichtet. Ihr langer, weiter Rock erlaubte nur einen flüchtigen Blick auf ihre Fußgelenke, und ihre schlichte Strickjacke aus Wolle war stets bis zum Hals geschlossen. Sie trug weder echten Schmuck noch Modeschmuck, und von Nylonstrümpfen hatte sie möglicherweise noch nie etwas gehört.

»Willkommen daheim, Mr. Keith«, begrüßte sie ihn. Die vierzig

Jahre, die Miss Bunting bereits in Adelaide lebte, hatten ihren schottischen Akzent nicht gemindert. »Ich bin gerade damit fertig geworden, alles in Ordnung zu bringen, damit es für Ihre Rückkehr bereit ist. Tja, mir steht es zwar bald zu, in Rente zu gehen, aber ich hätte natürlich vollstes Verständnis dafür, wenn Sie nicht so lange warten möchten und gleich jemand anderes einstellen wollen.«

Townsend hatte das Gefühl, daß Miss Bunting jedes Wort dieser kleinen Rede geprobt hatte und entschlossen gewesen war, sie zu halten, ehe er Gelegenheit hatte, von sich aus etwas zu sagen. Er lächelte sie an. »Ich habe nicht die Absicht, Sie durch irgend jemanden zu ersetzen, Miss Bunting.« Townsend hatte keine Ahnung, wie sie mit Vornamen hieß; er wußte nur, daß sein Vater sie »Bunty« gerufen hatte. »Auf eine Änderung lege ich allerdings Wert. Sagen Sie einfach nur Keith zu mir, so wie früher.«

Sie lächelte. »Wo möchten Sie gern anfangen?«

»Ich werde den Rest des Tages die Akten durchblättern. Gleich morgen geht es dann richtig los.«

Bunty sah aus, als wollte sie etwas sagen, biß sich dann jedoch auf die Lippe. »Bedeutet ›früh‹ für Sie das gleiche wie für Ihren Vater?«

»Ich fürchte, ja.« Townsend grinste.

Am nächsten Morgen war Townsend um sieben Uhr wieder im Verlagsgebäude. Er nahm den Fahrstuhl zum ersten Stock und schritt zwischen den leeren Schreibtischen der Anzeigenabteilung umher. Auch wenn noch niemand hier war, erkannte er, daß diese Abteilung schlampig geleitet wurde. Papiere lagen wirr auf den Schreibtischen herum. Ordner waren aufgeschlagen geblieben, und mehrere Lampen hatten offenbar die ganze Nacht hindurch gebrannt. Townsend wurde bewußt, wie lange sein Vater dem Verlagshaus schon ferngeblieben sein mußte.

Die erste Angestellte spazierte um zehn nach neun herein.

»Wer sind Sie?« fragte Townsend, als die Frau durch den Raum schritt.

»Ruth«, antwortete sie. »Und wer sind Sie?«

»Ich bin Keith Townsend.«

»Ach ja, Sir Grahams Sohn«, sagte sie ohne sonderliche Regung und trat an ihren Schreibtisch.

»Wer ist hier der Abteilungsleiter?« fragte Townsend.

»Mr. Harris.« Sie setzte sich und holte eine Puderdose aus ihrer Handtasche.

»Und wann ist mit ihm zu rechnen?«

»Oh, für gewöhnlich kommt er zwischen halb zehn und zehn.«

»Ach, wirklich?« sagte Townsend. »Wo ist sein Büro?«

Die junge Frau deutete zur hinteren Ecke des Raumes.

Mr. Harris geruhte, sich um neun Uhr siebenundvierzig in seinem Büro sehen zu lassen, wo Townsend inzwischen bereits den größten Teil seiner Akten durchgegangen war. »Was tun Sie hier, zum Teufel?« brauste Harris auf, als er Townsend hinter seinem Schreibtisch sitzen und einige Papiere studieren sah.

»Auf Sie warten«, entgegnete Townsend. »Ich hatte eigentlich nicht damit gerechnet, daß mein Anzeigenleiter erst kurz vor zehn Uhr an seinem Arbeitsplatz erscheint.«

»Bei einem Zeitungsverlag fängt kaum jemand vor zehn Uhr an. Das weiß sogar der Teejunge.«

»Als ich Teejunge beim *Daily Express* war, verging keine Tag, an dem Lord Beaverbrook nicht spätestens um acht Uhr an seinem Schreibtisch saß.«

»Aber ich komme fast nie vor achtzehn Uhr aus dem Verlag«, protestierte Harris.

»Ein wahrer Journalist kommt selten vor zwanzig Uhr nach Hause, und die Arbeiter in der Druckerei sollten froh sein, wenn sie vor Mitternacht Feierabend bekommen. Ab morgen erscheinen Sie jeden Tag um acht Uhr dreißig zu einer Besprechung bei mir im Büro, und das übrige Personal der Anzeigenabteilung wird spätestens um neun Uhr an den Schreibtischen sitzen. Falls irgend jemand nicht dazu imstande ist, kann er gleich die freien Stellen auf der letzten Seite unserer Zeitung studieren. Habe ich mich deutlich genug ausgedrückt?«

Harris schürzte die Lippen und nickte.

»Gut. Als erstes will ich von Ihnen eine Kostenaufstellung für die nächsten drei Monate, mit einem genauen Vergleich unserer Preise mit denen des *Messenger*. Morgen früh liegt die Aufstellung auf meinem Schreibtisch.« Er erhob sich von Harris' Stuhl.

»Aber … ich schaffe es vielleicht nicht, alle diese Zahlen bis morgen zusammenzubekommen«, gab Harris zu bedenken.

»In diesem Fall sollten auch Sie die Stellenanzeigen lesen – aber nicht während der Zeit, für die ich Sie bezahle«, warnte Townsend.

Er ließ einen am ganzen Leib zitternden Harris zurück, als er mit dem Fahrstuhl ein Stockwerk höher fuhr, um sich in der Vertriebsabteilung umzusehen. Es wunderte ihn nicht, hier die gleiche Nachlässigkeit vorzufinden wie einen Stock tiefer. Als er die Abteilung eine Stunde später verließ, blieb mehr als nur ein Mitarbeiter zurück, der am ganzen Leib zitterte. Townsend mußte sich allerdings eingestehen, daß Mel Carter ihn beeindruckt hatte – ein junger Mann aus Brisbane, der erst kürzlich als stellvertretender Vertriebsleiter bei der *Gazette* angefangen hatte.

Frank Bailey war erstaunt, den »jungen Keith« so rasch wieder in seinem Büro zu sehen – und noch mehr, als der junge Keith sich auch an diesem Morgen aufs Fensterbrett setzte und als Beobachter an der Redaktionssitzung teilnahm. Zwar stellte Frank Bailey erleichtert fest, daß Townsend sich nicht einmischte, doch es entging ihm nicht, daß der junge Mann sich ständig Notizen machte.

Als Townsend endlich sein eigenes Büro betrat, war es elf Uhr. Sofort ging er mit Miss Bunting seine Post durch. Sie hatte die Briefe und Rechnungen auf seinem Schreibtisch ausgebreitet. Sie steckten in verschiedenen Ordnern mit unterschiedlichen Reitern, deren Zweck darin bestand, wie Bunty ihm erklärte, dafür zu sorgen, daß Keith sich zumindest das wirklich Wichtige vornahm, falls seine Zeit knapp wurde.

Zwei Stunden später war ihm klar, weshalb sein Vater so große Stücke auf Bunty gehalten hatte. Townsend stellte sich nicht mehr die Frage, wann er sie durch eine jüngere Kraft ersetzen würde, sondern wie lange sie wohl bereit war, weiter für ihn zu arbeiten.

»Das Wichtigste habe ich für zuletzt aufgehoben«, sagte Bunty. »Das neueste Angebot des *Messenger.* Sir Colin Grant hat heute morgen angerufen, um Sie willkommen zu heißen und sich zu vergewissern, daß Sie sein Schreiben bekommen haben.«

»Tatsächlich?« Townsend lächelte. Er öffnete den mit »Vertraulich« gekennzeichneten Ordner und überflog ein Schreiben des Anwaltsbüros Jervis, Smith & Thomas, das den *Messenger* vertrat, solange Townsend zurückdenken konnte. Als die Summe von 150000 Pfund erwähnt wurde, hielt er stirnrunzelnd inne. Dann las er das Ergebnis der Tagesordnung der *Messenger*-Vorstandssitzung vom vergangenen Monat, das die selbstzufriedene Einschätzung des Vorstandsvorsitzenden erkennen ließ, was dieses Angebot betraf. Doch die Versammlung hatte stattgefunden, ehe Lady

Townsend ihrem Sohn den neunzigtägigen Aufschub zugestanden hatte.

»Sehr geehrte Herren«, diktierte Townsend, und Buntys Bleistift huschte über ihren Stenoblock. »Hiermit bestätige ich den Erhalt Ihres Schreiben vom 12. diesen Monats. – Neuer Absatz. – Um Ihnen weitere Zeitvergeudung zu ersparen, teile ich Ihnen mit, daß die *Gazette* weder jetzt noch zu irgendeinem späteren Zeitpunkt zum Verkauf steht. Hochachtungsvoll …«

Townsend lehnte sich in seinem Sessel zurück und dachte daran, wie er den Vorstandsvorsitzenden des *Messenger* das erste Mal gesehen hatte. Wie viele erfolglose Politiker war Sir Colin arrogant und sehr von sich eingenommen, vor allem jungen Leuten gegenüber, »die man am besten übersieht und überhört«, wie er herablassend festzustellen pflegte. Townsend fragte sich, wann Sir Colin ihn wieder hören oder sehen würde.

Zwei Tage später – Townsend studierte gerade Harris' Bericht – steckte Bunty den Kopf durch die Tür und meldete, daß Sir Colin Grant am Telefon sei. Townsend nickte und nahm den Hörer ab.

»Keith, mein Junge, willkommen zu Hause«, begann der alte Mann. »Ich habe gerade Ihren Brief gelesen, und nun frage ich mich, ob Ihnen eigentlich bekannt ist, daß ich das mündliche Einverständnis Ihrer Mutter hatte, was den Verkauf der *Gazette* betrifft.«

»Meine Mutter hat Ihnen zugesagt, Ihr Angebot sorgfältig zu erwägen. Sie hat jedoch keine mündliche Zusage gemacht, und jeder, der das Gegenteil behauptet, ist …«

»Nicht so hitzig, junger Mann«, unterbrach ihn Sir Colin. »Ich handle nur in gutem Glauben. Wie Sie wissen, waren Ihr Vater und ich enge Freunde.«

»Aber mein Vater weilt nicht mehr unter uns, Sir Colin. In Zukunft werden Sie mit mir verhandeln müssen. Und wir sind keine engen Freunde.«

»Nun, wenn das Ihre Einstellung ist, hat es wohl keinen Sinn zu erwähnen, daß ich mein Angebot auf 170000 Pfund erhöhen wollte.«

»Da haben Sie recht. Es wäre sinnlos, weil ich es gar nicht erst in Erwägung ziehen würde.«

»Das werden Sie aber noch«, polterte der alte Mann, »denn in den nächsten sechs Monaten habe ich Ihr Blatt von der Straße gefegt, und dann werden Sie heilfroh sein, wenn ich Ihnen noch 50 000 Pfund für die traurigen Überreste Ihres Verlages gebe.« Sir Colin machte eine Pause. »Rufen Sie mich ruhig an, falls Sie es sich doch noch anders überlegen.«

Townsend legte den Hörer auf und bat Bunty, sofort den Chefredakteur in sein Büro zu bestellen.

Miss Bunting zögerte.

»Gibt's ein Problem, Bunty?«

»Na ja, Ihr Vater ist immer hinuntergegangen und hat Mr. Bailey in seinem Büro besucht.«

»Ach, wirklich?« Townsend blieb sitzen.

»Ich werde ihn bitten, sofort heraufzukommen.«

Townsend wandte sich der letzten Seite zu und studierte die Wohnungsanzeigen, während er wartete. Jedes Wochenende nach Hause zu fliegen raubte ihm zu viel von seiner kostbaren Zeit. Er fragte sich, wie lange er noch warten sollte, ehe er es seiner Mutter schonend beibrachte.

Wenige Minuten später kam Frank Bailey ins Büro gestürmt. Townsend konnte Baileys Gesichtsausdruck nicht sehen, weil er den Kopf nicht hob und so tat, als wäre er völlig in die Anzeigen vertieft. Er strich eine an; dann blickte er zum Chefredakteur auf und reichte ihm ein Blatt Papier. »Ich möchte, daß Sie dieses Schreiben von Jervis, Smith & Thomas morgen auf der Titelseite bringen, Frank. Und spätestens in einer Stunde habe ich dreihundert Worte für den Leitartikel.«

»Aber …«, wandte Frank ein.

»Und graben Sie das scheußlichste Bild von Sir Colin Grant aus dem Archiv aus und setzen es neben das Schreiben seiner Anwälte.«

»Aber ich wollte den morgigen Leitartikel dem Taylor-Prozeß widmen. Der Mann ist unschuldig, und die *Gazette* ist als Zeitung bekannt, die sich für Gerechtigkeit einsetzt.«

»Die *Gazette* ist auch als Zeitung bekannt, die an Umsatz verliert«, sagte Townsend. »Wie auch immer – der Taylor-Prozeß ist Schnee von gestern. Meinetwegen können Sie ihm soviel Platz widmen, wie Sie möchten, aber morgen steht er nicht auf der Titelseite.«

»Sonst noch was?« fragte Frank sarkastisch.

»Ja«, antwortete Townsend gelassen. »Ich möchte das Layout der Titelseite auf meinem Schreibtisch haben, bevor ich heute abend Feierabend mache.«

Frank stapfte wütend und ohne ein weiteres Wort aus dem Büro.

»Schicken Sie als nächsten den Leiter der Anzeigenabteilung zu mir«, bat Townsend Bunty. Er öffnete den Ordner mit Harris' Kostenaufstellung, die dieser einen Tag zu spät abgeliefert hatte, und blickte auf die schlampig zusammengestellten Zahlen. Die Besprechung mit Harris erwies sich sogar als noch kürzer als die mit Bailey. Während Harris seinen Schreibtisch räumte, bestellte Townsend den stellvertretenden Vertriebsleiter, Mel Carter, zu sich.

Als der junge Mann ins Büro trat, verriet seine Miene, daß er ebenfalls damit rechnete, umgehend seinen Schreibtisch räumen zu müssen.

»Setzen Sie sich, Mel«, forderte Townsend ihn auf. Er blickte in die Personalakte des jungen Mannes. »Wie ich sehe, sind Sie erst vor kurzem auf eine dreimonatige Probezeit zu uns gekommen. Ich möchte von Anfang an klarstellen, daß es mich nicht interessiert, wie lange die Mitarbeiter bei uns sind, sondern lediglich die Ergebnisse, die sie erbringen. Sie haben neunzig Tage, von heute an gerechnet, sich als Leiter der Anzeigenabteilung zu bewähren.«

Der junge Mann war überrascht, aber auch sichtlich erleichtert.

»Sagen Sie mal, Frank, wenn Sie an der *Gazette* irgend etwas ändern könnten, was würden Sie sich vornehmen?« fragte Townsend.

»Die letzte Seite«, kam Mels Antwort wie aus der Pistole geschossen. »Ich würde die Kleinanzeigen auf eine der Innenseiten verlegen.«

»Warum?« wollte Townsend wissen. »Die letzte Seite bringt uns am meisten ein – knapp über 3000 Pfund am Tag, wenn ich mich recht entsinne.«

»Ich weiß«, entgegnete Mel. »Aber der *Messenger* bringt den Sport seit kurzem auf der letzten Seite und hat uns seither 10000 Leser abspenstig gemacht. Inserenten sind an der Auflagenhöhe interessiert, nicht daran, auf welcher Seite ihre Anzeige erscheint. Ich könnte Ihnen bis heute um achtzehn Uhr genaue Angaben und Zahlen vorlegen, wenn es Sie überzeugen würde.«

»Das würde es allerdings«, erwiderte Townsend. »Und falls Sie noch weitere interessante Vorschläge haben, dann kommen Sie damit gleich zu mir. Sie werden feststellen, daß meine Tür stets für Sie offen ist.«

Es war eine ganz neue Erfahrung, jemanden mit einem Lächeln das Büro verlassen zu sehen. Bunty kam herein, und Townsend blickte auf die Uhr.

»Sie müssen jetzt los, wenn Sie zum Lunch mit dem Vertriebsleiter des *Messenger* rechtzeitig da sein wollen«, mahnte Bunty.

»Ich frage mich, ob ich's mir leisten kann«, murmelte Townsend.

»O ja«, meinte Bunty. »Ihr Vater fand den *Caxton Grill* gut und preiswert. Das *Pilligrinis* hingegen hielt er für extravagant. Er hat es nur mit Ihrer Mutter besucht, nie mit Kunden oder Mitarbeitern.«

»Ich mache mir nicht um die Preise in den Restaurants Gedanken, Bunty, sondern darüber, wieviel der Mann verlangen wird, falls er bereit ist, beim *Messenger* zu kündigen und zu uns zu kommen.«

Townsend wartete eine Woche, bevor er Frank Bailey anrief und ihm mitteilte, daß die Kleinanzeigen nicht mehr auf der letzten Seite erscheinen würden.

»Aber die Kleinanzeigen erscheinen seit über siebzig Jahren auf der letzten Seite!« entgegnete der Chefredakteur.

»Wenn das stimmt, gibt es gar keinen besseren Grund, sie auf eine andere Seite zu setzen.«

»Aber unsere Leser mögen keine Veränderungen.«

»Aber die Leser des *Messenger*«, sagte Townsend. »Das ist einer der vielen Gründe, weshalb er eine viel höhere Auflage hat als wir.«

»Sie wollen tatsächlich unsere lange Tradition opfern, nur um ein paar Leser zu gewinnen?«

»Ah, wie ich sehe, verstehen Sie endlich«, sagte Townsend, ohne eine Miene zu verziehen.

»Aber Ihre Mutter hat mir versichert, daß ...«

»Meine Mutter führt nicht dieses Verlagshaus. Sie hat diese Verantwortung mir übertragen.« Daß dies nur für neunzig Tage galt, fügte Townsend nicht hinzu.

Der Chefredakteur hielt einen Augenblick den Atem an; dann fragte er ruhig: »Hoffen Sie darauf, daß ich kündige?«

»Selbstverständlich nicht«, erwiderte Townsend fest. »Aber ich hoffe, Sie werden mir helfen, die Zeitung in die schwarzen Zahlen zu bringen.«

Die nächste Frage des Chefredakteurs überraschte Keith.

»Könnten Sie mit der Umsetzung der Anzeigenseite noch zwei Wochen warten?«

»Warum?« fragte Townsend.

»Weil mein Sportredakteur erst Ende des Monats aus dem Urlaub zurückkommt.«

»Ein Sportredakteur, der sich mitten in der Kricket-Saison drei Wochen Urlaub nimmt, würde nicht einmal bemerken, daß man ihm inzwischen einen anderen Schreibtisch hingestellt hat«, entgegnete Townsend heftig.

Der Sportredakteur reichte am Tag seiner Rückkehr die Kündigung ein und ersparte es Townsend damit, ihn zu feuern. Wenige Minuten später hatte Keith bereits den fünfundzwanzigjährigen Kricket-Korrespondenten zum Nachfolger des Sportredakteurs ernannt.

Wenige Minuten, nachdem Frank Bailey davon erfahren hatte, stürmte er in Townsends Büro. »Es ist Sache des Chefredakteurs, im Redaktionsteam Umbesetzungen vorzunehmen«, rief er, noch ehe er die Tür von Townsends Büro geschlossen hatte, »nicht ...«

»Nicht mehr«, erklärte Townsend.

Die beiden Männer starrten einander eine Zeitlang schweigend an; dann versuchte Frank es noch einmal. »Außerdem ist der Neue viel zu jung für eine solchen Posten.«

»Er ist drei Jahre älter als ich«, entgegnete Townsend.

Frank biß sich auf die Lippe. »Darf ich Sie daran erinnern, was Sie gesagt haben, als Sie mich vor gerade einmal vier Wochen zum erstenmal in meinem Büro besuchten? Ich zitiere: ›Ich habe nicht die Absicht, einer der Verleger zu werden, die sich in redaktionelle Entscheidungen einmischen.‹«

Townsend blickte von seinem Schreibtisch auf und errötete leicht.

»Tut mir leid, Frank. Ich habe gelogen.«

Schon lange vor Ende der Neunzig-Tage-Frist hatten sich die Auflagenhöhen des *Messenger* und der *Gazette* einander genähert, und Lady Townsend vergaß völlig, daß sie Keith eine zeitliche Beschränkung auferlegt hatte, um nach Ablauf dieser Frist zu entscheiden, ob sie das 150000-Pfund-Angebot des *Messenger* annehmen solle.

Nachdem Townsend mehrere Apartments besichtigt hatte, fand er schließlich eines in idealer Lage und unterschrieb den Mietvertrag fast umgehend. An diesem Abend erklärte er seiner Mutter telefonisch, daß er sie aufgrund von Arbeitsüberlastung nicht mehr jedes Wochenende in Toorak besuchen könne. Es schien sie keineswegs zu überraschen.

Als Townsend an seiner dritten Vorstandssitzung teilnahm, verlangte er von den Direktoren, ihn zum Vorstandsvorsitzenden zu ernennen, damit kein Zweifel mehr daran bestand, daß er nicht bloß als Sohn seines Vaters an den Sitzungen teilnahm. Mit geringer Stimmenmehrheit wurde Keith' Ersuchen abgelehnt. Als er abends seine Mutter anrief und sie fragte, was sie als Grund dafür vermutete, weshalb die Wahl nicht zu seinen Gunsten ausgefallen war, erwiderte sie, die Mehrheit sei der Meinung, der Titel »Verleger« genüge völlig für jemanden, der eben erst seinen dreiundzwanzigsten Geburtstag gefeiert hatte.

Der neue Vertriebsleiter meldete sechs Monate, nachdem er vom *Messenger* zur *Gazette* übergewechselt war, daß der *Messenger* bei der Auflagenhöhe nur noch um zweiunddreißigtausend Exemplare vorn lag. Townsend war höchst erfreut über diese Neuigkeit und versicherte den Direktoren bei der nächsten Vorstandssitzung, daß er nun die Zeit für gekommen hielt, ein Übernahmeangebot für den *Messenger* zu machen. Zwei der älteren Vorstandsmitglieder brachen daraufhin in schallendes Gelächter aus, bis Townsend ihnen die Zahlen sowie ein »Trenddiagramm« vorlegte, wie er es nannte – und obendrein die Zusicherung der Bank, voll und ganz hinter ihm zu stehen.

Als Townsend die Mehrheit seiner Vorstandskollegen überredet hatte, dem Angebot zuzustimmen, diktierte er ein Schreiben an Sir Colin und bot ihm 750000 Pfund für den *Messenger.* Townsend erhielt zwar keine offizielle Bestätigung des Angebots, doch seine Anwälte ließen ihn wissen, daß Sir Colin eine Sondersitzung des Vorstands einberufen hatte, die am morgigen Nachmittag stattfinden sollte.

Das Licht in der Chefetage des *Messenger* brannte bis spät in die Nacht. Townsend, dem man den Zutritt zum Gebäude verwehrt hatte, ging auf dem Bürgersteig vor dem Eingang auf und ab und wartete auf den Bescheid des Vorstands. Nach zwei Stunden gönnte er sich rasch einen Hamburger in einer Imbißstube in der nächsten Straße, und als er vors *Messenger*-Gebäude zurückkehrte, brannte das Licht im obersten Stockwerk immer noch. Hätte ein Polizist ihn bemerkt, wäre er möglicherweise wegen Streunerei verhaftet worden.

Kurz nach ein Uhr früh gingen in der Chefetage endlich die Lichter aus, und die Direktoren des *Messenger* verließen das Gebäude. Townsend blickte jeden einzelnen hoffnungsvoll an, doch sie gingen an ihm vorbei, ohne ihm auch nur einen Blick zu gönnen.

Townsend blieb, bis er sicher sein konnte, daß sich außer der Putzkolonne niemand mehr im Gebäude aufhielt. Dann schritt er langsam zur *Gazette* zurück und schaute zu, wie der erste Korrekturabzug vom Blei kam. Er wußte, daß er in dieser Nacht nicht mehr würde schlafen können; deshalb stieg er in einen der Auslieferungswagen und half, die erste Ausgabe in der Stadt zu verteilen. Das gab ihm gleich die Gelegenheit, dafür zu sorgen, daß die *Gazette* über dem *Messenger* in die Ständer kam.

Zwei Tage später legte Bunty einen Brief in den Korb mit der Aufschrift »Wichtige Eingänge – sofort bearbeiten«:

> *Sehr geehrter Mr. Townsend,*
> *hiermit bestätige ich den Eingang Ihres Schreibens vom 26. diesen Monats. Um Ihnen weitere Zeitvergeudung zu ersparen, teile ich Ihnen mit, daß der ›Messenger‹ weder jetzt noch zu irgendeinem späteren Zeitpunkt zum Verkauf steht.*
> *Hochachtungsvoll*
> *Colin Grant*

Townsend lächelte und ließ das Schreiben in den Papierkorb fallen.

Während der nächsten Monate trieb Townsend sein Personal Tag und Nacht unerbittlich an, um seinen Konkurrenten zu überflügeln. Immer wieder machte er jedem Mitarbeiter klar, daß niemand seines Jobs sicher sein konnte – der Chefredakteur eingeschlossen. Die Zahl der Kündigungen jener, die mit dem Tempo der Veränderungen bei der *Gazette* nicht Schritt halten konnten, wurde von der Zahl der Bewerbungen jener übertroffen, die den *Messenger* verließen, als sie erkannt hatten, daß es »eine Schlacht auf Leben und Tod« werden würde – wie Townsend bei jeder monatlichen Personalkonferenz betonte.

Ein Jahr nach Townsends Rückkehr aus England war die Auflagenstärke beider Zeitungen gleich hoch, und er gelangte zu der Ansicht, daß es wieder mal an der Zeit sei, den Vorstandsvorsitzenden des *Messenger* anzurufen.

Als Sir Colin an den Apparat gekommen war, nahm Townsend sich gar nicht erst die Zeit für die üblichen Höflichkeitsfloskeln. Sein Eröffnungszug war: »Wenn 750000 Pfund nicht reichen, Sir Colin – wieviel ist Ihrer Meinung nach der tatsächliche Wert Ihrer Zeitung?«

»Viel mehr, als Sie sich leisten können, junger Mann. Aber, wie ich Ihnen bereits versichert habe, steht der *Messenger* ohnehin nicht zum Verkauf.«

»Die nächsten sechs Monate vielleicht noch nicht«, erwiderte Townsend.

»Niemals!« brüllte Sir Colin in den Hörer.

»Dann bleibt mir wohl nichts anderes übrig, als Ihr Blatt von der Straße zu fegen. Bald werden Sie heilfroh sein, wenn ich Ihnen 50000 Pfund für die traurigen Überreste Ihres Verlags gebe.« Townsend machte eine Pause. »Rufen Sie mich ruhig an, falls Sie es sich doch noch anders überlegen.«

Diesmal war es Sir Colin, der den Hörer auf die Gabel schmetterte.

An dem Tag, als die *Gazette* zum erstenmal mehr Exemplare verkaufte als der *Messenger*, gab Townsend eine Party und ließ die Neuigkeit in einer Balkenüberschrift über einem Bild Sir Colins verkünden, das man im vergangenen Jahr bei der Beerdigung seiner Frau aufgenommen hatte. Mit jedem Monat wurde der Auflagenabstand zwischen den beiden Zeitungen größer, und Townsend ließ sich keine Gelegenheit entgehen, seine Leserschaft auf die neueste Auflagenhöhe hinzuweisen. Es verwunderte ihn nicht, als Sir Colin anrief und meinte, es sei vielleicht an der Zeit, sich zu treffen.

Nach wochenlangen Vorverhandlungen wurde eine Fusion der beiden Zeitungen beschlossen – doch erst, nachdem Townsend die einzigen beiden Zugeständnisse des *Messenger* durchgesetzt hatte, die ihm wirklich etwas bedeuteten: Die neue Zeitung würde in seinem Verlag gedruckt werden und den Namen *Gazette Messenger* tragen.

Als sich der neu zusammengesetzte Vorstand zum erstenmal traf, wurde Sir Colin zum Vorsitzenden und Townsend zum Geschäftsführer ernannt.

Innerhalb von sechs Monaten war der Name *Messenger* aus dem Impressum verschwunden, und alle wichtigen Entscheidungen wurden getroffen, ohne zuvor die Billigung des Vorstands oder seines Vorsitzenden einzuholen. Es schockierte kaum jemanden, als Sir Colin seinen Rücktritt bekanntgab, und niemand wunderte sich, daß Townsend ihn nicht daran hinderte.

Als Lady Townsend ihren Sohn fragte, was der tiefere Grund für Sir Colins Rücktritt gewesen war, antwortete Keith, der Schritt sei in gegenseitigem Einvernehmen erfolgt; der alte Mann sei der Meinung, daß es an der Zeit wäre, einem Jüngeren Platz zu machen. Lady Townsend war nicht ganz überzeugt von dieser Version.

MITTAGSAUSGABE

WO EIN WILLE IST ...

Der Telegraf

31. August 1947

Zunehmende Lebensmittelknappheit in Berlin

»Wenn Lauber ein Testament gemacht hat, muß ich es unbedingt haben.«

»Warum ist das so wichtig?« fragte Sally.

»Weil ich wissen will, wer seine Anteile am *Telegraf* geerbt hat.«

»Ich würde sagen, seine Frau.«

»Nein, wohl eher Arno Schultz. Und in diesem Fall würde ich nur meine Zeit vergeuden – also, je schneller wir es herausfinden, desto besser.«

»Aber ich habe nicht die leiseste Ahnung, wie ich das bewerkstelligen könnte.«

»Das dürfte kein Problem sein. Nachdem man Laubers Leiche nach Deutschland überführt hatte, fiel sie in den Zuständigkeitsbereich des Innenministeriums. Versuchen Sie es dort.«

Sally blickte ihn zweifelnd an.

»Spannen Sie jeden ein, der uns einen Gefallen schuldet«, sagte Armstrong, »und den anderen versprechen Sie, was immer sie hören wollen. Aber besorgen Sie mir dieses Testament!« Er drehte sich um. »Ich gehe jetzt zu Hallet.«

Ohne ein weiteres Wort verließ Armstrong sein Büro und ließ sich von Benson zum britischen Offizierskasino fahren. Er setzte sich auf den Hocker am Ende der Bar, bestellte einen Whisky und blickte alle paar Minuten auf die Uhr.

Als die Standuhr in der Diele halb sieben schlug, schlenderte Stephen Hallet in die Messe, blickte sich kurz um und setzte sich mit einem breiten Lächeln zu Armstrong an die Bar.

»Dick. Ganz herzlichen Dank für die Kiste 29er Mouton Rothschild. Ein wirklich exzellenter Tropfen. Ich muß gestehen, ich versuche ihn so einzuteilen, daß ich damit auskomme, bis ich meine Entlassungspapiere kriege.«

Armstrong lächelte. »Dann werden wir wohl zusehen müssen,

daß wir eine regelmäßige Lieferung einrichten. Essen Sie mit mir zu Abend. Vielleicht finden wir dann heraus, warum alle so vom Château Beychevelle, Jahrgang ›33‹ schwärmen.«

Bei einem angebrannten Steak kostete Captain Hallet zum erstenmal den Beychevelle, und Armstrong erfuhr alles, was er über das deutsche Erbrecht und Testamentseröffnungen wissen mußte, und daß Laubers Anteile von Rechts wegen an seine Frau – als nächste Angehörige – übergehen würden, falls man keinen anderslautenden Letzten Willen fand.

»Aber wenn Laubers Frau ebenfalls tot ist, was dann?« erkundigte sich Armstrong, während der Kellner eine zweite Flasche entkorkte.

»Falls sie tot ist oder nicht aufgespürt werden kann ...«, Hallet nippte an seinem nachgefüllten Glas, und sein Lächeln kehrte zurück, »... müßte der ursprüngliche Besitzer fünf Jahre warten. Nach Ablauf dieser Frist könnte er einen Antrag auf Rückgabe seiner Anteile einreichen.«

Armstrong ertappte sich dabei, daß er manche Fragen mehrmals stellte, um ganz sicherzugehen, sich alles Wichtige eingeprägt zu haben, da er sich ja keine Notizen machen konnte. Hallet schien das nicht weiter zu stören, obwohl er – wie Armstrong vermutete – genau wußte, was sein Gegenüber beabsichtigte, aber nicht zu viele Fragen stellen wollte, solange sein Glas gefüllt blieb. Als Armstrong sicher war, die rechtliche Lage zu kennen, verabschiedete er sich mit der Ausrede von Hallett, er habe seiner Frau versprochen, nicht so spät heimzukommen, und verließ den Anwalt mit einer noch halbvollen Flasche auf dem Tisch.

Doch Armstrong hatte nicht die Absicht, sofort nach Hause zu fahren und einen weiteren Abend damit zu verbringen, Charlotte zu erklären, weshalb es so lange dauerte, bis man seine Entlassungspapiere bearbeitet hatte, wo doch mehrere ihrer Freunde bereits nach Großbritannien zurückgekehrt waren. Armstrong befahl dem müde aussehenden Benson, ihn in den amerikanischen Sektor zu fahren.

Als erstes besuchte er Max Sackville, den er zu einer Pokerpartie begleitete, wo er zwei Stunden mitspielte. Armstrong verlor ein paar Dollar, schnappte dabei jedoch einige Informationen über Truppenbewegungen der Amerikaner auf, und daran war Colonel Oakshott bestimmt sehr interessiert.

Dick verließ Max, als er genug verloren hatte, um das nächste Mal wieder zum Pokern eingeladen zu werden. Dann schlenderte er über die Straße und eine Gasse entlang zu seinem amerikanischen Lieblingsclub, wo er sich zu einigen Offizieren gesellte, die ihre bevorstehende Heimkehr in die Staaten feierten. Mehrere Whisky später verließ Dick den Club mit weiteren nützlichen Informationen. Doch ohne zu zaudern, hätte er alles gegen einen Blick auf Laubers Testament getauscht. Dick fiel nicht auf, daß ein Mann in Zivil sich erhob und ihm auf die Straße folgte.

Auf dem Rückweg zu seinem Jeep hörte er, wie hinter ihm jemand »Lubji!« rief.

Mit einem flauen Gefühl in der Magengegend hielt Dick mitten im Schritt inne. Er fuhr herum und sah einen Mann in seinem Alter, allerdings viel kleiner und schwerer als er. Der Unbekannte trug einen schlichten grauen Anzug, weißes Hemd und dunkelblaue Krawatte. In der unbeleuchteten Straße konnte Armstrong die Züge des Mannes nicht erkennen.

»Sie müssen Tscheche sein«, sagte Armstrong gelassen.

»Nein, Lubji, ich bin kein Tscheche.«

»Dann sind Sie ein verdammter Kraut.« Armstrong ballte die Fäuste und ging drohend auf ihn los.

»Schon wieder falsch.« Der Mann dachte gar nicht daran, zurückzuweichen.

»Was, zum Teufel, sind Sie dann?«

»Sagen wir einfach, ein Freund.«

»Ich kenne Sie überhaupt nicht«, brummte Dick. »Wie wär's, wenn Sie mit Ihren Spielchen aufhören und mir sagen, was Sie von mir wollen?«

»Nichts weiter, als Ihnen helfen«, antwortete der Mann ruhig.

»Wobei? Und wie?« fuhr Dick ihn an.

Der Mann lächelte. »Indem ich Ihnen das Testament besorge, auf das Sie so versessen sind.«

»Das Testament?« fragte Dick nervös.

»Ah, wie ich sehe, konnte ich mich endlich Ihrer Aufmerksamkeit versichern.« Dick starrte den Mann an, der eine Hand in die Tasche steckte und eine Visitenkarte zum Vorschein brachte. »Besuchen Sie mich doch mal im russischen Sektor«, lud er Dick ein und reichte ihm die Karte.

In der Düsternis konnte Dick die Buchstaben auf der Karte

nicht erkennen. Als er den Blick wieder hob, war der Mann in der Nacht verschwunden.

Erst eine Straße weiter brannten Laternen. Dick blieb stehen und las den Namen:

MAJOR S. TULPANOW
Militärattaché
Leninplatz, russischer Sektor

Als Armstrong am nächsten Morgen Colonel Oakshott aufsuchte, berichtete er ihm alles, was am vergangenen Abend im amerikanischen Sektor geschehen war, und gab ihm Major Tulpanows Karte. Dick erwähnte allerdings nicht, daß Tulpanow ihn mit »Lubji« angeredet hatte. Oakshott machte sich im Schreibblock, der vor ihm lag, ein paar Notizen. »Sprechen Sie mit niemandem darüber, bis ich Erkundigungen eingeholt habe«, befahl er.

Kaum war er in seinem Büro, erhielt Dick zu seiner Verwunderung bereits einen Anruf von Oakshott. Der Colonel wünschte, daß er umgehend noch einmal ins Hauptquartier kam. Benson fuhr Dick rasch wieder quer durch den Sektor. Als Armstrong zum zweitenmal an diesem Vormittag Oakshotts Büro betrat, standen zwei Männer in Zivil zu beiden Seiten seines Vorgesetzten. Dick hatte sie nie zuvor gesehen. Sie stellten sich als Captain Woodhouse und Major Forsdyke vor.

»Sieht so aus, als hätten Sie einen Glückstreffer gelandet, Dick«, sagte Oakshott, noch ehe Armstrong dazu gekommen war, Platz zu nehmen. »Wie es scheint, ist Ihr Major Tulpanow beim russischen Geheimdienst. Wir halten ihn sogar für die Nummer drei im russischen Sektor. Man betrachtet ihn dort als einen der Aufsteiger des Jahres. Diese beiden Herren sind vom Abschirmdienst. Sie möchten, daß Sie Tulpanows Einladung annehmen und uns dann alles berichten, was Sie herausfinden können – bis hin zu seiner Zigarettenmarke.«

»Ich könnte ihn gleich heute nachmittag besuchen«, meinte Armstrong.

»Nein«, wehrte Forsdyke entschieden ab. »Das wäre viel zu auffällig. Es ist besser, Sie warten ein, zwei Wochen und lassen es dann wie einen unverbindlichen Besuch aussehen. Wenn Sie zu rasch in den russischen Sektor fahren, wird Tulpanow mit Sicherheit mißtrauisch. Selbstverständlich gehört Mißtrauen zu seinem Job, aber warum sollten wir ihn darin bestärken? Melden Sie sich morgen früh um acht in meinem Büro in der Franklinstraße. Dann sorge ich dafür, daß Sie alles erfahren, was Sie wissen müssen.«

Die nächsten zehn Vormittage verbrachte Armstrong beim britischen Abschirmdienst, wo man ihn in die alltägliche Arbeit dieser Organisation einweihte. Rasch wurde offensichtlich, daß man Dick als Soldaten betrachtete, der nicht auf herkömmlichem Weg in die Armee aufgenommen worden war. Schließlich kannte er England nur aus dem Übergangslager in Liverpool, seiner kurzen Dienstzeit als gemeiner Soldat im Pionierkorps, seinem Aufstieg im North Staffordshire Regiment und einer nächtlichen Reise nach Portsmouth, bevor er nach Frankreich übergesetzt worden war. Die meisten Offiziere, die Armstrong beim Abschirmdienst ihr Wissen vermittelten, hätten für die von ihnen erwählte Offizierslaufbahn eine Ausbildung in Eton, Trinity und dem Gardekorps als erforderlich erachtet. »Zum Glück für England ist er keiner von uns«, murmelte Forsdyke dankbar seufzend beim Lunch mit seinen Kameraden. Sie hatten nicht einmal in Erwägung gezogen, Armstrong aufzufordern, bei ihnen Platz zu nehmen.

Dennoch besuchte Captain Armstrong zehn Tage später den russischen Sektor unter dem Vorwand, Ausschau nach Ersatzteilen für die Druckmaschinen des *Telegraf* zu halten. Sobald er sich vergewissert hatte, daß seine Verbindungsleute die benötigten Teile nicht hatten – wie er natürlich schon zuvor wußte –, begab er sich zum Leninplatz und suchte Tulpanows Büro.

Der Eingang des riesigen grauen Gebäudes, den man durch einen Torbogen an der Nordseite des Platzes erreichte, war alles andere als eindrucksvoll, und die Sekretärin, die allein in einem schäbigen Vorzimmer im zweiten Stock saß, ließ keineswegs darauf schließen, daß ihr Chef ein erfolgreicher Aufsteiger war. Sie betrachtete Armstrongs Visitenkarte und schien sich gar nicht darüber zu wundern, daß ein Captain der britischen Streitkräfte ohne Voranmeldung einfach bei den Russen hereingeschneit kam. Schweigend führte sie Dick über einen langen grauen Korridor, dessen abblätternde Wände mit Bildern von Marx, Engels, Lenin und Stalin geziert waren, und blieb schließlich vor einer Tür ohne Aufschrift stehen. Sie klopfte an, öffnete und trat zur Seite, um

Captain Armstrong an sich vorbei in Tulpanows Büro treten zu lassen.

Dick war ehrlich überrascht, als er in ein luxuriös eingerichtetes Zimmer mit kostbaren antiken Möbeln und alten Gemälden trat. Vor einiger Zeit hatte er General Templer interviewt, den Militärgouverneur des britischen Sektors, doch dessen Büro war viel weniger beeindruckend gewesen.

Major Tulpanow erhob sich hinter seinem Schreibtisch und ging seinem Besucher über den dicken Orientteppich entgegen. Armstrong entging nicht, daß die Uniform des Majors viel besser geschneidert war als seine.

»Willkommen in meinem bescheidenen Heim, Captain Armstrong«, begrüßte ihn der russische Offizier. »So lautet doch die korrekte englische Anrede, nicht wahr?« Er versuchte gar nicht erst, sein Grinsen zu unterdrücken. »Ihr Timing ist perfekt. Machen Sie mir die Freude, mit mir zu lunchen?«

Armstrong nahm die Einladung dankend mit *»Spasibo!«* an. Tulpanow zeigte sich über diesen Wechsel vom Englischen ins Russische nicht überrascht und führte seinen Gast in ein Nebenzimmer, wo bereits für zwei Personen gedeckt war. Armstrong fragte sich verwundert, ob der Major seinen Besuch erwartet hatte.

Als Dick gegenüber von Tulpanow Platz nahm, erschien ein Diener mit zwei Tellern Kaviar; ein zweiter folgte mit einer Flasche Wodka. Falls dies dem Zweck dienen sollte, Dick die Befangenheit zu nehmen, verfehlte es völlig seine Wirkung.

Der Major hob sein bis zum Rand gefülltes Glas und brachte einen Trinkspruch aus: »Auf unseren zukünftigen Wohlstand!«

»Auf unseren zukünftigen Wohlstand«, wiederholte Dick in dem Moment, als die Sekretärin des Majors das Zimmer betrat. Sie legte einen dicken bräunlichen Umschlag auf den Tisch.

»Und wenn ich ›unseren‹ sage, dann meine ich auch ›unseren‹.« Der Major setzte sein Glas ab. Den Umschlag beachtete er gar nicht.

Auch Armstrong stellte sein Glas auf den Tisch, schwieg jedoch. Eine seiner Anweisungen vom Abschirmdienst lautete, immer zuerst die anderen reden zu lassen.

»Also, Lubji«, sagte Tulpanow, »ich habe nicht die Absicht, Ihre Zeit damit zu vergeuden, Ihnen etwas darüber vorzulügen, welche Funktion ich im russischen Sektor ausübe – schon deshalb nicht, weil Sie im Laufe der letzten zehn Tage genau unterrichtet wurden, weshalb ich in Berlin stationiert bin und welche Rolle ich im ›kalten Krieg‹ spiele; Ihr da drüben nennt es doch so, nicht wahr? Ich vermute, daß Sie inzwischen mehr über mich wissen als meine Sekretärin.« Er lächelte und löffelte sich Kaviar in den Mund. Armstrong spielte scheinbar verlegen mit seiner Gabel und rührte keinen Bissen an.

»Aber die Wahrheit ist, Lubji – oder wäre es Ihnen lieber, wenn ich Sie John nenne? Oder Dick? Jedenfalls, die Wahrheit ist, daß ich zweifellos viel mehr über Sie weiß als Ihre Sekretärin, Ihre Frau und Ihre Mutter zusammen.«

Armstrong schwieg noch immer. Er legte die Gabel auf den Tisch und ließ den Kaviar unangetastet vor sich stehen.

»Wissen Sie, Lubji, Sie und ich sind von derselben Art. Deshalb bin ich zuversichtlich, daß wir einander von großem Nutzen sein können.«

»Ich fürchte, ich verstehe nicht ganz«, entgegnete Armstrong und blickte Tulpanow fest an.

»Nun, ich kann Ihnen beispielsweise genau sagen, wo Frau Lauber sich aufhält und daß sie nicht einmal weiß, daß ihr Mann Besitzer des *Telegraf* war.«

Armstrong nahm einen kleinen Schluck Wodka. Er war erleichtert, daß seine Hand nicht zitterte, obwohl sein Herz bestimmt doppelt so schnell schlug wie normalerweise.

Tulpanow griff nach dem dicken braunen Umschlag, öffnete ihn und nahm ein Schriftstück heraus. Er schob es über den Tisch. »Und es ist auch gar nicht nötig, daß Frau Lauber es je erfährt, falls wir zu einer Einigung gelangen.«

Armstrong faltete das dicke Büttenpapier auseinander und las den ersten Absatz des Testaments von Major Klaus Otto Lauber, während Tulpanow sich einen zweiten Teller Kaviar bringen ließ.

Armstrong schlug die dritte Seite auf; dann rief er erstaunt aus: »Aber hier steht doch ...«

Wieder lächelte Tulpanow. »Ah, wie ich sehe, sind Sie zu dem Absatz gekommen, in dem Lauber bestätigt, daß Arno Schultz sämtliche Anteile am *Telegraf* zurückerhält.«

Armstrong blickte auf und starrte den Major an, sagte aber auch diesmal nichts.

»Das ist natürlich nur von Bedeutung, solange das Testament

existiert«, sagte Tulpanow. »Sollte dieses Dokument niemals vorgelegt werden, würden die Anteile von selbst an Frau Lauber übergehen – und in diesem Fall sehe ich keine Veranlassung …«

»Was erwarten Sie dafür von mir?« fragte Armstrong.

Der Major ließ sich Zeit mit der Antwort, als würde er über die Frage nachdenken. »Oh, vielleicht dann und wann eine kleine Information. Wenn ich es Ihnen ermögliche, eine eigene Zeitung zu besitzen, noch ehe Sie fünfundzwanzig sind, Lubji, hätte ich mir doch wirklich eine kleine Gegenleistung verdient, finden Sie nicht auch?«

»Ich verstehe nicht ganz«, behauptete Armstrong.

»Ich glaube, Sie verstehen nur zu gut.« Tulpanow lächelte. »Aber ich will es Ihnen gern auseinanderlegen.«

Armstrong griff nach der Gabel und kostete zum erstenmal im Leben Kaviar, während der Major fortfuhr.

»Fangen wir mit der schlichten Tatsache an, Lubji, daß Sie nicht einmal britischer Staatsbürger sind. Es hat Sie nur durch Zufall nach England verschlagen. Und obwohl man Sie in der britischen Armee mit offenen Armen aufnahm«, er trank einen Schluck Wodka, »haben Sie gewiß selbst schon erkannt, daß man Sie nicht gerade aus tiefstem Herzen liebt. Deshalb ist die Zeit reif, daß Sie sich entscheiden, für welche Mannschaft Sie spielen wollen.«

Armstrong nahm einen zweiten Bissen. Der Kaviar schmeckte ihm.

»Ich glaube, Sie würden feststellen, daß die Mitgliedschaft in unserer Mannschaft Sie nicht übermäßig in Anspruch nehmen wird. Und ich bin sicher, daß wir einander hin und wieder helfen könnten, es in dem ›Großen Spiel‹, wie die Briten es immer noch nennen, zu etwas zu bringen.«

Armstrong schob sich den letzten Löffel Kaviar in den Mund und hoffte, man würde ihm noch mehr davon anbieten.

»Wollen Sie es sich überlegen, Lubji? Wie sieht's aus?« Tulpanow beugte sich über den Tisch, nahm das Testament zurück und steckte es wieder in den Umschlag.

Armstrong schwieg und starrte auf seinen leeren Teller.

»In der Zwischenzeit«, sagte der Major vom russischen Geheimdienst, »möchte ich Ihnen eine kleine Information zukommen lassen, die Sie Ihren Freunden vom Abschirmdienst mitbringen können.« Er zog ein Blatt Papier aus seiner Brusttasche und schob es über den Tisch. Armstrong las es und freute sich, daß er noch in Russisch denken konnte.

»Ich möchte fair zu Ihnen sein, Lubji, und will Ihnen deshalb nicht verheimlichen, daß Ihre Leute dieses Dokument bereits besitzen. Aber sie werden sich trotzdem freuen, seinen Inhalt bestätigt zu sehen. Wissen Sie, etwas haben alle Geheimdienstleute gemein: ihre Vorliebe für Bürokratie. Nur wenn alles schriftlich niedergelegt ist, können Geheimdienstler beweisen, wie wichtig ihr Job ist.«

»Und wie bin ich an dieses Ding herangekommen?« Armstrong hielt das Papier in die Höhe.

»Ich fürchte, ich habe heute eine Aushilfssekretärin, die nichts wegschließt, wenn sie ihr Zimmer verläßt.«

Dick lächelte, als er das Blatt Papier zusammenfaltete und in seine Brusttasche steckte.

»Übrigens, Lubji, die Jungs von Ihrem Abschirmdienst sind nicht ganz so dumm, wie Sie vielleicht glauben. Hören Sie auf mich, und seien Sie vorsichtig. Wenn Sie sich entschließen, ins Spiel einzusteigen, werden Sie früher oder später unweigerlich vor der Frage stehen, welcher Seite Ihre Loyalität denn nun gehört, und falls die Briten – oder wir – herausfinden, daß Sie ein doppeltes Spiel treiben, wird man sich Ihrer entledigen, ohne die geringsten Gewissenbisse.«

Armstrong spürte, wie sein Herz hämmerte.

»Wie ich schon sagte«, fuhr der Major fort, »brauchen Sie sich nicht sofort zu entscheiden.« Er tippte auf den bräunlichen Umschlag. »Ich kann ohne weiteres noch einige Tage warten, bis ich Herrn Schultz die gute Nachricht mitteile.«

»Ich habe erfreuliche Neuigkeiten für Sie, Dick«, sagte Colonel Oakshott, als Armstrong sich am nächsten Morgen im Hauptquartier bei ihm meldete. »Ihre Entlassung wurde befürwortet. Es gibt keinen Grund mehr, weshalb Sie nicht in spätestens einem Monat wieder in England sein könnten.«

Der Colonel wunderte sich über Armstrongs keineswegs begeisterte Reaktion, führte es aber darauf zurück, daß der Captain momentan zu viele andere Dinge im Kopf hatte. »Allerdings wird Forsdyke nicht gerade erfreut sein, wenn er erfährt, daß Sie uns so bald nach Ihrer lohnenden Unterredung mit Major Tulpanow verlassen.«

»Vielleicht sollte ich auch gar nicht so schnell von hier weg – jetzt, da ich eine Chance habe, Kontakte zum russischen Geheimdienst herzustellen.«

»Das ist verdammt patriotisch von Ihnen, alter Junge«, lobte der Colonel. »Verbleiben wir doch so, daß ich bei der Bearbeitung Ihrer Entlassungspapiere keinen Druck mehr ausübe, bis Sie mir einen kleinen Wink geben, daß der richtige Zeitpunkt gekommen ist.«

Charlotte lag Dick immer noch in den Ohren, wann sie Berlin denn endlich verlassen könnten. An diesem Abend erklärte sie ihm, wieso es plötzlich sehr wichtig für sie geworden war. Als Dick die Neuigkeit hörte, sah er ein, daß er so rasch wie möglich Schluß mit den Ausflüchten machen mußte. An diesem Abend ging er nicht aus, sondern saß mit Charlotte in der Küche und erzählte ihr von seinen Plänen, sobald sie sich in England ein Zuhause geschaffen hatten.

Am nächsten Vormittag fiel ihm ein guter Grund ein, den sowjetischen Sektor zu besuchen. Nach einigen nachdrücklichen Anweisungen von Forsdyke betrat Dick ein paar Minuten vor Mittag Tulpanows Büro.

»Wie geht es Ihnen, Lubji?« fragte der russische Geheimdienst-Major. Armstrong nickte nur als Antwort. »Und was noch wichtiger ist, mein Freund – haben Sie sich entschieden, für welche Partei Sie das Spiel eröffnen werden?«

Armstrong blickte ihn verwirrt an.

»Um mit den Engländern zurechtzukommen, müssen Sie mit Kricket vertraut sein – ein Spiel, das erst anfängt, wenn eine Münze geworfen wurde. Können Sie sich etwas Dümmeres vorstellen, als der anderen Seite eine Chance zu geben? Aber haben Sie die Münze bereits geworfen, Lubji? Das muß ich mich immer wieder fragen. Und falls ja, werden Sie schlagen oder werfen?«

»Bevor ich mich endgültig entscheide, möchte ich erst mit Frau Lauber sprechen«, entgegnete Armstrong.

Der Major stiefelte mit geschürzten Lippen im Zimmer umher, als würde er sich Armstrongs Ersuchen ernsthaft durch den Kopf gehen lassen.

»Es gibt da ein altes Sprichwort, das wohl nicht nur in England bekannt ist, Lubji: ›Wo ein Wille ist ...‹«

Armstrong blickte ihn verwirrt an.

»Sie müssen noch etwas über die Engländer wissen: Ihre Wortspiele mögen sich witzig anhören, sie sind es aber nicht. Um die Wahrheit zu sagen, besitzen die Briten weder Humor noch Selbstironie. Und mögen sie noch so gern auf ihrem ›Fairplay‹ herumreiten – sie sind gnadenlos, wenn es darum geht, ihre Position zu verteidigen. Wenn Sie Frau Lauber besuchen wollen, Lubji, müssen wir nach Dresden fahren.«

»Dresden?«

»Ja. Frau Lauber befindet sich in der russischen Zone. Das ist von Vorteil für Sie. Aber ich halte es für besser, wenn wir sie nicht so schnell besuchen, zumindest noch nicht in den nächsten Tagen.«

»Warum nicht?«

»Sie müssen noch viel über die Briten lernen, Lubji. Sie dürfen nicht glauben, daß Sie ihre Denkweise kennen, nur weil Sie ihre Sprache beherrschen. Die Briten lieben das Gewohnte. Wenn Sie morgen wiederkommen, werden sie mißtrauisch. Kommen Sie jedoch erst irgendwann nächste Woche wieder, denken sie sich nichts dabei.«

»Na schön. Was soll ich ihnen sagen, wenn ich mich zurückmelde?«

»Behaupten Sie, ich wäre diesmal ein wenig zugeknöpft gewesen, und Sie müßten sich erst eine neue Strategie zurechtlegen.« Tulpanow lächelte. »Aber Sie können ihnen sagen, ich hätte Sie nach einem gewissen Arbuthnot gefragt – Piers Arbuthnot – und ob es stimmt, daß er nach Berlin versetzt wird. Sie hätten mir darauf geantwortet, daß Sie noch nie von ihm gehört haben. Sie würden jedoch versuchen, herauszufinden, ob die Geschichte mit der Versetzung stimmt.«

Am Spätnachmittag kehrte Armstrong in den britischen Sektor zurück und berichtete Forsdyke von dem Gespräch. Dick hatte damit gerechnet, zu erfahren, wer Arbuthnot war und wann er nach Berlin kommen würde, doch Forsdyke sagte bloß: »Tulpanow will Sie nur auf die Probe stellen. Er weiß genau, wer Arbuthnot ist und wann der Mann seinen Posten übernimmt. Wann können Sie den russischen Sektor möglichst unauffällig noch einmal besuchen?«

»Nächsten Mittwoch oder Donnerstag habe ich mein übliches monatliches Treffen mit den Russen, wegen der Papierlieferungen.«

»Gut. Wenn Sie rein zufällig bei Tulpanow vorbeischauen, sagen Sie ihm, daß Sie von mir kein Wort über Arbuthnot erfahren konnten.«

»Aber wird das nicht sein Mißtrauen erregen?«

»Nein, im Gegenteil. Er würde mißtrauisch, wenn Sie ihm irgend etwas über diesen Mann sagen könnten.«

Beim Frühstück am nächsten Morgen gab es wegen der unbestimmten Übersiedlung nach England wieder Mißstimmungen zwischen Charlotte und Dick.

»Wie viele Ausreden hast du eigentlich noch auf Lager, unsere Reise nach England zu verzögern?« fragte sie.

Dick versuchte gar nicht erst zu antworten. Ohne ihr auch nur einen Blick zu gönnen, griff er nach seinem Offiziersstock und stürmte aus der Wohnung.

Private Benson fuhr ihn direkt ins Büro. Kaum saß er an seinem Schreibtisch, rief er nach Sally. Sie kam mit einem Stapel Post zum Unterschreiben und begrüßte Dick mit einem Lächeln. Als sie eine Stunde später sein Büro verließ, war sie erschöpft. Sie legte jedem nahe, dem Captain für den Rest des Tages lieber aus dem Weg zu gehen; denn bei seiner Laune wäre er heute unberechenbar. Dicks Laune hatte sich auch bis Mittwoch nicht gebessert, und das ganze Team war erleichtert zu erfahren, daß der Chef fast den ganzen Donnerstag außer Haus zu tun habe.

Benson fuhr ihn kurz vor zehn in den russischen Sektor. Armstrong stieg mit seiner Reisetasche aus und wies seinen Fahrer an, in den britischen Sektor zurückzukehren. Er schritt am Leninplatz durch den breiten Torbogen, der zu Tulpanows Amt führte, und wunderte sich, daß die Sekretärin im Vorhof auf ihn wartete.

Schweigend führte sie Dick über das Kopfsteinpflaster zu dem großen schwarzen Mercedes und hielt ihm die Tür auf. Dick setzte sich neben Tulpanow auf den Rücksitz. Der Motor lief bereits, und ohne daß er auf eine Aufforderung wartete, fuhr der Chauffeur hinaus auf den Platz und folgte den Schildern zur Autobahn.

Der Major zeigte keinerlei Erstaunen, als Armstrong ihm von dem Gespräch mit Forsdyke berichtete, und daß es ihm nicht gelungen sei, irgend etwas über Arbuthnot herauszufinden.

»Die Briten trauen Ihnen noch nicht, Lubji«, meinte Tulpanow. »Sie sind ja auch keiner von ihnen. Vielleicht werden Sie auch nie einer.« Armstrong verzog verärgert das Gesicht und schaute zum Fenster hinaus.

Sobald sie die Außenbezirke Berlins hinter sich gelassen hatten, fuhren sie nach Süden in Richtung Dresden. Nach einigen Minuten beugte Tulpanow sich nach vorn, hob einen kleinen, ramponierten Koffer mit den Initialen K. L. auf und reichte ihn Armstrong.

»Was ist das?« erkundigte er sich.

»Die weltliche Habe des guten Majors«, antwortete Tulpanow. »Oder vielmehr alles, was seine arme Witwe von ihm erben wird.« Er reichte Armstrong einen dicken, bräunlichen Umschlag.

»Und was ist das? Auch weltliche Habe?«

»Nein, das sind die vierzigtausend Reichsmark, die Lauber für seine Anteile am *Telegraf* an Schultz bezahlt hat. Wenn die Briten an einer Sache beteiligt sind, versuche ich, mich an die Regeln zu halten. ›Streng dich an, gib dein Bestes, und mach deine Sache gut.‹« Tulpanow grinste; dann fuhr er fort: »Ich glaube, Sie sind im Besitz des einzigen anderen Dokuments, das benötigt wird.«

Armstrong nickte und steckte das dicke Kuvert in seine Reisetasche. Dann blickte er aus dem Fenster auf die vorüberziehende Landschaft. Er war bestürzt, wie wenig hier seit Kriegsende wiederaufgebaut worden war. Es fiel ihm schwer, sich darauf zu konzentrieren, wie er bei Frau Lauber vorgehen sollte, doch er gab sich alle Mühe und tat erst wieder den Mund auf, als sie den Stadtrand von Dresden erreichten.

»Weiß Ihr Fahrer, wohin wir wollen?« fragte er, als sie an einem Straßenschild mit der Aufschrift »Höchstgeschwindigleit 40 km/h« vorüberkamen.

»O ja«, antwortete Tulpanow. »Sie sind nicht der erste, den er zu dieser alten Dame bringt. Er ist eingeweiht.«

Armstrong blickte Tulpanow verwundert an.

Wenige Minuten später hielten sie vor einem grauen Betonklotz von Mietshaus, das mitten in einem Park stand, der aussah, als wäre er gestern erst bombardiert worden.

»Sie müssen zu Nummer dreiundsechzig«, sagte Tulpanow. »Leider gibt es keinen Fahrstuhl. Sie werden also hinaufsteigen müssen, mein lieber Lubji. Aber das beherrschen Sie ja ziemlich gut.«

Armstrong stieg mit seiner Reisetasche und dem mitgenommenen Koffer des deutschen Majors aus dem Wagen und stapfte den von Unkraut überwucherten Weg zum Eingang des zehn Stockwerke hohen Vorkriegsmietshauses. Dann stieg er die Betontreppe hinauf. Er war froh, daß Frau Lauber nicht ganz oben wohnte. Als er endlich in den sechsten Stock gelangte, ging er über einen schmalen Korridor bis zu einer Tür, neben der mit roter Farbe eine »63« an die Wand gepinselt war.

Behutsam stieß er mit seinem Offiziersstöckchen an die Glasscheibe. Gleich darauf wurde die Tür von einer alten Dame geöffnet, die sich nicht darüber zu wundern schien, Besuch von einem britischen Offizier zu bekommen. Sie führte Dick über einen düsteren, unbeleuchteten Flur zu einem winzigen, kalten Zimmer, durch dessen Fenster ein fast identischer, zehnstöckiger Betonklotz zu sehen war. Armstrong setzte sich der alten Frau gegenüber in einen Sessel neben einem winzigen Heizlüfter, der jedoch kaum Wärme abgab.

Dick fröstelte, während er beobachtete, wie die alte Dame sich in ihren Sessel kauerte und sich eine fadenscheinige Stola straffer um die Schultern zog.

»Ich habe Ihren Gatten kurz vor seinem Tod in Wales besucht«, begann Dick. »Er bat mich, Ihnen dies hier zu geben.« Er händigte ihr den ramponierten Koffer aus.

Frau Lauber machte ihm ein Kompliment über sein gutes Deutsch, ehe sie den Koffer öffnete. Armstrong beobachtete, wie sie ein gerahmtes Hochzeitsbild herausnahm, auf dem sie und ihr Gatte zu sehen waren; anschließend das Foto eines jungen Mannes. Dick vermutete, daß es ihr Sohn war. Nach ihrem traurigen Gesicht zu urteilen, war er offenbar im Krieg gefallen. Dann kamen verschiedene Kleinigkeiten zum Vorschein – unter anderem ein Gedichtband von Rainer Maria Rilke und ein altes Schachspiel aus Holz.

Als Frau Lauber schließlich die drei Orden ihres Mannes aus dem Koffer genommen hatte, blickte sie auf und fragte hoffnungsvoll: »Hat er Sie gebeten, mir etwas auszurichten?«

»Ja, daß Sie ihm sehr fehlen. Und er ließ Sie bitten, Arno das Schachspiel zu geben.«

»Arno Schultz«, murmelte sie. »Ich bezweifle, daß er noch lebt.« Sie machte eine Pause. »Wissen Sie, der arme Mann war Jude. Während des Krieges haben wir uns aus den Augen verloren.«

»Dann werde ich versuchen, in Erfahrung zu bringen, ob er überlebt hat«, versprach Armstrong. Er beugte sich vor und nahm die Hand der alten Dame.

»Sie sind zu gütig«, sagte sie. Ihre knochigen Finger umklammerten seine Hand und ließen sie erst nach einer ganzen Weile wieder los. Dann nahm sie das Schachspiel und reichte es ihm. »Ich hoffe sehr, daß er noch lebt. Er war ein so guter Mensch.«

Armstrong nickte.

»Hat mein Mann mir sonst noch etwas ausrichten lassen?«

»Ja. Er sagte mir, sein letzter Wunsch wäre, daß Sie Arno seine Anteile zurückgeben.«

»Welche Anteile?« fragte sie und schien zum erstenmal ein wenig besorgt. »Nie hat jemand von Anteilen gesprochen, wenn ich Besuch bekommen habe.«

»Wie ich gehört habe, hat Arno Ihrem Mann kurz nach Hitlers Machtergreifung einige Anteile seines Zeitungsverlags verkauft, und Ihr Mann versprach, sie Arno gleich nach Kriegsende zurückzugeben.«

»Nun ja, hätte ich solche Papiere, bekäme Arno sie selbstverständlich zurück«, versicherte die alte Frau und schauderte wieder vor Kälte. »Aber leider besitze ich keine Anteile. Vielleicht hat Klaus ein Testament gemacht …«

»Bedauerlicherweise nein, Frau Lauber«, erklärte Armstrong. »Und falls doch, konnten wir es nicht finden.«

»Das sähe Klaus aber gar nicht ähnlich«, sagte sie. »Er war immer peinlich genau. Aber wer weiß, vielleicht ist das Testament irgendwo in der russischen Zone verlorengegangen. Man kann den Russen nicht trauen, wissen Sie«, wisperte sie.

Armstrong nickte zustimmend. »Machen Sie sich keine Gedanken«, sagte er und nahm wieder ihre Hand. »Ich habe hier ein Dokument, in dem mir die Vollmacht erteilt wird, dafür zu sorgen, daß Herr Schultz die ihm zustehenden Anteile bekommt, sofern er noch lebt und wir ihn finden können.«

Frau Lauber lächelte. »Danke. Es ist mir eine große Erleichterung, daß die Angelegenheit sich in den Händen eines britischen Offiziers befindet.«

Armstrong öffnete seine Tasche und nahm den Vertrag heraus. Er blätterte die letzte der vier Seiten auf, deutete auf zwei Bleistiftkreuze und reichte Frau Lauber seinen Füllfederhalter. Sie setzte ihre krakelige Unterschrift zwischen die zwei Kreuze, ohne auch nur den Versuch zu machen, eine einzige Klausel oder einen Paragraphen des Vertrags zu lesen. Sobald die Tinte trocken war, legte Armstrong das Dokument in seine Reisetasche zurück und schloß sie. Er lächelte Frau Lauber an.

»Ich muß jetzt nach Berlin zurück.« Er erhob sich aus dem Sessel. »Und dort werde ich alles tun, um Herrn Schultz zu finden.«

»Vielen Dank.« Frau Lauber stand ebenfalls auf, sehr langsam, und begleitete ihn über den Flur zurück zur Wohnungstür. »Leben Sie wohl«, sagte sie, als Dick hinaus auf den Treppenabsatz trat. »Es war sehr freundlich von Ihnen, die lange Fahrt auf sich zu nehmen, um mich zu besuchen.« Sie lächelte müde und schloß die Tür ohne ein weiteres Wort.

»Nun?« fragte Tulpanow, als Armstrong wieder neben ihm auf dem Rücksitz Platz nahm.

»Sie hat den Vertrag unterschrieben.«

»Damit hatte ich auch gerechnet«, sagte Tulpanow.

Der Fahrer wendete den Wagen und machte sich auf die Rückfahrt nach Berlin.

»Was jetzt?« fragte Armstrong.

»Sie haben die Münze geworfen.« Tulpanow blickte ihn an. »Und Zahl bedeutet, daß Sie von nun an im Spiel sind. Allerdings muß ich sagen, daß Ihr Verhalten gegenüber Frau Lauber gegen jede Spielregel war.«

Armstrong blickte ihn fragend an.

»Sogar ich dachte, daß Sie ihr die vierzigtausend Reichsmark geben«, sagte Tulpanow. »Aber zweifellos beabsichtigen Sie zumindest, dem armen Arno«, er machte eine Pause, »das Schachspiel zu bringen.«

Am nächsten Morgen meldete Captain Richard Armstrong beim britischen Kontrollrat seinen Besitzanspruch auf den *Telegraf* an. Obwohl einer der Offiziere eine Braue hochzog und ein anderer ihn mehr als eine Stunde warten ließ, stempelte der diensthabende Schreiber schließlich das Dokument ab, mit dem die Transaktion genehmigt und bestätigt wurde, daß Captain Armstrong nun der alleinige Besitzer der Zeitung war.

Charlotte bemühte sich, ihre wahren Gefühle zu verbergen, als Dick ihr von seinem »Coup« erzählte. In ihren Augen konnte es nur bedeuten, daß ihre Abreise nach England noch einmal verschoben werden müsse. Doch sie war sehr erleichtert, als Dick nichts dagegen hatte, daß sie nach Lyon zu ihren Eltern fuhr, um dort ihr erstes Kind zur Welt zu bringen. Sie war entschlossen, dafür zu sorgen, daß jedes ihrer Kinder sein Leben als französischer Staatsbürger begann.

Arno Schultz staunte über Armstrongs wiedererwachte Begeisterung für den *Telegraf*; Dick machte bei den Redaktionskonferenzen Anregungen und Vorschläge und half sogar persönlich bei der frühmorgendlichen Auslieferung der Zeitungen. Arno vermutete, daß der neue Enthusiamus seines Chefs in unmittelbarem Zusammenhang mit Charlottes Aufenthalt in Lyon stand.

Binnen weniger Wochen hatten sie zum erstenmal mehr als 300000 Exemplare täglich verkauft, und Arno mußte zugeben, daß aus dem Schüler ein Meister geworden war.

Einen Monat später erhielt Captain Armstrong zehn Tage Sonderurlaub, damit er bei der Geburt seines ersten Kindes dabei sein konnte. Er war glücklich, als Charlotte ihm einen Sohn schenkte, den sie David tauften. Als Dick auf der Kante von Charlottes Bett saß und ihrer beider Sohn in den Armen hielt, versprach er seiner Frau, daß sie nun bald nach England übersiedeln und zu dritt ein neues Leben beginnen würden.

Eine Woche später war Armstrong zurück in Berlin und entschlossen, Colonel Oakshott mitzuteilen, daß er nun die Zeit für gekommen hielt, aus der Armee auszuscheiden und nach England heimzukehren.

Dick hätte es auch getan, hätte Arno Schultz nicht seinen sechzigsten Geburtstag gefeiert und aus diesem Anlaß eine Party gegeben.

Adelaide Gazette

13. März 1956

Menzies hält an seiner politischen Linie fest

Das erste Mal fiel sie Townsend auf dem Flug nach Sydney auf. Er las die *Gazette*. Der Leitartikel hätte eher auf Seite drei gehört, und die Schlagzeile war schwach. Die *Gazette* hatte inzwischen ein Monopol in Adelaide, doch die Zeitung wurde zusehends schwächer und langweiliger. Townsend hätte Frank Bailey nach der Fusion als Chefredakteur feuern sollen, doch war es ihm damals wichtiger gewesen, erst einmal Sir Colin loszuwerden. Er machte ein düsteres Gesicht.

»Darf ich Ihnen Kaffee nachschenken, Mr. Townsend?« fragte eine Frauenstimme. Keith blickte zu dem schlanken Mädchen mit der Kaffeekanne hoch und lächelte. Sie mochte etwa fünfundzwanzig sein, hatte blondes, gelocktes Haar und blaue Augen, von denen er den Blick einfach nicht losreißen konnte.

»Ja«, antwortete er, obwohl er gar keinen Kaffee mehr wollte. Sie erwiderte sein Lächeln – das Lächeln einer Stewardeß, das stets gleich blieb, ob bei Dicken oder Dünnen, Alten oder Jungen, Reichen oder Armen.

Townsend legte die *Gazette* zur Seite und versuchte, sich auf die bevorstehende Sitzung zu konzentrieren. Vor kurzem hatte er für eine halbe Million Pfund eine kleine Druckerei erworben, die auf Werbeblätter für die westlichen Vororte Sydneys spezialisiert war. Dieser Kauf hatte zu keinem anderen Zweck gedient, als in Australiens größter Stadt Fuß zu fassen.

Beim Jahresbankett der Zeitungsverleger im *Cook Hotel* war nach Beendigung der Ansprachen ein etwa siebenundzwanzigjähriger Mann von ungefähr einssiebzig mit feuerrotem Haar und den Schultern eines Footballspielers zu Townsend an den Tisch getreten und hatte ihm ins Ohr geflüstert: »Ich warte in der Herrentoilette auf Sie.« Townsend hatte nicht so recht gewußt, ob er lachen oder den Mann einfach ignorieren sollte. Dann aber hatte seine Neugier die Oberhand gewonnen. Wenige Minuten später hatte er sich durch die Tische zur Herrentoilette geschlängelt. Der Rothaarige wusch sich gerade die Hände. Townsend trat an das Waschbecken daneben.

»In welchem Hotel sind Sie abgestiegen?« wollte der Unbekannte wissen.

»Im *Town House*«, erwiderte Keith.

»Ihre Zimmernummer?«

»Weiß ich noch nicht.«

»Macht nichts, ich finde sie schon heraus. Ich werde gegen Mitternacht auf Ihr Zimmer kommen. Das heißt, falls Sie an der *Sydney Chronicle* interessiert sind.« Der Rothaarige drehte den Wasserhahn zu, trocknete sich die Hände ab und ging.

In den frühen Morgenstunden erfuhr Townsend, daß der Mann, der ihn beim Bankett angesprochen hatte, Bruce Kelly war, der stellvertretende Chefredakteur der *Chronicle*. Kelly kam sofort zur Sache und erzählte Townsend, daß Sir Somerset Kenwright daran dächte, die Zeitung zu verkaufen, da sie seiner Meinung nach nicht mehr in die Reihe der anderen Publikationen seines Verlagskonzerns paßte.

»War Ihr Kaffee nicht in Ordnung, Sir?« erkundigte sich die Stewardeß.

Townsend blickte zu ihr auf, dann hinunter auf seinen Kaffee, den er noch nicht angerührt hatte. »Doch, natürlich, er schmeckt ausgezeichnet. Ich war nur ein wenig geistesabwesend.« Wieder schenkte sie ihm ihr Lächeln, nahm seine Tasse und ging weiter zur Reihe hinter ihm. Townsend versuchte erneut, sich zu konzentrieren.

Als er zum erstenmal mit seiner Mutter über diese Idee sprach, hatte sie gestanden, daß es der lebenslange Traum seines Vaters gewesen war, Eigentümer der *Chronicle* zu sein. Sie hingegen hatte in dieser Sache gemischte Gefühle. Jetzt reiste Keith zum drittenmal innerhalb von drei Wochen nach Sydney; heute sollte ein weiteres Treffen mit Sir Somersets Topmanagern stattfinden, um die Bedingungen eines möglichen Abschlusses zu besprechen. Und einer von diesen Managern war Keith noch einen Gefallen schuldig.

Während der letzten Monate hatten seine Anwälte mit denen Somersets zusammengearbeitet; beide Seiten waren der Ansicht, daß man endlich einer Einigung nahekam. »Der Alte hält Sie für das geringere von zwei Übeln«, war Townsend von Bruce Kelly auf das Gespräch vorbereitet worden. »Er hat erkannt, daß sein Sohn für diesen Job nicht geeignet ist, aber er will nicht, daß die Zeitung Wally Hacker in den Schoß fällt. Somerset konnte Hacker nie ausstehen konnte, und er traut ihm nicht. Bei Ihnen ist er sich zwar auch nicht ganz sicher, aber er hat Ihren Vater sehr gemocht.« Seit Townsend diese wertvolle Information Kellys besaß, erwähnte er seinen Vater, wann immer er mit Sir Somerset zusammentraf.

Als die Maschine auf dem Kingsford-Smith-Flughafen gelandet war, öffnete Townsend den Sicherheitsgurt, griff nach seinem Aktenkoffer und schritt zum vorderen Ausgang. »Einen schönen Tag, Mr. Townsend«, wünschte ihm die Stewardeß. »Ich hoffe, Sie werden noch öfter mit der Austair fliegen.«

»Ganz bestimmt«, antwortete er, »und zwar schon heute abend. Dann werde ich nämlich wieder zurückfliegen.« Nur die Schlange ungeduldiger Fluggäste, die zum Ausgang drängten, hielt Keith davon ab, die Stewardeß zu fragen, ob sie auch den Abendflug begleiten würde.

Als sein Taxi in der Pitt Street hielt, blickte er auf die Uhr und stellte fest, daß er ein paar Minuten zu früh dran war. Er bezahlte den Fahrer und eilte durch den Verkehr auf die anderen Straßenseite. Dort blieb er stehen, drehte sich um und betrachtete das Gebäude, in dem sich der Verlag der auflagenstärksten Zeitung von ganz Australien befand. Wie sehr er sich wünschte, sein Vater würde noch leben und könnte Zeuge sein, wie sein Sohn den Vertrag unterzeichnete!

Erneut überquerte er die Straße, betrat das Gebäude und schritt in der Empfangshalle auf und ab, bis eine gutgekleidete Frau mittleren Alters aus einem der Fahrstühle stieg, zu ihm kam und sagte: »Sir Somerset erwartet Sie, Mr. Townsend.«

Als Townsend das riesige Büro mit dem Blick auf den Hafen betrat, begrüßte ihn der Mann, den er seit seiner Kindheit voller Scheu verehrt hatte. Sir Somerset schüttelte ihm freundlich die Hand. »Keith. Schön, Sie zu sehen. Duncan Alexander, den derzeitigen Geschäfsführer, kennen Sie ja bereits. Wenn ich mich nicht irre, sind Sie mit ihm zur Schule gegangen.« Towsend reichte Alexander die Hand, doch keiner von beiden sagte etwas. »Aber den Chefredakteur der *Chronicle*, Nick Watson, kennen Sie wahrscheinlich noch nicht.«

»Nein, ich hatte noch nicht das Vergnügen.« Townsend gab Watson die Hand. »Aber Ihren Ruf kenne ich natürlich.«

Sir Somerset bot ihnen Plätze an dem großen Konferenztisch an und setzte sich selbst ans Kopfende. »Wissen Sie, Keith«, begann der alte Herr, »ich bin verdammt stolz auf diese Zeitung. Sogar Beaverbrook hat versucht, sie mir abzukaufen.«

»Verständlich«, sagte Townsend.

»Wir haben in diesem Hause einen journalistischen Maßstab, auf den sogar Ihr Vater stolz gewesen wäre; da bin ich sicher.«

»Er hat stets mit der größten Achtung von Ihren Zeitungen gesprochen. Und wenn es um die *Chronicle* ging, wäre das Wort Neid sogar zutreffender gewesen.«

Sir Somerset lächelte. »Wie freundlich von Ihnen, mein Junge.« Er machte eine Pause. »Tja, es sieht ganz so aus, als hätten unsere Teams sich im Laufe der vergangenen Wochen über die meisten Einzelheiten einigen können. Nun denn. Ich glaube, wir können das Geschäft zu einem Abschluß bringen, sofern Sie bereit sind, 1,9 Millionen Pfund zu bezahlen – soviel, wie Wally Hacker uns angeboten hat. Die andere, und für mich wichtigere Voraussetzung ist, daß Sie sich bereit erklären, Nick als Chefredakteur und Duncan als Geschäftsführer zu übernehmen.«

»Es wäre dumm von mir, würde ich mir diese Chance entgehen lassen«, erwiderte Townsend. »Nick und Duncan sind echte Profis mit Erfahrung. Ich freue mich, mit ihnen zu arbeiten. Ich sollte Sie allerdings darauf hinweisen, Sir Somerset, daß ich mich nicht in die kreativen Belange meiner Zeitungen einzumischen pflege, erst recht nicht in die redaktionellen. Das ist nicht meine Art.«

»Wie ich sehe, haben Sie viel von Ihrem Vater gelernt«, sagte Sir Somerset. »Wie er – und Sie – nehme auch ich davon Abstand, in die Alltagsarbeit der Zeitung einzugreifen. Das führt nur zu Mißstimmungen.«

Townsend nickte zustimmend.

»Nun, ich glaube nicht, daß wir zum derzeitigen Zeitpunkt noch viel mehr zu besprechen haben. Ich schlage also vor, wir ziehen uns zu einem Lunch ins Restaurant zurück.« Der alte Herr legte Townsend den Arm um die Schulter und fügte hinzu: »Ich wünschte, Ihr Vater könnte dabei sein.«

Auf der ganzen Fahrt zurück zum Flughafen behielt Keith Townsend sein Lächeln bei. Wenn *sie* jetzt auch noch beim Rückflug Dienst hätte, würde es diesen erfolgreichen Tag vollkommen machen. Sein Lächeln wurde noch breiter, als er sich anschnallte und dabei überlegte, was er zu ihr sagen würde.

»Ich hoffe, Sie hatten eine lohnende Reise nach Sydney, Mr. Townsend«, sagte sie, als sie ihm eine Abendzeitung anbot.

»Sie hätte nicht lohnender sein können«, antwortete er. »Darf ich Sie einladen, heute mit mir zu Abend zu essen und auf meinen Erfolg anzustoßen?«

»Das ist sehr freundlich von Ihnen, Sir«, sie betonte das Wort »Sir«, »aber ich fürchte, das verstößt gegen die Vorschriften der Fluggesellschaft.«

»Verstößt es auch gegen die Vorschriften, Ihren Namen zu erfahren?«

»Nein, Sir. Ich heiße Susan.« Wieder bedachte sie ihn mit ihrem Lächeln und ging weiter zur nächsten Reihe.

Zurück in seiner Wohnung, machte Townsend sich als erstes ein Sardinensandwich. Er hatte erst einmal hineingebissen, als das Telefon läutete. Clive Jervis war am Apparat, der Seniorpartner der Anwaltskanzlei Jervis, Smith & Thomas. Clive machte sich immer noch Sorgen wegen gewisser Feinheiten des Vertrages, darunter die Kompensationsabkommen und Wertpapierabschreibungen.

Kaum hatte Townsend den Hörer aufgelegt, läutete das Telefon erneut, und er führte ein längeres Gespräch mit Trevor Meacham, seinem Prokuristen, der 1,9 Millionen Pfund noch immer für einen zu hohen Preis hielt.

»Ich habe keine Wahl«, erklärte ihm Townsend. »Wally Hacker hat ihm bereits ein Angebot in dieser Höhe gemacht.«

»Aber Hacker kann es sich leisten, zuviel hinzublättern. Ich bin nach wie vor der Ansicht, daß wir auf gestaffelter Bezahlung bestehen sollen – ausgehend von der diesjährigen Absatzhöhe, nicht vom Durchschnittsverkauf der vergangenen zehn Jahre.«

»Warum?« fragte Townsend.

»Weil die *Chronicle* Jahr für Jahr zwei bis drei Prozent Leser verloren hat. Beim Verkaufspreis und sämtlichen Vertragspunkten sollten wir die neuesten Verkaufszahlen zugrunde legen.«

»Da pflichte ich Ihnen zwar bei, aber ich möchte nicht, daß die Verhandlungen daran scheitern.«

»Das möchte ich natürlich auch nicht«, versicherte der Prokurist. »Aber ich legte auch keinen Wert darauf, daß wir bankrott gehen, nur weil Sie aus Sentimentalität zuviel bezahlt haben. Jedes Geschäft muß auf wirtschaftlichen Erwägungen basieren und darf nicht bloß deshalb abgeschlossen werden, weil Sie beweisen wollen, daß Sie so tüchtig sind, wie Ihr Vater es gewesen ist.«

Eine Zeitlang schwiegen beide Männer.

»Darüber brauchen Sie sich keine Sorgen zu machen«, sagte Townsend schließlich. »Ich habe bereits Pläne, wie der Vertrieb der *Chronicle* sich reorganisieren und dadurch der Absatz verdoppeln läßt. Bereits in einem Jahr wird der Kaufpreis Ihnen günstig erscheinen, Trevor. Außerdem weiß ich, daß mein Vater diesen Kauf gebilligt hätte.« Er legte auf, bevor Trevor etwas entgegnen konnte.

Der letzte Anruf kam kurz nach dreiundzwanzig Uhr von Bruce Kelly. Townsend war inzwischen in seinen Morgenrock geschlüpft, und die Sardinen hatten das halb aufgegessene Sandwich durchweicht.

»Sir Somerset ist immer noch nervös«, warnte Kelly ihn.

»Wieso? Ich hatte das Gefühl, daß die heutige Sitzung gar nicht besser hätte verlaufen können.«

»Um die Sitzung geht es nicht. Nachdem Sie gegangen waren, hat Sir Colin Grant angerufen und fast eine halbe Stunde mit Sir Somerset geredet. Und Duncan Alexander ist offenbar nicht gerade Ihr Busenfreund.«

Townsend hämmerte die Faust auf den Tisch. »Verdammt!« fluchte er. »Hören Sie gut zu, Bruce. Ich werde Ihnen jetzt sagen, wie Sie sich verhalten sollen. Sobald Colin Grants Name zur Sprache kommt, erinnern Sie Sir Somerset daran, daß von dem Zeitpunkt an, als Grant Vorstandsvorsitzender des *Messenger* wurde, die Verkaufszahlen dieser Zeitung von Woche zu Woche gesunken sind. Alexander übernehme ich selbst.«

Townsend war enttäuscht, weil Susan bei seinem nächsten Flug nach Sydney nicht zu sehen war. Als ein Steward ihm Kaffee einschenkte, fragte Townsend ihn, ob Susan für einen anderen Flug eingeteilt sei.

»Nein, Sir«, antwortete der Mann. »Sie hat zum Letzten des vergangenen Monats gekündigt.«

»Wissen Sie, wo sie jetzt arbeitet?«

»Nein, Sir, leider nicht.« Der Steward bediente den nächsten Fluggast.

Townsend verbrachte den Vormittag damit, sich von Duncan Alexander die Büros zeigen zu lassen. Duncan hielt das Gespräch in rein geschäftlichem Rahmen und versuchte gar nicht erst, besonders freundlich zu sein. Townsend wartete, bis sie allein im Fahrstuhl standen, ehe er sich an ihn wandte. »Vor vielen Jahren hast du mal zu mir gesagt: ›Wir Alexanders haben ein gutes Gedächtnis. Wenn ich dir irgendwann irgendwie helfen kann, dann laß es mich wissen.‹«

»Das stimmt«, bestätigte Duncan.

»Gut, denn jetzt ist der Zeitpunkt gekommen, daß du es mir beweist.«

»Und was erwartest du von mir?«

»Ich möchte, daß man Sir Somerset klarmacht, was für ein fähiger Mann ich bin.«

Der Lift hielt, und die Tür glitt zur Seite.

»Wenn ich dafür sorge – garantierst du mir dann, daß ich meinen Job behalte?«

»Mein Wort darauf.« Townsend trat auf den Korridor.

Nach dem Lunch begleitete Sir Somerset, der diesmal ein wenig zurückhaltender wirkte, Townsend durch die Redaktionsetage, wo ihm die Mitarbeiter vorgestellt wurden. Jeder war erleichtert, als der neue Eigentümer nur nickte und lächelte und selbst zu den jüngsten Volontären freundlich war. Alle, die an diesem Tag mit Townsend in Berührung kamen, waren angenehm überrascht, zumal sie von den *Gazette*-Reportern gehört hatten, daß Townsend ein »harter Hund« sei. Sogar Sir Somerset fragte sich, ob Sir Colin nicht übertrieben hatte, als er ihn – im Vertrauen – über Townsends frühere Eskapaden informierte.

Nachdem Townsend gegangen war, flüsterte Bruce Kelly in so manches Ohr, auch in das des Chefredakteurs: »Vergessen Sie nicht, wie es um den Absatz des *Messenger* bestellt war, nachdem Sir Colin die Verantwortung für diese Zeitung übernommen hatte.«

Die Mitarbeiter der *Chronicle* hätten sich gewiß Gedanken gemacht, wäre ihnen Einblick in die Notizen gewährt worden, die Townsend auf dem Rückflug nach Adelaide zusammenstellte. Ihm war klar, daß er einige drastische Eingriffe vornehmen mußte –

von der Spitze bis nach ganz unten –, wollte er den Gewinn der Zeitung verdoppeln.

Hin und wieder blickte er unwillkürlich auf und dachte an Susan. Als ein anderer Steward ihm die Abendzeitung anbot, erkundigte sich Townsend auch bei diesem Mann nach dem neuen Arbeitsplatz Susans.

»Meinen Sie Susan Glover?« fragte der Steward.

»Ich kenne ihren Nachnamen nicht«, erwiderte Townsend. »Sie hat blondes Haar, ist Anfang Zwanzig ...«

»Ja, das ist Susan. Sie hat gekündigt, als ihr eine Stelle bei Moores angeboten wurde. Sie sagte, die ständig wechselnde Schichtarbeit wäre eine zu große Belastung für sie – ganz zu schweigen davon, daß sie wie ein Busschaffner behandelt würde. Ich weiß genau, wie sie sich gefühlt hat.«

Townsend lächelte. Moores war stets das Lieblingskaufhaus seiner Mutter in Adelaide gewesen. Es würde ihm bestimmt nicht schwerfallen herauszufinden, in welcher Abteilung Susan arbeitete.

Gleich nachdem er am nächsten Morgen mit Bunty den Posteingang durchgegangen und sie in ihr Büro zurückgekehrt war, rief er bei Moores an.

»Würden Sie bitte so freundlich sein, mich zu Miss Glover durchzustellen?«

»In welcher Abteilung arbeitet sie?«

»Das weiß ich nicht«, antwortete Townsend.

»Handelt es sich um einen Notfall?«

»Nein, um eine Privatangelegenheit.«

»Sind Sie ein Verwandter?«

»Nein«, erwiderte er, verwundert über diese Frage.

»Dann kann ich Ihnen leider nicht helfen. Es verstößt gegen unsere Bestimmungen, während der Dienstzeit private Gespräche zu führen.« Der Hörer wurde aufgelegt.

Auch Townsend legte auf, erhob sich und ging in Buntys Büro. »Ich bin für etwa eine Stunde weg, Bunty, vielleicht auch etwas länger. Ich muß ein Geburtstagsgeschenk für meine Mutter abholen.«

Miss Bunting wunderte sich; denn sie wußte, daß Lady Townsend erst in vier Monaten Geburtstag hatte. Doch Keith' Übereifer war besser als die Vergeßlichkeit seines Vaters, den Bunty immer einen Tag zuvor auf den Geburtstag seiner Frau hatte aufmerksam machen müssen, wie sie sich erinnerte.

Es war ein angenehm warmer Tag, so daß Townsend beschloß, die paar Querstraßen bis zu Moores zu Fuß zu gehen; auf diese Weise hatte er auch die Gelegenheit, sich unterwegs an allen Zeitschriftenständen umzuschauen. Verärgert stellte er fest, daß gleich beim ersten Kiosk, an der Ecke King William Street, die *Gazette* ausverkauft war, und das bereits kurz nach zehn Uhr. Er würde sich den Vertriebsleiter vorknöpfen, sobald er wieder im Verlag war.

Als er sich dem riesigen Kaufhaus an der Rundle Street näherte, fragte er sich, wie lange er wohl brauchen würde, Susan zu finden. Er schob sich durch die Drehtür und schritt zwischen den Verkaufstischen – Schmuck, Handschuhe, Parfüms – im Parterre umher. Hier war sie schon mal nicht. Townsend nahm den Fahrstuhl zum ersten Stock – Geschirr, Küchengeräte, Bettwäsche. Auch hier konnte er Susan nirgends erblicken. Im zweiten Stock gab es ausschließlich Herrenbekleidung, was ihn daran erinnerte, daß er einen neuen Anzug brauchte. Falls Susan hier arbeitete, könnte er sich gleich einen bestellen. Doch es war keine einzige Frau zu sehen.

Als Townsend mit der Rolltreppe in den dritten Stock fuhr, kam ihm der elegant gekleidete Herr auf der Stufe über ihm bekannt vor. Der Mann drehte sich zufällig um, sah ihn und sagte: »Oh, hallo, wie geht es dir?«

»Gut, danke«, erwiderte Townsend und versuchte vergeblich, sich an den Mann zu erinnern.

Dieser enthob Townsend seinen Schwierigkeiten, indem er seinen Namen nannte. »Ed Scott. Ich war in St. Andrews zwei Klassen unter dir und kann mich immer noch gut an deine Leitartikel in der Schülerzeitung erinnern.«

»Ich fühle mich geschmeichelt. Was machst du denn jetzt so, Ed?«

»Ich bin hier der stellvertretende Geschäftsführer.«

»Da hast du's ja weit gebracht.« Townsend ließ den Blick in die Runde schweifen.

»Wohl kaum«, widersprach Ed. »Schließlich ist mein Vater der Direktor. Aber so etwas brauche ich *dir* ja nicht zu erklären.«

Townsend verzog das Gesicht.

»Suchst du etwas Bestimmtes?« erkundigte sich Ed, als sie von der Rolltreppe stiegen.

»Ja«, sagte Townsend. »Ein Geschenk für meine Mutter. Sie hat sich schon was ausgesucht. Ich brauche es nur noch abzuholen. Leider habe ich vergessen, in welcher Etage, aber ich kann mich an den Namen der Verkäuferin erinnern, von der Mutter so ausgezeichnet bedient wurde.«

»Sag mir, wie sie heißt. Dann lasse ich feststellen, in welcher Abteilung sie arbeitet.«

»Susan Glover.« Townsend bemühte sich, nicht rot zu werden.

Ed trat ein Stück zur Seite, wählte eine Nummer auf seinem Intercom und wiederholte den Namen. Einige Augenblicke später blickte er erstaunt auf. »Sie arbeitet in der Spielwarenabteilung«, sagte er. »Bist du sicher, daß du den Namen richtig verstanden hast?«

»O ja«, versicherte Townsend. »Es geht um Puzzles.«

»Puzzles?«

»Ein Hobby meiner Mutter. Aber wir dürfen die Puzzles nicht für sie aussuchen. Wir haben ihr schon zu oft welche geschenkt, die sie schon hatte.«

»Oh, ich verstehe«, sagte Ed. »Nimm die Rolltreppe oder den Aufzug ins erste Untergeschoß. Auf der rechten Seite findest du die Spielwarenabteilung.« Townsend bedankte sich, und der stellvertretende Geschäftsführer verschwand in Richtung Koffer und Reisetaschen.

Townsend fuhr den ganzen Weg mit der Rolltreppe bis zur »Welt der Spielsachen«. Er schaute sich zwischen den Ladentischen um, doch auch hier war Susan nirgends zu sehen, und er fragte sich bereits, ob sie vielleicht ihren freien Tag hatte. Langsam schlenderte er in der Abteilung herum und war nahe daran, eine sehr üppige Frau, an deren mächtigem Busen ein Ansteckschild prangte, auf dem »Abteilungsleiterin« stand, zu fragen, ob hier eine Susan Glover beschäftigt sei. Dann entschied er sich aber doch dagegen.

Er überlegte bereits, am folgenden Tag noch einmal herzukommen und wollte das Geschäft gerade verlassen, als hinter einem der Ladentische eine Tür geöffnet wurde. Susan kam mit einem riesigen Metallbaukasten heraus. Sie ging zu einer Kundin, die am Ladentisch lehnte.

Townsend stand wie angewurzelt da und starrte Susan an. Sie war noch bezaubernder, als er sie in Erinnerung hatte.

»Kann ich Ihnen behilflich sein, Sir?«

Townsend fuhr zusammen, drehte sich um und sah sich der üppigen Abteilungsleiterin gegenüber.

»Nein, danke«, entgegnete er nervös. »Ich suche nur ein Geschenk für – für meinen Neffen.« Die Frau blickte ihn argwöhnisch an, und Townsend hielt nach einem Platz Ausschau, wo die Abteilungsleiterin ihn nicht mehr sehen, er jedoch Susan im Auge behalten konnte.

Die Kundin brauchte schrecklich lange, sich zu entscheiden, ob sie den Baukasten nehmen sollte oder nicht. Susan mußte die Schachtel öffnen, um zu beweisen, daß der Inhalt hielt, was auf dem Deckel versprochen wurde. Sie holte einige der farbigen Teile heraus und versuchte vergeblich, sie zusammenzusetzen. Einige Minuten später ließ die Kundin Susan stehen, ohne den Baukasten gekauft zu haben.

Townsend wartete, bis die gestrenge Abteilungsleiterin sich einer anderen Kundin widmete, ehe er zu Susans Tisch ging. Sie blickte auf und lächelte. Diesmal war es kein einstudiertes Lächeln. Sie erkannte ihn tatsächlich wieder.

»Wie kann ich Ihnen helfen, Mr. Townsend?« fragte sie.

»Würden Sie heute mit mir zu Abend essen? Oder verstößt es immer noch gegen irgendwelche Vorschriften?«

Sie lächelte. »Allerdings, Mr. Townsend. Aber ...«

Die Abteilungsleiterin kam zu Susan herüber. Sie wirkte noch mißtrauischer als zuvor.

»Das Puzzle muß unbedingt mehr als tausend Teile haben«, sagte Townsend. »Meine Mutter möchte eines, das sie mindestens eine Woche beschäftigt.«

»Selbstverständlich, Sir.« Susan führte ihn zu einem anderen Tisch, auf dem die verschiedensten Puzzles ausgestellt waren.

Townsend betrachtete sie eingehend und fragte Susan leise, ohne sie anzublicken: »Wie wär's mit dem *Pilligrini*? Zwanzig Uhr?« Wieder kam die Abteilungsleiterin herangestampft.

»Wunderbar«, raunte Susan. »Ich war noch nie im *Pilligrini*, wollte aber immer schon dort essen.« Sie nahm ihm das Puzzle aus der Hand, das den Hafen von Sydney darstellte, ging damit zum Ladentisch zurück und tippte den Preis in die Kasse ein, ehe sie die riesige Schachtel in einen Einkaufsbeutel mit dem Aufdruck ›Moores‹ steckte. »Bitte sehr, Sir. Das macht dann zwei Pfund und zehn Shilling.«

Townsend bezahlte und hätte gern noch ein paar persönliche Worte gesagt, doch die gestrenge Abteilungsleiterin hatte sich neben Susan aufgebaut und sagte: »Ich wünsche Ihrem Neffen viel Spaß mit dem Puzzle.«

Zwei Augenpaare folgten Townsend, als er auf die Rolltreppe stieg und nach unten verschwand.

Bunty war erstaunt, als sie den Inhalt des Einkaufsbeutels sah. Sie konnte sich nicht erinnern, daß Sir Graham in den zweiunddreißig Jahren, die sie für ihn gearbeitet hatte, seine Frau zum Geburtstag mit einem Puzzle beglückt hatte.

Townsend beachtete Buntys fragenden Blick nicht; statt dessen sagte er: »Bestellen Sie den Vertriebsleiter bitte sofort zu mir, Bunty. Am Kiosk an der Ecke King William Street war die *Gazette* schon um zehn Uhr ausverkauft.« Als Bunty sich zum Gehen wandte, fügte Townsend hinzu: »Ach ja, und lassen Sie für heute abend im *Pilligrini* bitte einen Tisch für zwei Personen reservieren.«

Als Susan das Restaurant betrat, folgten ihr die Blicke mehrerer Männer, die sie bewundernd begafften, als sie zum Ecktisch schritt. Sie trug ein pinkfarbenes Kostüm, das ihre schlanke Figur betonte, und wenngleich ihr Rock bis fast drei Zentimeter unter die Knie reichte, war Townsends Blick immer noch auf ihre Beine gerichtet, als Susan den Tisch erreicht hatte. Aus den Blicken einiger Mitgäste sprach Neid, als sie Townsend gegenüber Platz nahm.

Eine Stimme sagte betont laut, damit die beiden es auch ja hörten: »Dieser verdammte Kerl kriegt auch alles, was er will.«

Beide lachten, und Townsend schenkte Susan ein Glas Champagner ein. Er stellte rasch fest, daß er sich in ihrer Gesellschaft ausgesprochen wohl fühlte. Sie erzählten sich Geschichten darüber, was sie in den vergangenen zwanzig Jahren getan hatten, als wären sie Kindheitsfreunde, die sich nach langer Zeit wiedergetroffen hatten. Townsend erklärte Susan, weshalb er so oft nach Sydney geflogen war, und sie erzählte ihm, daß es ihr keinen Spaß mehr mache, in der Spielwarenabteilung des Moores zu arbeiten.

»Ist Ihre Chefin denn immer so unausstehlich?« fragte Townsend.

»Heute war sie sogar ausgesprochen gut gelaunt. Nachdem Sie gegangen waren, hat sie allerdings zynische Witze darüber gemacht, ob Sie wegen Ihrer Mutter oder Ihrem Neffen oder vielleicht jemand anderem ins Kaufhaus gekommen waren. Und als ich zwei Minuten zu spät von meiner Mittagspause zurückkam, hat sie mich beschimpft: ›Sie kommen hundertzwanzig Sekunden zu spät, Miss Glover. Einhundertundzwanzig Sekunden, die Sie der Firma gestohlen haben. Falls das noch einmal vorkommt, sehen wir uns gezwungen, die entsprechende Summe von Ihrem Lohn abzuziehen.‹« Susan lieferte eine nahezu perfekte Imitation der Stimme ihrer Chefin, und Townsend krümmte sich vor Lachen.

»Was für ein Problem mag diese Frau bloß haben?«

»Ich glaube, sie wäre gern Stewardeß geworden.«

»Ich fürchte, für diesen Beruf fehlt ihr die eine oder andere Grundvoraussetzung«, meinte Townsend.

»Und was haben Sie heute so gemacht?« fragte Susan. »Weiterhin versucht, sich mit Stewardessen der Austair zu verabreden?«

»Nein.« Er lächelte. »Das war letzte Woche – und es ist mir nicht geglückt. Heute beschäftigte ich mich mit der Frage, ob ich es mir wirklich leisten kann, 1,9 Millionen für die *Sydney Chronicle* zu bezahlen.«

»Eins Komma neun Millionen?« wiederholte sie ungläubig. »Dann werde ich die Rechnung für unser Essen übernehmen. Das ist das wenigste. Als ich mir das letzte Mal die *Sydney Chronicle* kaufte, hat sie mich einen Sixpence gekostet.«

»Ja, aber ich will nicht bloß ein Exemplar«, entgegnete Townsend.

Lange nach dem Essen, als auch ihre Kaffeetassen bereits abgeräumt waren, unterhielten die beiden sich noch. Die Küche hatte längst geschlossen, und zwei gelangweilte Kellner lehnten an einer Säule und blickten hin und wieder hoffnungsvoll zu ihnen hinüber. Als Townsend einen der Ober demonstrativ gähnen sah, bat er um die Rechnung und legte ein großzügiges Trinkgeld dazu. Auf dem Bürgersteig nahm er Susans Hand und fragte: »Wo wohnen Sie?«

»In einem der Vororte im Norden. Aber ich fürchte, es gibt so spät keinen Bus mehr. Da werde ich wohl ein Taxi nehmen müssen.«

»Es ist eine wundervolle Nacht – hätten Sie etwas dagegen, wenn ich Sie zu Fuß nach Hause begleite? Ein kurzer Spaziergang wird mir gut tun.«

Sie lächelte. »Ich würde mich freuen, wenn Sie mich begleiten.«

Ihr Gespräch endete erst, als sie eine Stunde später vor dem Haus anlangten, in dem Susan wohnte. »Danke für den wunderschönen Abend, Keith. Der Begriff ›kurzer Spaziergang‹ hat für mich nun eine völlig neue Dimension bekommen.«

»Sehen wir uns bald wieder?«

»Ich hätte nichts dagegen.«

»Wann wäre es Ihnen recht?«

»Ich würde sagen, morgen. Aber das hängt davon ab, ob Sie damit rechnen, daß ich jedesmal zu Fuß nach Hause gehe. Sollte das der Fall sein, würde ich vorschlagen, wir treffen uns das nächste Mal in einem Restaurant, das nicht so weit von meiner Wohnung weg ist. Oder ich müßte wenigstens bequemere Schuhe anziehen.«

Townsend schüttelte den Kopf. »Ganz bestimmt nicht. Ich verspreche, Sie nach Hause zu fahren. Aber morgen muß ich noch einmal nach Sydney, um einen Vertrag zu unterschreiben. Ich bin erst kurz vor acht zurück.«

»Das paßt mir sehr. Dann habe ich Zeit genug, mich vorher in Ruhe umzuziehen.«

»Wäre Ihnen das *L'Étoile* recht?«

»Nur, wenn Sie etwas zu feiern haben.«

»Das habe ich ganz bestimmt. Ich verspreche es Ihnen.«

»Dann treffen wir uns um neun Uhr im *L'Étoile*.« Sie beugte sich vor und küßte ihn auf die Wange. »Wissen Sie, Keith, zu dieser späten Stunde bekommt man hier kein Taxi mehr.« Sie blickte ihn besorgt an. »Ich fürchte, Sie werden den weiten Weg zu Fuß zurückgehen müssen.«

»Das ist mir die Sache wert«, versicherte er Susan, bevor sie die kurze Einfahrt zum Haus hinaufging.

Ein Wagen fuhr heran und hielt neben Townsend. Der Chauffeur sprang heraus und öffnete ihm die Tür.

»Wohin, Chef?«

»Nach Hause, Sam«, wies er seinen Fahrer an. »Aber machen Sie einen kleinen Umweg zum Bahnhof, damit ich mir die Frühausgabe besorgen kann.«

An diesem Morgen nahm Townsend die erste Maschine nach Sydney. Sein Anwalt, Clive Jervis, und sein Prokurist, Trevor Meacham, saßen links und rechts von ihm.

»Die Rücktrittsklausel gefällt mir immer noch nicht«, sagte Clive.

»Und die Zahlungsmodalitäten müssen auf jeden Fall noch genau ausgearbeitet werden«, fügte Trevor hinzu.

»Aber wie lange wird es dauern, um diese Probleme zu klären?« fragte Townsend. »Ich habe heute eine wichtige Verabredung zum Dinner in Adelaide und muß auf jeden Fall den letzten Flug am Nachmittag bekommen.« Seine beiden Begleiter blickten einander zweifelnd an.

Ihre Befürchtungen erwiesen sich als berechtigt. Die Anwälte der beiden Gesellschaften saßen den ganzen Vormittag über dem Kleingedruckten, und die beiden Prokuristen brauchten sogar noch länger, um sämtliche Zahlen durchzugehen. Niemand nahm sich Zeit für eine Mittagspause. Nach fünfzehn Uhr wurde Townsend zunehmend unruhig und schaute alle paar Minuten auf die Uhr. Sein Hin- und Hermarschieren und seine einsilbigen Antworten auf lange Fragen trugen auch nicht gerade dazu bei, die Sache zu beschleunigen. Erst wenige Minuten nach siebzehn Uhr war der Vertrag unterzeichnungsbereit.

Townsend atmete erleichtert auf, als die Anwälte sich endlich vom Konferenztisch erhoben und sich streckten. Wieder warf er einen Blick auf die Uhr und gelangte zu der Überzeugung, daß er den Rückflug nach Adelaide noch rechtzeitig schaffen würde. Er dankte seinen beiden Beratern für ihre Bemühungen und schüttelte gerade den zwei Anwälten der Gegenseite die Hände, als Sir Somerset mit seinem Chefredakteur und dem Geschäftsführer das Zimmer betrat.

»Man hat mich darüber verständigt, daß endlich eine Einigung erzielt werden konnte«, sagte der alte Herr lächelnd.

»Ich glaube schon«, erwiderte Townsend und versuchte, sich seine Ungeduld nicht anmerken zu lassen. Es würde nichts nutzen, wenn er versuchte, Susan bei Moores anzurufen, um ihr zu sagen, daß er wahrscheinlich etwas später kam: Man würde sie gar nicht ans Telefon rufen.

»Dann wollen wir uns erst einmal einen Drink gönnen, bevor wir unsere Unterschriften unter den endgültigen Vertrag setzen«, schlug Sir Somerset vor.

Nach dem dritten Whisky ließ Townsend durchblicken, daß es nun vielleicht an der Zeit wäre, die Verträge zu unterzeichnen.

Nick Watson pflichtete ihm bei und erinnerte Sir Somerset daran, daß er in der kommenden Nacht noch eine Zeitung herausgeben müsse. »Stimmt«, sagte der Noch-Eigentümer und zog seinen Füllfederhalter aus der Brusttasche. »Und da mir die *Chronicle* in den nächsten sechs Wochen noch gehört, dürfen wir nicht zulassen, daß eine Zeitung von dieser Qualität unter ihr gewohntes Niveau absinkt. Übrigens, Keith, ich hoffe, daß Sie mit mir zu Abend essen.«

»Ich fürchte, das geht heute nicht«, erwiderte Townsend. »Ich habe bereits in Adelaide eine Verabredung zum Abendessen.«

Sir Somerset drehte sich zu ihm herum. »Dann kann ich nur hoffen, daß Sie mit einer schönen Frau verabredet sind. Denn ich will verdammt sein, wenn ich zulasse, daß Sie mich wegen eines Geschäftsessens sitzenlassen.«

»Ich versichere Ihnen, daß die Frau sogar sehr schön ist«, sagte Townsend lachend. »Und es ist erst unsere zweite Verabredung.«

»In diesem Fall will ich Sie nicht länger aufhalten.« Sir Somerset ging zum Konferenztisch, wo zwei Ausfertigungen des Vertrags bereitlagen. Er hielt kurz inne, starrte auf das Dokument und schien zu zögern. Beide Seiten wirkten ein wenig nervös, und einer von Somersets Anwälten verlagerte unruhig sein Gewicht von einem Fuß auf den anderen.

Der alte Herr drehte sich zu Townsend um und zwinkerte ihm zu. »Ich muß gestehen, daß es Duncan gewesen ist, der mich letztendlich überzeugt hat, an Sie und nicht an Hacker zu verkaufen.« Er beugte sich über den Tisch und unterzeichnete beide Vertragsausfertigungen; dann reichte er Townsend seinen Füller, der seinen Namen neben den von Sir Somerset setzte.

Die beiden Männer schüttelten einander etwas förmlich die Hände. »Jetzt ist die rechte Zeit für einen letzten Drink«, meinte Somerset. Wieder zwinkerte er Townsend zu. »Aber machen Sie ruhig, daß Sie nach Adelaide kommen, Keith. Wir werden hier schon sehen, wieviel von unserem Gewinn wir auch ohne Sie verkonsumieren können. Ich muß gestehen, mein Junge, ich freue mich, daß der *Chronicle* an Sir Graham Townsends Sohn übergeht.«

Nick Watson trat heran und legte Townsend den Arm um die Schulter. »Und ich muß gestehen, daß ich mich darauf freue, mit Ihnen zusammenzuarbeiten. Ich hoffe, wir werden Sie recht bald wieder bei uns in Sydney sehen.«

»Ich freue mich ebenfalls darauf, mit Ihnen zusammenzuarbeiten«, entgegnete Townsend. »Und ich bin sicher, daß wir uns hin und wieder sehen werden.« Er drehte sich um und blickte Duncan Alexander an. »Danke«, sagte er, »wir sind jetzt quitt.« Duncan streckte ihm die Hand entgegen, doch Townsend eilte bereits aus dem Zimmer. Er sah, wie die Tür des Aufzugs sich schloß – Sekunden, bevor er auf den nach unten weisenden Pfeil an der Wand drücken konnte. Als er schließlich ein Taxi bekam, weigerte der Fahrer sich trotz Bitten und großzügiger Trinkgeldangebote, das Tempolimit zu überschreiten. In dem Augenblick, als sie auf den Parkplatz des Flughafens fuhren, sah Townsend, wie die Douglas DC4 sich in die Lüfte erhob. Unglücklich starrte er der Maschine nach und verwünschte insgeheim Sir Somerset und seine Drinks.

»Der Flieger muß wohl ausnahmsweise einmal pünktlich gestartet sein«, meinte der Taxifahrer schulterzuckend. Gleiches konnte vom nächsten Flug bedauerlicherweise nicht behauptet werden. Die Maschine sollte genau eine Stunde später starten, wurde aber vierzig Minuten aufgehalten.

Townsend blickte auf die Uhr, ging zu einer Telefonzelle und suchte Susans Nummer im Telefonbuch von Adelaide heraus. Er wählte, doch die Leitung war besetzt. Als er es einige Minuten später noch einmal versuchte, wurde der Hörer nicht abgehoben, obwohl er es lange Zeit läuten ließ. Ob Susan gerade unter der Dusche steht, fragte sich Townsend. Er malte sich dieses Bild aus, als es plötzlich aus der Lautsprecheranlage dröhnte: »Letzter Aufruf für alle Passagiere nach Adelaide.« Rasch wählte Townsend noch einmal, doch wieder war besetzt. Er fluchte, hängte ein und stürmte zum Flugzeug. Er schaffte es gerade noch, ehe die Tür geschlossen wurde. Während des Fluges trommelte er ungeduldig mit den Fingern auf die Armlehnen, aber dadurch kam die Maschine auch nicht schneller voran.

Sam stand neben dem Wagen und machte ein besorgtes Gesicht, als sein Chef aus dem Flughafengebäude stürmte. Der Fahrer raste in die Stadt, ohne auf jegliches Tempolimit zu achten, und setzte seinen Chef direkt vor dem Eingang des *L'Étoile* ab, doch der Oberkellner hatte bereits die letzten Bestellungen entgegengenommen.

Townsend entdeckte Susan an einem Tische und versuchte ihr

zu erklären, was geschehen war, doch seltsamerweise schien Susan Bescheid zu wissen, noch ehe er den Mund geöffnet hatte. »Ich habe vom Flughafen aus bei Ihnen angerufen«, sagte er. »Aber entweder war besetzt, oder es klingelte, ohne daß jemand abgenommen hätte.« Er bemerkte, daß das Besteck unangetastet war. »Jetzt sagen Sie bloß nicht, daß Sie nichts gegessen haben.«

»Na ja, ich hatte keinen Hunger.« Sie nahm seine Hand. »Aber Sie müssen am Verhungern sein, und ich wette, Sie möchten Ihren Erfolg immer noch feiern. Also – wenn Sie die Wahl hätten, was würden Sie lieber tun? Essen oder feiern?«

Als Townsend am nächsten Morgen sein Büro betrat, stand Bunty vor seinem Schreibtisch und hielt ein Blatt Papier mit beiden Händen. Sie sah aus, als stünde sie schon eine ganze Zeit so da.

»Gibt's ein Problem?« fragte Townsend, als er die Tür hinter sich schloß.

»Nein. Nur – es sieht so aus, als hätten Sie vergessen, daß es Ende dieses Monats Zeit für mich ist, in Rente zu gehen.«

»Das hatte ich nicht vergessen.« Townsend setzte sich an seinen Schreibtisch. »Ich dachte nur nicht ...«

»Die Bestimmungen der Firma sind in dieser Hinsicht eindeutig«, sagte Bunty. »Weibliche Angestellte, die ihr sechzigstes Lebensjahr vollenden ...«

»Die Sechzig nimmt Ihnen keiner ab, Bunty.«

»... haben das Recht, ja, sogar die Pflicht, am letzten Freitag des betreffenden Kalendermonats in Rente zu gehen.«

»Bestimmungen sind dazu da, um gebrochen zu werden.«

»Ihr Vater sagte immer, daß es gerade bei dieser Bestimmung keine Ausnahmen geben sollte, und ich pflichte ihm bei.«

»Aber ich habe gar nicht die Zeit, mich momentan nach einer anderen Sekretärin umzusehen, Bunty. Jetzt, wo ich die *Chronicle* übernehme und ...«

»Das habe ich schon eingeplant«, sagte sie fest, »und ich habe die ideale Nachfolgerin für mich gefunden.«

»Und welche Qualifikationen kann sie vorweisen?« fragte Townsend heftig und machte sich bereit, sie sofort als unzureichend abzutun.

»Sie ist meine Nichte«, erklärte Bunty, »*und* sie stammt aus dem Edinburgher Zweig der Familie.«

Townsend fiel keine passende Antwort ein. »Nun ja, dann geben Sie ihr einen Vorstellungstermin.« Er machte eine Pause. »Irgendwann nächsten Monat.«

»Sie sitzt bereits in meinem Büro. Ich kann sie sofort zu Ihnen hereinschicken«, sagte Bunty.

»Sie wissen doch, wie beschäftigt ich bin!« Townsend blickte auf die leere Seite in seinem Terminkalender. Bunty hatte offensichtlich dafür gesorgt, daß er an diesem Vormittag keine Termine hatte. Sie reichte ihm das Blatt Papier, das sie in den Händen hielt.

Townsend machte sich daran, Miss Youngers Lebenslauf zu studieren, während er zugleich eine Ausrede suchte, kein Vorstellungsgespräch mit ihr führen zu müssen. Als er die letzte Zeile gelesen hatte, brummte er widerstrebend: »Schicken Sie sie herein.«

Townsend erhob sich, als Heather Younger eintrat. Er wartete, bis sie vor seinem Schreibtisch Platz genommen hatte. Miss Younger war knapp eins fünfundsiebzig, und aus ihrem Lebenslauf wußte Townsend, daß sie achtundzwanzig war, obwohl sie viel älter aussah. Sie trug einen grünen Pullover und einem Tweedrock. Ihre braunen Strümpfe erinnerten Townsend an Bezugsscheine und an den Krieg, und ihre Schuhe hätte seine Mutter als »äußerst zweckmäßig« bezeichnet. Miss Younger hatte ihr kastanienbraunes Haar zu einem straffen Knoten hochgesteckt, aus dem nicht ein einziges Haar auszubrechen wagte. Townsends erster Eindruck war, einer jüngeren Ausgabe von Miss Steadman gegenüberzusitzen – eine Illusion, die noch verstärkt wurde, als Miss Younger seine Fragen knapp und gezielt beantwortete.

Das Gespräch dauerte elf Minuten. Am nächsten Morgen trat Miss Younger ihre neue Stelle als Townsends Sekretärin an.

Keith Townsend mußte noch sechs Wochen warten, bis die *Chronicle* rechtmäßig ihm gehörte. Während dieser Zeit sah er Susan fast jeden Tag. Jedesmal, wenn sie ihn fragte, warum er in Adelaide blieb, da er doch sicher war, daß man ihn dringend bei der *Chronicle* in Sydney brauchte, antwortete er: »Bis die Zeitung mir gehört, kann ich nichts tun. Denn wenn man dort wüßte, was ich vorhabe, würde man den Vertrag rückgängig machen, ehe die sechs Wochen vorbei sind.«

Ohne Susan wären Keith diese sechs Wochen endlos erschienen, obwohl sie ihn immer noch regelmäßig damit aufzog, wie selten er pünktlich zu einer Verabredung kam. Er löste dieses Problem schließlich, indem er ihr vorschlug: »Vielleicht wäre es einfacher, wenn du zu mir ziehst.«

An dem Sonntagabend, bevor Townsend die *Chronicle* rechtmäßig übernahm, flogen er und Susan gemeinsam nach Sydney. Townsend bat den Taxifahrer, vor dem Verlagsgebäude zu halten, bevor er sie zum Hotel brachte. Er nahm Susan am Ellbogen und führte sie über die Straße. Auf dem Bürgersteig auf der anderen Seite drehte er sich um und blickte das *Chronicle*-Gebäude hinauf. »Um Mitternacht gehört es mir«, sagte er mit einer Leidenschaftlichkeit, die Susan gar nicht von ihm gewohnt war.

»Ich hatte eigentlich gehofft, daß du um Mitternacht mir gehörst«, zog sie ihn auf.

Susan war überrascht, daß Bruce Kelly im Hotel auf sie wartete. Noch mehr überraschte es sie, daß Keith ihn einlud, mit ihnen das Dinner einzunehmen.

Ihre Gedanken schweiften ab, als Keith beim Abendessen seine Pläne darlegte, was die Zukunft der Zeitung betraf – sosehr in die Sache vertieft, als wäre Susan gar nicht mehr bei ihm. Sie wunderte sich, weshalb Keith nicht auch den Chefredakteur der *Chronicle* zum Dinner eingeladen hatte. Nachdem Bruce gegangen war, nahmen Susan und Keith den Fahrstuhl ins oberste Stockwerk und begaben sich auf ihre getrennten Zimmer. Keith saß am Schreibtisch und ging einige Zahlen durch, als Susan durch die Verbindungstür zu ihm kam.

Am nächsten Morgen stand der Besitzer der *Chronicle* kurz vor sechs Uhr auf und hatte das Hotel längst schon verlassen, bevor Susan aufwachte. Er ging zu Fuß zur Pitt Street und hielt unterwegs an jedem Kiosk und Zeitschriftenladen. Es ist nicht so schlimm wie damals mit der *Gazette*, dachte er, als er vor dem *Chronicle*-Verlagshaus eintraf, aber es könnte viel besser sein.

Er trat in die Eingangshalle. Am Empfang wies er den Mann vom Wachdienst an, dem Chefredakteur und dem Geschäftsführer auszurichten, daß er sie sprechen wolle, sobald sie das Haus betreten hatten, und daß er einen Schlosser kommen lassen solle. Als er diesmal durch das Haus schritt, fragte ihn niemand, wer er sei.

Townsend setzte sich zum erstenmal in Sir Somersets Sessel und las die Frühausgabe der *Chronicle*. Als er die Zeitung von der ersten bis zur letzten Seite durch hatte, erhob er sich und schritt im Büro auf und ab, wobei er dann und wann stehenblieb, um auf den Hafen hinauszuschauen. Als einige Minuten später der Schlosser kam, erklärte Townsend ihm genau, was er wollte.

»Wann?« fragte der Schlosser.

»Jetzt gleich«, antwortete Townsend. Er kehrte zu seinem Schreibtisch zurück und fragte sich, welcher der beiden Männer als erster kommen würde. Er mußte weitere vierzig Minuten warten, ehe es an seine Tür klopfte. Nick Watson, Chefredakteur der *Chronicle*, trat ein. Er sah Townsend hinter dem Schreibtisch, in einen dicken Ordner vertieft.

»Tut mir leid, Keith«, entschuldigte er sich. »Ich hatte ja keine Ahnung, daß Sie an Ihrem ersten Tag schon so früh hier sind.« Townsend blickte auf, als Watson hinzufügte: »Können wir schnell machen? Um zehn muß ich die Redaktionssitzung leiten.«

»Müssen Sie nicht«, entgegnete Townsend. »Ich habe Bruce Kelly gebeten, die Redaktionssitzung zu übernehmen.«

»Wieso? *Ich* bin der Chefredakteur«, protestierte Nick.

»Nicht mehr«, erklärte Townsend. »Ich befördere Sie.«

»Sie befördern mich?« fragte Nick verdutzt.

»Ja. Es wird in der morgigen Ausgabe bekanntgegeben. Sie werden der erste ›Editor emeritus‹ der *Chronicle* sein.«

»Der was?«

»›E-‹ steht für ehemalig und ›-meritus‹ dafür, daß Sie es verdient haben.« Townsend hielt kurz inne, als er bemerkte, daß Watson die volle Bedeutung bewußt wurde. »Machen Sie sich keine Sorgen, Nick. Sie tragen jetzt einen wunderschönen Titel und bekommen ein Jahr bezahlten Urlaub.«

»Aber ... zu Sir Somerset haben Sie doch gesagt, Sie würden sich freuen, mit mir zusammenzuarbeiten.«

»Ich weiß, Nick.« Townsend errötete leicht. »Es tut mir leid, aber ich ...« Er konnte den Satz nicht beenden, weil in diesem Moment wieder jemand an die Tür klopfte.

Duncan Alexander trat ein. »Entschuldige, daß ich dich damit belästige, Keith, aber jemand hat das Schloß an meiner Bürotür ausgewechselt.«

Evening Chronicle

20. November 1947

Ein Freudentag!
Die glückstrahlende Prinzessin Elizabeth heiratet ihren sportlichen Herzog.

Charlotte beschloß, nicht an Arno Schultz' Party anläßlich seines sechzigsten Geburtstags teilzunehmen, weil sie noch zu ängstlich war, David mit seinem deutschen Kindermädchen allein zu lassen. Seit ihrer Rückkehr aus Lyon war Dick viel fürsorglicher und kam manchmal sogar rechtzeitig genug nach Haus, um mitzuerleben, wie sein Erstgeborener zu Bett gebracht wurde.

An diesem Abend verließ Dick die Wohnung kurz nach neunzehn Uhr, um sich zu Arnos Party zu begeben. Er versicherte Charlotte, er würde nur auf einen Drink bleiben, um auf Arnos Gesundheit anzustoßen, und dann gleich wieder nach Hause kommen. Sie lächelte und versprach ihm, daß sein Abendessen fertig sein würde, bis er zurück sei.

Dick fuhr quer durch die Stadt. Er hoffte, sich tatsächlich nach einem raschen Drink gleich wieder verabschieden zu können, so daß er nicht das Dinner über sich ergehen lassen mußte. Dann hätte er vielleicht sogar noch Zeit, eine Runde mit Max Sackville zu pokern, ehe er nach Hause fuhr.

Einige Minuten vor acht klopfte Armstrong an Arnos Tür. Als sein Gastgeber ihn ins Wohnzimmer geführt hatte, in dem die Besucher sich drängten wie Sardinen in der Büchse, erkannte Dick, daß alle nur auf ihn gewartet hatten, um erst nach seinem Erscheinen am Eßtisch Platz zu nehmen. Dick wurde Arnos Freunden vorgestellt, die ihn begrüßten, als wäre er der Ehrengast. Arno drückte ihm ein Glas Wein in die Hand. Dick erkannte gleich nach dem ersten Schluck, daß dieser Rebensaft eindeutig nicht aus dem französischen Sektor stammte. Dann führte Arno seinen Gast in das kleine Eßzimmer, wo für Dick ein Platz neben einem Mann vorgesehen war, der sich als Julius Hahn vorstellte und von Arno als »mein ältester Freund und größter Konkurrent« bezeichnet wurde.

Armstrong kam der Name Hahn bekannt vor; aber ihm fiel nicht gleich ein, in welchem Zusammenhang er ihn schon mal gehört hatte. Anfangs beachtete er Hahn gar nicht und konzentrierte sich statt dessen auf das Essen, das ihnen vorgesetzt wurde. Dick war gerade dabei, eine dünne Brühe unbestimmter tierischer Herkunft zu löffeln, als Hahn ihn fragte, wie die derzeitige Lage in London sei. Dick mußte rasch einsehen, daß dieser Deutsche die britische Hauptstadt viel besser kannte als er selbst.

»Ich hoffe, die Beschränkungen für Reisen ins Ausland werden recht bald aufgehoben«, sagte Hahn. »Ich muß unbedingt bald wieder mal Ihr Land besuchen.«

»Ich kann mir nicht vorstellen, daß die Alliierten sich so schnell darauf einlassen werden«, meinte Armstrong, während Frau Schultz ihm nach der Suppe einen Teller Kaninchenpastete auftischte.

»Diese Situation ist sehr unangenehm für mich«, gestand Hahn. »Ich schaffe es kaum mehr, mich über meine Geschäfte in London auf dem laufenden zu halten.« Da erinnerte Armstrong sich plötzlich, woher er den Namen kannte: Hahn war der Eigentümer des *Berliner* – der Konkurrenzzeitung, die im amerikanischen Sektor herausgegeben wurde. Aber was besaß der Mann sonst noch?

»Ich wollte Sie schon seit langem kennenlernen«, behauptete Armstrong. Hahn blickte erstaunt auf, denn bis zu diesem Augenblick hatte der britische Captain keinerlei Interesse an ihm gezeigt. »Wie hoch ist eigentlich die Auflage des *Berliner*?« fragte Armstrong. Er kannte die Zahl sehr genau, wollte den Gesprächsfluß jedoch in Gang halten, um dann die eine Frage zu stellen, auf deren Beantwortung er *tatsächlich* Wert legte.

»Etwa zweihundertsechzigtausend Exemplare täglich«, erwiderte Hahn. »Und von unserer zweiten Tageszeitung in Frankfurt verkaufen wir gut zweihunderttausend Stück am Tag.«

»Wie viele Zeitungen gehören Ihnen denn?« wollte Armstrong wissen und stocherte mit der Gabel in seinem Essen.

»Nur diese beiden. Vor dem Krieg waren es siebzehn, dazu noch einige wissenschaftliche Fachzeitschriften. Doch ehe nicht sämtliche Beschränkungen aufgehoben sind, kann ich nicht einmal daran denken, weitere Zeitschriften auf den Markt zu bringen.«

»Ich war bisher der Meinung, daß Juden – ich bin selbst Jude, wissen Sie – vor dem Krieg der Besitz von Zeitungsverlagen nicht gestattet war.«

»Das stimmt, Captain Armstrong. Aber ich habe meine sämtlichen Firmenanteile an meinen arischen Geschäftspartner veräußert, der sie mir bereits wenige Tage nach Kriegsende zum gleichen Preis zurückverkaufte.«

»Und die Zeitschriften?« Armstrong kaute auf der Kaninchenpastete. »Könnten sie in diesen schweren Zeiten überhaupt Gewinn abwerfen?«

»O ja. Auf Dauer könnten die Zeitschriften sich sogar als zuverlässigere Einnahmequelle erweisen als die Tageszeitungen. Vor dem Krieg hat mein Verlag den Hauptteil der wissenschaftlichen Publikationen Deutschlands herausgegeben. Doch von dem Tag an, als Hitler in Polen einmarschierte, wurde uns untersagt, auch nur eine dieser Zeitschriften zu veröffentlichen, da sie sich angeblich für die Feinde des Dritten Reiches als nützlich erweisen könnten. Zur Zeit sitze ich auf acht Jahrgängen unveröffentlichter Forschungsarbeiten und einer Vielzahl wissenschaftlicher Schriften, die während des Krieges verfaßt wurden. Ein solches Material könnte sehr viel Geld einbringen, sofern die Absatzmöglichkeiten gewährleistet sind.«

»Was hindert Sie daran, diese Schriften jetzt zu veröffentlichen, wo der Krieg zu Ende ist?« fragte Armstrong.

»Mein Londoner Verlagspartner, mit dem ich eine Abmachung hatte, will sich aus dem Geschäft zurückziehen.«

Die nackte Glühbirne, die von der Decke hing, erlosch plötzlich, und ein kleiner Kuchen, mit einer einzelnen brennenden Kerze in der Mitte, wurde auf den Tisch gestellt.

»Aber wieso?« Armstrong war entschlossen, eine vorzeitige Beendigung des Gesprächs zu unterbinden. Derweil pustete Arno Schultz unter dem Beifall der Gäste die Kerze aus.

»Weil der einzige Sohn des leitenden Direktors bei Dünkirchen gefallen ist«, entgegnete Hahn, während das größte Stück Kuchen auf Armstrongs Teller bugsiert wurde. »Ich habe ihm mehrmals geschrieben und ihm kondoliert, aber er antwortet nicht.«

»Es gibt noch andere Verlage in England.« Armstrong stopfte sich ein Stuck Kuchen in den Mund.

»Gewiß, aber es wäre ein Vertragsbruch, würde ich mich jetzt sofort an einen anderen Verlag wenden. Ich muß allerdings nur noch wenige Monate warten, dann steht mir diese Möglichkeit frei. Ich habe bereits darüber nachgedacht, welcher andere Londoner Verlag meine Interessen am besten vertreten könnte.«

»Tatsächlich?« Armstrong wischte sich die Kuchenkrümel aus den Mundwinkeln.

»Falls Sie sich einmal die Zeit dafür nehmen könnten, Captain Armstrong«, sagte der deutsche Verleger, »wäre es mir eine Ehre, Ihnen mein Verlagsunternehmen zu zeigen.«

»Zur Zeit stehe ich ziemlich unter Termindruck.«

»Ja, natürlich, ich verstehe«, versicherte ihm Hahn.

»Aber vielleicht könnte ich mal kurz vorbeischauen, wenn ich das nächste Mal im amerikanischen Sektor bin.«

»Ja, bitte, tun Sie das.«

Armstrong bedankte sich bei seinem Gastgeber für den schönen Abend, wobei er es so einrichtete, daß er sich zur gleichen Zeit verabschiedete wie Julius Hahn.

»Ich würde mich freuen, wenn wir uns bald einmal wiedersehen«, sagte Hahn, als sie auf den Bürgersteig hinaustraten.

»Das werden wir bestimmt«, versicherte Armstrong und gab Arnold Schultz' engstem Freund die Hand.

Als Dick gegen Mitternacht nach Hause kam, schlief Charlotte bereits. Er zog sich aus, schlüpfte in einen Morgenrock und schlich zu Davids Zimmer hinauf. Dann stand er eine ganze Weile neben dem Bettchen seines Sohnes und blickte den Kleinen an.

»Ich werde dir ein Imperium errichten«, flüsterte er. »Ein Verlagsimperium, auf das du stolz sein kannst, wenn du es einmal übernimmst.«

Am nächsten Vormittag berichtete Armstrong Colonel Oakshott, daß er an der Feier zu Arno Schultz' sechzigstem Geburtstag teilgenommen habe. Er verschwieg dem Colonel jedoch, daß er Julius Hahn kennengelernt hatte. Oakshott wiederum hatte nur eine Neuigkeit für Dick: Major Forsdyke hatte angerufen und um einen weiteren Besuch Armstrongs im russischen Sektor Berlins gebeten. Dick versprach, sich mit Forsdyke in Verbindung zu setzen, verschwieg dem Colonel allerdings, daß er beabsichtigte, zuvor den amerikanischen Sektor zu besuchen.

»Übrigens, Dick«, fiel dem Colonel plötzlich ein, »ich habe Ihren Artikel noch gar nicht gesehen. Den Bericht über die Behandlung der Deutschen in unseren Internierungslagern.«

»Bedauere sagen zu müssen, Sir, das die verdammten Krauts alles andere als kooperativ waren. Ich fürchte, die ganze Sache war reine Zeitverschwendung.«

»Das wundert mich nicht«, entgegnete Oakshott. »Ich hatte Sie gewarnt...«

»Und damit hatten Sie völlig recht, Sir.«

»Trotzdem tut es mir leid«, murmelte der Colonel, »denn ich halte es immer noch für wichtig, diesen Leuten Brücken zu bauen und ihr Vertrauen zu gewinnen.«

»Da bin ich ganz Ihrer Meinung, Sir. Und ich versichere Ihnen, daß ich mich in dieser Hinsicht ehrlich bemühe«, erklärte Armstrong.

»Das weiß ich, Dick. Wie kommt eigentlich *Der Telegraf* in diesen schweren Zeiten zurecht?«

»Besser als je zuvor. Der Verkauf bricht immer noch alle Rekorde. Ab nächsten Monat bringen wir sogar eine Sonntagsausgabe heraus.«

»Das ist ja eine wundervolle Neuigkeit.« Der Colonel freute sich. »Ich habe übrigens soeben erfahren, daß nächsten Monat der Herzog von Gloucester einen offiziellen Besuch in Berlin machen wird. Das könnte eine gute Story abgeben.«

»Hätten Sie den Artikel gern auf der Titelseite des *Telegraf*?« fragte Armstrong.

»Erst wenn ich grünes Licht vom Abschirmdienst bekomme. Dann können Sie – wie nennen Sie es gleich? – die Exklusivrechte an der Geschichte haben.«

»Wie aufregend!« sagte Armstrong, der sich an des Colonels Vorliebe für den Besuch von Würdenträgern und Angehörigen des Königshauses erinnerte. Er stand auf, um zu gehen.

»Vergessen Sie nicht, sich bei Forsdyke sehen zu lassen«, erinnerte ihn der Colonel, ehe Armstrong militärisch grüßte und sich zu seinem Büro zurückfahren ließ.

Armstrong hatte wichtigere Dinge zu erledigen, als einen Major vom Abschirmdienst aufzusuchen. Sobald er die Post auf seinem Schreibtisch durchgesehen und beantwortet hatte, ließ er Sally wissen, daß er den Rest des Tages im amerikanischen Sektor verbringen würde. »Falls Forsdyke anruft, machen Sie bitte für morgen einen Termin für mich.«

Während Private Benson seinen Chef durch die Stadt zum

amerikanischen Sektor chauffierte, ging Armstrong noch einmal alles durch, was erforderlich war, seinen Besuch ganz zufällig erscheinen zu lassen. Er wies Benson an, am Bankhaus Holt & Co. zu halten, wo er hundert Pfund von seinem Konto abhob, fast seine gesamten Ersparnisse. Er ließ nur deshalb eine geringe Summe stehen, weil es von den britischen Streitkräften geahndet wurde, wenn ihre Offiziere ihr Konto überzogen.

Kaum befand er sich im amerikanischen Sektor, ließ er Benson vor einer anderen Bank halten, wo er die englischen Pfund gegen vierhundertzehn Dollar eintauschte. Dick konnte nur hoffen, daß sein Einsatz hoch genug war, um Max Sackville zu einem Spiel herauszufordern, bei dem diesmal *er* die Regeln bestimmen würde.

Bei ihrem gemeinsamen Mittagessen in der amerikanischen Offiziersmesse ließen Armstrong und Sackville sich Zeit. Dick versprach dem amerikanischen Captain, abends zu ihrer gewohnten Pokerrunde zu erscheinen. Nach dem Essen schwang er sich wieder in den Jeep und ließ sich von Benson zum Verlagshaus des *Berliner* fahren.

Julius Hahn staunte nicht schlecht, Captain Armstrong so bald nach ihrer ersten Begegnung wiederzusehen. Sofort ließ er alles stehen und liegen, um seinem so distinguiert wirkenden Besucher den Verlag zu zeigen. Schon nach wenigen Minuten wurde Armstrong sich der Größe des Imperiums bewußt, über das Hahn herrschte, auch wenn dieser immer wieder abfällig bemerkte: »Verglichen mit früher ist es ein armseliger Schuppen.«

Als die Führung beendet war – einschließlich der Besichtigung der einundzwanzig Druckerpressen im Keller –, hatte Armstrong sehr genau erkannt, wie unbedeutend *Der Telegraf* im Vergleich zu Hahns Verlagshaus war, erst recht, nachdem der Unternehmer erwähnt hatte, daß er in anderen Teilen Deutschlands sieben weitere Verlage und Druckereien besaß, die etwa die gleiche Größe aufwiesen wie das Berliner Verlagshaus; darunter eine Niederlassung im russischen Sektor Berlins.

Als Armstrong kurz nach siebzehn Uhr schließlich das Gebäude verließ, bedankte er sich bei Julius, wie er ihn inzwischen anredete, und erklärte: »Wir müssen uns bald wiedersehen, mein Freund. Hätten Sie nicht Lust, in nächster Zeit mit mir zu Mittag zu essen?«

»Das ist sehr freundlich von Ihnen«, dankte Hahn, »aber Ihnen ist sicher bekannt, Captain Armstrong, daß wir den britischen Sektor nicht besuchen dürfen.«

»Dann werde ich schlicht und einfach zu Ihnen kommen.« Armstrong lächelte.

Hahn begleitete seinen Besucher zur Tür und schüttelte ihm zum Abschied herzlich die Hand. Armstrong überquerte die Straße und spazierte eine Seitengasse entlang, ohne seinen Fahrer zu beachten. Vor einer Bar namens *Joe* blieb er stehen und fragte sich, welchen Namen sie wohl vor dem Krieg getragen hatte. Er trat ein, während Benson herangefahren kam und den Jeep einige Meter weiter anhielt.

Armstrong bestellte sich ein Glas Cola und nahm an einem Ecktisch Platz. Er war erleichtert, daß ihn offenbar niemand erkannte und auch niemand versuchte, sich zu ihm an den Tisch zu setzen. Nach der dritten Cola vergewisserte er sich unauffällig, daß die vierhundertzehn Dollar sicher in seiner Tasche steckten. Es versprach eine lange Nacht zu werden.

»Wo, zum Teufel, steckt er?« erkundigte sich Forsdyke.

»Captain Armstrong mußte kurz vor Mittag in den amerikanischen Sektor hinüber, Sir«, ließ Sally ihn wissen. »Gleich nach seinem Treffen mit Colonel Oakshott hat sich eine dringende Sache ergeben. Doch ehe der Captain losfuhr, hat er mir aufgetragen, einen Termin mit Ihnen zu vereinbaren, falls Sie anrufen.«

»Wie außerordentlich zuvorkommend von ihm«, stellte Forsdyke sarkastisch fest. »Auch im britischen Sektor hat sich etwas Dringendes ergeben, und ich wüßte es sehr zu schätzen, wenn Captain Armstrong sich morgen früh um neun bei mir sehen ließe.«

»Ich werde dafür sorgen, das er Ihre Nachricht erhält, sobald er zurückkommt, Major Forsdyke«, versprach Sally. Sie hätte versucht, sich sofort mit Dick in Verbindung zu setzen, hatte aber nicht die leiseste Ahnung, wo er zu erreichen war.

»Fünfkarten-Studpoker, wie üblich?« fragte Max. Er schob eine Flasche Bier über den grünen Filz des Kartentisches.

»Soll mir recht sein.« Armstrong nahm die Karten und mischte.

»Ich glaube, ich werde dich heute abend ausnehmen wie 'ne Weihnachtsgans, alter Freund.« Max zog seine Jacke aus und hängte sie über die Stuhllehne. »Ich hoffe, du hast genug Geld dabei.« Bedächtig füllte er sein Bier in ein Glas.

»Reichlich«, versicherte ihm Armstrong, der sich darauf beschränkte, am Bierglas zu nippen, denn er mußte die nächsten Stunden völlig nüchtern bleiben und einen klaren Kopf behalten. Als Armstrong gemischt hatte, hob Max ab und steckte sich eine Zigarette an.

Nach einer Stunde hatte Armstrong bereits siebzig Dollar gewonnen und mußte sich immer wieder von der anderen Seite des Tisches Worte wie »so ein verdammtes Glück« und »was für ein Scheißpech« anhören. Die zweite Stunde der Pokerpartie begann Dick mit dem beruhigenden Gefühl, nahezu fünfhundert Dollar in der Tasche zu haben.

»Bis jetzt hast du ja eine gottverdammte Glückssträhne gehabt«, fluchte Max und öffnete seine vierte Flasche Bier. »Aber die Nacht ist noch jung.«

Armstrong lächelte und nickte, während er seinem Gegner eine Karte über den Tisch schob und sich selbst eine zweite nahm. Er blickte auf sein Blatt – Pik vier und Pik neun –, legte fünf Dollar auf den Tisch und gab sich zwei weitere Karten.

Max hielt die fünf Dollar und hob rasch die Ecke seiner Karte, um nachzusehen, was Dick ihm da gegeben hatte. Er bemühte sich, nicht zu lächeln, und legte weitere fünf Dollar auf Armstrongs Einsatz.

Dick gab sich eine fünfte Karte und betrachtete sein Blatt eine Zeitlang, ehe er um einen Zehndollarschein erhöhte. Ohne zu zögern zog Max ebenfalls eine Zehndollarnote aus einem Bündel Scheine in der Brusttasche und warf sie auf den Geldhaufen. Dann fuhr er sich mit der Zunge über die Lippen und sagte: »Ich will sehen, alter Junge.«

Armstrong drehte seine Karten um: ein Paar Vieren. Max' Lächeln wurde noch breiter, als er sein Paar Zehner aufdeckte. »Mich kannst du nicht bluffen«, sagte der Amerikaner und zog den Stapel Banknoten zu sich herüber.

Am Ende der zweiten Stunde war Max leicht im Vorteil, was die Gewinne betraf. »Ich hab' dich gewarnt, daß es eine lange Nacht wird!« Sein Glas hatte Max schon vor geraumer Weile zur Seite geschoben. Jetzt trank er aus der Flasche.

Im Laufe der dritten Stunde, als Max drei Spiele hintereinander gewonnen hatte, brachte Dick den Namen Julius Hahn zur Sprache. »Der Bursche behauptet, er kennt dich.«

»Kann man wohl sagen. Er ist für die Zeitung verantwortlich, die in unserem Sektor herausgegeben wird. Allerdings hab' ich sie noch nie gelesen.«

»Hahn scheint ziemlich erfolgreich zu sein.« Armstrong verteilte ein weiteres Blatt.

»Und ob. Aber das verdankt er nur mir.«

Armstrong schob zehn Dollar zur Tischmitte, obwohl er bloß ein einsames As auf der Hand hatte. Sofort legte Max einen Zehndollarschein nach und verlangte eine weitere Karte.

»Was meinst du damit – er verdankt es dir?« Armstrong klatschte zwanzig Dollar auf den wachsenden Haufen Geldscheine.

Max zögerte, starrte auf seine Karten, blickte auf das Geld und fragte: »Waren das da gerade zwanzig Dollar, die du eingesetzt hast?« Armstrong nickte. Der Amerikaner zog ebenfalls einen Zwanzigdollarschein aus der Brusttasche und knallte ihn auf den Stapel.

»Hahn könnte sich nicht mal den Hintern abwischen, würde ich ihm nicht das Papier dafür geben.« Max studierte sein Blatt mit angespanntem Blick. »Ich überlasse ihm seine monatliche Zuteilung. Ich kontrolliere seinen Papiervorrat. Ich entscheide, wieviel Strom er bekommt und wann ihm der Saft ein- und ausgeschaltet wird. Aber das wißt ihr doch genau, du und Arno Schultz.«

Max blickte auf und beobachtete verdutzt, wie Armstrong ein ganzes Bündel Scheine aus seiner Brieftasche nahm. »Du bluffst, Junge!« sagte Max. »Das rieche ich!« Er zögerte. »Wieviel hast du diesmal eingesetzt?«

»Fünfzig Dollar«, antwortete Armstrong gleichmütig.

Max schob die Finger in die Brusttasche, holte zwei Zehner und sechs Fünfer heraus und legte sie widerstrebend auf den Tisch. »Dann wollen wir doch mal sehen, was du diesmal hast«, forderte er mit schon leicht lallender Stimme.

Armstrong drehte die Karten um: ein Siebenerpaar. Max lachte grölend und deckte drei Buben auf.

»Ich hab's gewußt! Du hast wieder mal geblufft!« Er nahm einen weiteren Schluck aus der Flasche. Als er die Karten für die nächste Runde verteilte, lächelte er unentwegt. »Ich weiß nicht so recht, wer leichter fertigzumachen wäre, du oder Hahn.« Seine Zunge gehorchte ihm nur noch mit Mühe.

»Bist du sicher, daß jetzt nicht nur der Alkohol aus dir spricht?« fragte Dick und betrachtete sein Blatt ohne sonderliches Interesse.

»Du wirst schon sehen, wer oder was spricht«, lallte Max. »In nicht einmal einer Stunde hab' ich dich zur Schnecke gemacht!«

»Ich habe nicht von mir gesprochen«, Armstrong setzte weitere fünf Dollar, »sondern von Hahn.«

Eine längere Pause trat ein, als Max sich abermals einen tiefen Schluck aus der Flasche genehmigte. Armstrong nahm sich noch eine Karte und legte zehn Dollar auf den Haufen. Max verlangte ebenfalls eine Karte und leckte sich die Lippen, während er sie anstierte. Dann zog er einen weiteren Zehndollarschein aus dem Bündel in seiner Brusttasche.

»Dann wollen wir doch mal sehen, was du diesmal hast, alter Knabe.« Max war zuversichtlich, mit seinen zwei Paaren – Asse und Buben – den Pott zu gewinnen.

Armstrong drehte drei Fünfen um. Max machte ein düsteres Gesicht, als er das Geld auf die andere Seite des Tisches verschwinden sah. »Wärst du bereit, echtes Geld einzusetzen, statt dein großes Mundwerk?« brummte er.

»Aber das habe ich doch gerade«, sagte Armstrong und steckte die Scheine ein.

»Nein, nein. Ich meine, wenn es um Hahn geht.«

Dick erwiderte nichts.

»Du hast Schiß«, stellte Max fest, nachdem Dick eine Zeitlang geschwiegen hatte.

Dick legte das Kartenspiel auf den Tisch, blickte seinen Gegner an und sagte ungerührt: »Ich wette mit dir um tausend Dollar, daß du es nicht schaffst, Hahn in den Bankrott zu treiben.«

Max setzte seine Flasche ab und starrte über den Tisch, als könne er nicht glauben, was er soeben gehört hatte. »Wieviel Zeit gibst du mir?«

»Sechs Wochen.«

»Das reicht nicht! Vergiß nicht – es muß so aussehen, als hätte es nichts mit mir zu tun. Ich brauche mindestens sechs Monate.«

»Ich habe keine sechs Monate«, entgegnete Armstrong. »Ich könnte den *Telegraf* jederzeit in sechs Wochen vom Markt fegen, wenn du die Wette umdrehen willst.«

»Aber Hahns Unternehmen ist viel größer als das von Arno Schultz!« gab Max zu bedenken.

»Das ist mir klar. Also gut. Du bekommst drei Monate.«

»Dann will ich eine Quote!«

Wieder gab Armstrong vor, als würde er Zeit brauchen, über diesen Vorschlag nachzudenken. »Zwei zu eins«, antwortete er schließlich.

»Drei zu eins, und du bist im Spiel«, sagte Max.

»Na gut«, erklärte Armstrong sich einverstanden. Die beiden Männer beugten sich über den Tisch vor und besiegelten die Wette mit einem Händedruck. Danach erhob der amerikanische Captain sich auf unsicheren Beinen von seinem Stuhl und wankte zum Kalenderbild, das an der gegenüberliegenden Wand hing und eine spärlich bekleidete Schöne zeigte. Er blätterte die Seiten um, bis er den Oktober gefunden hatte; dann zog er einen Füllfederhalter aus seiner Hosentasche und malte einen großen Kreis um den siebzehnten. »Das ist der Tag, an dem ich meine tausend Dollar kassieren werde!«

»Du hast keine Chance«, stichelte Armstrong. »Ich habe Hahn kennengelernt – so leicht ist der nicht kleinzukriegen.«

»Überlaß das mir«, sagte Max, als er zum Tisch zurückkehrte. »Ich werde mit Hahn genau das machen, was die Nazis versäumt haben!«

Max gab die Karten für eine neue Runde. In der nächsten Stunde gewann Dick den Großteil des Geldes zurück, das er zuvor an diesem Abend verloren hatte. Aber als er sich kurz vor Mitternacht verabschiedete, um sich heimfahren zu lassen, leckte Max sich immer noch die Lippen.

Am nächsten Morgen trat Dick aus dem Badezimmer und sah Charlotte hellwach im Bett sitzen.

»Wann bist du letzte Nacht nach Hause gekommen?« fragte sie eisig, als Dick ein frisches Hemd aus der Kommode nahm.

»Gegen Mitternacht. Vielleicht war es auch schon eins. Ich habe außerhalb gegessen. Kein Grund, sich irgendwelche Sorgen um mich zu machen.«

»Mir wäre es lieber, du würdest zu einer christlicheren Stunde nach Hause kommen. Dann könnten wir vielleicht mal *eine* von den Mahlzeiten essen, die ich jeden Abend für dich koche.«

»Alles was ich tue, ist auch zu deinem Besten. Wie oft habe ich eigentlich schon versucht, dir das klarzumachen?«

»So langsam frage ich mich, ob du überhaupt *weißt*, was zu meinem Besten ist«, entgegnete Charlotte.

Dick betrachtete sie im Spiegel, schwieg aber.

»Da du dich offenbar nie ernsthaft darum bemühst, uns aus diesem Loch herauszuholen, ist es vielleicht an der Zeit, daß ich nach Lyon zurückkehre.«

»Meine Entlassungspapiere müßten jetzt bald eintreffen«, behauptete Dick, während er seinen Windsorknoten im Spiegel begutachtete. »Im Höchstfall dauert es noch drei Monate, meint Colonel Oakshott.«

»Noch ein Vierteljahr?« rief Charlotte ungläubig.

»Es hat sich da was ergeben, das sich als außerordentlich wichtig für unsere Zukunft erweisen könnte.«

»Ich nehme an, daß du mir nichts darüber erzählen kannst – wie üblich.«

»Stimmt. Ist streng geheim.«

»Wie außerordentlich praktisch für dich!« spöttelte Charlotte. »Jedesmal, wenn ich mit dir über unser Leben reden möchte, sagst du, ›es hat sich etwas ergeben‹. Und jedesmal, wenn ich Näheres darüber wissen möchte, *was* sich ergeben hat, sagt du, daß es streng geheim ist.«

»Du bist nicht fair«, entgegnete Dick. »Es ist wirklich streng geheim. Und überhaupt – alles was ich tue, das tue ich letztendlich nur für dich und David.«

»Ach, wirklich? Du bist nie hier, wenn ich David zu Bett bringe. Und wenn er morgens aufwacht, bist du schon unterwegs ins Büro. Er sieht dich so selten, daß er bald gar nicht mehr weiß, ob du oder Private Benson sein Vater ist!«

Dick hob die Stimme. »Ich habe meine Pflichten.«

»Ja«, sagte Charlotte, »deiner Familie gegenüber. Und die wichtigste Pflicht müßte dir sein, uns so schnell wie möglich aus dieser gottverlassenen Stadt zu bringen!«

Dick schlüpfte in seine Uniformjacke und drehte sich zu Charlotte um. »Ich bemühe mich ständig darum. Es ist im Moment nur nicht so einfach. Du mußt versuchen, das zu verstehen.«

»Ich fürchte, ich verstehe nur zu gut! Wie kommt es denn, daß alle möglichen andere Dinge so leicht für dich sind? Und versichert *Der Telegraf* uns jetzt nicht immer wieder, daß das Schienennetz instand gesetzt wurde und nun täglich mindestens zwei Züge von Berlin abgehen? Vielleicht sollte ich mir David nehmen und einfach wegfahren.«

»Was willst du damit sagen?« brüllte Dick und ging auf sie zu.

»Ganz einfach! Daß du vielleicht eines Nachts nach Hause kommst, und Frau und Kind sind nicht mehr da!«

Dick trat einen weiteren Schritt auf sie zu und hob die Faust, doch Charlotte fuhr nicht zurück. Er blieb stehen, starrte ihr in die Augen.

»Ah! Möchtest du mich auch so mies behandeln wie alle anderen, die nicht mindestens Captain sind?« giftete Charlotte ihn an.

Dick senkte die Faust. »Ich weiß nicht, warum ich mir überhaupt noch die Mühe mache. Ich bekomme keinerlei Unterstützung von dir, keinen Zuspruch – nicht mal dann, wenn ich's am dringendsten brauche. Und was ich auch für dich zu tun versuche, immer jammerst du bloß und überschüttest mich mit Vorwürfen.« Charlotte zuckte mit keiner Wimper. »Dann fahr doch zu deiner Familie zurück, wenn du willst, du dumme Kuh! Aber bilde dir bloß nicht ein, daß ich dir nachgelaufen komme!« Er stürmte aus dem Schlafzimmer, griff nach seiner Mütze und dem Offiziersstöckchen, rannte die Treppe hinunter und schritt aus dem Haus. Benson wartete im Jeep mit laufendem Motor, um seinen Vorgesetzten zum Büro zu bringen.

»Was, zum Teufel, glaubst du eigentlich, was aus dir wird, wenn du mich verläßt?« knurrte Armstrong, als er in den Jeep kletterte.

»Bitte, Sir?« Private Benson warf ihm einen leicht fassungslosen Blick zu.

Armstrong schaute ihn an. »Bist du verheiratet, Reg?«

»Nein, Sir. Hitler hat mich im letzten Augenblick davor bewahrt.«

»Hitler?«

»Jawohl, Sir. Ich wurde drei Tage vor der geplanten Hochzeit eingezogen.«

»Wartet deine Braut noch auf dich?«

»Nein, Sir. Sie hat meinen besten Freund geheiratet.«

»Fehlt sie dir?«

»Sie nicht, Sir, aber der Freund.«

Armstrong lachte, als Benson hielt, um ihn vor dem Bürogebäude aussteigen zu lassen.

Die erste Person, der Dick begegnete, war Sally. »Haben Sie meine Nachricht bekommen, Captain?« fragte sie.

Armstrong blieb abrupt stehen. »Welche Nachricht?«

»Ich habe gestern abend bei Ihnen zu Hause angerufen und Ihre Frau gebeten, Ihnen auszurichten, daß Major Forsdyke Sie heute morgen um neun in seinem Büro erwartet.«

»Verdammtes Weibsstück«, brummte Armstrong, machte kehrt und ging an Sally vorbei zum Ausgang. »Welche Termine habe ich heute sonst noch?« rief er über die Schulter.

»Der Terminkalender ist heute ziemlich leer«, erwiderte Sally und rannte ihm nach. »Aber denken Sie an das Dinner zu Ehren von Field Marshal Auchinleck heute abend! Charlotte ist ebenfalls eingeladen. Sie müssen sich um neunzehn Uhr dreißig im Offizierskasino einfinden. Alle höheren Offiziere werden dort sein.«

Als Armstrong die Tür erreichte, sagte er noch rasch: »Ich werde wohl vormittags kaum noch ins Büro kommen.«

Benson drückte hastig die Zigarette aus, die er sich eben erst angezündet hatte, und fragte: »Wohin jetzt, Sir?« als Armstrong sich neben ihn gesetzt hatte.

»Gib Gas. Ich muß um neun Uhr bei Major Forsdyke sein.«

»Aber, Sir ...«, protestierte Benson, während er auf den Anlasser drückte, entschied sich dann jedoch dagegen, dem Captain zu sagen, daß selbst Nuvolari es nur mit Mühe in siebzehn Minuten quer durch Berlin geschafft hätte.

Doch eine Minute vor neun hatte Benson ihr Ziel erreicht. Er war heilfroh, daß die Militärpolizei sie nicht gestoppt hatte.

»Guten Morgen, Armstrong«, wurde Dick von Forsdyke begrüßt, als er das Büro betrat. Forsdyke wartete auf Dicks militärischen Gruß; aber der kam nicht. Schließlich sagte er: »Sie müssen eine dringende Sache erledigen. Wir möchten, daß Sie Ihrem Freund Major Tulpanow ein Päckchen bringen.«

»Er ist nicht mein Freund«, erwiderte Armstrong schroff.

»Seien Sie nicht so empfindlich, alter Junge«, rügte Forsdyke. »Sie sollten inzwischen wissen, daß Sie sich das nicht leisten können, wenn Sie für mich arbeiten.«

»Ich arbeite nicht für Sie!« brüllte Armstrong.

Forsdyke blickte zu dem Mann hoch, der auf der anderen Seite seines Schreibtisches stand. Er kniff die Augen zusammen, und seine Lippen bildeten einen geraden Strich. »Ich bin mir bewußt, daß Sie im britischen Sektor großen Einfluß besitzen, Captain Armstrong. Aber ich muß Sie daran erinnern, daß mein Rang höher ist als Ihrer, so mächtig Sie sich auch vorkommen mögen.

Und was Sie vielleicht noch mehr überzeugt – ich habe nicht das geringste Interesse daran, durch Ihren Einfluß auf der Titelseite Ihres gräßlichen Skandalblättchens zu erscheinen. Also Schluß mit Ihrer Aufgeblasenheit! Erledigen Sie diesen erforderlichen Job!«

Längeres Schweigen setzte ein. »Sie wollten, daß ich ein Päckchen abgebe«, brachte Armstrong endlich hervor.

»Stimmt«, bestätigte der Major. Er zog eine Schreibtischlade auf, nahm ein Päckchen von der Größe eines Schuhkartons heraus und reichte es Armstrong. »Sorgen Sie bitte dafür, daß Major Tulpanow das hier so schnell wie möglich erhält.«

Armstrong nahm das Päckchen, klemmte es sich unter den linken Arm, salutierte übertrieben und marschierte aus dem Büro des Majors.

»Zum russischen Sektor«, befahl er Benson, als er in den Jeep kletterte.

»Jawohl, Sir«, erwiderte Benson, der froh war, daß er sich diesmal wenigstens drei Züge von seiner Zigarette hatte genehmigen können. Ein paar Minuten, nachdem sie den russischen Sektor erreicht hatten, wies ihn Armstrong an, am Bordstein zu halten.

»Warte hier und rühr dich nicht von der Stelle, bis ich zurück bin«, befahl Dick. Dann stieg er aus und schritt in Richtung Leninplatz davon.

»Entschuldigen Sie, Sir!« rief Benson, sprang aus dem Jeep und rannte ihm nach.

Armstrong fuhr herum und funkelte seinen Fahrer an. »Habe ich nicht gerade befohlen, daß du ...«

»Verzeihung, Sir, aber werden Sie das nicht brauchen?« Er hielt Dick die in braunes Packpapier gehüllte Schachtel hin.

Armstrong riß sie ihm aus der Hand und setzte ohne ein weiteres Wort seinen Weg fort. Obwohl die Turmuhr eben erst zehn geschlagen hatte, fragte sich Benson, ob der Chef wohl eine Geliebte besuchte.

Armstrongs Stimmung befand sich noch immer auf dem Nullpunkt, als er wenige Minuten später den Leninplatz erreichte. Er stürmte ins Gebäude, die Treppe hinauf und durch das Vorzimmer der Sekretärin zu Tulpanows Büro.

»Verzeihen Sie, Sir!« rief die Sekretärin und schoß aus ihrem Sessel. Doch es war bereits zu spät. Armstrong hatte die Tür zu Tulpanows Büro erreicht, ehe sie ihn zurückhalten konnte. Dick schob die Tür auf und trat ins Zimmer.

Mitten im Schritt hielt er inne, als er sah, mit wem Tulpanow sich unterhielt. »Tut mir leid, Sir«, stammelte er und wandte sich rasch zum Gehen, wobei er die herbeieilende Sekretärin fast zu Boden stieß.

»Nein, Lubji, bitte bleiben Sie doch. Setzen Sie sich zu uns«, forderte Tulpanow ihn auf.

Armstrong schwang wieder herum, schlug die Hacken zusammen und salutierte. Er spürte, wie sein Gesicht immer stärker glühte. »Marschall«, sagte der Major vom russischen Geheimdienst, »darf ich Sie mit Captain Armstrong bekannt machen. Er ist im britischen Sektor für die Öffentlichkeitsarbeit zuständig.«

Der »Sieger von Berlin« und derzeitige kommandierende Offizier des russischen Sektors gab Armstrong die Hand.

Armstrong entschuldigte sich ein zweites Mal für sein Hereinplatzen, diesmal auf russisch. »Ich freue mich, Sie kennenzulernen«, sagte Marschall Schukow in seiner Muttersprache. »Wenn ich mich nicht irre, werde ich heute abend mit Ihnen dinieren.«

Armstrong erwiderte verdutzt: »Nicht, daß ich wüßte, Sir.«

»O doch«, beharrte Schukow. »Erst vor einer Stunde konnte ich einen Blick auf die Gästeliste werfen. Ich habe das Vergnügen, neben Ihrer Gemahlin zu sitzen.«

Es folgte ein etwas verlegenes Schweigen. Armstrong beschloß, keine Äußerung mehr von sich zu geben, solange er sich seiner Sache nicht vollkommen sicher war. »Vielen Dank für Ihren Besuch, Marschall«, brach Tulpanow endlich die peinliche Stille, »und für die Aufklärung dieses kleinen Mißverständnisses.«

Major Tulpanow salutierte ein wenig lässig, und Schukow erwiderte den Gruß auf die gleiche Weise. Dann verließ er ohne ein weiteres Wort das Büro. Nachdem die Tür sich hinter ihm geschlossen hatte, fragte Armstrong: »Ist es bei Ihren Streitkräften üblich, daß Marschälle Majore besuchen?«

»Nur wenn diese Majore vom Geheimdienst sind«, antwortete Tulpanow lächelnd. Sein Blick heftete sich auf das Päckchen. »Wie ich sehe, bringen Sie Geschenke mit.«

»Ich habe keine Ahnung, was es ist«, entgegnete Armstrong und händigte ihm das Paket aus. »Forsdyke hat mich gebeten, dafür zu sorgen, daß Sie es umgehend bekommen.«

Tulpanow öffnete die Verschnürung wie ein Kind, das ein unerwartetes Weihnachtsgeschenk auspackt. Als er das braune Papier entfernt hatte, hob er den Deckel der Schachtel und brachte ein Paar Straßenschuhe von bester Qualität zum Vorschein. Er probierte sie sogleich an. »Passen wie angegossen!« freute er sich und betrachtete bewundernd die Schuhkappen, in denen man sich spiegeln konnte. »Forsdyke mag ja ein arroganter Hurensohn sein, wie Ihr Freund Max ihn bezeichnen würde, aber man kann sich darauf verlassen, daß die Engländer einen mit den schönen Dingen des Lebens versorgen.«

»Dann bin ich also nichts weiter als ein Botenjunge«, knirschte Armstrong.

»Ich versichere Ihnen, Lubji, bei uns gibt es keine ehrenvollere Aufgabe.«

»Ich hab' es Forsdyke schon gesagt, und nun sage ich es Ihnen ...«, begann Armstrong, und seine Stimme hob sich. Dann aber verstummte er.

»Ah, wie ich sehe, sind Sie heute mit dem falschen Fuß aufgestanden, um eine weitere englische Redewendung zu benutzen.«

Armstrong starrte ihn an und zitterte beinahe vor Wut.

»Nein, nein, sprechen Sie nur weiter, Lubji. Bitte, sagen Sie mir, was Sie zu Forsdyke gesagt haben.«

»Nichts«, knurrte Armstrong. »Ich habe nichts gesagt.«

»Freut mich zu hören.« Der Major nickte. »Denn Sie müssen wissen, daß ich der einzige bin, dem Sie so etwas anvertrauen könnten.«

»Wieso sind Sie sich da so sicher?« fragte Armstrong.

»Weil Sie, genau wie Doktor Faust, einen Pakt mit dem Teufel geschlossen haben, Lubji.« Er machte eine Pause. »Und vielleicht auch deshalb, weil ich bereits von Ihrem kleinen Komplott weiß – und wieder möchte ich eine typisch britische Wendung benutzen, die Ihre Absicht unmißverständlich klarmacht: Sie möchten Herrn Julius Hahn aus dem Rennen werfen.«

Armstrong sah aus, als wollte er protestieren. Der Major zog eine Braue hoch, und Armstrong schwieg.

»Warum haben Sie mich nicht von vornherein in Ihr kleines Geheimnis eingeweiht, Lubji?« fuhr Tulpanow fort. »Wir hätten durchaus unseren Teil dazu beigetragen. Vielleicht hätten wir Hahn sogar den Strom abschalten und die Papierlieferungen an

Hahns Druckerei im russischen Sektor einstellen können. Aber Sie wußten wahrscheinlich gar nicht, daß er alle seine Zeitschriften in einem Gebäude druckt, das nur einen Katzensprung von hier entfernt ist. Ein bißchen mehr Vertrauen, Lubji, und Sie hätten sich das Spiel und die Wette mit Sackville ersparen können.«

Armstrong sagte immer noch nichts.

»Aber vielleicht hatten Sie genau das geplant. Drei zu eins ist eine gute Quote – solange ich einer der drei bin.«

»Aber wie konnten Sie …?«

»Sie haben uns wieder einmal unterschätzt, Lubji. Seien Sie versichert, daß Ihr Wohlergehen uns nach wie vor am Herzen liegt. Und wenn Sie Major Forsdyke wiedersehen, dann richten Sie ihm bitte aus, daß die Schuhe gar nicht besser passen könnten.«

Es war offensichtlich, daß Tulpanow diesmal nicht die Absicht hatte, Dick zum Mittagessen einzuladen. Dick grüßte militärisch, verließ Tulpanows Büro und kehrte mürrisch zu seinem Jeep zurück.

»Zum *Telegraf*«, sagte er zu Benson. Am Checkpoint wurden sie ein paar Minuten aufgehalten, ehe man sie in den britischen Sektor durchließ. Als Armstrong die Druckerei des *Telegraf* betrat, wunderte er sich, daß die Druckmaschinen allesamt auf Hochtouren liefen. Er ging direkt zu Arno, der die Bündelung jedes Zeitungsstapels beaufsichtigte, der frisch aus der Presse kam.

»Wieso drucken wir noch?« rief Armstrong, um sich über den Lärm der Maschinen hinweg verständlich zu machen. Arno deutete in Richtung seines Büros. Keiner der beiden Männer sprach, ehe nicht die Tür hinter ihnen geschlossen war.

»Haben Sie es noch nicht gehört?« fragte Arno dann und bot Armstrong seinen Schreibtischsessel an.

»Was gehört?«

»Wir haben gestern abend dreihundertfünfzigtausend Exemplare verkauft, und es werden immer noch mehr verlangt.«

»Dreihundertfünfzigtausend? Und man will noch mehr? Wieso?«

»*Der Berliner* konnte die letzten zwei Tage nicht erscheinen. Julius Hahn hat mich heute morgen angerufen und gesagt, daß er seit achtundvierzig Stunden keinen Strom hat.«

»Was für ein schreckliches Pech!« Armstrong schüttelte scheinbar mitfühlend den Kopf.

»Und was noch schlimmer ist«, fügte Arno hinzu, »die Russen liefern ihm kein Papier mehr. Er wollte wissen, ob wir die gleichen Probleme haben.«

»Was haben Sie ihm gesagt?« fragte Armstrong.

»Daß wir solche Schwierigkeiten nicht mehr kennen, seit Sie die Sache in die Hand genommen haben«, antwortete Arno. Armstrong lächelte und erhob sich.

»Wenn *Der Berliner* morgen immer noch nicht erscheinen kann«, sagte Arno und begleitete Armstrong zum Ausgang, »werden wir mindestens vierhunderttausend Exemplare drucken müssen.«

Armstrong schloß die Tür hinter sich. »Was für ein schreckliches Pech«, wiederholte er.

SYDNEY MORNING HERALD

JANUAR 1957

SYDNEYS OPERNHAUS: UMSTRITTENER DÄNISCHER ENTWURF ERHÄLT ZUSCHLAG

»Aber ich habe dich kaum noch zu Gesicht bekommen, seit wir unsere Verlobung bekanntgaben«, beklagte sich Susan.

Keith drehte sich zu ihr um. »Ich versuche, eine Zeitung in Adelaide und eine andere in Sydney herauszugeben. Leider ist es nun mal unmöglich, an zwei Orten gleichzeitig zu sein.«

»In letzter Zeit schaffst du es ja kaum noch, nur an *einem* Ort zu sein«, nörgelte Susan. »Und wenn du auch noch dieses Sonntagsblatt in Perth kaufen kannst – übrigens weiß ich nur aus den Zeitungen, daß du das vorhast –, werde ich dich wohl nicht einmal mehr an den Wochenenden sehen.«

Keith war klar, daß dies nicht der richtige Augenblick war, Susan zu sagen, daß er den Kauf mit dem Besitzer des *Perth Sunday Monitor* bereits abgeschlossen hatte. Wortlos schlüpfte er aus dem Bett.

»Wohin verschwindest du denn jetzt schon wieder?« fragte Susan, als er ins Badezimmer schlurfte.

»Ich hab' in der City eine Verabredung zum Frühstück«, rief Keith durch die geschlossene Tür.

»An einem Sonntagmorgen?«

»Es war der einzige Tag, an dem der Mann die Zeit dafür aufbringen konnte. Er mußte extra von Brisbane herfliegen.«

»Aber wir wollten heute doch segeln gehen. Oder hast du das auch vergessen?«

»Natürlich nicht«, versicherte ihr Keith, als er aus dem Bad zurückkam. »Deshalb habe ich mich ja auf diese Frühstücksverabredung eingelassen. Wenn du startklar bist, bin ich längst wieder zu Hause.«

»So wie letzten Sonntag?«

»Das war etwas ganz anderes«, entgegnete Keith. »Der *Perth Monitor* ist ein Sonntagsblatt. Wie sollte ich herausfinden, was die

Zeitung taugt, wenn ich nicht an dem Tag an Ort und Stelle bin, an dem sie erscheint?«

»Du hast die Zeitung also gekauft!« stellte Susan fest.

Keith schlüpfte in seine Hose, ehe er sich ihr – ein wenig verlegen – zuwandte. »Ja, allerdings noch nicht notariell. Aber der *Monitor* hat eine ausgezeichnete Geschäftsführung. Es dürfte also nicht notwendig sein, daß ich allzu oft nach Perth fliege.«

»Und die Redaktion?« fragte Susan, als Keith ein Sportjackett anzog. »Wenn du hier nach dem gleichen Muster vorgehst wie bei den anderen Zeitungen, die du übernommen hast, wirst du sie mindestens die ersten sechs Monate mit Argusaugen überwachen.«

»Na, na. So schlimm wird's schon nicht werden. Das verspreche ich dir. Sorg du nur dafür, daß wir sofort aufbrechen können, wenn ich zurückkomme.« Er beugte sich zu ihr hinunter und küßte sie auf die Wange. »Länger als eine Stunde, im Höchstfall zwei, bin ich nicht fort.« Er schloß die Schlafzimmertür, ehe Susan dazu kam, noch etwas zu sagen.

Als Townsend sich auf dem Beifahrersitz niederließ, startete sein Fahrer den Wagen.

»Eine Frage, Sam. Beschwert Ihre Frau sich eigentlich darüber, daß Sie zu den unmöglichsten Tageszeiten für mich arbeiten müssen?«

»Schwer zu sagen, Sir. In letzter Zeit spricht sie überhaupt nicht mehr mit mir.«

»Wie lange sind Sie schon verheiratet?«

»Elf Jahre.«

Townsend beschloß, Sam keine weiteren Fragen mehr über die Ehe zu stellen. Während der Wagen zur Stadt brauste, versuchte Keith, nicht mehr an Susan zu denken, sondern sich ganz auf das bevorstehende Treffen mit Alan Rutledge zu konzentrieren. Er war dem Mann noch nie persönlich begegnet, doch in der Zeitungswelt besaß Rutledge einen Ruf als ausgezeichneter Journalist und als ein Mann, der jeden anderen unter den Tisch saufen konnte. Wenn Townsends neuester Einfall Erfolg haben sollte, brauchte er jemanden mit Rutledges Fähigkeiten, um seine Pläne in die Tat umzusetzen.

Sam bog von der Elizabeth Street zur Einfahrt des Town House Hotels ab. Townsend lächelte, als er die *Sunday Chronicle* ganz oben auf dem Ständer sah, und mußte an den heutigen Leitartikel denken. Wieder einmal hatte die Zeitung ihre Leser darauf hingewiesen, daß es für Mr. Menzies an der Zeit war, abzutreten und einem Jüngeren Platz zu machen, der sich mehr mit dem modernen Australien und der wirtschaftlichen Zukunft des Landes identifizierte.

Als der Wagen an den Bordstein fuhr, sagte Townsend: »Ich werde etwa eine Stunde brauchen, höchstens zwei.« Sam lächelte unwillkürlich, als sein Chef ausstieg und durch die Drehtür verschwand.

Townsend schritt rasch durchs Foyer zum Frühstückszimmer. Alan Rutledge saß allein an einem Fenstertisch. Er rauchte und las die *Sunday Chronicle*.

Als er Townsend herankommen sah, erhob er sich, und die Männer reichten sich ein wenig förmlich die Hand. Rutledge warf die Zeitung zur Seite und sagte lächelnd: »Wie ich sehe, haben Sie die *Chronicle* in noch größere Nähe zur Regenbogenpresse gerückt.« Townsend warf einen Blick auf die Schlagzeilen: ›SCHRUMPFKOPF AUF DACH VON SYDNEY-BUS GEFUNDEN‹. »Wohl kaum eine Titelseite in Sir Somerset Kenwrights Tradition, würde ich meinen.«

»Nein«, bestätigte Townsend. »Aber die derzeitige Auflagenhöhe hat ebenfalls sehr wenig mit dieser Tradition zu tun. Wir verkaufen heute pro Ausgabe hunderttausend Exemplare mehr als zu der Zeit, als Kenwright das Sagen hatte, und der Gewinn ist seither um 17 Prozent gestiegen.« Er blickte zur wartenden Kellnerin empor. »Nur schwarzen Kaffee. Ach ja, und zwei Scheiben Toast.«

»Ich hoffe, Sie haben nicht die Absicht, mir den Posten als nächsten Chefredakteur der *Chronicle* anzubieten.« Rutledge zündete sich eine weitere Zigarette an. Townsend blickte auf den Aschenbecher und sah, daß sein Gesprächspartner bereits drei Zigaretten geraucht hatte.

»Nein.« Townsend schüttelte den Kopf. »Für die *Chronicle* ist Bruce Kelly genau der richtige Mann. Sie habe ich für einen wesentlich wichtigeren Job vorgesehen.«

»Und das wäre?« erkundigte sich Rutledge.

»Eine Zeitung, die es noch gar nicht gibt – nur in meiner Vorstellung«, erwiderte Townsend. »Eine Zeitung, bei deren Konzeption ich Ihre Hilfe brauche.«

»Und in welcher Stadt soll diese Zeitung erscheinen?« fragte Rutledge. »In den meisten Städten gibt es jetzt schon viel zu viele Blätter, und wo das noch nicht der Fall ist, haben bestimmte Verlage eine regelrechte Monopolstellung erobert. Adelaide ist das beste Beispiel dafür.«

»Da kann ich Ihnen nicht widersprechen«, sagte Townsend, als die Kellnerin ihm eine Tasse dampfenden heißen Kaffee einschenkte. »Aber dieses Land hat bisher noch kein überregionales Blatt, keine Zeitung für ganz Australien. Eine solche Zeitung möchte ich konzipieren. Ich werde sie *Continent* nennen. Sie soll von Sydney bis Perth verkauft werden – und überall dazwischen. Ich möchte, daß diese Zeitung die *Times* von Australien wird, und daß jeder den *Continent* als *die* führende Zeitung des Landes betrachtet. Und ich bin gekommen, weil ich Sie als den ersten Chefredakteur dieses Blattes verpflichten möchte.«

Alan atmete tief ein und sagte eine ganze Weile kein Wort. »Und wo soll sich das Verlagshaus befinden?«

»In Canberra. Die Zeitung muß aus der politischen Hauptstadt Australiens kommen, wo die Entscheidungen für das ganze Land gefällt werden. Unsere wichtigste Arbeit wird zunächst einmal darin bestehen, uns die besten Journalisten zu sichern. Das ist Ihre Aufgabe. Die Spitzenleute werden eher zu uns kommen, wenn sie wissen, daß Sie der Chefredakteur sind.«

»Mit welcher Vorbereitungszeit rechnen Sie?« Alan Rutledge drückte seine fünfte Zigarette aus.

»Ich hoffe, das Blatt in sechs Monaten auf dem Markt zu haben«, antwortete Townsend.

»Und an welche Auflagenhöhe denken Sie?«

»Etwa zweihundertfünfzigtausend Exemplare täglich im ersten Jahr. Anschließend rechne ich mit einer kontinuierlichen Steigerung bis etwa auf vierhunderttausend.«

»Und wenn Sie diese Zahlen nicht erreichen – wie lange werden Sie weitermachen?«

»Zwei Jahre, vielleicht auch drei. Aber solange wir ohne Verlust arbeiten, läuft die Sache weiter.«

»Und welches finanzielle Angebot können Sie mir machen?« erkundigte sich Alan.

»Zehntausend im Jahr, plus die üblichen Zulagen.«

Ein Lächeln erschien auf Rutledges Gesicht. Kein Wunder –

Keith wußte, daß es fast doppelt soviel war wie Rutledges derzeitiges Gehalt.

Als Keith sämtliche Fragen seines Gegenüber beantwortet und Rutledge eine neue Schachtel Zigaretten geöffnet hatte, war bereits der Zeitpunkt für ein frühes Mittagessen herangerückt. Als Townsend sich schließlich erhob, hatte er Rutledges Zusage in der Tasche, ihm bis Ende der Woche Bescheid zu geben.

Während Sam ihn zurück nach Darling Point fuhr, fragte sich Townsend, wie er Susan für die Vorstellung begeistern könne, alle sieben Tage zwischen Sydney, Canberra, Adelaide und Perth hin- und herzureisen. Doch diese Frage hätte er sich im Grunde sparen können – er konnte ihre Reaktion mit ziemlicher Sicherheit voraussagen.

Als Sam wenige Minuten vor ein Uhr mittags die Einfahrt der Townsend-Villa erreichte, sah Keith Susan aus der Tür kommen. Sie trug einen Picknickkorb und eine Tasche mit Badesachen.

»Schließ ab«, war alles, was sie zu Keith sagte, als sie an ihm vorbei zum Wagen ging, ohne stehenzubleiben. Keith hatte kaum die Klinke berührt, als das Telefon läutete. Er zögerte kurz. Dann beschloß er, den Anrufer – wer immer er sein mochte – zu bitten, abends noch einmal anzurufen.

»Hallo, Keith. Hier ist Dan Hadley.«

»Guten Tag, Senator«, erwiderte Keith. »Ich bin in ziemlicher Eile. Wäre es möglich, daß Sie mich abends anrufen?«

»Wenn Sie erst hören, was ich Ihnen zu sagen habe, werden Sie nicht mehr in Eile sein.«

»Ich höre, Dan. Aber ich muß Sie trotzdem bitten, sich kurz zu fassen.«

»Ich hatte soeben ein Gespräch mit dem Postminister. Bob Menzies ist bereit, das Ersuchen der Regierung zu unterstützen, einen neuen kommerziellen Radiosender zuzulassen. Außerdem ließ der Postminister durchblicken, daß Hacker und Kenwright bei der Vergabe der Lizenz nicht im Rennen sein werden, da sie bereits eigene Rundfunklizenzen haben. Demnach müßten diesmal *Sie* gute Chancen haben, den Zuschlag für den neuen Sender zu bekommen.«

Keith setzte sich auf den gepolsterten Hocker neben dem Telefon und hörte sich die Vorschläge des Senators sehr genau an. Hadley wußte, daß Townsend bereits erfolglos Übernahmeangebote für die Sender seiner Konkurrenten unterbreitet hatte, doch niemand wollte mit ihm Geschäfte machen. Hacker war noch immer wütend, weil Townsend ihm die *Chronicle* weggeschnappt hatte, und mit Kenwright stand er ohnehin nicht auf guten Fuß.

Vierzig Minuten später legte Keith den Hörer auf die Gabel. Er stürmte aus dem Haus und schmetterte die Tür hinter sich zu. Chauffeur und Wagen waren verschwunden. Fluchend kehrte Keith ins Haus zurück. Dann kam ihm der Gedanke, daß er sich jetzt, da Susan ohne ihn weggefahren war, eigentlich daran machen konnte, den ersten Vorschlag des Senators in die Tat umzusetzen. Wieder griff er nach dem Hörer und wählte eine Nummer, die ihn direkt mit dem Chefredakteur verband.

»Ja?« sagte eine Stimme, die Townsend schon an dem einen Wort erkannte.

»Um was geht's beim morgigen Leitartikel, Bruce?« fragte er, ohne sich die Mühe zu machen, seinen Namen zu nennen.

»Daß Sydney kein Opernhaus braucht, sondern eine weitere Brücke.«

»Legen Sie den Artikel erst mal auf Eis. In spätestens einer Stunde hab' ich zweihundert Wörter für Sie.«

»Über was für ein Thema, Keith?«

»Ich werde unseren Lesern erklären, welch hervorragende Arbeit Bob Menzies als Premierminister leistet und wie töricht es wäre, einen solchen Staatsmann durch irgendeinen unerfahrenen *Apparatschik* zu ersetzen, der noch feucht hinter den Ohren ist.«

Die nächsten sechs Monate verbrachte Townsend fast ausschließlich mit Alan Rutledge in Canberra, wo sie am Konzept für die neue Zeitung arbeiteten. Doch es kam zu Verzögerungen. Es kostete sie mehr Zeit als erwartet, die geeigneten Verlagsräume zu finden, das beste Verwaltungspersonal einzustellen und die erfahrensten Journalisten abzuwerben. Doch Townsends größtes Problem bestand darin, genug Zeit für Susan zu finden: Wenn er sich nicht in Canberra aufhielt, war er in Perth.

Der *Continent* war etwa einen Monat auf dem Markt, als Townsend von seinem Finanzberater darauf aufmerksam gemacht wurde, daß der Geldfluß nur in eine Richtung ging: zur Ausgabenseite. Die immensen Kosten konnten durch die eher spärlichen Einnahmen kaum gedeckt werden. Und Susan nervte Keith damit, daß auch er nur in eine Richtung ging, was sie betraf – nämlich von ihr fort.

Townsend unterhielt sich mit Alan Rutledge in dessen Büro, als das Telefon läutete. Der Chefredakteur hielt die Hand über die Sprechmuschel und warnte Keith vor, daß Susan am Apparat sei.

»Himmel! Ich hab' glatt vergessen, daß sie heute Geburtstag hat – und wir sind bei ihrer Schwester in Sydney zum Essen eingeladen. Sagen Sie ihr bitte, daß ich vermutlich schon auf dem Flughafen sein dürfte. Sie darf auf gar keinen Fall erfahren, daß ich noch bei Ihnen bin.«

»Susan?« sagte Alan. »Ich habe soeben erfahren, daß Keith sich bereits zum Flughafen fahren ließ. Vielleicht sitzt er sogar schon in der Maschine nach Sydney.« Er hörte aufmerksam zu, was Susan ihm zu sagen hatte. »Ja. Geht in Ordnung. Selbstverständlich. Mache ich gern.« Er legte auf. »Sie sagt, wenn Sie gleich losfahren, könnten Sie wahrscheinlich noch den 8-Uhr-25-Flug erreichen.«

Townsend flitzte aus Alans Büro, ohne auch nur »Auf Wiedersehen« zu sagen. Er schwang sich in einen Verlagslieferwagen und chauffierte sich selbst zum Flugplatz, wo er den größten Teil der vergangenen Nacht verbracht hatte. Eines hatte er nicht beachtet, als er sich für Canberra als Verlagssitz entschied: Wie oft Flugzeuge hier wegen Nebels nicht landen und starten konnten. Er hatte das Gefühl, während der letzten vier Wochen die Hälfte seiner Zeit damit zugebracht zu haben, sich die Wettervorhersage geben zu lassen, und die andere Hälfte auf der Runway zu stehen und widerstrebenden Piloten Geld zuzustecken, die allmählich zu den teuersten Zeitungsjungen der Welt wurden.

Natürlich hatte Keith sich über die ersten Erfolge des *Continent* gefreut, dessen Verkaufszahlen rasch auf zweihunderttausend gestiegen waren. Doch jede Herausforderung ist nur in der Anfangsphase faszinierend; auch was den *Continent* betraf, schien der Reiz des Neuen bereits zu verfliegen, und die Verkaufszahlen fielen ständig. Alan Rutledge lieferte zwar genau die Zeitung, die Townsend sich vorgestellt und von ihm erwartet hatte, doch der *Continent* war offenbar nicht das Blatt, das die Australier zu brauchen glaubten.

Zum zweitenmal an diesem Morgen fuhr Townsend auf den Flughafenparkplatz. Diesmal schien die Sonne, und der Nebel hatte sich aufgelöst. Die Maschine nach Sydney startete zeitplanmäßig, doch es war nicht der 8-Uhr-25-Flug. Die Stewardeß bot Townsend den *Continent* an, aber nur, weil jeder Flieger, der die Hauptstadt verließ, ein kostenloses Exemplar für jeden Passagier bekam. Auf diese Weise hielt die Auflage sich über zweihunderttausend Exemplare und stellte wenigstens die Anzeigenkunden zufrieden.

Keith blätterte in der Zeitung, auf die sein Vater stolz gewesen wäre. Der *Continent* konnte jedem Vergleich mit dem großen Vorbild *The Times* standhalten. Und noch etwas hatte die Zeitung mit dem altehrwürdigen britischen Nachrichtenblatt gemein – sie schrieb in letzter Zeit zunehmend rote Zahlen. Townsend wußte, daß er das journalistische Niveau beträchtlich senken mußte, wollte er je Gewinn machen. Er fragte sich, wie lange Alan Rutledge noch Chefredakteur bleiben würde, wenn er erst erfuhr, was sein Boß vorhatte.

Er blätterte weiter, bis sein Blick auf der Kolumne »Neues aus der Gesellschaft« haften blieb. Seine bevorstehende Trauung mit Susan wurde als »Hochzeit des Jahres« hervorgehoben. Niemand von Rang und Namen würde sich die Eheschließung entgehen lassen, prophezeite die Zeitung, vom Premierminister und Sir Somerset Kenwright vielleicht abgesehen. Zumindest an diesem einen Tag würde Keith sich von morgens bis abends in Sydney aufhalten müssen; er hatte nicht vor, zu seiner eigenen Hochzeit zu spät zu kommen.

Er wandte sich der letzten Seite zu, um das Radioprogramm durchzusehen. Das Kricketmatch Victoria gegen New South Wales war in aller Munde, doch nicht ein Sender übertrug das Spiel, also konnte Keith es nicht im Radio verfolgen. Monatelang hatte er auf alle möglichen angeblich wichtigen Leute Druck ausgeübt, hatte viel Geld in die verschiedensten, angeblich gemeinnützigen Einrichtungen investiert und mittelmäßigen Politikern zu zweifelhaften Wahlsiegen verholfen. Trotzdem wurde Keith die Konzession für den neuen Sender bis heute verwehrt. Er hatte auf der Besuchertribüne des Repräsentantenhauses gesessen und mit anhören müssen, wie der Postminister verkündete, daß die Konzession einem langjährigen und äußerst spendenfreudigen Mitglied der Liberal Party zugesprochen worden war. Später, am selben Abend, hatte Senator Hadley Keith wissen lassen, daß er die Ablehnung seines Antrags dem Premierminister höchstpersönlich verdankte.

Das alles – der Absatzrückgang beim *Continent*; der finanzielle Verlust bei dem Versuch, die Konzession für den Sender zu bekommen; das ständige Nörgeln seiner Mutter und Susans, weil Keith sich viel zu rar machte – trug nicht dazu bei, dieses Jahr als besonders erfolgreich zu deklarieren.

Kaum war das Flugzeug auf der Landebahn des Kingsford-Smith-Flughafens ausgerollt, rannte Townsend die Gangway hinunter, über die Rollbahn, durch die Ankunftshalle und hinaus auf den Bürgersteig, wo der in Sydney zurückgebliebene Sam ihn mit dem Wagen erwartete. »Was ist das?« erkundigte sich Townsend und deutete auf eine große, schön verpackte Schachtel auf dem Rücksitz.

»Ein Geburtstagsgeschenk für Susan. Heather meinte, es wäre möglich, daß Sie in Canberra nichts Passendes für sie finden könnten.«

»Sie ist ein echter Schatz«, lobte Townsend.

Obwohl Heather erst seit vier Monaten für ihn arbeitete, hatte sie sich bereits als würdige Nachfolgerin Buntys erwiesen.

»Wann werden wir endlich dort sein?« fragte Townsend mit einem ungeduldigen Blick auf die Armbanduhr.

»Wenn der Verkehr uns keinen Strich durch die Rechnung macht, Chef, in spätestens zwanzig Minuten.«

Townsend versuchte, sich zu entspannen, konnte den Gedanken an die viele Arbeit aber nicht verdrängen, die er vor der Hochzeit noch erledigen mußte. Er bedauerte jetzt schon, daß er sich auf vierzehntägige Flitterwochen eingelassen hatte.

Als der Wagen vor einem kleinen Reihenhaus im südlichen Randbezirk Sydneys hielt, beugte Sam sich über die Rückenlehne und reichte seinem Chef das Geschenk. Townsend lächelte, sprang aus dem Wagen und rannte den schmalen Weg zur Haustür hinauf. Susan hatte die Tür geöffnet, noch ehe er dazu gekommen war zu läuten. Offensichtlich wollte sie ihm Vorwürfe machen, was Keith mit einem langen Kuß verhinderte, ehe er ihr das Geschenk überreichte. Die erhoffte Wirkung trat ein: Eine lächelnde Susan führte Keith ins Eßzimmer, gerade als der Geburtstagskuchen auf dem Servierwägelchen hereingerollt wurde. »Was ist das?« fragte sie und schüttelte das Paket wie ein Kind.

Fast wäre Keith herausgerutscht: »Ich hab' nicht die leiseste Ahnung«, doch es gelang ihm gerade noch zu sagen: »Das mußt du schon selbst herausfinden. Aber ich glaube, meine Wahl wird dir gefallen.« Es fehlte nicht viel, und er hätte statt »meine Wahl« »die Farbe« gesagt. Er küßte sie auf die Wange und setzte sich auf den leeren Stuhl zwischen Susans Schwester und ihre Mutter. Dann schauten alle zu, als Susan die lange Schachtel auspackte, den Deckel hob und einen eierschalenfarbenen Kaschmirmantel zum Vorschein brachte, den sie vor etwa einem Monat bei Farmers gesehen hatte. Susan hätte schwören können, daß Keith damals gar nicht dabeigewesen war.

»Woher weißt du, daß das meine Lieblingsfarbe ist?« fragte sie.

Keith lächelte nur wissend und wandte seine Aufmerksamkeit dem Kuchen auf seinem Teller zu. Dann wurde hauptsächlich über die Pläne für die Hochzeit gesprochen, und Susan warnte Keith zum x-tenmal, daß Bruce Kellys Ansprache beim Empfang sich auf gar keinen Fall so anhören dürfe wie seine Leitartikel.

Nach dem Essen half Susan ihrer Mutter und der Schwester, den Tisch abzuräumen, während die Männer sich ins Wohnzimmer zurückzogen, wo zu Keith' freudiger Überraschung im Radio das Kricketspiel übertragen wurde.

»Welcher Sender ist das?« fragte er Susans Vater.

»2 WW, aus Wollongong.«

»Aber in Sydney bekommt man 2 WW doch gar nicht herein.«

»In den südlichen Vororten schon.«

»Wollongong ist ein winziges Kaff, nicht wahr?«

»Als ich ein Junge war, gab's dort zwei Kohlengruben und ein Hotel. Aber in den vergangenen zehn Jahren hat sich die Einwohnerzahl verdoppelt.«

Keith lauschte weiterhin dem Kommentar des Sportreporters, doch seine Gedanken waren bereits in Wollongong. Als er der Ansicht war, sich unauffällig entfernen zu können, schlenderte er in die Küche, wo die Damen um den Tisch saßen und noch immer die Feinheiten der Hochzeitsfeier besprachen.

»Bist du mit deinem Wagen gekommen, Susan?« fragte Keith.

»Ja. Ich bin schon gestern herübergefahren und habe hier übernachtet.«

»Gut. Ich werde mich jetzt von Sam heimbringen lassen. Ich hab' ein bißchen ein schlechtes Gewissen, weil ich schuld bin, daß er hier so lange herumsitzen mußte. Ich nehme an, du kommst in etwa einer Stunde nach?« Keith küßte sie auf die Wange und wandte sich zum Gehen. Er war schon halb an der Gartentür, als Susan klar wurde, daß er Sam bereits vor Stunden hätte heimschikken und dann mit ihr nach Hause hätte fahren können.

»Zurück nach Darling Point, Chef?«

»Nein«, antwortete Keith. »Nach Wollongong.«

Sam wendete den Wagen und bog am Ende der Siedlungsstraße nach rechts ab, um sich in den aus Sydney vorüberströmenden Nachmittagsverkehr auf dem Princes Highway einzureihen. Keith vermutete, Sam hätte selbst dann mit keiner Wimper gezuckt, hätte er als Fahrtziel »Wagga Wagga« oder »Broken Hill« genannt.

Binnen weniger Sekunden war Keith eingeschlafen. Er sah keine Veranlassung, wach zu bleiben; denn er vermutete, daß die Fahrt sich ohnedies als reine Zeitvergeudung herausstellen würde. Als sie an einem Ortsschild vorüberkamen, auf dem »Willkommen in Wollongong« stand, nahm Sam die nächste Kurve mit leicht überhöhtem Tempo, um seinen Chef auf diese Weise wie üblich aus dem Schlummer zu reißen. »Haben Sie ein bestimmtes Ziel?« erkundigte sich Sam. »Oder hatten Sie nur vor, eine Kohlengrube zu kaufen?«

»Nein, einen Radiosender«, erwiderte Keith.

»Tja, dann würde ich sagen, er dürfte ganz in der Nähe von dieser riesigen Antenne sein, die da vorn in die Luft ragt.«

»Ich wette, Sie haben als Pfadfinder eine Auszeichnung für Ihre Beobachtungsgabe bekommen, Sam.«

Wenige Minuten später setzte Sam seinen Chef vor einem Haus ab, auf dessen Wellblechdach mit verblassender weißer Farbe »2 WW« gepinselt war.

Townsend stieg aus, rannte die Stufen hoch, schob die Tür auf und trat an einen kleinen Schreibtisch. Die noch sehr junge Empfangsdame hielt mit dem Stricken inne und blickte ihn an. »Kann ich Ihnen behilflich sein?«

»Ja«, antwortete Townsend. »Wissen Sie, wem dieser Sender gehört?«

»Ja.«

»Und könnten Sie mir das auch verraten?«

»Ja. Meinem Onkel.«

»Und wer ist Ihr Onkel?«

»Ben Ampthill.« Sie betrachtete Townsend genauer. »Sie sind wohl nicht von hier?«

»Nein«, gestand er.

»Ich hatte gleich das Gefühl, daß ich Sie noch nie zuvor gesehen habe.«

»Wissen Sie, wo er wohnt?«

»Wer?«

»Ihr Onkel.«

»Ja. Natürlich.«

»Und wäre es auch möglich, daß Sie mir sagen, wo das ist?« Townsend bemühte sich, seinen Ärger nicht zu zeigen.

»Na klar. In dem großen weißen Haus auf dem Hügel in Woonona. Gleich vor der Stadt. Unmöglich zu übersehen.«

Townsend stürmte aus dem Schuppen, sprang in den Wagen und gab die Wegbeschreibung an Sam weiter.

In einem hatte die junge Empfangsdame recht: Das große weiße Haus auf dem Hügel war unmöglich zu übersehen. Sam bog von der Landstraße ab und verlangsamte das Tempo, als er durch das breite, offenstehende Tor aus Schmiedeeisen zum Haus fuhr. Vor einem eleganten Portikus hielt er an.

Townsend schlug mit dem schweren schwarzen Türklopfer gegen das Holz und wartete geduldig. Er hatte sich seine Worte bereits zurechtgelegt: Verzeihen Sie, daß ich Sie an einem Sonntagnachmittag belästige, aber ich würde gern mit Mr. Ampthill reden.

Die Tür wurde von einer Frau mittleren Alters in einem eleganten Kleid mit Blumenmuster geöffnet. Es sah so aus, als hätte sie ihn erwartet.

»Mrs. Ampthill?«

»Ja. Wie kann ich Ihnen behilflich sein?«

»Mein Name ist Keith Townsend. Entschuldigen Sie, daß ich Sie an einem Sonntagnachmittag belästige, aber ich kam in der Hoffnung hierher, mit Ihrem Gemahl sprechen zu können.«

»Meine Nichte hatte recht«, sagte Mrs. Ampthill. »Sie sind nicht von hier, sonst wüßten Sie, daß Ben von Montag bis Freitag im Verwaltungsbüro der Bergbaugesellschaft zu finden ist, sich den Samstag freihält, um Golf zu spielen, am Sonntagmorgen zur Kirche geht und den Nachmittag im Sender verbringt, um sich die Sportveranstaltungen anzuhören, vor allem Kricket. Ich glaube, das war der einzige Grund, daß er den Sender überhaupt gekauft hat.«

Townsend lächelte über diese zuvorkommende Auskunft. »Danke für Ihre Hilfe, Mrs. Ampthill. Es tut mir leid, daß ich Sie gestört habe.«

»Das haben Sie nicht«, versicherte sie ihm und blickte ihm nach, bis er wieder im Wagen saß.

»Zurück zum Sender, Sam«, sagte Townsend und gab seinen Fehler unwillig zu.

Als er zum zweitenmal zum Vorzimmerschreibtisch trat, fragte er sofort: »Warum haben Sie mir nicht gesagt, daß Ihr Onkel die ganze Zeit hier war?«

»Weil Sie nicht gefragt haben.« Das junge Mädchen blickte nicht einmal von ihrem Strickzeug auf.

»Also, wo *genau* ist er?«

»In seinem Büro.«

»Und wo ist sein Büro?«

»Im dritten Stock.«

»Dieses Hauses?«

»Natürlich.« Sie blickte ihn an, als hätte sie es mit einem Schwachkopf zu tun.

Da es hier keinen Fahrstuhl zu geben schien, rannte Townsend die Treppe zum dritten Stock hinauf und dort den Korridor entlang, doch dort war nirgends ein Schild oder irgend etwas anderes zu sehen, das ihm verraten könnte, hinter welcher Tür sich Mr. Ampthills Büro befand. Er hatte bereits an mehrere Türen geklopft, ehe schließlich jemand »Herein« rief.

Townsend drückte die Tür auf und sah sich einem dicken Mann mit schütterem Haar gegenüber. Die Füße auf den Schreibtisch gelegt, hörte er sich soeben die Übertragung der letzten Minuten des Kricketspiels an, die Townsend früher an diesem Nachmittag mit Susans Vater verfolgt hatte. Er schwang herum, warf einen Blick auf seinen Besucher und sagte: »Setzen Sie sich, Mr. Townsend, aber sagen Sie noch nichts. Wir brauchen nur noch elf Runs, um zu siegen.«

»Ich hoffe, es klappt. Ich bin ein großer Fan von New South Wales«, sagte Townsend.

Ben Ampthill lächelte, als der nächste Ball zur Spielfeldgrenze geschlagen wurde. Er hatte Townsend noch immer keinen Blick gegönnt, als er sich nun zurücklehnte und ihm eine Flasche Bier samt Öffner reichte.

»Noch etwa zwei Bälle, dann dürften wir's geschafft haben, und ich stehe Ihnen zur Verfügung«, versprach er.

Beide schwiegen, bis die letzten sieben Runs das Spiel für das Team von New South Wales entschieden. Mr. Ampthill lehnte sich vor, stieß die Faust in die Luft und sagte: »Jetzt dürfte uns das Sheffield Shield sicher sein.« Er nahm die Füße vom Schreibtisch, schwang herum, streckte die Rechte aus und sagte: »Ich bin Ben Ampthill.«

Keith schüttelte die dargebotene Hand. »Keith Townsend.«

Ampthill nickte. »Ja, ich weiß, wer Sie sind. Meine Frau hat mich angerufen und gesagt, daß Sie oben am Haus waren. Sie meinte, Sie wären vielleicht Vertreter, weil Sie an einem Sonntagnachmittag so einen auffallenden Anzug tragen, noch dazu mit Krawatte.«

Armstrong unterdrückte ein Lachen. »Nein, Mr. Ampthill, ich bin kein ...«

»Nennen Sie mich Ben, das tut jeder.«

»Gut, Ben. Nein, ich bin kein Verkäufer, sondern Käufer.«

»Und was möchten Sie kaufen, junger Mann?«

»Ihre Rundfunkstation.«

»Die steht nicht zum Verkauf, Keith. Es sei denn, Sie nehmen unser Lokalblatt und ein Null-Sterne-Hotel dazu. Dann bekämen Sie sogar zwei Kohlengruben als Zugabe.«

»Wem gehört denn die Rundfunkgesellschaft?« erkundigte sich Townsend. »Es wäre ja möglich, daß die Aktionäre ...«

»Es gibt nur zwei Aktionäre«, erklärte Ben. »Pearl und mich. Also, selbst wenn ich zum Verkauf bereit wäre, müßten wir erst noch Pearl überzeugen.«

»Aber wenn Ihnen die Gesellschaft gehört ...«, Townsend stockte, »... gemeinsam mit Ihrer Frau, liegt es doch in Ihrem Ermessen, mir den Sender zu verkaufen.«

»Sicher, aber ich tu's nicht. Wenn Sie den Sender haben wollen, wird Ihnen gar nichts anderes übrigbleiben, als alles mitzukaufen, was dazugehört.«

Nach ein paar weiteren Flaschen Bier und über einer Stunde Feilschen war Townsend klar, daß Bens Nichte ganz und gar nicht nach seiner Seite der Familie geschlagen war.

Als Townsend endlich aus Bens Büro kam, war es stockdunkel, und das Mädchen am Empfang war verschwunden. Townsend ließ sich auf den Beifahrersitz fallen und bat Sam, ihn zurück zum Haus der Ampthills zu fahren. »Übrigens«, sagte er, als Sam den Wagen wieder einmal wendete, »Sie haben recht gehabt, was die Kohlengruben betrifft. Ich bin jetzt stolzer Besitzer von zwei Gruben, einer Lokalzeitung und einem Hotel. Und, was das Wichtigste ist, von einem Radiosender. Aber das Geschäft kann erst endgültig abgeschlossen werden, nachdem ich mit der zweiten Hauptaktionärin zu Abend gegessen habe, damit sie sich ein Bild von mir machen kann.«

Als Keith in dieser Nacht gegen ein Uhr ins Haus schlich, wunderte es ihn nicht, daß Susan bereits schlief. Leise schloß er die Schlafzimmertür und ging hinunter in sein Arbeitszimmer, wo er sich an seinem Schreibtisch Notizen machte. Es dauerte nicht lange, und er fragte sich, wann er seinen Anwalt frühestens anrufen könnte. Schließlich entschied er sich für sechs Uhr fünfunddreißig und nutzte die verbleibende Zeit, um zu duschen, sich anzuziehen, einen Koffer zu packen, sich Frühstück zu machen und die ersten Ausgaben der Sydneyer Zeitungen zu lesen, die ihm jeden Morgen gegen fünf Uhr zugestellt wurden.

Um fünfundzwanzig Minuten vor sieben verließ Townsend die Küche, um in sein Arbeitszimmer zurückzukehren. Dort wählte er die Nummer seines Anwalts. Eine schläfrige Stimme meldete sich am Telefon.

»Guten Morgen, Clive. Ich dachte, ich sollte Sie wissen lassen, daß ich soeben eine Kohlengrube gekauft habe ... oder vielmehr zwei.«

»Warum, in aller Welt, haben Sie *das* denn getan, Keith?« fragte eine bereits viel wacher klingende Stimme. Townsend benötigte vierzig Minuten, dem Anwalt zu erklären, wie er den vergangenen Nachmittag verbracht hatte, und nannte den Preis, auf den er sich mit Mr. Ampthill geeinigt hatte. Clives Bleistift huschte unablässig über den Notizblock, der für den Fall, daß Townsend anrief, stets neben seinem Bett bereitlag.

»Tja, man braucht nun wirklich kein Wirtschaftsfachmann zu sein, um zu erkennen, daß Mr. Ampthill ein gutes Geschäft gemacht hat«, meinte Clive, als sein Klient geendet hatte.

»Das kann man wohl sagen«, entgegnete Townsend. »Und wenn ihm danach gewesen wäre, hätte er mich obendrein noch mühelos unter den Tisch saufen können.«

»Gut, ich werde Sie am Vormittag anrufen, dann können wir alles Nähere besprechen.«

»Geht nicht«, erwiderte Townsend. »Ich muß den ersten Flieger nach New York erwischen, wenn dieses Geschäft sich lohnen soll. Am besten, Sie gehen die Einzelheiten mit Ben Ampthill durch. Er gehört nicht zu den Leuten, die ihr Wort zurückziehen.«

»Aber ich brauche Ihre genauen Anweisungen!«

»Die habe ich Ihnen soeben erteilt. Sehen Sie jetzt zu, daß der Vertrag unterzeichnungsfertig ist, sobald ich zurückkomme.«

»Wie lange werden Sie denn weg sein?« fragte Clive.

»Vier Tage, höchstens fünf.«

»Können Sie denn in fünf Tagen alles erledigen, was Sie sich vorgenommen haben?«

»Wenn nicht, werde ich mein Geld mit den Kohlengruben verdienen müssen.«

Nachdem Townsend aufgelegt hatte, kehrte er ins Schlafzimmer zurück, um seinen Koffer zu holen. Er beschloß, Susan nicht zu wecken. So von einem Moment auf den anderen nach New York zu fliegen, würde ihn nur wieder enervierende, zeitraubende Erklärungen kosten. Er kritzelte ein paar Zeilen für Susan auf einen Notizblock und legte den Zettel auf das Tischchen in der Diele.

Als Townsend seinem Fahrer Sam einen guten Morgen wünschte, mußte er unwillkürlich daran denken, daß er vermutlich so aussah, als habe er ebenfalls kaum länger als zwei, drei Stunden geschlafen. Am Flughafen ließ er Sam wissen, daß er irgendwann am Freitag zurückkommen würde.

»Vergessen Sie nicht, daß Sie am Samstag heiraten, Chef.«

»Keine Angst, so was könnte nicht einmal *ich* vergessen. Ich werde dafür sorgen, daß ich mindestens vierundzwanzig Stunden vorher zurück bin.«

Im Flugzeug schlief Townsend ein, kaum daß er sich angeschnallt hatte. Als er einige Stunden später aufwachte, wußte er nicht, wohin er flog oder warum. Dann aber erinnerte er sich. Er und sein Rundfunkteam hatten während der Vorbereitungen für die erhoffte frühere Senderkonzession dreimal New York besucht und nicht nur Verbindung zu amerikanischen Sendern und Agenturen aufgenommen, sondern auch gleich Verhandlungen eingeleitet, die eine sofortige Programmübernahme ermöglicht hätten, wäre Townsend die Konzession zugesprochen worden. Jetzt beabsichtigte er, den Nutzen aus diesen langen, harten Vorarbeiten zu ziehen.

Mit dem Taxi fuhr er vom Flughafen zum *Pierre*. Obwohl alle vier Wagenfenster heruntergekurbelt waren, hatte Townsend längst seine Krawatte abgenommen und den Hemdkragen geöffnet, ehe er vor dem Hotel abgesetzt wurde.

Der Portier begrüßte ihn, als wäre er in diesem Jahr fünfzigmal nach New York gekommen, und wies einen Pagen an, Mr. Townsend zu »seinem üblichen Zimmer« zu bringen. Nachdem er ein zweites Mal an diesem Tag geduscht, sich umgezogen, ein spätes Frühstück zu sich genommen und mehrere Anrufe getätigt hatte, fuhr Keith von einem Agenten, einem Sender und einem Studio zum anderen, um zu versuchen, beim Frühstück, Lunch, Dinner und manchmal spät in der Nacht Geschäfte abzuschließen.

Vier Tage später hatte er die australischen Rechte für die meisten Spitzenprogramme der amerikanischen Rundfunksender in der kommenden Saison aufgekauft und eine Option für weitere vier Jahre ausgehandelt. Den letzten Vertrag unterzeichnete er nur zwei Stunden vor seinem Abflug nach Sydney. Dann stopfte er seine schmutzige Kleidung in einen Koffer – er sah nicht ein, weshalb er unnötigerweise für irgend etwas bezahlen sollte – und nahm ein Taxi zum Flughafen.

Sobald die Maschine in der Luft war, entwarf er einen Artikel von fünfhundert Wörtern, den er mehrmals umschrieb, bis er ihn als gut genug für die Titelseite erachtete. Während des Zwischenaufenthalts in Los Angeles suchte Keith die nächste Telefonzelle auf und rief Bruce Kellys Büro an. Er wunderte sich, daß der Chefredakteur nicht an seinem Schreibtisch saß. Kellys Stellvertreter versicherte Keith, daß noch genug Zeit sei, den Artikel in die neueste Ausgabe hereinzunehmen, ehe die *Chronicle* in Druck ging, und wies ihm rasch eine Stenotypistin zu. Während Townsend den Text diktierte, fragte er sich, wann Hacker und Kenwright ihn anrufen und anflehen würden, mit ihnen zu verhandeln. Schließlich war er nun in die bisher konkurrenzlose, behagliche Ruhe ihres Rundfunkkartells eingebrochen.

Townsends Name wurde über Lautsprecher ausgerufen, und er mußte den ganzen Weg zurück zum Flugzeug rennen. Die Einstiegstür der Maschine wurde geschlossen, kaum daß er an Bord war. Wieder schlief er sofort ein, nachdem er sich gesetzt hatte, und erwachte erst, als der Flieger am nächsten Morgen in Sydney landete.

Während Townsend auf seinen Koffer wartete, rief er Clive Jervis an. »Ich hoffe, ich habe Sie nicht aus dem Schlaf gerissen«, sagte er.

»Keineswegs, ich bin soeben in meinen Cut geschlüpft«, erwiderte der Anwalt.

Townsend wollte schon fragen, ob Clive zu einer Hochzeit wollte, doch im Moment interessierte ihn nur, ob Ampthill den Vertrag unterzeichnet hatte.

»Bevor Sie danach fragen, möchte ich Ihnen mitteilen«, kam Clive ihm zuvor, »daß Sie jetzt der stolze Eigentümer der *Wollongong Times*, des Grand Hotel Wollongong, zweier Kohlengruben und eines als 2 WW bekannten Rundfunksenders sind, den ein paar Hinterwäldler im tiefsten Süden sowie die Bewohner der Vororte Sydneys empfangen können. Ich hoffe, Sie wissen, was Sie da tun, Keith, denn ich weiß es mit Sicherheit nicht.«

»Lesen Sie die Titelseite der heutigen *Chronicle*«, riet Townsend. »Das könnte Ihnen einen Hinweis geben.«

»Am Samstagmorgen lese ich nie Zeitung«, entgegnete Clive. »Ich glaube, das kann ich mir wenigstens *einen* Tag in der Woche gönnen.«

»Aber heute ist Freitag«, entgegnete Townsend.

»In New York mag ja Freitag sein«, erwiderte Clive, »aber ich kann Ihnen versichern, hier in Sydney ist Samstag. Also, dann. Wir sehen uns in einer Stunde in der Kirche.«

»O Gott!« rief Townsend. Er ließ den Hörer fallen, raste ohne sein Gepäck aus der Zollabfertigung und sah einen sichtlich besorgten Sam neben dem Wagen stehen. Townsend schwang sich auf den Beifahrersitz. »Ich dachte, wir haben Freitag«, stieß er hervor.

»Nein, Sir, ich fürchte, wir haben Samstag. Und Ihre Trauung soll in genau sechsundfünfzig Minuten stattfinden.«

»Aber dann bleibt mir ja nicht einmal genug Zeit, nach Hause zu fahren und mich umzuziehen!«

»Machen Sie sich deshalb keine Gedanken«, beruhigte ihn Sam. »Alles, was Sie brauchen, hat Heather auf dem Rücksitz hergerichtet.«

Keith verrenkte sich beinahe den Kopf, als er sich umdrehte. Ordentlich ausgebreitet, lag die gesamte Kleidung auf der Rückbank, dazu goldene Manschettenknöpfe und eine rote Nelke. Keith schlüpfte rasch aus seinem Jackett und knöpfte sich das Hemd auf.

»Schaffen wir's rechtzeitig?« fragte er.

»Wir dürften fünf Minuten, bevor es losgeht, bei St. Peter sein«, antwortete Sam, während Keith sein schmutziges Hemd hinten im Wagen auf den Boden warf. Sam machte eine Pause. »Solange der Verkehr nicht stockt und alle Ampeln auf Grün stehen.«

»Warum sollte ich mir dann noch Sorgen machen?« Keith zwängte den rechten Arm in den linken Ärmel eines gestärkten Hemdes.

»Sie werden feststellen, daß Heather und Bruce an alles gedacht haben«, versicherte ihm Sam.

Keith gelang es endlich, den Arm in den richtigen Ärmel zu kriegen; dann fragte er, ob Susan wisse, daß er eben erst zurückgekommen sei.

»Das glaube ich nicht«, antwortete Sam. »Die letzten Tage war sie bei ihrer Schwester in Kogarah. Von dort wird sie direkt zur Kirche gebracht. Sie hat heute morgen zweimal angerufen. Ich habe ihr gesagt, Sie wären unter der Dusche.«

»Ich könnte wirklich eine brauchen.«

»Ich hätte Susan anrufen müssen, wenn Sie nicht mit diesem Flug gekommen wären.«

»Das ist klar, Sam. Vielleicht sollten wir hoffen, daß die Braut die traditionellen paar Minuten zu spät kommt.« Keith lehnte sich zurück und griff nach einer graugestreiften Hose, an der bereits die Hosenträger festgeklammert waren. Er hatte weder die eine, noch die anderen je gesehen.

Sam versuchte, ein Gähnen zu unterdrücken.

Keith wandte sich ihm zu. »Sagen Sie bloß nicht, daß Sie die letzten vierundzwanzig Stunden am Flughafen auf mich gewartet haben.«

»Die letzten sechsunddreißig, Sir. Sie hatten ja gesagt, daß Sie irgendwann am Freitag zurückkommen würden.«

»Oh, das tut mir leid. Ihre Frau muß schrecklich wütend auf mich sein.«

»Es ist ihr völlig egal, Sir.«

»Wieso?« fragte Keith erstaunt und mühte sich, die Hose zuzuknöpfen, während der Wagen mit fünfzig Meilen pro Stunde um eine Kurve jagte.

»Weil sie mich letzten Monat verlassen und bereits die Scheidung eingereicht hat.«

»Das tut mir aufrichtig leid«, sagte Keith leise.

»Machen Sie sich deshalb keine Gedanken, Chef. Meine Frau konnte sich nie mit dem Leben abfinden, das ein Chauffeur nun mal führen muß.«

»War es meine Schuld?«

»Ganz gewiß nicht«, versicherte ihm Sam. »Es war sogar noch schlimmer, als ich Taxi fuhr. Nein, um ehrlich zu sein, mir gefällt dieser Job, aber meiner Frau haben die unregelmäßigen Arbeitsstunden sehr zu schaffen gemacht.«

»Und Sie haben elf Jahre gebraucht, um das zu erkennen?« Keith beugte sich vor, damit er in die graue Frackjacke schlüpfen konnte.

»Ich glaube, uns beiden war das schon ziemlich lange klar«, antwortete Sam. »Aber irgendwann konnte ich ihre Nörgelei nicht mehr aushalten, daß sie nie sicher sein könne, wann ich nach Hause käme.«

»Nie sicher sein, wann Sie nach Hause kämen?« wiederholte Keith, als sie erneut um eine Kurve brausten.

»Ja. Sie konnte nicht begreifen, warum ich nicht am Nachmittag um siebzehn Uhr Feierabend machte wie jeder normale Ehemann.«

»Dieses Problem verstehe ich nur zu gut.« Keith nickte. »Sie sind nicht der einzige, der damit leben muß.«

Den Rest der Fahrt schwiegen beide. Sam, weil er sich darauf konzentrierte, die am wenigsten verstopfte Fahrbahn zu nehmen, was ihm ein paar Sekunden Zeitgewinn einbrachte; Keith, weil er über Susan nachdachte, während er seine Schleife zum drittenmal neu band.

Keith steckte sich die Nelke ans Revers, als der Wagen auf die Straße bog, die zu St. Peter führte. Er konnte bereits die Glocken läuten hören. Der erste, den Keith sah, war ein besorgt aussehender Bruce Kelly, der mitten auf der Straße stand und in ihre Richtung spähte. Erleichterung huschte über sein Gesicht, als er den Wagen erkannte.

»Genau, wie ich es Ihnen versprochen habe, Chef.« Sam schaltete in den dritten Gang zurück. »Wir haben noch fünf Minuten.«

»Oder elf Jahre, es zu bereuen«, sagte Keith leise.

»Wie bitte, Sir?« fragte Sam, als er kurz das Bremspedal trat und dabei den zweiten Gang einlegte.

»Nichts, Sam. Sie haben mir nur gerade klargemacht, daß diese Sache hier ein Risiko ist, das ich nicht einzugehen bereit bin.« Er hielt einen Moment inne, und kurz bevor der Wagen sein Ziel vor der Kirchentreppe erreichte, sagte er entschlossen: »Halten Sie nicht an, Sam. Fahren Sie einfach weiter.«

The Times

24. März 1948

Berliner Blockade: Sowjets boykottieren interalliierten Kontrollrat.

»Es ist außerordentlich liebenswürdig, Captain Armstrong, daß Sie sich so schnell Zeit für mich genommen haben.«

»Das ist doch selbstverständlich, Julius. In schweren Zeiten müssen wir Juden zusammenhalten.« Armstrong klopfte Julius Hahn auf die Schulter. »Sagen Sie mir, wie ich Ihnen helfen kann.«

Hahn schritt in seinem Büro auf und ab, während er Armstrong die Katastrophen aufzählte, die während der vergangenen zwei Monate über sein Unternehmen hereingebrochen waren. Armstrong hörte aufmerksam zu. Schließlich kehrte Hahn auf seinen Schreibtischsessel zurück und fragte: »Glauben Sie, daß Sie irgend etwas für mich tun können?«

»Das würde ich wirklich gern, Julius, aber wie Sie wissen – vermutlich besser als andere –, haben sowohl der amerikanische wie der russische Sektor ihre eigenen Gesetze.«

»Die Antwort hatte ich schon befürchtet«, sagte Hahn. »Aber Arno hat mir so oft erzählt, daß Ihr Einfluß weit über den britischen Sektor hinausreicht. Ich hätte nie auch nur in Erwägung gezogen, Sie zu belästigen, wäre meine Lage nicht so verzweifelt.«

»Verzweifelt?« fragte Armstrong.

»Ja, ich fürchte, das ist das einzige zutreffende Wort«, erwiderte Hahn. »Wenn die derzeitigen Probleme noch drei oder vier Wochen anhalten, werden selbst einige meiner ältesten Kunden ihr Vertrauen in meine kaufmännischen Fähigkeiten verlieren, und dann muß ich einen, wenn nicht sogar zwei meiner Verlage und Druckereien schließen.«

»Ich hatte keine Ahnung, daß es so schlimm ist«, sagte Armstrong mit gespielter Betroffenheit.

»Es ist sogar noch schlimmer. Ich kann es zwar nicht beweisen, aber ich habe das Gefühl, daß Captain Sackville dahintersteckt.

Aus irgendeinem Grund ist der Mann mir nie grün gewesen.« Nach einer kurzen Pause fügte Hahn hinzu: »Glauben Sie, es liegt daran, daß er Vorurteile gegen Juden hat?«

»Das Gefühl hatte ich eigentlich nicht«, erwiderte Armstrong. »Aber so gut kenne ich ihn ja auch nicht. Gut, ich werde mal sehen, ob ich Ihnen durch meine Beziehungen irgendwie helfen kann.«

»Das ist sehr freundlich von Ihnen, Captain Armstrong. Wenn Sie mir behilflich sein könnten, wäre ich Ihnen unendlich dankbar.«

»Schon gut, Julius.«

Armstrong verließ Hahns Büro und wies seinen Fahrer an, ihn in den französischen Sektor zu bringen, wo er ein Dutzend Flaschen Johnny Walker Black Label gegen eine Kiste Rotwein einhandelte, den nicht einmal Feldmarschall Auchinleck bei seinem kürzlichen Besuch zu kosten bekommen hatte.

Auf dem Rückweg in den britischen Sektor beschloß Armstrong, Arno Schultz zu besuchen, um festzustellen, ob Hahn ihn tatsächlich über alles informiert hatte. Als er das Büro des *Telegraf* betrat, wunderte er sich, daß Arno nicht an seinem Schreibtisch saß. Sein Stellvertreter, dessen Namen Armstrong sich einfach nicht merken konnte, erklärte dem Captain, daß Herr Schultz eine 24-Stunden-Genehmigung bekommen hatte, seinen Bruder im russischen Sektor zu besuchen. Armstrong hatte nicht einmal von der Existenz dieses Bruders gewußt. »Captain Armstrong«, sagte der Stellvertreter, »ich kann Ihnen die freudige Mitteilung machen, daß wir gestern abend erneut vierhunderttausend Exemplare drucken mußten.«

Armstrong nickte und verließ das Büro. Alles lief so, wie er es geplant hatte. Hahn würde gar nichts anderes übrigbleiben, als auf seine Bedingungen einzugehen, wollte er im Geschäft bleiben. Armstrong blickte auf die Uhr und wies Benson an, ihn zu Captain Hallets Büro zu fahren. Dort angekommen, stellte er die Kiste mit dem Dutzend Flaschen Rotwein kommentarlos auf Hallets Schreibtisch. »Ich weiß wirklich nicht, wie Sie das fertigbringen«, freute sich Hallet. Dann öffnete er die obere Schreibtischlade und nahm ein amtlich aussehendes Dokument heraus.

»Jeder sollte das tun, was er am besten kann«, zitierte Armstrong eine Binsenweisheit, die er erst gestern von Colonel Oakshott gehört hatte.

Im Laufe der nächsten Stunde gingen die beiden Männer den Vertragsentwurf Absatz um Absatz durch, bis Dick sicher sein konnte, daß er alles begriffen hatte – auch was zwischen den Zeilen stand –, und daß sämtliche Bedingungen seinen Anforderungen entsprachen.

»Wenn Hahn sich bereit erklärt, zu unterschreiben, kann ich dann sicher sein, daß der Vertrag auch vor einem englischen Gericht wasserdicht ist?« fragte Armstrong, als sie den letzten Paragraphen abgehakt hatten.

»Vollkommen«, versicherte ihm Stephen.

»Und vor einem deutschen Gericht?«

»Ebenfalls. Der Vertrag ist wirklich völlig wasserdicht. Ich muß allerdings zugeben, ich verstehe immer noch nicht ...«, der Anwalt zögerte kurz, »weshalb Hahn sich im Tausch gegen den *Telegraf* von einem so großen Teil seines Imperiums trennt.«

»Sagen wir ganz einfach – ich bin in der Lage, Hahn in bestimmter Hinsicht unter die Arme zu greifen.« Armstrong legte eine Hand auf die Kiste Rotwein.

»Ja, natürlich.« Hallet erhob sich von seinem Schreibtischsessel. »Übrigens, Dick, ich habe endlich meine Entlassungspapiere bekommen und werde schon bald nach Hause zurückkehren, in die gute alte Heimat.«

»Herzlichen Glückwunsch, lieber Freund«, gratulierte ihm Armstrong. »Das ist ja eine wundervolle Neuigkeit.«

»Ja, nicht wahr? Und falls du je einen Anwalt brauchen solltest, wenn du wieder in England bist ...«

Als Armstrong zwanzig Minuten später in seine Dienststelle zurückkehrte, teilte Sally ihm mit, daß in seinem Büro ein Besucher auf ihn warte, der behauptete, ein enger Freund von ihm zu sein. Sie habe ihn allerdings nie zuvor gesehen.

Armstrong öffnete die Tür und sah Max Sackville im Büro hin und her stapfen. »Mit der Wette ist es aus, alter Kumpel«, sagte Sackville, kaum daß er Armstrong erblickt hatte.

»Was soll das heißen?« Armstrong schob den Vertrag in die obere Schublade seines Schreibtisches und drehte den Schlüssel.

»Genau, was ich gesagt habe – aus und vorbei. Meine Papiere sind endlich durch die Instanzen gelaufen. Ende des Monats geht's zurück nach North Carolina. Ist das nicht großartig?«

»Und wie. Denn wenn du nicht mehr da bist, wird Hahn

glimpflich davonkommen, und dann hält mich nichts mehr davon ab, meine tausend Dollar von dir zu kassieren.«

Sackville starrte ihn an. »Du würdest einen alten Kumpel doch nicht zwingen, seine Wettschuld einzulösen, wenn die Umstände sich geändert haben?«

»Das würde ich sogar todsicher, alter Kumpel!« entgegnete Armstrong. »Und das ist noch nicht alles. Solltest du versuchen, dich um die tausend Mäuse zu drücken, weiß es morgen um diese Zeit der ganze amerikanische Sektor.« Armstrong beobachtete, wie sich auf der Stirn des Amerikaners Schweißperlen bildeten. Er wartete eine Zeitlang; dann sagte er: »Weißt du was, Max. Ich geb' mich mit siebenhundertfünfzig Dollar zufrieden. Aber nur, wenn du sie heute noch hinblätterst.«

Fast eine Minute herrschte Schweigen; dann leckte Max sich die Lippen. »Nichts zu machen. Bis Ende des Monats kann ich Hahn immer noch kleinkriegen. Ich muß die ganze Sache nur ein bißchen beschleunigen ... alter Kumpel.«

Er stürmte aus dem Büro. Armstrong war sich nicht so sicher, daß Max es allein schaffen würde. Vielleicht war es jetzt an der Zeit, ein wenig nachzuhelfen. Armstrong griff nach dem Telefon und teilte Sally mit, daß er mindestens die nächste Stunde nicht gestört werden wollte.

Nachdem er die beiden Artikel mit einem Finger mühsam zu Ende getippt hatte, las er sie sorgfältig durch und nahm noch ein paar kleinere Verbesserungen vor. Dann steckte er das eine Blatt Papier in einen unbeschrifteten, beigefarbenen Umschlag und klebte ihn zu. Das zweite Blatt faltete er zusammen und schob es sich in die Brusttasche. Wieder griff er nach dem Telefon und bat Sally, seinen Fahrer hereinzuschicken. Benson hörte aufmerksam zu, was sein Captain ihm auftrug und bat ihn dann, seinen Befehl zu wiederholen, um sicherzugehen, daß er auch wirklich nichts mißverstanden hatte – vor allem, daß er Zivil tragen sollte.

»Und kein Wort über dieses Gespräch je zu irgend jemandem, Reg – zu keiner Menschenseele. Ist das klar?«

»Jawohl, Sir!« Benson nahm den Umschlag, schlug die Hacken zusammen und verließ das Büro.

Armstrong lächelte und bat Sally, ihm die Post hereinzubringen. Er wußte, daß die ersten Exemplare der Morgenausgabe des *Telegraf* kurz vor Mitternacht am Bahnhofskiosk erhältlich sein würden; im amerikanischen und russischen Sektor frühestens eine Stunde später. In diesem Fall war die zeitliche Abstimmung von allergrößter Bedeutung.

Den Rest des Tages blieb Armstrong an seinem Schreibtisch sitzen und ging mit Lieutenant Wakeham die neuesten Vertriebszahlen durch. Zwischendurch rief er Colonel Oakshott an und las ihm den Artikel vor, den er zu veröffentlichen beabsichtigte. Der Colonel war der Ansicht, daß kein einziges Wort geändert werden müßte und erklärte sich einverstanden, am nächsten Morgen auf der Titelseite des *Telegraf* zu erscheinen.

Um achtzehn Uhr kehrte Benson zurück, jetzt wieder in Uniform, und fuhr Armstrong zu seiner Wohnung, wo er einen angenehmen Abend mit Charlotte verbrachte. Sie schien überrascht und erfreut, daß ihr Mann ausnahmsweise einmal so früh nach Hause kam. Nachdem Armstrong David zu Bett gebracht hatte, aßen sie zu Abend, und er nahm sich zweimal Nachschlag von seinem Lieblingseintopf. Charlotte hielt es für besser, nicht zu erwähnen, daß Dick in letzter Zeit ein wenig zugenommen hatte, und daß er auf seine Figur achten sollte.

Kurz nach dreiundzwanzig Uhr meinte Charlotte, daß es an der Zeit wäre, zu Bett zu gehen. Dick pflichtete ihr bei, sagte jedoch: »Ich will mir bloß noch rasch die Zeitung holen. Bin in ein paar Minuten zurück.« Er blickte auf die Uhr: Inzwischen war es zehn Minuten vor Mitternacht. Gemächlich schlenderte Dick zum Bahnhof und traf dort noch vor dem *Telegraf* ein.

Wieder schaute er auf die Uhr. Die Auslieferungsfahrer waren heute ein wenig spät dran. Wahrscheinlich lag es daran, daß Arno sich bei seinem Bruder im russischen Sektor aufhielt. Doch Armstrong brauchte nur noch wenige Minuten zu warten, bis der vertraute rote Lieferwagen um die Ecke bog und vor dem Bahnhofseingang anhielt. Armstrong huschte hinter eine große Säule und wartete, bis der Zeitungspacken aufs Pflaster klatschte und der Wagen dann in Richtung russischer Sektor weiterfuhr.

Ein Mann kam aus dem Bahnhof und beugte sich über den Pakken, um die Schnur aufzubinden. Armstrong ging zu ihm und blieb neben dem Mann stehen. Der Mann blickte auf, sah, wer da erschienen war, nickte Dick zu und reichte ihm das oberste Exemplar vom Packen.

Sofort las Armstrong den Artikel auf der Titelseite, um sich zu vergewissern, daß nichts daran geändert worden war. Er lächelte zufrieden. Alles, einschließlich der Überschrift, war genauso, wie er es getippt hatte.

BEKANNTER VERLEGER VOR DEM BANKROTT

Julius Hahn, Direktor des bekannten Verlagshauses, das seinen Namen trägt, hat sich vergangenen Abend geweigert, eine öffentliche Erklärung über die Zukunft seines Unternehmens abzugeben, obwohl seine Druck- und Verlagshäuser unter zunehmendem wirtschaftlichen Druck stehen.

Hahns bekannteste Tageszeitung, *Der Berliner*, ist seit fast einer Woche aus den Kiosken verschwunden. Noch mehr Zeit ist vergangen, seit einige seiner Wochen- und Monatszeitschriften nicht mehr erschienen sind. Ein führender Grossist äußerte gestern abend: »Wir wissen im Augenblick nicht, ob Hahn überhaupt noch imstande ist, Zeitungen und Zeitschriften auf den Markt zu bringen und müssen deshalb über Alternativen nachdenken.«

Herr Hahn, der den Tag mit seinen Anwälten und Finanzberatern verbrachte, konnte zu einer Stellungnahme nicht befragt werden. Ein Firmensprecher gab jedoch zu, daß Hahns Verlagsunternehmen seine für das kommende Jahr geplanten Ziele und Zahlen nicht erreichen würde. Als es am Abend schließlich gelang, mit Herrn Hahn Verbindung aufzunehmen, war er nicht bereit, sich über die Zukunft des Unternehmens zu äußern.

Armstrong lächelte und blickte wieder auf die Uhr. Die zweite Auflage dürfte jetzt gerade aus den Pressen kommen, jedoch noch nicht gebündelt und für die zurückkehrenden Lieferwagen bereit. Dick schritt entschlossen in Richtung des *Telegraf*-Verlagshauses, wo er siebzehn Minuten später eintraf. Er marschierte hinein und brüllte mit größter Lautstärke, daß Herrn Schultz' Stellvertreter sofort zu ihm kommen solle. Ein Mann, den Armstrong nicht einmal erkannt hätte, wenn er ihm auf der Straße begegnet wäre, eilte zu ihm.

»Wer ist dafür verantwortlich?« donnerte Armstrong und schmetterte das Exemplar der ersten Ausgabe auf den Schreibtisch.

»Sie, Sir«, antwortete der Redakteur erstaunt.

»Was soll das heißen?« brüllte Armstrong. »Ich habe nichts damit zu tun!«

»Aber der Artikel wurde uns direkt von Ihrem Büro geschickt, Sir!«

»Nicht von mir!«

»Aber der Mann sagte, Sie hätten ihm den Text persönlich übergeben, mit dem Auftrag ihn hierherzubringen.«

»Was für ein Mann? Kennen Sie ihn?«

»Nein, Sir, aber er hat mir versichert, daß er direkt von Ihrem Büro gekommen sei.«

»Wie war er angezogen?«

Der stellvertretende Chefredakteur überlegte. »Er trug einen grauen Straßenanzug, wenn ich mich recht entsinne, Sir«, antwortete er schließlich.

»Aber jeder, der für mich arbeitet, müßte Uniform tragen«, fuhr Armstrong ihn an.

»Ich weiß, Sir, aber ...«

»Hat er Ihnen seinen Namen genannt oder einen Ausweis gezeigt?«

»Nein, Sir. Ich nahm an ...«

»Sie nahmen einfach an? Warum haben Sie nicht nach dem Telefon gegriffen und mich angerufen, um sich zu vergewissern, daß ich den Artikel genehmigt hatte?«

»Es war mir nicht bewußt ...«

»Großer Gott, Mann. Ist Ihnen denn da nicht wenigstens in den Sinn gekommen, das Ding zu redigieren, nachdem Sie es gelesen hatten?«

»Niemand redigiert Ihre Arbeit, Sir«, entgegnete der stellvertretende Chefredakteur. »Sie wird sofort in die Druckerei gebracht.«

»Sie schauen sich nicht mal an, um was es geht?«

»Nein, Sir«, antwortete der Redakteur mit gesenktem Kopf.

»Dann hat also niemand anders die Schuld?«

»Nein, Sir.« Der Bedauernswerte zitterte nun am ganzen Leib.

»Dann sind Sie gefeuert!« brüllte Armstrong und starrte finster auf ihn hinunter. »Ich will, daß Sie sofort verschwinden! Auf der Stelle, hören Sie!«

Der stellvertretende Chefredakteur machte den Eindruck, als

wollte er protestieren, doch Armstrong fuhr ihn an: »Wenn Sie nicht innerhalb von fünfzehn Minuten Ihr Büro geräumt haben, rufe ich die Militärpolizei!«

Ohne ein weiteres Wort schlich der ehemalige stellvertretende Chefredakteur von dannen.

Armstrong lächelte, zog die Jacke aus und hängte sie über den Stuhl hinter Arnos Schreibtisch. Ein Blick auf die Uhr versicherte ihm, daß genug Zeit vergangen war. Er krempelte die Ärmel hoch, verließ das Büro und drückte auf einen roten Knopf an der Wand. Sofort kamen sämtliche Druckerpressen quietschend zum Stehen.

Als Armstrong sicher war, daß die allgemeine Aufmerksamkeit ihm galt, brüllte er verschiedenen Mitarbeitern eine Reihe von Befehlen zu. »Sorgen Sie dafür, daß die Fahrer sich sofort wieder auf den Weg machen und jedes einzelne Exemplar der ersten Ausgabe zurückbringen, das sie in die Hand kriegen!« Der Vertriebsleiter stürmte auf den Innenhof hinaus, und Armstrong wandte sich dem Vorarbeiter der Drucker zu.

»Ich will, daß die Titelseiten-Story über Hahn herausgenommen und an ihrer Stelle diese hier gedruckt wird.« Er nahm ein gefaltetes Blatt Papier aus seiner Brusttasche und reichte es dem verwirrten Druckervorarbeiter, der sofort mit der Arbeit an der neuen Titelseite begann und in der rechten oberen Ecke einen Platz für das neueste Bild des Herzogs von Gloucester freiließ.

Armstrong drehte sich um und ließ den Blick über die Arbeiter schweifen, die darauf warteten, daß die nächste Auflage aus der Presse kam, um die Zeitungen zu bündeln. »Und ihr«, rief Dick, »kümmert euch darum, daß jedes Exemplar der ersten Auflage, das ihr noch im Haus findet, vernichtet wird.« Die Arbeiter schwärmten aus und sammelten jedes Exemplar ein, das sie entdeckten, und mochte es noch so alt sein.

Vierzig Minuten später wurde ein Abzug der neuen Titelseite in Schultz' Büro gebracht. Armstrong besah sich mit scheinbarem Interesse die neue Story, die er am Vormittag über den bevorstehenden Berlinbesuch des Herzog von Gloucester verfaßt hatte.

»Gut«, sagte er laut, damit auch alle es hören konnten, »machen wir uns daran, die zweite Auflage zu drucken.«

Als Arno fast eine Stunde später durch die Tür geeilt kam, stellte er erstaunt fest, daß Captain Armstrong mit hochgekrempelten Ärmeln mithalf, die zweite, frischgedruckte Auflage in die

Lieferwagen zu laden. Als Armstrong Arno sah, deutete er in die Richtung der Chefredaktion. Sobald die Tür hinter den Männern geschlossen war, berichtete Armstrong, was er von dem Augenblick an getan hatte, als er die alte Titelstory gelesen hatte.

»Es ist mir gelungen, die meisten Exemplare der ersten Auflage zurückzubekommen, und ich hab' sie gleich vernichten lassen«, erklärte er Schultz. »Doch was die ungefähr zwanzigtausend Exemplare betrifft, die in den russischen und amerikanischen Sektor geliefert wurden, konnte ich leider nichts mehr unternehmen. Wenn die Zeitungen erst mal durch dem Checkpoint sind, haben wir hier kaum eine Chance, sie zurückzubekommen.«

»Was für ein Glück, daß Sie sich ein Exemplar der ersten Auflage geholt haben, als sie gerade erst ausgeliefert wurde«, sagte Schultz. »Ich mache mir große Vorwürfe, daß ich nicht eher zurückgekommen bin.«

»Sie trifft nicht die geringste Schuld«, beruhigte ihn Armstrong. »Aber Ihr Stellvertreter ist zu weit gegangen. Es geht nicht an, einen Artikel zu drucken, ohne in meinem Büro nachzufragen.«

»Da bin ich wirklich erstaunt. Normalerweise ist er absolut verläßlich.«

»Mir blieb keine Wahl, als den Mann auf der Stelle zu feuern.« Armstrong blickte Schultz ins Gesicht.

»Keine Wahl.« Schultz nickte. »Natürlich.« Er sah immer noch völlig verstört aus. »Ich befürchte allerdings, daß der Schaden nicht mehr zu beheben ist.«

»Ich verstehe nicht«, gab Armstrong sich verwundert. »Ich habe doch fast die gesamte erste Auflage zurückbekommen. Die wenigen verkauften Exemplare werden kaum Schaden anrichten.«

»Sie haben alles Menschenmögliche getan, Captain Armstrong. Doch kurz bevor ich zum Checkpoint kam, habe ich mir den *Telegraf* im russischen Sektor gekauft. Ich war noch keine fünf Minuten zu Hause, da schellte Julius bei mir und hat sich beklagt, daß er in der vergangenen Stunde einen Anruf nach dem anderen erhalten hätte – die meisten von besorgten Zeitungshändlern. Ich habe ihm versprochen, sofort hierherzufahren und herauszufinden, wie dieses Malheur passieren konnte.«

»Bitte, versichern Sie Ihrem Freund, daß ich morgen als erstes eine Untersuchung einleiten werde«, versprach Armstrong. »Und ich werde die Sache persönlich in die Hand nehmen.« Er rollte die Hemdsärmel herunter und schlüpfte in seine Jacke. »Ich war gerade dabei, den Arbeitern beim Bündeln der zweiten Auflage zu helfen, als Sie kamen, Arno. Vielleicht sind Sie so nett und übernehmen das jetzt an meiner Stelle. Meine Frau ...«

»Aber natürlich. Selbstverständlich«, versicherte ihm Arno.

Als Armstrong das Haus verließ, klangen Arnos Worte noch in seinen Ohren: »Sie haben alles Menschenmögliche getan, Captain Armstrong. Sie haben alles Menschenmögliche getan.«

Da konnte er ihm nur beipflichten.

Armstrong wunderte sich nicht, daß er schon früh am Morgen einen Anruf von Julius Hahn erhielt. »Das mit unserer ersten Auflage tut mir schrecklich leid«, sagte er bedauernd, noch ehe Hahn dazu kam, selbst etwas zu sagen.

»Es war nicht Ihre Schuld«, entgegnete Hahn. »Arno hat mir erklärt, wieviel schlimmer es ohne Ihr Einschreiten hätte werden können. Aber ich fürchte, jetzt muß ich Sie noch einmal um einen Gefallen bitten.«

»Ich werde alles tun, was in meiner Macht steht, Ihnen zu helfen, Julius.«

»Was sollte ich ohne Sie nur anfangen, Captain Armstrong. Wäre es möglich, daß Sie zu mir kommen?«

Armstrong blätterte so laut in seinem Terminkalender, daß das Rascheln über die Leitung zu hören sein müßte. »Wäre Ihnen übermorgen recht?«

»Ich fürchte, die Sache ist viel zu dringend«, gestand Hahn. »Könnten Sie es nicht irgendwie noch heute ermöglichen?«

»Na ja, das paßt eigentlich ganz und gar nicht in meine Termine«, log Armstrong und blickte auf die leere Seite in seinem Terminkalender. »Aber da ich heute nachmittag im amerikanischen Sektor etwas zu erledigen habe, könnte ich vielleicht gegen siebzehn Uhr bei Ihnen vorbeischauen – aber nur für eine Viertelstunde.«

»Wenn Sie eine Viertelstunde abzweigen könnten, Captain Armstrong, wäre ich Ihnen schon unendlich dankbar.«

Armstrong lächelte, als er auflegte. Er öffnet das Schloß der oberen Schreibtischlade und nahm den Vertrag heraus. Die nächste Stunde ging er das Papier noch einmal sorgfältigst Punkt für

Punkt durch, um sicherzugehen, daß auch wirklich nicht die kleinste Einzelheit übersehen worden war. Die einzige Störung war ein Anruf von Colonel Oakshott, der Armstrong zu dem Artikel über den bevorstehenden Besuch des Herzogs von Gloucesters beglückwünschte. »Erstklassige Arbeit«, lobte er. »Einfach erstklassig.«

Nach einem ausgedehnten Mittagessen im Offizierskasino verbrachte Armstrong den frühen Nachmittag damit, auf seinem Schreibtisch Ordnung zu schaffen, indem er sich der Briefe annahm, auf deren Beantwortung Sally schon seit Wochen drängte. Um sechzehn Uhr dreißig bat er Benson, ihn in den amerikanischen Sektor zu fahren, und wenige Minuten nach siebzehn Uhr hielt der Jeep vor dem Verlagshaus des *Berliner*. Hahn erwartete Armstrong bereits nervös auf den Eingangsstufen und führte ihn rasch zu seinem Büro.

»Ich möchte mich noch einmal für unsere erste Auflage vergangene Nacht entschuldigen«, begann Armstrong. »Ich habe mit einem General aus dem amerikanischen Sektor zu Abend gespeist, und Arno hat seinen Bruder im russischen Sektor besucht. Deshalb hatte keiner von uns die leiseste Ahnung, was sein Stellvertreter im Schilde führte. Selbstverständlich habe ich den Mann sofort gefeuert und eine Untersuchung eingeleitet. Wenn ich nicht gegen Mitternacht am Bahnhof vorbeigekommen wäre ...«

»Sie dürfen sich keine Vorwürfe machen, Captain Armstrong«, warf Hahn ein. Nach einer kurzen Pause fuhr er fort: »Leider sind die wenigen Exemplare, die in den amerikanischen und russischen Sektor gelangt sind, wie ein Bombe eingeschlagen und haben Panik unter einigen meiner ältesten Kunden verursacht.«

»Das tut mir sehr, sehr leid.«

»Ich fürchte, ausgerechnet diese Exemplare sind in die falschen Hände gefallen. Einige meiner verläßlichsten Zulieferer haben mich heute angerufen und verlangt, daß ich in Zukunft im voraus bezahle. Aber das wird nicht leicht sein – nach all den zusätzlichen Ausgaben, die ich in den vergangenen zwei Monaten hatte. Aber wir wissen beide, daß Captain Sackville hinter dieser ganzen Sache steckt.«

»Darf ich Ihnen einen guten Rat geben, Julius? Wenn Sie sich für diese Verleumdungen rechtfertigen wollen, erwähnen Sie unter keinen Umständen Sackvilles Namen. Sie haben keinerlei Beweise. Und Sackville gehört zu den Leuten, die keine Sekunde zögern würden, Ihren Betrieb zu schließen, wenn Sie ihm auch nur den kleinsten Grund dafür geben.«

»Aber er zwingt mich systematisch in die Knie!« protestierte Hahn. »Und ich weiß nicht, warum er mir das antut oder wie ich ihn davon abhalten könnte!«

»Sie sollten sich nicht so aufregen, Julius. Ich denke seit einiger Zeit über Ihre Probleme nach, und es könnte sein, daß ich eine Lösung dafür gefunden habe.«

Hahn zwang sich zu einem Lächeln, wirkte jedoch keineswegs überzeugt.

»Was würden Sie sagen« fuhr Armstrong fort, »wenn ich es arrangieren könnte, daß Captain Sackville noch in diesem Monat in die Staaten zurückversetzt wird?«

»Das würde alle meine Probleme beheben.« Hahn seufzte tief, doch seine Zweifel blieben. »Ja, wenn er tatsächlich versetzt würde ...«

»Spätestens Ende des Monats.« Armstrong nickte. »Aber dazu muß ich alle meine Überredungskünste einsetzen und sämtliche Beziehungen spielen lassen. Ganz zu schweigen davon, daß Sie ...«

»Ich tue alles, was Sie für richtig halten!«

Armstrong zog den Vertrag aus seiner Brusttasche und schob ihn über den Schreibtisch. »Unterschreiben Sie das, Julius, und ich werde dafür sorgen, daß Sackville in die Staaten zurückgeschickt wird.«

Hahn las den vierseitigen Vertrag – zuerst rasch, dann langsam, ehe er ihn vor sich auf den Schreibtisch legte. Schließlich blickte er auf und sagte leise: »Ich muß mir erst völlig über die Konsequenzen dieses Vertrags im klaren sein, bevor ich ihn unterschreibe.« Er machte eine Pause und griff wieder nach dem Dokument. »Sie würden die ausländischen Vertriebsrechte für meine sämtlichen Publikationen bekommen ...«

»Ja«, bestätigte Armstrong ruhig.

»Ich nehme an, daß Sie die Rechte für Großbritannien meinen.« Er zögerte. »Und für das Commonwealth.«

»Ja, Julius. Und auch noch für den Rest der Welt.«

Noch einmal studierte Hahn den Vertrag. Als er zu der betreffenden Klausel kam, nickte er ernst.

»Und als Gegenleistung bekäme ich fünfzig Prozent der Erlöse?«

»Ja«, bestätigte Armstrong. »Haben Sie mir nicht erzählt, daß Sie Ausschau nach einem britischen Vertriebspartner halten würden, sobald Ihr derzeitiger Vertrag ausläuft?«

»Das stimmt. Aber zum damaligen Zeitpunkt hatte ich keine Ahnung, daß Sie im Verlagsgeschäft tätig sind.«

»Das bin ich schon mein ganzes Leben«, entgegnete Armstrong. »Und sobald ich aus der Armee entlassen werde, kehre ich nach England zurück, um unseren Familienbetrieb weiterzuführen.«

Hahn wirkte benommen. »Und als Gegenleistung für diese Rechte würde ich zum Alleininhaber des *Telegraf*.« Wieder machte er eine Pause. »Ich hatte keine Ahnung, daß die Zeitung Ihnen gehört.«

»Arno auch nicht. Ich muß Sie deshalb bitten, kein Wort darüber verlauten zu lassen. Ich mußte den Marktwert überbieten, um seine Anteile zu bekommen.«

Hahn nickte; dann runzelte er die Stirn. »Aber wenn ich diesen Vertrag unterschreibe, könnten Sie Millionär werden!«

»Und wenn Sie ihn nicht unterschreiben, könnten Sie Ende des Monats bankrott sein.«

Beide Männer starrten einander an.

»Sie haben sich offenbar eingehend mit meinem Problem beschäftigt, Captain Armstrong«, sagte Hahn schließlich.

»Nur in Ihrem Interesse«, entgegnete Armstrong.

Hahn schwieg, deshalb fuhr Armstrong fort: »Lassen Sie mich meine durchaus ehrenwerten Absichten beweisen, Julius. Falls Captain Sackville am Ersten des nächsten Monats noch in diesem Land ist, brauchen Sie diesen Vertrag gar nicht zu unterzeichnen. Doch wenn er bis dahin abgelöst wurde, erwarte ich, daß Sie noch am selben Tag Ihre Unterschrift daruntersetzen. Im Augenblick genügt mir ein Handschlag, Julius.«

Hahn schwieg noch einige Sekunden. »Dagegen kann ich nichts einwenden«, meinte er schließlich. »Wenn dieser Mann bis zum Ende des Monats das Land verlassen hat, unterschreibe ich den Vertrag zu Ihren Gunsten.«

Die beiden Männer standen auf und schüttelten einander feierlich die Hand.

»Dann sollte ich mich jetzt besser auf den Weg machen«, sagte Armstrong. »Wenn ich sichergehen will, daß Sackville in den nächsten drei Wochen nach Amerika zurückgeschickt wird, muß ich noch einige Leute überzeugen und eine Menge Papierkram erledigen.«

Hahn nickte bloß.

Armstrong schickte seinen Fahrer heim und schlenderte die neun Querstraßen bis zu Max' Unterkunft. Zu ihrer üblichen Freitagabend-Pokerpartie würde er rechtzeitig genug kommen. Die kalte Luft vertrieb die letzten Gedanken an irgendwelche Schuldgefühle aus Armstrongs Kopf. Als er ans Ziel kam, war er bereit, den zweiten Teil seines Plans in die Tat umzusetzen.

Max mischte ungeduldig die Karten. »Schenk dir ein Bier ein, alter Kumpel«, sagte er, als Armstrong sich auf seinen Platz am Tisch setzte, »denn heute abend, mein Freund, wirst du verlieren!«

Zwei Stunden später war Armstrong um achtzig Dollar reicher, und Max hatte sich noch kein einziges mal die Lippen geleckt. Er nahm einen tiefen Schluck Bier, als Dick zu mischen begann. »Es hilft mir nicht gerade«, sagte Max, »daß ich dir tausend Dollar schulde, falls Hahn am Monatsende noch nicht pleite ist – und das würde mich so ziemlich fertigmachen.«

»Ich muß zugeben, im Augenblick stehen die Aktien recht gut für mich.« Armstrong machte eine Pause, als er Max die nächste Karte hinblätterte. »Aber unter gewissen Umständen bin ich vielleicht bereit, dir die Wettschuld zu erlassen.«

»Du brauchst mir bloß zu sagen, was ich tun muß.« Max ließ seine Karten offen auf den Tisch fallen. Armstrong tat, als würde er sich auf sein Blatt konzentrieren, und schwieg.

»Ich tue wirklich alles, Dick«, versicherte ihm Max. »Außer natürlich, den verdammten Kraut umzulegen.«

»Wie wär's, wenn du ihn wieder ins Geschäft bringst?«

»Ich fürchte, ich verstehe nicht.«

Armstrong legte die Hand auf den Tisch und blickte zum Amerikaner hinüber. »Ich möchte, daß du Hahn soviel Strom und Papier gibst, wie er braucht, und daß du ihm zuvorkommend hilfst, wenn er sich an deine Dienststelle wendet.«

»Wieso hast du plötzlich deinen Plan geändert?« fragte Max mißtrauisch.

»Ganz einfach, Max. Ich habe mit mehreren Dummköpfen im britischen Sektor Wetten abgeschlossen, daß Hahn Ende des

Monats noch im Geschäft ist. Wenn du die derzeitige Situation umkehrst, würde ich weit mehr als deine tausend Dollar kassieren.«

»Du gerissener Hund!« Zum erstenmal an diesem Abend leckte Max sich die Lippen. »Einverstanden, alter Kumpel.« Er streckte die Hand über den Tisch.

Und so besiegelte Armstrong die zweite Abmachung an diesem Tag.

Drei Wochen später ging Captain Max Sackville an Bord eines Flugzeugs nach North Carolina. Er hatte Armstrong nicht mehr als die paar Dollar bezahlen müssen, die er bei ihrem letzten Pokerspiel verloren hatte. Am Ersten des Monats wurde Max von einem gewissen Major Bernie Goodman abgelöst.

Armstrong fuhr an diesem Nachmittag in den amerikanischen Sektor, um Julius Hahn zu besuchen, der ihm den unterschriebenen Vertrag reichte.

»Ich weiß wirklich nicht, wie Sie das geschafft haben«, sagte Hahn. »Offenbar haben Sie einen direkten Draht zum lieben Gott.«

Sie schüttelten einander die Hand.

»Ich freue mich auf eine lange und erfolgreiche Partnerschaft«, sagte Armstrong, ehe er ging. Hahn schwieg.

Als Armstrong abends zeitig nach Hause kam, erzählte er Charlotte, daß seine Entlassungspapiere endlich gekommen waren und daß sie noch vor Monatsende Berlin verlassen würden. Er berichtete ihr auch, daß man ihm angeboten habe, die Weltvertriebsrechte für Julius Hahns Verlagsprogramm zu übernehmen; dies allerdings würde bedeuten, daß er sich in die Arbeit stürzen müßte, sobald ihr Flieger in London gelandet war. Während er erzählte, ging er im Zimmer auf und ab und sprudelte vor Ideen über. Doch Charlotte beschwerte sich nicht, weil sie viel zu glücklich war, Berlin endlich verlassen zu dürfen. Als Dick schließlich endete, blickte Charlotte zu ihm auf und sagte: »Bitte, setz dich, Dick. Auch ich habe dir etwas zu erzählen.«

Armstrong versprach Lieutenant Wakeham, Private Benson und Sally, ihnen einen Job in seinem Unternehmen zu geben, sobald sie aus der Armee entlassen waren. Die drei versicherten Dick, ihm sofort Bescheid zu geben, sobald sie ihre Entlassungspapiere in der Hand hielten.

»Sie haben hier in Berlin verdammt gute Arbeit für uns geleistet, Dick«, lobte Colonel Oakshott. »Ich weiß gar nicht, wie wir Sie ersetzen sollen. Aber nach Ihrem brillanten Vorschlag, den *Telegraf* und den *Berliner* zu fusionieren, ist das vielleicht auch gar nicht mehr nötig.«

»Die Fusion war in meinen Augen die naheliegendste Lösung«, sagte Armstrong. »Und ich möchte Ihnen noch sagen, Sir, daß ich gern Mitglied Ihres Teams war.«

»Sehr freundlich von Ihnen, Dick.« Der Colonel senkte die Stimme. »Ich werde in Kürze ebenfalls entlassen. Wenn Sie wieder Zivilist sind – vielleicht hören Sie mal von einem guten Job, der zu einem alten Soldaten wie mir passen würde.«

Armstrong machte sich gar nicht die Mühe, sich von Arno Schultz zu verabschieden, doch Sally erzählte ihm, daß Hahn Arno den Posten als Chefredakteur der neuen Zeitung angeboten hatte.

Armstrongs letzter Besuch, nachdem er seine Uniform abgegeben hatte, galt Major Tulpanow im russischen Sektor, und diesmal lud der Geheimdienstmann ihn wieder zum Essen ein.

»Ihr Coup mit Hahn war für einen Beobachter das reinste Vergnügen, Lubji.« Tulpanow bedeutete ihm, sich zu setzen. »Selbst für einen unbeteiligten.« Sein Bursche schenkte ihnen Wodka ein, und der Russe hob sein Glas hoch über den Kopf.

»Danke.« Armstrong tat es ihm gleich. »Nicht zuletzt wegen der Rolle, die Sie bei der Sache gespielt haben.«

»Nicht der Rede wert.« Tulpanow stellte das Glas auf den Tisch. »Aber das wird vielleicht nicht immer so sein, Lubji.« Armstrong zog eine Braue hoch. »Sie haben sich zwar die ausländischen Vertriebsrechte für den Großteil der deutschen wissenschaftlichen Zeitschriften gesichert, aber es wird nicht lange dauern, dann ist das deutsche Material nicht mehr aktuell, und Sie werden die neuesten russischen Publikationen brauchen. Das heißt, sofern Sie auf dem laufenden bleiben wollen.«

»Was erwarten Sie als Gegenleistung?« Armstrong löffelte weiteren Kaviar auf seinen Teller.

»Halten wir es einfach so, Lubji, daß ich mich hin und wieder mit Ihnen in Verbindung setzen werde.«

DAILY MAIL

13. APRIL 1961

DIE STIMME AUS DEM ALL: »WIE ICH ES GEMACHT HABE.« GAGARIN ERZÄHLT CHRUSCHTSCHOW VON DER BLAUEN ERDE

Heather setzte Townsend eine Tasse schwarzen Kaffee vor. Er bedauerte bereits, daß er sich auf dieses Interview eingelassen hatte, schon gar mit einer jungen Reporterin, die noch grün hinter den Ohren war. Keith' goldene Regel lautete, sich niemals mit Journalisten auf ein Gespräch einzulassen. Manche Verleger genossen es, in ihren eigenen Zeitungen über sich zu lesen. Townsend gehörte nicht zu ihnen, doch als Bruce Kelly ihn einmal in nachgiebiger Stimmung angetroffen und behauptet hatte, es sei gut für die Zeitung und für sein Image, hatte Townsend zögernd eingewilligt.

Er war an diesem Vormittag zwei-, dreimal nahe daran gewesen, das Interview abzusagen, doch eine Reihe von Anrufen und Konferenzen hatten verhindert, daß er es tatsächlich tat. Und dann war Heather ins Büro gekommen, um ihm mitzuteilen, daß die junge Reporterin auf dem Flur wartete. »Soll ich sie hereinschikken?« fragte Heather.

»Ja.« Townsend blickte auf die Uhr. »Aber es darf nicht zu lange dauern. Ich muß vor der morgigen Vorstandssitzung noch allerhand durcharbeiten.«

»Ich werde in etwa fünfzehn Minuten hereinschauen und behaupten, Sie hätten einen Anruf aus Übersee.«

»Gute Idee. Aber sagen Sie, der Anruf käme aus New York. Irgendwie hilft das, daß selbst die Hartnäckigsten schneller verschwinden. Und wenn es allzu schlimm wird, benutzen Sie am besten die Andrew-Blacker-Methode.«

Heather nickte und verließ das Zimmer, während Townsends Finger bereits über die Tagesordnungspunkte der morgigen Sitzung huschte. Beim siebenten Punkt hielt er inne. Er mußte sich genauer über den West-Riding-Konzern informieren, wenn er den Vorstand überzeugen wollte, daß die Sache seine Unterstützung wert war. Und selbst wenn die Mehrheit ihm grünes Licht gab, mußte er das Geschäft unbedingt auf seiner Englandreise abschließen. Keith würde bis hinauf nach Leeds fahren müssen, falls er das Gefühl hatte, daß es sich lohnte, der Sache nachzugehen.

»Guten Morgen, Mr. Townsend.«

Keith blickte auf, schwieg jedoch.

»Ihre Sekretärin sagte mir bereits, daß Sie außerordentlich beschäftigt sind. Ich werde mich bemühen, Ihnen nicht zuviel von Ihrer Zeit zu stehlen«, versicherte sie ihm rasch.

Keith sagte immer noch kein Wort.

»Mein Name ist Kate Tulloh. Ich bin Reporterin beim *Chronicle*.«

Keith kam hinter seinem Schreibtisch hervor, gab der jungen Journalistin die Hand und bot ihr einen bequemen Sessel an, der üblicherweise für Vorstandsmitglieder, Redakteure oder Personen reserviert war, mit denen Keith wichtige Geschäfte abzuschließen hoffte. Nachdem Kate Platz genommen hatte, ließ Keith sich im Sessel ihr gegenüber nieder.

»Wie lange sind Sie schon bei uns?« fragte er, als sie einen Stenoblock und einen Bleistift aus ihrer Mappe holte.

Sie schlug die Beine übereinander. »Erst seit drei Monaten, Mr. Townsend. Gleich nach meinem Collegeabschluß bin ich als Volontärin zur *Chronicle* gegangen. Sie sind sozusagen mein erster großer Auftrag.«

Zum erstenmal im Leben kam Keith sich alt vor, obwohl er erst vor kurzem seinen dreiunddreißigsten Geburtstag gefeiert hatte.

»Was ist das für ein Akzent?« erkundigte er sich interessiert. »Ich habe ihn noch nie zuvor gehört.«

»Ich bin in Budapest geboren. Meine Eltern sind während der Revolution aus dem Land geflohen. Das einzige Schiff, das uns mitnahm, fuhr nach Australien.«

»Mein Großvater ist ebenfalls nach Australien geflüchtet«, sagte Keith.

»Wegen einer Revolution?«

»Nein. Er war Schotte und wollte von den Engländern so weit weg wie nur möglich.« Kate lachte. »Sie haben vor kurzem einen Preis für herausragende Nachwuchsautoren gewonnen, nicht wahr?« Keith versuchte sich zu erinnern, was Heather für ihn über Kate zusammengestellt hatte.

»Ja, Bruce hat letztes Jahr die Preise verliehen. So bin ich zur *Chronicle* gekommen.«

»Und was macht Ihr Vater?«

»In Ungarn war er Architekt, aber hier bekommt er nur hin und wieder Hilfsarbeiterjobs. Die Regierung weigert sich, seine Qualifikationen anzuerkennen, und die Gewerkschaften waren auch nicht gerade hilfsbereit.«

»Mich können die Gewerkschaften auch nicht leiden«, gestand Keith. »Und was ist mit ihrer Mutter?«

»Entschuldigen Sie, wenn es unverschämt klingt, Mr. Townsend, aber ich glaube, ich sollte Sie jetzt lieber interviewen.«

»Ja, natürlich. Legen Sie los.« Er starrte das Mädchen an, ohne zu ahnen, wie nervös er sie machte. Er hatte noch nie ein so bezauberndes Wesen gesehen. Sie hatte schulterlanges dunkles Haar und ein vollkommenes, ovales Gesicht, in dem die australische Sonne noch keine Spuren hinterlassen hatte. Keith vermutete, daß ihr schlichtes Kostüm förmlicher war als die Kleidung, die sie üblicherweise trug. Wahrscheinlich lag es daran, daß sie ihren Chef interviewte. Wieder schlug sie die Beine übereinander, wobei ihr Rock ein Stückchen über die Knie rutschte. Keith bemühte sich, nicht hinzuschauen.

»Soll ich die Frage wiederholen, Mr. Townsend?«

»Oh ... tut mir leid.«

Heather kam herein und staunte, daß die beiden in der »Direktorenecke« des Büros saßen.

»Sie haben einen Anruf aus New York, Sir«, sagte sie wie abgemacht. »Von Mr. Lazar. Er möchte mit Ihnen über ein Gegenangebot sprechen, das Kanal Sieben ihm für eine der Comedy-Serien in der nächsten Programm-Einplanung gemacht hat.«

»Sagen Sie ihm, ich rufe später zurück«, erwiderte Keith, ohne aufzublicken. »Ach, übrigens, Kate, hätten Sie gern eine Tasse Kaffee?«

»Sehr gern, Mr. Townsend.«

»Schwarz oder mit Milch?«

»Mit Milch, aber ohne Zucker. Vielen Dank«, sagte sie in Heathers Richtung.

Heather drehte sich um und verließ das Büro, ohne Keith zu fragen, ob auch er noch Kaffee wollte.

»Verzeihen Sie, wie lautete doch noch die Frage?« Keith blickte Kate an.

»Haben Sie schon in der Schule etwas geschrieben oder veröffentlicht?«

»Ja, ich war in meinem letzten Jahr Herausgeber der Schülerzeitschrift.« Kates Bleistift huschte über den Block. »Genau wie mein Vater vor mir.« Als Heather mit dem Kaffee zurückkam, war Keith noch immer damit beschäftigt, Kate von seinem Erfolg bei der Sammlung für den Kricketpavillon zu erzählen.

»Und während Sie in Oxford waren – warum haben Sie da nicht für die Studenten- oder Universitätszeitschrift gearbeitet?«

»Damals habe ich mich viel mehr für Politik interessiert. Außerdem wußte ich, daß ich ohnehin den Rest meines Lebens in der Welt der Zeitungen verbringen würde.«

»Stimmt es, daß Sie bitter enttäuscht waren, als Sie nach Ihrer Rückkehr nach Australien erfuhren, daß Ihre Mutter den *Melbourne Courier* verkauft hatte?«

»Ja, das stimmt«, gestand Keith, als Heather schon wieder ins Büro kam. »Und ich werde den *Courier* eines Tages zurückbekommen«, fügte er kaum hörbar hinzu und blickte dann Heather an. »Gibt's Probleme, Heather?« fragte er mit hochgezogener Braue. Sie war fast auf Tuchfühlung vor ihm stehengeblieben.

»Ja. Tut mir leid, daß ich Sie noch einmal stören muß, Mr. Townsend, aber Sir Kenneth Stirling hat schon den ganzen Vormittag versucht, Sie zu erreichen. Er will über Ihre bevorstehende Reise nach England mit Ihnen sprechen.«

»Dann werde ich ihn wohl ebenfalls zurückrufen müssen, nicht wahr?«

»Er hat mich darauf aufmerksam gemacht, daß er nachmittags nur kurz in seinem Büro ist.«

»Dann werde ich ihn abends zu Hause anrufen.«

»Ich sehe schon, daß Sie sehr beschäftigt sind, Sir«, sagte Kate. »Ich kann warten oder ein andermal zurückkommen.«

Keith schüttelte den Kopf. Doch Heather ging erst nach einigem Zögern, so daß er sich fragte, ob Ken Stirling tatsächlich am Apparat war.

Kate nutzte die Chance und fuhr fort: »Im Archiv habe ich Berichte entdeckt, in denen geschildert wird, wie Sie die Aktienmehrheit am *Adelaide Messenger* an sich brachten und den inzwischen verstorbenen Sir Colin Grant ausgebootet haben.«

»Ich habe ihn durchaus nicht ausgebootet. Sir Colin war ein guter Freund meines Vaters«, erklärte Keith, »und eine Fusion unserer Zeitungen war für beide Seiten zum Besten.« Kate sah nicht sonderlich überzeugt aus. »Ich bin sicher, daß Sie in den Berichten auch gelesen haben, daß Sir Colin Vorstandsvorsitzender des Gesamtkonzerns wurde.«

»Ja, aber er saß nur einer einzigen Sitzung vor.«

»Ich glaube, Sir Colin hat sogar zwei Sitzungen geleitet.«

»War es bei Sir Somerset Kenwright nicht so ähnlich, als Sie die *Chronicle* übernahmen?«

»Nein, das stimmt nicht ganz. Ich versichere Ihnen, daß niemand Sir Somerset so sehr bewundert hat wie ich.«

»Aber Sir Somerset beschrieb Sie einmal …«, Kate blickte auf ihre Notizen, »… als einen Mann, ›der gern in der Gosse liegt und zusieht, während andere Berge erklimmen‹.«

»Ich glaube, Sie werden feststellen, daß Sir Somerset oft falsch zitiert wird. Genau wie Shakespeare.«

»So oder so – das wäre wohl schwer zu beweisen«, entgegnete Kate, »weil auch Sir Somerset schon tot ist.«

»Stimmt.« Es klang, als wollte Keith sich rechtfertigen. »Aber ich werde seine Worte nie vergessen. Er sagte zu mir: ›Nichts könnte mir größere Freude bereiten, als daß die *Chronicle* in die Hände von Sir Graham Townsends Sohn übergehen wird.‹«

»Aber sagte Sir Sommerset das nicht«, wieder blickte Kate auf ihre Notizen, »sechs Wochen vor der tatsächlichen Übernahme der Zeitung durch Sie?«

»Was macht das schon aus«, versuchte Keith sich zu rechtfertigen.

»Sehr viel, wenn man bedenkt, daß Sie an Ihrem ersten Tag als Eigentümer der *Chronicle* sowohl den Chefredakteur wie den Geschäftsführer an die Luft setzten. Eine Woche später gaben die beiden eine gemeinsame öffentliche Erklärung ab – und diesmal zitiere ich wörtlich …«

»Ihr nächster Besucher ist jetzt hier, Mr. Townsend.« Heather stand an der Tür und sah aus, als wäre sie darauf und dran, jemanden ins Büro zu führen.

»Wer ist es?« fragte Keith.

»Andrew Blacker.«

»Vereinbaren Sie einen neuen Termin.«

»Nein, nein, bitte«, wehrte Kate ab. »Ich habe bereits mehr als genug Material.«

»Geben Sie Blacker einen neuen Termin, Heather«, wiederholte Keith in einem Tonfall, der keine Widerrede zuließ.

»Wie Sie wünschen«, entgegnete Heather. Diesmal ließ sie die Tür weit offenstehen, als sie das Büro verließ.

»Es tut mir leid, daß ich so viel von Ihrer kostbaren Zeit in Anspruch nehme, Mr. Townsend«, entschuldigte sich Kate. »Ich werde versuchen, mich auf das Wesentliche zu beschränken«, fügte sie hinzu, bevor sie sich wieder ihrer langen Fragenliste zuwandte. »Darf ich nun zur Gründung des *Continent* kommen?«

»Aber ich bin noch nicht fertig, Ihnen von Sir Somerset Kenwright zu erzählen – und von dem traurigen Zustand der *Chronicle*, als ich diese Zeitung übernahm.«

»Verzeihen Sie«, bat Kate, »ich mache mir nur Gedanken wegen der Anrufe, die von Ihnen erwartet werden, und ich habe ein schlechtes Gewissen wegen Mr. Blacker.«

Nach längerem Schweigen gestand Keith: »Es gibt keinen Mr. Blacker.«

»Ich fürchte, ich verstehe nicht.«

»Er ist ein Kodewort. Heather benutzt es, um mich wissen zu lassen, um wie viele Minuten eine Besprechung die vorhergesehene Zeit überschritten hat. New York bedeutet fünfzehn Minuten, Mr. Andrew Blacker dreißig. In einer Viertelstunde wird sie wieder in mein Büro kommen und mich darauf aufmerksam machen, daß ich eine Konferenzschaltung mit London und Los Angeles habe. Und wenn sie richtig wütend auf mich ist, wird sie mir auch noch mit Tokio kommen.«

Kate mußte lachen.

»Hoffen wir, daß Sie eine volle Stunde durchstehen. Sie werden nicht glauben, was Heather sich in einer Stunde so alles einfallen läßt.«

»Um ehrlich zu sein, Mr. Townsend, ich bin gar nicht darauf vorbereitet, daß Sie sich mehr als fünfzehn Minuten Zeit für mich nehmen.« Kate blickte wieder auf ihre Liste.

»Sie hatten angefangen, mich über den *Continent* zu befragen«, erinnerte Keith sie.

»Ach, ja«, sagte Kate, »man spricht immer noch davon, wie sehr es Sie mitgenommen hat, als Alan Rutledge seinen Posten als Chefredakteur kündigte.«

»Das stimmt«, gestand Keith. »Er war ein großartiger Journalist, und wir waren gute Freunde geworden. Aber die Auflage war unter fünfzigtausend gefallen, und wir hatten einen wöchentlichen Verlust von nahezu hunderttausend Pfund. Unter dem neuen Chefredakteur haben wir wieder Verkaufszahlen von zweihunderttausend pro Tag, und im neuen Jahr werden wir zusätzlich eine *Continent*-Sonntagsausgabe herausbringen.«

»Aber Sie werden gewiß zugeben, daß man diese Zeitung kaum mehr als ›die *Times* von Australien‹ bezeichnen kann?«

»Ja, und das bedauere ich«, sagte Keith und gestand damit diese Tatsache zum erstenmal jemandem ein, von seiner Mutter einmal abgesehen.

»Wird die *Continent*-Sonntagsausgabe nach dem gleichen redaktionellen Konzept gestaltet wie die Tageszeitung, oder werden Sie damit die anspruchsvolle Zeitschrift herausbringen, auf die viele Leser warten und die Australien so sehr benötigt?«

Keith wurde klar, wieso Miß Tulloh ihren Journalistenpreis gewonnen hatte und weshalb Bruce so große Stücke auf sie hielt. Diesmal wählte er seine Worte vorsichtiger: »Ich werde mich bemühen, eine Zeitschrift herauszugeben, welche die Mehrheit der Australier gern jeden Sonntagmorgen am Frühstückstisch haben möchte. Beantwortet das Ihre Frage, Kate?«

Sie lächelte. »Ich fürchte ja, Mr. Townsend.«

Er erwiderte das Lächeln. Es verschwand jedoch rasch, als er ihre nächste Frage vernahm.

»Darf ich nun einen Vorfall in Ihrem Leben zur Sprache bringen, der in den Klatschspalten weidlich ausgeschlachtet wurde?« Keith errötete leicht, als Kate auf seine Antwort wartete. Am liebsten hätte er das Interview jetzt abgebrochen; dann aber nickte er nur.

»Stimmt es, daß Sie Ihren Chauffeur an Ihrem Hochzeitstag anwiesen, an der Kirche vorbeizufahren, und zwar nur wenige Augenblicke, ehe Ihre Braut eintraf?«

Zu Keith' Erleichterung kam Heather in diesem Augenblick wieder ins Büro marschiert und sagte mit einer Stimme, die kaum Widerspruch duldete: »In zwei Minuten findet Ihr Konferenzgespräch statt, Mr. Townsend.«

»Mein Konferenzgespräch?« Keith' Erleichterung war nicht zu übersehen.

»Ja, Sir«, erwiderte Heather. »Sir« war ein Wort, das sie nur benutzte, wenn sie sehr verärgert war.

»London und Los Angeles.« Heather machte eine kurze Pause,

ehe sie hinzufügte: »Und Tokio.« Tokio, dachte Keith. Sie muß schrecklich wütend sein. Aber zumindest hatte sie ihm die Chance gegeben, sich aus der Affäre zu ziehen. Kate hatte sogar bereits ihren Stenoblock zugeklappt.

»Disponieren Sie für den Nachmittag um, Heather«, sagte er gelassen. Er war nicht sicher, welche der beiden Frauen erstaunter war. Heather entschwand ohne ein weiteres Wort aus dem Büro, und diesmal schloß sie die Tür hinter sich.

Keiner sagte etwas, bis Keith zugab: »Ja, das mit meiner Braut stimmt. Aber ich wäre Ihnen verbunden, wenn Sie es in Ihrem Artikel nicht erwähnten.«

Als Keith sich umdrehte und aus dem Fenster blickte, legte Kate den Bleistift auf den Tisch. »Es tut mir schrecklich leid, Mr. Townsend. Das war sehr taktlos von mir.«

»›Ich tue nur meinen Job‹, behaupten Reporter für gewöhnlich«, erwiderte Keith ruhig.

»Vielleicht könnten wir jetzt mit Ihrer etwas ungewöhnlichen, wenn nicht eigenwilligen Übernahme von 2 WW fortfahren.«

Keith richtete sich in seinem Sessel auf, und zum erstenmal bei diesem Interview entspannte er sich ein wenig.

»Als die Story in der *Chronicle* erschien – übrigens am Morgen Ihrer Hochzeit –, bezeichnete Sir Somerset Sie als Piraten.«

»Ich bin sicher, er hat es als Kompliment gemeint.«

»Als Kompliment?«

»Ja. Ich vermute, er wollte damit sagen, daß ich in der Tradition großer Piraten gehandelt hatte.«

»An wen denken Sie da?« fragte Kate.

»Walter Raleigh und Francis Drake«, antwortete Keith.

»Ich vermute, Sir Somerset dachte eher an Blaubart oder Käpt'n Morgan«, sagte Kate lächelnd.

»Mag sein. Aber ich glaube, Sie werden feststellen, daß beide Seiten mit dem Handel letztendlich sehr zufrieden waren.«

Kate blickte wieder auf ihre Notizen. »Mr. Townsend, Ihnen gehören – zumindest im Sinne einer Aktienmehrheit – nunmehr siebzehn Zeitungen, elf Rundfunksender, eine Fluglinie, ein Hotel und zwei Kohlengruben.« Sie blickte zu ihm auf. »Was haben Sie als nächstes vor?«

»Ich würde gern das Hotel und die Kohlengruben verkaufen. Falls Sie zufällig einen Interessenten kennen ...«

Kate lachte. »Nein, leider nicht«, sagte sie in dem Moment, als Heather wieder ins Büro marschiert kam.

»Der Premierminister ist im Fahrstuhl auf dem Weg hier herauf, Mr. Townsend.« Ihr schottischer Akzent war noch ausgeprägter als sonst. »Gewiß werden Sie sich erinnern, daß Sie heute im Sitzungssaal mit ihm lunchen.«

Keith zwinkerte Kate zu, die verschwörerisch lachte.

Heather hielt die Tür auf und trat zur Seite, um einen distinguierten Herrn mit silbergrauem Haar einzulassen.

»Guten Tag, Herr ... Premierminister«, sagte Keith, sprang auf und trat vor, um Robert Menzies zu begrüßen. Die beiden Männer schüttelten einander die Hände, bevor Keith sich umdrehte, um Kate vorzustellen, die sich am liebsten in der Zimmerecke verkrochen hätte. »Ich glaube nicht, daß Sie Kate Tulloh bereits kennengelernt haben, Herr Premierminister. Sie ist eines der vielversprechendsten journalistischen Talente der *Chronicle*. Ich weiß, daß Miß Tulloh Sie gern einmal interviewen möchte.«

»Es wäre mir ein Vergnügen«, erwiderte Menzies. »Rufen Sie doch mein Büro an, Miß Tulloh, und lassen Sie sich gleich einen Termin geben.«

Während der nächsten zwei Tage mußte Keith fast ständig an Kate denken, obwohl ihm bewußt war, daß sie ganz und gar nicht in seine wohlgeordneten Pläne paßte.

Als Keith und Menzies zum Lunch Platz genommen hatten, wunderte sich der Premierminister, daß sein Gastgeber so geistesabwesend war. Townsend zeigte wenig Interesse an den innovativen Vorschlägen des Politikers, die Macht der Gewerkschaften einzudämmen, obwohl Keith' Zeitungen die Regierung gerade in dieser Hinsicht schon seit mehreren Jahren unter Druck setzte.

Auch am nächsten Morgen, als Keith den Vorsitz der monatlichen Vorstandssitzung führte, war er nicht sehr gesprächig. Für einen Mann, der das größte Medienimperium Australiens leitete, war er sogar ausgesprochen schweigsam. Einige der Direktoren fragten sich, ob Townsend wohl wieder irgendwelche seltsamen geschäftlichen Vorhaben ausbrütete. Als er sich schließlich wegen Punkt sieben der Tagesordnung – seiner beabsichtigten Reise nach Großbritannien, um einen kleinen Zeitungskonzern im Norden Englands zu übernehmen –, an den Vorstand wandte, sah kaum ein Vorstandsmitglied den geringsten Sinn darin, diese Reise zu unternehmen. Es wollte Townsend einfach nicht gelingen, die Vorstandsmitglieder von möglichen gewinnbringenden Abschlüssen zu überzeugen.

Nach Ende der Sitzung, als die Direktoren sich zurückgezogen hatten, ging Townsend in sein Büro und brütete den Rest des Tages über Papieren, bis Heather sich schließlich am Spätnachmittag in den Feierabend verabschiedete. Keith schaute unwillkürlich nach, wie spät es war: kurz nach neunzehn Uhr. Er griff erst nach dem Telefon, als er sicher sein konnte, daß Heather nicht noch einmal auftauchen würde; dann wählte er die dreistellige Nummer, die ihn direkt mit dem Schreibtisch des Chefredakteurs verband.

»Bruce, bei meinem Trip nach London hätte ich gern einen Journalisten dabei. Schließlich sollst du der erste sein, der die Story bekommt, falls aus der Sache was wird.«

»Was willst du denn diesmal kaufen?« fragte Bruce. »Die *Times*?«

»Nein, noch nicht auf dieser Reise«, erwiderte Townsend. »Ich hab' da etwas im Visier, das vielleicht Gewinn einbringt.«

»Warum rufst du nicht einfach Ned Brewster im Londoner Büro an? Er ist doch genau der Richtige für solche Recherchen.«

»Ich glaube nicht, daß es ein Job für den Agenturleiter ist«, entgegnete Townsend. »Ich werde mehrere Tage im Norden Englands zu tun haben, um mir Druckereien anzusehen, mich mit Journalisten zu treffen und darüber zu entscheiden, welche Redakteure ich behalte. Ich möchte nicht, daß Ned seinem Schreibtisch so lange fernbleibt.«

»Na ja, vielleicht könnte ich Ed Makins für eine Woche entbehren. Aber ich muß ihn vor Eröffnung der Parlamentsdebatten zurückhaben – vor allem, falls deine Ahnung stimmt und Menzies tatsächlich einen Gesetzesantrag einbringt, die Macht der Gewerkschaften zu beschneiden.«

»Ein so unabkömmlicher Mitarbeiter braucht mich nicht zu begleiten. Außerdem kann ich jetzt noch nicht mit Sicherheit sagen, wie lange ich fort sein werde. Ein guter Neuling wäre am geeignetsten.« Er legte eine Pause ein, doch von Bruce kamen keine hilfreichen Vorschläge. »Ich war beeindruckt von dem Mädchen, das du vor ein paar Tagen hochgeschickt hast, um mich zu interviewen. – Wie heißt sie doch gleich?«

»Kate Tulloh«, antwortete Bruce. »Aber sie ist viel zu jung und unerfahren für eine so große Sache.«

»Das warst du auch, als wir uns kennenlernten, Bruce. Und das hat mich nicht davon abgehalten, dir einen Posten als Chefredakteur anzubieten.«

Nach kurzem Schweigen sagte Bruce: »Ich werd' mal nachschauen, ob ich sie dir zur Verfügung stellen kann.«

Townsend legte lächelnd den Hörer auf. Er konnte nicht gerade behaupten, sich auf diese Reise nach England gefreut zu haben, obwohl ihm klar war, daß es Zeit wurde, sein Imperium über Australien hinaus auszudehnen.

Er blickte auf den unordentlichen Haufen Notizen auf seinem Schreibtisch hinunter. Obwohl ein ganzes Team von Management-Beratern sich eingehend mit sämtlichen Zeitungskonzernen Großbritanniens beschäftigt hatte, waren sie nur auf einen einzigen möglicherweise vielversprechenden Kandidaten gestoßen.

Sie hatten eine Akte darüber angelegt, mit der Keith sich übers Wochenende befassen konnte. Er schlug die erste Seite auf und vertiefte sich in den detaillierten Bericht über die West Riding Group. Der Hauptsitz der Unternehmensgruppe befand sich in Leeds. Townsend lächelte. Er war nie näher an Leeds gewesen als während seiner Studienzeit in Oxford, als er von dort aus die Rennbahn in Doncaster besucht und – falls er sich recht erinnerte – sogar auf einen Sieger gesetzt hatte.

News Chronicle

25. Oktober 1951

Endgültiges Wahlergebnis bringt Churchill an die Spitze

»Und wie werden Sie bezahlen, Mr. Armstrong?« fragte der Immobilienmakler.

»Eigentlich bin ich noch Captain Armstrong.«

»Entschuldigen Sie, Captain Armstrong.«

»Ich werde per Scheck bezahlen.«

Armstrong hatte zehn Tage gebraucht, eine passende Wohnung in Stanhope Gardens zu finden; den Mietvertrag unterschrieb er allerdings erst, nachdem der Makler erwähnt hatte, daß in der Etage darüber ein Brigadegeneral im Ruhestand wohnte.

Die Suche nach einem geeigneten Büro dauerte sogar noch länger, denn es mußte eine Anschrift sein, die Julius Hahn überzeugen konnte, daß Armstrong bereits sein Leben lang im Verlagsgeschäft war.

Als John D. Wood sich nach der Preisklasse erkundigte, die seinem Kunden vorschwebte, übertrug Armstrong den Auftrag, ein passendes Büro zu suchen, an einen Gehilfen.

Zwei Wochen später entschied er sich für eine Räumlichkeit, die sogar noch kleiner war als seine Wohnung in Stanhope Gardens. Obwohl Armstrong der Aussage des Maklers, das neunundzwanzig Quadratmeter große Zimmer mit der Toilette im Stockwerk darüber sei ideal, perfekt und einmalig, nicht so recht zustimmen konnte, hatte es doch zwei Vorteile: Zum einen lag es in der Fleet Street, zum anderen konnte Armstrong sich die Miete leisten – zumindest fürs erste Quartal.

»Wenn Sie dann so freundlich wären, hier zu unterschreiben, Captain Armstrong.«

Mit seinem neuen Parker-Füllhalter unterzeichnete Armstrong den Mietvertrag und zog damit zugleich einen endgültigen Strich unter seine Vergangenheit.

»Tja, dann wäre das erledigt«, sagte der junge Maklergehilfe und wartete, daß die Tinte trocknete. »Wie Sie wissen, Captain Armstrong, beträgt die Miete zehn Pfund die Woche, vierteljährlich im voraus zu bezahlen. Wären Sie also so liebenswürdig, mir einen Scheck über hundertdreißig Pfund zu überlassen?«

»Ich schicke am Nachmittag eine meiner Angestellten mit einem Scheck hierher.« Armstrong zupfte seine Fliege zurecht.

Der junge Mann zögerte für einen Moment; dann legte er den unterschriebenen Vertrag in seine Aktenmappe. »Das dürfte wohl in Ordnung gehen, Captain Armstrong.« Er reichte ihm die Schlüssel des kleinsten Objekts ihres derzeitigen Angebots auf dem Wohnungsmarkt.

Armstrong war zuversichtlich. Wenn Julius Hahn FLE 6093 wählte und »Armstrong Communications« hörte, wie sollte er da wissen, daß dieses Verlagsunternehmen aus einem Zimmer, zwei Schreibtischen, einem Aktenschrank und einem erst kürzlich installierten Telefon bestand? Und was Armstrongs Aussage »eine meiner Angestellten« anging, traf »eine« ebenfalls zu: Sally Carr war vor einer Woche nach England zurückgekehrt, und er hatte sie an diesem Morgen als Chefsekretärin eingestellt.

Armstrong hatte dem Makler den Scheck für die Miete deshalb nicht sofort ausstellen können, weil er erst vor kurzem ein Konto bei Barclays eröffnet hatte und die Bank ihm erst dann ein Scheckbuch aushändigte, wenn aus Berlin die versprochene Überweisung des Bankhauses Holt & Co. eingegangen war. Die Tatsache, daß Armstrong den Rang eines Captains bekleidete und das Militärverdienstkreuz trug, schien den Bankdirektor nicht zu beeindrucken.

Als das Geld endlich eintraf, erklärte der Direktor einem Angestellten, daß er dem Auftreten des Captains nach zu urteilen eigentlich mit einem wesentlich höheren Betrag als zweihundertsiebzehn Pfund, neun Shilling und sechs Pence gerechnet hatte.

Während Armstrong auf den Eingang des Geldes wartete, rief er Stephen Hallet in seinem Anwaltsbüro in Lincoln's Inn Fields an und bat ihn, die Armstrong Communications als Kapitalgesellschaft eintragen zu lassen. Das kostete ihn weitere zehn Pfund.

Kaum war die Gesellschaft gegründet, landete eine neuerliche unbezahlbare Rechnung auf Sallys Schreibtisch. Diesmal verfügte Armstrong über keine zwölf Flaschen Rotwein, mit denen er seine Schulden hätte abgelten können; deshalb bot er Hallet an, die Geschäftsführung der Gesellschaft zu übernehmen.

Als sein Geld endlich auf dem Konto war, bezahlte Armstrong die ausstehenden Rechnungen, wonach der Kontostand auf unter vierzig Pfund sank. Er wies Sally an, in Zukunft Rechnungen, die zehn Pfund überstiegen, erst nach Eingang der dritten Mahnung zu begleichen.

Charlotte, die ihr zweites Kind erwartete und im sechsten Monat schwanger war, traf wenige Tage, nachdem Dick die Wohnung in Knightsbridge gemietet hatte, in London ein. Als sie sich zum erstenmal in den vier Zimmern umsah, schluckte sie die Bemerkung herunter, wie klein sie waren, verglichen mit ihrer geräumigen Wohnung in Berlin. Sie war viel zu glücklich, endlich aus Deutschland heraus zu sein.

Armstrong, der täglich mit dem Bus zum Büro und zurück fuhr, fragte sich, wie lange es wohl dauern würde, ehe er einen Wagen mit Chauffeur sein eigen nannte. Nachdem die Gesellschaft ins Handelsregister eingetragen war, flog er nach Berlin und überredete Hahn – der sich nur höchst ungern von seinem Geld trennte –, ihm ein Darlehen von tausend Pfund zu geben. Armstrong kehrte mit einem Scheck und einem Dutzend Manuskripten nach London zurück, die binnen weniger Tage übersetzt werden mußten. Dies hatte er Hahn ebenso versprochen wie die Rückzahlung des Darlehens, die sofort nach Abschluß eines Vertriebsvertrages mit dem Ausland erfolgen sollte. Doch Armstrong hatte ein Problem, das er Hahn gegenüber nicht zugeben konnte. Obwohl Sally geduldig Stunden am Telefon verbrachte und sich bemühte, für Armstrong Termine bei den Chefs der führenden wissenschaftlichen Verlage in London zu vereinbaren, war ihr rasch klar geworden, daß die Türen für Captain Armstrong hier nicht so bereitwillig geöffnet wurden, wie es in Berlin der Fall gewesen war.

Wenn Armstrong am Abend nach Hause kam – was nie vor Mitternacht der Fall war –, fragte Charlotte ihn mit ermüdender Regelmäßigkeit, wie das Geschäft lief. Die ebenso regelmäßige Antwort »So gut wie gar nicht« wurde nach einiger Zeit von »streng geheim« abgelöst. Doch Charlotte entging nicht, daß fast regelmäßig dünne braune Umschläge in ihrem Briefkasten landeten, die anscheinend ungeöffnet in der nächstbesten Schublade verschwanden. Als Charlotte zur Geburt ihres zweiten Kindes nach Lyon flog, versicherte Dick ihr, er werde seinen ersten großen Vertrag an Land gezogen haben, bevor sie zurück sei.

Zehn Tage später, als Dick gerade eine Antwort auf den einzigen Brief diktierte, den er an diesem Morgen erhalten hatte, klopfte es an die Tür. Sally öffnete und stand dem ersten Kunden der Armstrong Communications gegenüber. Geoffrey Bailey, ein Kanadier, der einen kleinen Verleger in Montreal vertrat und versehentlich auf der falschen Etage aus dem Fahrstuhl gestiegen war, verließ eine Stunde später das Büro mit drei wissenschaftlichen Manuskripten in deutscher Sprache. Bailey ließ die Texte umgehend übersetzen und erkannte rasch ihr Potential. Drei Tage später war Mr. Bailey wieder da: mit einem Scheck und einem unterschriebenen Vertrag für die kanadischen und französischen Rechte an allen drei Manuskripten. Armstrong zahlte den Scheck auf sein Konto ein, unterließ es jedoch, Julius Hahn von dieser Transaktion zu unterrichten.

Dank Mr. Bailey hatte Dick zwei weitere Verträge mit Verlegern in Spanien und Belgien unterschrieben, als Charlotte sechs Wochen später mit Nicole auf dem Arm in Heathrow landete. Sie staunte, daß ihr Gatte einen großen Dodge erworben hatte, der von Benson chauffiert wurde. Dick verheimlichte Charlotte allerdings, daß der Wagen nur geleast war und daß er es sich nicht immer leisten konnte, Benson am Ende der Woche zu bezahlen.

»Der Wagen macht Eindruck auf die Kunden«, erklärte Dick und versicherte Charlotte, daß die Geschäfte immer vielversprechender würden. Sie versuchte, darüber hinwegzusehen, daß einige seiner Stories sich verändert hatten, während sie fort gewesen war, und daß die ungeöffneten braunen Kuverts immer noch in der Schublade lagen. Doch selbst Charlotte war beeindruckt, als Dick ihr erzählte, daß Colonel Oakshott zurück in London sei, ihn besucht und sich erkundigt habe, ob er jemanden kenne, der vielleicht einen Job für einen alten Soldaten hätte.

Armstrong war der fünfte Ansprechpartner gewesen, an den Oakshott sich gewandt hatte; keiner der anderen hatte ihm seines Alters und seines hohen Ranges wegen etwas Passendes bieten können. Am Tag nach seinem Besuch bei Dick war Oakshott Vorstandsmitglied der Armstrong Communications, mit einem Jahresgehalt von tausend Pfund, auch wenn sein Monatsscheck nicht immer gleich bei der ersten Einreichung gedeckt war.

Nachdem die ersten drei Manuskripte in Kanada, Frankreich, Belgien und Spanien veröffentlicht worden waren, stiegen immer mehr ausländische Verleger auf dem richtigen Stockwerk aus dem Fahrstuhl und verließen einige Zeit später Dicks Büro mit langen, maschinegeschriebenen Listen sämtlicher Bücher, deren Rechte bei den Armstrong Communications erhältlich waren.

Je mehr Verträge Armstrong abschloß, desto seltener flog er nach Berlin; statt dessen schickte er Colonel Oakshott – einmal mit der keineswegs beneidenswerten Aufgabe, Julius Hahn zu erklären, weshalb es mit den Umsätzen so schleppend verlief. Oakshott glaubte weiterhin alles, was Armstrong ihm auftischte – hatten sie nicht als Offiziere im selben Regiment gedient? Gleiches galt eine Zeitlang auch noch für Julius Hahn.

Doch trotz der vereinzelten Vertragsabschlüsse mit ausländischen Verlagen, war es Armstrong noch immer nicht gelungen, mit einem führenden britischen Verleger ins Geschäft zu kommen. Nach Monaten des wiederholten »Ich werde auf Sie zurückkommen, Captain Armstrong«, fragte Dick sich ernsthaft, wie lange es noch dauern mochte, bis er es schaffte, jene Tür zu öffnen, die ihm gestatten würde, Teil des britischen Verlags-Establishments zu werden.

An einem Vormittag im Oktober, als Armstrong hinüber zu den gewaltigen Gebäuden des *Globe* und des *Citizen* blickte – den beiden populärsten Tageszeitungen Englands –, machte Sally ihn darauf aufmerksam, daß ein Journalist der *Times* am Apparat sei. Armstrong nickte.

»Ich stelle Sie zu Captain Armstrong durch«, sagte Sally in den Hörer.

Armstrong durchquerte das Zimmer und nahm ihr den Hörer aus der Hand. »Hier Dick Armstrong, Direktor von Armstrong Communications. Wie kann ich Ihnen behilflich sein?«

»Ich bin Neville Andrade, Redakteur für Wissenschaft und Forschung bei der *Times*. Ich bin vor kurzem auf die französische Ausgabe einer der Publikationen Julius Hahns gestoßen: *Die Deutschen und die Atombombe*. Nun interessiert mich, wie viele andere Titel zur Zeit übersetzt werden.« Eine Stunde später legte Armstrong den Hörer auf die Gabel, nachdem er Andrade seine Lebensgeschichte erzählt und versprochen hatte, sein Chauffeur würde ihm bis Mittag eine Liste sämtlicher Titel bringen.

Als Dick am nächsten Morgen spät ins Büro kam, weil in London ›Erbensuppe‹ herrschte, wie die Einwohner der Stadt es gern bezeichneten, berichtete Sally ihrem Chef, daß sie innerhalb von zwanzig Minuten sieben Anrufe entgegengenommen habe. Als gleich darauf das Telefon bereits wieder läutete, deutete sie auf Dicks Schreibtisch, auf dem die neueste Ausgabe der *Times* lag. Armstrong setzte sich und las Andrades langen Artikel über die Atombombe, und daß deutsche Wissenschaftler dem Rest der Welt in vieler Hinsicht noch weit voraus waren, obwohl Deutschland den Krieg verloren hatte.

Wieder läutete das Telefon, doch Dick war immer noch verwundert, daß Sally dermaßen mit Anrufen eingedeckt wurde, bis er zum letzten Absatz des Artikels gelangte. »Der Schlüssel zu dieser Information befindet sich in den Händen von Captain Richard Armstrong, Träger des Kriegsverdienstordens, der die Übersetzungsrechte an sämtlichen Publikationen des renommierten Julius-Hahn-Imperiums besitzt.«

Innerhalb von drei Tagen wurde aus der alten Phrase: »Ich werde auf Sie zurückkommen, Captain Armstrong«, ein: »Ich hoffe, wir können diesen Bedingungen entsprechen, Dick«. Armstrong machte sich daran, jene Verlage auszuwählen, denen er gestatten würde, seine Manuskripte herauszugeben und seine Zeitschriften zu vertreiben. Persönlichkeiten aus der Fleet Street, die ihn bisher geflissentlich übersehen hatten, luden ihn nun zum Lunch im *Garricks* ein, auch wenn sie – nach einer ausgiebigen Unterhaltung – nicht so weit gingen, ihm die Mitgliedschaft vorzuschlagen.

Am Ende des Jahres zahlte Armstrong das Darlehen von tausend Pfund zurück, und Colonel Oakshott gelang es nun nicht mehr, Hahn weitere Lügengeschichten über unentschlossene Kunden und die immer schwierigere Marktsituation aufzutischen. Oakshott war froh, daß Hahn den neuen Bentley nicht sehen konnte, den Armstrong sich zugelegt hatte, weil der Dodge offenbar nicht mehr standesgemäß war. Benson trug jetzt eine elegante graue Chauffeurslivree und gab sich derart herablassend, als hätte er zuvor jahrelang in den Diensten eines Lords gestanden. Armstrongs derzeit größtes Problem war, passende neue Büroräume und qualifiziertes Personal zu finden, um mit der raschen Expansion seines Unternehmens Schritt halten zu können. Als die Stockwerke über und unter seinem Büro frei wurden, unterzeichnete er umgehend die Mietverträge.

Beim jährlichen Treffen des Northstaffordshire Regiment im Café Royal stolperte Armstrong über Major Peter Wakeham. Er erfuhr, daß Peter eben erst aus der Armee entlassen worden war und im Personalbüro der Great Western Railway einen Job antreten wollte. Armstrong verbrachte den Rest des Abends damit, Peter von den rosigen Zukunftsaussichten bei Armstrong Communications zu überzeugen. Am darauffolgenden Montag trat Peter als Geschäftsführer in Armstrongs Dienste.

Sobald er sich eingearbeitet hatte, unternahm Armstrong Reisen in alle Welt – von Montreal nach New York, von Tokio nach Christchurch – um Hahn-Manuskripte zu verkaufen, und stets verlangte er immense Vorschüsse. Das Geld zahlte er auf Konten bei verschiedenen Banken ein, bis nicht einmal mehr Sally ganz sicher sein konnte, wie hoch die Einlagen der Gesellschaft zu einem bestimmten Zeitpunkt waren und auf welchen Banken sie lagen. Wann immer Dick zurück in England war, stellte er fest, daß es seine Mitarbeiter aufgrund der Personalknappheit nicht mehr schafften, die ständig steigende Zahl von Bestellungen zügig zu bearbeiten. Und Charlotte wurde es leid, sich von Dick bei seinen immer selteneren Besuchen zu Hause anhören zu müssen, wie groß die Kinder geworden seien.

Als Armstrong das Angebot erhielt, ein ganzes Bürohaus in der Fleet Street zu mieten, griff er sofort zu. Die neue Umgebung überzeugte selbst die skeptischsten Kunden vom Erfolg des Unternehmens. Gerüchte über Armstrongs Expansionskurs gelangten auch nach Berlin, doch Hahns Briefe mit der Forderung, ihm detaillierte Verkaufszahlen mitzuteilen, ihm Einblick in sämtliche Überseeverträge zu geben und ihm beglaubigte Kopien der Verträge zukommen zu lassen, wurden hartnäckig ignoriert.

Colonel Oakshott erhielt die undankbare Aufgabe, Hahns wachsendes Mißtrauen auszuräumen, was Armstrongs Behauptung betraf, das Unternehmen habe Schwierigkeiten, auch nur die laufenden Kosten zu decken. Oakshott wurde zunehmend wie ein Botenjunge behandelt, obwohl er erst vor kurzem zum stellvertretenden Vorsitzenden ernannt worden war. Doch selbst nachdem Oakshott mit seiner Kündigung und Hahn über seine Londoner Anwälte mit der Auflösung ihrer Partnerschaft gedroht hatten, blieb Armstrong völlig ungerührt. Solange die Briten den Deutschen die Einreise verwehrten, konnte Hahn unmöglich herausfinden, wie groß das Armstrong-Imperium inzwischen geworden war und wieviel seine Fünfzig-Prozent-Beteiligung an den Armstrong Communications tatsächlich ausmachte.

Doch schon wenige Wochen, nachdem Winston Churchills Regierung erneut an die Macht gelangte, wurden alle Reiseeinschränkungen für deutsche Staatsbürger aufgehoben. Es überraschte Armstrong nicht, als er von Colonel Oakshott erfuhr, daß die erste Auslandsreise von Hahn und Schultz nach London führte.

Nach einer eingehenden Konsultation mit einem Kronanwalt im Gray's Inn nahmen die beiden Deutschen sich ein Taxi zur Fleet Street, um der Armstrong Communications einen Besuch abzustatten. Hahns angeborener Sinn für Pünktlichkeit hatte ihn auch im fortgeschrittenen Alter nicht verlassen. Sally kam den beiden Herren am Empfang entgegen und führte sie hinauf zu Dicks riesigem neuem Büro. Sie hoffte, die unentwegte Betriebsamkeit im gesamten Gebäudekomplex würde die beiden Herren gebührend beeindrucken.

Hahn und Schultz wurden von Armstrong mit jenem gewinnenden Lächeln begrüßt, an das beide sich so gut erinnerten. Schultz war bestürzt, wie sehr der Captain zugenommen hatte, und fand seine schreiend bunte Krawatte geschmacklos.

»Willkommen, meine lieben, alten Freunde!« Armstrong streckte die Arme aus wie ein gewaltiger Bär. »Wir haben uns viel zu lange nicht mehr gesehen.« Er schien erstaunt über die distanzierte Zurückhaltung seiner Besucher, rückte ihnen jedoch zuvorkommend die bequemen Stühle auf der anderen Seite seines ausladenden Schreibtisches zurecht. Dann kehrte er zu seinem erhöhten Sessel zurück, der es ihm erlaubte, über den Besuchern zu thronen. Hinter Dick hing die riesige Vergrößerung eines Fotos an der Wand, auf dem zu sehen war, wie dem jungen Captain Armstrong von Field Marshal Montgomery das Militärverdienstkreuz an die Brust geheftet wurde.

Nachdem Sally den Gästen brasilianischen Kaffee in hauchfeinen Porzellantäßchen eingeschenkt hatte, kam Hahn ohne Umschweife zur Sache und teilte Armstrong – wie er ihn nur nannte – den Zweck ihres Besuchs mit. Er wollte soeben mit seiner gut vorbereiteten Ansprache beginnen, als einer der vier Telefonapparate auf dem Schreibtisch zu läuten begann. Armstrong griff nach dem

Hörer, und Hahn nahm an, daß er seine Sekretärin nun anweisen würde, keine weiteren Anrufe durchzustellen oder neue Termine zu vereinbaren. Statt dessen begann Dick ein eindringliches Gespräch in russischer Sprache. Kaum hatte er geendet, läutete ein anderes Telefon, und Dick führte ein neuerliches Gespräch, diesmal in Französisch. Hahn und Schultz hielten ihren Zorn im Zaum und warteten geduldig, bis Captain Armstrong die Gespräche beendet hatte.

»Tut mir schrecklich leid«, entschuldigte sich Armstrong, nachdem er schließlich das dritte Mal aufgelegt hatte. »Aber wie Sie sehen, hören diese verdammten Apparate nie zu läuten auf. Aber fünfzig Prozent der Gewinne, die ich durch telefonische Vereinbarungen erwirtschafte«, fügte er mit breitem Lächeln hinzu, »gehören ja Ihnen.«

Hahn wollte gerade ein zweites Mal zu seiner Rede ansetzen, als Armstrong die oberste Schreibtischlade öffnete und eine Kiste Havannas zum Vorschein brachte – ein Anblick, den seine Gäste zehn Jahre lang vermißt hatten. Er schob die Kiste über den Schreibtisch. Hahn winkte ab, und Schultz folgte zögernd seinem Beispiel.

Hahn versuchte es ein drittes Mal.

»Ach, übrigens«, unterbrach Armstrong ihn abermals, »ich habe im *Savoy Grill* einen Tisch für uns reservieren lassen. Jeder, der etwas auf sich hält, speist im *Grill*.« Er bedachte sie mit einem weiteren Lächeln.

»Wir sind anderweitig zum Lunch verabredet«, entgegnete Hahn brüsk.

»Aber es gibt so viel, worüber wir uns unterhalten müssen«, beharrte Armstrong. »Schließlich interessiert es mich, was sich seit unserer gemeinsamen Zeit in Berlin so alles getan hat.«

»Außer geschäftlichen Dingen haben wir nichts miteinander zu bereden«, stellte Hahn nachdrücklich fest. »Schon gar nicht über ›unsere gemeinsame Zeit‹.«

Armstrong schwieg für einen Augenblick.

»Ich bedauere, Ihnen mitteilen zu müssen, Captain Armstrong«, fuhr Hahn fort, »daß wir beschlossen haben, unsere Partnerschaft mit Ihnen zu beenden.«

»Aber das ist nicht möglich«, sagte Armstrong. »Wir haben eine bindende, rechtsgültige Vereinbarung.«

»Die Sie offenbar seit geraumer Zeit nicht gelesen haben«, erwiderte Hahn, »sonst müßten Sie wissen, daß Sie vertragsbrüchig geworden sind und wir nun wegen Nichteinhaltung entsprechende Maßnahmen ergreifen können.«

»Aber ich beabsichtige ...«

»Wenn Sie Ihren finanziellen Verpflichtungen nicht nachkommen, gehen laut Vertrag sämtliche Überseerechte nach zwölf Monaten automatisch an die Muttergesellschaft zurück.« Es hörte sich an, als würde Hahn diese Klausel auswendig kennen.

»Ich kann meinen Verpflichtungen umgehend nachkommen«, versicherte Armstrong, der sich da allerdings keineswegs sicher war.

»Das würde meine Entscheidung nicht beeinflussen«, erklärte Hahn.

»Aber vertraglich sind Sie zu einer schriftlichen, neunzigtägigen Kündigung verpflichtet.« Armstrong erinnerte sich gerade noch an eine der Klauseln, auf die ihn Stephen Hallet vor kurzem aufmerksam gemacht hatte.

»Die haben wir Ihnen bereits elfmal in verschiedenen Abständen geschickt«, antwortete Hahn.

»Ich wüßte nicht, daß wir eine solche Kündigung je erhalten hätten«, sagte Armstrong. »Deshalb ...«

»Die letzten drei Schreiben wurden per Einschreiben an dieses Büro geschickt.«

»Das heißt nicht, daß wir sie bekommen haben.«

»Jedes Einschreiben war entweder von Ihrer Sekretärin oder Colonel Oakshott unterzeichnet. Unser letztes Schreiben wurde Stephen Hallet persönlich ausgehändigt, der, wie ich weiß, den Vertrag selbst ausgefertigt hat.«

Das brachte Armstrong erneut zum Schweigen.

Hahn öffnete seine ramponierte Aktenmappe, an die Armstrong sich sehr gut erinnerte, und nahm Kopien von drei Dokumenten heraus, die er vor seinem ehemaligen Geschäftspartner auf dem Schreibtisch ausbreitete. Dann hielt er Armstrong ein viertes Dokument hin.

»Hiermit übergebe ich Ihnen höchstpersönlich eine rechtmäßige Kündigung, die Sie dazu verpflichtet, die derzeit in Ihrem Besitz befindlichen Publikationen, Druckplatten und Dokumente, die wir Ihnen in den vergangenen zwei Jahren überlassen hatten, innerhalb eines Monats zurückzugeben. Zusätzlich ein Scheck über hundertundsiebzigtausend Pfund fälliger Lizenzgebühren. Unsere Finanzberater betrachten die Summe übrigens als vorsichtige Schätzung.«

»Aber Sie werden mir doch gewiß noch eine Chance geben, nach allem, was ich für Sie getan habe?« flehte Armstrong.

»Wir haben Ihnen bereits viel zu viele Chancen gegeben«, entgegnete Hahn, »und keiner von uns«, er deutete mit einem Kopfnicken auf seinen Kollegen, »ist in einem Alter, daß wir noch mehr Zeit mit der Hoffnung vergeuden können, Sie würden Ihren Verpflichtungen irgendwann einmal tatsächlich nachkommen.«

»Und wie, glauben Sie, kann Ihr Verlag ohne mich überleben?« fragte Armstrong hitzig.

»Ganz einfach«, antwortete Hahn. »Wir haben heute morgen bereits einen Vertrag mit dem renommierten Verlagshaus Macmillan abgeschlossen, dessen Name Ihnen sicher nicht unbekannt ist. Wir werden diese Vereinbarung in der Freitagsausgabe der Zeitschrift *Bookseller* bekanntgeben, damit unsere Kunden in Großbritannien, den Vereinigten Staaten und der übrigen Welt wissen, daß Sie uns nicht mehr vertreten.«

Hahn und Schultz erhoben sich und wandten sich, ohne ein weiteres Wort zu verlieren, der Tür zu. »Sie werden noch von meinen Anwälten hören!« rief Armstrong ihnen nach, was die beiden aber in keiner Weise beeindruckte.

Als die Tür sich hinter ihnen geschlossen hatte, trat Armstrong an das Fenster hinter seinem Schreibtisch. Er blickte hinunter auf die Straße und rührte sich nicht, bis Hahn und Schultz in ein Taxi gestiegen waren und wegfuhren. Erst dann ließ er sich wieder in seinen Sessel fallen, griff nach dem nächsten Telefon und wählte eine Nummer. Eine vertraute Stimme antwortete. »Kaufen Sie in den nächsten sieben Tagen jede Macmillan-Aktie, die Sie bekommen können«, wies er den Makler an. Dann schmetterte er den Hörer auf die Gabel und tätigte einen zweiten Anruf.

Stephen Hallet hörte aufmerksam zu, als sein Klient ihm ausführlich von seinem Treffen mit Hahn und Schultz berichtete. Die Einstellung der Deutschen verwunderte Hallet keineswegs; er selbst hatte Armstrong vor kurzem über die Kündigung unterrichtet, die er von Hahns Londoner Anwälten erhalten hatte. Als Armstrong mit seiner Version des Gesprächs fertig war, hatte er nur eine Frage: »Wie lange kann ich es hinausschieben? Ich erwarte in den nächsten Wochen mehrere größere Zahlungen.«

»Ein Jahr, vielleicht anderthalb, falls Sie bereit sind, eine gerichtliche Verfügung zu erwirken und durch sämtliche Instanzen zu gehen.«

Zwei Jahre später, nachdem Armstrong seine Mitarbeiter und Stephen Hallet an den Rand der Erschöpfung getrieben hatte, gelangte er im Gerichtssaal mit Hahn zu einer Einigung.

Hallet hatte ein umfangreiches Dokument erstellt, in dem Armstrong sich bereit erklärte, Hahns gesamtes Eigentum zurückzugeben, einschließlich aller noch unveröffentlichter Manuskripte, sämtlicher Druckplatten, Copyrights, Verträge und mehr als eine Viertelmillion Bücher aus seinem Lager in Watford. Außerdem mußte er fünfundsiebzigtausend Pfund als vollständigen Ausgleich für den geschätzten Gewinn der vergangenen fünf Jahre bezahlen.

»Gott sei Dank, daß wir diesen Mann endgültig los sind!« war alles, was Hahn sagte, als sie das Gebäude des Obersten Gerichts verließen.

Am Tag nach der Unterzeichnung des Dokuments kündigte Colonel Oakshott fristlos und wortlos. Drei Wochen später erlag er einem Herzinfarkt. Armstrong hatte keine Zeit, an der Beerdigung teilzunehmen und ließ sich von Peter Wakeham vertreten, dem neuen stellvertretenden Vorstandsvorsitzenden.

Am Tag von Colonel Oakshotts Beisetzung hielt Armstrong sich in Oxford auf, wo er einen langjährigen Mietvertrag für ein großes Gebäude am Rande dieser Stadt unterschrieb.

Im Laufe der nächsten zwei Jahre verbrachte Armstrong fast ebensoviel Zeit in der Luft wie auf dem Boden, denn er reiste in der Welt herum und besuchte sämtliche Autoren, die bei Hahn unter Vertrag standen, um sie zu überreden, ihre Verträge zu stornieren und neue mit Armstrong Communications abzuschließen. Ihm war klar, daß er einige der deutschen Wissenschaftler nicht würde abwerben können, aber dafür wurde er reichlich durch die von Oberst Tulpanow vermittelten Exklusivrechte in Rußland entschädigt wie auch durch die vielen Kontakte, die er im Laufe der Jahre in Amerika geknüpft hatte, als Hahn Auslandsreisen noch untersagt gewesen waren.

Viele der Wissenschaftler, die nur selten ihre Laboratorien verließen, fühlten sich durch Armstrongs persönliches Interesse sowie durch die Aussicht geschmeichelt, einer riesigen neuen Leserschaft auf der ganzen Welt vorgestellt zu werden. Oft hatten sie nicht die leiseste Ahnung, was den wahren wirtschaftlichen Wert ihrer Forschungen betraf, und so unterzeichneten sie glücklich die vorgefertigten Verträge. Dann schickten sie ihre Lebenswerke an Headley Hall, Oxford – nicht selten in der Annahme, daß diese Anschrift auf irgendeine Weise mit der berühmten Universität zu tun hatte.

Sobald die Wissenschaftler einen Vertrag unterzeichnet hatten, in dem sie Armstrong für gewöhnlich die Rechte an allen zukünftigen Arbeiten für einen lächerlichen Vorschuß zusicherten, hörten sie nie wieder von ihm. Diese Taktik ermöglichte es Armstrong Communications im Jahr nach der Trennung von Hahn, eine Dividende von neunzigtausend Pfund anzugeben; ein Jahr später wählte der *Manchester Guardian* Richard Armstrong zum »Jungunternehmer des Jahres«. Charlotte erinnerte ihren Gatten, daß er den Vierzigern näher war als den Dreißigern.

»Stimmt«, gab er zu, »aber du darfst nicht vergessen, daß alle meine Konkurrenten einen Vorsprung von zwanzig Jahren hatten.«

Nachdem sie sich in Headley Hall, ihrem neuen Zuhause in Oxford, eingerichtet hatten, erhielt Dick viele Einladungen zu Veranstaltungen der Universität. Die meisten lehnte er ab; denn ihm war klar, daß das große Interesse der Universität nicht ihm, sondern ausschließlich seinem Geld galt. Dann aber kam ein Anruf von Allan Walker, dem Präsidenten des Labour Clubs der Universität Oxford. Walker erkundigte sich, ob Captain Armstrong bereit wäre, ein Dinner des Komitees zu Ehren von Hugh Gaitskell, dem Oppositionsführer, zu sponsern. »Gern«, sagte Dick. »Doch unter der Bedingung, daß Sie mir den Platz neben Gaitskell geben.« Von nun an trat die Armstrong Communications bei jedem Besuch eines führenden Politikers der Labour Party als Sponsor auf, und innerhalb von zwei Jahren hatte Dick jedes Mitglied des Schattenkabinetts kennengelernt, außerdem mehrere ausländische Würdenträger, darunter den Premierministers von Israel, David Ben Gurion, der ihn nach Tel Aviv einlud und sich erkundigte, ob Dick sich nicht mit den Problemen jener Juden befassen wolle, die während des Krieges und danach weniger Glück gehabt hatten als er.

Nachdem Allan Walker promoviert hatte, sprach er wegen eines Jobs bei Armstrong Communications vor. Dick engagierte ihn sofort als persönlichen Berater mit der Aufgabe, dafür zu sorgen, daß sein politischer Einfluß sich noch mehr ausweitete. Walkers erster Vorschlag war, die nicht sonderlich professionell gestaltete Universitätszeitschrift *Isis* zu übernehmen, die, wie üblich, mit finanziellen Schwierigkeiten zu kämpfen hatte. Für eine kleine Investition wurde Armstrong zum Helden der Linken an der Universität zu Oxford, und er benutzte die Zeitschrift schamlos, um für sich selbst und seine Interessen Werbung zu machen. Mindestens einmal in jedem Trimester konnten die Leser Dicks Gesicht auf der Titelseite bewundern. Doch da die Redakteure der Zeitschrift ihr Amt immer nur höchstens ein Jahr innehatten und bezweifelten, eine andere Einkommensquelle zu finden, wagten sie keine Einwände.

Als Harold Wilson Vorsitzender der Labour Party wurde, würdigte Armstrong in schmeichelnden Artikeln dessen politische Zielsetzung und Führungsqualitäten. Zyniker behaupteten, das läge nur daran, weil die Torys nichts mit Armstrong zu tun haben wollten. Nie versäumte es Dick, den Politikern der Labour Party, die Oxford besuchten, zu versichern, daß er die Verluste von *Isis* gern auf sich nehme, solange er mit dieser Universitätszeitschrift dazu beitragen könne, daß die nächste Generation von Oxford-Studenten die Labour Party unterstützten. Einige Politiker fühlten sich durch diese Anbiederung eher abgestoßen. Armstrong aber glaubte mehr und mehr, seinen Einfluß und Reichtum ausspielen zu können, falls die Labour Party in der Regierung ans Ruder kam. Und dann konnte er sich vielleicht einen neuen Traum erfüllen – Eigentümer einer Zeitung zu werden, die mit Millionenauflage in ganz Großbritannien erschien.

Im Grunde fragte er sich bereits nur noch, wer ihn daran hindern könnte.

THE TIMES

OKTOBER 1964

DER GESTÜRZTE CHRUSCHTSCHOW GIBT AUF – ›ALT UND KRANK‹. BRESCHNEW UND KOSSYGIN ÜBERNEHMEN FÜHRUNG RUSSLANDS

Minuten nachdem die Komet gestartet war, löste Keith Townsend den Sicherheitsgurt, öffnete seinen Aktenkoffer und nahm ein Bündel Papiere heraus. Er warf einen verstohlenen Blick auf Kate, die bereits in den neuesten Roman von Patrick White vertieft war.

Noch einmal studierte Keith die Akte über die West Riding Group. War das wirklich seine beste Chance, in Großbritannien Fuß zu fassen? Aber auch hier, in Australien, hatte er damals ja anfangs nur einen kleinen Zeitungsverlag erworben und erst dadurch die Möglichkeit bekommen, Eigentümer der *Sydney Chronicle* zu werden. Wenn ihm erst einige regionale Blätter in Großbritannien gehörten – da war Keith sicher –, befand er sich in einer viel besseren Position, ein Übernahmeangebot für eine überregionale Zeitung zu machen.

Keith las, daß Harry Shuttleworth den Zeitungskonzern Anfang des Jahrhunderts gegründet hatte. Es hatte damit begonnen, daß er zusätzlich zu seiner sehr erfolgreichen Textilfabrik ein Abendblatt in Huddersfield herausgab. Townsend erkannte dieses Muster wieder: Eine Lokalzeitung stand unter dem Einfluß des größten Arbeitgebers der Region. Auf diese Weise war Keith selbst ja in den Besitz eines Hotels und zweier Kohlengruben gekommen. Jedesmal wenn Shuttleworth in einer weiteren Stadt eine Fabrik eröffnet hatte, folgte zwei Jahre später eine Zeitung. Als er schließlich in den Ruhestand ging, gehörten ihm vier Textilfabriken und vier Zeitungen im West Riding.

Shuttleworths ältester Sohn Frank übernahm nach seiner Rückkehr aus dem Ersten Weltkrieg die Firma, und obwohl sein Hauptinteresse den Textilfabriken galt …

»Hätten Sie gern einen Drink, Sir?«

Townsend nickte. »Einen Whisky mit einem Schuß Soda.«

… fügte er den drei Fabriken, die er in Doncaster, Bradford

und Leeds errichtete, ebenfalls Lokalblätter hinzu. Das hatte Frank Shuttleworth dann und wann freundliche Vorwürfe von Beaverbrook, Northcliffe und Rothermere eingebracht, die Frank sich jedoch keineswegs zu Herzen genommen hatte.

Doch nun hatte es ganz den Anschein, als wäre die dritte Generation der Shuttleworth nicht aus demselben Holz geschnitzt. Die Kombination von billig aus Indien importierten Textilien und einem einzigen Sohn, der von Anfang an nie etwas anderes hatte sein wollen als Botaniker, führte dazu, daß die Gewinne der Unternehmensgruppe sanken, kaum daß Frank ein paar Tage unter der Erde war – und das, obwohl er seinem Sohn acht Fabriken, sieben Tageszeitungen, fünf Wochenzeitschriften und ein Magazin hinterlassen hatte, das in der gesamten Grafschaft erschien. Die Fabriken waren Ende 1940 schließlich liquidiert worden, während die Zeitungen gerade noch kostendeckend herausgegeben werden konnten. Es hatten den Anschein, als verdankten sie ihr Überleben lediglich der Loyalität ihrer Leser, doch die letzten Zahlen verrieten, daß es immer schwieriger wurde, die Blätter über Wasser zu halten.

Townsend blickte auf, als ein Tischchen an seiner Armlehne befestigt und eine kleine Damastdecke darüber gebreitet wurde. Als die Stewardeß bei Kate das gleiche tat, legte diese ihren Roman *Die im feurigen Wagen* zur Seite, schwieg jedoch, um die Konzentration ihres Chefs nicht zu stören.

»Ich möchte, daß Sie das lesen«, sagte Townsend und reichte Kate die ersten paar Seiten des Berichts. »Dann werden Sie verstehen, wieso ich diese Reise nach England mache.«

Townsend öffnete eine zweite Akte, die Henry Wolstenholme für ihn zusammengestellt hatte, ein ehemaliger Kommilitone aus Oxford und nunmehr Anwalt in Leeds. Townsend konnte sich kaum mehr an Wolstenholme entsinnen; er konnte sich nur noch erinnern, daß Wolstenholme nach wenigen Drinks stets ungewöhnlich gesprächig geworden war. Es wäre Townsend nie in den Sinn gekommen, ihn zu konsultieren, doch da Wolstenholme die West Riding Group seit ihrer Gründung vertrat, blieb ihm keine andere Wahl. Wolstenholme hatte Keith in einem ausführlichen Schreiben auf das Potential des Konzerns aufmerksam gemacht. Auch wenn ein Verkauf der WRG nach außen hin nicht zur Debatte stand – zumindest würde ihr derzeitiger Vorsitzender alle diesbezüglichen Gerüchte empört zurückweisen –, wäre John Shuttleworth wahrscheinlich nur unter der Bedingung bereit, sich von seinen Zeitungen zu trennen, wenn der Käufer so weit wie möglich von Yorkshire entfernt beheimatet war. Townsend lächelte. Was das betraf, dürfte er der bestqualifizierte Kandidat sein, den man sich denken konnte.

Sobald Townsend geantwortet und sein Interesse bekundet hatte, hatte Wolstenholme ein Treffen vorgeschlagen, um über die Einzelheiten zu sprechen. Townsends einzige Bedingung war, daß er sich erst einmal die Druckerpressen der Zeitungen anschauen wolle. »Nichts zu machen«, kam die sofortige Erwiderung. »Shuttleworth will sich nicht auf seinen eigenen Titelseiten wiederfinden, ehe der Kaufvertrag nicht unterzeichnet ist.« Townsend war klar, daß Verhandlungen, die über einen Dritten liefen, nie einfach waren, doch diesmal blieb ihm nichts übrig, als darauf zu hoffen, daß Wolstenholme ihm vielleicht doch mehr Fragen beantworten würde als normalerweise üblich.

Während Townsend die Suppe löffelte, ging er die Zahlen durch, die Clive Jervis für ihn zusammengestellt hatte. Clive schätzte, daß die Gesellschaft etwa hundert- bis hundertfünfzigtausend Pfund wert war, gab jedoch zu bedenken, daß er sich nicht festlegen könne, wenn er nichts weiter gesehen habe als die Bilanz. Zweifellos will er eine Rücktrittsklausel, falls zu einem späteren Zeitpunkt etwas schiefgehen sollte, überlegte Townsend.

»Das ist aufregender als *Die im feurigen Wagen*«, sagte Kate, nachdem sie die erste Akte zur Seite legte. »Aber welche Rolle soll ich bei der Sache spielen?«

»Das hängt vom Ausgang der Verhandlungen ab«, antwortete Keith. »Wenn ich dieses Geschäft abschließe, benötige ich in allen meinen australischen Zeitungen Berichte darüber. Außerdem möchte ich einen separaten Artikel – einen wesentlich sachlicher verfaßten – für Reuters und den Presseverband. Wichtig ist, die Verleger auf der ganzen Welt darauf aufmerksam zu machen, daß ich jetzt auch außerhalb Australiens meine Hände im Spiel um die Medienmacht habe und ein ernsthafter Konkurrent bin.«

»Wie gut kennen Sie Wolstenholme?« fragte Kate. »Mir scheint, daß Sie sich sehr auf sein Urteilsvermögen verlassen müssen.«

»Ich kenne ihn nicht sonderlich gut«, gestand Keith. »Er war im College zwei Klassen über mir und galt als ziemlich robust.«

»Robust?« fragte Kate verwirrt.

»Während des Herbsttrimesters verbrachte er die meiste Zeit mit der Rugby-Mannschaft der Schule, und die beiden anderen Trimester stand er gern am Ufer und feuerte den College-Achter an. Ich glaube, man hat ihn nur deshalb zum Trainer gemacht, weil er eine Stimme hatte, die selbst am anderen Themseufer noch deutlich zu hören war. Hin und wieder schloß er sich der Mannschaft zu einem Glas Ale an, auch wenn sie ein Rennen verloren hatte. Aber das war vor zehn Jahren. Inzwischen könnte er nicht nur Anwalt, sondern längst ein biederer Familienvater geworden sein.«

»Haben Sie eine Ahnung, wieviel die West Riding Group tatsächlich wert ist?«

»Nein, aber ich kann auf jeden Fall ein unverbindliches Angebot machen, noch ehe ich die sechs Druckmaschinen gesehen habe. Bei dieser Gelegenheit kann ich mich auch über die Fähigkeiten der Redakteure und Journalisten informieren. Doch in England sind die Gewerkschaften immer das größte Problem. Falls die West Riding Group einer von diesen Konzernen ist, die nur Mitglieder der Gewerkschaft beschäftigen dürfen, lasse ich die Finger davon, denn so gut das Geschäft auch laufen mag – die Gewerkschaften könnten mich binnen weniger Monate in den Bankrott treiben.«

»Und wenn die Gewerkschaft in dem Unternehmen nicht so viel Einfluß hat?«

»Gehe ich vielleicht bis hundert- oder gar hundertzwanzigtausend. Aber ich werde keine Summe nennen, solange sie nicht durchblicken lassen, was sie vorhaben.«

»Ich muß schon sagen, das hier ist mir lieber, als über die Fälle vor dem Jugendgericht zu schreiben«, gestand Kate.

»Ich habe ebenfalls als Gerichtsreporter angefangen«, sagte Keith. »Aber im Unterschied zu Ihren Artikeln hielt der Redakteur die meinen nicht für preiswürdig und lehnte sie für gewöhnlich ab, kaum daß er den ersten Absatz gelesen hatte.«

»Vielleicht wollte er damit nur zeigen, daß er keine Angst vor Ihrem Vater hatte.«

Keith blickte sie an und erkannte, daß sie sich fragte, ob sie damit zu weit gegangen war. »Möglich«, erwiderte er. »Aber das war, bevor ich die *Chronicle* übernahm und den Mann vor die Tür setzen konnte.«

Kate schwieg, während die Stewardeß die Tabletts wegräumte. »Wir werden jetzt die Nachtbeleuchtung einschalten«, erklärte sie. »Aber falls Sie weiterlesen möchten, brauchen Sie nur das Licht über Ihrem Kopf anzuknipsen.«

Keith nickte und schaltete seines an. Kate streckte sich und stellte die Lehne ihres Sitzes so weit zurück, wie es nur ging, wikkelte sich in eine Decke und schloß die Augen. Keith betrachtete sie ein paar Sekunden, ehe er einen vierten Ordner aufschlug. Er las die ganze Nacht hindurch.

Als Oberst Tulpanow anrief, um Armstrong vorzuschlagen, er möge sich mit einem seiner Geschäftspartner, einem gewissen Juri Waltschek, treffen, um über eine Angelegenheit gemeinsamen Interesses zu reden, schlug Armstrong ein Geschäftsessen im Savoy vor, sobald Mr. Waltschek sich wieder einmal in London aufhielt.

In den vergangenen zehn Jahren war Armstrong regelmäßig nach Moskau gereist, hatte sich dort die ausländischen Exklusivrechte für Werke sowjetischer Wissenschaftler gesichert und dafür Tulpanow den einen oder anderen kleinen Gefallen erwiesen – Gegengeschenke, die Armstrongs neuen Heimatland keinen Schaden irgendwelchen Art zufügte, wie er sich immer wieder einredete. Diese Selbsttäuschung verstärkte er dadurch, daß er es Forsdyke jedesmal wissen ließ, wann er wieder eine Reise nach Moskau unternahm, wobei er dann und wann Botschaften von Forsdyke mit in die russische Hauptstadt nahm, auf die er oft rätselhafte Antworten zurückbrachte. Armstrong war klar, daß beide Seiten ihn für ihren Mann hielten. Deshalb befürchtete er, daß Waltschek kein einfacher Kurier war. Vielleicht hatten die Russen ihn geschickt, um herauszufinden, wie weit Armstrong zu gehen bereit war, wenn man ihn unter Druck setzte. Armstrong wählte das *Savoy Grill* als Treffpunkt mit Waltscheck, in der Hoffnung, Forsdyke auf diese Weise zu überzeugen, daß er nichts vor ihm zu verbergen hatte.

Armstrong traf einige Minuten vor der verabredeten Zeit im Savoy ein, wo der Ober ihn zu seinem gewohnten Tisch in einer Nische führte. Statt seines Lieblingswhiskys mit Soda bestellte er einen Wodka, das unter Agenten vereinbarte Zeichen, daß kein Englisch gesprochen werden sollte. Dann blickte er zum Eingang und fragte sich, ob er Waltschek erkennen würde, wenn dieser hereinkam. Vor zehn Jahren wäre das noch leicht gewesen, doch Dick hatte viele Angehörige der neuen Agentengeneration darauf hingewiesen, daß sie in ihren billigen Doppelreihern und den dünnen Krawatten mit den Soßenflecken auffielen wie ein bunter Hund. Seither hatten sich mehrere der regelmäßigeren Besucher Londons und New Yorks in die Savile Row und die Fifth Avenue begeben, um sich neu einzukleiden. Armstrong vermutete allerdings, daß die Burschen sich auf den Rückflügen mit der Aeroflot wieder umzogen, ehe sie in Moskau landeten.

Zwei Geschäftsleute schlenderten ins Restaurant, in ein Gespräch vertieft. Armstrong kannte einen der beiden, konnte sich aber nicht an seinen Namen erinnern. Nach den beiden Geschäftsleuten erschien eine aufregend schöne Dame in Begleitung zweier Herren. Daß eine Frau im Grill lunchte, war ein ungewöhnlicher Anblick, und Dick beobachtete sie verstohlen, als sie in die Nische neben der seinen geführt wurde.

Der Ober riß ihn aus seinen Gedanken. »Ihr Gast ist soeben eingetroffen, Sir.«

Armstrong erhob sich, um einem Herrn die Hand zu geben, den man ohne weiteres für den kaufmännischen Direktor einer britischen Firma halten konnte, und dem man offensichtlich nicht erklären mußte, wo die Savile Row war. Armstrong bestellte zwei Wodka.

»Wie war Ihr Flug?« erkundigte er sich auf russisch.

»Nicht sehr angenehm, Towarischtsch«, antwortete Waltscheck. »Im Gegensatz zu Ihnen habe ich keine Wahl, als mit Aeroflot zu fliegen. Falls Sie diese Fluglinie je nehmen müssen, kann ich Ihnen nur raten, Schlaftabletten einzustecken. Und essen Sie ja nichts von dem, was Ihnen während des Flugs angeboten wird.«

Armstrong lachte. »Wie geht es Oberst Tulpanow?«

»*General* Tulpanow steht kurz vor der Ernennung zur Nummer zwei des KGB. Er möchte, daß Sie Brigadegeneral Forsdyke ausrichten, daß er rangmäßig immer noch über ihm steht.«

»Es wird mir ein Vergnügen sein«, versicherte Armstrong. »Gibt es sonst noch irgendwelche Veränderungen an der Spitze, von denen ich wissen sollte?«

»Im Augenblick nicht.« Waltschek machte eine kurze Pause. »Allerdings vermute ich, daß Towarischtsch Chruschtschow nicht mehr sehr lange im Amt bleiben wird.«

»Könnte es dann nicht sein, daß auch Sie Ihren Schreibtisch räumen müssen?« Armstrong blickte ihm direkt in die Augen.

»Nicht, solange Tulpanow mein Chef bleibt.«

»Wer, glauben Sie, wird Chruschtschows Nachfolger?«

»Ich würde sagen, Breschnew«, antwortete der Besucher. »Doch da Tulpanow Akten über jeden möglichen Kandidaten angelegt hat, wird keiner auch nur versuchen, sein Amt einem anderen zu geben.«

Armstrong lächelte bei dem Gedanken, daß Tulpanow sich gegen jede Eventualität abgesichert hatte.

Ein Kellner stellte einen weiteren Wodka vor seinen Gast. »Der General spricht in den höchsten Tönen von Ihnen«, sagte Waltschek, nachdem der Kellner gegangen war. »Zweifellos wird Ihre Position noch einflußreicher, wenn seine Ernennung erst offiziell ist.« Waltschek machte eine Pause und studierte die Speisekarte; dann gab er einem herbeigeeilten Ober seine Bestellung auf englisch. »Sagen Sie mal«, fuhr Waltschek fort, als sie wieder allein waren, »warum spricht General Tulpanow immer als Lubji von Ihnen?«

»Ist dieser Deckname nicht so gut wie jeder andere?« Armstrong zuckte die Schultern.

»Aber Sie sind kein Russe.«

»Nein, bin ich nicht«, antwortete Armstrong fest.

»Aber Sie sind auch kein Engländer, Towarischtsch, nicht wahr?«

»Ich bin englischer als die Engländer.« Diese Antwort brachte Dicks Gast vorerst zum Verstummen, zumal eine Platte mit Räucherlachs vor ihn gestellt wurde.

Waltschek hatte den ersten Gang beendet und schnitt ein nur leicht angebratenes Steak an, als er mit dem wahren Grund seines Besuchs herausrückte.

»Das Nationale Wissenschaftliche Institut möchte ein Buch über seine Leistungen in der Weltraumforschung herausgeben«, sagte er und wählte einen Dijon-Senf. »Der Direktor des Instituts ist der Ansicht, daß Präsident Kennedy für sein NASA-Programm viel zu oft zu Unrecht gelobt wird, wo doch jeder weiß, daß es die Sowjetunion war, die den ersten Menschen ins All geschossen hat. Wir haben ein Dokument vorbereitet, das unsere Leistungen auf diesem Gebiet genauestens auflistet – von der Gründung der

Raumfahrtakademie bis zu den kürzlich gewonnenen neuen technischen Erkenntnissen. Außerdem habe ich ein Manuskript von etwa einer Million Anschlägen bei mir, das von den führenden Wissenschaftlern der Akademie verfaßt wurde, dazu hundert Fotos, die erst im vergangenen Monat gemacht wurden, sowie detaillierte Diagramme und Entwürfe für Luna IV und V.«

Armstrong versuchte gar nicht erst, Waltscheks Redefluß zu dämmen. Diesem Boten Tulpanows mußte klar sein, daß der Inhalt eines solchen Buches überholt war, noch ehe es auf den Markt kommen konnte. Deshalb mußte es einen anderen Grund dafür geben, weshalb Waltschek von Moskau hierhergekommen war, um mit Dick zu lunchen. Doch sein Gast redete und redete und zählte immer weitere unbedeutende Einzelheiten auf. Schließlich fragte er Armstrong nach seiner Meinung über dieses Projekt.

»Mit welcher Auflage rechnet General Tulpanow?«

»Eine Million Exemplare in gebundener Form, die auf dem üblichen Vertriebsweg auf den Markt kommen sollen.«

Armstrong bezweifelte, daß ein solches Buch auch nur den Bruchteil dieser Auflage erreichte, selbst bei einer weltweiten Leserschaft.

»Allein schon meine Druckkosten ...«, begann er.

»Wir sind uns des Risikos durchaus bewußt, das Sie mit einer solchen Publikation eingehen werden. Deshalb stellen wir Ihnen fünf Millionen Dollar zur Verfügung, die zur Verteilung in jenen Ländern verwendet werden sollen, in denen dieses Buch übersetzt, verlegt und verkauft wird. Selbstverständlich gibt es eine Provision von zehn Prozent für den Agenten. Ich sollte wohl noch hinzufügen, daß es General Tulpanow nicht überraschen wird, wenn dieses Buch nicht auf irgendeiner Bestsellerliste erscheint. Solange Sie in Ihrem Jahresbericht aufweisen können, daß eine Million Exemplare gedruckt wurden, wird er zufrieden sein. Von wirklicher Bedeutung ist die Aufteilung der Gewinne«, fügte Waltscheck hinzu und schlürfte seinen Wodka.

»Wird es bei diesem einen Buch bleiben, oder werden Sie mir irgendwann wieder einen ähnlichen Vorschlag unterbreiten?« fragte Armstrong.

»Wenn Sie dieses ...«, Waltschek suchte nach dem richtigen Wort: »... Projekt erfolgreich durchführen, möchten wir gern, daß

Sie ein Jahr später eine Paperback-Ausgabe folgen lassen, wofür wir Ihnen ebenfalls fünf Millionen zur Verfügung stellen. Danach könnte es möglicherweise zu Neuauflagen und überarbeiteten Fassungen kommen ...«

»Wodurch ein kontinuierlicher Zufluß von Mitteln für Ihre Agenten in jedem Land gewährleistet würde, in dem der KGB seinen Interessen nachgeht«, sagte Armstrong.

Waltschek ignorierte diese Bemerkung. »Und als unser Bevollmächtigter erhalten Sie zehn Prozent von jedem Vorschuß. Schließlich gibt es keinen Grund, daß Sie nicht die gleichen Rechte haben sollten wie jeder literarische Agent. Und ich bin zuversichtlich, daß unsere Wissenschaftler jedes Jahr ein neues Manuskript verfassen können, das der Veröffentlichung wert ist.« Er machte eine Pause. »Hauptsache, ihre Honorare und Tantiemen werden immer pünktlich und in der erwünschten Währung bezahlt.«

»Wann bekomme ich das Manuskript zu Gesicht?«

»Ich habe eine Kopie dabei.« Waltschek blickte auf die Aktenmappe neben sich. »Wenn Sie sich einverstanden erklären, das Buch zu verlegen, sind die ersten fünf Millionen noch vor Ende dieser Woche auf Ihrem Konto in Liechtenstein. Wenn ich es recht verstanden habe, wurden die Geschäfte mit Ihnen bisher immer so gehandhabt.«

Armstrong nickte. »Ich werde eine zweite Kopie des Manuskripts für Forsdyke benötigen.«

Waltschek zog eine Braue hoch, gerade, als seine Platte weggeräumt wurde.

»Er hat einen Agenten auf der gegenüberliegenden Seite des Restaurants sitzen. Also geben Sie mir das Manuskript erst, wenn wir aufbrechen; dann klemme ich's mir unter den Arm und marschiere damit hinaus. Keine Angst«, fuhr er fort, denn er spürte Waltscheks Besorgnis, »er versteht absolut nichts vom Verlagswesen, und seine Abteilung wird wahrscheinlich monatelang verschlüsselte Nachrichten zwischen den Sputniks suchen.«

Waltschek lachte, machte jedoch keine Anstalten, zur anderen Seite des Restaurants zu schauen, als der Dessertwagen an ihren Tisch gerollt wurde; statt dessen blickte er erfreut auf die dargebotenen Köstlichkeiten.

Während des nun einsetzenden Schweigens nahm Armstrong ein einzelnes Wort vom Nebentisch auf – »Druckerpressen«. Er versuchte, mehr von dem Gespräch zu verstehen; dann aber fragte Waltschek ihn nach seiner Meinung über einen jungen Tschechen namens Havel, der vor kurzem ins Gefängnis gesteckt worden war.

»Ist er Politiker?«

»Nein, ein …«

Armstrong drückte einen Finger auf die Lippen, um seinem Kollegen zu bedeuten, er möge weiterreden, solle aber keine Antwort erwarten. Der Russe brauchte in solchen Dingen keine weiteren Anweisungen.

Armstrong konzentrierte sich auf die drei Personen in der Nische neben der seinen. Der sportlich aussehende Mann mit der weichen Stimme, der mit dem Rücken zu ihm saß, konnte nur Australier sein, doch obwohl sein Akzent unverkennbar war, vermochte Armstrong nur wenige seiner Worte zu verstehen. Neben dem Mann hatte die aufregende junge Frau Platz genommen, die Armstrong so abgelenkt hatte, als sie das Restaurant betrat. Er hielt sie für eine Mitteleuropäerin und vermutete, daß ihr Geburtsort nicht allzu weit von seinem entfernt lag. Zu ihrer Rechten, dem Australier gegenüber, saß ein Mann mit nordenglischem Akzent und einer Stimme, die seinen alten Feldwebel begeistert hätte. Offenbar war dem Mann das Wort »vertraulich« nie richtig erklärt worden.

Während Waltscheck gelassen auf russisch weiterredete, zog Armstrong einen Füllfederhalter aus der Brusttasche und notierte sich auf der Rückseite der Speisekarte die vereinzelten Wörter, die er verstehen konnte – was nicht so einfach gewesen wäre, hätte ihn nicht ein echter Profi darin ausgebildet. Nicht zum erstenmal war er Forsdyke dankbar dafür.

»John Shuttleworth, Vorsitzender der WRG«, waren die ersten Worte, die Armstrong sich notierte; einen Augenblick später folgte: »Eigentümer«. Einige Zeit verging, ehe er *Huddersfield Echo* hinzufügte, anschließend die Namen von sechs weiteren Zeitungen. Armstrong starrte blicklos in Waltscheks Augen und kritzelte vier weitere Worte auf die Speisekarte: »Leeds, morgen, zwölf Uhr.« Während sein Kaffee kalt wurde, folgte »120000, fairer Preis«. Und schließlich: »Fabriken seit geraumer Zeit geschlossen.«

Als die Gespräche am Nebentisch sich dem Kricket zuwandten, war Armstrong überzeugt, einige Puzzlestücke richtig zusammengefügt zu haben. Jetzt aber mußte er so schnell wie möglich in sein

Büro zurück, um das Puzzle vor morgen mittag komplett zu haben. Er blickte auf die Uhr. Obwohl der Kellner ihm eben erst die gewünschte zweite Portion Pudding vorgesetzt hatte, verlangte Dick die Rechnung. Sie wurde ihm Augenblicke später gebracht. In diesem Moment nahm Waltschek ein dickes Manuskript aus seiner Aktentasche und reichte es seinem Gastgeber ostentativ über den Tisch hinweg. Armstrong bezahlte die Rechnung, stand auf, klemmte sich das Manuskript unter den Arm und sprach mit Waltschek auf russisch, während sie an der nächsten Nische vorübergingen. Dick warf einen Blick auf die junge Frau und glaubte, Erleichterung auf ihrem Gesicht zu sehen, als sie hörte, daß die beiden fremden Männer sich in einer Fremdsprache unterhielten.

An der Tür drückte Armstrong dem Oberkellner eine Pfundnote in die Hand. »Ein ausgezeichneter Lunch, Mario«, lobte er. »Und danke, daß Sie eine so aufregende junge Dame in die nächste Nische geführt haben.«

»Es war mir ein Vergnügen, Sir«, sagte Mario und steckte das Geld ein.

»Darf ich Sie fragen, unter welchem Namen der Tisch reserviert wurde?«

Marios Finger huschte die Reservierungsliste hinunter. »Mr. Keith Townsend, Sir.«

Dieses Puzzlestück ist durchaus ein Pfund wert, dachte Armstrong, während er vor seinem Gast aus dem Restaurant marschierte.

Auf dem Bürgersteig gab er dem Russen die Hand und versicherte ihm, sofort alles für die Veröffentlichung in die Wege zu leiten. »Freut mich zu hören, Genosse«, sagte Waltschek mit seinem vornehmsten englischen Akzent. »Und jetzt muß ich mich beeilen, um nicht zu spät zur Anprobe bei meinem Schneider zu kommen.« Er tauchte in der Fußgängermenge unter, welche die Strand überquerte, und verschwand in Richtung Savile Row.

Als er von Benson zurück zum Büro gefahren wurde, beschäftigten sich Armstrongs Gedanken keineswegs mit Tulpanow, oder Juri Gagarin, ja, nicht einmal mit Forsdyke. Er stürmte sofort in Sallys Büro, die gerade am Telefon war, lehnte sich über ihren Schreibtisch, drückte die Gabel herunter und fragte: »Was für einen Grund könnte es geben, daß Keith Townsend sich für etwas mit Namen WRG interessiert?«

Sally, die den Hörer noch in der Hand hielt, überlegte kurz; dann meinte sie: »Western Railway Group?«

»Das kann ich mir nicht vorstellen – Townsend interessiert sich nur für Zeitungen.«

»Möchten Sie, daß ich versuche, es herauszufinden?«

»Ja«, bat Armstrong. »Wenn Townsend in London ist, um etwas zu kaufen, möchte ich gern wissen, um was es sich handelt. Lassen Sie nur das Berliner Team daran arbeiten. Auf keinen Fall soll jemand anders davon erfahren.«

Sally, Peter Wakeham, Stephen Hallet und Reg Benson brauchten zwei Stunden, um weitere Stücke des Puzzles zu beschaffen, während Armstrong seinen Buchhalter und seinen Banker anrief und beide aufforderte, sich rund um die Uhr bereitzuhalten.

Um sechzehn Uhr fünfzehn studierte Armstrong einen Bericht über die West Riding Publishing Group, den ein Bote von Dunn & Bradstreet ihm wenige Minuten zuvor gebracht hatte. Nachdem er die Zahlen ein zweites Mal durchgegangen war, mußte er Townsend beipflichten, daß hundertzwanzigtausend Pfund ein fairer Preis waren – jedenfalls, bevor Mr. John Shuttleworth gewußt hatte, daß er ein Gegenangebot bekommen würde.

Um achtzehn Uhr saßen alle um Armstrongs Schreibtisch und berichteten, was sie in Erfahrung bringen konnten.

Stephen Hallet hatte alles über den zweiten Mann am Tisch herausgefunden, auch bei welcher Anwaltsfirma er Partner war. »Die Kanzlei vertritt die Familie Shuttleworth bereits seit mehr als einem halben Jahrhundert«, teilte er Armstrong mit. »Townsend hat morgen in Leeds eine geschäftliche Verabredung mit John Shuttleworth, dem derzeitigen Vorsitzenden. Aber ich konnte leider nicht erfahren, wo, und auch nicht die genaue Zeit.« Sally lächelte.

»Gut gemacht, Stephen. – Was hast du zu bieten, Peter?«

»Ich habe Wolstenholmes Büro- und Privatnummern, die Abfahrtszeit des Zuges, den er zurück nach Leeds nehmen will, und das polizeiliche Kennzeichen des Wagens seiner Frau, die ihn am Bahnhof abholen wird. Ich konnte die Sekretärin davon überzeugen, daß ich ein alter Schulfreund ihres Chefs bin.«

»Gut. Du hast zwei Ecken des Puzzles gefüllt«, lobte Armstrong. »Was ist mit dir, Reg?« Er hatte Jahre gebraucht, ihn mit seinem Vornamen und nicht mit Private Benson anzusprechen.

»Townsend ist im Ritz abgestiegen, das Mädchen ebenfalls. Sie heißt Kate Tulloh, ist zweiundzwanzig und arbeitet für die *Sunday Chronicle*.«

»Ich glaube, Sie werden feststellen, daß es die *Sydney Chronicle* ist«, unterbrach ihn Sally.

»Verdammter australischer Dialekt!« schimpfte Reg in näselndem Cockney. »Na ja«, fuhr er fort, »jedenfalls habe ich vom Portier erfahren, daß Miß Tulloh ein eigenes Zimmer hat, das sich zwei Stockwerke unter dem ihres Chefs befindet.«

»Dann ist sie also nicht seine Geliebte«, stellte Armstrong fest. »Sally, was konnten Sie erfahren?«

»Die Verbindung zwischen Townsend und Wolstenholme rührt daher, daß sie Kommilitonen in Oxford waren, was mir vom Sekretär des Worcester College bestätigt wurde. Und nun die schlechte Neuigkeit: John Shuttleworth ist Alleinaktionär der West Riding Group und lebt wie ein Einsiedler. Ich konnte nicht herausfinden, wo er wohnt, und er steht in keinem Telefonbuch. So unglaublich es klingt – von der Konzernverwaltung hat ihn seit mehreren Jahren niemand mehr gesehen. Deshalb ist die Idee unrealistisch, ihm vor morgen mittag ein Gegenangebot zu machen.«

Sallys Mitteilung löste düsteres Schweigen aus, das schließlich von Armstrong unterbrochen wurde.

»Na schön. Dann haben wir nur eine einzige Hoffnung: Wir müssen irgendwie verhindern, daß Townsend zu der Besprechung in Leeds kommt – und wir müssen seinen Platz einnehmen.«

»Das wird nicht leicht sein. Wir wissen ja nicht mal, wo die Besprechung stattfinden soll«, gab Peter zu bedenken.

»Im *Queen's Hotel*«, warf Sally rasch ein.

»Wie können Sie da so sicher sein?« fragte Armstrong.

»Ich habe alle größeren Hotels in Leeds angerufen und mich erkundigt, ob Mr. Wolstenholme bereits eine Reservierung vorgenommen habe. Im Queen's sagte man mir, er habe das White-Rose-Zimmer von zwölf bis fünfzehn Uhr reservieren lassen, und um dreizehn Uhr Lunch für vier Personen bestellt. Ich kann Ihnen sogar sagen, was auf der Speisekarte steht.«

»Ich wüßte wirklich nicht, was ich ohne Sie tun sollte, Sally«, sagte Armstrong. »Dann laßt uns ausnutzen, was wir erfahren haben. Wo ist Wolst–?«

»Bereits unterwegs nach Leeds«, unterbrach Peter ihn, »im

Achtzehn-Uhr-fünfzig-Zug von King's Cross. Er wird morgen um neun Uhr in seinem Büro erwartet.«

»Was ist mit Townsend und dem Mädchen?« fragte Armstrong. »Reg?«

»Armstrong hat einen Wagen bestellt, der sie morgen um sieben Uhr dreißig zur King's Cross Station bringen soll, damit sie den Acht-Uhr-zwölf-Zug erreichen kann, der um elf Uhr siebenundvierzig im Hauptbahnhof von Leeds eintrifft. Das läßt ihnen genügend Zeit, um zwölf Uhr im *Queen's Hotel* zu sein.«

»Wir müssen Townsend also zwischen jetzt und sieben Uhr dreißig morgen irgendwie davon abhalten, in den Zug nach Leeds zu steigen.« Armstrong schaute sich um, doch keiner der anderen wirkte besonders zuversichtlich. »Und wir müssen uns etwas wirklich Gutes einfallen lassen. Townsend ist um einiges gewitzter als Julius Hahn. Und ich habe das Gefühl, daß auch Miß Tulloh keineswegs auf den Kopf gefallen ist.«

Wieder setzte längeres Schweigen ein, bis Sally sich schließlich zu Wort meldete. »Vielleicht ist es nicht gerade ein Geistesblitz, aber ich habe herausgefunden, daß Townsend sich in England aufhielt, als sein Vater starb.«

»Na und?« fragte Armstrong.

DAILY MIRROR

17. OKTOBER 1964

WILSONS ERSTES VERSPRECHEN: »ES IST UNSER JOB ZU REGIEREN, UND DAS WERDEN WIR.«

Keith hatte Kate gebeten, um sieben Uhr im Palm Court mit ihm zu frühstücken. Er saß an einem Ecktisch und vertiefte sich in die *Times*. Bald wurde ihm klar, weshalb diese Zeitung so gut wie keinen Gewinn machte, und es wunderte ihn, daß die Astors sie nicht einstellten; denn niemand würde eine so langweilige Zeitung kaufen wollen, nach der ohnehin immer weniger Leser griffen. Keith trank schwarzen Kaffee, wandte sich vom Leitartikel ab und blickte vor sich hin. Unwillkürlich wanderten seine Gedanken zu Kate. Sie blieb distanziert und professionell, so daß Keith sich bereits fragte, ob es einen anderen Mann in ihrem Leben gab und ob es dumm von ihm gewesen war, sie um ihre Begleitung zu bitten.

Kurz nach sieben setzte Kate sich zu ihm an den Tisch. Sie hatte den *Guardian* mitgebracht. Nicht gerade die beste Art und Weise, den Tag zu beginnen, ging es Keith durch den Kopf, obwohl er sich eingestehen mußte, daß er bei Kates Anblick noch immer die gleiche Erregung empfand wie an dem Tag, als er sie zum erstenmal gesehen hatte.

»Wie geht's Ihnen heute morgen?« erkundigte sie sich.

»Könnte nicht besser sein.«

»Und ist es der ideale Tag für ein gutes Geschäft?« fragte sie lächelnd.

»O ja. Ich habe das Gefühl, morgen um diese Zeit gehört mir meine erste Zeitung in England.«

Ein Kellner schenkte Kate eine Tasse Kaffee mit Milch ein. Sie war beeindruckt, daß der Mann nicht zu fragen brauchte, wie sie ihren Kaffee mochte, obwohl sie sich erst einen Tag im Hotel aufhielt.

»Henry Wolstenholme hat gestern abend angerufen«, erzählte Keith. »Kurz bevor ich zu Bett ging. Er hatte bereits mit Shuttleworth gesprochen. Wenn wir in Leeds eintreffen, haben die Anwälte die Verträge schon unterschriftsfertig.«

»Ist die ganze Sache nicht ziemlich riskant? Sie haben ja noch nicht einmal die Druckerpressen gesehen.«

»Nein, aber ich habe die Klausel einfügen lassen, daß ich unter bestimmten Umständen innerhalb von neunzig Tagen vom Vertrag zurücktreten kann. Machen Sie sich also darauf gefaßt, einige Zeit in Nordengland zu verbringen. Es soll dort zu dieser Jahreszeit ziemlich ›frisch‹ sein, wie die Leute es nennen.«

»Eine Nachricht für Mr. Townsend!« stand auf einem Schild, das ein Page herumtrug. Er kam zum Tisch, nachdem Keith die Hand gehoben hatte. »Ich habe eine Nachricht für Sie, Sir.« Er reichte ihm einen Briefumschlag.

Keith riß ihn auf und zog ein Blatt Papier mit dem Briefkopf und der Krone des australischen Hochkommissars heraus. »Bitte rufen Sie mich sofort an. Dringend!« Die gekritzelten Zeilen waren mit »Alexander Downer« unterschrieben.

Keith zeigte Kate die Nachricht. Sie runzelte die Stirn. »Kennen Sie Downer?«

»Ich bin ihm ein einziges Mal begegnet, beim Melbourne Cup«, erwiderte Keith. »Aber das war lange, ehe er Hochkommissar wurde. Ich kann mir nicht vorstellen, daß er sich an mich erinnert.«

»Was kann er schon so früh am Morgen wollen?« wunderte sich Kate.

»Keine Ahnung. Vielleicht möchte er wissen, weshalb ich seine Einladung zum heutigen Dinner abgelehnt habe.« Keith lachte. »Wir können ihm nach unserer Rückkehr aus dem Norden immer noch einen Besuch abstatten. Trotzdem sollte ich lieber versuchen, mit ihm zu sprechen, ehe wir nach Leeds fahren. Vielleicht ist es ja doch etwas Wichtiges.« Er stand auf. »Ich kann es nicht erwarten, bis es Autotelefone gibt.«

»Ich gehe noch rasch hinauf in mein Zimmer«, sagte Kate. »Kurz vor halb acht bin ich im Foyer.«

»Gut«, erwiderte Keith und verließ den Palm Court, um sich auf die Suche nach einem Telefon zu machen. Im Foyer deutete der Portier auf ein Tischchen gegenüber dem Empfang. Keith wählte die Nummer auf dem Briefkopf. Sofort meldete sich eine Frau. »Guten Morgen. Australisches Hochkommissariat.«

»Dürfte ich mit dem Hochkommissar sprechen?« bat Keith.

»Mr. Downer ist noch nicht im Hause, Sir. Möchten Sie nach acht Uhr dreißig anrufen?«

»Ich bin Keith Townsend. Der Hochkommissar hat mir die Nachricht übermittelt, ihn anzurufen. Es sei dringend.«

»O ja, Sir, ich habe den Auftrag, Sie zu ihm privat durchzustellen. Einen Moment, bitte.«

Keith blickte auf die Uhr. Es war zwanzig nach sieben.

»Alexander Downer«, meldete sich die Stimme am anderen Ende der Leitung.

»Hier Keith Townsend. Sie haben mich gebeten, Sie dringend anzurufen, Herr Hochkommissar.«

»Ja, Keith. Wir sind uns das letzte Mal beim Melbourne Cup begegnet, aber ich vermute, daß Sie sich nicht daran erinnern.« Sein australischer Akzent war viel ausgeprägter, als Townsend sich erinnerte.

»Doch, ich erinnere mich«, versicherte Keith.

»Ich fürchte, ich habe eine schlechte Nachricht für Sie, Keith. Ihre Mutter hat einen Herzanfall erlitten. Sie liegt im Royal Melbourne Hospital. Ihr Zustand ist stabil, aber sie muß noch auf der Intensivstation bleiben.«

Townsend brachte keinen Ton hervor. Er war außer Landes gewesen, als sein Vater starb, und er würde nicht...

»Sind Sie noch da, Keith?«

»Ja, ja«, sagte er. »Aber ich hatte doch am Tag vor meinem Abflug noch mit ihr zu Abend gegessen, und sie sah großartig aus.«

»Es tut mir wirklich leid, Keith. Höchst bedauerlich, daß es ausgerechnet passiert ist, als Sie bereits außer Landes waren. Ich habe vorsichtshalber veranlaßt, daß um neun Uhr zwei Erste-Klasse-Plätze für einen Flug mit der Quantas nach Melbourne reserviert werden. Wenn Sie sofort losfahren, schaffen Sie es noch. Sie könnten aber auch den gleichen Flug morgen nehmen.«

»Nein, ich fliege sofort zurück«, entgegnete Townsend.

»Soll ich meinen Wagen zum Hotel schicken, damit der Fahrer Sie zum Flughafen bringt?«

»Danke, sehr liebenswürdig, aber ich habe bereits einen Wagen gebucht, der mich zum Bahnhof bringen sollte.«

»Ich habe das Quantas-Personal in Heathrow benachrichtigt, damit es Ihnen behilflich ist. Aber bitte zögern Sie nicht, mich anzurufen, falls es irgend etwas anderes gibt, womit ich Ihnen helfen kann.«

»Danke.« Townsend legte auf und rannte hinüber zum Empfang. »Ich muß das Hotel sofort verlassen. Bitte sorgen Sie dafür, daß meine Rechnung ausgestellt ist, wenn ich wieder herunterkomme«, bat er den Empfangschef.

»Selbstverständlich, Sir. Werden Sie den Wagen noch benötigen, der vor dem Eingang wartet?«

»Ja, allerdings.« Townsend rannte zum ersten Stock hinauf und über den Flur. Vor Zimmer 124 blieb er stehen und klopfte mit der Faust gegen die Tür. Kate öffnete fast augenblicklich. Sofort sah sie Keith' besorgtes Gesicht.

»Was ist passiert?« erkundigte sie sich.

»Meine Mutter hatte einen Herzanfall. Bringen Sie Ihr Gepäck gleich hinunter. Wir fahren in fünf Minuten los.«

»Das tut mir schrecklich leid. – Möchten Sie, daß ich Henry Wolstenholme anrufe und ihm erkläre, was passiert ist?«

»Nein. Das können wir vom Flugplatz aus erledigen.« Keith stürmte über den Flur zum Aufzug.

Wenige Minuten später war er bereits wieder im Foyer. Während sein Gepäck im Kofferraum des Mietwagens verstaut wurde, bezahlte er die Rechnung; dann gab er dem Pagen ein Trinkgeld, eilte zum Wagen und setzte sich neben Kate auf die Rückbank. Er lehnte sich vor, tippte dem Fahrer auf die Schulter. »Heathrow.«

»Heathrow?« echote der Mann skeptisch. »In meinem Tagesauftrag steht, daß ich Sie zum King's Cross fahren soll. Von Heathrow steht hier gar nichts.«

»Es ist mir verdammt egal, was in Ihrem Tagesauftrag steht!« brauste Townsend auf. »Bringen Sie mich sofort nach Heathrow!«

»Bedaure, Sir, aber ich habe meine Anweisungen. King's Cross ist eine Stadtfahrt, müssen Sie wissen, wogegen ich bei Heathrow die Stadtgrenze verlassen müßte, und ich darf nicht ...«

»Wenn Sie nicht sofort losfahren und aufs Gas treten, drehe ich Ihnen den Hals um!« brüllte Townsend.

»Eine solche Unverschämtheit brauch' ich mir von niemand gefallen lassen!« Der Fahrer stieg aus, öffnete den Kofferraum und machte sich daran, das Gepäck auszuladen.

Townsend wollte ihm wutentbrannt hinterher, doch Kate nahm seine Hand. »Bleiben Sie ruhig sitzen, und überlassen Sie das mir«, sagte sie bestimmt.

Keith konnte das Gespräch nicht hören, das Kate und der Fahrer hinter dem Wagen führten, doch es dauerte nicht lange und er sah, daß das Gepäck wieder eingeladen wurde.

Als Kate sich wieder neben ihn setzte, murmelte er: »Danke.«

»Danken Sie nicht mir, sondern ihm«, wisperte Kate.

Der Mann fuhr los, bog an der Ampel links ab und reihte sich in den morgendlichen Verkehr ein. Erleichtert sah Armstrong, daß um diese Zeit nicht allzu viele Wagen aus London heraus fuhren, im Gegensatz zu den Stoßstangen-an-Stoßstangen-Schlangen, die in die Hauptstadt hinein wollten.

»Ich muß Downer noch einmal anrufen, sobald wir am Flughafen sind«, sagte Townsend leise.

»Wieso?« fragte Kate.

»Ich würde gern mit dem Arzt meiner Mutter in Melbourne reden, ehe wir losfliegen, aber ich habe seine Nummer nicht.«

Kate nickte. Townsend trommelte mit den Fingerspitzen nervös ans Fenster und versuchte, sich genau an sein letztes Beisammensein mit seiner Mutter zu erinnern. Er hatte ihr von der möglichen Übernahme der West Riding Group erzählt, und sie hatte mit ihren üblichen klugen Fragen reagiert. Nach dem Dinner hatte er sie verlassen, ihr zuvor jedoch versprochen, sie gleich nach Abschluß des Geschäfts von Leeds aus anzurufen.

»Und wer ist das Mädchen, das du mitnimmst?« hatte sie gefragt. Keith war ihr ausgewichen, doch er wußte, daß er sie nicht hatte täuschen können. Er blickte zu Kate hinüber und hätte sehr gern ihre Hand genommen, doch sie machte einen abwesenden Eindruck. Keiner sprach, bis sie am Flughafen angekommen waren. Als der Wagen vor der Abflughalle hielt, sprang Townsend hinaus, um einen Handkarren zu holen, während der Fahrer das Gepäck auslud. Sobald es auf das Wägelchen geladen war, gab Townsend ihm ein sehr großzügiges Trinkgeld und bedankte sich mehrmals. Dann schob er das Wägelchen, so schnell er konnte, durch die Halle zum Check-in. Kate folgte ihm dichtauf.

»Sind wir noch rechtzeitig für den Flug nach Melbourne?« erkundigte sich Townsend und legte seinen Reisepaß auf den Check-in-Schalter der Quantas.

»Ja, Mr. Townsend«, beruhigte ihn das Mädchen hinter dem Schalter, nachdem sie seinen Reisepaß aufgeschlagen hatte. »Der Hochkommissar hat angerufen und zwei Tickets für Sie reservieren lassen, eines auf Ihren Namen und eines auf den Namen Kate Tulloh.«

»Das bin ich.« Kate schob ihren Reisepaß über den Schalter.

»Sie sitzen in der ersten Klasse auf den Plätzen 3 D und 3 E. Würden Sie so freundlich sein, sich direkt zum Flugsteig siebzehn zu begeben? Die Passagiere werden jeden Augenblick gebeten, an Bord zu gehen.«

Kaum waren Keith und Kate in der Abflughalle angelangt, als die Fluggäste der Touristenklasse aufgefordert wurden, an Bord zu gehen. Townsend überließ es Kate, sie einzuchecken, während er ein Telefon suchte. Er mußte sich als dritter an dem einzigen Telefon anstellen, bis er endlich Henrys Privatnummer wählen konnte. Besetzt. Keith versuchte es noch dreimal, doch stets war nur das Besetztzeichen zu hören. Als er gerade die Nummer auf dem Briefkopf des Hochkommissars wählte, ertönte aus der Lautsprecheranlage der letzte Aufruf für den Quantas-Flug. Am anderen Ende der Leitung begann beim Hochkommissar das Telefon zu läuten, doch Townsend sah, daß Flugsteig siebzehn bereits leer war, von Kate abgesehen. Er winkte ihr, an Bord zu gehen.

Für kurze Zeit ließ Keith das Telefon noch läuten, doch als immer noch niemand den Hörer abnahm, hängte er ein und eilte Kate hinterher, die vor der Flugzeugtür wartete. Die Tür schloß sich sofort, kaum daß die beiden an Bord waren.

»Konnten Sie ihn erreichen?« Kate schnallte sich an.

»Nein«, antwortete Townsend. »Bei Henry war dauernd besetzt, und der Hochkommissar ging nicht ans Telefon.«

Kate schwieg, während das Flugzeug in Richtung Startbahn rollte. Als die Maschine noch einmal kurz anhielt, sagte sie: »Während Sie am Telefon waren, habe ich nachgedacht. Irgend etwas stimmt da nicht.«

Das Flugzeug rollte nun mit zunehmender Geschwindigkeit über die Startbahn. Auch Townsend schnallte sich nun an.

»Was meinen Sie damit?« fragte er.

»Die vergangene Stunde«, sagte Kate.

»Ich weiß nicht, wovon Sie reden.«

»Fangen wir mit meinem Ticket an.«

Keith blinzelte verwirrt. »Ihr Ticket?«

»Ja. Woher wußte Quantas, unter welchem Namen sie es buchen mußte?«

»Ich nehme an, den hat der Hochkommissar ihnen genannt.«

»Und woher wußte er ihn?« fragte Kate. »Als er Ihnen die Einladung zum Dinner schickte, hat er mich mit keinem Wort erwähnt – weil er keine Ahnung hatte, daß ich Sie begleite.«

»Er könnte den Hoteldirektor gefragt haben.«

»Möglich. Aber da ist noch etwas anderes, das mir keine Ruhe läßt.«

»Und was?«

»Der Page wußte ganz genau, zu welchem Tisch er gehen mußte.«

»Na und?«

»Sie saßen mir in der Zimmerecke gegenüber und schauten aus dem Fenster, aber ich blickte zufällig gerade auf, als der Page in den Palm Court kam. Ich kann mich genau erinnern. Ich fand es merkwürdig, daß er zielsicher auf Sie zukam, obwohl Sie mit dem Rükken zu ihm saßen.«

»Er könnte den Ober gefragt haben.«

»Nein.« Kate schüttelte den Kopf. »Den hat er überhaupt nicht beachtet, als er an ihm vorbeikam.«

»Worauf wollen Sie hinaus?«

»Und Henrys Telefon – laufend besetzt, obwohl es erst halb neun war.« Das Fahrwerk hob vom Boden ab. »Und weshalb konnten Sie um halb neun nicht zum Hochkommissar durchkommen, wenn Sie um zwanzig nach sieben keinerlei Problem damit hatten?«

Keith blickte sie an.

»Wir wurden reingelegt, Keith. Und zwar von jemandem, der sichergehen wollte, daß Sie um zwölf Uhr nicht in Leeds sein können, um den Vertrag zu unterschreiben.«

Keith löste den Sicherheitsgurt, stürmte über den Mittelgang und platzte ins Cockpit, ehe die Stewardeß ihn aufhalten konnte.

Der Flugkapitän hörte sich Keith' Geschichte mitfühlend an, mußte ihm jedoch leider mitteilen, daß er jetzt nichts mehr tun könne, da das Flugzeug bereits auf seinem Weg nach Bombay war.

»Flug 009 mit beiden Frachtstücken an Bord nach Melbourne unterwegs«, meldete Benson über ein Telefon im Aussichtsturm. »Sie werden zumindest die nächsten vierzehn Stunden in der Luft sein.«

»Gut gemacht, Reg«, lobte Armstrong. »Fahr jetzt zum Ritz zurück und warte dort. Sally hat bereits das Zimmer reserviert, das Townsend hatte. Ich vermute, daß Wolstenholme kurz nach zwölf anrufen wird. Bis dahin bin ich im *Queen's Hotel* und laß dich meine Zimmernummer wissen.«

Keith saß im Flugzeug und hämmerte mit beiden Handflächen auf die Armlehnen. »Wer sind sie? Und wie haben sie das geschafft?«

Kate war ziemlich sicher, daß sie das *Wer* wußte – und eine Menge über das *Wie*.

Drei Stunden später ging im Ritz ein Anruf für Mr. Keith Townsend ein. Die Telefonistin folgte genau den Anweisungen, die ein außerordentlich großzügiger Herr ihr am frühen Morgen gegeben hatte, und stellte das Gespräch zu Zimmer 319 durch, wo Benson auf der Bettkante saß.

»Ist Keith da?« fragte eine besorgte Stimme.

»Mit wem spreche ich bitte?«

»Henry Wolstenholme«, donnerte er.

»Guten Tag, Mr. Wolstenholme. Mr. Townsend hat heute morgen mehrmals versucht, Sie anzurufen, aber Ihr Telefon war ständig besetzt.«

»Ich weiß. Jemand hat gegen sieben angerufen, aber er hatte sich verwählt. Und als ich dann später einen Anruf machen wollte, war die Leitung tot. Aber wo ist Keith?«

»In einem Flieger nach Melbourne. Seine Mutter hatte einen Herzanfall. Der Hochkommissar hat dafür gesorgt, daß die Maschine auf Mr. Townsend gewartet hat.«

»Das mit seiner Mutter tut mir sehr leid, aber ich fürchte, Mr. Shuttleworth wird möglicherweise nicht bereit sein, mit der Vertragsunterzeichnung zu warten. Es war schwierig genug, ihn dazu zu bringen, sich überhaupt mit uns zu treffen.«

Benson las den Text, den Armstrong für ihn aufgeschrieben hatte: »Mr. Townsend hat mich gebeten, Ihnen zu sagen, daß er einen Bekannten nach Leeds geschickt und bevollmächtigt hat, den Vertrag zu unterzeichnen, sofern Sie nichts dagegen einzuwenden haben.«

»Nein, ich habe nichts dagegen«, erwiderte Wolstenholme. »Wann wird er hier eintreffen?«

»Inzwischen müßte er bereits im *Queen's Hotel* sein. Kurz nachdem Mr. Townsend sich nach Heathrow bringen ließ, ist er nach Leeds aufgebrochen. Es würde mich nicht wundern, wenn er Sie bereits sucht.«

»Dann sollte ich wohl besser ins Foyer gehen und sehen, ob ich ihn finden kann«, meinte Wolstenholme.

»Übrigens«, sagte Benson, »unser Prokurist wollte sich noch wegen des Kaufpreises vergewissern – hundertzwanzigtausend Pfund. Das war doch die Summe, nicht wahr?«

»Zuzüglich sämtlicher Anwaltsgebühren«, fügte Wolstenholme hinzu.

»Zuzüglich sämtlicher Anwaltsgebühren«, wiederholte Benson. »Dann will ich Sie nicht länger aufhalten, Mr. Wolstenholme.« Er legte auf.

Wolstenholme verließ das White-Rose-Zimmer und nahm den Fahrstuhl zum Foyer. Wenn Keith' Bevollmächtigter einen Scheck über den Gesamtbetrag dabei hatte, konnte er die ganze Sache doch noch unter Dach und Fach bringen, bevor Mr. Shuttleworth eintraf. Das einzige Problem war, daß er keine Ahnung hatte, nach wem er Ausschau halten mußte.

Benson bat die Telefonistin, ihn mit einer Nummer in Leeds zu verbinden und ersuchte die dortige Telefonistin, ihn zu Zimmer 217 durchzustellen.

»Sehr gut gemacht, Benson«, lobte Armstrong ihn erneut, da er nun die genaue Kaufsumme von hundertzwanzigtausend Pfund bestätigt hatte. »Bezahl die Hotelrechnung in bar und nimm dir den Rest des Tages frei.«

Armstrong verließ Zimmer 217 und nahm den Aufzug ins Parterre. Als er ins Foyer trat, sah er Hallet mit dem Herrn reden, den er im Savoy gesehen hatte. Er ging auf die beiden zu. »Guten Morgen«, sagte er. »Ich bin Richard Armstrong, und das ist der Firmenanwalt. Ich vermute, Sie erwarten uns.«

Wolstenholme starrte Armstrong an. Er hätte schwören können, ihn irgendwo schon mal gesehen zu haben. »Ja. Ich habe uns das White-Rose-Zimmer reservieren lassen, damit wir ungestört sind.«

Die beiden Männer nickten und folgten ihm. »Sehr traurige Nachricht über Keith' Mutter«, sagte Wolstenholme, als sie im Aufzug waren.

»Ja, nicht wahr?« Armstrong fügte nichts hinzu, was ihn später in Schwierigkeiten bringen könnte.

Als sie am Konferenztisch im White-Rose-Zimmer saßen, gingen Armstrong und Hallet die Einzelheiten des Vertrags Zeile um Zeile durch, während Wolstenholme sich in eine Ecke gesetzt hatte und Kaffee trank. Er wunderte sich, daß die Männer das Dokument so sorgfältig studierten, obwohl Keith es bereits genehmigt hatte, doch er gestand sich ein, daß er es an ihrer Stelle nicht anders gemacht hätte. Hin und wieder hatte Hallet eine Frage, der unweigerlich eine im Flüsterton geführte Besprechung mit Armstrong folgte. Eine Stunde später gaben sie Wolstenholme den Vertrag zurück und bestätigten, daß alles in Ordnung war.

Wolstenholme wollte gerade seinerseits Fragen stellen, als ein Mann mittleren Alters in einem Vorkriegsanzug hereinschlurfte, der noch nicht wieder in Mode gekommen war. Wolstenholme stellte ihnen John Shuttleworth vor, der schüchtern lächelte. Nachdem sie einander die Hand gegeben hatten, sagte Armstrong: »Jetzt gibt es für uns nichts weiter zu tun, als den Vertrag zu unterzeichnen.«

John Shuttleworth nickte bestätigend. Armstrong zog einen Füllfederhalter aus der Brusttasche und beugte sich ein Stück über den Tisch, um an jener Stelle zu unterschreiben, auf die Stephens zitternder Finger deutete. Dann reichte er seinen Füller Shuttleworth, der ohne ein weiteres Wort zwischen den mit Bleistift gezeichneten Kreuzen unterschrieb. Danach nahm Wolstenholme von Stephen einen Scheck über hundertzwanzigtausend Pfund in Empfang. Der Anwalt nickte, als Armstrong ihn darauf aufmerksam machte, daß es sich um einen Barscheck handelte, den er am besten umgehend einlösen sollte.

»Ich gehe rasch zur Zweigstelle der Midland-Bank, bevor sie über Mittag schließt. In ein paar Minuten bin ich zurück.«

Als Wolstenholme wiederkam, saß Shuttleworth ganz allein am Eßtisch. »Wo sind die beiden anderen?« erkundigte er sich.

»Oh«, sagte Shuttleworth, »zu ihrem großen Bedauern konnten sie nicht auf den Lunch warten – sie mußten nach London zurück.« Wolstenholme starrte ihn verblüfft an. Es gab da immer noch einige Fragen, die er hatte stellen wollen; überdies wußte er nicht, wohin er seine Rechnung schicken sollte. Shuttleworth schenkte ihm ein Glas Sekt ein und sagte: »Meinen Glückwunsch,

Henry. Sie hätten Ihre Sache nicht besser machen können. Ich muß schon sagen, Ihr Freund Townsend ist ein Mann der Tat.«

»Daran besteht wohl kein Zweifel«, murmelte Wolstenholme.

»Und großzügig ist er obendrein«, sagte Shuttleworth.

»Großzügig?«

»Ja. Sie hätten ohne Umstände aufbrechen können, aber sie haben sogar noch zwei Flaschen Champagner spendiert.«

Als Wolstenholme an diesem Abend nach Hause kam, empfing ihn sein läutendes Telefon. Townsend war am anderen Ende der Leitung.

»Das mit deiner Mutter tut mir sehr leid«, sagte Henry als erstes.

»Meiner Mutter fehlt nichts«, entgegnete Townsend scharf.

»Wa-as? Aber ...«

»Ich komme mit der nächsten Maschine zurück. Morgen abend bin ich in Leeds.«

»Nicht nötig, alter Junge«, versicherte Henry ihm leicht verwirrt. »Shuttleworth hat bereits unterzeichnet.«

»Aber *ich* habe den Vertrag noch nicht unterschrieben!« gab Townsend zu bedenken.

»Nein, aber das hat ja dein Bevollmächtigter in deinem Namen getan«, erklärte Henry. »Und ich kann dir versichern, daß alles absolut vollkommen in Ordnung war.«

»Mein Bevollmächtigter?«

»Ja, du weißt schon, ein Mr. Richard Armstrong. Ich habe seinen Scheck über die hundertzwanzigtausend Pfund kurz vor der Mittagspause bei der Bank eingelöst. Du siehst, es ist also wirklich nicht nötig, daß du noch einmal die weite Reise machst. Die WRG gehört jetzt dir.«

Townsend schmetterte den Hörer auf die Gabel und drehte sich zu Kate um. »Ich fliege weiter nach Sydney. Sie aber möchte ich bitten, daß Sie nach London zurückkehren und alles über einen gewissen Richard Armstrong herausfinden.«

»So also heißt der Mann, der im Savoy in der Nische neben uns saß.«

»Sieht ganz so aus!« Townsend spuckte die Worte regelrecht hervor.

»Und er ist jetzt der Besitzer der West Riding Group?«

»Ja.«

»Können Sie denn nichts dagegen unternehmen?«

»Ich könnte ihn wegen Vorspiegelung falscher Tatsachen, ja, sogar Betrug belangen, aber das würde Jahre in Anspruch nehmen. Und jemand, der sich so viel Mühe macht, wird dafür gesorgt haben, daß er nach den Buchstaben des Gesetzes handelt. Und eines ist sicher: Shuttleworth wird ganz bestimmt nicht vor Gericht aussagen.«

Kate runzelte die Stirn. »Tja, dann sehe ich wahrhaftig keinen Sinn, daß ich jetzt nach London zurückfliege. Ich schätze, das war erst der Auftakt Ihrer Schlacht gegen Mr. Richard Armstrong. – Wir können genauso gut in Bombay übernachten. Ich war noch nie in Indien«, fügte sie hinzu.

Townsend blickte sie an, schwieg jedoch, bis er einen Flugkapitän der TWA in ihre Richtung kommen sah.

»Was ist das beste Hotel in Bombay?« fragte er ihn.

Der Kapitän blieb stehen. »Nach allem, was ich gehört habe, ist das Grand Palace eine Klasse für sich. Aber ich selbst bin noch nie dort abgestiegen«, erwiderte er.

Townsend bedankte sich und schob ihr Gepäck zum Ausgang. In dem Moment, als sie die Ankunftshalle verließen, fing es zu regnen an.

Townsend lud ihre Sachen in ein wartendes, altersschwaches Taxi, das in jedem anderen Land längst aus dem Verkehr gezogen worden wäre. Dann ließ er sich neben Kate auf den Rücksitz fallen, und die lange Fahrt nach Bombay begann. Zwar funktionierten einige Straßenlaternen, nicht aber die Scheinwerfer des Taxis, ebensowenig wie die Scheibenwischer, und der Taxifahrer hatte offenbar keine Ahnung, wie er die Gänge einlegen mußte. Dafür bestätigte er seinen Fahrgästen alle paar Minuten, daß das Grand Palace Spitzenklasse sei.

Als sie schließlich in die Einfahrt des Hotels einbogen, zuckte ein Blitz auf, dem fast unmittelbar ein heftiger Donnerschlag folgte. Keith mußte zugeben, daß zumindest das mit Ornamenten reich verzierte weiße Gebäude groß und palastähnlich war, wenngleich ein Reisender mit mehr Erfahrung vermutlich das Adjektiv »leicht verfallen« hinzugefügt hätte.

»Willkommen«, wurden sie im marmorgefliesten Foyer von einem Herrn in modischem dunklem Anzug begrüßt. »Mein

Name ist Baht. Ich bin der Hoteldirektor.« Er verbeugte sich tief. »Darf ich fragen, auf welche Namen Sie gebucht haben?«

»Wir haben keine Reservierung, aber wir brauchen zwei Zimmer«, erklärte ihm Keith.

»Das ist höchst bedauerlich« entgegnete Mr. Baht, »soviel ich weiß, sind wir für diese Nacht ausgebucht. Doch lassen Sie mich nachsehen.« Er bedeutete Keith und Kate, ihm zur Anmeldung zu folgen, und sprach dort kurz mit dem Angestellten, der immer wieder den Kopf schüttelte. Schließlich griff Mr. Baht selbst nach dem Reservierungsbuch und studierte es eingehend, ehe er sich wieder den potentiellen Gästen zuwandte.

»Es tut mir wirklich sehr leid, aber es ist nur noch ein einziges Schlafzimmer frei.« Er drückte die Handflächen zusammen, so, als hoffte er, ein Gebet könnte dieses eine Zimmer wie durch ein Wunder in zwei verwandeln. »Und ich fürchte ...«

»Sie fürchten was?« wollte Keith wissen.

»Es ist die Fürstensuite, Sahib.«

»Wie passend«, sagte Kate, an Keith gewandt, »wenn man Ihre Ansichten über die Monarchie kennt.« Mit Mühe unterdrückte sie ein Lachen. »Gibt es dort einen Diwan oder eine Couch?«

»Selbstverständlich mehrere«, antwortete der Hoteldirektor erstaunt, dem man diese Frage noch nie zuvor gestellt hatte.

»Dann nehmen wir die Suite«, sagte Kate.

Nachdem sie sich eingetragen hatten, klatschte Mr. Baht in die Hände, und ein Träger mit einem roten Turban und in langer roter Tunika über einer roten Pluderhose eilte dienstbeflissen herbei.

»Sehr vornehm Suite«, versicherte der Mann, als er das Gepäck die Treppe hinauftrug. »Haben schon Lord Mountbatten da geschlafen«, fügte er mit offensichtlichem Stolz hinzu, »und viele Maharadschas. Sehr vornehm Suite.« Er stellte das Gepäck vor dem Eingang zur Fürstensuite ab, steckte einen großen Schlüssel ins Schloß, schob die Flügeltür auf und knipste das Licht an. Dann trat er zur Seite, um die beiden Gäste einzulassen.

Sie kamen in ein riesiges Zimmer. An der hinteren Wand stand ein riesiges, prunkvolles Bett, in dem mühelos ein halbes Dutzend Maharadschas nebeneinander hätten schlafen können. Und zu Keith' Enttäuschung gab es tatsächlich mehrere große Diwane.

»Sehr fein Bett«, sagte der Träger und stellte ihr Gepäck in der

Mitte des Zimmers ab. Keith gab ihm eine Pfundnote. Der Mann verbeugte sich tief, drehte sich um und verließ den Raum im selben Moment, als wieder ein Blitz vom Himmel fuhr. Schlagartig erlosch das Licht.

»Wie haben Sie das denn gemacht?« fragte Kate.

»Wenn Sie aus dem Fenster schauen, werden Sie feststellen, daß da jemand die Hand im Spiel hatte, der sehr viel bedeutender ist als ich.« Kate drehte sich zum Fenster um und sah, daß die ganze Stadt im Dunkeln lag.

»Was meinen Sie? Sollen wir hier stehen und warten, bis die Lichter wieder angehen? Oder sollen wir nach einem Platz suchen, wo wir uns setzen können?« Keith streckte in der Dunkelheit den Arm aus und berührte dabei Kates Hüfte. »Gehen Sie vor«, forderte Kate ihn auf und nahm seine Hand. Keith wandte sich in Richtung Bett, ging mit kleinen Schritten darauf zu und versuchte, mit der anderen Hand irgendein Möbelstück zu ertasten, bis er den Eckpfosten des Bettes berührte. Lachend fielen beide auf die riesige Matratze.

»Sehr fein Bett«, sagte Keith.

»Haben schon viele Maharadschas da geschlafen«, stimmte Kate ein.

»Und Lord Mountbatten«, fügte Keith hinzu.

Kate lachte herzhaft. »Übrigens, Keith, es war wirklich nicht nötig, das Elektrizitätswerk von Bombay zu bestechen, um mich ins Bett zu kriegen. Ich habe schon die ganze letzte Woche befürchtet, Sie wären tatsächlich nur an meinen geistigen Fähigkeiten interessiert.«

Abendausgabe

Armstrong und Townsend im Kampf um den ›Globe‹

THE TIMES

1. APRIL 1966

LABOUR KOMMT AN DIE MACHT: MEHRHEIT VON 100 SITZEN GESICHERT

Armstrong blickte auf eine Stenotypistin, die er nicht kannte, und ging weiter zu seinem Büro, wo er Sally am Telefon sah.

»Was ist heute mein erster Termin?«

Sally legte die Hand auf die Sprechmuschel. »Derek Kirby.«

»Und wer ist das?«

»Ein ehemaliger Chefredakteur des *Daily Express*. Der Arme hat es nur acht Monate durchgestanden, aber er behauptet, eine interessante Information für uns zu haben. Soll ich ihn hereinbitten?«

»Nein, lassen wir ihn noch ein bißchen warten«, wehrte Armstrong ab. »Wen haben Sie da am Telefon?«

»Phil Barker. Er ruft von Leeds an.«

Armstrong nickte. Er nahm Sally den Hörer ab, um selbst mit dem neuen Geschäftsführer der West Riding Group zu reden.

»Sind sie auf meine Bedingungen eingegangen?«

»Sie haben sich auf eins Komma drei Millionen Pfund geeinigt, zahlbar im Laufe der nächsten sechs Jahre in gleichbleibenden Raten – sofern der Umsatz konstant bleibt. Sollten die Verkaufszahlen jedoch während des ersten Jahres rückläufig sein, wird jede folgende Rate sich anteilmäßig verringern.«

»Und in dem Vertrag steckt kein Haken?«

»Nein«, antwortete Barker. »Sie nehmen es als gegeben, daß Sie den Umsatz im ersten Jahr erhöhen wollen.«

»Gut. Kümmern Sie sich jetzt darum, daß im aktuellen Jahresabschluß nur geringe Umsätze erscheinen. Dann ziehen wir die Verkaufszahlen im zweiten Jahr wieder hoch. Auf diese Weise spare ich ein Vermögen. Was ist mit dem *Hull Echo* und der *Grimsby Times*?«

»Es ist noch etwas früh, Näheres darüber sagen zu können. Doch jetzt, da allgemein bekannt ist, daß Sie ein potentieller Käufer sind, erleichtert es mir die Arbeit nicht gerade.«

»Wir werden einfach mehr anbieten und weniger bezahlen müssen.«

»Und wie stellen Sie sich das vor?«

»Indem wir Klauseln einfügen, die vieles versprechen, das wir allerdings nicht halten werden. Sie dürfen nicht vergessen, daß alteingesessene Familienunternehmen nicht gern vor Gericht gehen, weil sie um ihren guten Ruf besorgt sind. Halten Sie sich ans Gesetz, aber biegen Sie es in unserem Sinne, ohne es zu brechen. – Bleiben Sie am Ball, Clive.« Armstrong legte auf.

»Derek Kirby wartet noch«, erinnerte ihn Sally.

Armstrong blickte auf die Armbanduhr. »Wie lange sitzt er denn schon draußen?«

»Ungefähr zwanzig, fünfundzwanzig Minuten.«

»Dann sollten wir erst mal die Post durchgehen.«

Nach einundzwanzig Jahren wußte Sally, welche Einladungen Armstrong annahm, welche Wohltätigkeitsorganisationen er unterstützte und welche nicht, bei welchen Versammlungen er eine Ansprache zu halten bereit war und bei welcher Dinnerparty er gern gesehen werden wollte. Die Regel lautete: Sag ja zu allem, was die Karriere fördert, und vergiß alles andere. Als Sally vierzig Minuten später ihren Stenoblock zuklappte, gab sie zu bedenken, daß Derek Kirby bereits mehr als eine Stunde wartete.

»Also gut, schicken Sie ihn jetzt herein. Aber wenn irgendwelche interessanten Anrufe kommen, stellen Sie durch.«

Als Kirby eintrat, dachte Armstrong gar nicht daran aufzustehen; er deutete lediglich mit einem Finger auf den Stuhl, der ihm gegenüber vor dem Schreibtisch stand.

Kirby wirkte nervös. Dick hatte die Erfahrung gemacht, daß jemand, den man ein bißchen länger warten ließ, stets kribbelig wurde. Sein Besucher war etwa fünfundvierzig; allerdings ließen die tiefen Stirnfalten und der sich lichtende Haaransatz ihn älter aussehen. Sein Anzug war gut geschneidert, doch ein wenig aus der Mode, und sein zwar sauberes und gut gebügeltes Hemd war am Kragen und an den Manschetten beinahe durchgescheuert. Armstrong vermutete, daß Kirby sich als Freiberufler durchs Leben schlug, seit er den *Express* verlassen hatte, und daß ihm sein Spesenkonto fehlte. Welche Informationen Kirby auch zu verkaufen hatte – Dick könnte ihm wahrscheinlich die Hälfte bieten und nur ein Viertel bezahlen und trotzdem ins Geschäft kommen.

»Guten Morgen, Mr. Armstrong«, grüßte Kirby, ehe er sich setzte.

»Tut mir leid, daß ich Sie warten lassen mußte«, sagte Armstrong, »aber ich mußte eine unerwartete, dringende Sache erledigen.«

»Ich verstehe«, entgegnete Kirby.

»Tja, was kann ich für Sie tun?«

»Es geht darum, was ich für *Sie* tun kann«, erwiderte Kirby.

In Armstrongs Ohren klang das ziemlich einstudiert. Er nickte. »Ich höre.«

»Ich habe eine vertrauliche Information, die Ihnen den Kauf einer überregionalen Zeitung ermöglichen könnte.«

»Der *Express* kann es nicht sein«, überlegte Armstrong laut und blickte durchs Fenster, »denn solange Beaverbrooke lebt ...«

»Nein, die Zeitung ist wesentlich bedeutender als der *Express*.«

Armstrong schwieg kurz; dann fragte er: »Darf ich Ihnen Kaffee anbieten, Mr. Kirby?«

»Tee wäre mir lieber.«

Armstrong hob den Hörer von einem der Telefone auf seinem Schreibtisch. »Sind Sie so nett und bringen uns Tee, Sally?« Diese Frage gehörte zu den geheimen Zeichen zwischen den beiden und besagte, daß es sich um ein längeres Gespräch handelte, und daß Dick nicht gestört werden wollte.

»Sie waren Chefredakteur beim *Express*, wenn ich mich recht entsinne«, sagte Armstrong.

»Ja, einer von sieben in den letzten acht Jahren.«

»Ich konnte nie verstehen, weshalb man Ihnen den Stuhl vor die Tür gesetzt hat.«

Sally kam mit einem Tablett ins Zimmer. Eine Tasse Tee stellte sie vor Kirby hin, eine vor Armstrong.

»Ihr Nachfolger war ein Schwachkopf. Bei Ihnen hat man den Fehler gemacht, daß man Ihnen nicht genug Zeit gab, sich zu bewähren.«

Ein flüchtiges Lächeln huschte über Kirbys Gesicht, als er Milch in seinen Tee goß, zwei Würfel Zucker dazugab und sich im Stuhl zurücklehnte. Er hielt den Augenblick nicht für geeignet, Armstrong darauf aufmerksam zu machen, daß er diesen »Schwachkopf« vor kurzem als Redakteur eingestellt hatte.

»Nun, wenn es nicht der *Express* ist, um welche Zeitung handelt es sich dann?«

»Ehe ich mehr darüber verlauten lasse, muß ich mir erst Gewißheit über meine persönliche Situation verschaffen«, entgegnete Kirby.

»Ich fürchte, ich verstehe nicht.« Armstrong stützte den Ellbogen auf die Schreibtischplatte und blickte Kirby an.

»Nach meinen Erfahrungen beim *Express* möchte ich mich absichern.«

Armstrong schwieg. Kirby öffnete seine Aktentasche und nahm ein Dokument heraus. »Meine Anwälte haben diesen Vertrag entworfen, um …«

»Sagen Sie mir einfach, was Sie möchten, Derek. Ich bin dafür bekannt, meine Versprechen einzuhalten.«

»Dieser Vertrag besagt, daß Sie mich zum Chefredakteur machen, falls Sie die in Frage kommende Zeitung übernehmen. Anderenfalls zahlen Sie mir eine Abfindung von hunderttausend Pfund.« Er reichte Armstrong den Vertrag.

Dick las das einseitig beschriebene Blatt rasch durch. Nachdem er festgestellt hatte, daß von einem Gehalt nicht die Rede war, nur von einer Anstellung als Chefredakteur, unterschrieb er den Vertrag. Er ging kein Risiko ein: Einmal war er einen Mitarbeiter in Bradford losgeworden, indem er sich einverstanden erklärt hatte, ihn zum Chefredakteur zu machen; dann hatte er dem Mann ein Jahresgehalt von einem Pfund gezahlt. Er wollte Kirby schon darauf aufmerksam machen, daß zweitklassige Anwälte für gewöhnlich auch nur zweitklassige Ergebnisse zustande brachten, gab sich jedoch damit zufrieden, den unterschriebenen Vertrag über den Schreibtisch zu schieben.

»Danke«, murmelte Kirby und wirkte ein wenig zuversichtlicher.

»Tja, bei welcher Zeitung möchten Sie denn nun gern Chefredakteur werden?«

»Beim *Globe*.«

Das war die zweite Überraschung, die Armstrong an diesem Vormittag erlebte. *The Globe* war eines der Aushängeschilder der Fleet Street. Armstrong hatte nicht die leiseste Ahnung gehabt, daß diese Zeitung zum Verkauf stand.

»Aber die Anteile sind allesamt im Besitz einer Familie«, sagte er.

»Das stimmt«, bestätigte Kirby. »Sie gehören zwei Brüdern und einer Schwägerin. Sir Walter, Alexander und Margaret Sherwood. Da Sir Walter nominell der Direktor ist, geht alle Welt davon aus, daß er das Sagen hat. Aber dem ist nicht so. Jeder von den dreien besitzt Anteile in gleicher Höhe.«

»Ich weiß.« Armstrong nickte. »Das steht in sämtlichen Biographien über Sir Walter, die ich bis jetzt gelesen habe.«

»Ja, aber nirgends steht, daß es seit kurzem Meinungsverschiedenheiten zwischen den dreien gibt.«

Armstrong zog eine Braue hoch.

»Letzten Freitag haben die drei sich in Alexanders Wohnung in Paris getroffen. Sir Walter ist von London dorthin geflogen, und Margret von New York. Angeblich sollte der zweiundsechzigste Geburtstag Alexanders gefeiert werden. Aber es wurde alles andere als eine Feier, weil Alexander und Margaret dem guten Walter den Vorwurf machten, er kümmere sich nicht genug um den *Globe* und sei persönlich für die sinkenden Verkaufszahlen verantwortlich. Das hat Walter ganz schön getroffen. Seit er die geschäftliche Verantwortung übernommen hatte, war die Auflage von vier Millionen auf unter zwei Millionen gefallen – also weniger als die des *Daily Citizen*, der ja damit prahlt, die auflagenstärkste Tageszeitung im Lande zu sein. Margaret und Alexander haben Sir Walter beschuldigt, zu viel Zeit damit zu vergeuden, zwischen seinem Club und der nächsten Rennbahn hin und her zu pendeln. Es kam zum Streit. Einer brüllte den anderen an, und Alexander und Margaret haben Walter unmißverständlich klargemacht, daß sie bisher zwar mehrere Angebote für ihre Anteile ausgeschlagen hätten, jetzt aber nicht daran dächten, seiner Unfähigkeit wegen ihren Lebensstil aufzugeben und am Hungertuch zu nagen – jedenfalls, an ihren bisherigen Verhältnissen gemessen.«

»Woher wissen Sie das alles?« fragte Armstrong.

»Von Alexanders Köchin.«

»Von seiner Köchin?« wiederholte Armstrong und konnte seine Verwunderung nicht verbergen.

»Sie heißt Lisa Milton. Hat für den Fleet Street Party Service gearbeitet, bevor Alexander ihr den Job anbot, bei ihm in Paris als Köchin zu arbeiten.« Kirby machte eine Pause. »Alexander hat sich nicht gerade als angenehmer Arbeitgeber erwiesen. Lisa würde gern kündigen und nach England zurückkehren, wenn …«

»Wenn sie es sich leisten könnte«, ergänzte Armstrong den Satz.

Kirby nickte. »Lisa hat jedes Wort der Streiterei mithören können, als sie in der Küche das Dinner zubereitete. Sie sagte mir, es würde sie nicht wundern, wenn die ganze Auseinandersetzung auch in den Etagen darunter und darüber zu hören gewesen wäre.«

Armstrong lächelte. »Das haben Sie sehr gut gemacht, Derek. Haben Sie sonst noch etwas, das sich als nützlich für mich erweisen könnte?«

Kirby bückte sich nach seiner Aktentasche und nahm einen dikken Ordner heraus. »Hier finden Sie alle Einzelheiten über Margaret, Walter und Alexander. Kurzbiographien, Adressen, Telefonnummern, ja, sogar den Namen von Alexanders Geliebten. Wenn Sie sonst noch etwas wissen möchten, brauchen Sie mich nur anzurufen.« Kirby schob seine Visitenkarte über den Tisch.

Armstrong legte den Ordner vor sich auf die Schreibtischunterlage und steckte Kirbys Karte in die Brieftasche. »Danke. Falls die Köchin noch mehr Interessantes berichten sollte oder Sie sich aus einem anderen Grund mit mir in Verbindung setzen möchten, verständigen Sie mich bitte. Ich bin jederzeit zu erreichen. Hier ist meine Privatnummer.« Er reichte Kirby seine Karte.

»Ich rufe an, sobald ich etwas Neues erfahre«, versicherte Kirby ihm und erhob sich, um zu gehen.

Armstrong begleitete ihn zur Tür, legte ihm den Arm um die Schulter, als sie Sallys Büro betraten, und wandte sich an seine Sekretärin. »Derek muß mich jederzeit erreichen können – Tag und Nacht, wo immer ich auch bin.«

Als Kirby gegangen war, kam Sally in Armstrongs Büro. Er studierte bereits die erste Seite der Sherwood-Akte. »War das ernst gemeint? Soll Kirby Sie wirklich jederzeit erreichen können?«

»Vorerst, ja. Und sagen Sie meine Termine für die nächsten Tage ab. Ich werde nach Paris fliegen und Alexander Sherwood einen Besuch abstatten. Sollte das Gespräch erfolgreich verlaufen, muß ich zu seiner Schwägerin nach New York.«

Sally blätterte in Armstrongs Terminkalender. »Er ist pickepakkevoll«, erklärte sie.

»Wie bei einem verdammten Zahnarzt, ich weiß«, sagte Armstrong unwirsch. »Sehen Sie zu, daß Sie alle Termine abgesagt haben, bis ich vom Lunch zurück bin. Und lesen Sie jedes einzelne Blatt in diesem Ordner; dann werden Sie begreifen, weshalb es so wichtig ist, daß ich mit Mr. Sherwood spreche – aber lassen Sie ja niemanden sonst einen Blick hineinwerfen!«

Armstrong schaute auf die Uhr und marschierte aus seinem

Büro. Während er den Korridor entlangschritt, bemerkte er wieder die neue Mitarbeiterin, die ihm bereits am Morgen aufgefallen war. Diesmal hob sie den Blick und lächelte Armstrong an. Im Wagen, auf dem Weg zum Savoy, bat er Reg, alles über die Frau herauszufinden, was er in Erfahrung bringen konnte.

Es fiel Armstrong schwer, sich während des Lunchs zu konzentrieren – obwohl sein Gast Minister und Kabinettsmitglied war –, da er sich in seiner Phantasie bereits als Eigentümer des berühmten *Globe* sah. Ganz abgesehen davon, hatte er gehört, daß der Minister als Abgeordneter auf die hinterste Sitzreihe im Unterhaus zurückkehren würde, sobald der Premier erst seine nächste Kabinettsumbildung vornahm. Deshalb bedauerte Dick es überhaupt nicht, als sein ohnehin langweiliger Gesprächspartner ihm mitteilte, er müsse bald aufbrechen, da sein Ministerium sich an diesem Nachmittag Fragen im Unterhaus stellen müsse. Armstrong rief nach der Rechnung.

Er blickte dem Minister nach, als dieser in seinem Wagen mit Chauffeur davonfuhr, und überlegte, daß der politische Absteiger sich bald von all seinen Privilegien würde verabschieden müssen. Als Armstrong in seinen Wagen stieg, kehrten seine Gedanken zum *Globe* zurück.

»Verzeihen Sie, Sir.« Benson blickte in den Rückspiegel.

»Was gibt's denn?« fragte Armstrong ungehalten.

»Sie haben mich gebeten, etwas über das Mädchen herauszufinden.«

»Ah, ja«, sagte Armstrong ein wenig freundlicher.

»Sie heißt Sharon Levitt. Arbeitet als Aushilfskraft, solange Mr. Wakehams Sekretärin auf Urlaub ist. Also wird sie nur etwa zwei Wochen bei uns sein.«

Armstrong nickte. Als er aus dem Fahrstuhl stieg und zu seinem Büro ging, war er enttäuscht, daß das Mädchen nicht mehr an dem Schreibtisch in der Ecke saß.

Sally folgte Armstrong, seinen Terminkalender und ein Bündel Papiere in der Hand. »Wenn Sie Ihre Ansprache an die SOGAT am Samstagabend absagen«, erklärte sie noch im Gehen, »und den Lunch am Sonntag mit Ihrer Frau ...« Armstrong winkte ab; diese Termine waren unbedeutend. »... aber Ihre Gattin hat Geburtstag!« erinnerte ihn Sally.

»Schicken Sie ihr einen Blumenstrauß, suchen Sie bei Harrods ein Geschenk für sie aus und erinnern Sie mich, sie an dem Tag anzurufen.«

»Jedenfalls, wenn Sie die Ansprache und den Lunch absagen, hätten Sie das ganze Wochenende zur Verfügung«, beendete Sally ihren ursprünglichen Satz.

»Was ist mit Alexander Sherwood?«

»Ich habe kurz vor der Mittagspause mit seiner Sekretärin in Paris telefoniert. Erstaunlicherweise rief er vor ein paar Minuten zurück.«

»Und?« Armstrong blickte Sally an.

»Er hat nicht einmal gefragt, weshalb Sie sich mit ihm treffen wollen. Statt dessen hat er Sie gleich für Samstag mittag um dreizehn Uhr zum Lunch in seine Wohnung auf dem Montmartre eingeladen.«

»Gut gemacht, Sally. Ich möchte mich auch mit seiner Köchin unterhalten, bevor ich mit ihm rede.«

»Lisa Milton«, sagte Sally. »Sie wird sich am Samstag im Hotel *George V.* zum Frühstück zu Ihnen gesellen.«

»Großartig, Sally. Dann brauchen Sie heute nachmittag ja nur noch die Post zu erledigen.«

»Aber Sie wissen doch, daß ich heute um sechzehn Uhr einen Termin beim Zahnarzt habe. Ich mußte ihn bereits zweimal verschieben, und meine Zahnschmerzen werden immer ärger.«

Armstrong wollte sie gerade auffordern, den Termin ein drittes Mal zu verschieben, unterließ es dann aber. »Selbstverständlich können Sie Ihren Termin einhalten, Sally. Bitten Sie Mr. Wakehams Sekretärin, Sie zu vertreten.«

Sally konnte ihre Verwunderung nicht verbergen: Vom ersten Tag an, seit sie für ihn arbeitete, hatte Dick nie zugelassen, daß jemand sie vertrat.

»Ich glaube, Mr. Wakeham hat für die nächsten zwei Wochen selbst eine Vertretung«, gab sie zu bedenken.

»Macht nichts. Es geht nur um ein paar Routinesachen.«

»Gut. Dann bestelle ich sie her«, sagte Sally, als das private Telefon auf Armstrongs Schreibtisch zu läuten begann. Stephen Hallet war am Apparat. Er erklärte, daß er eine Verleumdungsklage gegen den Chefredakteur der *Daily Mail* eingereicht habe und erteilte Dick den Rat, sich während der nächsten paar Tage mit seinen Äußerungen ein wenig zurückzuhalten.

»Hast du herausgefunden, von wem er die Story bekommen hat?« fragte Armstrong.

»Nein. Aber ich vermute, von irgend jemandem aus Deutschland«, meinte Hallet.

»Aber das ist doch Jahre her!« entrüstete sich Armstrong. »Wie dem auch sei – ich habe an Julius Hahns Beerdigung teilgenommen, also kann die Story schwerlich von ihm sein. Ich tippe immer noch auf Townsend.«

»Ich weiß nicht, wer es ist, aber irgend jemand da draußen will dich in Verruf bringen. Ich fürchte, wir werden im Laufe der nächsten Wochen eine ganze Reihe von gerichtlichen Verfügungen erwirken müssen, damit die Zeitungen sich gut überlegen, was sie in Zukunft schreiben.«

»Schick mir Kopien von allen Berichten, in denen mein Name auftaucht«, bat Dick. »Ich hinterlasse dir eine Nummer, falls du mich dringend sprechen mußt. Ich bin übers Wochenende in Paris.«

»Ich beneide dich«, sagte Hallet. »Grüß Charlotte von mir.«

Sally kam ins Büro zurück, dicht gefolgt von einer großen, schlanken Blondine in einem Minirock, den nur ein Frau mit sehr schönen, langen Beinen tragen konnte.

»Ich bereite soeben den möglicherweise wichtigsten Geschäftsabschluß meines Lebens vor«, stellte Armstrong mit leicht erhobener Stimme fest.

»Ich verstehe«, erwiderte Stephen. »Du kannst dich drauf verlassen, daß ich am Ball bleibe.«

Armstrong schmetterte den Hörer auf die Gabel und lächelte die attraktive Blondine beinahe überschwenglich an.

»Das ist Sharon«, sagte Sally. »Ich habe ihr schon mitgeteilt, daß sie sich nur um Routinearbeiten zu kümmern braucht und um siebzehn Uhr Feierabend machen kann. Ich bin morgen kurz vor acht Uhr wieder im Büro.«

Armstrongs Blick heftete sich auf Sharons zierliche Fesseln und wanderte dann langsam in die Höhe. Er beachtete Sally gar nicht, als sie sagte: »Also, dann bis morgen.«

Townsend las den Artikel in der *Daily Mail* zu Ende, schwang in seinem Sessel herum und blickte zufrieden hinaus auf Sydney Harbour. Es war eine alles andere als schmeichelhafte Schilderung von

Lubji Hochs steilem Aufstieg und seinen Bemühungen, in Großbritannien zum Zeitungszar zu werden. Der Artikel enthielt mehrere Zitate namentlich nicht genannter Offiziere im King's Own Regiment, von Deutschen, die mit Hoch in Berlin zu tun gehabt hatten, und von ehemaligen Angestellten.

Der Artikel stützte sich größtenteils auf die Kurzbiographie, die Kate wenige Wochen zuvor für die *Sunday Continent* geschrieben hatte. Natürlich war Townsend klar gewesen, daß es in Australien nur wenige Leute gab, die irgendein Interesse an Richard Armstrongs Werdegang hatten. Aber zweifellos würde der Artikel binnen weniger Tage auf den Schreibtischen sämtlicher Chefredakteure in der Fleet Street landen – und dann war es nur noch eine Frage der Zeit, bevor die Story den britischen Lesern gekürzt oder auch in voller Länge vorgesetzt würde. Keith hatte sich nur gefragt, welche Zeitung den Artikel wohl als erste brachte. Nun hatte er die Antwort: die *Daily Mail*.

Natürlich war Keith sich bewußt, daß Armstrong schnell dahinterkommen würde, wer für die Veröffentlichung des Artikels verantwortlich war – und das genoß er sogar noch mehr als die Story selbst. Ned Brewer, der Leiter seiner Londoner Niederlassung, hatte ihm vor kurzem erzählt, daß Artikel über Armstrongs Privatleben nicht mehr so häufig erschienen, seit die gerichtlichen Verfügungen wie Konfetti über die Tische der Redakteure herabrieselten.

Mit wachsendem Zorn hatte Townsend verfolgen müssen, wie Armstrong die WRG zu einer starken Machtbasis in Nordengland ausgebaut hatte. Doch er wußte auch sehr gut, wo Armstrongs tatsächliche Ziele lagen. Es war Keith gelungen, zwei Personen in Armstrongs Zentrale in der Fleet Street einzuschleusen, die ihm von jedem und allen berichteten, denen ein Termin bei Armstrong zugesagt worden war. Der letzte Besucher, Derek Kirby, ein früherer Chefredakteur des *Express*, war von Armstrong überaus freundlich aus dem Büro geführt worden, den Arm kameradschaftlich um die Schulter. Townsends Berater vermuteten, daß Kirby wahrscheinlich eine der Regionalzeitungen der WRG als Chefredakteur übernehmen würde. Townsend war da nicht so sicher und erteilte die Anweisung, daß man ihn umgehend benachrichtigen solle, falls Armstrong sich offenkundig für irgend etwas besonders interessierte.

Kate hatte Keith gefragt: »Ist die WRG wirklich so wichtig für dich?«

»Nein. Aber ein Mensch, der zu so gemeinen Tricks fähig ist und mit den Gefühlen anderer spielt, nur um seine schmutzigen Geschäfte zu machen, soll bekommen, was er verdient.«

Bis jetzt hatte man Townsend von Armstrongs sämtlichen Erwerbungen berichtet – von Stoke-on-Trent bis Durham. Ihm gehörten nun neunzehn Lokal- und Regionalzeitungen, dazu fünf Grafschaftszeitschriften. Und zweifellos hatte Armstrong einen Coup gelandet, als er sich im Tausch gegen Vorzugsaktien seiner eigenen Gesellschaft fünfundzwanzig Prozent Beteiligung an der Lancashire Television und neunundvierzig Prozent am regionalen Rundfunksender an Land gezogen hatte. Sein letzter Überraschungserfolg war die Gründung der *London Evening Post*. Doch Townsend wußte, was Armstrong – genau wie er selbst – am meisten anstrebte: den Besitz einer landesweiten Tageszeitung.

Im Laufe der letzten vier Jahre hatte Townsend drei weitere australische Tageszeitungen erstanden sowie ein Sonntagsblatt und ein wöchentliches Nachrichtenjournal. Er hatte nun die Kontrolle über Zeitungen in jedem Bundesstaat Australiens, und es gab keinen Politiker oder Geschäftsmann im Lande, der sich nicht für Townsend Zeit genommen hätte, wenn der Zeitungsmogul ihn anrief. Überdies war er im letzten Jahr ein gutes dutzendmal in den Vereinigten Staaten gewesen und hatte sich nach Städten umgeschaut, in denen die Hauptarbeitgeber in der Stahl-, Kohle- oder Automobilbranche tätig waren; denn Keith hatte festgestellt, daß Unternehmen, die mit diesen kränkelnden Industriezweigen zu tun hatten, zugleich fast immer die Lokalzeitungen kontrollierten. Wenn er herausgefunden hatte, daß ein solches Unternehmen in finanziellen Schwierigkeiten steckte, griff er zu; auf diese Weise gelang es ihm häufig, die betreffende Zeitung rasch zu erwerben. In fast allen Fällen stellte er fest, daß der Personalstand seiner Neuanschaffung viel zu hoch war und daß kaufmännisch so ziemlich alles im argen lag. Es kam selten vor, daß im Vorstand irgend jemand Erfahrungen aus erster Hand besaß, was die Führung einer Zeitung anging. Indem Townsend einen Großteil der Arbeiter und Angestellten feuerte und die meisten Mitarbeiter in der Chefetage durch eigene Leute ersetzte, gelang es ihm meist schon nach wenigen Monaten, Gewinne zu erzielen und weitere Investitionen zu tätigen.

Durch diese Geschäftspraktiken war es Keith gelungen, neun städtische Zeitungen von Seattle bis North Carolina zu erstehen – und dies wiederum hatte es ihm ermöglicht, eine Gesellschaft aufzubauen, die vermutlich groß genug war, ein Angebot für eine der Renommierzeitungen Amerikas zu unterbreiten, sollte sich je die Gelegenheit ergeben.

Kate hatte Keith auf einer dieser Reisen begleitet. Sie zweifelte nicht daran, daß er sie heiraten wollte; Keith hingegen war nach seinen Erfahrungen mit Susan immer noch nicht sicher, ob er jemals von einer Frau verlangen konnte, fast ständig aus dem Koffer zu leben und praktisch nie ein richtiges Zuhause zu haben.

Wenn Keith seinen Konkurrenten Armstrong um eines beneidete, dann um seinen Sohn, der sein Imperium übernehmen konnte.

The Times

29. Oktober 1966

Fertigstellung des Ärmelkanaltunnels für 1975 anvisiert. Bauzeit vier Jahre

»Miß Levitt wird mich nach Paris begleiten«, sagte Armstrong. »Buchen Sie zwei Tickets erster Klasse und meine übliche Suite im *George V.*«

Sally kam den Anweisungen nach, als wären es ganz normale geschäftliche Aufträge. Sie lächelte, als sie an die Versprechen dachte, die übers Wochenende gemacht und nicht gehalten würden, und an die Geschenke, über die man sprechen würde, die es aber niemals gab. Am Montag würde Armstrong von ihr erwarten, daß sie mit Sharon abrechnete – in bar, genau wie mit ihren Vorgängerinnen; allerdings zu einem viel höheren Stundenlohn, als irgendeine Agentur selbst für die erfahrenste Aushilfskraft verlangen würde.

Als Armstrong am Montagmorgen aus Paris zurückkehrte, erschien er ohne Sharon. Sally nahm an, daß sie im Laufe des Tages von dem Mädchen hören würden. »Wie ist die Besprechung mit Alexander Sherwood verlaufen?« erkundigte sie sich, als sie die Morgenpost auf den Schreibtisch ihres Chefs legte.

»Wir haben uns über den Preis für sein Drittel des *Globe* geeinigt«, erwiderte Armstrong siegessicher. Bevor Sally ihn nach den Einzelheiten fragen konnte, wies er sie an: »Besorgen Sie mir den Katalog für die Versteigerung bei Sothebys in Genf am Donnerstagvormittag.«

Sally zuckte mit keiner Wimper, als sie drei Seiten im Terminkalender umblätterte. »An diesem Donnerstagvormittag haben Sie Termine um zehn, elf und Viertel vor zwölf sowie den bereits zweimal verschobenen Lunch mit William Barnetson, dem Vorsitzenden von Reuters.«

»Dann werden Sie das verdammte Essen ein drittes Mal verschieben müssen«, murmelte Armstrong, ohne auch nur aufzublicken.

»Gilt das auch für das Treffen mit dem Finanzminister?«

»Das gilt für alles«, erwiderte Dick. »Buchen Sie zwei Tickets erster Klasse nach Genf für Mittwochabend und mein übliches Zimmer im *Le Richemond*, mit der Aussicht auf den See.«

Sally stutzte. Offenbar brauchte sie mit der Aushilfssekretärin Sharon, wie immer sie mit Nachnamen hieß, doch noch nicht abzurechnen.

Sally strich die sieben Termine für den Donnerstag im Kalender. Dick mußte einen guten Grund haben, wenn er die Verabredungen mit dem Finanzminister und dem Chef der größten Nachrichtenagentur verschob. Was mochte er bei Sothebys wohl ersteigern wollen? Bisher hatte er nur für Zeitungen geboten, und die bekam man nicht in einem Auktionshaus.

Sally kehrte in ihr Büro zurück und ersuchte Benson, zu Sothebys in die Bond Street zu fahren und einen Katalog der Versteigerung in Genf zu kaufen. Als Benson ihn eine Stunde später zu Sally ins Büro brachte, geriet sie noch mehr ins Staunen. Dick hatte sich noch nie dafür interessiert, Ostereier zu sammeln. Konnte es mit seinen russischen Kontakten zu tun haben? Bestimmt erwartete Sharon doch kein Fabergé als Entlohnung für ihre zwei Nächte mit Dick?

Am Mittwochabend flogen Dick und Sharon nach Genf und ließen sich zum *Le Richemond* fahren. Vor dem Abendessen spazierten sie zum Hôtel de Bergues in der Stadtmitte, wo Sothebys stets die Versteigerungen veranstaltete.

Armstrong beobachtete, wie das Hotelpersonal Stühle in einem Saal aufstellte, der etwa vierhundert Personen faßte. Er ging langsam im Saal herum, um sich bereits einen Platz auszusuchen, von dem aus er zugleich einen guten Blick auf den Auktionator wie auch auf die Reihe von neun Telefonen hatte, die auf einem niedrigen Podium an einer Seite des Saales standen. Bevor er mit Sharon den Saal verließ, blieb Dick noch einmal kurz stehen und ließ den Blick in die Runde schweifen.

Zurück im Hotel, marschierte Dick in den kleinen Speisesaal mit dem Blick auf den See und schritt geradewegs zum Tisch in der Ecknische, gefolgt von Sharon. Ehe der Ober sie darauf aufmerksam machen konnte, daß der Tisch reserviert war, hatten Dick und Sharon längst Platz genommen. Er bestellte erst für sich; dann reichte er Sharon die Speisekarte.

Während Dick auf den ersten Gang wartete, griff er nach dem Brötchen auf dem Teller und strich Butter darauf. Kaum hatte er es gegessen, lehnte er sich über den Tisch und nahm das Brötchen von Sharons Teller. Sie blätterte weiter in Sothebys Versteigerungskatalog.

»Seite neunundvierzig«, murmelte Dick zwischen zwei Bissen. Sharon blätterte rasch den Katalog durch, bis sie das Objekt gefunden hatte, dessen Namen sie nicht aussprechen konnte.

»Soll damit eine Sammlung ergänzt werden?« fragte sie, wobei sie insgeheim hoffte, er wollte ihr die Kostbarkeit zum Geschenk machen.

»Ja«, antwortete Dick mit vollem Mund, »aber nicht meine. Bis letzte Woche hatte ich noch nie etwas von Fabergé gehört«, gab er zu. »Die ganze Sache gehört zu einem größeren Geschäft, weißt du.«

Sharons Blick wanderte die Seite hinunter. Sie überflog die ausführliche Beschreibung, wie das Meisterstück 1917 aus Rußland herausgeschmuggelt worden war. Dann blieb ihr Blick auf dem Schätzwert ruhen.

Armstrong langte unter den Tisch und legte eine Hand auf Sharons Oberschenkel.

»Wie hoch wirst du gehen?« fragte sie. Ein Kellner kam an den Tisch und stellte eine große Schale Kaviar zwischen die beiden.

Armstrong zog rasch die Hand zurück und wandte sich genießerisch dem ersten Gang zu.

Seit ihrem gemeinsamen Wochenende in Paris hatten Dick und Sharon jede Nacht miteinander verbracht. Dick konnte sich nicht erinnern, wann und ob er überhaupt je so verrückt auf eine Frau gewesen war. Sehr zu Sallys Verwunderung verließ er sein Büro in letzter Zeit schon früh am Abend und erschien am nächsten Morgen nicht vor zehn an seinem Schreibtisch.

Beim Frühstück bot er Sharon jeden Tag an, ihr Geschenke zu kaufen, doch Sharon wies sie stets zurück, und das machte ihm angst, daß er sie verlieren könnte. Er wußte, daß es keine Liebe zwischen ihnen beiden war, doch was es auch sein mochte – Dick hoffte, es würde noch lange anhalten. Er hatte den Gedanken an eine Scheidung immer gefürchtet, obwohl er Charlotte kaum noch sah, außer bei besonderen Anlässen; er konnte sich nicht einmal erinnern, wann sie das letzte Mal miteinander geschlafen hatten.

Doch zu seiner Erleichterung redete Sharon nie vom Heiraten. Der einzige Vorschlag, den sie mitunter machte, ging dahin, die Bequemlichkeiten der Ehe ebenso zu genießen wie die Annehmlichkeiten eines Liebesverhältnisses. Allmählich dachte Dick genau wie sie.

Nachdem die leere Kaviarschale abgeräumt war, machte Dick sich über ein Steak her, das so viel Platz auf seinem Teller einnahm, daß die zusätzlich von ihm bestellten Gemüse auf gesonderten Tellern serviert werden mußten. Dick stellte fest, daß er von zwei Tellern gleichzeitig essen konnte, wenn er zwei Gabeln benutzte, während Sharon nur an ein paar Salatblättern knabberte und in dem Räucherlachs herumstocherte. Dick hätte sich gern noch ein zweites Stück Kirschtorte bestellt, doch Sharon fing an, ihre rechte Fußspitze an der Innenseite seines Schenkels entlang wandern zu lassen.

In Dick stieg eine Hitzewoge auf. Er warf die Serviette auf den Tisch, packte Sharon beim Arm, verließ das Restaurant und eilte zum Fahrstuhl. Hastig stieg er ein, zog Sharon hinter sich her und drückte auf den Knopf für den siebten Stock. Die Tür schloß sich gerade noch rechtzeitig, um zu verhindern, daß ein älteres Ehepaar sich zu ihnen gesellte.

Auf ihrem Stockwerk angelangt, stellte Dick erleichtert fest, daß außer ihnen niemand auf dem Korridor war, denn jedem wäre unweigerlich aufgefallen, in welchem Zustand er sich befand.

Kaum hatte Dick die Zimmertür mit dem Absatz zugestoßen, zog Sharon ihn zu sich auf den Boden und machte sich daran, ihm das Hemd vom Leib zu zerren. »Ich kann's kaum mehr aushalten«, keuchte sie.

Am nächsten Morgen setzte Armstrong sich an den für zwei Personen gedeckten Tisch in ihrer Suite. Er verschlang sowohl Sharons wie auch sein Frühstück, wobei er in der *Financial Times* nach dem Wechselkurs des Schweizer Franken für das englische Pfund schaute.

Sharon bewunderte sich inzwischen in dem hohen Spiegel am anderen Zimmerende. Ihr gefiel, was sie sah, und sie lächelte, ehe sie sich umdrehte und zum Frühstückstisch ging. Sie legte ein langes schlankes Bein auf die Armlehne von Armstrongs Stuhl. Das Buttermesser entglitt ihm und fiel auf den Teppich, als Sharon einen schwarzen Seidenstrumpf hochzuziehen begann. Dann nahm sie sich das zweite Bein vor. Dick spang auf, um sich vor sie hin zu stellen. Als Sharon die Arme unter seinen Morgenrock schob, seufzte er wohlig.

»Haben wir noch Zeit?« fragte er.

»Mach dir darüber keine Gedanken, mein Liebling. Vor zehn Uhr fängt die Auktion nicht an.« Sie öffnete ihren Büstenhalter und zerrte Armstrong auf den Boden.

Wenige Minuten vor zehn verließen sie das Hotel. Doch da das einzige Stück, an dem Armstrong interessiert war, nicht vor elf Uhr zur Versteigerung kam, spazierten sie Arm in Arm am See entlang zur Stadtmitte und genossen die Vormittagssonne.

Armstrong beschlich ein seltsames Gefühl, als sie das Foyer des Hôtel de Bergues betraten. Obwohl er in seinem ganzen Leben um alles gefeilscht hatte, was er je begehrte – an einer Auktion hatte er noch nie zuvor teilgenommen. Doch hatte er sich über alles, was ihn erwarten mochte, zuvor sorgfältigst informieren lassen; deshalb gelang es ihm, seine Unsicherheit durch selbstbewußtes Auftreten zu überspielen.

Am Eingang des Ballsaals nannte er einer der eleganten Damen hinter einem langen Tisch seinen Namen. Sie sprach Französisch. Dick antwortete in derselben Sprache und erklärte ihr, daß er lediglich an Nummer dreiundvierzig des Versteigerungskatalogs interessiert sei. Als Dick den Saal betrat, stellte er erstaunt fest, daß fast alle Stühle besetzt waren – einschließlich jener beiden, die er am Abend zuvor für sich und Sharon ausgesucht hatte. Sharon deutete auf zwei leere Plätze an der linken Saalseite, ein Stück weiter hinten. Armstrong nickte und führte sie durch den Mittelgang. Kaum hatten die beiden sich gesetzt, nahm ein junger Mann mit offenem Hemd hinter ihnen Platz.

Armstrong vergewisserte sich, daß er ungehinderte Sicht sowohl auf den Auktionator wie auf die Reihe von Telefonen hatte, an denen überqualifizierte Telefonistinnen saßen. Sein jetziger Platz war nicht ganz so günstig wie der, den er sich ursprünglich ausgesucht hatte, doch er war sicher, daß es ihn nicht daran hindern konnte, das kostbare Stück zu ersteigern, auf das er es abgesehen hatte.

»Nummer siebzehn!« rief der Auktionator von seinem Podest vorn im Ballsaal. Armstrong schlug die entsprechende Seite in seinem Katalog auf und betrachtete ein vergoldetes Silberosterei, gehalten von vier Kreuzen mit dem blau emaillierten Monogramm Zar Nikolaus II. Das Stück war im Jahre 1907 von Peter Carl Fabergé für die Zarin angefertigt worden. Armstrong konzentrierte sich.

»Höre ich zehntausend?« rief der Auktionator und ließ den Blick durch den Saal schweifen. Er nickte jemandem zu, der ziemlich weit hinten saß. »Fünfzehntausend.« Armstrong bemühte sich, den rasch aufeinanderfolgenden Geboten zu folgen, obwohl er nie ganz sicher war, aus welchem Teil des Saales sie kamen. Als schließlich jemand für fünfundvierzigtausend Franken den Zuschlag erhielt, hatte Armstrong keine Ahnung, wer der Käufer war, da der Auktionator den Hammer herunterschmetterte, ohne zuvor »zum ersten, zum zweiten und zum dritten« gerufen zu haben.

Bis der Auktionator zur Katalognummer fünfundzwanzig gelangte, fühlte Armstrong sich schon ein wenig sicherer, und bei Nummer dreißig konnte er sogar hin und wieder einen der Bieter entdecken. Bei Nummer fünfunddreißig hielt er sich bereits für einen Experten, doch bei Nummer vierzig, dem Winterei von 1913, befiel ihn wieder Nervosität.

»Das Mindesgebot liegt bei zwanzigtausend Franken«, verkündete der Auktionator. Armstrong beobachtete, wie die Gebote rasch auf fünfzigtausend kletterten, und als der Hammer schließlich bei hundertzwanzigtausend Franken niedersauste, blieb die Anonymität des Käufers gewahrt, da er sich am anderen Ende einer der Telefonleitungen befand.

Dicks Handflächen wurden feucht vor Schweiß, als Nummer einundvierzig, das mit Perlen und Rubinen besteckte Chanticleer-Ei von 1896, zweihundertachtzigtausend Franken einbrachte. Bei der Versteigerung von Nummer zweiundvierzig, dem gelben Juberow-Ei, rutschte Armstrong unruhig auf dem Stuhl hin und her. Ständig schweifte sein Blick hinauf zum Auktionator und wieder hinunter zu seinem aufgeschlagenen Katalog.

Als der Auktionator die Nummer dreiundvierzig aufrief, drückte Sharon Dick aufmunternd die Hand, und Armstrong brachte ein nervöses Lächeln zustande. Im Saal setzte Stimmengewirr ein.

»Nummer dreiundvierzig!« wiederholte der Auktionator. »Das Jubiläumsei zum Jahrestag der Thronbesteigung Nikolaus des Zweiten. Der Zar hat dieses außergewöhnliche Stück 1910 in Auftrag gegeben. Die Miniaturen wurden von Wassili Sulew gemalt; die Ausführung wird als eines der schönsten Beispiele der Werke Fabergés betrachtet. Es wurde bereits beachtliches Interesse an diesem Stück gezeigt, deshalb liegt das Mindestgebot bei hunderttausend Franken.«

Alle Anwesenden waren mucksmäuschenstill, vom Auktionator abgesehen. Den Hammer fest mit der Rechten umklammernd, ließ er die Blicke durch den Saal schweifen, als wäre er auf der Suche nach Käufern.

Armstrong rief sich seine Informationen und die genaue Summe in Erinnerung, bei der er als Bieter einsteigen sollte. Er spürte, wie sein Puls sich beschleunigte, als der Auktionator sich nach links wandte und sagte: »Das telefonische Gebot liegt nun bei hundertfünfzigtausend Franken. – Einhundertfünfzigtausend«, sagte er Sekunden später und ließ gespannt den Blick durch den Saal schweifen. Ein Lächeln huschte über seine Lippen. »Zweihunderttausend! Der Herr in der Saalmitte.« Er machte eine Pause und blickte zu seiner Assistentin am hintersten Telefon. Armstrong sah, wie sie in die Sprechmuschel flüsterte; dann nickte sie dem Auktionator fast unmerklich zu, der sofort verkündete: »Zweihundertfünfzigtausend!« Er wandte seine Aufmerksamkeit wieder den Anwesenden zu. Jemand mußte ein neues Gebot gemacht haben; denn der Blick des Autionators richtete sich sogleich wieder auf seine Assistentin am Telefon. Er sagte: »Ich habe jetzt ein Gebot von dreihunderttausend Franken.«

Die Frau informierte den Bieter und nickte nach einigen Sekunden. Alle Köpfe im Saal richteten sich wieder auf den Auktionator, als würden sie ein Tennismatch im Zeitlupentempo verfolgen. »Dreihundertfünfzigtausend«, erklärte der Auktionator und schaute zur Saalmitte.

Armstrong senkte den Blick auf den Katalog. Noch war es für ihn nicht an der Zeit, beim Bieten einzusteigen; trotzdem wurde er immer nervöser.

»Vierhunderttausend.« Der Auktionator nickte der Frau am hinteren Telefon zu. »Vierhundertfünfzigtausend in der Saalmitte.« Die Assistentin am Telefon reagierte sofort. »Fünfhunderttausend.«

Der Blick des Auktionators richtete sich auf den Mittelgang. »Sechshunderttausend.«

Dick reckte den Hals, bis er schließlich entdeckte, wer im Saal bot. Doch schon nickte die Assistentin am Telefon aufs neue. »Siebenhunderttausend.« Der Auktionator war die Ruhe in Person.

Ein Herr, fast direkt vor Dick, hob seinen Katalog. »Achthunderttausend«, verkündete der Auktionator. »Ein neuer Bieter hinten im Saal.« Er blickte seine Assistentin am Telefon an, die diesmal etwas länger mit ihrem Kunden sprach. »Neunhunderttausend?« fragte der Auktionator, als wollte er versuchen, die Assistentin zu überreden. Plötzlich nickte sie. »Ich habe ein Gebot von neunhunderttausend am Telefon«, erklärte er und blickte zu dem Bieter hinten im Saal. »Neunhunderttausend«, wiederholte er. Doch diesmal erfolgte keine Reaktion.

»Keine weiteren Gebote? Höre ich weitere Gebote? Neunhunderttausend zum ersten, zum zweiten und ...« Er hob den Hammer. »Und zum ...«

Als Armstrong seinen Katalog hob, sah es für den Auktionator aus, als winke er ihm. Doch Dick zitterte nur so heftig.

»Ich habe einen neuen Bieter, rechts vom Mittelgang in einer der letzten Reihen. Das Gebot liegt bei einer Million Franken.« Wieder blickte der Auktionator seine Assistentin am Telefon auffordernd an.

»Eine Million und einhunderttausend?« fragte er und deutete mit seinem Hammer auf die Assistentin. Armstrong rührte sich nicht, weil er nicht wußte, was er als nächstes tun sollte, denn eine Million Franken war die vereinbarte Summe. Jetzt schon drehten sich ihm Köpfe zu. Aber Dick rührte sich nicht; irgendwie wußte er, daß die Frau am Telefon den Kopf schütteln würde.

Sie schüttelte den Kopf.

»Ich habe ein Gebot über eine Million Franken von einem Herr im Mittelgang«, sagte der Auktionator und deutete auf Armstrong. »Gibt es weitere Gebote? Keine weitere Gebote? Eine Million zum ersten, eine Million zum zweiten ...« Sein Blick wanderte hoffnungsvoll über den Saal, doch niemand reagierte. Schließlich ließ der Auktionator den Hammer herabsausen und blickte Armstrong an. »Verkauft an den Herrn im Mittelgang für eine Million Franken.« Lautes Klatschen setzte ein.

Wieder drückte Sharon Armstrongs Hand. Doch ehe Dick zu Atem kam, kniete sich eine Frau neben ihn auf den Boden. »Wenn Sie die Güte hätten, dieses Formular auszufüllen, Mr. Armstrong?

Am Empfang wird man Ihnen sagen, wie Sie nun in den Besitz des ersteigerten Stückes kommen.«

Armstrong nickte. Doch nachdem er das Formular ausgefüllt hatte, begab er sich nicht zum Empfang, sondern zum nächsten Telefon im Foyer und wählte eine Nummer in Übersee. »Verbinden Sie mich mit dem Manager«, ersuchte er und forderte ihn auf, wie vereinbart eine Million Franken telegrafisch an Sothebys in Genf zu überweisen. »Und erledigen Sie das sofort«, sagte er, »denn ich habe keine Lust, mich hier länger als unbedingt nötig aufzuhalten.«

Er hängte ein und ging zum Empfang, um der Dame dort mitzuteilen, wie der Betrag bezahlt werden würde, als der junge Mann mit offenem Hemdkragen ebenfalls eine Überseenummer wählte, obwohl er wußte, daß er seinen Chef mit diesem Anruf wecken würde.

Townsend setzte sich im Bett auf und hörte dem jungen Mann aufmerksam zu. »Wieso gibt Armstrong eine Million Franken für ein Fabergé-Ei aus?« wunderte er sich.

»Das ist mir auch nicht klar«, gestand der junge Mann. »Ich muß jetzt aufhängen. Er geht jetzt mit dem Mädchen die Treppe rauf. Ich rufe noch einmal an, sobald ich herausgefunden habe, was er im Schilde führt.«

Beim Lunch im Speisesaal des Hotels machte Armstrong einen so geistesabwesenden Eindruck, daß Sharon es für angeraten hielt, zu schweigen, ehe Dick nicht selbst den Mund auftat. Es war offensichtlich, daß er das Ei nicht für sie gekauft hatte. Sobald er seine Kaffeetasse leer abstellte, ersuchte er Sharon, in ihr Zimmer zurückzukehren und zu packen, da er in einer Stunde zum Flughafen aufbrechen wollte. »Ich habe noch eine Besprechung«, erklärte er ihr, »die jedoch nicht sehr lange dauern dürfte.«

Am Hoteleingang küßte er sie auf die Wange, und der junge Mann mit dem offenen Hemdkragen wäre lieber ihr gefolgt als Armstrong.

»Bis in etwa einer Stunde«, hörte er Armstrong sagen, der sich sogleich umdrehte und die breite Treppe zum Ballsaal hinuntereilte, in dem die Auktion stattgefunden hatte. Dick begab sich direkt zu der Frau hinter dem langen Tisch, die dabei war, die Verkaufszettel zu ordnen.

»Ah, Mr. Armstrong«, sagte sie und bedachte ihn mit einem Millionen-Franken-Lächeln. »Ihre telegrafische Überweisung ist uns bereits avisiert worden. Wenn Sie die Güte hätten, sich zu meinem Kollegen ins Büro zu begeben.« Sie deutete auf eine Tür hinter sich. »Dort können Sie Ihr Stück abholen.«

»Vielen Dank.« Armstrong griff nach seiner Quittung für das Meisterwerk und drehte sich um. Dabei hätte er beinahe einen jungen Mann angerempelt, der unmittelbar hinter ihm stand. Dick betrat das Büro und reichte seine Quittung einem schwarz befrackten Herrn, der hinter einem Tisch saß.

Der Angestellte überprüfte die Quittung sorgfältig und unterzog Mr. Armstrong einer eingehenden Musterung. Dann lächelte er und wies den Wachtmann an, Katalognummer dreiundvierzig zu bringen, das Jubiläumsei. Als der Wachtmann zurückkam, wurde er vom Auktionator begleitet, der das prunkvolle Stück mit einem letzten, beinahe sehnsüchtigen Blick bedachte, ehe er es in die Höhe hielt, damit sein Kunde es begutachten konnte. *»Magnifique«*, seufzte er bewundernd. »Finden Sie nicht auch?«

»Ja, durchaus *magnifique*«, erwiderte Armstrong und packte das Ei, als wäre es ein Rugbyball, den ihm jemand zugeworfen hatte. Dann machte er kehrt und ging ohne ein weiteres Wort. Deshalb hörte er auch nicht, wie der Auktionator seinem Assistenten zuflüsterte: »Seltsam, daß keiner von uns je zuvor etwas mit Mr. Armstrong zu tun hatte.«

Der Portier des Hôtel de Bergues tippte an seine Mütze, als Armstrong an ihm vorbei zu einem Taxi ging, sich auf den Rücksitz setzte und das Ei mit beiden Händen festhielt. Er wies den Fahrer an, ihn zur Banque de Genève zu bringen – genau in dem Augenblick, als ein weiteres leeres Taxi hinter ihnen heranfuhr. Der junge Mann mit dem offenen Kragen winkte es zu sich.

Als Armstrong in die Bank schritt, die er noch nie zuvor betreten hatte, begrüßte ihn ein großer, schlanker, unauffällig aussehender Herr im Cut, der selbst bei einer High-Society-Hochzeit in Hampshire nicht fehl am Platz ausgesehen hätte. Der Herr verbeugte sich tief, um darauf aufmerksam zu machen, daß er bereits auf den Kunden gewartet habe. Er fragte Armstrong jedoch nicht, ob er das Ei für ihn tragen solle.

»Hätten Sie die Güte, mir zu folgen, Sir?« sagte er auf englisch und führte Armstrong quer über den marmorgefliesten Fußboden zu einem wartenden Fahrstuhl. Woher weiß der Bursche, wer ich bin, fragte Armstrong sich im stillen. Sie stiegen in den Fahrstuhl, und die Tür schloß sich. Keiner sprach, als sie langsam zur obersten Etage fuhren. Die Tür glitt auf, und der Herr im Cut schritt Dick voraus über einen mit dicken Läufern ausgelegten Korridor, bis sie die letzte Tür erreichten. Dort klopfte er diskret an und meldete: »Mr. Armstrong.«

Ein Herr in Nadelstreifenanzug, steifem Kragen und silbergrauem Binder kam auf Dick zu und stellte sich als Pierre de Montiaque vor, Geschäftsführer der Bank. Er drehte sich um und wandte sich einem anderen Herrn an der gegenüberliegenden Seite eines Konferenztischs zu. Dann bedeutete er seinem Besucher, in dem freien Sessel ihm gegenüber Platz zu nehmen. Armstrong stellte das Fabergé-Ei auf die Mitte des Tisches, und Alexander Sherwood erhob sich, beugte sich über den Tisch und schüttelte Dick herzlich die Hand.

»Schön, Sie wiederzusehen«, sagte er.

»Ganz meinerseits«, erwiderte Armstrong lächelnd. Er setzte sich und blickte zu dem Mann hinüber, mit dem er in Paris das Geschäft abgeschlossen hatte.

Sherwood griff nach dem Fabergé-Jubiläumsei und betrachtete es eingehend. Ein Lächeln erschien auf seinem Gesicht. »Es wird das Prunkstück meiner Sammlung sein! Und für meinen Bruder und meine Schwägerin dürfte es nie einen Grund geben, mißtrauisch zu werden.« Wieder lächelte er und nickte dem Bankier zu, der daraufhin eine Schublade öffnete und ein Dokument hervorholte, das er Armstrong überreichte.

Dick studierte eingehend Stephen Hallets umfangreiches Vertragswerk. Als er sich vergewissert hatte, daß keine Änderungen vorgenommen worden waren, unterzeichnete er auf Seite fünf und schob das Dokument über den Tisch. Sherwood zeigte kein Interesse, den Vertrag zu überprüfen; statt dessen schlug er die letzte Seite auf und setzte seine Unterschrift neben die von Richard Armstrong.

»Darf ich damit annehmen, daß beide Seiten sich einig sind?« fragte der Bankier. »In unserer Bank sind zwanzig Millionen Dollar hinterlegt, die nur auf Mr. Armstrongs Anweisung warten, Mr. Sherwoods Konto gutgeschrieben zu werden.«

Armstrong nickte. Zwanzig Millionen Dollar war die Summe, auf die Alexander und Margaret Sherwood sich geeinigt hatten: Alexander sollte die zwanzig Millionen für seinen Drittelanteil am

Globe bekommen; dann würde auch Margaret sich für genau den gleichen Betrag von ihrem Drittel trennen. Was Margaret Sherwood allerdings nicht wußte: Alexander hatte eine kleine Belohnung dafür verlangt, daß er das Geschäft ermöglicht hatte: ein Fabergé-Ei, das nicht im Vertrag erwähnt werden durfte.

Armstrong hatte zwar eine Million Franken mehr ausgegeben, als im Vertrag stand, dafür besaß er jetzt 33,3 Prozent einer überregionalen Zeitung, die einst die höchste Auflage der Welt gehabt hatte.

»Damit ist unser Geschäft abgeschlossen.« De Montiaque erhob sich von seinem Platz am Kopf des Tisches.

»Nicht ganz«, sagte Sherwood, der sitzen blieb. Ein wenig zögernd nahm der Geschäftsführer seinen Platz wieder ein. Armstrong verspürte ein plötzliches Gefühl der Unruhe; der Schweiß brach ihm aus.

»Da Mr. Armstrong so kooperativ war«, erklärte Sherwood, »halte ich es für recht und billig, daß ich mich revanchiere.« Den Mienen der anderen war zu entnehmen, daß weder Armstrong noch de Montiaque auf die Worte vorbereitet waren, die nun folgten. Alexander Sherwood teilte ihnen eine Einzelheit aus dem Testament seines Vaters mit – Informationen, die ein Lächeln auf Richard Armstrongs Gesicht zauberten.

Als er wenige Minuten später die Bank verließ, um zum *Le Richemond* zurückzukehren, war er überzeugt, seine Million Franken gut angelegt zu haben.

Townsend schluckte jedes zornige Wort hinunter, als er zum zweitenmal in dieser Nacht aus tiefem Schlaf gerissen wurde. Statt dessen hörte er aufmerksam zu und flüsterte seine Antworten in die Sprechmuschel, um Kate nicht zu wecken. Als er den Hörer schließlich auflegte, konnte er nicht mehr einschlafen. Warum hatte Armstrong eine Million Franken für ein Fabergé-Ei bezahlt und es zu einer Schweizer Bank gebracht, um sie nicht mal eine Stunde später mit leeren Händen wieder zu verlassen?

Der Wecker neben Townsends Bett erinnerte ihn daran, daß es erst halb vier war. Er betrachtete Kate, die tief und fest schlief. Dann schweiften Keith' Gedanken von Kate zu Susan und wieder zu Kate, und er mußte daran denken, wie unterschiedlich sie waren. Dann dachte er an seine Mutter und ob sie ihn wohl je verstehen würde. Und schließlich, unweigerlich, wanderten seine Gedanken zurück zu seinem Konkurrenten und der Frage, wie er herausfinden konnte, was Dick Armstrong beabsichtigte.

Als Keith am Morgen aufstand, war er der Lösung dieses Rätsels keinen Schritt näher gekommen. Er hätte weiterhin im Dunkeln getappt, hätte er nicht wenige Tage später das R-Gespräch einer Frau aus London angenommen.

Daily Telegraph

6. Februar 1967

Kossygin besucht Wilson in der Downing Street

Armstrong tobte, als er in die Wohnung zurückkam und den Zettel von Sharon vorfand, auf dem lediglich stand, daß sie ihn nicht wiedersehen wollte, solange er sich nicht entschieden habe.

Er sank aufs Sofa und las ihre Worte ein zweites Mal. Dann wählte er ihre Nummer. Er war sicher, daß sie da war, doch sie ging nicht ans Telefon. Dick ließ es mehr als eine Minute läuten, ehe er auflegte.

Er konnte sich an keine glücklichere Zeit in seinem Leben erinnern, und Sharons Zeilen machten ihm schmerzhaft deutlich, wie sehr sie bereits Teil seines Lebens war. Er hatte sich sogar das Haar färben und die Hände maniküren lassen, damit Sharon nicht ständig an ihren Altersunterschied erinnert würde. Nach mehreren schlaflosen Nächten und einem Dutzend Blumensträußen, deren Annahme nie bestätigt wurde, und nach unzähligen unbeantworteten Anrufen sah Dick ein, daß er sie nur zurückbekommen würde, wenn er auf ihre Wünsche einging. Er hatte sich eine Zeitlang einzureden versucht, daß Sharon die ganze Sache gar nicht ernst meinte; jetzt aber bestand kein Zweifel mehr, daß sie nur unter diesen Bedingungen bereit war, ein Doppelleben zu führen. Er beschloß, sich am Freitag mit dem Problem zu befassen.

An diesem Morgen kam er ungewöhnlich spät ins Büro und ersuchte Sally sofort, ihn mit seiner Frau zu verbinden. Sally rief Charlotte an und stellte sie zu Armstrong durch; dann bereitete sie die Papiere für seine Reise nach New York und seine Besprechung mit Margaret Sherwood vor. Ihr war keineswegs entgangen, wie gereizt Dick schon die ganze Woche war – einmal hatte er ein Tablett mit Kaffeetassen von seinem Schreibtisch auf den Boden gefegt. Offenbar kannte niemand den Grund für Dicks Probleme. Benson tippte auf Schwierigkeiten mit einer Frau, während Sallys Vermutung eher dahin ging, daß es Dick, nachdem er nun schon dreiunddreißig Komma drei Prozent der *Globe*-Anteile besaß, zunehmend nervte, auf Margaret Sherwoods Rückkehr von ihrer alljährlichen Kreuzfahrt warten zu müssen, ehe er die Information nutzen konnte, die er von Alexander Sherwood erhalten hatte.

»Mit jedem weiteren Tag gewinnt Townsend mehr Zeit, herauszufinden, was ich vorhabe«, brummte Dick mißmutig.

Seine schlechte Laune hatte Sally veranlaßt, ihre alljährliche Diskussion über eine Gehaltserhöhung, die Dick stets aus der Haut fahren ließ, zu verschieben. Doch Sally hatte bereits begonnen, mit der Bezahlung bestimmter, längst überfälliger Rechnungen zu warten. Natürlich war ihr klar, daß sie bald mit ihrem Boß reden mußte, so schlecht seine Laune auch sein mochte.

Armstrong beendete das Gespräch mit seiner Frau und bat Sally wieder zu sich ins Büro. Sie hatte die Morgenpost bereits sortiert, die Routinebriefe allesamt erledigt, Entwürfe für die übrigen vorbereitet und alles zur Begutachtung für Dick in eine Mappe gelegt. Den Großteil der Briefe brauchte er nur noch zu unterschreiben. Doch ehe Sally die Tür hinter sich geschlossen hatte, rief Armstrong sie zurück, erklärte, daß sie einige Diktate aufnehmen müsse, und legte in einem Höllentempo los. Während seine Worte nur so hervorsprudelten, verbesserte Sally automatisch die Grammatik ihres Chefs. Außerdem erkannte sie, daß sie später in einigen Fällen seine Wortwahl abschwächen mußte.

Als er mit dem Diktieren fertig war, stürmte Armstrong zu einem Geschäftsessen aus dem Büro, ohne Sally die Chance zu geben, auch nur ein Wort zu sagen. So beschloß sie, gleich bei seiner Rückkehr auf ihre Gehaltserhöhung zu sprechen zu kommen. Sie sah nicht ein, weshalb sie ihren Urlaub verschieben sollte, nur weil ihr Chef sich weigerte, Rücksicht auf andere zu nehmen.

Bis Armstrong vom Lunch zurückkam, hatte Sally die diktierten Briefe getippt und sie unterschriftsbereit in einer anderen Mappe auf seinen Schreibtisch gelegt. Ihr entging nicht, daß Dicks Atem ungewohnterweise nach Whisky roch, aber länger konnte sie das Gespräch einfach nicht aufschieben.

Während Sally vor dem Schreibtisch wartete, lautete Armstrongs erste Frage: »Wer, zum Teufel, hat veranlaßt, daß ich mit dem Minister für Telekommunikation zu Mittag esse?«

»Es war Ihr ausdrücklicher Wunsch«, erwiderte Sally.

»Ganz bestimmt nicht!« brauste Dick auf. »Im Gegenteil, ich entsinne mich genau. Ich hab' Ihnen gesagt, daß ich diesen Schwachkopf nie wiedersehen will!« Seine Stimme hob sich mit jedem Wort. »Der Mann ist vollkommen unfähig, genau wie fast die Hälfte dieser verdammten Regierung!«

Sally ballte die Hand zur Faust. »Dick, ich fürchte, ich muß...«

»Haben Sie schon etwas von Margaret Sherwood gehört?«

»Nichts Neues. Sie kommt Ende des Monats von der Kreuzfahrt zurück. Ich habe veranlaßt, daß Sie sich gleich am Tag nach ihrer Rückkehr in New York mit ihr treffen. Der Flug ist bereits gebucht, und ich habe Ihnen auch schon Ihre übliche Suite im *Pierre* mit Blick auf den Central Park reservieren lassen. Außerdem habe ich eine Akte zusammengestellt, die sich auf Alexander Sherwoods neue Information stützt. Soviel ich weiß, hat er seiner Schwägerin bereits den Preis genannt, den Sie ihm für seine Anteile bezahlt haben. Er hat ihr geraten, sich daran zu orientieren, sobald sie zurück ist und Sie mit ihr verhandeln.«

»Gut. Gibt es sonst noch irgendwelche Probleme?«

»Ja. Mich«, antwortete Sally.

»Sie?« fragte Armstrong erstaunt. »Wieso? Was fehlt Ihnen denn?«

»Meine jährliche Gehaltserhöhung ist bereits zwei Monate überfällig, und ich...«

»Ich habe nicht vor, Ihr Gehalt in diesem Jahr zu erhöhen.«

Sally wollte schon loslachen, als sie die Miene ihres Chefs bemerkte. »Also wirklich, Dick. Sie wissen genau, daß ich von dem, was Sie mir zahlen, nicht leben kann.«

»Wieso nicht? Andere schaffen das offenbar recht gut, ohne zu jammern.«

»Aber, Dick. Sie wissen doch – seit Malcolm mich verlassen hat...«

»Ich nehme an, Sie wollen auch noch behaupten, das sei meine Schuld gewesen?«

»Höchstwahrscheinlich.«

»Was wollen Sie damit andeuten?«

»Ich will nichts andeuten. Ich will nur darauf hinweisen, daß bei den vielen Überstunden, die ich machen muß...«

»Dann ist es vielleicht an der Zeit, daß Sie sich eine weniger anstrengende Stellung suchen.«

Sally konnte nicht glauben, was sie da hörte. »Nach einundzwanzig Jahren, die ich nun für Sie arbeite, glaube ich nicht, daß mich noch jemand nehmen wird.«

»Was wollen Sie damit durchblicken lassen?« schrie Armstrong.

Sally fuhr zurück. Was war nur mit ihm? War er betrunken und wußte nicht, was er sagte? Sie blickte zu ihm hinunter. »Was ist los mit Ihnen, Dick? Ich möchte doch nichts weiter als eine Gehaltserhöhung, die mit der Inflation Schritt hält. Das ist doch nun wirklich nicht zuviel verlangt.«

»Ich will Ihnen sagen, was mit mir los ist!« erwiderte er schroff. »Ich habe von der Inkompetenz in diesem Laden die Nase voll – und davon, daß Sie es sich zur Angewohnheit gemacht haben, während Ihrer Arbeitszeit Termine für Privatangelegenheiten zu mißbrauchen!«

»Wir haben heute doch nicht den ersten April, Dick, oder?« versuchte Sally die Stimmung aufzulockern.

»Werden Sie nicht sarkastisch! Sonst werden Sie sehr schnell merken, daß es eher die Iden des März sind! Ihre Einstellung bestärkt mich in der Überzeugung, daß es besser wäre, Ihren Posten mit jemandem zu besetzen, der auch ohne diese ewige Jammerei gute Arbeit leistet. Jemand mit frischen Ideen. Jemand, der Disziplin in diese Bude bringt! Daran fehlt es hier nämlich an allen Ecken und Enden!« Er schmetterte die Faust auf den Ordner mit den noch nicht unterschriebenen Briefen.

Sally stand bebend vor dem Schreibtisch und starrte Armstrong fassungslos an. Benson hatte offenbar doch recht mit seiner Vermutung. »Es ist dieses Mädchen, nicht wahr? Wie heißt sie doch gleich? Sharon?« Sally machte eine Pause, bevor sie fortfuhr: »Deshalb ist sie also nicht zu mir gekommen!«

»Ich weiß nicht, wovon Sie reden!« brüllte Armstrong. »Ich finde nur, daß ...«

»Sie wissen genau, wovon ich rede!« fauchte Sally. »Nach all diesen Jahren können *Sie* mich nicht mehr täuschen, Dick. Sie haben ihr meine Stelle angeboten, nicht wahr? Ha, ich höre sogar genau Ihre Worte: ›Es wird alle unsere Probleme lösen, Darling. So können wir immer zusammensein.‹«

»Ich habe nichts dergleichen gesagt!«

»Ach, haben Sie diesmal eine andere Platte aufgelegt?«

»Ich habe nur einfach das Gefühl, daß hier ein frischer Wind wehen sollte«, sagte Dick lahm. »Ich werde mich darum kümmern, daß Sie angemessen entschädigt werden.«

»Angemessen entschädigt?« rief Sally empört. »Sie wissen verdammt gut, daß es in meinem Alter fast unmöglich sein wird, eine andere Stellung zu finden! Ganz abgesehen davon – wie wollen Sie mich denn für die vielen Opfer ›entschädigen‹, die ich in all den Jahren für Sie gebracht habe? Mit einem schmutzigen Wochenende in Paris, vielleicht?«

»Wie können Sie es wagen, so zu mir zu reden!«

»Ich rede mit Ihnen, wie es mir gefällt!«

»Machen Sie nur so weiter, und Sie werden es bitter bereuen, mein liebes Mädchen!«

»Ich bin nicht Ihr liebes Mädchen!« keifte Sally. »Tatsächlich bin ich die einzige Person in diesem Unternehmen, die Sie weder verführen noch einschüchtern können! Dazu kenne ich Sie schon viel zu lange!«

»Viel zu lange! Da bin ich ganz Ihrer Meinung. Darum ist die Zeit gekommen, daß Sie gehen!«

»Zweifellos, um von Sharon abgelöst zu werden.«

»Das geht Sie verdammt nichts an!«

»Ich kann nur hoffen, daß Sharon wenigstens im Bett gut ist«, sagte Sally.

»Was soll das nun wieder heißen?«

»Nur, daß ich während der zweistündigen Aushilfe dieser jungen Dame nicht weniger als sieben von neun Briefen neu tippen mußte, weil sie mit der Rechtschreibung auf dem Kriegsfuß steht. Und die anderen zwei Briefe mußten neu geschrieben werden, weil sie falsch adressiert waren. Es sei denn, es war in Ihrem Sinn, dem Premierminister Ihre Maße für eine neue Hose mitzuteilen.«

»Es war Sharons erster Tag. Sie wird es schon noch lernen.«

»Nicht, wenn Sie ständig mit offenem Hosenschlitz in ihrer Nähe herumlaufen!«

»Verschwinden Sie, bevor ich Sie hinauswerfen lasse!«

»Das werden Sie schon selbst tun müssen, Dick, denn hier würde es keiner für Sie tun«, sagte Sally mit ironischer Gelassenheit. Dick sprang mit rotem Gesicht auf, drückte die Handflächen auf die Schreibtischplatte und starrte auf Sally hinunter. Sie bedachte ihn mit einem breiten Lächeln, drehte sich um und schritt ruhig aus seinem Büro. Glücklicherweise hörte Dick den rauschenden Applaus nicht, der Sally begrüßte, als sie durchs Vorzimmer ging, sonst hätten noch mehrere andere Angestellte ihr Los geteilt.

Armstrong griff nach dem Telefon und wählte eine Nummer.

»Wachdienst. Kann ich Ihnen behilflich sein?«

»Hier Dick Armstrong. Mrs. Carr wird in wenigen Minuten das Haus verlassen. Dulden Sie unter keinen Umständen, daß sie in ihrem Firmenwagen wegfährt, und sorgen Sie dafür, daß sie nie wieder das Haus betreten kann. Ist das klar?«

»Ja, Sir«, antwortete eine ungläubige Stimme.

Armstrong schmetterte den Hörer auf die Gabel, hob ihn jedoch sofort wieder und wählte eine andere Nummer.

»Buchhaltung«, meldete sich eine Stimme.

»Stellen Sie mich zu Fred Preston durch.«

»Er spricht derzeit an einem anderen Apparat.«

»Dann sorgen Sie dafür, daß er auflegt!«

»Wen soll ich melden?«

»Dick Armstrong!« brüllte er. Dann war für einen Moment nichts mehr zu hören, bis die Stimme des Oberbuchhalters sich meldete.

»Hier Fred Preston, Dick. Tut mir leid, daß ...«

»Fred, Sally hat soeben fristlos gekündigt. Sperren Sie ihren Monatsscheck. Und schicken Sie ihr die Entlassungspapiere sofort an ihre Adresse.«

Als keine Erwiderung kam, brüllte Armstrong: »Haben Sie mich verstanden?«

»Ja, Dick. Ich nehme an, daß Sally die ihr zustehenden Gratifikationen bekommen soll, sowie eine größere Abfindungssumme?«

»Nein! Sie soll nichts weiter bekommen, als was ihr nach dem Gesetz und ihrem Arbeitsvertrag zusteht!«

»Wie Sie sicher wissen, Dick, hatte Sally nie einen Arbeitsvertrag. Sie ist die dienstälteste Angestellte der Firma. Finden Sie nicht, daß sie unter diesen Umständen ...?«

»Noch ein Wort, Fred, und Sie bekommen ebenfalls sofort Ihre Papiere!« Wieder schmetterte Armstrong den Hörer auf die Gabel und hob sofort zum drittenmal ab. Diesmal wählte er eine Nummer, die er auswendig kannte. Obwohl augenblicklich abgenommen wurde, blieb es am anderen Ende still.

»Ich bin's, Dick«, begann er. »Leg nicht auf. Ich habe Sally soeben gefeuert. Sie hat das Haus bereits verlassen.«

»Das ist eine wundervolle Neuigkeit, Darling«, freute sich Sharon. »Wann fange ich an?«

»Montag morgen.« Er zögerte. »Als meine Sekretärin.«

»Als Chefsekretärin!« erinnerte sie ihn. »Aber mir ist lieber, wenn du mich anderen gegenüber als deine Assistentin bezeichnest.«

»Ja, sicher, wie du willst. Wie wär's, wenn wir übers Wochenende die Einzelheiten besprechen? Wir könnten zur Jacht fliegen ...«

»Aber was ist mit deiner Frau?«

»Ich habe sie gleich heute früh angerufen und ihr gesagt, daß ich dieses Wochenende nicht nach Hause komme.«

Erst nach einer langen Pause sagte Sharon: »Ja, ich würde das Wochenende gern mit dir auf deiner Jacht verbringen, Dick. Aber wenn uns in Monte Carlo irgendeiner von deinen Bekannten begegnet, wirst du mich als deine Assistentin vorstellen, nicht wahr?«

Sally wartete vergeblich auf ihren Gehaltsscheck, und Dick machte keine Anstalten, sich mit ihr in Verbindung zu setzen. Freunde im Büro erzählten ihr, daß Miß Levitt – sie bestand darauf, so genannt zu werden – bereits als Chefsekretärin angefangen hatte und im Büro das absolute Chaos herrsche. Armstrong wußte nie, wann er wo sein sollte; seine Schreiben blieben unbeantwortet, und seine Laune verschlechterte sich von Tag zu Tag. Doch niemand wagte es, ihn darauf aufmerksam zu machen, daß es an ihm lag, das Problem mit einem Anruf zu lösen – wenn er wollte.

Bei einem Drink in einem Pub in der Nähe machte ein befreundeter Anwalt Sally darauf aufmerksam, daß sie – aufgrund eines vor kurzem erlassenen Gesetzes – nach einundzwanzigjähriger, ununterbrochener Anstellung rechtlich in einer sehr guten Position war, Armstrong wegen ungerechtfertigter Kündigung zu belangen. Sally erinnerte den Anwalt, daß sie keinen Anstellungsvertrag habe und niemand besser wisse als sie, zu welchen Taktiken Armstrong fähig sei, wenn sie versuchte, gerichtlich gegen ihn vorzugehen. Schon nach einem Monat würde sie die Anwaltskosten nicht mehr bezahlen können und hätte keine Wahl, als sich geschlagen zu geben. Wie oft hatte sie in der Vergangenheit miterlebt, wie wirkungsvoll Armstrong diese Taktiken bei anderen angewandt hatte, die es gewagt hatten, sich gegen ihn zu wehren.

Eines Nachmittags kam Sally von einem Aushilfsjob nach

Hause, als das Telefon läutete. Jemand bat sie über eine sehr knisternde Leitung, am Apparat zu bleiben; man würde sie mit Sydney verbinden. Sie fragte sich, warum sie nicht einfach auflegte, doch bereits wenige Sekunden später sagte eine andere Stimme: »Guten Abend, Mrs. Carr. Ich bin Keith Townsend, der ...«

»Ich weiß, wer Sie sind, Mr. Townsend.«

»Ich rufe an, um Ihnen zu sagen, wie entsetzt ich war, als ich erfuhr, wie Ihr ehemaliger Chef Sie behandelt hat.«

Sally schwieg.

»Es mag überraschend für Sie kommen, daß ich Ihnen eine Stellung anbieten möchte ...«

»Damit Sie herausfinden können, worauf Dick Armstrong hinarbeitet und welche Zeitung er kaufen will?«

Längeres Schweigen setzte ein. Nur das Knistern ließ Sally erkennen, daß die Leitung nicht tot war. »Ja«, erwiderte Townsend schließlich. »Genau das habe ich vor. Aber Sie könnten sich dann wenigstens den Urlaub in Italien gönnen, auf den Sie bereits eine Anzahlung geleistet haben.«

Sally war sprachlos.

Townsend fuhr fort: »Ich weiß auch, daß Sie der Abfindung verlustig gehen, die Ihnen nach einundzwanzig ununterbrochenen Arbeitsjahren zusteht. Sie bekommen das Geld von mir.«

Sally begriff plötzlich, weshalb Dick in diesem Mann einen so beachtlichen Konkurrenten sah. »Vielen Dank für Ihr Angebot, Mr. Townsend, aber ich bin nicht interessiert«, sagte sie fest und legte auf.

Ihre unmittelbare Reaktion bestand darin, die Lohnbuchhaltung des Armstrong House anzurufen, um nachzufragen, weshalb ihr letzter Gehaltsscheck noch nicht eingegangen sei. Sie mußte eine Zeitlang warten, bevor der Buchhaltungschef an den Apparat kam.

»Wann bekomme ich meinen letzten Gehaltsscheck, Fred?« fragte Sally. »Er ist seit mehr als zwei Wochen überfällig.«

»Ich weiß, aber ich habe die Anweisung, ihn nicht auszustellen, Sally.«

»Warum nicht?« fragte sie. »Er steht mir doch zu.«

»Das ist mir klar«, versicherte Fred, »aber ...«

»Aber was?«

»Man hat mir mitgeteilt, daß Sie in Ihrer letzten Arbeitswoche ein teures Staffordshire-Porzellanservice zerbrochen haben, für das Sie aufkommen müssen.«

»Dieser Bastard!« fluchte Sally. »Ich war nicht einmal in seinem Büro, als er es zerschmettert hat!«

»Und er ließ Ihnen zwei Arbeitstage abziehen, die Sie nicht ins Büro gekommen sind.«

»Er selbst hat mir doch die Anweisung erteilt, nicht zu erscheinen, damit er ...«

»Das wissen wir alle, Sally. Aber er weigert sich, auch nur zuzuhören.«

»Ich weiß, Fred«, sagte sie. »Es ist nicht Ihre Schuld. Und ich weiß das Risiko zu schätzen, das Sie allein damit schon eingehen, daß Sie mit mir reden. Vielen Dank.« Sie legte auf und starrte blicklos in die Ferne. Als sie eine Stunde später wieder nach dem Telefon griff, ersuchte sie das Fernsprechamt um eine Verbindung nach Australien.

In Sydney schob Heather den Kopf durch die Tür. »Da ist ein R-Gespräch aus London für Sie«, meldete sie. »Eine Mrs. Sally Carr. Soll ich durchstellen?«

Zwei Tage später traf Sally in Sydney ein. Sam holte sie vom Flughafen ab. Townsend hatte den ehemaligen Chef des australischen Sicherheitsdienstes für fünftausend Pfund beauftragt, die Befragung durchzuführen. Am Ende der Woche war Sally völlig ausgelaugt, und Townsend fragte sich, ob es noch irgend etwas geben mochte, das er nicht über Richard Armstrong wußte.

Am Tag ihres Rückflugs nach England bot er Sally einen guten Job in seinem Londoner Büro an. »Vielen Dank, Mr. Townsend«, sagte sie, als er ihr einen Scheck über fünfundzwanzigtausend Pfund reichte, fügte jedoch mit ihrem süßesten Lächeln hinzu: »Ich war fast die Hälfte meines Lebens für ein Ungeheuer in Menschengestalt tätig, und nach einer Woche mit Ihnen glaube ich nicht, daß ich den Rest meiner Tage für ein anderes Ungeheuer arbeiten möchte.«

Nachdem Sally von Sam zum Flugplatz gebracht worden war, hörten Townsend und Kate sich stundenlang die Tonbänder an. Beide waren sich einer Sache sicher: Wollte Keith eine Chance haben, die restlichen Anteile am *Globe* zu erwerben, mußte er mit Margaret Sherwood Kontakt aufnehmen, bevor Armstrong es tat.

Margaret Sherwood war der Schlüssel zur hundertprozentigen Kontrolle des Unternehmens.

Nachdem Sally erklärt hatte, weshalb Armstrong bei einer Auktion in Genf eine Millionen Franken für ein Ei geboten und bezahlt hatte, brauchte Townsend nur herauszufinden, was für Mrs. Margaret Sherwood das Äquivalent eines Peter Carl Fabergé war.

Mitten in der Nacht schwang Kate sich plötzlich aus dem Bett und spielte das dritte Tonband ab. Keith hob schläfrig den Kopf vom Kissen, als er die Worte hörte: »Die Geliebte des Senators.«

Ocean Times

6. Juni 1967

Willkommen an Bord!

Vier Stunden, bevor der Luxusliner anlegen sollte, landete Keith auf dem Flughafen von Kingston. Nachdem er die Zollabfertigung hinter sich hatte, ließ er sich von einem Taxi zum Büro der Cunard-Schiffahrtslinie im Hafen bringen. Ein Mann in eleganter weißer Uniform, der für einen einfachen Angestellten etwas zu viel Goldborte trug, erkundigte sich, ob er ihm behilflich sein könne.

»Ich hätte gern eine Kabine erster Klasse auf der *Queen Elizabeth* für die Fahrt nach New York«, erklärte Townsend. »Meine Tante befindet sich bereits an Bord. Sie macht ihre alljährlichen Kreuzfahrt, wissen Sie. Ich würde es begrüßen, wenn ich eine Kabine in ihrer Nähe bekommen könnte.«

»Und wie heißt Ihre Tante?« erkundigte sich der elegant Uniformierte.

»Mrs. Margaret Sherwood«, antwortete Townsend.

Ein Finger fuhr die Passagierliste hinunter. »Ah, ja. Mrs. Sherwood hat wie üblich die Trafalgar-Suite auf Deck Nummer drei. Hm, wir haben nur noch eine Kabine erster Klasse auf diesem Deck, aber sie ist ganz in der Nähe der Trafalgar-Suite.« Der Mann faltete auf dem Schalter eine Skizze des Schiffsinnern auf und deutete auf zwei Kästchen, von denen das zweite bedeutend größer war als das erste.

»Könnte nicht besser sein.« Townsend reichte ihm eine seiner Kreditkarten.

»Sollen wir Ihre Tante informieren, daß Sie an Bord kommen?« fragte der Angestellte hilfsbereit.

»Nein«, entgegnete Townsend, ohne mit der Wimper zu zukken. »Es soll eine Überraschung sein.«

»Wenn Sie Ihr Gepäck gleich hierlassen möchten, Sir, sorge ich dafür, daß es in Ihre Kabine gebracht wird, sobald das Schiff anlegt.«

»Gern. Vielen Dank«, sagte Townsend. »Könnten Sie mir bitte beschreiben, wie ich in die Stadtmitte komme?«

Während Keith aus dem Hafengelände schlenderte, dachte er an Kate und fragte sich, ob es ihr wohl gelungen war, den Artikel in der Schiffszeitung unterzubringen.

Auf dem langen Weg in die Stadt betrat er drei Zeitschriftenhandlungen, wo er *Time*, *Newsweek* und sämtliche Lokalzeitungen kaufte. Dann betrat er das erste Restaurant, das ein *American-Express*-Schild an der Tür hatte, setzte sich an einen ruhigen Ecktisch und machte es sich für einen ausgiebigen Lunch bequem.

Die Zeitungen der Konkurrenz faszinierten Keith immer wieder, doch in diesem Fall wußte er, daß er die Ferieninsel verlassen würde, ohne auch nur das geringste Bedürfnis zu verspüren, neuer Besitzer der *Jamaica Times* zu werden, die anspruchslose Lektüre für höchstens eine viertel Stunde bot. Während er Artikel darüber las, wie die Gattin des Landwirtschaftsministers ihren Tag verbrachte und weshalb die Kricketmannschaft der Insel ein Spiel nach dem anderen verlor, schweiften Keith' Gedanken immer ab und beschäftigten sich mit der Information Sallys, die auf Tonband festgehalten war. Er konnte kaum glauben, daß Sharon tatsächlich so unfähig war, wie Armstongs langjährige Sekretärin behauptete – doch falls dies tatsächlich zutraf, mußte die junge Dame erstaunlich gut im Bett sein.

Nachdem er den Lunch bezahlt hatte – ein gräßlich schmeckendes Essen –, verließ Townsend das Restaurant und schlenderte in der Stadt herum. Seit seinem Besuch in Berlin als Student war er nirgends mehr als Tourist gewesen. Alle paar Minuten blickte er auf die Uhr; aber dadurch verging die Zeit auch nicht schneller. Schließlich hörte er ein Nebelhorn in der Ferne: Das große Kreuzfahrtschiff lief endlich ein. Sofort machte Keith sich auf den Weg zurück zum Hafen. Als er dort eintraf, ließ die Mannschaft soeben die Landungsbrücken herunter. Die Passagiere strömten zum Kai, sichtlich glücklich, ein paar Stunden an Land gehen zu können. Townsend stieg die Gangway hinauf und bat einen Steward, ihm den Weg zu seiner Kabine zu weisen.

Kaum hatte er ausgepackt, machte er sich mit Deck drei vertraut und stellte zu seiner Freude fest, daß Mrs. Sherwoods Suite sich nur wenige Schritte von seiner Kabine entfernt befand. Aber noch unternahm Keith keinerlei Anstalten, sich mit Margaret

Sherwood in Verbindung zu setzen. Statt dessen nutzte er die nächste Stunde, sich auf dem Schiff umzusehen. Schließlich landete er im *Queen's Grill*.

Als der Chefsteward den großen, leeren Speisesaal betrat, in dem für das Abendessen gedeckt wurde, mußte er beim Anblick des unpassend gekleideten Mannes unwillkürlich lächeln. Offenbar hatte dieser Passagier sich auf das falsche Deck verirrt. »Kann ich Ihnen helfen, Sir?« fragte er und war bemüht, jede Herablassung aus seiner Stimme fernzuhalten.

»Das hoffe ich sehr«, antwortete Townsend. »Ich bin erst vor kurzem an Bord gekommen, und jetzt interessiert es mich natürlich, welchen Tisch Sie fürs Dinner für mich ausgewählt haben.«

»Dieses Restaurant ist nur für Passagiere der ersten Klasse, Sir.«

»Dann bin ich ja richtig«, stellte Townsend fest.

Der Steward sah nicht sehr überzeugt aus. »Ihr Name, Sir?« erkundigte er sich.

»Keith Townsend.«

Der Steward überprüfte die Liste der Passagiere erster Klasse, die in Kingston an Bord gekommen waren. »Sie sitzen an Tisch acht, Mr. Townsend«, sagte er.

»Ist das zufällig auch Mrs. Margaret Sherwoods Tisch?«

Wieder schaute der Steward nach. »Nein, Sir. Mrs. Sherwood sitzt an Tisch drei.«

»Wäre es möglich, daß Sie mich ebenfalls an Tisch drei setzen?« fragte Townsend.

»Ich fürchte, nein, Sir. Von Tisch drei hat in Kingston niemand das Schiff verlassen.«

Armstrong holte seine Brieftasche hervor und nahm einen Hundertdollarschein heraus.

»Nun, ja«, sagte der Steward, »vielleicht, wenn ich den Erzdiakon an den Kapitänstisch setze, wäre das Problem gelöst.«

Townsend lächelte und wandte sich zum Ausgang.

»Verzeihung, Sir. Hatten Sie gehofft, neben Mrs. Sherwood sitzen zu können?«

»Das wäre ausgesprochen günstig«, antwortete Townsend.

»Es könnte allerdings peinliche Folgen haben. Sie müssen wissen, daß Mrs. Sherwood bereits die ganze Fahrt mitgemacht hat. Wir mußten sie schon zweimal an einen anderen Tisch setzen, weil ihr die Tischnachbarn nicht zusagten.«

Townsend holte seine Brieftasche zum zweitenmal hervor. Augenblicke später verließ er den Speisesaal mit der Versicherung, daß er neben der Dame sitzen würde, auf die er es abgesehen hatte.

Bis Keith sich wieder zu seiner Kabine begab, kehrten seine Mitpassagiere allmählich an Bord zurück. Er duschte, zog sich zum Dinner um und las noch einmal die Kurzbiographie, die Kate von Mrs. Sherwood zusammengestellt hatte. Kurz vor acht stieg er zum Speisesaal hinunter.

Ein Paar saß bereits an Tisch drei. Der Herr erhob sich sofort und stellte sich als »Dr. Arnold Percival aus Ohio« vor. Er gab Townsend die Hand. »Und das ist meine liebe Frau Jenny – ebenfalls aus Ohio.« Er lachte schallend.

»Keith Townsend«, erwiderte Keith. »Ich bin aus ...«

»Australien, wenn ich mich nicht irre, Mr. Townsend«, sagte der Doktor. »Wie schön, daß man Sie an unseren Tisch gesetzt hat. Ich bin erst vor kurzem in den Ruhestand gegangen, und Jenny und ich haben uns versprochen, einige Jährchen auf Kreuzfahrt zu gehen. Was führt Sie an Bord?« Bevor Townsend antworten konnte, traf ein zweites Paar am Tisch ein. »Das ist Keith Townsend aus Australien«, erklärte Dr. Percival. »Erlauben Sie, daß ich Sie mit Mr. und Mrs. Osborne aus Chicago in Illinois bekannt mache.«

Sie hatten einander eben die Hand gegeben, als der Doktor sagte: »Guten Abend, Mrs. Sherwood. Darf ich Ihnen Keith Townsend vorstellen?«

Keith wußte aus Kates Biographie, daß Mrs. Sherwood siebenundsechzig Lenze zählte, doch es war offensichtlich, daß sie viel Zeit und Geld darauf verwendet hatte, diese Tatsache zu vertuschen. Keith bezweifelte, daß sie je eine Schönheit gewesen war, aber die Beschreibung »gut erhalten« drängte sich ihm unwillkürlich auf. Ihr Abendkleid war modisch, auch wenn Keith der Ansicht war, daß es ein paar Zentimeter länger hätte sein dürfen. Keith lächelte sie an, als wäre sie fünfundzwanzig Jahre jünger.

Kaum hörte Mrs. Sherwood Townsends Akzent, vermochte sie ihre Mißbilligung nur mühsam zu verbergen; dann aber kamen zwei weitere Passagiere kurz hintereinander an den Tisch und lenkten die Dame ab. Den Namen des Generals verstand Townsend nicht, doch die Frau stellte sich als Claire Williams vor und setzte sich an die gegenüberliegende Seite des Tisches neben Dr. Percival. Townsend lächelte sie an, doch die Frau nahm es gar nicht zur Kenntnis.

Noch ehe Keith sich gesetzt hatte, fragte Mrs. Sherwood unwirsch, wieso der Erzdiakon offenbar einen anderen Platz bekommen hatte.

»Ich habe ihn am Kapitänstisch gesehen«, sagte Claire.

»Nun, ich hoffe, er wird morgen wieder bei uns sitzen!« Mrs. Sherwood begann sofort ein Gespräch mit Mr. Osborne, der rechts neben ihr saß. Da sie es während des erstes Gangs kategorisch ablehnte, mit Townsend zu reden, unterhielt dieser sich mit Mrs. Percival, während er sich gleichzeitig bemühte, Mrs. Sherwoods Gespräch mitzuhören. Das war sehr schwierig.

Als das Geschirr des Hauptgangs abgeräumt wurde, hatte Keith kaum ein Dutzend Worte mit Mrs. Sherwood gewechselt. Beim Kaffee erkundigte Claire sich von der gegenüberliegenden Tischseite bei Keith, ob er je in England gewesen sei.

»Ja, ich habe kurz nach dem Krieg in Oxford studiert«, gestand Townsend zum erstenmal seit fünfzehn Jahren.

Mrs. Sherwood schwang zu ihm herum. »An welchem College?« fragte sie scharf.

»Worcester«, antwortete Keith mit übertriebener Höflichkeit, in der Hoffnung, Margaret Sherwoods Interesse erregt zu haben. Doch es sollte sich als die erste und letzte Frage erweisen, die Mrs. Sherwood Keith an diesem Abend stellte. Er erhob sich höflich, als sie den Tisch verließ, und fragte sich, ob drei Tage für sein Vorhaben ausreichten. Er trank seinen Kaffee aus, wünschte Claire und dem General noch einen schönen Abend, und kehrte in seine Kabine zurück, um die Sherwood-Akte noch einmal durchzugehen. Von Vorurteilen und Snobismus stand nichts in der Kurzbiographie, doch um Sally gegenüber fair zu sein – sie hatte Margaret Sherwood nie persönlich kennengelernt.

Als Townsend sich zum Frühstück an den Tisch setzte, war der einzige freie Platz der zu seiner Rechten, und obwohl er sich als letzter vom Tisch erhob, ließ Margaret Sherwood sich nicht sehen. Er blickte auf, als Claire ging und überlegte, ob er ihr folgen solle, entschied sich jedoch dagegen, da es nicht zum Plan gehörte. Die nächste Stunde schlenderte er an Deck herum, in der Hoffnung, vielleicht Margaret Sherwood über den Weg zu laufen. Doch er bekam sie an diesem Vormittag nicht zu Gesicht.

Mittags kam er ein paar Minuten zu spät zum Lunch und stellte fest, daß Mrs. Sherwood nun an der gegenüberliegenden Tischseite saß, zwischen dem General und Dr. Percival. Sie blickte nicht einmal auf, als Townsend sich setzte. Claire, die wenige Minuten später kam, hatte keine Wahl, als sich neben Townsend zu setzen, begann jedoch sogleich ein Gespräch mit Mr. Osborne.

Townsend versuchte zu verstehen, was Mrs. Sherwood zum General sagte – in der Hoffnung, es würde ihm irgendein Vorwand einfallen, sich an ihrer Unterhaltung zu beteiligen. Doch Mrs. Sherwood erzählte nur, daß dies ihre neunzehnte Kreuzfahrt rund um die Welt sei und daß sie das Schiff wahrscheinlich ebensogut kannte wie der Kapitän.

Townsend gelangte zur Ansicht, daß es mit seinem Plan ganz und gar nicht lief. Sollte er Mrs. Sherwood direkt angehen? Kate hatte ihm dringend davon abgeraten. »Wir dürfen sie nicht für naiv halten«, hatte sie ihn gewarnt, als sie sich am Flughafen trennten. »Hab Geduld. Es wird sich bestimmt von selbst eine Gelegenheit ergeben.«

Keith wandte sich müßig nach rechts, als er vernahm, wie Dr. Percival sich bei Claire erkundigte, ob sie *Requiem für eine Nonne* gelesen habe.

»Nein«, erwiderte sie. »Ist es gut?«

»Ich habe es gelesen«, warf Mrs. Sherwood ein, »und kann nur sagen, daß es bei weitem nicht zu seinen besseren Titeln zählt.«

»Tut mir leid, daß Sie es so empfinden, Mrs. Sherwood«, warf Townsend ein wenig zu schnell ein.

»Wieso das, Mr. Townsend?« Sie konnte ihr Erstaunen nicht verbergen, daß er offenbar wußte, wer der Autor war.

»Weil ich das Privileg habe, Mr. Faulkners Bücher verlegen zu dürfen.«

»Ich hatte keine Ahnung, daß Sie Verleger sind!« rief Dr. Percival. »Wie aufregend! Ich wette, es gibt eine Menge Leute an Bord, die Ihnen eine gute Story erzählen könnten.«

»Vielleicht sogar ein oder zwei Leute an diesem Tisch«, meinte Townsend und wich Mrs. Sherwoods Blick unauffällig aus.

»Krankenhäuser sind eine nie versiegende Quelle für Stories«, erwärmte sich Dr. Percival. »Das dürfte ich besser wissen als manch anderer.«

»Allerdings«, bestätigte Townsend, der nun Morgenluft witterte. »Aber eine gute Story allein genügt nicht. Man muß auch imstande sein, sie zu Papier zu bringen. Dazu gehört echte Begabung.«

»Für welchen Verlag arbeiten Sie?« fragte Mrs. Sherwood und gab sich alle Mühe, gleichmütig zu klingen.

Townsend hatte die Angelschnur zum erstenmal ausgeworfen, und bereits jetzt hatte sie nach der Fliege geschnappt. »Schumann & Co. in New York«, antwortete er ebenso gleichmütig. »Ich …«

In diesem Moment legte der General los und erzählte Keith, wie viele Bekannte ihn schon bedrängt hätten, seine Memoiren zu schreiben. Dann gab er allen am Tisch eine Kostprobe, wie sein erstes Kapitel möglicherweise aussehen würde.

Es verwunderte Keith nicht, daß Mrs. Sherwood zum Dinner erneut mit Claire den Platz getauscht hatte und nun wieder neben ihm saß. Beim Räucherlachs erklärte er Mrs. Sherwood ausführlich, wie ein Buch auf die Bestsellerliste kam.

»Darf ich Sie mal unterbrechen, Mr. Townsend?« fragte Mrs. Sherwood leise, als der Lammbraten aufgetragen wurde.

»Selbstverständlich, Mrs. Sherwood«, versicherte Keith und wandte sich ihr zu.

»In welcher Abteilung arbeiten Sie bei Schumann?«

»In keiner bestimmten«, antwortete er.

»Ich fürchte, ich verstehe nicht«, sagte Mrs. Sherwood.

»Nun, Sie müssen wissen, daß der Verlag mir gehört.«

»Heißt das, Sie können beispielsweise die Entscheidung eines Redakteurs überstimmen?« fragte Mrs. Sherwood.

»Ich kann die Entscheidung eines jeden Verlagsmitarbeiters überstimmen«, erklärte Townsend.

»Es geht darum …« Sie zögerte und vergewisserte sich, ob jemand am Tisch zuhörte. Townsend wußte, was jetzt kam. »Nun, ja, ich hatte vor einiger Zeit ein Manuskript an Schumann geschickt. Drei Monate später erhielt ich es zurück. Man hatte es abgelehnt – ohne ein erklärendes Begleitschreiben!«

»Das tut mir leid«, versicherte ihr Townsend und legte eine Pause ein, ehe er die nächsten, gut vorbereiteten Worte an die Frau brachte. »Sie müssen wissen, daß viele der eingesandten Manuskripte gar nicht gelesen werden.«

»Wieso das?« fragte sie ungläubig.

»Nun, jeder größere Verlag bekommt jede Woche bis zu hundert, ja, zweihundert unverlangte Manuskripte. Kein Verleger könnte sich das Personal leisten, sie alle lesen zu lassen. Deshalb sollten Sie sich keine unnötigen Gedanken darüber machen, daß Ihr Manuskript vielleicht nicht gut war.«

»Wie kann dann jemand mit seinem ersten Roman – wie in meinem Fall – jemanden finden, der sich dafür interessiert?« flüsterte Mrs. Sherwood.

»Jedem, der mit diesem Problem an mich herangetreten ist, habe ich den Rat erteilt, sich einen guten Agenten zu nehmen – einen Spitzenmann, der genau weiß, bei welchem Verlag welches Manuskript die meisten Chancen hat ... und der vielleicht sogar weiß, welcher Redakteur sich dafür interessieren könnte.«

Keith konzentrierte sich auf seinen Lammbraten und wartete, daß Mrs. Sherwood den nötigen Mut aufbrachte, die Frage zu stellen, mit der Keith nun rechnete. Kate hatte gesagt: »Überlasse die Gesprächsführung stets ihr, dann gibt es keinen Grund für sie, mißtrauisch zu werden.« Keith blickte nicht von seinem Teller auf.

»Sie werden wohl sicher nicht die Zeit haben«, begann Mrs. Sherwood schüchtern, »und so nett sein, mein Manuskript persönlich zu lesen und mich Ihr professionelles Urteil wissen zu lassen?«

»Es würde mir ein Vergnügen sein«, versicherte Keith. »Sobald wir zurück in New York sind, schicken Sie Ihr Manuskript direkt an mich bei Schumanns. Ich sorge dann dafür, daß einer meiner erfahrensten Redakteure es umgehend liest und eine ausführliche Beurteilung schreibt.«

Mrs. Sherwood schürzte die Lippen. »Ich habe das Manuskript bei mir. Wissen Sie, meine jährliche Kreuzfahrt gibt mir die nötige Muße, das Werk zu überarbeiten.«

Townsend hätte ihr gern gesagt, daß er das längst wußte – dank der Köchin ihres Schwagers. Doch er begnügte sich damit, zu sagen: »Wundervoll. Dann bringen Sie es doch bei Gelegenheit zu meiner Kabine. Ich werde die ersten Kapitel lesen; dann bekomme ich schon mal eine Vorstellung davon.«

»Würden Sie das wirklich tun, Mr. Townsend? Wie außerordentlich freundlich von Ihnen! Mein lieber Gatte sagte immer, daß man nicht alle Australier über einen Kamm scheren und davon ausgehen dürfe, daß sie von Sträflingen abstammen.«

Townsend lachte, während Claire sich über den Tisch beugte. »Sind Sie *der* Mr. Townsend, der in dem Artikel in der heutigen *Ocean Times* erwähnt wird?« fragte sie.

Townsend blickte sie scheinbar erstaunt an. »Ich habe keine Ahnung. Ich habe das Blatt nicht einmal gesehen.«

»Der Artikel befaßt sich mit einem gewissen Richard Armstrong…«, keiner bemerkte Mrs. Sherwoods Reaktion, »… der ebenfalls in der Verlagsbranche tätig ist.«

»Richard Armstrong? Der Name ist mir schon mal begegnet«, gestand Townsend. »Also wäre es schon möglich.«

»Hat den Militärverdienstorden verliehen bekommen«, warf der General ein. »Aber das ist auch das einzige Gute, das in dem Artikel über ihn steht. Tja, aber man darf nicht alles glauben, was man in Zeitungen liest.«

»Da haben Sie allerdings recht«, pflichtete Townsend ihm bei. Mrs. Sherwood erhob sich plötzlich und verließ den Tisch, ohne auch nur »guten Abend« gewünscht zu haben.

Sobald sie gegangen war, begann der General Dr. Percival und Mrs. Osborne mit dem zweiten Kapitel seiner Autobiographie zu beglücken. Claire erhob sich und sagte: »Bitte lassen Sie sich nicht unterbrechen, General, aber ich werde jetzt ebenfalls zu Bett gehen.« Townsend blickte nicht einmal in ihre Richtung. Wenige Minuten später – der alte Haudegen wurde soeben von der Küste bei Dünkirchen evakuiert – entschuldigte auch Keith sich und kehrte in seine Kabine zurück.

Er war eben aus der Duschkabine gestiegen, als es an seiner Tür klopfte. Er lächelte, streifte einen der vom Schiff gestellten Frottierbademäntel über und durchquerte gemächlich die Kabine. Wenn Mrs. Sherwood ihr Manuskript jetzt brachte, würde er zumindest einen guten Grund haben, für morgen vormittag eine Besprechung mit ihr zu vereinbaren. Er öffnete die Kabinentür.

Er öffnete schon den Mund, um »Guten Abend, Mrs. Sherwood« zu sagen, als er sah, daß Kate vor ihm stand. Sie machte einen besorgten Eindruck. Rasch schloß sie die Tür, nachdem sie zu Keith in die Kabine gehuscht war.

»Wir hatten uns doch geeinigt, uns nicht zu treffen, außer im Notfall«, sagte Keith.

»Das *ist* ein Notfall«, versicherte ihm Kate, »aber ich konnte nicht riskieren, es dir beim Dinner zu sagen.«

»Hast du deshalb vorhin von dem Artikel angefangen, wo du eigentlich das Thema anschneiden solltest, was am Broadway gespielt wird?«

»Ja«, erwiderte Kate. »Du darfst nicht vergessen, daß ich zwei Tage mehr Zeit hatte als du, Mrs. Sherwood kennenzulernen. Sie hat mich soeben in meiner Kabine angerufen, um mich zu fragen, ob ich deine Geschichte für wahr hielte, daß du Verleger bist.«

»Und was hast du ihr gesagt? Hast du...« Keith hielt inne, als erneut an die Tür geklopft wurde. Er legte einen Finger auf die Lippen und deutete zur Dusche. Er wartete, bis er das Geräusch vernahm, daß Kate den Vorhang zuzog; dann erst öffnete er die Tür.

»Mrs. Sherwood«, sagte Keith. »Wie schön, Sie zu sehen. Ist alles in Ordnung?«

»Ja, danke, Mr. Townsend. Ich dachte, ich bringe Ihnen das gleich jetzt.« Sie drückte ihm ein dickes Manuskript in die Hand. »Für den Fall, daß Sie schon heute einen Blick hineinwerfen möchten.«

»Wie zuvorkommend«, entgegnete Keith. »Wie wär's, wenn wir uns morgen nach dem Frühstück zusammensetzen; dann kann ich Ihnen schon meinen ersten Eindruck schildern.«

»Oh, würden Sie das wirklich tun, Mr. Townsend? Ich kann es gar nicht erwarten, Ihre Meinung darüber zu hören.« Sie zögerte. »Ich hoffe, ich habe Sie nicht gestört.«

»Gestört?« fragte Keith ein wenig verwirrt.

»Ich dachte, ich hätte Stimmen in Ihrer Kabine gehört, als ich den Gang herunterkam.«

»Hm.« Leicht verlegen zuckte Keith die Schultern. »Ich habe unter der Dusche gesungen. Vielleicht war es das?«

»Das wird's wohl gewesen sein«, sagte Mrs. Sherwood. »Nun, ich würde mich freuen, wenn Sie heute tatsächlich noch Zeit fänden, ein paar Seiten aus *Die Geliebte des Senators* zu lesen.«

»Das werde ich ganz gewiß«, versicherte Keith. »Gute Nacht, Mrs. Sherwood.«

»Oh, sagen Sie doch Margaret zu mir.«

»Ich bin Keith«, sagte er lächelnd.

»Ich weiß. Ich habe soeben den Artikel über Sie und Mr. Armstrong gelesen. Sehr interessant. Kann dieser Armstrong wirklich so hinterhältig sein?«

Keith antwortete nicht, als er die Tür schloß. Er drehte sich um und sah Kate im anderen Bademantel aus der Dusche steigen. Als sie auf ihn zuging, fiel die Kordel auf den Boden, und der Mantel klaffte ein Stückchen auf. »Oh, sagen Sie doch Claire zu mir«, sagte sie und legte den Arm um die Taille. Keith zog sie an sich. »Können Sie wirklich so hinterhältig sein?« Sie lachten, als Keith sie durch die Kabine zerrte.

»O ja!« erwiderte er, als sie aufs Bett fielen.

»Keith«, flüsterte sie, »meinst du nicht, daß du jetzt anfangen solltest, das Manuskript zu lesen?«

Nachdem Sharon nicht nur in seinem Schlafzimmer, sondern auch in seinem Büro präsent war, dauerte es nur Stunden, bis Armstrong erkannte, daß Sally nicht übertrieben hatte, was ihre Schilderung von Sharons Fähigkeiten als Sekretärin betraf. Aber er war zu stolz, es zuzugeben und Sally anzurufen.

Am Ende der zweiten Woche häuften sich unbeantwortete Briefe auf seinem Schreibtisch und – was vielleicht noch schlimmer war – Antworten, unter die er seine Unterschrift lieber nicht setzte. Nach den vielen Jahren der Zusammenarbeit mit Sally hatte Dick ganz vergessen, daß er sich jeden Tag nur ein paar Minuten Zeit hatte nehmen müssen, ihre Arbeit durchzusehen, bevor er alles unterschrieb, was sie ihm vorlegte. Im Grunde hatte Dick in den ersten beiden Arbeitswochen seiner neuen Sekretärin seine Unterschrift nur unter ein einziges brauchbares Dokument gesetzt: Sharons Anstellungsvertrag, von dem offensichtlich war, daß sie ihn nicht selbst verfaßt hatte.

Am Dienstag der dritten Woche begab Armstrong sich ins Unterhaus, um mit dem Gesundheitsminister zu Mittag zu essen – nur um feststellen zu müssen, daß die Verabredung erst für den nächsten Tag vereinbart war. Zwanzig Minuten später stürmte er wütend in sein Büro.

»Aber ich habe dir doch gesagt, daß du heute mit dem Direktor der NatWest zum Lunch verabredet bist«, behauptete Sharon. »Er hat gerade vom Savoy angerufen und gefragt, wo du bleibst.«

»Dort, wo du mich hingeschickt hast!« brüllte Dick. »Im Unterhaus!«

»Erwartest du, daß ich mich um *alles* kümmere?«

»Sally hat das jedenfalls irgendwie geschafft«, knirschte Armstrong, der seinen Zorn kaum noch beherrschen konnte.

»Wenn ich den Namen dieser Frau nur noch ein einziges Mal höre, verlasse ich dich, das schwöre ich!«

Armstrong sagte nichts, stürmte jedoch aus dem Büro und befahl Benson, ihn so rasch wie möglich zum Savoy zu bringen. Als er den Grill betrat, teilte Mario ihm mit, daß sein Gast sich soeben verabschiedet hatte. Und als Dick wieder ins Büro kam, erfuhr er, daß Sharon wegen leichter Migräne nach Hause gegangen war.

Armstrong setzte sich an seinen Schreibtisch und wählte Sallys Nummer, doch niemand nahm den Hörer ab. Von nun an rief er mindestens einmal am Tag bei Sally an, aber nur der Anrufbeantworter meldete sich. Am Ende der nächsten Woche befahl er Fred, ihr den monatlichen Gehaltsscheck zu senden.

»Aber ich habe ihr bereits die Entlassungspapiere geschickt«, erinnerte ihn der Chefbuchhalter. »So, wie Sie es von mir verlangt haben.«

»Sie sollen nicht mit mir diskutieren, Fred, sondern Sally ihre Schecks bezahlen«, brummte Armstrong.

In der fünften Woche gaben sich tagtäglich neue Aushilfen die Klinke in die Hand. Manche wurden bereits nach wenigen Stunden gefeuert. Doch es war Sharon, die den Brief von Sally öffnete und darin einen zerrissenen Scheck sowie die Zeilen fand: »Ich wurde für mein entgangenes Gehalt bereits großzügig entschädigt.«

Keith erwachte am folgenden Morgen und wunderte sich, Kate in seinem Morgenrock bei der Lektüre von Mrs. Sherwoods Manuskript vorzufinden. Sie beugte sich zu Keith hinüber und küßte ihn, ehe sie ihm die ersten sieben Kapitel reichte. Er setzte sich auf, blinzelte einige Male und las den ersten Satz: »Als er aus dem Swimmingpool stieg, wuchs die Anschwellung unter seiner Badehose zusehends.« Er blickte Kate an. Sie sagte: »Lies weiter. Es wird noch heißer.«

Keith hatte etwa vierzig Seiten gelesen, als Kate aus dem Bett sprang und zur Dusche schlenderte. »Du brauchst nicht weiterzulesen«, sagte sie, »ich werde dir später erzählen, wie es endet.«

Doch als sie aus der Dusche trat, war Keith mitten im dritten Kapitel. Er schaute Kate an und ließ die übrigen Seiten auf den Boden klatschen. »Was meinst du?« fragte er.

Kate ging zum Bett, zog die Decke zurück und blickte auf seinen nackten Körper. »Nach deiner Reaktion zu schließen, hättest du mich entweder gern noch ein Weilchen im Bett, oder wir sind hier auf einen Bestseller gestoßen.«

Als Keith sich ungefähr eine Stunde später zum Frühstück begab, saßen nur Kate und Mrs. Sherwood am Tisch. Sie waren in ein Gespräch vertieft, das sie jedoch sofort unterbrachen, sobald er sich zu ihnen gesellte. »Ich nehme nicht an …«, begann Mrs. Sherwood.

»Was nehmen Sie nicht an?« fragte Keith scheinbar arglos.

Kate mußte sich umdrehen, damit Mrs. Sherwood ihre Miene nicht sehen konnte.

»Daß Sie einen Blick in meinen Roman geworfen haben?«

»Einen Blick?« sagte Townsend. »Ich habe ihn von Anfang bis zum Ende gelesen! Und eins steht fest, Mrs. Sherwood. Niemand bei Schumann kann das Manuskript auch nur aufgeschlagen haben, sonst hätte er es sich sofort geschnappt!«

»Oh! Halten Sie es wirklich für so gut?« fragte Mrs. Sherwood.

»Und ob!« versicherte Townsend. »Und ich kann nur hoffen, daß Sie Schumann trotz der Nachlässigkeit gestatten, Ihnen ein Angebot zu unterbreiten.«

»Aber natürlich!« rief Mrs. Sherwood begeistert.

»Gut. Aber hier ist wohl nicht der richtige Ort, über geschäftliche Dinge zu reden.«

»Ja, natürlich, ich verstehe, Keith. Wie wäre es, wenn Sie etwas später in meine Kabine kommen?« Mrs. Sherwood blickte auf die Uhr. »Sagen wir, gegen halb elf?«

Townsend nickte. »Das paßt mir sehr gut.« Er erhob sich, als Mrs. Sherwood ihre Serviette faltete und den Tisch verließ.

»Hast du inzwischen was Neues erfahren?« fragte er Kate, als Mrs. Sherwood außer Hörweite war.

»Nicht viel.« Sie knabberte an einer Scheibe Rosinenbrottoast. »Aber ich habe das Gefühl, sie hat dir nicht geglaubt, daß du tatsächlich das ganze Manuskript gelesen hast.«

»Wie kommst du darauf?«

»Weil sie mir erzählt hat, daß du vergangene Nacht eine Frau in deiner Kabine hattest.«

»Ach, wirklich?« Townsend machte eine Pause. »Was hatte sie sonst noch zu sagen?«

»Sie hat sich ziemlich ausführlich über den Artikel in der *Ocean Times* ausgelassen und fragte mich, ob …«

»Morgen, Townsend. Ein schönen guten Morgen, junge Dame«, grüßte der General und setzte sich auf seinen Platz. Kate schenkte ihm ein strahlendes Lächeln und erhob sich.

»Viel Glück«, wünschte sie Keith leise.

»Ich freue mich, daß ich endlich mal die Gelegenheit habe, ungestört mit Ihnen sprechen zu können, Townsend. Wissen Sie, ich habe den ersten Band meiner Memoiren bereits geschrieben, und da ich ihn zufällig mit an Bord habe, frage ich mich, ob Sie vielleicht so liebenswürdig wären, ihn zu lesen und mir Ihre professionelle Meinung zu sagen.«

Townsend brauchte zwanzig Minuten, einem Manuskript zu entrinnen, das er nicht lesen, geschweige denn verlegen wollte. Den General abzuwimmeln hatte Keith viel Zeit gekostet; nun mußte er sich mächtig sputen, um sich für die Besprechung mit Mrs. Sherwood vorzubereiten. Er eilte in seine Kabine zurück und ging ein letztes Mal Kates Notizen durch, bevor er sich zu Mrs. Sherwoods Suite begab. Es war nur Sekunden nach halb elf, als er an die Tür klopfte, die sofort geöffnet wurde.

»Ich mag pünktliche Menschen«, sagte Mrs. Sherwood.

Die Trafalgar-Suite befand sich auf zwei Decksebenen und besaß einen eigenen Balkon. Mrs. Sherwood führte ihren Gast zu einem Paar bequemer Sessel in der Mitte des Salons. »Hätten Sie gern eine Tasse Kaffee, Keith?« fragte sie, bevor sie ihm gegenüber Platz nahm.

»Nein, danke, Margaret, ich habe eben erst gefrühstückt.«

»Ah, ja. Tja, wollen wir dann gleich zum Geschäft kommen?«

»Selbstverständlich. Wie ich Ihnen heute schon sagte, würde Schumann es als Privileg erachten, Ihren Roman verlegen zu dürfen.«

»Wie aufregend!« rief Mrs. Sherwood. »Ach, hätte mein lieber Mann das noch erleben dürfen! Er war immer der Ansicht, meine Arbeit würde irgendwann einmal veröffentlicht.«

»Wir wären bereit, Ihnen einen Vorschuß von hunderttausend Dollar zu zahlen«, fuhr Townsend fort. »Überdies würden Sie mit zehn Prozent des Verkaufspreises am Umsatz beteiligt, abzüglich des Vorschusses. Zwölf Monate nach Erscheinen der gebundenen Ausgabe würden Taschenbuchausgaben folgen, und für jede Woche, die Ihr Roman auf der Bestsellerliste der *New York Times* steht, erhalten Sie eine Prämie.«

»Oh! Glauben Sie wirklich, daß mein Roman auf die Bestsellerliste kommen könnte?«

»Ich würde darauf wetten«, versicherte Townsend.

»Würden Sie das wirklich?« fragte Mrs. Sherwood.

Townsend blickte ein wenig besorgt zu ihr hinüber und fragte sich, ob er zu weit gegangen war.

»Ich nehme Ihr Angebot mit Freuden an, Mr. Townsend. Ich glaube, das müssen wir begießen!« Sie schenkte ihm ein Glas Champagner aus einer halbleeren Flasche ein, die im Eiskübel neben ihr stand. »Da wir nun eine Vereinbarung bezüglich des Romans getroffen haben«, sagte sie kurz darauf, »darf ich mich da noch in einer anderen Sache an Sie wenden? Vielleicht könnten Sie mich bei einem kleinen Problem beraten, dem ich mich zur Zeit gegenübersehe.«

»Selbstverständlich gern, sofern ich kann.« Townsend blickte auf ein Gemälde, das einen einarmigen, einäugigen Admiral zeigte, der sterbend auf einem Achterdeck lag.

»Ein Artikel, den ich in der *Ocean Times* las und auf den mich ... Miß Williams aufmerksam machte, hat mich zutiefst bestürzt«, sagte Mrs. Sherwood. »Es geht dabei um einen gewissen Richard Armstrong.«

»Ich bin nicht sicher, ob ich Sie verstehe.«

»Ich werde es erklären.« Mrs. Sherwood erzählte Townsend eine Geschichte, die er besser kannte als sie. Die alte Dame endete: »Da Sie im Verlagsgeschäft sind, meinte Claire, könnten Sie mir vielleicht jemand anders empfehlen, der meine Anteile kauft.«

»Wieviel erwarten Sie denn für die Anteile zu bekommen?« fragte Townsend.

»Zwanzig Millionen Dollar. Das ist der Betrag, auf den ich mich mit meinem Schwager Alexander geeinigt habe. Er hat seine Anteile bereits für diese Summe an Richard Armstrong verkauft.«

»Wann treffen Sie sich mit Mr. Armstrong?« Das war eine weitere Frage, deren Antwort Townsend bereits kannte.

»Die Besprechung soll am Montag um achtzehn Uhr in meiner Wohnung in New York stattfinden.«

Townsend blickte weiterhin auf das Gemälde und tat so, als würde er eingehend über das Problem nachdenken. »Ich bin sicher, mein Unternehmen könnte bei Armstrongs Angebot mithalten«, meinte er schließlich. »Vor allem, da der Betrag bereits feststeht.« Er hoffte, daß Mrs. Sherwood sein Herz nicht klopfen hörte.

Die alte Dame senkte die Augen und blickte flüchtig auf einen Sotheby-Katalog, den eine Freundin ihr vergangene Woche aus

Genf geschickt hatte. »Welch ein Glücksfall, daß wir uns kennengelernt haben«, sagte sie. »Wie einer dieser Zufälle, die in einem Roman immer so unglaubhaft und lächerlich wirken, nicht wahr?« Sie lachte, hob ihr Glas und sagte schulterzuckend: »Kismet.«

Townsend schwieg.

Mrs. Sherwood stellte ihr Glas ab und sagte: »Ich möchte mir die ganze Sache heute nacht noch einmal durch den Kopf gehen lassen. Ich werde Ihnen meine Entscheidung mitteilen, bevor wir von Bord gehen.«

»Wie Sie meinen«, sagte Townsend und versuchte, sich seine Enttäuschung nicht anmerken zu lassen. Er erhob sich, und die alte Dame begleitete ihn zur Tür.

»Ich muß mich für all die Mühe bedanken, die Sie meinetwegen auf sich genommen haben, Keith.«

»Ich habe es gern getan.« Sie schloß die Tür.

Townsend kehrte sofort zu seiner Kabine zurück, wo Kate auf ihn wartete.

»Wie ist es gelaufen?« fragte sie gespannt.

»Sie hat sich noch nicht endgültig entschieden. Aber ich glaube, sie zappelt bereits im Netz, weil du sie auf diesen Artikel aufmerksam gemacht hast.«

»Und die Aktien?«

»Der Preis steht ja fest; deshalb ist es ihr offenbar egal, wer die Aktien kauft, Hauptsache, ihr Buch wird veröffentlicht.«

»Aber sie wollte mehr Zeit, darüber nachzudenken.« Kate schwieg eine Zeitlang, ehe sie hinzufüge: »Warum hat sie dich nicht eingehender befragt, weshalb du die Aktien kaufen möchtest?«

Townsend zuckte die Schultern.

»Ich frage mich allmählich, ob Mrs. Sherwood nicht an Bord saß wie die Spinne im Netz und auf uns wartete – und nicht umgekehrt.«

»Ach, was«, tat Townsend Kates Bemerkung ab. »Sie muß sich schließlich entscheiden, was ihr wichtiger ist: daß ihr Buch veröffentlicht wird oder daß sie Alexander nachzieht, der ihr geraten hat, an Armstrong zu verkaufen. Wenn *das* die Wahl ist, die sie treffen muß, haben wir einen Riesenpluspunkt.«

»Und welchen?« fragte Kate.

»Dank Sally wissen wir genau, wie viele Verlage ihren Roman in den vergangenen zehn Jahren abgelehnt haben. Und nachdem ich das Buch gelesen habe, kann ich mir nicht vorstellen, daß irgendeiner ihr viel Hoffnung gemacht hat.«

»Aber bestimmt weiß Armstrong das auch, und auch er wäre gewiß dazu bereit, ihr Machwerk zu verlegen.«

»Aber sie kann sich nicht sicher sein«, erwiderte Townsend.

»Vielleicht doch – und möglicherweise ist sie viel gerissener, als wir sie einschätzen. Gibt es ein Telefon an Bord?«

»Ja. Auf der Brücke. Ich hab' versucht, Tom Spencer in New York anzurufen, damit er sich schon mal daranmacht, den Vertrag zu ändern. Aber mir wurde gesagt, das Telefon dürfe nur in einem Notfall benutzt werden.«

»Und wer entscheidet, was ein Notfall ist?« fragte Kate.

»Nur der Kapitän, hat der Zahlmeister mir gesagt.«

»Dann kann keiner von uns etwas unternehmen. Erst wenn wir in New York sind.«

Mrs. Sherwood kam zu spät zum Mittagessen und setzte sich neben den General. Es schien ihr nichts auszumachen, eine ausführliche Inhaltsangabe des dritten Kapitels seiner Autobiographie über sich ergehen zu lassen, und sie kam nicht ein einziges Mal auf ihren Roman zu sprechen. Nach dem Lunch verschwand sie sofort wieder in ihrer Suite.

Als sie ihre Plätze fürs Dinner einnahmen, stellten die anderen fest, daß Mrs. Sherwood an den Kapitänstisch eingeladen war.

Nach einer schlaflosen Nacht begaben Keith und Kate sich schon zeitig zum Frühstück, in der Hoffnung, Mrs. Sherwoods Entscheidung zu erfahren. Doch während die Minuten verstrichen und die alte Dame sich nicht sehen ließ, wurde offensichtlich, daß sie es vorgezogen hatte, in ihrer Suite zu frühstücken.

»Sie wird mit dem Packen nicht zurechtgekommen sein«, meinte der stets hilfsbereite Dr. Percival.

Kate sah nicht sehr überzeugt aus.

Keith kehrte in seine Kabine zurück und packte seinen Koffer. Dann schloß er sich Kate an Deck an, während das Schiff auf den Hudson zudampfte.

»Ich hab' das Gefühl, diesmal haben wir den kürzeren gezogen«, sagte Kate, als sie an der Freiheitsstatue vorüberfuhren.

»Ich fürchte, du könntest recht haben. Es würde mir auch gar nicht soviel ausmachen – wenn nicht wieder Armstrong als Sieger dastünde!«

»Ist es dir denn so wichtig geworden, ihn zu besiegen?«

»Ja. Du mußt wissen ...«

»Guten Morgen, Mr. Townsend«, erklang eine Stimme hinter ihnen. Keith fuhr herum und sah Mrs. Sherwood auf ihn zukommen. Er hoffte, daß es Kate gelungen war, in der Menge unterzutauchen, bevor Mrs. Sherwood sie gesehen hatte.

»Guten Morgen, Mrs. Sherwood«, erwiderte Keith.

»Nach reiflicher Überlegung«, sagte sie, »bin ich zu einer Entscheidung gelangt.«

Unwillkürlich hielt Keith den Atem an.

»Wenn morgen vor achtzehn Uhr beide Verträge für mich unterzeichnungsbereit sind, haben Sie ›einen Deal gemacht‹, wie die Amerikaner es so vulgär auszudrücken pflegen.«

Keith strahlte sie an.

»Aber«, fuhr sie fort, »wenn mein Buch nicht innerhalb eines Jahres nach Vertragsunterzeichnung erschienen ist, müssen Sie eine Konventionalstrafe von einer Million Dollar an mich entrichten. Und ebensoviel, wenn es nicht auf die Bestsellerliste der *New York Times* kommt.«

»Aber ...«

»Als ich Sie wegen der Bestsellerliste fragte, haben Sie selbst gesagt, Sie würden darauf wetten. Oder etwa nicht, Mr. Townsend? Nun, genau diese Chance gebe ich Ihnen jetzt.«

»Aber ...«, wiederholte Keith.

»Ich erwarte Sie morgen um siebzehn Uhr in meiner Wohnung, Mr. Townsend. Mein Anwalt hat mir versichert, daß er zugegen sein kann. Sollten Sie nicht kommen, werde ich um achtzehn Uhr den Vertrag mit Mr. Armstrong abschließen.« Sie blickte Keith in die Augen. »Ich habe das Gefühl, er wäre ebenfalls bereit, meinen Roman zu verlegen.«

Ohne ein weiteres Wort schritt sie zur Passagier-Gangway. Kate stellte sich zu Keith an die Reling, und beide beobachteten, wie Mrs. Sherwood bedächtig hinunterschritt. Als sie auf den Kai trat, fuhren zwei schwarze Rolls-Royce heran. Ein Chauffeur sprang aus dem vorderen Wagen und schwang für die alte Dame die Tür zum Fond auf. Dann stieg auch der zweite Chauffeur aus und wartete auf das Gepäck seiner Brötchengeberin.

»Wie ist es ihr bloß gelungen, mit ihrem Anwalt zu telefonieren?« fragte Keith sich verwundert. »Ihn wegen ihres Romans anzurufen läßt sich nun wirklich nicht als Notfall klassifizieren – sofern man den Roman nicht gelesen hat.«

Kurz bevor Mrs. Sherwood in den Wagen stieg, schaute sie zum Schiff hinauf und winkte jemandem zu. Keith und Kate drehten sich um und folgten ihrem Blick zur Brücke.

Der Kapitän stand stramm und grüßte zackig.

Daily Mail

10. Juni 1967

Ende des Sechstagekrieges: Nasser gibt auf

Armstrong überprüfte noch einmal die Abflugzeit für die Maschine nach New York. Dann suchte er Mrs. Sherwoods Adresse aus dem Telefonbuch von Manhattan heraus, ja, er rief sogar persönlich das *Pierre* an, um sich zu vergewissern, daß die Präsidentensuite auch wirklich für ihn reserviert war. Schließlich ging es diesmal um eine Besprechung, zu der er nicht zu spät oder an einem falschen Tag oder zu einer falschen Adresse kommen durfte.

Armstrong hatte bereits zwanzig Millionen Dollar in der Chase Manhattan Bank deponiert, war mit seinem PR-Mann noch einmal die Presseerklärung durchgegangen und hatte Peter Wakeham angewiesen, den Vorstand auf eine sensationelle Titelstory vorzubereiten.

Alexander Sherwood hatte gestern abend angerufen und Dick informiert, daß er mit seiner Schwägerin noch vor deren alljährlicher Kreuzfahrt telefoniert und sie ihm versichert habe, sie sei mit zwanzig Millionen Dollar einverstanden; am Tag ihrer Rückkehr erwartete sie Armstrong um achtzehn Uhr in ihrer Wohnung. Als Dick mit Sharon an Bord des Flugzeugs stieg, war er überzeugt, schon morgen der Alleineigentümer einer überregionalen Zeitung zu sein, deren Verkaufszahlen nur noch vom *Daily Citizen* übertroffen wurden.

Ein paar Stunden, bevor die *Queen Elizabeth* am Pier 90 anlegte, landete die Maschine auf dem Flughafen Idlewild. Als erstes schauten Dick und Sharon sich am Pier um; dann überquerten sie die dreiundsechzigste Straße, weil Armstrong genau wissen wollte, wo Mrs. Sherwood wohnte. Für ein Trinkgeld von zehn Dollar bestätigte der Portier, sie würde in wenigen Stunden von ihrer Kreuzfahrt zurückerwartet.

Beim Dinner an diesem Abend redeten Dick und Sharon kaum ein Wort miteinander. Er fragte sich, warum er sie überhaupt mitgenommen hatte. Als er ins Badezimmer ging, lag sie bereits im Bett, und als er herauskam, schlief sie. Im Bett überlegte er, was zwischen jetzt und morgen um achtzehn Uhr noch alles schiefgehen könne.

»Ich glaube, sie hat die ganze Zeit gewußt, was wir vorhaben«, sagte Kate und blickte Mrs. Sherwoods Rolls nach.

»Nie und nimmer«, widersprach Townsend. »Aber selbst wenn dem so ist – sie ist auf meine Bedingungen eingegangen.«

»Vielleicht waren es *ihre* Bedingungen?« gab Kate leise zu bedenken.

»Was willst du damit sagen?«

»Für mein Empfinden ging alles zu glatt. Vergiß nicht, sie ist keine Sherwood. Sie war nur so schlau, in die Familie einzuheiraten.«

»Du bist mißtrauischer geworden, als gut für dich ist«, stellte Keith fest. »Denk daran, daß sie nicht Richard Armstrong ist.«

»Ich bin erst dann überzeugt, wenn du ihre Unterschrift auf beiden Verträgen hast.«

»Beiden?«

»Sie wird ihr Drittel am *Globe* erst verkaufen, wenn sie völlig sicher sein kann, daß du ihren Roman verlegst.«

»Es dürfte nicht schwierig sein, sie davon zu überzeugen«, meinte Keith. »Vergiß nicht, daß sie keine Hoffnung mehr hatte, jemandem ihren Roman aufschwatzen zu können. Man hat ihr das Manuskript bereits fünfzehnmal zurückgeschickt, bevor sie über mich gestolpert ist.«

»Gestolpert? Vielleicht war's Absicht. Vielleicht hat sie dich vorher kommen sehen.«

Townsend blickte zum Kai hinunter, als eine schwarze Pullmanlimousine vor der Gangway hielt. Ein großer, kräftiger Mann mit krausem schwarzem Haar sprang vom Rücksitz hinter dem Chauffeur und schaute zu den Passagieren an Deck hinauf. »Tom Spencer ist soeben eingetroffen«, sagte Townsend. Er wandte sich wieder Kate zu. »Hör auf, dir Sorgen zu machen. Bis du morgen wieder in Sydney bist, gehören mir bereits dreiunddreißig Prozent des *Globe*. Und das hätte ich ohne dich nie geschafft. Ruf mich sofort an, wenn du auf dem Kingsford Smith gelandet bist; dann laß ich dich den neuesten Stand der Dinge wissen.« Keith nahm sie in die Arme und küßte sie, bevor sie beide in ihre getrennnten Kabinen zurückkehrten.

Keith schnappte sich sein Gepäck und ging rasch zum Kai hinunter. Sein New Yorker Anwalt eilte schnellen Schrittes um den Wagen herum – ein Rückfall in seine Aktivenzeit als Querfeldeinläufer, wie er Keith einmal erklärt hatte.

»Wir haben einunddreißig Stunden, Tom«, erklärte Townsend, als sie einander die Hand gaben.

»Also ist Mrs. Sherwood auf Ihren Plan eingegangen«, stellte der Anwalt fest und führte seinen Mandanten zur Limousine.

»Ja, aber sie will zwei Verträge«, erklärte Townsend und setzte sich in den Wagen. »Doch leider ist keiner davon der Vertrag, den ich Sie aufzusetzen bat, als ich von Sydney anrief.«

Tom zog einen gelben Notizblock aus seiner Aktentasche und legte ihn sich auf die Knie. Er wußte längst, daß sein Mandant nichts davon hielt, Zeit mit Small-talk zu vergeuden. Während Townsend ihm die Einzelheiten der Bedingungen Mrs. Sherwoods nannte, notierte Tom sich alles. Nachdem er gehört hatte, was im Laufe der letzten Tage vor sich gegangen war, stieg unwillkürlich Bewunderung für die alte Dame in ihm auf. Während Tom seinem Mandanten noch verschiedene Fragen stellte, gelangte der Wagen ans Ziel. Keiner der beiden bemerkte, daß sie bereits an den Bordstein vor dem Hoteleingang fuhren.

Townsend sprang aus dem Wagen, bahnte sich einen Weg durch die Drehtür ins Foyer und stellte fest, daß Toms Partner dort bereits warteten.

»Tragen Sie sich doch erst einmal ein, und lassen Sie Ihr Gepäck aufs Zimmer bringen. Ich informiere meine Kollegen einstweilen darüber, was Sie mir bisher mitgeteilt haben. Sie finden uns dann im Versailleszimmer im dritten Stock.«

Townsend unterschrieb die Eintragung und erhielt den Schlüssel für sein gewohntes Zimmer. Er packte einige seiner Sachen aus, ehe er den Lift zum dritten Stock nahm. Im Versailleszimmer wanderte Tom um den langen Konferenztisch herum und informierte seine beiden Kollegen. Townsend setzte sich ans Kopfende des Tisches, während Tom weiterhin seine Runden drehte und erst stehenblieb, als er sich nach genaueren Details über Mrs. Sherwoods Bedingungen erkundigen mußte.

Nachdem Tom auf diese Weise mehrere Meilen gelaufen war

und sie Berge von Sandwiches verzehrt und literweise Kaffee getrunken hatten, waren die Rohentwürfe für beide Verträge fertig.

Kurz nach achtzehn Uhr zog ein Zimmermädchen die Vorhänge zu. Zum erstenmal an diesem Tag setzte sich Tom und las bedächtig die Rohentwürfe der Verträge durch. Nach der letzten Seite stand er wieder auf und sagte: »Mehr können wir vorerst nicht tun, Keith. Wir sollten jetzt zusehen, daß wir ins Büro zurückkommen und die Verträge ausfertigen. Ich schlage vor, wir treffen uns morgen um vierzehn Uhr, damit Sie unsere endgültige Fassung durchgehen können.«

»Gut. Gibt es sonst noch etwas?« fragte Townsend.

»Ja«, antwortete Tom. »Sind Sie absolut sicher, daß wir die beiden Klauseln, für die Kate sich so eingesetzt hat, im Buchvertrag weglassen sollten?«

»Absolut. Nach drei Tagen mit Mrs. Sherwood kann ich Ihnen versichern, daß sie nichts davon versteht, wie man Bücher verlegt.«

Tom zuckte die Schultern. »Kate war da anderer Meinung.«

»Kate war nur übervorsichtig«, entgegnete Townsend. »Mich kann nichts davon abhalten, hunderttausend Exemplare von diesem verdammten Schmöker zu drucken und jeden einzelnen in einer Lagerhalle im tiefsten New Jersey verrroten zu lassen.«

»Aber was geschieht«, gab Tom zu bedenken, »wenn der Roman nicht auf die *New-York-Times*-Bestsellerliste kommt?«

»Lesen Sie die entsprechende Klausel, Herr Anwalt. Es wird kein Zeitlimit genannt. Sonst noch irgendwas, worüber Sie sich Gedanken machen?«

»Ja. Sie werden für das Treffen um siebzehn Uhr zwei separate Geldanweisungen brauchen. Bei Mrs. Sherwood möchte ich Schecks nicht riskieren – sie könnten ihr möglicherweise den Grund für eine Ausrede geben, den endgültigen Vertrag nicht zu unterschreiben. Und Sie können sicher sein, daß Armstrong einen Wechsel über zwanzig Millionen Dollar bei sich hat.«

Townsend nickte. »Ich habe bereits an dem Tag, als ich Sie über den ursprünglichen Vertrag unterrichtete, von Sydney aus das Geld auf die Chase Manhattan Bank überwiesen. Wir können die beiden Bankwechsel morgen vormittag abholen.«

»Gut. Dann gehen wir jetzt.«

Zurück in seinem Zimmer ließ Townsend sich erschöpft aufs

Bett fallen und schlief sofort ein. Er erwachte erst um fünf am nächsten Morgen und wunderte sich, daß er vollständig angezogen im Bett lag. Seine ersten Gedanken galten Kate und wo sie in diesem Augenblick wohl sein mochte.

Keith zog sich aus und blieb lange unter der warmen Dusche. Dann überlegte er, ob er sich ein spätes Frühstück oder lieber ein frühes Dinner bestellen sollte. Er studierte die 24-Stunden-Speisekarte und entschied sich für das Frühstück.

Während er auf den Zimmerservice wartete, schaute er sich die Frühnachrichten an. Sie wurden von Israels überwältigendem Sieg im Sechstagekrieg beherrscht. Doch offenbar wußte niemand, wo Nasser steckte. In der *Today*-Show wurde ein NASA-Sprecher über Amerikas Chancen befragt, vor den Russen erfolgreich einen Menschen auf den Mond zu schicken. Der Wetterbericht versprach eine Kaltfront in New York. Beim Frühstück las Keith die *New York Times*, danach den *Star*. Er sah sofort, wo er bei diesen beiden Zeitungen Änderungen vornehmen würde, wenn er der Besitzer wäre. Er versuchte, nicht an die US-Aufsichtsbehörde für Presse- und Zeitungswesen zu denken, die ihn ständig mit Fragen über sein expandierendes amerikanisches Medienimperium bedrängte und ihn immer wieder gemahnte, daß Ausländer in den Vereinigten Staaten nur innerhalb enger gesetzlicher Grenzen Firmengründungen und Investitionen vornehmen dürften.

»Für dieses Problem gibt es eine einfache Lösung«, hatte Tom ihn mehrmals auf eine Möglichkeit aufmerksam gemacht, doch jedesmal hatte Keith kategorisch abgelehnt. Aber was würde er tun, wenn es sich als die einzige Möglichkeit erwies, falls er jemals den *New York Star* übernehmen konnte? »Niemals!« wiederholte er, doch nicht mehr ganz so überzeugend.

Die nächste Stunde schaute er sich immer wieder die gleichen Nachrichten an und las erneut dieselben Zeitungen. Und als es halb acht wurde, wußte er über alles Bescheid, was sich auf der Welt zutrug, von Kairo bis Queens und sogar im All. Um neun Uhr verließ er das Hotel, schlenderte ein wenig herum und holte dann die Wechsel von der Bank.

Kurz vor vierzehn Uhr kehrte er ins Hotel zurück, wo Tom bereits mit seinen beiden Partnern im Foyer warteten.

»Guten Tag, Keith.« Tom schüttelte seinem Mandanten die Hand, während die beiden anderen Herren sich knapp verbeugten. »Ich habe uns einen ruhigen Tisch in einer Ecke des Cafés reserviert.«

Als vier Tassen heißer Kaffee vor ihnen standen, öffnete Tom seine Aktentasche, nahm zwei Dokumente heraus und reichte sie seinem Mandanten. »Wenn Mrs. Sherwood sich einverstanden erklärt, die Papiere zu unterzeichnen«, sagte er, »werden Ihnen 33,3 Prozent des *Globe* gehören sowie die Veröffentlichungsrechte für *Die Geliebte des Senators*.«

Punkt für Punkt wurden Keith die Verträge erläutert, und er erkannte, weshalb die drei Anwälte die ganze Nacht nicht ins Bett gekommen waren, wie Tom beiläufig erwähnt hatte. »Was kommt als nächstes?« Keith gab Tom die Verträge zurück.

»Die beiden Bankwechsel haben Sie ja bereits in der Tasche. Jetzt müssen wir nur noch zusehen, daß wir fünf Minuten vor fünf an Mrs. Sherwoods Wohnungstür stehen. Wir werden jede einzelne Minute dieser Stunde brauchen, falls die beiden Verträge unterzeichnet sein sollen, bevor Armstrong erscheint.«

Auch Armstrong las die Morgenzeitungen, kaum daß man sie vor die Tür seines Hotelzimmers gelegt hatte. Während er die Seiten der *New York Times* umblätterte, sah auch er stets auf den ersten Blick die Änderungen, die er vornehmen würde, sollte er je eine New Yorker Tageszeitung erwerben. Nach der *Times* wandte er sich dem *Star* zu, der ihn jedoch nicht zu fesseln vermochte. Er warf die Zeitungen zur Seite, schaltete den Fernseher ein und begann, auf der Suche nach etwas Interessantem von Programm zu Programm zu schalten, bis ein alter Schwarzweißfilm den Sieg über ein Interview mit einem Astronauten davontrug.

Als Dick sich ins Badezimmer begab, ließ er den Fernseher laufen, ohne Rücksicht darauf, daß er möglicherweise Sharon weckte.

Um sieben war er angekleidet und wurde von Minute zu Minute unruhiger. Er schaltete *Good Morning America* ein und verfolgte die Darlegungen des Bürgermeisters, als dieser erklärte, wie er mit der Gewerkschaft der Feuerwehrleute umzuspringen gedachte. »Ich werde den Hundesöhnen dort hintreten, wo es am meisten schmerzt!« rief er in die Kamera. Armstrong schaltete den Fernseher aus, nachdem der Wetterbericht einen weiteren heißen, wolkenlosen Tag mit Temperaturen um die dreißig Grad versprochen hatte – in Malibu. Armstrong griff nach Sharons Puderquaste auf dem Toilettentisch und tupfte sich damit die Stirn; dann schob er die Quaste in seine Jackentasche. Um halb acht nahm er sein Frühstück auf dem Zimmer ein, ohne etwas für Sharon mitbestellt zu haben. Als er um neun die Suite verließ, um sich zu seinem Anwalt zu begeben, hatte Sharon sich noch immer nicht gerührt.

Russel Critchley wartete im Hotelrestaurant auf ihn. Armstrong bestellte sich ein zweites Frühstück, ehe er sich zu ihm setzte. Sein Anwalt zog ein umfangreiches Dokument aus seiner Aktentasche und ging es mit seinem Mandanten durch. Während Critchley an einer Tasse Kaffee nippte, verschlang Armstrong ein Dreieieromelett, gefolgt von vier dick mit Sirup beschmierten Waffeln.

»Ich kann mir nicht vorstellen, daß sich gravierende Probleme ergeben«, bemerkte Critchley. »Der Vertrag unterscheidet sich im Grund genommen nicht von dem, den Mrs. Sherwoods Schwager in Genf unterzeichnet hat – natürlich abgesehen davon, daß sie kein persönliches Präsent verlangt hat.«

»Und wenn sie sich an die Bedingungen von Sir George Sherwoods Testament halten will, hat sie gar keine andere Wahl, als die zwanzig Millionen anzunehmen und den Mund zu halten.«

»Das stimmt«, bestätigte der Anwalt. Er wies auf eine andere Akte, bevor er fortfuhr: »Die drei Verkäufer mußten eine bindende Abmachung unterschreiben: Falls sie die zu erbenden Anteile je veräußern wollten, mußte dies zu einem Preis sein, auf den sich zumindest zwei von ihnen geeinigt haben. Wie Sie wissen, haben sich Alexander und Margaret bereits mit zwanzig Millionen Dollar einverstanden erklärt.«

»Warum haben sie sich auf diese Abmachung eingelassen?«

»Weil sie nach den Bestimmungen in Sir Georges Testament sonst gar nichts geerbt hätten. Er wollte offenbar verhindern, daß die drei sich wegen des Preises in die Haare kriegten.«

»Und diese Zweidrittelbedingung ist nach wie vor unanfechtbar?« Armstrong tropfte Sirup auf eine weitere Waffel.

»Ja, die Klausel ist unmißverständlich.« Critchley blätterte durch eine weitere Akte. »Hier ist sie.« Er las vor:

»Wenn eine Person oder Gesellschaft das Recht erwirbt, sich als Besitzer von mindestens 66,66 Prozent der ausgegebenen Anteile im Register eintragen zu lassen, ist dieser Person oder

Gesellschaft die Option einzuräumen, die übrigen Anteile zu einem Preis pro Anteil zu erwerben, welche diese Person oder Gesellschaft für ihre bereits erworbenen Anteile bezahlt hat.«

»Verdammte Rechtsverdreher! Was, zum Teufel, bedeutet das?« fluchte Armstrong.

»Wie ich Ihnen bereits am Telefon erklärte: Sobald Sie Eigentümer von zwei Dritteln der Anteile sind, hat der Besitzer des übrigen Drittels – in diesem Fall Sir Walter Sherwood – keine Wahl, als Ihnen seine Anteile zu dem gleichen Preis zu verkaufen, die Sie für die anderen bezahlt haben.«

»Dann könnte ich also hundert Prozent der Anteile besitzen, bevor Townsend auch nur erfährt, daß der *Globe* zum Verkauf gestanden hat.«

Critchley lächelte, nahm seine Halbbrille ab und sagte: »Wie zuvorkommend es von Alexander Sherwood doch war, Sie auf diese Tatsache aufmerksam zu machen, als Sie ihn in Genf getroffen haben.«

»Sie dürfen nicht vergessen, daß diese Information mich eine Million Franken für ein blödes Ei gekostet hat«, erinnerte Armstrong den Anwalt.

»Ich glaube, das könnte sich als gute Investition erweisen«, meinte Critchley. »Solange Sie einen Wechsel über zwanzig Millionen Dollar dabei haben, ausgestellt auf Mrs. Sherwood ...«

»Ich kann diesen Wechsel um zehn Uhr bei der Bank of New Amsterdam abholen.«

»Dann haben Sie das Recht, Sir Walters Anteildrittel zu genau dem gleichen Preis zu kaufen, da Sie Alexanders Anteile ja bereits besitzen. Und er wird rein gar nichts dagegen tun können.«

Critchley blickte auf die Uhr. Da Armstrong sich gerade über einen Teller frisch bestellter Waffeln hermachte und Sirup darüber goß, ließ der Anwalt sich vom wartenden Kellner eine zweite Tasse Kaffee einschenken.

Genau um sechzehn Uhr fünfundfünfzig hielt Townsends Limousine vor einem schönen, rotbraunen Sandsteinhaus an der dreiundsechzigsten Straße. Er stieg auf den Bürgersteig; seine drei Anwälte folgten einen Schritt hinter ihm. Der Portier hatte offenbar Gäste für Mrs. Sherwood erwartet; denn als Townsend ihm seinen Namen nannte, sagte er lediglich »im Penthouse« und deutete zum Fahrstuhl.

Auf der obersten Etage wartete ein Hausmädchen vor der Fahrstuhltür auf die Ankömmlinge. Eine Uhr schlug die volle Stunde, als Mrs. Sherwood auf dem Flur erschien. Sie trug ein Gewand, das Keith' Mutter vermutlich als Cocktailkleid bezeichnet hätte, und wirkte ein wenig überrascht, sich gleich vier Männern gegenüberzusehen. Townsend stellte die Anwälte vor, und Mrs. Sherwood bedeutete ihnen, ihr zum Eßzimmer zu folgen.

Als sie unter einem prächtigen Lüster hindurchgingen und zu einem langen Korridor voller Louis-XVI.-Möbeln und impressionistischen Gemälden gelangten, erkannte Townsend, wie die Gewinne des *Globe* im Laufe der Jahre angelegt worden waren. Im Speisezimmer erhob sich bei ihrem Eintreten ein distinguierter älterer Herr mit dichtem grauem Haar und einer Hornbrille, der einen eleganten schwarzen Zweireiher trug.

Tom erkannte ihn sofort als Seniorpartner der Anwaltskanzlei Burlingham, Healy & Yablon, und zum erstenmal beschlich ihn das Gefühl, daß seine Aufgabe nicht so einfach sein würde, wie er und seine Anwälte angenommen hatten. Die beiden Herren schüttelten einander herzlich die Hände; dann machte Tom Mr. Yablon mit seinem Mandanten und seinen zwei Partnern bekannt.

Als alle Platz genommen und das Mädchen Tee eingeschenkt hatte, öffnete Tom seine Aktenmappe und überreichte Yablon die zwei Verträge. Da Tom ihre Zeitknappheit bewußt war, legte er Mrs. Sherwoods Anwalt so rasch wie möglich die einzelnen Vertragspunkte dar. Dabei stellte ihm der ältere Herr immer wieder Fragen. Townsend hatte das Gefühl, daß sein Anwalt sie zufriedenstellend beantwortet hatte; denn nachdem sie mit der letzten Seite durch waren, wandte sich Mr. Yablon an seine Mandantin und erklärte: »Ich sehe nichts, was dagegen spräche, daß Sie die zwei Verträge unterschreiben, Mrs. Sherwood. Vorausgesetzt natürlich, die Wechsel sind in Ordnung.«

Townsend warf einen verstohlenen Blick auf die Uhr. Es waren noch achtzehn Minuten bis achtzehn Uhr. Er lächelte, als Tom seine Aktentasche öffnete und die beiden Wechsel hervorholte. Ehe er sie übergeben konnte, wandte Mrs. Sherwood sich an ihren Anwalt und fragte: »Enthält der Buchvertrag die Klausel, daß man eine Konventionalstrafe von einer Million Dollar an mich entrichten muß, falls Schumann nicht binnen eines Jahres nach Unterzeichnung dieses Vertrages hunderttausend Exemplare meines Romans herausgegeben hat?«

»Ja«, versicherte Yablon.

»Und daß man mir eine weitere Million schuldet, falls mein Roman nicht auf die Bestsellerliste der *New-York-Times* kommt?«

»Das steht alles im zweiten Vertrag«, bestätigte Yablon.

Tom versuchte, sein Erstaunen zu verbergen. Wie konnten einem Mann mit Yablons Erfahrung zwei so eklatante Unterlassungen entgangen sein? Townsend hatte also recht gehabt – es war ihnen gelungen, die Sache nach ihren Vorstellungen durchzuziehen.

»Und Mr. Townsend kann uns Bankwechsel für die vollen Beträge übergeben?« erkundigte sich Mrs. Sherwood. Tom schob die beiden Scheine Yablon zu, der sie an seine Mandantin weitergab, ohne auch nur einen Blick darauf zu werfen.

Townsend wartete auf ein Lächeln von Mrs. Sherwood. Statt dessen runzelte sie die Stirn. »Das ist es aber nicht, womit ich mich einverstanden erklärt habe«, sagte sie.

»Das glaube ich aber doch«, entgegnete Townsend, der sich die Wechsel an diesem Vormittag persönlich vom Hauptkassierer der Chase Manhattan Bank hatte aushändigen lassen; überdies hatte er sie selbst noch einmal sorgfältig überprüft.

»Dieser hier«, Mrs. Sherwood hielt den Zahlschein über zwanzig Millionen in die Höhe, »ist in Ordnung. Aber der hier ist nicht das, um was ich gebeten hatte!«

Townsend blickte sie verwirrt an. »Aber Sie haben sich doch mit einem Vorschuß von hunderttausend Dollar für Ihren Roman einverstanden erklärt.« Er spürte, wie ihm der Mund trocken wurde.

»Das stimmt«, sagte Mrs. Sherwood bestimmt, »doch ich hatte erwartet, daß dieser Scheck über zwei Millionen und einhunderttausend Dollar ausgestellt sein würde.«

»Aber die zwei Millionen sollten doch erst später gezahlt werden – und auch nur dann, falls wir Ihre Bedingungen nicht einhalten können, die Veröffentlichung Ihres Romans betreffend«, protestierte Townsend.

»Ich bin nicht bereit, ein solches Risiko einzugehen, Mr. Townsend.« Sie starrte ihn über den Tisch hinweg an.

»Ich verstehe nicht ...«

»Dann lassen Sie mich es Ihnen erklären. Ich erwarte, daß Sie Mr. Yablon weitere zwei Millionen Dollar zur Verwaltung auf einem Treuhandkonto überlassen. Er wird in zwölf Monaten als einziger bestimmen, wer das Geld bekommen soll.« Sie machte eine Pause. »Wissen Sie, mein Schwager Alexander hat einen Gewinn von einer Million Schweizer Franken in Form eines Fabergé-Eies, ohne mich auch nur mit einem Wort darüber zu informieren. Ich beabsichtige deshalb, mit meinem Roman einen Gewinn von über zwei Millionen Dollar zu machen, ohne es ihm mitzuteilen.«

Townsend schnappte unwillkürlich nach Atem. Mr. Yablon lehnte sich im Sessel zurück, und Tom erkannte, daß er nicht der einzige gewesen war, der die ganze Nacht durchgearbeitet hatte.

»Wenn das Selbstvertrauen Ihres Mandanten sich als fundiert erweist«, sagte Mr. Yablon, »werde ich ihm in genau zwölf Monaten sein Geld mit Zinsen zurückgeben.«

»Andererseits«, warf Mrs. Sherwood ein, deren Blick von Townsend zu Tom gewandert war, »falls Ihr Mandant nie ernsthaft die Absicht hatte, meinen Roman zu verlegen und zu einem Bestseller zu machen ...«

»Aber das sind nicht die Bedingungen, auf die wir uns gestern geeinigt haben, Sie und ich!« Nun starrte Townsend Mrs. Sherwood an.

Sie versuchte ein zaghaftes Lächeln und errötete nicht im geringsten. »Es tut mir leid, Mr. Townsend, ich habe gelogen.«

»Aber Sie haben meinem Mandanten nur elf Minuten gelassen, zwei weitere Millionen herbeizuschaffen!« Tom blickte auf die tikkende Standuhr.

»Es dürften zwölf Minuten sein«, meinte Mr. Yablon. »Ich glaube, diese Uhr geht schon seit längerem ein wenig vor. Doch diskutieren wir nicht über eine Minute mehr oder weniger. Ich bin sicher, Mrs. Sherwood läßt Sie gern eines Ihrer Telefone benutzen.«

»Selbstverständlich«, versicherte Mrs. Sherwood. »Mein seliger Gemahl pflegte zu sagen: ›Wenn jemand heute nicht bezahlen kann, warum sollte man ihm dann glauben, daß er morgen dazu imstande ist?‹.«

»Aber Sie haben doch meinen Zahlschein über zwanzig Millionen«, erinnerte Townsend sie, »und einen zweiten über hunderttausend. Genügt das denn nicht?«

»Und in zehn Minuten werde ich Mr. Armstrongs Scheck in der gleichen Höhe haben, und ich vermute, daß er meinen Roman ebenfalls nur zu gern herausgeben wird, trotz Claires – oder sollte ich sie lieber Kate nennen – wohlplaziertem Artikel.«

Townsend schwieg etwa dreißig Sekunden. Er ließ sich durch den Kopf gehen, ob er sie zwingen sollte, Farbe zu bekennen, doch als er auf die Uhr blickte, überlegte er es sich rasch. Er stand auf und ging zu dem Telefon auf dem Beistelltischchen, warf einen Blick in seinen Taschenkalender und wählte eine siebenstellige Nummer. Nach einer ihm endlos erscheinenden Zeit bat er, zum Hauptkassierer durchgestellt zu werden. Ein Klicken war zu hören; dann meldete sich eine Sekretärin.

»Hier Keith Townsend. Ich muß sofort mit dem Hauptkassierer sprechen.«

»Tut mir leid, Sir, er ist momentan in einer Besprechung und darf die nächste Stunde nicht gestört werden.«

»Gut, dann müssen Sie etwas für ihn tun. Ich muß innerhalb von acht Minuten zwei Millionen Dollar auf das Konto eines Mandanten überweisen, wenn das Geschäft nicht platzen soll, über das wir heute morgen gesprochen haben.«

Nach kurzem Schweigen versprach die Sekretärin: »Ich hole den Hauptkassierer aus der Besprechung, Mr. Townsend.«

»Dachte ich's mir doch«, murmelte Townsend, der hörte, wie die Sekunden auf der Standuhr hinter ihm tickend verrannen.

Tom beugte sich über den Tisch und wisperte Mr. Yablon etwas zu, der daraufhin nach seinem Füllfederhalter griff und zu schreiben begann. In dem nun einsetzenden Schweigen konnte Townsend hören, wie die Feder des alten Anwalts über das Papier kratzte.

»Hier Andy Harman«, meldete sich eine Stimme am anderen Ende der Leitung. Der Hauptkassierer hörte aufmerksam zu, als Townsend ihm erklärte, was er benötigte.

»Aber mir bleiben dafür nur sechs Minuten, Mr. Townsend! Und Sie müssen mir erst noch sagen, wohin ich das Geld überweisen soll.«

Townsend drehte sich zu seinem Anwalt um. In diesem Moment hörte Mr. Yablon zu schreiben auf, riß das Blatt aus seinem Notizblock und schob es über den Tisch. Tom griff danach und reichte es seinem Mandanten.

Townsend gab die erforderlichen Angaben über das Treuhandkonto an den Hauptkassierer in Sydney weiter.

»Ich kann nichts versprechen, Mr. Townsend«, sagte dieser, »aber ich werde Sie zurückrufen, so schnell ich kann. Würden Sie mir bitte Ihre Durchwahl geben?«

Townsend las die Nummer vom Telefonapparat ab, der vor ihm stand; dann legte er auf.

Er kehrte zum Tisch zurück und ließ sich in den Sessel sinken. Ihm war, als hätte er soeben seinen letzten Penny ausgegeben. Er hoffte nur, Mrs. Sherwood würde ihm nicht auch noch das Telefonat berechnen.

Niemand am Tisch sprach, während die Sekunden scheinbar unnatürlich laut dahintickten. Townsend ließ den Blick kaum von der Standuhr. Mit jeder verrinnenden Minute schien das Ticken lauter zu werden, und jedesmal raubte es ihm ein bißchen mehr von seiner Zuversicht.

Bald klang jedes Ticken wie das einer Zeitbombe. Urplötzlich schrillte das Telefon. Townsend überschlug sich fast, um zum Beistelltischchen zu kommen und abzuheben.

»Hier ist der Portier, Sir. Würden Sie Mrs. Sherwood bitte ausrichten, daß ein Mr. Armstrong sowie ein anderer Herr angekommen und im Fahrstuhl nach oben unterwegs sind?«

Schweiß trat Townsend auf die Stirn, als er erkannte, daß Armstrong ihn wieder einmal geschlagen hatte. Er schleppte sich zum Tisch zurück, als das Hausmädchen über den Flur ging, um Mrs. Sherwoods 18-Uhr-Besucher vom Lift abzuholen. Die Standuhr schlug einmal, zweimal, dreimal, als das Telefon erneut schrillte. Wieder stürzte Townsend zum Apparat und riß den Hörer von der Gabel. Ihm war klar, daß es seine letzte Chance sein könnte.

Doch der Anrufer wollte mit Mr. Yablon sprechen. Townsend drehte sich um und reichte Mrs. Sherwoods Anwalt den Apparat. Dann schaute er sich verzweifelt um. Es gab doch bestimmt noch einen anderen Weg aus der Wohnung? Man konnte ihm nicht zumuten, dem triumphierenden Armstrong in die Arme zu laufen!

Mr. Yablon legte den Hörer ab und wandte sich Mrs. Sherwood zu. »Das war meine Bank. Man hat mir mitgeteilt, daß soeben zwei Millionen Dollar auf meinem Treuhandkonto eingegangen sind. Wie ich schon seit einiger Zeit sage, Margaret, ich glaube, Ihre Standuhr geht um eine Minute vor.«

Mrs. Sherwood unterzeichnete sofort die beiden Verträge und machte dabei ihre Vertragspartner auf eine Klausel im Testament des verstorbenen Sir George Sherwood aufmerksam, die sowohl Townsend wie Tom den Atem verschlug. Tom verstaute schnell seine sämtlichen Unterlagen in der Aktenmappe, als Mrs. Sherwood sich erhob und sagte: »Bitte folgen Sie mir, meine Herren.« Sie führte Townsend und seine Anwälte rasch durch die Küche und zeigte ihnen die Feuertreppe.

»Leben Sie wohl, Mr. Townsend«, sagte sie, als Keith durchs Fenster stieg.

»Leben Sie wohl, Mrs. Sherwood.« Er verneigte sich knapp.

»Übrigens …«, fügte sie hinzu.

Besorgt drehte Keith sich um.

»Wissen Sie, Sie sollten die junge Frau – wie immer sie auch tatsächlich heißt – wirklich heiraten.«

»Ich bedauere«, sagte Mr. Yablon soeben, als Mrs. Sherwood ins Eßzimmer zurückkehrte, »aber meine Mandantin hat ihre Anteile am *Globe* bereits an Mr. Keith Townsend verkauft, der Ihnen ja bekannt ist, soviel ich weiß.«

Armstrong konnte nicht glauben, was er da hörte. Mit wutverzerrtem Gesicht wandte er sich seinem Anwalt zu.

»Für zwanzig Millionen?« fragte Russell Critchley seinen älteren Kollegen mit ruhiger Stimme.

»Ja«, erwiderte Yablon. »Genau die Summe, auf die Ihr Mandant sich mit Mrs. Sherwooods Schwager Anfang des Monats geeinigt hat.«

»Aber Alexander hat mir erst letzte Woche versichert, Mrs. Sherwood habe sich einverstanden erklärt, ihre Anteile am *Globe* an mich zu verkaufen!« sagte Armstrong heftig. »Ich bin extra nach New York geflogen …«

»Es war nicht Ihr Flug nach New York, der meine Entscheidung beeinflußt hat, Mr. Armstrong«, sagte die alte Dame fest, »sondern Ihr Flug nach Genf.«

Armstrong starrte sie mehrere Sekunden an; dann drehte er sich um und marschierte zum Aufzug zurück, den er erst vor wenigen Minuten verlassen hatte und dessen Tür noch offenstand. Beim Hinunterfahren fluchte Armstrong mehrmals, bevor er fragte: »Aber wie, zum Teufel, hat Townsend das geschafft?«

»Ich kann nur vermuten, daß er einen Teil der Kreuzfahrt mitgemacht hat und dabei an Mrs. Sherwood herangetreten ist.«

»Und woher kann er überhaupt erfahren haben, daß ich daran gearbeitet hatte, den *Globe* zu erwerben?«

»Ich habe das Gefühl, die Antwort auf diese Frage werden Sie nicht auf dieser Seite des Atlantiks bekommen«, meinte Critchley. »Aber noch ist nicht alles verloren.«

»Was soll das schon wieder heißen, zum Teufel?«

»Sie besitzen bereits ein Drittel der Anteile.«

»Genau wie Townsend«, brummte Armstrong.

»Stimmt. Aber wenn Sie Sir Walter Sherwoods Anteile dazubekämen, wären Sie im Besitz von zwei Dritteln der Gesellschaft, und Townsend bliebe keine Wahl, als sein Drittel an Sie zu verkaufen – zum gleichen Preis.«

Armstrong blickte seinen Anwalt an, und der Hauch eines Lächelns zog über sein Gesicht mit dem Mehrfachkinn.

»Und da Alexander Sherwood Sie auch weiterhin unterstützen wird, ist das Spiel noch lange nicht zu Ende.«

THE GLOBE

1. JUNI 1967

IHRE ENTSCHEIDUNG!

»Können Sie mir umgehend einen Platz für den nächsten Flug nach London buchen?« fragte Armstrong drängend, als er mit der Rezeption des Hotels verbunden war.

»Selbstverständlich, Sir.«

Als zweites rief er sein Büro in London an, wo Pamela, seine neueste Sekretärin, bestätigte, daß Sir Walter Sherwood sich einverstanden erklärt hatte, ihn morgen um zehn Uhr zu empfangen. Wenn auch nur widerstrebend; aber das behielt Pamela für sich.

»Ich muß auch mit Alexander Sherwood in Paris reden. Und sorgen Sie dafür, daß Reg am Flughafen ist und Stephen Hallet in meinem Büro, sobald ich zurück bin. Es muß alles geklärt sein, bevor Townsend nach London kommt.«

Als Sharon einige Minuten später mit unzähligen Einkaufsbeuteln in die Suite kam, stellte sie erstaunt fest, daß Dick packte.

»Reisen wir irgendwohin?« fragte sie.

»Wir fliegen sofort ab«, erwiderte er ohne jede weitere Erklärung. »Pack deine Sachen. Ich bezahle inzwischen die Rechnung.«

Ein Page brachte Armstrongs Gepäck zur wartenden Limousine hinunter, während er sich an der Rezeption die Flugtickets abholte und die Rechnung beglich. Er blickte auf die Uhr. Er konnte die Maschine gerade noch erreichen; dann würde er früh am nächsten Morgen in London sein. Da Townsend nichts von der Zweidrittelklausel wußte, konnte es Dick immer noch gelingen, alleiniger Eigentümer der Gesellschaft zu werden. Und selbst, falls Townsend es wußte – Alexander Sherwood würde sich bei Sir Walter für ihn einsetzen; davon war Dick überzeugt.

Sharon saß kaum in der Limousine, als Armstrong dem Chauffeur befahl, sie zum Flughafen zu fahren.

»Aber mein Gepäck wurde noch nicht heruntergebracht!« protestierte Sharon.

»Dann muß es eben nachgeschickt werden. Ich kann es mir nicht leisten, diesen Flug zu versäumen.«

Auf dem Weg zum Flughafen sprach Sharon kein Wort mehr.

Als sie sich dem Terminal näherten, tastete Armstrong in seiner Jackentasche nach den Tickets, um sich davon zu überzeugen, daß er sie auch eingesteckt hatte. Im Terminal befahl er hastig, sein Gepäck rasch in die Direktmaschine nach London zu schaffen; dann rannte er, Sharon im Schlepptau, zur Paßkontrolle.

Sie wurden sogleich zum Flugsteig dirigiert, wo eine Stewardeß die Passagiere bereits eincheckte. »Keine Angst, Sir«, beruhigte sie Armstrong. »Sie können jetzt ein wenig verschnaufen. Sie haben noch zwei Minuten.«

Armstrong zog die Tickets aus seiner Jackentasche, warf einen Blick darauf und gab eines davon Sharon. Ein Steward überprüfte Armstrongs Ticket und ließ ihn durch. Dick eilte den langen Korridor hinunter zur wartenden Maschine.

Nun zeigte Sharon ihr Ticket vor. Der Steward blickte darauf; dann sagte er: »Das Ticket ist nicht für diesen Flug, Madam.«

»Was soll das heißen?« fragte Sharon scharf. »Ich habe einen gebuchten Platz erster Klasse für diesen Flug, genau wie Mr. Armstrong! Ich bin seine persönliche Assistentin!«

»Das bezweifle ich nicht, Ma'am, aber ich fürchte, dieses Ticket ist für die Touristenklasse im Abendflug der Pan Am ausgestellt. Bis dahin werden Sie leider warten müssen.«

»Von wo rufst du an?« fragte er.

»Vom Kingsford-Smith-Flughafen«, antwortete sie.

»Dann dreh gleich wieder um und besorg dir einen Rückflug mit derselben Maschine.«

»Warum? Ist aus dem Geschäft nichts geworden?«

»Doch, sie hat unterschrieben – aber es hat gekostet! Und es hat sich da ein Problem wegen Ihres Romans ergeben. Ich glaube, du bist die einzige, die mir da aus der Patsche helfen kann.«

»Könnte ich nicht wenigstens eine Nacht schlafen, Keith? Ich würde trotzdem übermorgen in New York sein.«

»Das geht leider nicht«, bedauerte er. »Da ist noch eine Sache, die wir erledigen müssen, bevor du dich an die Arbeit machst, und ich habe nur einen Nachmittag übrig.«

»Und was für eine Sache ist das?«

»Unsere Trauung«, antwortete Keith.

Am anderen Ende der Leitung setzte ein längeres Schweigen ein, bis Kate schließlich sagte: »Keith Townsend, du mußt der unromantischste Mann sein, den der liebe Gott je erschaffen hat.«

»Heißt das ›ja‹?« Doch die Leitung war bereits tot. Townsend legte den Hörer auf und blickte über den Schreibtisch hinweg zu Tom Spencer.

»Hat sie Ihre Bedingungen akzeptiert?« Der Anwalt grinste.

»Ich bin mir nicht ganz sicher«, erwiderte Townsend. »Aber ich möchte trotzdem, daß Sie die Vorbereitungen treffen, wie besprochen.«

»Gut. Dann rufe ich gleich mal im Rathaus an.«

»Und halten Sie sich morgen nachmittag frei.«

»Warum?« fragte Tom.

»Weil wir einen Trauzeugen brauchen, Herr Anwalt.«

Sir Walter Sherwood hatte an diesem einen Tag bereits öfter geflucht als sonst in einem ganzen Monat.

Die erste Verwünschung stieß er nach dem Telefongespräch mit seinem Bruder aus. Alexander hatte ihn kurz vor dem Frühstück aus Paris angerufen, um ihn vom Verkauf seiner *Globe*-Anteile an Richard Armstrong zu unterrichten und ihm den wohlgemeinten Ratschlag zu erteilen, das gleiche zu tun. Zwanzig Millionen Dollar wären ein Betrag, mit dem sich so einiges anfangen ließe.

Doch was Sir Walter über Armstrong gehört hatte, ließ es ihm dringend angeraten erscheinen, von einer solchen geschäftlichen Transaktion Abstand zu nehmen. Wenn jemand eine Zeitung, die so britisch war wie ein Roastbeef oder ein Yorkshire-Pudding, *nicht* verlegen durfte, dann war es Richard Armstrong.

Nach einem guten Lunch im Turf Club hatte er sich ein wenig beruhigt; dann aber war er einem Herzanfall nahe, als seine Schwägerin aus New York anrief und ihn informierte, daß auch sie ihre Anteile verkauft habe – allerdings nicht an Armstrong, sondern an Keith Townsend, den Sir Walter insgeheim beschuldigte, mit seiner Regenbogenpresse die britischen Kolonien in Verruf zu bringen. Nie würde Sir Walter diese eine lange Woche in Sydney vergessen, als er die täglichen Tiraden der *Sydney Chronicle* über die sogenannte ›Königin von Australien‹ über sich hatte ergehen lassen müssen. Daraufhin hatte er zum *Continent* gegriffen – und zu seiner größten Bestürzung gelesen, daß dieses Blatt dafür plädierte, Australien zur Republik zu erklären.

Der letzte Anruf des Tages kam von seinem Buchhalter, kurz ehe er sich mit seiner Frau zum Dinner begab. Sir Walter brauchte nicht daran erinnert zu werden, daß die Verkaufszahlen des *Globe* im vergangenen Jahr von Woche zu Woche gesunken waren, und daß er deshalb gut daran täte, ein Übernahmeangebot von zwanzig Millionen Dollar zu akzeptieren, egal von wem. Nicht zuletzt schon deshalb, weil – wie hatte der unverschämte Kerl es so unfein genannt – »Ihre beiden Verwandten Sie übers Ohr gehauen haben, und je schneller Sie an das Geld herankommen, desto besser«.

»Aber an welchen dieser Lumpen soll ich verkaufen?« fragte Sir Walter wehleidig.

»Ich fürchte, daß ich nicht qualifiziert bin, Sie in dieser Hinsicht zu beraten«, entgegnete der Buchhalter. »Vielleicht an denjenigen der beiden Bieter, den Sie weniger unsympathisch finden als den anderen.«

Am nächsten Morgen betrat Sir Walter sein Büro ungewöhnlich früh. Seine Sekretärin brachte ihm sofort zwei dicke Ordner. Einer enthielt sämtliche Auskünfte über Armstrong, der andere über Townsend. Die Sekretärin berichtete ihm, daß jedes der Schriftstücke von einem Kurier gebracht worden war, und zwar in einem Abstand von einer Stunde. Sir Walter blätterte sie durch und erkannte rasch, daß jeder der beiden Konkurrenten ihn mit Informationen über den anderen versorgt hatte. Er zögerte die Angelegenheit hinaus, doch als die Tage vergingen, erinnerten ihn sein Prokurist, sein Anwalt und seine Frau immer wieder an die sinkenden Verkaufszahlen, und daß man ihm den einfachsten Weg aus dieser Misere gezeigt habe.

Schließlich fügte Sir Walter sich ins Unvermeidbare. Er sagte sich, daß es das geringere Übel sei, sich entweder mit Armstrong oder mit Townsend abzufinden, solange er weitere vier Jahre Vorstandsvorsitzender bleiben konnte – also bis zu seinem siebzigsten Geburtstag. Sir Walter betrachtete es als überaus wichtig, seinen Freunden vom Golf Club versichern zu können, daß er nach wie vor der Vorsitzende war.

Am nächsten Morgen bat er seine Sekretärin, die zwei Konkurrenten an zwei aufeinanderfolgenden Tagen in seinem Namen zum Lunch im Turf Club einzuladen. Er versprach, ihnen binnen einer Woche seine Entscheidung mitzuteilen.

Doch nachdem Sir Walter mit beiden Rivalen geluncht hatte, war er sich immer noch nicht klar darüber, welcher ihm unsympathischer war. Er bewunderte, daß Armstrong für das Land gekämpft hatte, das er zu seiner neuen Heimat erkoren hatte, und daß ihm das Viktoriakreuz verliehen worden war. Doch den Gedanken, daß der zukünftige Eigentümer des *Globe* nicht wußte, wie man richtig mit Messer und Gabel umging, konnte er nicht ertragen. Dagegen gefiel ihm zwar die Vorstellung, daß der mögliche zukünftige Besitzer des *Globe* in Oxford studiert hatte, doch wurde ihm jedesmal fast übel, wenn er sich Townsends Ansichten über die Monarchie vor Augen führte. Zumindest hatten beide ihm versichert, daß er Vorstandsvorsitzender bleiben dürfe.

Sir Walter fragte jedes Mitglieds des Golfclubs um Rat, einschließlich des Barkeepers, aber entscheiden konnte er sich noch immer nicht. Erst als sein Bankier ihn darauf aufmerksam machte, daß das Pfund aufgrund der andauernden Schwierigkeiten Präsident Johnsons in Vietnam gegenüber dem Dollar an Kaufkraft zulegte, rang er sich einer Entscheidung durch.

Seltsam, wie ein einzelnes Wort einen ganzen Strom unabhängiger Gedanken auslösen und einen zum Handeln anspornen kann, grübelte Sir Walter. Als er nach dem Gespräch mit seinem Bankier den Hörer auflegte, wußte er genau, wem er es überlassen sollte, die endgültige Entscheidung zu treffen. Doch ihm war auch klar, daß diese Entscheidung selbst vor dem Chefredakteur des *Globe* bis zum letzten Augenblick geheimgehalten werden mußte.

Am Freitagnachmittag flog Armstrong mit Julie, einem Mädchen aus der Anzeigenabteilung, nach Paris. Er erklärte Pamela, daß er nur im Notfall gestört werden dürfe. Das Wort Notfall wiederholte er mehrmals.

Townsend war am Tag zuvor nach New York zurückgeflogen, da er den Tip bekommen hatte, ein Hauptaktionär des *New York Star* sei möglicherweise endlich bereit, seine Anteile zu verkaufen. Er teilte Heather mit, daß er voraussichtlich in frühestens zwei Wochen nach England zurückkehren würde.

An diesem Freitagabend wurde Sir Walters Geheimnis gelüftet. Die erste Person in Armstrongs Lager, die es erfuhr, rief sofort in seinem Büro an und erhielt die Privatnummer seiner Sekretärin.

Nachdem er Pamela erklärt hatte, was Sir Walter beabsichtigte, bestand für sie nicht der geringste Zweifel, daß es sich hier um einen Notfall handelte. Sie rief sogleich im *George V.* an. Der Hoteldirektor informierte sie, daß Mr. Armstrong mit seiner »Begleiterin« in ein anderes Hotel umgezogen war, nachdem er bemerkt hatte, daß mehrere Minister der Labour Party, die in Paris an einer NATO-Konferenz teilnahmen, an der Bar saßen. Pamela verbrachte Stunden damit, systematisch jedes der besseren Hotels in Paris anzurufen. Erst nach Mitternacht hatte sie Armstrong endlich aufgespürt.

Der Nachtportier betonte mehrmals, daß Mr. Armstrong die Anweisung erteilt habe, ihn unter keinen Umständen zu stören. Der Mann dachte dabei an das Alter des Mädchens, das sich bei Armstrong befand, und war sicher, daß er sein Trinkgeld in den Wind schreiben konnte, falls er die Anweisung mißachtete. Pamela lag die ganze Nacht wach; um sieben Uhr früh versuchte sie es erneut. Da der Geschäftsführer samstags jedoch erst um neun zum Dienst kam, erhielt sie die gleiche frostige Erwiderung.

Der erste, der Townsend informierte, war Chris Slater, der stellvertretende Chefredakteur des *Globe*. Slater sagte sich, er könne sich mit diesem Anruf möglicherweise seine Zukunft bei der Zeitung sichern. Allerdings kostete es ihn mehrere Überseetelefonate, bis er Mr. Townsend im Raquets Club in New York erreichte, wo dieser sich mit Tom Spencer einen Zweikampf in Squash lieferte – für tausend Dollar das Spiel.

Keith führte im Entscheidungsspiel mit vier Punkten Vorsprung, als ein Angestellter an die Glastür klopfte und sich erkundigte, ob Mr. Townsend ein dringendes Telefongespräch annehmen könne. Um seine Konzentration nicht zu verlieren, fragte Keith lediglich: »Von wem?« Da ihm der Name Chris Slater nichts sagte, wies er den Angestellten an: »Lassen Sie sich die Nummer geben, ich rufe später zurück.« Doch bevor er sich wieder dem Spiel zuwandte, fragte er noch: »Hat er gesagt, von wo er anruft?«

»Nein, Sir«, antwortete der Mann. »Nur, daß er vom *Globe* ist.«

Während Keith rasch über die Alternativen nachdachte, quetschte er den Squashball in seiner Hand.

Derzeit stand er mit zweitausend Dollar gegen einen Mann im plus, den er seit Monaten nicht mehr geschlagen hatte; er wußte, daß Tom das Match gewinnen würde, falls er das Spielfeld jetzt verließ, und sei es auch nur für einige Augenblicke.

Keith starrte weitere zehn Sekunden auf die Glaswand, bis Tom scharf sagte: »Machen Sie schon!«

»Ist das Ihr Rat, Herr Anwalt?« fragte Keith.

»Allerdings«, entgegnete Tom. »Machen Sie weiter, oder geben Sie sich geschlagen. Es liegt ganz bei Ihnen.« Townsend ließ den Ball fallen, stürmte vom Spielfeld und jagte dem Angestellten nach. Er erreichte den Mann gerade noch, bevor dieser auflegte.

»Ich kann nur hoffen, es ist eine wirklich wichtige Sache, Mr. Slater«, sagte Townsend in den Hörer, »denn bis jetzt kosten Sie mich bereits zweitausend Dollar.«

Er lauschte ungläubig, als Slater ihm berichtete, daß Sir Walter Sherwood in der morgigen Ausgabe des *Globe* die Leser zur Wahl auffordern würde, wer ihrer Meinung nach der nächste Eigentümer der Zeitung werden solle.

»Von beiden Kandidaten wird je eine ganze Seite biographisches Material veröffentlicht«, fuhr Slater fort. »Unten an der Seite ist ein Wahlschein, den man abtrennen kann.« Dann las er die letzten drei Sätze des beabsichtigten Leitartikels vor.

> »Die treuen Leser des Globe brauchen nicht um die Zukunft der beliebtesten Zeitung des Königreichs zu fürchten. Beide Kandidaten haben sich einverstanden erklärt, daß Sir Walter Sherwood Vorstandsvorsitzender bleibt und garantieren auf diese Weise die Kontinuität, die mehr als ein halbes Jahrhundert Garant für die redaktionelle Linie der Zeitung ist. Versäumen Sie nicht, Ihre Wahlscheine einzuschicken! Das Ergebnis wird nächsten Samstag bekanntgegeben.«

Townsend dankte Slater und versicherte ihm, er würde ihn nicht vergessen, sollte er der neue Besitzer der Zeitung werden. Nachdem er aufgelegt hatte, galt sein erster Gedanke der Frage, wo Armstrong sein mochte.

Keith kehrte nicht zum Squashspiel zurück, sondern telefonierte sofort mit Ned Brewer, seinem Bürochef in London. Keith wies ihn genau an, was er während der Nacht tun solle; er endete damit, daß er sich sofort nach seiner Landung in Heathrow mit Brewer in Verbindung setzen würde. »Und sorgen Sie inzwischen dafür, Ned, daß Sie mindestens zwanzigtausend Pfund Bargeld bereit haben, bis ich ins Büro komme.«

Gleich nach Beendigung des Gesprächs holte Keith sich seine beim Wachdienst deponierte Brieftasche, trat hinaus auf die Fifth Avenue und hielt ein Taxi an. »Zum Flughafen«, wies er den Fahrer an. »Ich gebe Ihnen hundert Dollar, wenn ich rechtzeitig zum nächsten Flug nach London dort ankomme.« Vielleicht hätte er »lebend« hinzufügen sollen.

Während das Taxi sich mit selbstmörderischem Tempo durch das Verkehrsgewühl schlängelte, erinnerte Keith sich plötzlich daran, daß Tom noch auf dem Squashfeld auf ihn wartete und daß er am Abend mit Kate hatte ausgehen wollen, damit sie ihm erzählte, wie weit sie inzwischen mit *Die Geliebte des Senators* gekommen war. Jeden Tag dankte Keith nun einem Gott, an den er nicht glaubte, daß Kate von Sydney zurückgeflogen war. Er schätzte sich glücklich, einen Menschen gefunden zu haben, der seinen unsteten Lebensstil zu tolerieren vermochte – teils, weil Kate die Situation schon lange vor der nunmehr geplanten Hochzeit akzeptiert hatte. Nie weckte sie Schuldgefühle in Keith, weder seiner unmöglichen Arbeitszeiten wegen noch weil er so manches Mal zu spät oder überhaupt nicht erschien. Er hoffte nur, daß Tom Kate anrufen und ihr Bescheid geben würde, daß er verschwunden war. »Nein, ich habe nicht die leiseste Ahnung, wohin er ist«, konnte Keith ihn sagen hören.

Als er am nächsten Morgen in Heathrow eintraf, schien der Taxifahrer der Ansicht zu sein, daß es ihm nicht anstand, seinen Fahrgast zu fragen, weshalb dieser im Jogginganzug und einem Squashschläger in der Hand erschien. Vielleicht waren ja alle Squashplätze in New York ausgebucht.

Vierzig Minuten später war Keith in seinem Londoner Büro und übernahm von Ned Brewer die Leitung der »Operation *Globe*«. Um zehn war jeder zur Verfügung stehende Angestellte bis in den hintersten Winkel der Hauptstadt unterwegs. Schon am Mittag konnte niemand in einem Umkreis von zwanzig Meilen um Hyde Park Corner mehr ein Exemplar des *Globe* auftreiben, und hätte er noch so viel dafür bezahlt. Um einundzwanzig Uhr befand Keith sich im Besitz von einhundertsechsundzwanzigtausendzweihundertzwölf Exemplaren der Zeitung.

Armstrong landete am Samstagnachmittag in Heathrow, nachdem er den größten Teil des Vormittags damit verbracht hatte, von Paris aus seinen über ganz Großbritannien verteilten Angestellten

Befehle zu erteilen. Um neun Uhr früh am Sonntag gehörten ihm dank eines meisterhaften Fischzugs im Gebiet von West Riding neunundsiebzigtausendeinhundertsieben Exemplare des *Globe*.

Er verbrachte den Sonntag damit, die Chefredakteure seiner sämtlichen Regionalzeitungen anzurufen und sie anzuweisen, Leitartikel für die morgige Ausgabe zu schreiben und die Leser aufzufordern, den *Globe* vom Samstag auszugraben und Armstrong zu wählen. Am Montagmorgen präsentierte er sich höchstpersönlich im *Today*-Programm und bei so vielen Nachrichtensendungen wie nur möglich. Doch jeder der Produzenten erachtete es als fair, Townsend am nächsten Tag die Chance für eine Entgegnung zu geben.

Bereits am Donnerstag war Townsends Personal vom Coupon-Abtrennen und -Ausfüllen total erschöpft, und auch Armstrongs Leute hatten es restlos satt, Umschläge abzulecken. Am Freitagnachmittag riefen beide Männer alle paar Minuten beim *Globe* an und bemühten sich herauszufinden, wie es mit dem Wahlergebnis aussah. Doch der Wahlreformverband, von dem Sir Walter die Stimmen auszählen ließ, war mehr an Genauigkeit als an Schnelligkeit interessiert, und nicht einmal der Chefredakteur erfuhr das Ergebnis vor Mitternacht.

»Der clevere Aussie schlägt den wackeren Tschechen!« schrien einem die Schlagzeilen der ersten Samstagausgabe des *Globe* entgegen. Der Leitartikel verkündete den Lesern, daß die Wahl mit 232 712 Stimmen zugunsten des Mannes aus den Kolonien gegenüber 229 847 Stimmen für den Immigranten ausgefallen war.

Townsends Anwalt erschien am Montag um neun Uhr mit einem Zahlschein über zwanzig Millionen Dollar in der Verwaltung des *Globe*. So sehr Armstrong auch protestierte, mit welchen Klagen er auch drohte – er konnte Sir Walter nicht davon abhalten, am Nachmittag seine Anteile an Townsend zu verkaufen.

Bei der ersten Sitzung des neuen Vorstands schlug Townsend vor, daß Sir Walter Vorsitzender blieb und ihm sein bisheriges Jahresgehalt von hunderttausend Pfund weitergezahlt werden solle. Der alte Herr lächelte und hielt eine schmeichelhafte Rede, daß die Leser unzweifelhaft die richtige Wahl getroffen hatten.

Townsend meldete sich erst wieder zu Wort, als es zum Tagesordnungspunkt »Verschiedenes« kam. Diesmal schlug er vor, daß alle Angestellten des *Globe*, genau wie die übrigen der Verlagsgruppe, mit sechzig Jahren in den Ruhestand gehen sollten. Sir Walter unterstützte diesen Antrag, da er es eilig hatte, zu einer Feier mit seinen Freunden im Turf Club zu kommen. Der Antrag wurde ohne Diskussion angenommen.

Erst als Sir Walter an diesem Abend ins Bett ging, machte seine Frau ihm die Bedeutung dieses Beschlusses klar.

SPÄTAUSGABE

›Citizen‹ kontra ›Globe‹

The Citizen

15. April 1968

Minister tritt zurück

»Einhunderttausend Exemplare des Romans *Die Geliebte des Senators* sind gedruckt und in einem Lagerhaus in New Jersey aufgestapelt. Nun warten sie darauf, von Mrs. Sherwood begutachtet zu werden«, sagte Kate und blickte mit gespieltem Entsetzen zur Zimmerdecke.

»Das ist schon mal ein guter Anfang«, stellte Townsend fest. »Aber die Schmöker werden mir keinen Penny von meinem Geld zurückbringen, ehe Mrs. Sherwood sie nicht in den Buchhandlungen gesehen hat.«

»Sobald ihr Anwalt die Zahl und den Bruttoeinkaufspreis bestätigt hat, wird er keine Wahl haben, als dir die erste Million Dollar zurückzugeben. Schließlich wurde dieser Teil des Vertrags innerhalb der vereinbarten Zeitspanne von zwölf Monaten erfüllt.«

»Und wieviel haben Mrs. Sherwoods literarische Ergüsse mich bisher schon gekostet?«

»Wenn du Druckkosten und Transport einschließt, ungefähr dreißigtausend Dollar«, antwortete Kate. »Alles andere wurde innerbetrieblich geregelt oder kann von der Steuer abgesetzt werden.«

»Kluges Mädchen. Aber welche Chance habe ich, meine zweite Million zurückzubekommen? Trotz der vielen Zeit und Mühe, die dich das Umschreiben des Romans gekostet hat, kann ich mir nicht vorstellen, daß der Schinken auf der Bestsellerliste landet.«

»Da bin ich mir nicht so sicher«, entgegnete Kate. »Jeder weiß, daß es nur elfhundert Buchhandlungen sind, die der *New York Times* wöchentlich ihre Verkaufszahlen für die Bestseller-Hochrechnung mitteilen. Wenn du mir diese Liste besorgen kannst, hätte ich eine echte Chance, dafür zu sorgen, daß du auch deine zweite Million zurückbekommst.«

»Aber bloß zu wissen, welche Buchhandlungen ihre Verkaufszahlen melden, ist für Kunden kein Grund, irgendwelche Bücher zu kaufen.«

»Das nicht. Aber ich glaube, wir könnten die Leser in die richtige Richtung stupsen.«

»Und wie willst du das anstellen?«

»Zuerst einmal, indem wir das Buch in einem langweiligen Monat auf den Markt bringen – etwa im Januar oder Februar –, und dann nur jene Buchhandlungen damit beliefern, die Verbindung zur *New York Times* haben.«

»Das veranlaßt die Leute immer noch nicht, die Buchhandlungen zu stürmen.«

»Wird es aber, wenn wir den Händlern bei einem Verkaufspreis von umgerechnet 3 Pfund 50 nur fünfzig Pence pro Exemplar berechnen. Der Händler hat also eine Gewinnspanne von siebenhundert Prozent, statt der üblichen einhundert.«

»Aber auch das wird nicht helfen, wenn der Roman ein unsäglicher Schwachsinn ist.«

»In der ersten Woche wird das keine Rolle spielen«, widersprach Kate. »Wenn die Händler einen solchen Gewinn machen können, ist es in ihrem eigenen Interesse, das Buch in die Schaufenster zu stellen und auf den Ladentisch, vor die Kasse, ja, sogar in die Bestsellerregale. Ich habe herausgefunden, daß wir in der ersten Woche lediglich fünfzehntausend Exemplare zu verkaufen brauchen, um auf Platz fünfzehn der Bestsellerliste zu landen, was pro Buchhandlung nicht einmal zehn Exemplare wären.«

»Hm, das könnte uns eine Fünfzig-zu-fünfzig-Chance verschaffen«, murmelte Keith.

»Und ich kann unsere Chancen noch erhöhen. In der Auslieferungswoche können wir unser Zeitungs- und Zeitschriftennetz in den Vereinigten Staaten benutzen, um dafür zu sorgen, daß wir positive Besprechungen und Titelseitenwerbung bekommen. Außerdem sollte mein Artikel ›Die erstaunliche Mrs. Sherwood‹ in so vielen unserer Zeitschriften erscheinen, wie nur möglich, ohne unserem guten Ruf zu schaden.«

»Wenn es mir eine Million Dollar rettet, wird der Artikel in jeder unserer Zeitschriften zu lesen sein«, erklärte Townsend. »Aber ich befürchte, selbst das wird unsere Chance auch nicht viel höher als fifty-fifty steigen lassen.«

»Wenn du mich noch einen Schritt weitergehen läßt, bringe ich die Chance wahrscheinlich sogar noch *viel* höher.«

»Was schlägst du vor? Daß ich die *New York Times* kaufe?«

»So weit brauchst du nun auch wieder nicht zu gehen.« Kate lächelte. »Wie wär's, wenn wir in der Auslieferungswoche von unseren Angestellten fünftausend Bücher kaufen lassen?«

»Fünftausend Exemplare? Da könnten wir das Geld ja gleich zum Fenster rauswerfen!«

»Nicht unbedingt«, widersprach Kate. »Nachdem wir die Bücher das Stück für fünfzig Cent an die Buchhandlungen zurückverkauft haben, bleibt uns ein Minus von fünfzehntausend Dollar. Dafür ist uns eine Woche ein Platz auf der Bestsellerliste sicher. Und dann wird Mr. Yablon dir deine zweite Million zurückgeben müssen.«

Townsend nahm Kate in die Arme. »Ja, so könnten wir es vielleicht tatsächlich schaffen!«

»Aber nur, wenn du mir die Namen der Buchhandlungen besorgen kannst, die der *New York Times* ihre Verkaufszahlen melden.«

»Du bist ein verdammt schlaues Mädchen!« Er drückte sie fest an sich.

Kate lächelte. »Jetzt weiß ich endlich, was dich in Fahrt bringt.«

»Stephen Hallet ist an Apparat eins und Ray Atkins, der Minister für Handel und Industrie, an Apparat zwei«, meldete Pamela.

»Ich nehme Atkins. Sagen Sie Stephen, ich rufe gleich zurück.«

Armstrong wartete auf das Klicken seines neuesten Spielzeugs; es würde dafür sorgen, daß das gesamte Gespräch mitgeschnitten wurde. »Guten Morgen, Herr Minister«, sagte er. »Was kann ich für Sie tun?«

»Es geht um ein persönliches Problem, Dick. Könnten wir uns treffen?«

»Selbstverständlich«, erwiderte Armstrong. »Wie wär's zum Lunch im Savoy nächste Woche?« Er blätterte in seinem Terminkalender.

»Ich fürchte, es ist dringender, Dick. Und ich möchte lieber nicht an einem so öffentlichen Ort gesehen werden.«

Armstrong blickte auf das Blatt mit den Terminen des heutigen Tages. »Also gut. Dann schlage ich ein Mittagessen in meinem privaten Speisezimmer vor. Ich war eigentlich mit Don Sharpe zum

Essen verabredet, aber wenn Sie es so eilig haben, kann ich das Treffen mit Don verschieben.«

»Das ist wirklich zu freundlich von ihnen, Dick. Sagen wir, gegen ein Uhr?«

»In Ordnung. Ich werde jemanden zum Empfang schicken, der Sie direkt zu mir bringt.« Lächelnd legte Armstrong auf. Er wußte genau, weshalb der Minister mit ihm reden wollte. Schließlich war Dick über all die Jahre hinweg ein loyaler Anhänger der Labour Party geblieben – nicht zuletzt, indem er fünfzig Parteimitgliedern in kleinen, aber nicht unwichtigen Schlüsselpositionen jährlich tausend Pfund zukommen ließ. Diese kleine Investition versicherte ihm fünfzig enge Freunde in der Regierungspartei, mehrere davon Minister, und Verbindungen bis in höchste Kabinettskreise, wann immer er sie brauchte. Hätte er den gleichen Einfluß in Amerika ausüben wollen, würde ihn das mehr als eine Million Dollar pro Jahr kosten.

»Tut mir leid, daß ich dich warten lassen mußte, Stephen, aber ich hatte den jungen Ray Atkins am anderen Apparat. Er sagte, er müsse dringend mit mir reden. Ich glaube, wir können beide erraten, um was es geht.«

»Ich dachte, die Entscheidung über den *Citizen* würde frühestens nächsten Monat erwartet.«

»Vielleicht wollen sie es bekanntgeben, bevor die Leute irgendwelche Vermutungen anstellen. Vergiß nicht, Atkins war der Minister, der Townsends Angebot für den *Citizen* an die Kartellaufsichtsbehörde verwiesen hat. Ich glaube nicht, daß die Labour Party begeistert wäre, wenn Townsend nach dem *Globe* jetzt auch noch den *Citizen* erwirbt.«

»Es wird letztendlich das Kartellamt sein, das diese Entscheidung trifft, Dick, nicht der Minister.«

»Ich kann mir trotzdem nicht vorstellen, daß die Behörde Townsend die Kontrolle über die halbe Fleet Street zugesteht. Wie auch immer – der *Citizen* ist die Zeitung, von der die Labour Party all die Jahre treu unterstützt wurde, während die anderen Blätter kaum mehr als Tory-Zeitschriften gewesen sind.«

»Aber die Kartellaufsichtsbehörde wird trotzdem zumindest den Anschein erwecken müssen, unparteiisch zu sein.«

»So unparteiisch, wie Townsend bei Wilson und Heath gewesen ist? Der *Globe* ist zu einem täglichen Liebesbrief an Mr. Heath geworden. Würde Townsend auch noch den *Citizen* in die Klauen kriegen, hätte die Labour-Bewegung keine Stimme mehr in diesem Land.«

»Das weißt du, und das weiß ich«, erwiderte Stephen. »Aber das Kartellamt setzt sich nicht nur aus Sozialisten zusammen.«

»Um so schlimmer!« brummte Armstrong. »Wenn ich den *Citizen* bekäme, würde Townsend zum erstenmal in seinem Leben erfahren, was echte Konkurrenz ist.«

»Mich brauchst du nicht zu überzeugen, Dick. Ich wünsche dir Glück mit dem Minister. Aber deshalb habe ich nicht angerufen.«

»Jedesmal, wenn du anrufst, geht es um ein Problem, Stephen. Was ist es diesmal?«

»Ich habe ein langes Schreiben von Sharon Levitts Anwalt erhalten, in dem er mit einer einstweiligen Verfügung droht.«

»Aber ich habe ihr vor Monaten eine Abfindung gezahlt. Sie kann keinen einzigen Penny mehr von mir erwarten!«

»Ich weiß von der Abfindung, Dick. Aber diesmal geht es um eine Vaterschaftsklage. Sharon hat einen Sohn geboren und behauptet, daß du der Vater bist.«

»Was! Beim Lebenswandel dieses Weibsbilds könnte jeder der Vater sein!« stieß Armstrong hervor.

»Möglich«, erwiderte Stephen. »Aber nicht mit diesem Muttermal unter dem rechten Schulterblatt. Und vergiß nicht, im Ausschuß der Kartellaufsichtsbehörde sitzen vier Frauen, und Townsends Frau ist schwanger.«

»Wann wurde der Bastard geboren?« Armstrong blätterte seinen Terminkalender zurück.

»Am 4. Januar.«

»Einen Moment!« Armstrong starrte auf die Eintragung bei dem neun Monate früheren Datum: Alexander Sherwood, Paris. »Dieses verfluchte Weibsstück muß es von Anfang an darauf angelegt haben, als sie vortäuschte, meine Chefsekretärin werden zu wollen. Sie wußte, daß sie auf diese Weise mit gleich zwei Abfindungen rechnen konnte! Was rätst du mir?«

»Sharons Anwälte wissen mit Sicherheit vom Kampf um den *Citizen*, und sie wissen auch, daß ein Anruf beim *Globe* genügen würde...«

Armstrong hob die Stimme. »Das würde dieses Flittchen nicht wagen!«

»Vielleicht nicht«, erwiderte Stephen. »vielleicht aber doch. Ich kann dir nur raten, es mir zu überlassen, die bestmöglichen Bedingungen auszuhandeln.«

»Wenn du meinst«, sagte Armstrong, nun auch etwas ruhiger. »Aber warne Sharon. Wenn sie auch nur ein Wort an die große Glocke hängt, ist noch am gleichen Tag Schluß mit den Zahlungen.«

»Ich werde mein Bestes tun«, versprach Stephen. »Aber ich fürchte, sie hat etwas von dir gelernt.«

»Und das wäre?« fragte Dick.

»Daß es sich nicht lohnt, einen zweitklassigen Anwalt zu nehmen. – Ich rufe dich an, sobald wir uns auf die Bedingungen geeinigt haben.«

»Ja, tu das.« Armstrong schmetterte den Hörer auf die Gabel. »Pamela!« brüllte er durch die Tür, »wählen Sie Don Sharpes Nummer!«

Als der Chefredakteur der *London Evening Post* an den Apparat kam, sagte Armstrong: »Es ist etwas dazwischengekommen. Ich muß unseren Lunch verschieben.« Er legte auf, ehe Sharpe dazu kam, auch nur ein Wort zu sagen. Armstrong hatte schon vor geraumer Zeit beschlossen, daß dieser Redakteur durch einen fähigeren Mann ersetzt werden müsse, ja, er hatte sich sogar bereits an den Journalisten gewandt, den er für diese Stellung vorgesehen hatte. Doch durch den Anruf des Ministers mußte diese Sache noch ein paar Tage warten.

Dick machte sich keine allzu großen Sorgen wegen Sharon und darüber, daß sie den Mund nicht halten würde. Er hatte Akten über alle Redakteure in der Fleet Street angelegt und sogar noch umfangreichere Dossiers über ihre Bosse; überdies besaß er fast einen ganzen Aktenschrank mit Material über Keith Townsend. Seine Gedanken schweiften zu Ray Atkins zurück.

Nachdem Pamela die Morgenpost mit ihm durchgegangen war, ersuchte Dick sie um ein Exemplar von *Dodd's Parliamentary Companion*. Er wollte noch einmal die Daten von Atkins' Karriere durchgehen, die Ministerialposten, die er bekleidet hatte. Außerdem konnte es nicht schaden, wenn er sich die Namen von Atkins' Frau und Kindern merkte, und welche Hobbies der Mann hatte.

Man erachtete Ray Atkins allgemein als einen der fähigsten Politiker seiner Generation, was sich bestätigte, als Harold Wilson ihn nach nur fünfzehn Monaten zu einem der Minister seines Schattenkabinetts machte. Nach der Wahl 1966 wurde Atkins Staatsminister im Ministerium für Handel und Industrie. Es wurde allgemein angenommen, daß Atkins zu den engsten Beratern des Regierungsschefs gehören würde, falls die Labour Party die nächsten Wahlen gewann – was Armstrong allerdings nicht für wahrscheinlich hielt. Einige Leute sahen in Ray Atkins sogar schon den zukünftigen Parteiführer.

Als Atkins noch Abgeordneter eines Wahlkreises im Norden des Landes war, in dem Armstrong die Mehrheit an einigen Lokalzeitungen besaß, hatten die beiden Männer einander näher kennengelernt. Sie trafen sich bei Wahlveranstaltungen, gingen zusammen essen und entdeckten in Gesprächen einen wesentlichen gemeinsamen Charakterzug: ein ungezügeltes Streben nach Einfluß und Macht. Dann wurde Atkins zum Minister für Handel und Industrie ernannt und war somit bei Fragen von Konzernbildungen die letzte, ausschlaggebende Instanz. Schon deshalb bemühte Armstrong sich noch mehr, ihre Freundschaft – wenn man es so nennen konnte – zu pflegen, in der Hoffnung, Atkins würde das Zünglein an der Waage sein, wenn es zur Entscheidung kam, wer den *Citizen* erwerben durfte.

Der Absatz des *Globe* blieb auch unter seinem neuen Eigentümer Townsend rückläufig. Townsend hatte beabsichtigt, den Chefredakteur an die Luft zu setzen, hatte seine Pläne jedoch einstweilen verschoben, als wenige Monate später Hugh Tuncliffe starb, der Besitzer des *Citizen*, und seine Witwe verkündete, daß sie die Zeitung verkaufen würde. Townsend verbrachte mehrere Tage damit, seinen Vorstand davon zu überzeugen, daß man ein Angebot für den *Citizen* machen solle – ein Angebot, das die *Financial Times* als zu hoch bezeichnete, auch wenn der *Citizen* den höchsten Tagesumsatz in Großbritannien verzeichnete. Nachdem sämtliche Angebote eingegangen waren, erwies sich Townsends als das bei weitem höchste. Sofort verspritzte die so treffend bezeichnete Journaille Gift und Galle und fand ihre Meinung sogar auf der Titelseite des *Guardian* wieder. Tag um Tag posaunten ausgewählte Kolumnisten ihre Mißbilligung hinaus, daß Townsend bald die zwei seriösesten Tageszeitungen des Landes gehören könnten. In einer bisher noch nie dagewesenen Solidarität mit anderen Zeitungen schrie sogar *The Times* ihre Ansichten in einem Leitartikel für das Establishment hinaus und befand schon den Gedanken als ›absurd und verdammenswert‹, daß Ausländer ›nationale Institutionen erwerben und dieserart gewaltigen Einfluß auf die britische Lebensweise nehmen konnten‹. Am nächsten Morgen flatterten mehrere Briefe auf den Schreibtisch des Chefredakteurs der *Times* und erinnerten ihn daran, daß der Eigentümer des Blattes Kanadier war. Keiner der Briefe wurde veröffentlicht.

Als Armstrong bekanntgab, daß er ein Angebot in derselben Höhe wie Townsend unterbreiten würde und versprach, Sir Paul Maitland, den ehemaligen Botschafter in Washington, als Vorstandsvorsitzenden in Amt und Würden zu belassen, hatte die Regierung keine Wahl, als die Angelegenheit der Kartellaufsichtsbehörde zur Entscheidung zu übergeben. Townsend schäumte vor Wut über dieses »sozialistische Komplott«, wie er es bezeichnete. Doch es brachte ihm wenig Sympathien bei jenen ein, die im vergangenen Jahr den Niedergang des journalistischen Niveaus beim *Globe* verfolgt hatten. Allerdings gab es auch nicht viele, die sich für Armstrong aussprachen. Im Monat zuvor hatten mehrere Zeitungen in ihren Artikeln das Klischee zitiert, zwischen dem kleineren von zwei Übeln wählen zu müssen.

Diesmal jedoch war Armstrong überzeugt, daß er Townsend schlagen könnte und daß ihm das begehrteste Objekt der Fleet Street in den Schoß fallen würde. Er konnte es kaum erwarten, daß Ray Atkins zum Lunch kam und es ihm offiziell bestätigen würde.

Atkins erschien kurz vor ein Uhr. Als Pamela ihn ins Büro brachte, führte Armstrong gerade ein Gespräch auf russisch. Er legte jedoch mitten im Satz den Hörer zur Seite, um seinen Gast willkommen zu heißen. Dick entging nicht, daß Atkins' Hand feucht war, als er sie schüttelte.

»Was möchten Sie trinken?« fragte er.

»Einen kleinen Scotch mit viel Soda«, entgegnete der Minister.

Armstrong schenkte den Drink ein; dann führte er Atkins ins Nebenzimmer. Er knipste das Licht an – und damit ein verborgenes Tonbandgerät. Atkins lächelte erleichtert, als er sah, daß an dem langen Eßtisch nur für zwei Personen gedeckt war. Armstrong rückte ihm einen Stuhl zurecht.

»Danke, Dick«, sagte Atkins nervös. »Es ist sehr freundlich von Ihnen, sich so schnell für mich Zeit zu nehmen.«

»Es ist mir ein Vergnügen, Ray.« Armstrong setzte sich auf seinen Stuhl am Kopf der Tafel. »Ich freue mich immer, jemanden zu treffen, der so unermüdlich für unsere Sache arbeitet. Auf Ihre Zukunft«, er hob sein Glas, »die rosig ist, wie jeder versichert.«

Armstrong bemerkte, wie die Hand des Ministers zitterte, als er antwortete: »Sie tun sehr viel für unsere Partei, Dick.«

»Wie freundlich von Ihnen, daß Sie das sagen.«

Während der beiden ersten Gänge unterhielten die Männer sich über die Chancen der Labour Party, die nächste Wahl zu gewinnen. Beide gestanden, daß sie diesbezüglich nicht sehr optimistisch waren.

»Obwohl die Meinungsumfragen jetzt ein wenig besser aussehen«, sagte Atkins, »braucht man bloß die örtlichen Wahlergebnisse zu studieren, um zu erkennen, was sich da draußen in den Wahlkreisen wirklich tut.«

»Stimmt«, bestätigte Dick. »Nur ein Narr würde sich von Meinungsumfragen beeinflussen lassen, wenn es um die alles entscheidende Wahl geht. Obwohl ich glaube, daß Ted Heath bei der Fragestunde im Unterhaus gegenüber Wilson stets den kürzeren zieht.«

»Das stimmt, aber das bekommen leider nur ein paar hundert Abgeordnete mit. Würde das Fernsehen Unterhaussitzungen übertragen, könnte die ganze Nation miterleben, daß Harold bei weitem nicht Teds Klasse hat.«

»Ich kann mir nicht vorstellen, daß ich das noch erlebe«, brummte Dick.

Atkins nickte, schwieg jedoch. Nachdem das Geschirr abgeräumt war, wies Dick seinen Butler an, sie allein zu lassen. Er schenkte dem Minister Rotwein nach, doch Atkins nippte nur am Glas. Er machte den Eindruck, als überlege er, wie er ein peinliches Thema anschneiden sollte. Als der Butler die Tür hinter sich geschlossen hatte, holte Atkins tief Atem. »Die ganze Angelegenheit ist mir wirklich peinlich«, begann er zögernd.

»Sagen Sie alles, wonach Ihnen ist, Ray. Von mir wird niemand etwas erfahren. Denken Sie daran, daß wir uns für dasselbe Team einsetzen.«

»Danke, Dick«, erwiderte der Minister. »Ich wußte gleich, daß Sie der Richtige sind, mit dem ich über mein kleines Problem sprechen kann.« Er spielte mit seinem Glas und schwieg wieder eine Zeitlang. Dann platzte er plötzlich heraus: »Die *Evening Post* stochert in meinem Privatleben herum, Dick, und gerade jetzt kann ich keinen Skandal gebrauchen.«

»Das tut mir leid.« Armstrong hatte ein ganz anderes Thema erwartet. »Was haben die Leute von der *Evening Post* Ihnen denn angetan?«

»Sie haben mir gedroht.«

»Ihnen gedroht?« Armstrongs Stimme klang verärgert. »Womit?«

»Na ja, ›gedroht‹ ist vielleicht etwas drastisch ausgedrückt. Aber einer Ihrer Reporter hat ständig in meinem Büro angerufen und an den Wochenenden bei mir zu Hause. Manchmal zwei-, dreimal am Tag.«

»Glauben Sie mir, Ray, davon wußte ich nichts«, versicherte Armstrong. »Ich werde mir Don Sharpe vorknöpfen, sobald Sie gegangen sind. Sie können sich darauf verlassen, daß Sie nicht mehr behelligt werden.«

»Danke, Dick.« Diesmal nahm Atkins einen Schluck Wein. »Aber es sind nicht sosehr die Anrufe, die mich beunruhigen, sondern die Story, die ausgegraben wurde.«

»Würden Sie sich besser fühlen, wenn Sie mir erzählen, worum es geht, Ray?«

Der Minister starrte auf den Tisch. Geraume Zeit verging, ehe er den Kopf hob. »Es ist schon sehr lange her«, begann er, »so lange, daß ich bis vor kurzem fast vergessen hatte, daß es je passiert ist.«

Armstrong schwieg und füllte das Glas seines Besuchers nach.

»Kurz nachdem ich in den Stadtrat von Bradford gewählt worden war«, Atkins nahm wieder einen Schluck Wein, »lernte ich die Sekretärin des Wohnungsamtleiters kennen.«

»Waren Sie damals schon mit Jenny verheiratet?« fragte Armstrong.

»Nein. Jenny und ich haben uns erst zwei Jahre später kennengelernt, kurz bevor ich für den Wahlkreis Bradford West gewählt wurde.«

»Wo liegt dann das Problem?« fragte Armstrong und versuchte, einen lockeren Tonfall anzuschlagen: »Sogar die Labour Party hat nichts gegen eine kleine Affäre vor der Ehe einzuwenden.«

»Sofern eine solche Affäre keine Folgen hat – in einem Land, in dem Abtreibung nun mal verboten ist.«

»Ich verstehe«, sagte Armstrong leise. Und nach einer kurzen Pause: »Weiß Jenny irgend etwas davon?«

»Nein, nichts. Ich habe es ihr nicht erzählt und auch sonst niemandem. Die besagte Frau ist die Tochter eines einheimischen Arztes – ein verdammter Tory. Deshalb war die Familie von Anfang an gegen unsere Verbindung. Wenn diese Sache je ans Licht käme, wäre nicht nur mein Ruf in der Öffentlichkeit ruiniert.«

»Dann ist es also das Mädchen, das Ihnen Schwierigkeiten macht?«

»Nein, keineswegs. Rahila ist ein Schatz – obwohl ihre Familie ebenso wenig von mir hält wie meine Schwiegereltern. Ich bezahle selbstverständlich den vollen Unterhalt.«

»Ja, natürlich. Aber wenn sie Ihnen keine Schwierigkeiten macht, wo liegt dann das Problem? Keine Zeitung würde es wagen, die Story zu drucken, solange das Mädchen sie nicht bestätigt.«

»Ich weiß. Aber bedauerlicherweise hat der Bruder des Mädchens sich eines Abends in seinem Stammpub einen Rausch angesoffen und mit seinem Wissen geprahlt. Er hatte keine Ahnung, daß ein freiberuflicher Journalist an der Bar saß, der unter anderem die *Evening Post* beliefert. Der Bruder hat am nächsten Tag zwar alles abgestritten, aber der Journalist, dieser Bastard, hört nicht auf zu wühlen. Falls diese Story veröffentlicht wird, bliebe mir keine Wahl, als zurückzutreten. Und weiß Gott, wie Jenny das aufnehmen würde.«

»So weit ist es noch nicht, Ray. Und ich verspreche Ihnen, daß in keiner meiner Zeitungen je auch nur eine Silbe darüber zu finden sein wird, mein Wort darauf. Wie ich schon sagte – sobald Sie gegangen sind, rufe ich Sharpe zu mir und mache ihm klar, wie ich zu dieser Sache stehe. Keiner wird Sie mehr belästigen, jedenfalls nicht in dieser Angelegenheit.«

»Danke.« Atkins seufzte. »Das ist eine große Erleichterung. Nun kann ich nur noch hoffen, daß dieser Journalist die Story nicht an eine andere Zeitung verkauft.«

»Wie heißt der Mann?« fragte Armstrong.

»John Cummins.«

Armstrong kritzelte den Namen auf einen Notizblock. »Ich werde Mr. Cummins eine Stelle bei einer meiner Regionalzeitungen im Norden anbieten, weit entfernt von Bradford. Ich denke, das wird seinen Eifer dämpfen.«

»Ich weiß nicht, wie ich Ihnen danken kann«, sagte der Minister.

»Ich bin sicher, da wird uns irgendwann schon etwas einfallen.« Armstrong erhob sich, ohne seinem Gast noch Kaffee anzubieten. Er begleitete Atkins aus dem Eßzimmer. Die Nervosität des Ministers war inzwischen von dem bei Politikern üblichen Selbstbewußtsein verdrängt worden. Als sie durch Armstrongs Büro kamen, bemerkte Atkins, daß auf dem Bücherregal ein ganzer Satz *Wisden* stand. »Ich wußte gar nicht, daß Sie Kricket-Fan sind, Dick«, staunte er.

»O ja«, erwiderte Armstrong. »Schon seit meiner Jugend. Ich bin ein großer Fan.«

»Welche Mannschaft?«

»Oxford natürlich«, antwortete Armstrong, als sie den Fahrstuhl erreichten.

Atkins schwieg. Er schüttelte seinem Gastgeber herzlich die Hand. »Noch einmal, vielen Dank, Dick. Vielen, vielen Dank!«

Kaum hatte die Aufzugtür sich geschlossen, kehrte Armstrong in sein Büro zurück. »Don Sharpe soll sofort zu mir kommen«, rief er, als er an Pamelas Schreibtisch vorüberging.

Der Chefredakteur der *Evening Post* erschien wenige Minuten später mit einem dicken Ordner in der Hand. Er wartete, bis Armstrong ein Telefongespräch in einer Sprache beendete, die er nicht erkannte.

»Sie wollten mich sprechen«, sagte der Chefredakteur, als Armstrong aufgelegt hatte.

»Ja. Soeben war Ray Atkins bei mir zum Lunch. Er sagt, daß die *Post* ihn belästigt. Es geht um eine Story, der Sie nachgegangen sind.«

»Ja. Ich habe jemanden, der daran arbeitet. Wir versuchen seit Tagen, uns mit dem Minister in Verbindung zu setzen. Wir vermuten, daß er vor einigen Jahren eine Affäre hatte und Vater eines unehelichen Kindes wurde, eines Jungen namens Vengi.«

»Aber er war damals doch noch gar nicht verheiratet.«

»Das stimmt«, gab der Chefredakteur zu. »Aber ...«

»Dann verstehe ich offen gesagt nicht, weshalb diese Geschichte von öffentlichem Interesse sein sollte.«

Don Sharpe schien über das ungewöhnliche Feingefühl seines Chefs in dieser Sache ein wenig erstaunt zu sein. Andererseits war ihm bekannt, daß die Entscheidung der Kartellaufsichtsbehörde über den *Citizen* in den nächsten Wochen fallen würde.

»Nun? Stimmen Sie mir zu oder nicht?« fragte Armstrong.

»Unter normalen Umständen ja«, erwiderte Sharpe. »Aber in diesem Fall hat die Frau ihre Stellung bei der Stadt verloren, wurde von ihrer Familie verstoßen und vegetiert nun in einer Einzimmerwohnung im Wahlkreis des Ministers. Er dagegen läßt sich in einem Jaguar chauffieren und hat ein Zweithaus in Südfrankreich.«

»Aber er bezahlt ihren vollen Unterhalt.«

»Nicht immer pünktlich«, warf der Chefredakteur ein. »Und ausgerechnet Atkins hat die staatliche Unterstützung für alleinerziehende Elternteile durchgeboxt, als er noch Unterstaatssekretär im Sozialministerium war.«

»Das ist irrelevant, und das wissen Sie genau.«

»Aber da ist noch etwas, das unsere Leser interessieren würde.«

»Und was?«

»Die Frau ist Mohammedanerin. Da sie ein uneheliches Kind zur Welt gebracht hat, hat sie keine Chance mehr, je einen Ehemann zu bekommen. Die Moslems gehen in dieser Sache noch wesentlich rigoroser vor als die anglikanische Kirche.« Der Chefredakteur nahm eine Fotografie aus dem Ordner und legte sie vor Armstrong auf den Schreibtisch. Armstrong betrachtete das Bild einer attraktiven asiatischen Mutter, die einen kleinen Jungen umarmte. Die Ähnlichkeit des Kindes mit dem Vater war nicht zu leugnen.

Armstrong blickte wieder zu Sharpe auf. »Woher wußten Sie, daß ich mit Ihnen darüber reden wollte?«

»Ich hab' mir gedacht, daß Sie unser Treffen nicht deshalb verschoben haben, weil Sie mit Ray Atkins über die Chancen der Mannschaft von Bradford in der kommenden Spielzeit sprechen wollten.«

»Unterlassen Sie Ihren Sarkasmus, wenn Sie mit mir reden!« brüllte Armstrong. »Sie werden Ihre Recherchen einstellen und die Story sofort fallenlassen. Und wenn ich je auch nur den geringsten Hinweis darauf in einer anderen meiner Zeitungen sehe, brauchen Sie vom nächsten Morgen an gar nicht mehr zur Arbeit kommen!«

»A-aber ...«, stammelte der Chefredakteur.

»Und da Sie die Akte schon dabei haben, können Sie sie gleich hierlassen.«

»Was soll ich?«

Armstrong starrte ihn finster an, bis Sharpe schließlich den schweren Aktenordner auf den Schreibtisch legte und wortlos das Büro verließ.

Armstrong fluchte. Wenn er Sharpe jetzt feuerte, würde dieser mit der Story sofort zum *Globe* gehen. Er hatte eine Entscheidung getroffen, die ihn eine Menge Geld kosten würde – so oder so. Er griff nach dem Telefon. »Pamela, verbinden Sie mich mit Mr. Atkins im Ministerium für Handel und Industrie.«

Augenblicke später kam Atkins an den Apparat. »Ist es eine öffentliche Leitung?« fragte Armstrong; denn er wußte, daß Staatsbeamte häufig bei den Gesprächen ihrer Minister mithörten, da diese des öfteren übereilte Zusagen machten und ihre Untergebenen dann die Sache ausbügeln mußten.

»Nein, Sie sind auf meiner Privatleitung«, antwortete Atkins.

»Ich habe mit dem zuständigen Chefredakteur gesprochen«, sagte Armstrong. »Ich kann Ihnen versichern, daß Mr. Cummins Sie nicht mehr belästigen wird. Und ich habe den Chefredakteur gewarnt, daß er sich nach einer neuen Stelle umsehen könne, falls ich in einer meiner Zeitung auch nur den geringsten Hinweis auf Ihr Problem entdecke.«

»Danke«, sagte der Minister.

»Vielleicht interessiert es Sie ja auch, Ray, daß ich Cummins' Akte über diese Sache habe und sie in den Papierwolf geben werde, sobald ich aufgelegt habe. Glauben Sie mir, niemand wird je noch ein Wort darüber hören.«

»Sie sind ein wahrer Freund, Dick. Wahrscheinlich haben Sie meine Karriere gerettet.«

»Eine Karriere, die es in der Tat wert ist, gerettet zu werden«, sagte Armstrong. »Und vergessen Sie nie, daß ich für Sie da bin, wenn Sie mich brauchen.« Als er auflegte, steckte Pamela den Kopf durch die Tür.

»Stephen rief noch einmal an, während Sie am Telefon mit dem Minister sprachen. Soll ich ihn zurückrufen?«

»Ja. Und danach möchte ich, daß Sie etwas für mich erledigen.« Pamela nickte und verschwand in ihr eigenes Büro. Einen Augenblick später läutete einer der Apparate auf Armstrongs Schreibtisch. Dick griff nach dem Hörer.

»Wo liegt diesmal das Problem, Stephen?«

»Es gibt kein Problem. Ich habe mich lange mit Sharon Levitts Anwalt unterhalten. Wir haben einige vorläufige Abfindungsvorschläge ausgearbeitet – nun kommt es nur noch darauf an, ob beide Parteien sich einigen können.«

»Erklären Sie mir alles«, verlangte Armstrong.

»Es sieht so aus, als habe Sharon einen Freund in Italien, und...« Armstrong hörte angespannt zu, als Stephen die Bedingungen erklärte, die er in seinem Namen ausgehandelt hatte. Er lächelte schon lange, ehe der Anwalt zum Ende kam.

»Das klingt alles sehr zufriedenstellend.«

»Ja. Wie ist dein Treffen mit dem Minister verlaufen?«

»Gut. Er sieht sich in etwa dem gleichen Problem gegenüber wie ich, aber er hat den Nachteil, daß er niemanden wie dich hat, der die Sache für ihn ausbügelt.«

»Ich verstehe kein Wort.«

»Macht nichts«, sagte Armstrong, legte auf und rief seine Sekretärin.

»Pamela, wenn Sie das Gespräch abgetippt haben, das ich heute mittag mit dem Minister führte, legen Sie eine Kopie davon in diese Akte.« Er deutete auf den dicken Ordner, den Don Sharpe hatte zurücklassen müssen.

»Und was soll ich dann mit dieser Akte machen?«

»Schließen Sie sie im großen Safe ein. Falls ich sie wieder brauche, sage ich es Ihnen.«

Als der Chefredakteur der *London Evening Post* um ein privates Gespräch mit Keith Townsend ersuchte, erhielt er eine sofortige Zusage. In der Fleet Street wußte man, daß Armstrongs Personal jederzeit bei Townsend willkommen war, sofern der Betreffende etwas Interessantes über seinen Chef zu berichten hatte. Doch diese Möglichkeit hatten bisher wenige genutzt: Falls Armstrong die Sache zu Ohren kam, mußte der Übeltäter sofort seinen Schreibtisch räumen und fand nie wieder Arbeit bei irgendeiner von Dicks Zeitungen.

Es war lange her, daß ein Mann in einer Spitzenposition wie Don Sharpe sich direkt mit Keith Townsend in Verbindung gesetzt hatte. Townsend vermutete, daß Mr. Sharpe bereits wußte, daß seine Tage gezählt waren und sich sagte, er habe nichts zu verlieren. Aber wie viele andere vor ihm, hatte Sharpe darauf bestanden, daß sie sich auf neutralem Boden trafen.

Bei solchen Anlässen mietete Townsend stets die Fitzalan-Suite im *Howard Hotel*. Es lag ganz in der Nähe der Fleet Street; trotzdem verirrten sich nur sehr selten neugierige Journalisten dorthin. Ein Anruf Heathers beim Chefportier wurde mit absoluter Diskretion behandelt – wie alles andere auch.

Sharpe erzählte Townsend in allen Einzelheiten von dem Gespräch zwischen ihm und seinem Chef, gleich nach dem gestrigen Lunch Armstrongs mit Ray Atkins. Dann wartete Sharpe auf die Reaktion seines Gegenüber.

»Ray Atkins«, murmelte Townsend.

»Ja, der Minister für Industrie.«

»Der Mann, der die endgültige Entscheidung treffen wird, wer den *Citizen* bekommt.«

»Genau. Deshalb dachte ich mir, Sie würden das gern sofort erfahren«, sagte Sharpe.

»Und Armstrong hat den Ordner mit den Recherchen behalten?«

»Ja. Aber ich würde nur ein paar Tage brauchen, mir Duplikate sämtlicher Unterlagen zu beschaffen. Wenn Sie die Story auf der Titelseite des *Globe* brächten, wird das Kartellamt Armstrong nicht mehr als zukünftigen Eigentümer des *Citizen* in Erwägung ziehen, da bin ich sicher.«

»Mag sein«, sagte Townsend. »Gut. Sobald Sie alles beisammen haben, schicken Sie es mir. Markieren Sie das Päckchen in der unteren linken Ecke mit K. R. T., dann geht es ungeöffnet direkt an mich.«

Sharpe nickte. »Geben Sie mir eine Woche, im Höchstfall vierzehn Tage.«

»Und sollte ich Eigentümer des *Citizen* werden, können Sie sich darauf verlassen, daß Sie eine Stellung bei der Zeitung bekommen, wann immer Sie möchten.«

Sharpe wollte gerade fragen, welche Art von Stellung Keith sich vorstellte, als dieser hinzufügte: »Bleiben Sie noch zehn Minuten im Hotel.« Als Keith auf die Straße trat, tippte der Chefportier an den Rand seiner Mütze. Keith wurde zur Fleet Street zurückgefahren. Er war nun sicher, daß der *Citizen* ihm in den Schoß fallen würde.

Ein junger Portier des Hotels, der die beiden Herren getrennt hatte kommen und nun getrennt hatte gehen sehen, wartete, bis sein Chef seine Teepause nahm, bevor er ein Telefongespräch führte.

Zehn Tage später kamen zwei Umschläge in Townsends Büro an, auf deren unteren linken Ecke in fetter Schrift K. R. T. stand. Heather legte sie ungeöffnet auf den Schreibtisch ihres Chefs. Der erste Umschlag stammte von einem ehemaligen Angestellten der *New York Times*, der die komplette Liste aller Buchhandlungen sandte, die ihre Verkaufszahlen für die Bestsellerliste meldeten. Gut angelegte zweitausend Dollar, ging es Townsend durch den Kopf, als er die Liste zur Seite legte und den zweiten Umschlag öffnete. Er kam von Don Sharpe und enthielt seitenlange Recherchen über die außerberuflichen Aktivitäten des Ministers für Handel und Industrie.

Eine Stunde später war Townsend überzeugt, daß er auch seine zweite Million zurückbekam – und daß Armstrong es bitter bereuen würde, das Geheimnis des Ministers nicht an die große Glocke gehängt zu haben. Er griff nach dem Telefon und erklärte Heather, daß er ein Päckchen habe, das sofort per Eilpost nach New York geschickt werden müsse. Nachdem Heather das betreffende versiegelte Päckchen geholt hatte, rief Townsend den Chefredakteur des *Globe* an und ersuchte ihn, umgehend zu ihm zu kommen.

Er schob ihm den zweiten Umschlag über die Tischplatte zu. »Wenn Sie das erst gelesen haben, werden Sie wissen, wie der morgige Leitartikel aussieht.«

»Aber ich habe schon den Leitartikel für morgen«, entgegnete der Chefredakteur. »Wir haben einen Beweis, daß Marilyn Monroe lebt.«

»Marilyn kann noch einen Tag warten«, bestimmte Townsend. »Der morgige Leitartikel gehört ganz und gar unserem Industrieminister. Wir werden unseren Lesern zeigen, wie er verhindern wollte, daß die Geschichte über seine Liebschaft mit einer Mohammedanerin und über seinen unehelichen Sohn an die Öffentlichkeit dringt. Sorgen Sie dafür, daß die Titelseite bis heute siebzehn Uhr für mich freigehalten wird.«

Wenige Minuten später erhielt Armstrong einen Anruf von Ray Atkins.

»Was kann ich für Sie tun, Ray?« fragte er, während er auf einen Knopf an der Seite seines Telefonapparats drückte.

»Nichts, Dick. Diesmal ist es an mir, Ihnen einen Gefallen zu erweisen«, entgegnete Atkins. »Auf meinem Schreibtisch ist soeben ein Bericht der Kartellaufsichtsbehörde gelandet, und zwar mit einer Empfehlung, den *Citizen* zu verkaufen.«

Jetzt waren es Armstrongs Hände, die sich ein bißchen feucht anfühlten.

»Das Kartellamt legt mir außerdem nahe, mich zu Ihren Gunsten zu entscheiden. Ich habe nur rasch angerufen, um Ihnen mitzuteilen, daß ich dieser Empfehlung folgen werde.«

»Das ist ja wundervoll!« freute sich Armstrong und stand auf. »Ich danke Ihnen vielmals!«

»Ich freue mich, daß ich Ihnen eine so gute Nachricht mitteilen konnte«, sagte Atkins. »Wenn Sie einen Scheck über achtundsiebzig Millionen Pfund ausstellen können, gehört der *Citizen* Ihnen.«

Armstrong lachte. »Daran wird es bestimmt nicht scheitern! Wann soll es offiziell bekanntgegeben werden?«

»Die Empfehlung des Kartellamts wird heute vormittag um elf Uhr dem Kabinett vorgelegt, und ich kann mir nicht vorstellen, daß irgend jemand etwas dagegen hätte«, meinte der Minister. »Um fünfzehn Uhr dreißig soll ich eine Erklärung vor dem Unterhaus abgeben; also bin ich verpflichtet, bis dahin nichts darüber verlauten zu lassen. Schließlich wollen wir ja der Kartellaufsichtsbehörde keinen Grund geben, ihre Entscheidung rückgängig zu machen.«

»Ich werde schweigen, Ray, das verspreche ich Ihnen.« Armstrong machte eine Pause. »Und denken Sie daran – wenn ich je etwas für Sie tun kann, brauchen Sie es mir nur zu sagen.«

Townsend lächelte, als er die Schlagzeile noch einmal las:

DAS GEHEIMNISVOLLE DOPPELLEBEN EINES MINISTERS

Dann las er die vorläufig erste Spalte und nahm leichte Änderungen daran vor:

> Vergangenen Abend verweigerte Ray Atkins, der Minister für Handel und Industrie, jeglichen Kommentar auf die Frage, ob er der Vater des kleinen Vengi Patel sei (linkes Foto). Der Junge

ist sieben Jahre und lebt mit seiner Mutter in einer schäbigen Einzimmerwohnung im Wahlkreis des Ministers. Die dreiunddreißigjährige Miß Rahila Patel…

Er blickte auf, als seine Sekretärin ins Büro kam. »Was gibt's, Heather?«

»Der politische Redakteur ist am Apparat. Er ruft von der Pressetribüne im Unterhaus an. Es hat dort eine Erklärung zum *Citizen* gegeben.«

»Aber man hat mir doch gesagt, daß frühestens in einem Monat damit zu rechnen sei!« Townsend riß den Hörer von der Gabel. Seine Miene wurde immer wütender, als ihm die Einzelheiten der Erklärung vorgelesen wurden, die Ray Atkins soeben vor dem Unterhaus abgegeben hatte.

»Es hätte jetzt wenig Sinn, den beabsichtigten Leitartikel zu veröffentlichen«, meinte der politische Redakteur.

»Halten wir ihn einstweilen zurück«, erwiderte Townsend. »Ich werde mir heute abend die Erklärung noch einmal ansehen.« Er legte auf und starrte düster durchs Fenster. Atkins' Entscheidung bedeutete, daß Armstrong nun die einzige Tageszeitung in Großbritannien übernehmen würde, die eine höhere Auflage hatte als der *Globe*. Von diesem Augenblick an würden er und Armstrong in den Clinch um dieselbe Leserschaft gehen, und Townsend fragte sich, ob sie beide diesen Kampf überleben konnten.

Noch in der gleichen Stunde, da der Minister seine Erklärung im Unterhaus abgegeben hatte, rief Armstrong Alistair McAlvoy, den Chefredakteur des *Citizen*, an und ersuchte ihn, zum Armstrong-Haus herüberzukommen. Überdies vereinbarte er für den Abend ein Essen mit Sir Paul Maitland, dem Vorstandsvorsitzenden des *Citizen*.

Alistair McAlvoy war seit zehn Jahren Chefredakteur des *Citizen*. Als man ihn über die Entscheidung des Ministers informierte, warnte er seine Kollegen, daß niemand sicher sein konnte – auch nicht er selbst –, von einem Augenblick zum anderen vor die Tür gesetzt zu werden. Doch als Armstrong zum zweitenmal an diesem Nachmittag den Arm um McAlvoys Schultern legte und ihn den bedeutendsten Chefredakteur der Fleet Street nannte, gewann McAlvoy doch das Gefühl, seinen Posten zu behalten. Nachdem die Atmosphäre sich ein wenig entspannt hatte, warnte Armstrong ihn, daß es ab sofort zu einer Interessenkollision mit dem *Globe* und zum Kampf um jeden Leser kommen würde.

»Das befürchte ich auch«, sagte McAlvoy. »Also sollte ich wohl besser an meinen Schreibtisch zurückkehren. Ich rufe Sie an, sobald ich herausgefunden habe, was der *Globe* beabsichtigt, und sehe zu, daß wir eine Möglichkeit finden, ihm Paroli zu bieten.«

McAlvoy verließ Armstrongs Büro in dem Moment, als Pamela mit einer Flasche Sekt hereinkam.

»Wo kommt der denn her?«

»Von Ray Atkins«, antwortete Pamela.

»Öffnen Sie die Flasche«, wies Armstrong sie an. Der Korken knallte in dem Moment, als das Telefon läutete. Pamela griff nach dem Hörer und lauschte. »Es ist der neue Portier vom Hotel Howard – er sagt, er muß sich beeilen, wenn er nicht am Telefon erwischt werden will.« Sie drückte die Hand auf die Sprechmuschel. »Er wollte Sie schon vor zehn Tagen sprechen, aber ich hab' ihn nicht durchgestellt. Er sagt, es geht um Keith Townsend.«

Armstrong griff nach dem Hörer. Als der Portier ihm berichtete, mit wem Townsend soeben eine Besprechung in der Fitzalan-Suite gehabt hatte, wußte er sofort, wie der Leitartikel der morgigen Ausgabe des *Globe* aussehen würde. Und der junge Mann wollte für diese exklusive Information lediglich fünfzig Pfund.

Armstrong legte den Hörer auf und brüllte eine Reihe von Befehlen, noch ehe Pamela sein Glas ganz gefüllt hatte. »Und stellen Sie mich zu McAlvoy durch, sobald ich mit Sharpe gesprochen habe.«

Im selben Moment, als Don Sharpe ins Armstrong-Haus zurückkehrte, richtete man ihm aus, daß der Chef ihn sprechen wolle. Sharpe ging geradewegs zu Armstrongs Büro. Die einzigen Worte, die er dort hörte, lauteten: »Sie sind gefeuert!« Zwei Wachtmänner packten Sharpe an den Armen und führten ihn aus dem Gebäude.

Zum Chefredakteur des *Citizen*, mit dem Pamela ihn sofort verbunden hatte, sagte Dick lediglich: »Alistair, ich weiß, was morgen auf der Titelseite des *Globe* stehen wird, und ich bin der einzige, der das übertrumpfen kann.«

Kaum hatte Armstrong aufgelegt, ersuchte er Pamela, die Atkins-Akte aus dem Safe zu holen. Er nippte vom Sekt, der nicht vom Besten war.

Am folgenden Morgen schrie die Schlagzeile des *Globe* hinaus: »Minister auf Abwegen! Ray Atkins' geheimer unehelicher Sohn. Exklusivbericht!« Es folgte ein dreiseitiges Interview mit Miß Patels Bruder, dazu Fotos. Der Artikel war mit »Don Sharpe, Chefreporter« gezeichnet.

Townsend war begeistert, bis er sich dem *Citizen* zuwandte und dessen Schlagzeile las:

DIE LEBENSBEICHTE DES MINISTERS
Ray Atkins und sein geheimes Liebesleben!

Es folgten fünf Seiten mit Bildern sowie Auszüge aus einem mitgeschnittenen Interview, exklusiv für einen nicht namentlich genannten Sonderkorrespondenten der Zeitung.

Die *London Evening Post* schrieb an diesem Abend in ihrem Leitartikel, daß der Premierminister in der Downing Street 10 das Rücktrittsgesuch von Mr. Ray Atkins, Minister für Handel und Industrie, mit großem Bedauern angenommen habe.

The Citizen

21. August 1978

Nicht viel los mit dem neuen ›Globe‹

Als Townsend durch den Zoll war, ging er auf Sam zu, der vor dem Abfertigungsgebäude wartete, um ihn nach Sydney zu chauffieren. Während der fünfundzwanzigminütigen Fahrt berichtete Sam seinem Chef, was sich in Australien tat. Er ließ Townsend nicht im Zweifel darüber, was er vom neuen Premierminister, Malcolm Fraser, hielt – konservativ und reaktionär – und von Sydneys neuem Opernhaus –hinausgeworfenes Geld und architektonischer Schwachsinn. Doch Sam hatte auch durchaus interessante und nicht von persönlichen Vorurteilen gefärbte Informationen zu bieten.

»Woher haben Sie das, Sam?«

»Der Chauffeur des Vorsitzenden hat es mir erzählt.«

»Und was mußten Sie ihm dafür erzählen?«

»Nur, daß Sie auf eine Stippvisite von London herüberkämen«, antwortete Sam, als er vor der Zentrale der Global Corporation in der Pitt Street hielt.

Aller Augen wandten sich Townsend zu, als er durch die Drehtür kam, durch das Foyer schritt und in einen wartenden Aufzug stieg, der ihn direkt ins oberste Geschoß brachte. Dort rief er nach dem Chefredakteur, noch ehe Heather die Gelegenheit hatte, ihn zu begrüßen.

Während Townsend wartete, marschierte er in seinem Büro auf und ab und blieb manchmal stehen, um das Opernhaus zu bewundern, das nicht nur von Sam, sondern von allen Zeitungen Townsends heruntergemacht wurde – mit Ausnahme des *Continent*. Nur eine halbe Meile entfernt befand sich die Brücke, das bisherige Wahrzeichen der Stadt. Im Hafen segelten farbenprächtige Dingis, deren Masten in der Sonne leuchteten. Obwohl Sydneys Einwohnerzahl sich verdoppelt hatte, kam Townsend die Stadt jetzt schrecklich klein vor – verglichen mit damals, als er die *Chronicle* übernommen hatte. Er hatte das Gefühl, auf eine Stadt aus Lego-Steinen hinunterzublicken.

»Wie schön, daß du wieder da bist, Keith«, begrüßte ihn Bruce Kelly, der durch die offene Tür trat.

Townsend schwang zu dem Mann herum, den er als ersten zum Chefredakteur einer seiner Zeitungen gemacht hatte.

»Und es ist schön, wieder zurück zu sein, Bruce. Seit dem letzten Mal ist eine Ewigkeit vergangen.«

Während sie einander die Hand schüttelten, fragte sich Keith, ob er ebenso sehr gealtert war wie dieser erkahlende, übergewichtige Mann vor ihm.

»Wie geht es Kate?«

»Sie kann London nicht ausstehen und verbringt die meiste Zeit in New York. Aber ich hoffe, sie wird nächste Woche herkommen. Was tut sich hier?«

»Nun, wie du unseren wöchentlichen Berichten entnehmen konntest, ist unser Umsatz seit dem letzten Jahr leicht gestiegen. Die Werbung bringt mehr ein, und der Gewinn hat Rekordhöhe erreicht. Ich glaube, jetzt kann ich's mir leisten, in den Ruhestand zu gehen.«

»Genau deshalb bin ich zurückgekommen. Ich muß mit dir darüber reden«, sagte Townsend.

Bruce wurde kreidebleich. »Das meinst du doch nicht ernst?«

»Ich habe es nie ernster gemeint.« Townsend blickte seinen Freund an. »Ich brauche dich in London.«

»Warum, in aller Welt?« fragte Bruce. »Der *Globe* ist nun wirklich nicht die Art von Zeitung, für die zu arbeiten ich gewöhnt bin. Sie ist viel zu traditionsbewußt und britisch.«

»Genau deshalb geht der Umsatz von Woche zu Woche zurück. Die *Globe*-Leser sind so alt, daß sie buchstäblich dahinsterben. Wenn ich Armstrong die Stirn bieten will, brauche ich dich als nächsten Chefredakteur des *Globe*. Die Zeitung muß völlig umgekrempelt werden. Der erste Schritt zum Erfolg besteht darin, den *Globe* zu einem reißerischen Sensationsblatt zu machen.«

Bruce starrte seinen Chef ungläubig an. »Aber das werden die Gewerkschaften niemals zulassen!«

»Für die habe ich auch schon Pläne«, erklärte Townsend.

GROSSBRITANNIENS AUFLAGENSTÄRKSTE TAGESZEITUNG!

Armstrong war stolz auf diesen Untertitel im Impressum der *Citizen*. Doch obwohl der Absatz der Zeitung konstant geblieben war, beschlich ihn das Gefühl, daß Alistair McAlvoy, der dienstälteste Chefredakteur der Fleet Street, doch nicht der richtige Mann war, seine langfristigen Strategien in die Tat umzusetzen.

Armstrong hatte immer noch nicht herausfinden können, weshalb Townsend nach Sydney geflogen war. Er konnte sich nicht vorstellen, daß sein großer Konkurrent untätig zusah, wie die Umsatzzahlen des *Globe* immer tiefer in den Keller gingen. Doch solange der *Citizen* doppelt so viele Exemplare verkaufte wie der *Globe*, erinnerte Armstrong seine treuen Leser mit Vergnügen daran, daß er der Eigentümer der auflagenstärksten Zeitung Großbritanniens war – die Armstrong Communications hatte soeben für das abgelaufene Geschäftsjahr einen zu versteuernden Gewinn von siebzehn Millionen Pfund angegeben, und jeder wußte, daß der Besitzer und Hauptgeschäftsführer dieses Unternehmens bereits über den großen Teich nach Westen blickte, um dort seine nächste große Neuanschaffung zu tätigen.

Unzählige Male war Dick von Leuten, die Bescheid zu wissen glaubten, darauf aufmerksam gemacht worden, daß Townsend Anteile am *New York Star* aufgekauft hatte. Was diese Leute nicht wußten: Armstrong hatte genau das gleiche getan. Sein New Yorker Anwalt, Russell Critchley, hatte ihn allerdings darauf hingewiesen, daß er es nach den Bestimmungen der Börsenaufsichtsbehörde anmelden müsse, sobald er mehr als fünf Prozent der Anteile besaß.

Derzeit gehörten Armstrong knapp über viereinhalb Prozent der Aktien des *Star*; er vermutete, daß Townsends Beteiligung etwa gleich hoch war. Noch aber gaben sich beide Konkurrenten damit zufrieden, in Lauerstellung abzuwarten, bis der andere den nächsten Zug machte. Obwohl Armstrong kürzlich die Milwaukee-Gruppe mit ihren elf Zeitungen erworben hatte, wußte er, daß Townsend in den Vereinigten Staaten immer noch die größere Zahl lokaler und bundesweiter Publikationen besaß. Daß die *New York Times* nie zum Verkauf stehen würde, war beiden klar. In New York konnten sie lediglich darauf hoffen, in das nahezu risikolose Geschäft mit den Boulevardblättern einzusteigen.

Während Townsend in Sydney seine Pläne verfolgte, einem ahnungslosen britischen Publikum den neuen *Globe* zu präsentieren, flog Armstrong nach Manhattan, um seinen Sturmangriff auf den *New York Star* vorzubereiten.

»Aber Bruce Kelly wußte nichts davon«, sagte Townsend, als Sam ihn vom Tullamarine-Flughafen nach Melbourne hineinfuhr.

»Das hätte mich auch gewundert«, entgegnete Sam. »Er hat ja auch nie den Chauffeur des Vorsitzenden kennengelernt.«

»Wollen Sie mir damit sagen, daß ein Chauffeur etwas weiß, von dem noch niemand sonst in der Zeitungswelt gehört hat?«

»Nein, der stellvertretende Vorsitzende weiß es ebenfalls; denn er hat auf dem Rücksitz mit dem Vorsitzenden darüber gesprochen.«

»Und der Fahrer hat Ihnen gesagt, daß die Vorstandssitzung heute vormittag um zehn Uhr stattfindet?«

»Stimmt, Chef. In diesem Moment fährt mein Kollege den Vorsitzenden dorthin.«

»Und der Preis, auf den sie sich geeinigt haben, war zwölf Dollar die Aktie?«

»Das jedenfalls haben der Vorsitzende und sein Stellvertreter auf dem Rücksitz vereinbart.« Sam fuhr jetzt ins Stadtzentrum.

Townsend fielen keine weiteren Fragen ein, die er Sam hätte stellen können, ohne sich eine Blöße zu geben. »Eine Wette würden Sie wohl nicht darauf abschließen?« fragte er, als der Wagen in die Flinders Street einbog.

Sam dachte ein Zeitlang über diesen Vorschlag nach; dann antwortete er: »Warum eigentlich nicht, Chef? Ich wette hundert Dollar, daß ich recht habe.«

»O nein«, entgegnete Townsend. »Ihr Monatsgehalt, oder wir kehren um und fahren zum Flughafen zurück.«

Sam übersah ein Rotlicht und konnte gerade noch im letzten Augenblick den Zusammenstoß mit einer Straßenbahn vermeiden. »Einverstanden«, sagte er. »Aber nur, falls Sie Arthur ebensoviel geben, wenn wir recht haben.«

»Wer, zum Teufel, ist Arthur?«

»Der Chauffeur des Vorstandsvorsitzenden.«

»Gut, dann gilt es für Sie und für Arthur«, erklärte Townsend sich einverstanden. Der Wagen fuhr in diesem Moment zum Eingang des *Courier.*

»Wie lange soll ich auf Sie warten?« erkundigte sich Sam.

»Solange Sie brauchen, ein Monatsgehalt zu verlieren«, brummte Townsend und schmetterte die Wagentür hinter sich zu.

Er blieb vor dem Gebäude stehen und blickte nachdenklich die Fassade hinauf. Genau hier hatte sein Vater in den zwanziger Jahren seine Karriere als Reporter begonnen, und hier hatte Keith selbst in den Ferien als Volontär gearbeitet. Dann aber war seiner Mutter leider nichts besseres eingefallen, als die Zeitung an einen Konkurrenten zu verkaufen, ohne sich zuvor mit ihm zu beraten. Vom Bürgersteig konnte Keith in der obersten Etage jenes Fenster sehen, hinter dem sein Vater die Geschicke des Verlags geleitet hatte. Konnte es wirklich sein, daß der *Courier* zum Verkauf stand, ohne daß auch nur einer seiner professionellen Berater es ahnte?

Bevor Keith von Sydney hierhergeflogen war, hatte er sich die Aktienkurse angeschaut: der *Courier* stand bei 8 Dollar 40. Konnte er, nur auf das Wort seines Fahrers hin, so viel riskieren? Er wünschte sich, Kate wäre hier, damit er sie nach ihrer Meinung fragen könnte. Er hatte es allein ihr zu verdanken, daß *Die Geliebte des Senators* von Margaret Sherwood zwei Wochen auf der Bestsellerliste der *New York Times* gestanden hatte, wenn auch auf dem letzten Platz. Jedenfalls hatte Keith seine zweite Million bis auf den letzten Cent zurückbekommen. Zu Kates und seiner Überraschung wurde der Roman auch in Zeitschriften, die ihm nicht gehörten, wohlwollend besprochen. Es hatte Keith sehr erheitert, als er einen Brief von Mrs. Sherwood erhielt, in dem sie anfragte, ob er interessiert sei, drei weitere Bücher von ihr zu verlegen.

Townsend schritt durch die Flügeltür und unter der Uhr am Eingang zum Foyer hindurch. Einen Augenblick blieb er vor der Bronzebüste seines Vaters stehen. Er erinnerte sich, wie er sich als Kind emporgereckt und versucht hatte, ans Haar heranzukommen. Doch diese Reminiszenzen machten ihn nur noch nervöser.

Er schritt weiter durchs Foyer und schloß sich einer kleinen Gruppe Herren an, die in den ersten Fahrstuhl stiegen, der in der Eingangshalle hielt. Die Herren verstummten, als sie Keith erkannten. Er drückte auf den Knopf, und die Tür des Lifts glitt zu. Keith war seit über dreißig Jahren nicht mehr in diesem Haus gewesen, doch er erinnerte sich noch gut daran, wo sich der Konferenzsaal befand: auf demselben Korridor wie das Büro seines Vaters, nur ein paar Meter weiter.

Die Lifttür glitt in der Vertriebsabteilung auf, dann bei den Kleinanzeigen, dann auf der Redaktionsetage, bis Keith schließlich allein im Fahrstuhl stand. In der Chefetage angelangt, trat er zögernd hinaus auf den Korridor und blickte in beide Richtungen. Niemand war zu sehen. Er wandte sich nach rechts und schritt zum Konferenzsaal. Als er am einstigen Büro seines Vaters vorüberkam, ging er langsamer, und je weiter er sich dem Konferenzsaal näherte, desto schleppender wurde sein Schritt.

Er war schon nahe daran, umzukehren, das Gebäude zu verlassen und Sam klarzumachen, was er von ihm und seinem Freund Arthur hielt, als er sich an die Wette erinnerte. Wäre Keith nicht ein so schlechter Verlierer, hätte er bestimmt nicht an die Tür geklopft und hineinmarschiert, ohne ein »Herein« abzuwarten.

Sechzehn Gesichter wandten sich ihm zu und starrten ihn an. Keith erwartete, daß der Vorsitzende ihn fragte, was, zum Teufel, er hier zu suchen habe, doch niemand sagte auch nur ein Wort. Es war beinahe so, als hätten die Herren auf ihn gewartet. »Herr Vorsitzender«, sagte Keith, »ich bin bereit, zwölf Dollar pro *Courier*-Aktie zu bezahlen. Wir müßten das Geschäft allerdings sofort abschließen oder gar nicht, da ich noch heute abend nach London zurückfliege.«

Sam wartete im Wagen auf die Rückkehr seines Chefs. Nach etwa zweieinhalb Stunden rief er seinen Chauffeurskollegen Arthur an und riet ihm, sein nächstes Monatsgehalt in Aktien des *Melbourne Courier* anzulegen; er solle es aber sofort tun, ehe der Vorstand eine öffentliche Erklärung abgab.

Nachdem Townsend am nächsten Morgen in London eingetroffen war, gab er in einer Pressemitteilung die Ernennung von Bruce Kelly als Chefredakteur und die Umwandlung des *Globe* in ein Boulevardblatt bekannt. Nur eine Handvoll Insider erkannten die Bedeutung dieser Nachricht. Im Laufe der nächsten Tage erschienen Kurzprofile von Bruce in mehreren überregionalen Zeitungen. Alle berichteten, daß er fünfundzwanzig Jahre als Chefredakteur die Geschicke der *Sydney Chronicle* geleitet und zwei erwachsene Kinder habe, seine Ehe jedoch gescheitert sei. Obwohl niemand Keith Townsend freundschaftliche Gefühle für einen anderen Menschen zutraute, könne man Bruce Kelly dennoch in gewisser Weise als Townsends Freund betrachten. Der *Citizen* schrieb höhnisch – nachdem Kelly keine Arbeitserlaubnis in England erhalten hatte –, daß man die Stelle als Chefredakteur des *Globe* ohnehin nicht als Arbeit bezeichnen könne. Ansonsten gab es nicht viele Information über den neuesten Immigranten aus Australien. Unter der Überschrift »R. I. P.« versicherte der *Citizen* seinen Lesern, daß Kelly nichts weiter als ein Totengräber sei, den man nach Großbritannien gebracht habe, um etwas zu beerdigen, das alle anderen schon seit Jahren für tot hielten. Weiter hieß es, daß der *Citizen* inzwischen dreimal so viele Exemplare verkaufte wie der *Globe*. Das tatsächliche Verhältnis belief sich auf 2,3 zu 1; doch Townsend war Armstrongs Übertreibungen gewöhnt, wenn es um Statistiken ging. Er ließ den Leitartikel rahmen und hängte ihn zu Bruce' Begrüßung in dessen neues Büro.

Sobald Bruce in London gelandet war – und noch ehe er eine Wohnung gefunden hatte –, warb er Journalisten von der Boulevardpresse ab. Die meisten schienen nichts von der Warnung des *Citizen* zu halten, daß der *Globe* sich auf dem steilen Weg nach unten befinde und keine Überlebenschance habe, sofern es Townsend nicht gelang, sich mit den Gewerkschaften zu einigen. Der erste, den Bruce einstellte, war Kevin Rushcliffe, von dem er gehört hatte, daß er sich als stellvertretender Chefredakteur von *People* einen Namen gemacht habe.

Als Rushcliffe seinen Chef zum erstenmal an dessen freiem Tag vertrat, traf ein Schreiben von Mick Jaggers Anwälten ein, die mit einer einstweiligen Verfügung drohten. Rushcliffe zuckte nur die Schultern und meinte: »Die Story war einsame Spitze. Wozu also weitere Recherchen anstellen?« Nachdem eine beachtliche Entschädigung bezahlt und eine Entschuldigung gedruckt war, wurden die hauseigenen Anwälte angewiesen, Mr. Rushcliffes Artikel in Zukunft sorgfältiger zu überprüfen.

Mehrere erfahrene Journalisten schlossen sich dem Redaktionsteam an. Als man sie fragte, weshalb sie ihre sicheren Stellungen aufgegeben hatten, um zum *Globe* zu wechseln, sprachen sie von Dreijahresverträgen und daß ihnen alles andere egal sei.

Auch in den ersten Wochen, nachdem Kelly die Chefredaktion übernommen hatte, sanken die Verkaufszahlen unaufhörlich. Kelly hätte dieses Problem gern eingehend mit Townsend diskutiert, doch der Chef schien ständig mit den Gewerkschaften zu verhandeln.

An dem Tag, als der *Globe* als Boulevardzeitung erschien, gab

Bruce eine Party im Verlag, um mitzuerleben, wie die neue Zeitung aus den Druckerpressen kam. Er war enttäuscht, daß viele der geladenen Politiker und Prominenten dem Fest fernblieben. Später erfuhr er, daß sie an einer Party teilnahmen, die Armstrong zur Feier des fünfundsiebzigsten Geburtstags des *Citizen* gegeben hatte. Ein ehemaliger Angestellter des *Citizen*, der jetzt für den *Globe* arbeitete, wies darauf hin, daß es in Wirklichkeit erst zweiundsiebzig Jahre waren. »Also gut«, sagte Townsend, »dann werden wir Armstrong in drei Jahren wohl daran erinnern müssen.«

Ein paar Minuten nach Mitternacht – die Party neigte sich allmählich ihrem Ende zu – trat ein Laufbursche ins Büro des Chefredakteurs und richtete ihm aus, daß es an den Druckerpressen eine technische Panne gab. Townsend und Bruce eilten zur Drukkerei hinunter und stellten fest, daß die Arbeiter bereits ihre Werkzeuge weggeräumt hatten und nach Hause gegangen waren. Die beiden Freunde krempelten die Ärmel hoch und machten sich an die hoffnungslose Arbeit, die Druckerpressen zu reparieren, doch sie mußten rasch feststellen, daß es sich hier eindeutig um einen Sabotageakt handelte. Nur einhunderteinunddreißigtausend Exemplare der Zeitung erschienen am nächsten Tag, von denen nicht eines außerhalb von Birmingham zu bekommen war, da die Lokomotivführer den Streik ihrer Kollegen in der Druckergewerkschaft unterstützten.

NICHT VIEL LOS MIT DEM NEUEN ›GLOBE‹! lautete die Schlagzeile des *Citizen* am folgenden Morgen. Armstrongs Zeitung opferte die komplette Seite fünf, um ihrer Meinung Ausdruck zu verliehen, daß es an der Zeit sei, den alten *Globe* »wiederzubeleben«. Schließlich habe der »illegale Einwanderer« – wie sie Bruce immer wieder bezeichneten – Rekordverkaufszahlen versprochen, und die hatten sie tatsächlich erzielt: Der *Citizen* verkaufte nun dreißigmal so viele Exemplare wie der *Globe*. Ja, das Verhältnis betrug nun dreißig zu eins!

Auf Seite acht forderte der *Citizen* seine Leser zu einer Wette heraus – mit der sagenhaften Quote von hundert zu eins –, daß der *Globe* keine sechs Monate überleben würde. Townsend stellte sofort einen Scheck über tausend Pfund aus und ließ ihn durch einen Boten zu Armstrongs Büro bringen; ein Quittung bekam er jedoch nicht. Ein Anruf von Bruce beim Presseverband sorgte dafür, daß diese Story für alle Zeitungen freigegeben wurde.

Am nächsten Morgen gab Armstrong auf der Titelseite des *Citizen* bekannt, daß er Townsends Scheck über eintausend Pfund eingelöst habe; er selbst habe eine Spende in Höhe von fünfzigtausend Pfund für den Hilfsfond der Presse geleistet, da der *Globe* sowieso keine Chance habe, die sechs Monate zu überleben; weitere fünfzigtausend Pfund habe er für einen Wohltätigkeitsverein zur Verfügung gestellt; die Wahl der Organisation überließe er Mr. Townsend. Bis zum Ende der Woche hatte Keith mehr als hundert Zuschriften von Wohltätigkeitsvereinen erhalten, die ihm erklärten, weshalb er gerade sie für diese Spende auswählen solle.

Im Laufe der nächsten Wochen schaffte der *Globe* es nur selten, eine Auflagenhöhe von dreihunderttausend Exemplaren zu überschreiten – eine Tatsache, auf die Armstrong seine Leser bei jeder passenden und unpassenden Gelegenheit aufmerksam machte. Während der darauffolgenden Monate sah Townsend ein, daß ihm nichts anderes übrigblieb, als sich die Gewerkschaften vorzuknöpfen. Das aber war ein aussichtsloses Unterfangen, solange die Labour Party an der Macht blieb.

The Globe

4. Mai 1979

Triumph für Maggie!

Townsend ließ den Fernseher in seinem Büro die ganze Nacht eingeschaltet, um keines der Ergebnisse zu versäumen, die von einem Wahlkreis nach dem anderen durchgegeben wurden. Eines stand bereits fest: Margaret Thatcher würde in die Downing Street 10 einziehen. Hastig schrieb Townsend einen Leitartikel, in dem er den Lesern versicherte, daß für Großbritannien eine aufregende neue Epoche beginnen würde. Der Artikel endete mit den Worten: »Schnallen Sie sich an!«

Als er um vier Uhr früh erschöpft mit Bruce das Gebäude verließ, sagte Townsend zum Abschied: »Du weißt doch, was das bedeutet, nicht wahr?«

Am folgenden Nachmittag arrangierte Townsend im Hotel Howard ein privates Treffen mit Eric Harrison, dem Generalsekretär der abgespaltenen Druckergewerkschaft. Als die Besprechung zu Ende war, klopfte der Chefportier an die Tür und bat Townsend, ihn kurz unter vier Augen sprechen zu dürfen. Der Chefportier erzählte, daß er gehört habe, was sein Untergebener am Telefon gesagt hatte, als er etwas früher als sonst von seiner Teepause zurückgekehrt war. Niemand brauchte Townsend zu sagen, wer höchstwahrscheinlich am anderen Ende der Leitung gewesen war.

»Ich werde ihn auf der Stelle feuern«, versprach der Chefportier. »Seien Sie versichert, daß so etwas nie wieder vorkommt.«

»Nein, nein«, hielt Townsend ihn zurück. »Lassen Sie den Mann, wo er ist. Und keinen Mucks, daß Sie ihn durchschaut haben! Ich muß die Gespräche, die wichtig für mich sind, jetzt zwar woanders führen; aber ich kann mich hier mit unbedeutenden Leuten treffen und Armstrong dadurch völlig in die Irre führen.«

Bei der monatlichen Vorstandssitzung der Armstrong Communications lag der wöchentliche Verlust des *Globe* nach Schätzung des Finanzdirektors immer noch bei hunderttausend Pfund. So prall Townsends Säckel auch gefüllt sein mochte – wenn es so weiterging, war die Pleite nur noch eine Frage der Zeit.

Armstrong lächelte, schwieg jedoch, bis Sir Paul Maitland zum zweiten Punkt der Tagesordnung kam und Dick aufforderte, dem Vorstand über seine letzte Amerikareise zu unterrichten. Armstrong informierte die Anwesenden über den letzten Stand seiner Verhandlungen in New York und fügte hinzu, daß er beabsichtige, in naher Zukunft einen weiteren Flug über den Atlantik zu unternehmen, da er der Meinung sei, es würde nicht mehr lange dauern, bis die Armstrong Communications ein offizielles Angebot für den *New York Star* unterbreiten könne.

Sir Paul verlieh seiner Besorgnis über die Dimensionen einer solchen Transaktion Ausdruck und ersuchte, endgültige Zusagen nur mit Zustimmung des Vorstands zu machen. Armstrong versicherte ihm, es habe nie in seiner Absicht gelegen, solche Geschäfte ohne die Billigung des Vorstands zu tätigen.

Peter Wakeham wies seine plötzlich sehr interessierten Zuhörer auf einen Artikel in der *Financial Times* hin, der besagte, daß Keith Townsend vor kurzem einen großen Komplex von Lagerhäusern auf der Isle of Dogs gekauft habe, und daß ganze Kolonnen von Lastwagen ohne Aufschrift nächtliche Lieferungen dorthin brachten.

»Hat jemand eine Ahnung, worum es dabei geht?« Sir Paul ließ den Blick über die Anwesenden schweifen.

»Wir wissen«, antwortete Armstrong, »daß Townsend mitsamt dem *Globe* auch eine Transportfirma für den Direktvertrieb der Zeitungen übernommen hat. Vielleicht muß er sich nun als Spediteur betätigen, da seine Zeitungen sich so schlecht verkaufen.«

Einige Vorstandsmitglieder lachten ein wenig gezwungen, doch Sir Pauls Miene bleib ernst. »Das würde aber nicht erklären, weshalb Townsend den Komplex so scharf bewachen läßt«, gab er zu bedenken. »Wachmänner, Hunde, elektrisch gesicherte Tore, Stacheldraht auf den Mauerkronen – er führt irgendwas im Schilde!«

Armstrong zuckte die Schultern und blickte gelangweilt drein; deshalb beendete Sir Paul, wenngleich widerstrebend, die Sitzung.

Drei Tage später bekam Armstrong einen Anruf aus dem Hotel Howard und erfuhr von dem jungen Portier, daß Townsend den ganzen Nachmittag in der Fitzalan-Suite zugebracht hatte, um mit drei führenden Mitgliedern der Druckergewerkschaft über eine neue Arbeitszeitregelung und eine höhere Bezahlung von Überstunden zu verhandeln.

Am nächsten Morgen flog Armstrong in die Vereinigten Staaten. Da er Townsend mit seinen Problemen in London abgelenkt wähnte, hielt er nun den richtigen Zeitpunkt für gekommen, ein Übernahmeangebot für den *New York Star* zu unterbreiten.

Als Townsend eine Konferenz sämtlicher Journalisten einberief, die für den *Globe* arbeiteten, vermuteten die meisten, daß der Eigentümer endlich zu einer Einigung mit den Druckergewerkschaften gekommen sei und dieses Treffen nicht viel mehr als eine PR-Show sei, um zu beweisen, daß die Gewerkschaften den kürzeren gezogen hatten.

Um sechzehn Uhr warteten mehr als siebenhundert Journalisten dicht gedrängt im Konferenzsaal auf der Chefetage. Alle verstummten, als Townsend und Bruce Kelly eintraten, und machten Platz, damit ihr oberster Boß zur Mitte des Saales gelangen konnte, wo er auf einen Tisch stieg. Townsend blickte hinunter auf die Gruppe, die nunmehr über sein Geschick bestimmen würde.

»Während der vergangenen Monate«, begann er gemessen, »haben Bruce Kelly und ich uns mit einem Plan befaßt, von dem ich glaube, daß er unser aller Leben und möglicherweise auch die Ansichten über den Journalismus in diesem Lande verändern wird. Zeitungen haben in Zukunft keine Überlebenschance, wenn sie weiterhin so geführt werden wie während der vergangenen hundert Jahre. Jemand muß die notwendigen Änderung herbeiführen, und dieser Jemand bin ich. Und jetzt ist die Zeit für die Änderungen gekommen. Ab Mitternacht des kommenden Sonntags beabsichtige ich, meinen gesamten Druckerei- und Verlagsbetrieb auf die Isle of Dogs zu verlegen.«

Atemlose Stille im ganzen Saal. Townsend konnte sich der gespannten Aufmerksamkeit seiner Mitarbeiter sicher sein.

»Ich bin vor kurzem zu einer Einigung mit Eric Harrison gekommen, dem Generalsekretär der Druckergewerkschaft. Diese Einigung gibt uns die Chance, uns ein für allemal aus dem Würgegriff der Gewerkschaften zu befreien.« Einige begannen zu applaudieren, andere wirkten unsicher, und wieder andere verärgert, wenn nicht sogar wütend.

Townsend fuhr fort, den Journalisten die Logistik einer derart gewaltigen Operation zu erläutern. »Das Problem des Vertriebs werden wir mit unserem eigenen Wagenpark lösen. Das wird uns in Zukunft unabhängig von den Transportarbeitergewerkschaften machen, die uns aus Solidarität mit ihren Kollegen aus der Druckerbranche zweifellos ebenfalls bestreiken würden. Ich kann nur hoffen, daß Sie alle mich bei diesem Unternehmen unterstützen. Noch irgendwelche Fragen?« Im ganzen Saal schossen Hände in die Höhe. Townsend deutete auf einen Mann, der unmittelbar vor ihm stand.

»Rechnen Sie damit, daß die Gewerkschaften Streikposten um das neue Gebäude aufstellen? Und wenn ja, welche Maßnahmen gedenken Sie dagegen zu ergreifen?«

»Die Antwort auf den ersten Teil Ihrer Frage lautet ja«, antwortete Townsend. »Was den zweiten Teil betrifft, hat die Polizei mir geraten, keine Einzelheiten über ihre Einsatzpläne verlauten zu lassen. Aber ich kann Ihnen versichern, daß ich für die gesamte Operation die Unterstützung der Premierministerin und des Kabinetts habe.«

Da und dort im Saal waren leise, aber erbitterte Diskussionen zu vernehmen. Townsend drehte sich um und deutete auf eine andere erhobene Hand.

»Wird es eine Abfindung für jene unter uns geben, die von Ihren neuen Ideen und der Standortverlegung nicht so begeistert sind?«

Das war eine Frage, auf die Townsend gewartet hatte.

»Ich kann Ihnen nur raten, Ihre Verträge sorgfältig zu lesen«, erwiderte er. »Darin finden Sie die genaue Antwort auf die Frage, welche Abfindung Sie erhalten, wenn ich die Zeitung aufgeben muß.«

Allgemeines Stimmengewirr setzte ein.

»Wollen Sie uns drohen?« fragte derselbe Journalist.

Townsend wandte sich wieder dem Mann zu und sagte heftig: »Nein, das will ich nicht. Aber wenn Sie mich in dieser Sache nicht unterstützen, bedrohen Sie die Existenzgrundlage eines jeden, der für den *Globe* arbeitet!«

Ein Wald von Händen schoß in die Höhe. Townsend deutete auf eine Frau, die ziemlich weit hinten stand.

»Wie viele andere Gewerkschaften haben sich einverstanden erklärt, Sie zu unterstützen?«

»Nicht eine«, antwortete Townsend. »Um ehrlich zu sein, rechne ich damit, daß die übrigen Gewerkschaften zum Streik aufrufen, sobald diese Konferenz zu Ende ist.« Er deutete auf einen anderen Mitarbeiter und beantwortete über eine Stunde lang weitere Fragen. Als er schließlich vom Tisch hinunterstieg, war es offensichtlich, daß sich unter den Journalisten zwei Lager gebildet hatten. Die einen waren dafür, Townsends Plan zu unterstützen, die anderen plädierten für den sofortigen Generalstreik.

Später an diesem Abend berichtete ihm Bruce, daß der Journalistenverband eine Presseerklärung abgegeben und zu einer Betriebsversammlung aufgerufen hatte, bei der die Antwort auf Townsends Forderungen beschlossen werden sollte. Eine Stunde später gab Townsend seine eigene Presseerklärung ab.

Keith verbrachte eine schlaflose Nacht, in der er sich fragte, ob er sich auf ein tollkühnes Glücksspiel eingelassen habe, das mit der Zeit sein gesamtes Zeitungsimperium in die Knie zwingen würde. Daß sein jüngster Sohn Graham, der sich mit Kate in New York aufhielt, sein erstes Wort gesprochen hatte, war die einzige gute Nachricht im vergangenen Monat gewesen – und Grahams erstes Wort hatte nicht »Zeitung« gelautet. Keith war bei der Geburt des Kindes zwar dabeigewesen, hatte sich drei Stunden später aber schon wieder auf den Weg nach London gemacht. Manchmal fragte er sich wirklich, ob die ganze Sache die Mühe überhaupt wert war.

Am nächsten Morgen saß er bereits um sieben Uhr hinter seinem Schreibtisch und hoffte, daß die Journalisten sich nach stundenlangen Diskussionen endlich auf ein Ergebnis einigten. Nach seiner Presseerklärung, in der er seine Pläne dargelegt hatte, waren die Global-Corps-Aktien über Nacht um vier Pence gefallen, während die von Armstrong Communications – dem offensichtlichen Nutznießer, falls das ganze Unternehmen eine Pleite für Townsend werden sollte – um zwei Pence gestiegen waren.

Wenige Minuten nach dreizehn Uhr stürmte Bruce ohne anzuklopfen in Keith' Büro. »Sie haben sich für dich entschieden!« rief er. Townsend blickte auf, und das Blut schoß in seine bleichen Wangen zurück. »Aber es war eine verdammt knappe Abstimmung. Dreihundertdreiundvierzig gegen dreihundertundeine Stimmen für den Umzug. Ich glaube, deine Drohung, die Zeitung einzustellen, falls sie dich nicht unterstützen, hat letztendlich den Ausschlag gegeben.«

Wenige Minuten später rief Townsend in der Downing Street Nummer zehn an, um die Premierministerin zu warnen, daß es wahrscheinlich zu einer blutigen Konfrontation kommen würde, die mehrere Wochen andauern könnte. Mrs. Thatcher sagte Keith ihre volle Unterstützung zu. Schon in den nächsten Tagen wurde deutlich, daß Townsend nicht übertrieben hatte: Sowohl Journalisten wie Drucker mußten von bewaffneten Polizisten in und aus dem neuen Komplex geleitet werden; Townsend und Bruce Kelly wurden rund um die Uhr beschützt, seit sie anonyme Morddrohungen bekommen hatten.

Doch das erwies sich nicht als ihr einziges Problem. Obwohl die neue Anlage auf der Isle of Dogs zweifellos die modernste der Welt war, beschwerten sich einige Journalisten über die Zustände, die sie erdulden mußten und wiesen darauf hin, daß in ihren Verträgen nichts darüber stand, daß sie von Hunderten von Gewerkschaftern Beschimpfungen über sich ergehen lassen mußten, ja, häufig sogar mit Steinen beworfen wurden, wenn sie am Morgen die ›Festung Townsend‹ betraten und sie abends oder nachts wieder verließen.

Und damit endeten die Beschwerden der Journalisten noch nicht. Sie protestierten gegen die Fließband-Atmosphäre im Inneren des Komplexes, schimpften auf die modernen Computer und Kommunikationssysteme, die ihre alten Schreibmaschinen ersetzt hatten, und liefen vor allem gegen das strikte Alkoholverbot im Hause Sturm. Es wäre vielleicht ein wenig leichter für die Journalisten gewesen, wären sie nicht gar so weit von ihren vertrauten Tränken in der Fleet Street gestrandet.

Im ersten Monat nach dem Umzug auf die Isle of Dogs kündigten dreiundsechzig Journalisten, und der Umsatz des *Globe* sank Woche um Woche weiter. Die Streikposten wurden zusehends gewalttätiger, und der Finanzdirektor warnte Townsend, daß die Mittel der Global Corporation erschöpft wären, sollte der derzeitige Ausnahmezustand noch länger andauern. Er fuhr fort: »Lohnt es sich wirklich, den Bankrott heraufzubeschwören, nur um etwas zu beweisen?«

Armstrong verfolgte das Geschehen von der anderen Seite des Atlantik aus. Die Verkaufsziffern des *Citizen* stiegen ebenso steil wie seine Aktiennotierungen. Aber Dick wußte: Falls es Townsend gelingen sollte, das Blatt zu wenden, würde er rasch nach London zurückkehren und ein ähnliches Unternehmen in Gang setzen müssen.

Doch niemand hatte vorhersehen können, was danach geschah.

The Sun
4. Mai 1982

Ätsch!

In einer Freitagnacht im April 1982, als die Briten tief und fest schliefen, überfielen argentinische Truppen die Falkland-Inseln. Zum erstenmal seit vierzig Jahren tagte das Parlament an einem Samstag, und die Volksvertreter stimmten dafür, unverzüglich eine Spezialeinheit abzukommandieren, um die Inseln zurückzuerobern.

Alistair McAlvoy setzte sich mit Armstrong in New York in Verbindung und redete ihm zu, der *Citizen* müsse unbedingt die Politik der Labour Party vertreten – eine nationalistische Resonanz auf die Ereignisse sei nicht die Lösung; überdies hätten die Vereinten Nationen ohnehin eine Sondersitzung einberufen, um dieses Problem zu bewältigen, so daß es nicht Aufgabe der Presse sei. Armstrong blieb skeptisch, bis McAlvoy hinzufügte: »Das ist ein unverantwortliches Abenteuer, das den Sturz Maggie Thatchers herbeiführen wird. Glauben Sie mir, schon in wenigen Wochen ist die Labour Party wieder an der Macht.«

Doch Townsend wußte sehr genau, daß er Mrs. Thatcher unterstützen und den Union Jack deutlich sichtbar über dem *Globe* wehen lassen sollte. »Nicht reden, sondern handeln!« lautete denn auch die Schlagzeile der Montagsausgabe, in der eine Karikatur des argentinischen Generals Galtieri als säbelschwingendem Piraten zu sehen war. Als die Spezialeinheit aus Portsmouth auslief und in Richtung Südatlantik steuerte, erreichten die Verkaufszahlen des *Globe* zum erstenmal seit Monaten dreihunderttausend Exemplare. Während der ersten Tage der Kampfhandlungen wurde sogar Prinz Andrew für seinen mutigen und heldenhaften Einsatz als Hubschrauberpilot gelobt. Als das britische U-Boot *HMS Conqueror* am 2. Mai die *General Belgrano* versenkte, schrieb der *Globe*: »Gut getroffen, Jungs!« Und wieder stieg die Auflage. Als die britischen Truppen Port Stanley zurückeroberten, wurden täglich mehr als fünfhunderttausend Exemplare des *Globe* verkauft, während der *Citizen* zum erstenmal, seit Armstrong ihn übernommen hatte, Umsatzeinbußen verzeichnen mußte. Peter Wakeham rief Armstrong in New York an, um ihm die letzten Verkaufszahlen mitzuteilen, woraufhin sein Chef sofort die nächste Maschine nach London nahm.

Als die siegreichen britischen Truppen in die Heimat zurückkehrten, war der *Globe* bereits bei einer Auflage von einer Million Exemplare täglich angelangt, während der *Citizen* zum erstenmal seit fünfundzwanzig Jahren weniger als vier Millionen auslieferte. Nachdem die Flotte in Portsmouth einlief, startete der *Globe* eine Spendenkampagne für die Witwen, deren tapfere Ehemänner ihr Leben für das Vaterland gegeben hatten. Tag für Tag veröffentlichte Bruce Kelly Stories über Heldentum und Ehre – mit dazugehörigen Bildern der Witwen und ihrer Kinder, die sich allesamt als Leser des *Globe* erwiesen.

Am Tag nach dem Gedächtnisgottesdienst in der St.-Pauls-Kathedrale berief Armstrong in der Chefetage einen Kriegsrat ein. Völlig unnötigerweise wurde er von seinem Vertriebsleiter darauf hingewiesen, daß das Umsatzplus beim *Globe* ein Minus beim *Citizen* nach sich gezogen hatte. Alistair McAlvoy riet Armstrong noch immer, ja nicht in Panik zu geraten. Schließlich war der *Globe* inzwischen ein Revolverblatt, während der *Citizen* eine seriöse Zeitung von gutem Ruf geblieben war. »Es wäre dumm, unser journalistisches Niveau zu senken, nur um mit einem Emporkömmling Schritt zu halten, dessen Zeitung es nicht einmal wert ist, daß ein Imbißbudenbesitzer, der sich auch nur einen Rest von Selbstachtung bewahrt hat, seinen Fisch mit Fritten darin einwickelt«, sagte er. »Können Sie sich vorstellen, daß der *Citizen* sich je auf Bingo-Wettbewerbe einläßt? Das ist wieder so einer von Kevin Rushcliffes vulgären Einfällen.«

Armstrong notierte sich diesen Namen. Das Bingospiel hatte den Umsatz des *Globe* um weitere hunderttausend Exemplare täglich erhöht, und Dick sah wahrhaftig keinen Grund, weshalb er so etwas nicht auch im *Citizen* veranstalten sollte. Aber er wußte auch, daß das Team, das McAlvoy sich im Laufe der letzten zehn Jahre aufgebaut hatte, voll hinter seinem Chefredakteur stand.

»Aber schauen Sie sich doch den heutigen Leitartikel des *Globe* an!« rief Armstrong in einem letzten verzweifelten Versuch, seinen Standpunkt deutlich zu machen. »Warum bekommen *wir* keine solchen Stories?«

»Weil Freddie Starr nicht einmal auf Seite elf des *Citizen* einen Platz finden würde. Außerdem – wer interessiert sich schon für seine Eßgewohnheiten? Solche Stories werden uns jeden Tag angeboten. Und weil wir sie zurückweisen, bleibt uns überdies das halbe Dutzend gerichtlicher Verfügungen erspart, die für gewöhnlich die Folge einer Veröffentlichung sind.« McAlvoy und sein Team verließen die Sitzung in der Annahme, sie hätten Armstrong überzeugen können, nicht den gleichen Weg einzuschlagen wie der *Globe*.

Ihre Überzeugung hielt jedoch nur solange an, bis die Umsatzzahlen des nächsten Quartals auf Armstrongs Schreibtisch landeten. Ohne sich zuvor mit jemandem darüber zu beraten, griff Dick nach dem Telefon und verabredete sich mit Kevin Rushcliffe, dem stellvertretenden Chefredakteur des *Globe*.

Rushcliffe traf noch am selben Nachmittag bei Armstrong Communications ein. Einen größeren Unterschied wie zwischen ihm und Alistair McAlvoy hätte es gar nicht geben können. Gleich bei ihrer ersten Begegnung redete Rushcliffe mit Dick, als wären sie alte Freunde. Er ratterte seine Worte wie Maschinengewehrsalven heraus, so daß Armstrong ihn kaum verstehen konnte. Rushcliffe erklärte ihm, was er umgehend ändern würde, wäre er der Chefredakteur des *Citizen*. »Die Leitartikel sind zu nichtssagend. Man muß den Lesern mit ein, zwei Zeilen seine Gefühle zeigen. Keine Wörter mit mehr als drei Silben, und keine Sätze mit mehr als zehn Worten. Versuchen Sie nie, die Leser zu beeinflussen. Glauben Sie mir – die Leute wollen nur vorgesetzt bekommen, was sie schon kennen.« Ein von diesen offenen Worten geschockter und deshalb ungewöhnlich nachdenklicher Armstrong erklärte dem jungen Mann, er müsse als stellvertretender Chefredakteur beim *Citizen* anfangen, »denn McAlvoys Vertrag läuft noch sieben Monate«.

Doch beinahe hätte Dick seinen Entschluß, Rushcliffe einzustellen, doch noch zurückgenommen, als der junge Mann aufzählte, was er außer seinem Gehalt noch erwartete. Dick hätte diesen Forderungen bestimmt nicht so ohne weiteres nachgegeben, hätte er Rushcliffes Vertragskonditionen beim *Globe* gekannt oder gewußt, daß Bruce Kelly nicht die Absicht hatte, diesen Vertrag nach Ablauf Ende des Jahres zu verlängern. Drei Tage später schickte Dick eine Notiz in McAlvoys Büro und teilte ihm mit, daß er Kevin Rushcliffe als seinen Stellvertreter eingestellt habe.

McAlvoy erwog einen Protest, daß man ihm einfach den ehemaligen stellvertretenden Chefredakteur des *Globe* zuteilte, bis seine Frau ihn daran erinnerte, daß seine Pensionierung in sieben Monaten bei vollem Ruhegeld fällig wurde und nun wirklich nicht die rechte Zeit war, seine Stellung auf dem Altar der Prinzipien zu opfern. Als McAlvoy am nächsten Morgen in sein Büro kam, ignorierte er einfach seinen neuen Stellvertreter und dessen »Eine-Idee-pro-Minute« für die morgige Titelseite.

Nach Veröffentlichung einer nackten Schönheit auf Seite drei des *Globe* wurden zum erstenmal zwei Millionen Exemplare verkauft. McAlvoy erklärte bei der morgendlichen Redaktionskonferenz: »Bei uns erscheinen nackte Frauen nur über meine Leiche!« Niemand wollte ihn darauf aufmerksam machen, daß kürzlich bereits zwei oder drei seiner besten Reporter den *Citizen* verlassen hatten und zum *Globe* übergewechselt waren, während nur Rushcliffe den umgekehrten Weg eingeschlagen hatte.

Da Armstrong weiterhin viel Zeit damit zubringen mußte, sich auf einen Übernahmekampf in New York vorzubereiten, hielt er sich, wenngleich widerstrebend, an McAlvoys Urteil – vor allem deshalb, weil er seinen erfahrensten Redakteur nicht wenige Wochen vor den Parlamentswahlen feuern wollte.

Als Margaret Thatcher mit einer Mehrheit von 144 Stimmen ins Unterhaus zurückkehrte, verbuchte der *Globe* den Sieg für sich und erklärte, dies würde den Niedergang des *Citizen* mit Sicherheit beschleunigen. Einigen Kommentatoren entging die Ironie dieser Aussage nicht, und so war da und dort vom »Niedergang des mündigen Staatsbürgers« zu lesen oder zu hören.

Gleich nachdem Armstrong aus New York zurückgekehrt war, um in der folgenden Woche an der monatlichen Vorstandssitzung teilzunehmen, wies Sir Paul auf die noch immer sinkenden Verkaufszahlen der Zeitung hin.

»Während die Auflage des *Globe* von Monat zu Monat steigt«, warf Peter Wakeham vom anderen Ende des Konferenztisches ein.

»Und was sollen wir dagegen unternehmen?« fragte der Vorsitzende und blickte den Hauptgeschäftsführer an.

»Ich habe bereits einige Pläne ausgearbeitet«, antwortete Armstrong.

»Und dürften wir sie erfahren?« erkundigte sich Sir Paul.

»Ich werde sie dem Vorstand bei unserer nächsten Sitzung vorlegen«, versprach Armstrong.

Sir Paul schien damit zwar nicht zufrieden zu sein, sagte aber nichts mehr.

Am nächsten Tag rief Armstrong McAlvoy zu sich, ohne den Vorstand zu konsultieren. Als der Chefredakteur des *Citizen* das Büro betrat, stand Armstrong weder auf, um ihn zu begrüßen, noch bot er ihm einen Stuhl an.

»Ich bin sicher, Sie können sich denken, weshalb ich Sie herbestellt habe«, sagte er.

»Nein, Dick, ich habe nicht die leiseste Ahnung«, erwiderte McAlvoy arglos.

»Tja, ich hab' mir soeben die Zahlen für den vergangenen Monat angesehen. Wenn es in diesem Tempo weitergeht, wird der *Globe* bis zum Ende des Jahres mehr Exemplare verkaufen als wir.«

»Und Sie werden immer noch der Eigentümer einer großartigen überregionalen Zeitung sein, während Townsend weiterhin ein lächerliches Boulevardblatt herausgibt.«

»Das mag ja sein. Aber ich muß an den Vorstand und die Aktionäre denken.«

McAlvoy konnte sich nicht erinnern, daß Armstrong bisher je den Vorstand oder die Aktionäre erwähnt hatte. »Die letzte Ausrede eines Eigentümers«, wollte McAlvoy schon erwidern, erinnerte sich dann aber an die Warnung seines Anwalts, daß sein Vertrag noch fünf Monate galt und daß es unklug wäre, Armstrong zu provozieren.

»Ich vermute, Sie haben die Schlagzeile des heutigen *Globe* schon gelesen?« Armstrong hielt die Zeitung seines Konkurrenten in die Höhe.

»Selbstverständlich«, versicherte McAlvoy und warf einen Blick auf die fette Schrift: »SKANDAL: POPSTAR MIT DROGEN ERWISCHT!«

»Und unsere Schlagzeile lautet: ›ZUSATZVERGÜTUNG FÜR KRANKENSCHWESTERN.‹«

»Unsere Leser lieben Krankenschwestern«, entgegnete McAlvoy.

»Das mag ja sein!« fuhr Armstrong auf und blätterte die Seiten durch. »Aber falls Sie es noch nicht bemerkt haben, der *Globe* bringt die gleiche Meldung auf Seite sieben. Auch wenn es bei Ihnen offenbar nicht der Fall zu sein scheint – mir ist jedenfalls klar, daß die meisten unserer Leser sich mehr für Popstars und Drogenskandale interessieren.«

»Dem fraglichen Popstar«, konterte McAlvoy, »ist es noch nie gelungen, mit einem Song in die Hitparade zu kommen. Der Mann hatte ganz privat in seinem eigenen Zuhause einen Joint geraucht. Wäre er tatsächlich so berühmt, hätte der *Globe* seinen Namen in der Schlagzeile genannt. Ich habe einen ganzen Aktenschrank voll von solchem Müll, aber ich beleidige unsere Leser nicht, indem ich diesen Schmutz veröffentliche.«

»Dann wäre es jetzt an der Zeit, daß Sie damit anfangen!« Armstrongs Stimme hob sich bei jedem Wort. »Versuchen wir zur Abwechslung doch einmal, den *Globe* mit seinen eigenen Waffen zu schlagen. Da müßte ich allerdings nach einem neuen Chefredakteur suchen ...«

McAlvoy war für den Augenblick wie gelähmt. »Darf ich Ihren Worten entnehmen, daß ich gefeuert bin?« fragte er schließlich.

»Wenigstens das haben Sie kapiert«, antwortete Armstrong. »Jawohl, Sie sind gefeuert. Der Name Ihres Nachfolgers wird am Montag bekanntgegeben. Sorgen Sie dafür, daß Ihr Schreibtisch bis zum Abend geräumt ist.«

»Darf ich davon ausgehen, daß ich nach zehn Jahren als Chefredakteur dieser Zeitung mein volles Ruhegeld bekommen werde?«

»Sie werden nicht mehr und nicht weniger bekommen, als Ihnen zusteht!« brüllte Armstrong. »Und jetzt raus aus meinem Büro!« Er funkelte McAlvoy an und wartete auf eine seiner Tiraden, für die diese so berühmt war. Doch der entlassene Chefredakteur drehte sich lediglich um und verließ das Büro ohne ein weiteres Wort. Er schmetterte nicht einmal die Tür hinter sich zu.

Armstrong trat ins Nebenzimmer, frottierte sich ab und zog ein frisches Oberhemd an. Es war von genau derselben Farbe wie das vorherige, so daß niemand bemerken würde, daß er das Hemd gewechselt hatte.

Als McAlvoy wieder an seinem Schreibtisch war, unterrichtete er umgehend eine Handvoll seiner engsten Mitarbeiter über das Gespräch mit Armstrong und dessen Pläne. Einige Minuten später nahm er ein letztes Mal an der Redaktionskonferenz für die Nachtausgabe teil. McAlvoy überflog die Liste jener Stories, die für die Titelseite in Frage kamen.

»Ich hab' schon den Knüller für morgen, Alistair«, ertönte eine Stimme. McAlvoy blickte zu seinem politischen Redakteur.

»Und worum geht es, Campbell?« erkundigte er sich.

»Eine Stadträtin der Labour Party in Lambeth ist in Hungerstreik getreten, um auf die Ungerechtigkeit der Wohnungspolitik unserer Regierung aufmerksam zu machen. Die Frau ist schwarz und arbeitslos.«

»Nicht übel«, sagte McAlvoy. »Hat sonst noch jemand Vorschläge für den morgigen Leitartikel?« Niemand sagte etwas, während McAlvoy den Blick langsam über die Anwesenden schweifen ließ. Schließlich musterte er Kevin Rushcliffe, zu dem er seit über einen Monat kein Wort gesprochen hatte.

»Was ist mit Ihnen, Kevin?«

Der stellvertretende Chefredakteur blickte von seinem Platz in der Ecke des Zimmers auf und blinzelte ungläubig, daß sein Vorgesetzter sich an ihn gewandt hatte. »Na ja, ich gehe seit ein paar Wochen einem Hinweis über das Privatleben des Außenministers nach. Aber es ist schwierig, hieb und stichfeste Beweise aufzutreiben.«

»Wie wär's, wenn Sie fünfzehnhundert Anschläge über dieses Thema schreiben? Dann lassen wir unsere Anwälte entscheiden, ob wir damit durchkommen.«

Einige der älteren Kollegen rutschten nervös auf ihren Stühlen.

»Was ist aus dieser Story über den Architekten geworden?« fragte McAlvoy, immer noch an seinen Stellvertreter gewandt.

Rushcliffe starrte ihn verwundert an. »Sie selbst haben die Story doch abgelehnt!«

»Ich fand sie ziemlich langweilig. Können Sie die Sache ein bißchen aufmotzen?«

Rushcliffe blickte ihn mit wachsender Verwunderung an. »Wenn Sie möchten.«

Da McAlvoy nie auch nur einen Schluck geistige Getränke zu sich nahm, ehe er die Morgenausgabe sorgfältig von vorn bis hinten gelesen hatte, fragten sich einige Anwesende, ob ihr Chef sich nicht wohl fühlte.

»Gut, das wäre dann geklärt. Kevin bekommt die Titelseite und Campbell den Leitartikel auf Seite zwei.« Er machte eine Pause. »Und da ich heute abend mit meiner Frau ein Pavarotti-Konzert besuche, werde ich nun alles weitere Kevin überlassen. – Werden Sie damit fertig?« wandte er sich wieder an seinen Stellvertreter.

»Selbstverständlich«, versicherte Rushcliffe, erfreut, daß er endlich ernst genommen wurde.

»Tja, das wär's dann«, sagte McAlvoy. »Also, zurück an die Arbeit.«

Während die Journalisten das Redaktionsbüro verließen, trat Rushcliffe an McAlvoys Schreibtisch und dankte dem Chefredakteur.

»Nichts zu danken«, entgegnete sein Vorgesetzter. »Ihnen ist doch klar, daß das Ihre große Chance werden könnte, Kevin? Bestimmt wissen Sie schon, daß ich mich am frühen Nachmittag mit dem Eigentümer dieses Blattes unterhalten habe. Er möchte, daß unsere Zeitung den *Globe* mit seinen eigenen Waffen schlägt. Genau das waren seine Worte. Also sollten Sie unbedingt dafür sorgen, daß der *Citizen* Ihre Handschrift trägt, wenn Mr. Armstrong ihn morgen liest. Ich werde nicht ewig in diesem Sessel sitzen, wissen Sie.«

»Ich werde mein Bestes tun«, versprach Rushcliffe, bevor er das Büro verließ. Wäre er nur einen Augenblick länger geblieben, hätte er dem Chefredakteur helfen können, dessen Schreibtisch zu räumen.

Am Spätnachmittag verließ McAlvoy gemächlich das Gebäude. Mit jedem Redaktionsangehörigen, dem er begegnete, wechselte er noch ein paar Worte. Er erzählte allen, wie sehr seine Frau und er sich auf Pavarotti freuten. Wenn die Mitarbeiter ihn fragten, wer denn die heutige Nachtausgabe redaktionell betreuen würde, sagte McAlvoy es ihnen, sogar dem Portier. McAlvoy stellte sogar einen Uhrenvergleich mit ihm an, ehe er zur nächsten U-Bahn-Station marschierte; denn er war sicher, daß man seinen Dienstwagen bereits eingezogen hatte.

Kevin Rushcliffe versuchte sich auf seinen Leitartikel zu konzentrieren, wurde aber ständig von Journalisten unterbrochen, die sein Okay für ihre Artikel wollten. Rushcliffe genehmigte mehrere Seiten, die er aus Zeitmangel nicht gründlich lesen konnte. Als er schließlich seinen eigenen Artikel abgab, beschwerten die Drucker sich, daß heute alles so schrecklich langsam vorankäme. Rushcliffe fiel ein Stein vom Herzen, als das erste Exemplar wenige Minuten vor dreiundzwanzig Uhr aus den Druckmaschinen kam.

Zwei Stunden später griff Armstrong nach dem Telefon neben seinem Bett, das plötzlich losgeschrillt hatte. Dann lauschte er in den Hörer, als Stephen Hallet ihm die Titelseite vorlas. »Warum, zum Teufel, hast du das nicht verhindert?« fragte Armstrong heftig, als Hallet geendet hatte.

»Ich habe die Titelseite erst gesehen, als die erste Auflage schon auf den Straßen war«, erwiderte Stephen. »Bei der zweiten hatten wir bereits den Leitartikel über eine Stadträtin in Lambeth, die in Hungerstreik getreten ist. Die Frau ist schwarz und ...«

»Es ist mir verdammt egal, welche Farbe sie hat!« brüllte Armstrong. »Was hat McAlvoy sich dabei gedacht ...?«

»McAlvoy hat die Zeitung vergangene Nacht nicht redaktionell betreut.«

»Wer dann, verdammt?«

»Kevin Rushcliffe«, antwortete der Anwalt.

In dieser Nacht kam Armstrong nicht mehr zum Schlafen – wie auch die meisten anderen in der Fleet Street, die sich verzweifelt bemühten, sich mit dem Außenminister und/oder dem Starlet und Model in Verbindung zu setzen. Bis schließlich die endgültige Auflage herauskam, hatten die meisten bestätigt, daß der Journalist Miß Sodawasser-Syphon 1983 nie persönlich kennengelernt hatte.

Diese Story wurde am nächsten Morgen so heiß diskutiert, daß nur wenigen Lesern ein auf Seite sieben fast versteckter, winziger Artikel mit der Überschrift »Ziegel, aber kein Mörtel« auffiel, in dem behauptet wurde, daß einer der führenden Architekten Großbritanniens Sozialwohnblöcke baute, die allesamt einstürzten. Ein per Kurier zugestelltes Schreiben eines ebenso führenden Anwalts erklärte, daß Sir Angus nie in seinem Leben Sozialwohnungen gebaut habe. Dem Schreiben lag der Entwurf für eine Entschuldigung bei, deren Veröffentlichung der Anwalt am nächsten Tag auf der Titelseite verlangte, sowie ein Brief, in dem die Höhe der Spende stand, und an welche Hilfsorganisation sie überwiesen werden sollte.

Im Lokalteil der Zeitung wurde ein renommiertes Restaurant beschuldigt, einen Gast pro Tag zu vergiften, und in den ›Ferientips‹ wurde ein Reisebüro genannt, das angeblich die meisten Urlauber nach Spanien lockte, wo das Unternehmen nicht einmal Hotelzimmer für sie gebucht hatte. Auf der letzten Seite war die angebliche Aussage des Trainers der englischen Fußballnationalmannschaft zu lesen, daß ...

McAlvoy erklärte jedem, der ihn an diesem Vormittag zu Haus anrief, daß er am Tag zuvor von Armstrong gefeuert und ihm befohlen worden war, sofort seinen Schreibtisch zu räumen. Er hatte das Verlagsgebäude um sechzehn Uhr neunzehn verlassen; von diesem Moment an sei alles Sache des stellvertretenden Chefredakteurs gewesen. »Er heißt Rushcliffe, mit einem e am Ende«, fügte McAlvoy hilfsbereit hinzu.

Jedes Redaktionsmitglied, das man befragte, bestätigte McAlvoys Aussage.

Stephen Hallet rief Armstrong an diesem Tag fünfmal an; jedesmal unterrichtete er ihn von einer neuerlichen gerichtlichen Verfügung und empfahl ihm, bei jeder umgehend einzulenken.

Der *Globe* berichtete auf Seite zwei von dem traurigen Abgang Alistair McAlvoys nach zehn Jahren aufopfernder Arbeit für den *Citizen.* Er beschrieb ihn als den Nestor der Fleet-Street-Redakteure, den alle echten Profis sehr vermissen würden.

Als der *Globe* zum erstenmal drei Millionen Exemplare verkaufte, gab Townsend eine Party. Diesmal nahmen die meisten führenden Politiker und Medienpersönlichkeiten daran teil – und das trotz Armstrongs Gegenveranstaltung zum achtzigjährigen Bestehen des *Citizen.*

»Zumindest hat er diesmal den richtigen Jahrestag«, meinte Townsend.

»Wenn wir schon von Jahrestag reden«, sagte Bruce rasch, »wann darf ich endlich nach Australien zurück? Es ist dir wahrscheinlich gar nicht aufgefallen, aber ich war schon seit fünf Jahren nicht mehr zu Hause.«

»Du darfst erst heim, wenn die Worte ›Großbritanniens auflagenstärkste Tageszeitung‹ aus dem Impressum des *Citizen* verschwunden sind«, erwiderte Keith.

Bruce Kelly buchte erst nach fünfzehn weiteren Monaten einen Flug nach Sydney, nachdem die Prüfungskommission bekanntgegeben hatte, daß der tägliche Umsatz des vergangenen Monats im Durchschnitt bei drei Millionen sechshundertzwölftausend Exemplaren gelegen hatte, gegenüber drei Millionen sechshundertzehntausend des *Citizen.* »Weg damit!« lautete am folgenden Morgen die Balkenüberschrift des *Globe* – über einem Bild des hundertvierzig Kilo schweren Armstrong in Boxershorts.

Da der prahlerische Untertitel des *Citizen* unerschütterlich an Ort und Stelle blieb, ließ der *Globe* »die am besten informierten Leser der Welt« wissen, daß der Eigentümer des *Citizen* seine Wettschulden von hunderttausend Pfund noch immer nicht beglichen habe und »nicht nur ein schlechter Verlierer ist, sondern obendrein ein Betrüger«.

Armstrong verklagte Townsend am Tag darauf wegen übler Nachrede. Sogar *The Times* war diese Angelegenheit einen Kommentar wert: »Nur die Anwälte werden davon profitieren«, schloß die Renommierzeitung.

Der Fall erreichte achtzehn Monate später den obersten Gerichtshof, wurde drei Wochen lang verhandelt und machte regelmäßig Schlagzeilen in jeder Zeitung – mit Ausnahme des *Independent*. Mr. Michael Beloff, der Anwalt des *Globe*, argumentierte, daß die offiziellen Zahlen der Prüfungskommission seinem Mandanten recht gäben. Dagegen wies Mr. Anthony Grabinar, der Anwalt des *Citizen*, darauf hin, daß diese Zahlen den Verkauf des *Scottish Citizen* nicht mit einschlossen, der in Verbindung mit dem des *Daily* die Umsatzzahlen durchaus über denen des *Globe* hielte.

Die Geschworenen berieten fünf Stunden lang und entschieden sich dann mit zehn zu zwei Stimmen für Armstrong. Als der Richter fragte, welche Entschädigung die Geschworenen vorschlugen, erhob sich ihr Sprecher und erklärte ohne Zögern: »Zwölf Pence, Mylord – der Preis für ein Exemplar des *Citizen*.«

Der Richter erklärte den Anwälten, er sei der Meinung, daß unter diesen Umständen beide Parteien ihre eigenen Prozeßkosten begleichen sollten, die nach seiner sehr vorsichtigen Schätzung bei einer Million Pfund für jeden lagen. Die Anwälte nickten zustimmend und machten sich daran, ihre Unterlagen einzupakken.

Am nächsten Tag prophezeite die *Financial Times* in einem langen Artikel, daß letztendlich einer der beiden den Untergang des anderen herbeiführen müsse. Doch wie dem auch sei, fuhr der Reporter fort, der Prozeß hatte geholfen, die Auflagenhöhe beider Zeitungen zu steigern, die im Fall des *Globe* zum erstenmal die Viermillionengrenze überschritten hatte.

Am Tag darauf stiegen die Aktien beider Unternehmensgruppen um je einen Penny.

Während Armstrong sich durch endlose Kolumnen und Berichte über die Verhandlung las, konzentrierte Townsend sich auf einen Artikel in der *New York Times*, den Tom Spencer ihm gefaxt hatte.

Obwohl Keith nie zuvor weder von Lloyd Summer noch der Kunstgalerie gehört hatte, deren Pachtvertrag auslief, verstand er, weshalb Tom fett darüber geschrieben hatte: SOFORT LESEN!, als er zur letzten Zeile gelangte.

Nachdem Townsend den Artikel ein zweites Mal gelesen hatte, bat er Heather, ihn mit Tom zu verbinden und ihm gleich darauf den nächstmöglichen Flug nach New York zu buchen.

Es erstaunte Tom nicht, daß sein Mandant ihn binnen Minuten nach Erhalt des Faxschreibens zurückrief. Immerhin wartete Townsend ja seit mehr als einem Jahrzehnt auf eine Möglichkeit, ein größeres Aktienpaket am *New York Star* zu erwerben.

Townsend hörte angespannt zu, als Tom ihm alles erzählte, was er über Mr. Lloyd Summers in Erfahrung gebracht hatte und weshalb Summers für seine Kunstgalerie andere Räumlichkeiten suchte. Nachdem Townsend auf alle seine Fragen Antwort bekommen hatte, bat er seinen Anwalt, so schnell wie möglich ein Treffen mit Summers zu arrangieren. »Ich fliege gleich morgen früh nach New York«, erklärte er.

»Unnötig, daß Sie selbst den weiten Weg machen, Keith. Schließlich kann ich ja für Sie mit Summers verhandeln.«

»Nein«, erwiderte Townsend. »Wenn es um den *Star* geht, betrachte ich es als persönliche Angelegenheit. Gerade dieses Geschäft möchte ich selbst abschließen.«

»Aber Ihnen ist doch klar, Keith, daß Sie wohl in den sauren Apfel beißen und amerikanischer Staatsbürger werden müssen, falls Sie Erfolg haben«, erinnerte Tom ihn.

»Das kommt überhaupt nicht in Frage, Tom! Wie oft habe ich Ihnen das nun schon gesagt!«

Keith legte auf und machte sich ein paar Notizen. Sobald er in etwa ausgerechnet hatte, wieviel er zu bieten bereit war, fragte er Heather, für wann sie seinen Flug gebucht hatte. Falls Armstrong nicht ebenfalls in dieser Maschine saß, konnte er sein Geschäft mit Summers abschließen, ehe jemand auch nur ahnte, daß die Pacht einer Kunstgalerie in Soho der Schlüssel sein konnte, Keith Townsend zum Eigentümer des *New York Star* zu machen.

»Ich wette, daß Townsend den ersten Flug nach New York nimmt«, meinte Armstrong, nachdem Russell Critchley ihm den Artikel vorgelesen hatte.

»Dann rate ich Ihnen dringend, die gleiche Maschine zu nehmen«, sagte sein New Yorker Anwalt, der an seinem Bettende saß.

»Auf gar keinen Fall«, wehrte Armstrong ab. »Warum sollte ich den Bastard darauf aufmerksam machen, daß wir genauso viel wissen wie er? Nein, wir werden zuzuschlagen, noch ehe sein Flugzeug gelandet ist. Treffen Sie sich so schnell wie möglich mit Summers!«

»Ich bezweifle, daß die Galerie vor zehn Uhr öffnet.«

»Dann sorgen Sie dafür, daß Sie um fünf vor zehn vor dem Laden stehen und Summers erwarten!«

»Wie weit kann ich mit dem Gebot gehen?«

»Geben Sie ihm, was er will«, antwortete Armstrong. »Machen Sie dem Mann das Angebot, ihm eine neue Galerie zu kaufen. Aber was immer Sie tun, lassen Sie auf gar keinen Fall Townsend in seine Nähe kommen! Wenn wir Summers auf unsere Seite bringen, öffnet uns das die Tür zu seiner Mutter.«

»Verstanden.« Critchley schlüpfte in eine Socke. »Dann mache ich mich besser auf den Weg.«

»Hauptsache, Sie stehen vor der Galerie, ehe der Laden öffnet.« Nach einer winzigen Pause fügte Armstrong hinzu: »Und falls Townsends Anwalt vor Ihnen dort stehen sollte, schlagen Sie ihn zusammen.«

Critchley hätte gelacht, wäre er sicher gewesen, daß sein Mandant es nicht ernst meinte.

Tom wartete vor der Zollabfertigungshalle, als sein Mandant durch die Flügeltür kam.

»Leider keine gute Neuigkeit, Keith«, waren seine ersten Worte nach der Begrüßung.

»Was wollen Sie damit sagen?« fragte Townsend, während sie nebeneinander zum Ausgang eilten. »Armstrong kann unmöglich vor mir in New York eingetroffen sein. Ich weiß, daß er noch an seinem Schreibtisch saß, als ich von Heathrow abgeflogen bin.«

»Da mag er jetzt immer noch sitzen«, entgegnete Tom, »aber Russell Critchley, sein New Yorker Anwalt, hatte gleich heute früh einen Termin mit Summers!«

Townsend blieb mitten auf der Straße stehen, ohne auf die kreischenden Reifen bremsender Wagen und die Kakophonie von Taxihupen zu achten.

»Haben die beiden einen Vertrag abgeschlossen?«

»Ich habe keine Ahnung«, antwortete Tom. »Ich weiß nur, daß

ich eine Nachricht von Summers' Sekretärin auf dem Anrufbeantworter hatte, als ich mein Büro kam. Sie müsse Ihre Verabredung mit Mr. Summers leider absagen.«

»Verdammt! Dann müssen wir als erstes zur Galerie«, stieß Townsend hervor und stieg endlich von der Straße auf den Bürgersteig. »Die beiden können unmöglich schon einen Vertrag abgeschlossen haben, verdammt! Verdammt«, wiederholte er, »ich hätte es doch Ihnen überlassen sollen!«

»Er hat sich einverstanden erklärt, Ihnen seine fünf Prozent am *Star* zu überlassen, wenn Sie ihm das Geld für eine neue Galerie geben«, sagte Critchley.

Armstrong legte für einen Moment seine Gabel ab. »Und was wird mich das kosten?«

»Er hat noch nicht das richtige Gebäude gefunden, aber er rechnet mit etwa drei Millionen.«

»Wie bitte?«

»Sie würden natürlich die Miete für das Gebäude bekommen ...«

»Natürlich.«

»... und da die Galerie als gemeinnütziges Unternehmen eingetragen ist, gibt es einige Steuervorteile.«

Am anderen Ende der Leitung trat ein längeres Schweigen ein; dann fragte Armstrong: »Und wie sind Sie verblieben?«

»Nachdem Summers mich zum drittenmal erinnerte, daß er noch an diesem Vormittag eine Verabredung mit Townsend habe, sagte ich ja, vorbehaltlich des Vertrags.«

»Haben Sie irgend etwas unterschrieben?«

»Nein. Ich habe Summers gesagt, daß Sie auf dem Weg von London hierher wären, und daß ich nicht die Vollmacht dazu hätte.«

»Sehr gut. Dann bleibt uns immer noch ein bißchen Zeit zu ...«

»Das bezweifle ich«, unterbrach Russell ihn. »Summers weiß nur zu gut, daß er Sie am Haken hat.«

»Gerade, wenn die Leute glauben, daß sie mich am Haken haben, lege ich sie am liebsten flach.«

Wall Street Journal

12. September 1986

New Yorker Aktien auf Rekordtief von 86,61 Punkten

»Meine Damen und Herren«, begann Armstrong. »Ich habe diese Pressekonferenz einberufen, um Ihnen bekanntzugeben, daß ich die Börsenaufsichtsbehörde von meinem Wunsch informiert habe, ein Übernahmeangebot für den *New York Star* zu unterbreiten. Es ist mir eine besondere Freude, Sie darauf aufmerksam machen zu dürfen, daß eine Hauptaktionärin der Zeitung, Mrs. Nancy Summers, ihre Aktien zu einem Preis von vier Dollar und zehn Cent das Stück an Armstrong Communications verkauft hat.«

Einige Journalisten schrieben zwar weiterhin jedes Wort Armstrongs mit, aber diese Meldung war in den meisten Zeitungen bereits seit über einer Woche breitgetreten worden. Die meisten der anwesenden Journalisten ließen ihre Bleistifte noch ruhen und warteten auf die wirkliche Neuigkeit.

»Vor allem aber erfüllt es mich mit Stolz, Ihnen heute mitteilen zu können, daß Mrs. Nancy Summers' Sohn, Mr. Lloyd Summers – der Direktor der Stiftung, die den Namen seiner Mutter trägt – fest zugesagt hat, die fünf Prozent des Unternehmens, die er als Treuhänder verwaltet, an mich zu verkaufen. Es dürfte Sie auch nicht überraschen, daß ich beabsichtige, die überragende Arbeit der Summers-Stiftung fortzuführen und junge Maler und Bildhauer zu fördern, die normalerweise keine Chance bekämen, in einer renommierten Galerie auszustellen. Wie vielen von Ihnen bekannt ist, bewundere ich schon mein Leben lang die schönen Künste und habe mich stets für junge Künstler eingesetzt.«

Keiner der anwesenden Journalisten erinnerte sich auch nur an eine einzige Ausstellung oder Vernissage, an der Armstrong teilgenommen oder die er gar gefördert hätte. Die meisten Bleistifte blieben ruhen.

»Dank Mr. Summers' Unterstützung besitze ich nunmehr

neunzehn Prozent der Anteile des *Star*, und ich erwarte, in absehbarer Zukunft der Hauptaktionär zu werden.«

Armstrong schaute von der Erklärung auf, die Russell Critchley für ihn vorbereitet hatte, und blickte lächelnd auf das Meer von Gesichtern. »Und nun, meine Damen und Herren, stehe ich Ihnen gern zur Beantwortung Ihrer Fragen zur Verfügung.«

Russell fand, daß Dick mit den ersten paar Fragen gut zurechtkam; dann aber deutete er auf eine Frau in der dritten Reihe.

»Janet Brewer, *Washington Post.* Mr. Armstrong, darf ich Sie nach Ihrer Reaktion auf die heutige Pressemitteilung von Keith Townsend fragen?«

»Ich lese Mr. Townsends Presseinformationen nie«, entgegnete Armstrong. »Sie sind ungefähr so glaubhaft wie seine Zeitungen.«

»Dann gestatten Sie mir, daß ich Sie über den Inhalt unterrichte.« Sie blickte auf ein Blatt Papier in ihrer Hand. »Es sieht ganz so aus, als habe Mr. Townsend die Unterstützung der Banker J. P. Grenville, die ihm elf Prozent ihrer Anteile für sein Übernahmeangebot des *Star* zugesagt haben. Nimmt man Townsends eigene Aktien hinzu, ergibt das mehr als fünfzehn Prozent.«

Armstrong blickte der Reporterin direkt ins Gesicht. »Als Vorstandsvorsitzender des *Star* freue ich mich darauf, Mr. Townsend im nächsten Monat bei der Jahreshauptversammlung begrüßen zu dürfen – als Minderaktionär.«

Diesmal kritzelten die Bleistifte jedes seiner Worte nieder.

Armstrong saß in seinem neuerstandenen Apartment im siebenunddreißigsten Stock des Trump Tower und las noch einmal Townsends Pressemitteilung. Er grinste, als er zu dem Absatz gelangte, in dem Townsend die Arbeit der Summers-Stiftung pries. »Zu spät«, sagte er laut. »Diese fünf Prozent gehören bereits mir.«

Er erteilte seinen Börsenmaklern sofort die Anweisung, sämtliche *Star*-Aktien zu kaufen, die auf den Markt kamen, ohne Rücksicht auf den Preis. Dieser Preis kletterte rasch in die Höhe, als deutlich wurde, daß Townsend seinen Maklern den gleichen Auftrag erteilt hatte. Einige Finanzexperten ließen durchblicken, daß die beiden Männer aufgrund einer starken persönlichen Animosität weit mehr als den tatsächlichen Wert bezahlten.

Während der nächsten vier Wochen verbrachten Armstrong und Townsend – jeder in Begleitung einer wahren Heerschar von

Anwälten und Finanzexperten – fast jeden Tag in Flugzeugen, Eisenbahnen und Pkws, mit denen sie kreuz und quer durch die Vereinigten Staaten jagten und Banken, Fördervereine, Interessensvertretungen, Treuhänder, ja, sogar die eine oder andere reiche Witwe zu überzeugen versuchten, sie in ihrem Kampf um die Übernahme des *Star* zu unterstützen.

Der Vorstandsvorsitzende des *Star*, Cornelius J. Adams IV., gab bekannt, daß er bei der bevorstehenden Jahreshauptversammlung demjenigen der beiden Konkurrenten die Zügel überlassen würde, der im Besitz von mindestens einundfünfzig Prozent der Anteile war. Noch zwei Wochen vor der Jahreshauptversammlung des *Star* wußten nicht einmal die Wirtschaftsredakteure, wer inzwischen die meisten Anteile an ihrer Zeitung besaß. Townsend gab bekannt, nunmehr über sechsundvierzig Prozent zu verfügen, während Armstrong behauptete, einundvierzig Prozent zu besitzen. Als Sieger aus dem Kampf würde derjenige der beiden Kontrahenten hervorgehen, dem es gelang, die zehn Prozent Anteile zu ergattern, die noch der Applebaum Corporation gehörten. Das war jedenfalls die Ansicht der Analysten, die dieses Wettrennen um Macht und Medien fasziniert verfolgten.

Vic Applebaum war entschlossen, seine fünfzehn Minuten des Ruhmes zu genießen. Er erklärte jedem, der es wissen wollte, daß er die Absicht habe, sich erst einmal beide Konkurrenten anzuschauen, ehe er eine endgültige Entscheidung traf. Applebaum wählte den Dienstag vor der Jahreshauptversammlung für die Gespräche, nach denen er wissen würde, wer sein Votum bekommen solle.

Die gegnerischen Anwälte trafen sich auf neutralem Boden und vereinbarten, daß Armstrong als erster mit Applebaum verhandeln dürfe. Was ein taktischer Fehler sei, wie Tom Spencer seinem Mandanten versicherte. Townsend erklärte sich mit dieser Reihenfolge einverstanden – bis Armstrong mit den Aktienzertifikaten in der Hand aus der Besprechung kam, was ohne Zweifel bewies, daß er sich nunmehr im Besitz von Applebaums zehn Prozent befand.

»Wie hat er *das* denn geschafft?« fragte ein fassungsloser Townsend.

Tom hatte keine Antwort darauf, bis er am nächsten Morgen die erste Ausgabe der *New York Times* in die Hand bekam. Auf der

Wirtschaftsseite konnte man lesen, daß Armstrong nicht viel Zeit damit vergeudet hatte, mit Mr. Applebaum über den *Star* zu reden. Nach einigen Worten der Begrüßung war Dick sofort ins Jiddische verfallen, um sein großes Leid über den Verlust seiner Familie beim Holocaust zu beklagen – ein furchtbarer Schicksalsschlag, der ihm noch immer schwer zu schaffen mache. Deshalb sei es auch der stolzeste Augenblick in seinem Leben gewesen, als der Premierminister des Staates Israel ihn persönlich gebeten hatte, sich in der UdSSR für die Juden einzusetzen, die in ihre neue Heimat auswandern wollten. Das war offenbar der Zeitpunkt gewesen, als Applebaum in Tränen ausbrach, Armstrong das Aktienpaket überreichte und sich weigerte, überhaupt noch mit Townsend zu reden.

Selbstbewußt gab Armstrong bekannt, daß er nun im Besitz von einundfünfzig Prozent der Gesellschaftsanteile und deshalb der neue Eigentümer des *New York Star* sei. Das *Wall Street Journal* bestätigte diese Aussage und erklärte, die Jahreshauptversammlung des *Star* sei jetzt eigentlich nichts weiter als eine Krönungszeremonie. Doch das Wirtschaftsfachblatt fügte ein Postskriptum hinzu: Keith Townsend solle nicht allzu deprimiert sein, daß er die Zeitung an seinen Hauptkonkurrenten verloren habe; denn aufgrund des gewaltigen Preisanstiegs der Aktien würde er einen Gewinn von mehr als zwanzig Millionen Dollar machen.

Das Feuilleton der *New York Times* erinnerte seine Leser daran, daß die Summers-Stiftung am kommenden Donnerstagabend eine Avantgarde-Ausstellung eröffnen würde. Nach den Beteuerungen der rivalisierenden Pressebarone, Lloyd Summers und die Arbeit der Stiftung zu unterstützen, würde es sich als interessant erweisen, ob sich auch nur einer der beiden Kontrahenten sehen ließe, schrieben die *Times*-Redakteure nicht ohne Ironie.

Tom Spencer riet Townsend, wenigstens eine halbe Stunde für einen kurzen Besuch abzuzweigen, da Armstrong ganz gewiß dort erscheinen würde – und man könne ja nie wissen, was sich bei solchen Gelegenheiten so alles erfahren ließe.

Townsend bedauerte seinen Entschluß, die Ausstellung zu besuchen, kaum daß er eingetroffen war. Er machte einen Rundgang durch die Galerie, ließ den Blick über die Bilder wandern, die vom Stiftungsverwalter ausgewählt worden waren, und fand, daß sie ohne Ausnahme das waren, was Kate als »prätentiösen Kitsch« bezeichnet hätte. Er beschloß, sich so schnell wie möglich zu verdrükken und hatte auch schon einen unauffälligen Weg zum Ausgang entdeckt, als Summers auf ein Mikrophon tupfte und um Silentium bat. Dann machte der Direktor sich daran, »ein paar Worte zu sagen«. Townsend riskierte noch zwei kurze Blicke: einen auf seine Uhr und einen aufs Podium. Und dort sah er Armstrong, der neben Summers stand, in einem dicken Katalog blätterte und zwischendurch die Anwesenden strahlend anlächelte.

Summers begann, den Gästen voller Bedauern mitzuteilen, daß seine Mutter aufgrund einer bereits länger anhaltenden Krankheit leider nicht zugegen sein könne. Dann ließ er eine lange Rede vom Stapel, in der er jene Künstler würdigte, deren Werke er ausgewählt hatte. Zwanzig endlose Minuten später erklärte Summers, wie erfreut er sei, daß der neue Eigentümer des *New York Star* Zeit gefunden hatte, »an einer unserer kleinen Soireen« teilzunehmen.

Gedämpfter Applaus erhob sich, der durch die Weingläser behindert wurde, welche jeder Gast in einer Hand hielt, und wieder strahlte Armstrong. Townsend ging davon aus, daß Summers endlich zum Ende seiner Rede gelangt war, und wandte sich zum Gehen. Doch da fuhr Summers fort: »Bedauerlicherweise wird dies die letzte Ausstellung in diesen Räumen sein. Wie Sie sicher alle wissen, wurde unser Pachtvertrag nicht verlängert und endet somit im Dezember.« Ein Seufzen erhob sich ringsum, doch Summers hob die Hände und sagte: »Keine Angst, meine Freunde. Ich bin ziemlich sicher, daß ich nach einer langen Suche die geeigneten Räumlichkeiten für die Stiftung gefunden habe. Ich hoffe, wir alle werden uns dort zu unserer nächsten Ausstellung treffen.«

»Obwohl nur einer oder zwei von uns wirklich wissen, weshalb gerade diese Räumlichkeiten ausgewählt wurden«, murmelte jemand kaum hörbar in Townsends Rücken. Keith schaute rasch über die Schulter und sah eine schlanke Frau Mitte dreißig, mit sehr kurzgeschnittenem kastanienbraunem Haar, die eine weiße Bluse und einen geblümten Rock trug. Das kleine Namensschild an ihrer Bluse wies sie als »Ms. Angela Humphries, stellvertretende Direktorin«, aus.

»Und es wäre ein wundervoller Neubeginn«, fuhr Summers fort, »wenn die erste Vernissage in unseren neuen Räumlichkeiten vom neuen Eigentümer des *Star* eröffnet würde, der uns so großzügig seine weitere Unterstützung für die Stiftung versprochen hat.«

Armstrong strahlte unentwegt und nickte gönnerhaft.

»Wenn der Bursche nur einen Funken Verstand hat, wird er Summers sagen, daß er lange auf weitere Unterstützung warten kann«, meinte die Frau hinter Townsend. Er machte einen Schritt rückwärts, so daß er direkt neben Miß Angela Humphries stand, die von einem Glas spanischem Sekt nippte.

»Ich danke Ihnen, meine lieben Freunde«, beendete Summers seine Rede. »Bitte, genießen Sie diese Ausstellung noch ausgiebig.« Neuerlicher Beifall erklang; dann trat Dick vor und schüttelte dem Direktor herzlich die Hand. Summers schritt nun zwischen den Gästen umher und stellte jene, die er für wichtig hielt, Armstrong vor.

Townsend wandte sich Angela Humphrey zu, als diese ihr Glas geleert hatte. Rasch griff er nach einer Flasche Sekt auf dem Tisch hinter ihnen und füllte Angelas Glas nach.

»Danke«, sagte sie und blickte ihn zum erstenmal an. »Wie Sie sehen, bin ich Angela Humphries. Und wer sind Sie?«

»Ich bin nicht von hier.« Keith zögerte. »Ich wollte mich auf meiner Geschäftsreise nur ein bißchen in New York umsehen.«

Angela nahm einen Schluck, bevor sie fragte: »Welcher Art sind Ihre Geschäfte?«

»Ich mache in Transport. Hauptsächlich Flugzeuge und Lastwagen. Allerdings besitze ich auch zwei Kohlengruben.«

»Die meisten dieser Bilder hier wären wohl auch besser in einer Kohlengrube aufgehoben«, bemerkte Angela sarkastisch.

»Da bin ich ganz Ihrer Meinung«, versicherte Townsend ihr.

»Was hat Sie dann veranlaßt, hierherzukommen?«

»Ich bin ganz allein in New York und hab' in der *Times* von der Ausstellung gelesen«, antwortete er.

»Und welche Art von Bildern ziehen Sie vor?«

Townsend verbiß es sich, ›Boyd, Nolan und Williams‹ zu sagen, welche die Wände seines Hauses am Darling Point zierten, und behauptete statt dessen: »Bonnard, Camoir und Vuillard« – Künstler, deren Werke Kate seit einigen Jahren sammelte.

»Also, die konnten wirklich malen!« sagte Angela. »Wenn Sie diese Künstler bewundern, wüßte ich so einige Ausstellungen, für die es sich *wirklich* gelohnt hätte, einen Abend zu opfern.«

»Tja, wenn man weiß, wo. Aber als Fremder, und so ganz allein…«

Sie zog eine Braue hoch. »Sind Sie verheiratet?«

»Nein«, antwortete er und hoffte, daß sie ihm glaubte. »Und Sie?«

»Geschieden. Ich war mit einem Maler verheiratet, der sich ernsthaft einbildete, daß einzig und allein Giovanni Bellini besser gewesen sei als er.«

»Und wie gut war er wirklich?« fragte Keith.

»Tja, für diese Ausstellung hier wurde er nicht ausgewählt, was Ihnen vielleicht einen Hinweis geben mag.«

Townsend lachte. Die Besucher wandten sich allmählich dem Ausgang zu, und Armstrong befand sich mit Summers nur wenige Schritte entfernt. Während Townsend Angela das Glas noch einmal nachfüllte, stand Armstrong ihm plötzlich gegenüber. Die beiden Männer starrten einander flüchtig an; dann packte Armstrong Summers am Arm und zog ihn rasch zur Mitte des Saales zurück.

»Ist Ihnen auch aufgefallen, daß Mr. Summers mich dem neuen Besitzer des *Star* nicht vorstellen wollte?« sagte Angela düster.

Townsend sagte ihr nicht, daß es wohl eher so war, daß Armstrong die Begegnung zwischen ihm und dem Direktor vermeiden wollte.

»War nett, Sie kennengelernt zu haben, Mr. …?«

»Haben Sie heute abend schon etwas vor?«

Sie zögerte kurz. »Nein, eigentlich nicht. Aber ich muß morgen schon sehr früh an die Arbeit.«

»Genau wie ich«, entgegnete Townsend. »Wie wär's, wenn wir einen kleinen Imbiß zu uns nehmen?«

»Okay. Ich hole mir nur meinen Mantel, dann können wir gehen.«

Während Angela sich in Richtung Garderobe entfernte, schaute Keith sich um. Armstrong, mit Summers im Schlepptau, war nun von einer Schar Bewunderern umgeben. Keith brauchte gar nicht in Hörweite zu sein, um zu wissen, daß Armstrong ihnen von seinen großartigen Plänen für die Zukunft der Stiftung erzählte.

Einen Augenblick später kehrte Angela zurück. Sie trug nun

einen schweren Wintermantel, der bis an die Knöchel reichte. »Wo würden Sie gern essen?« fragte Townsend, als sie die breite Treppe hinaufstiegen, die von der Galerie, die im Souterrain lag, zur Straße führte.

»In den meisten halbwegs annehmbaren Restaurants bekommen wir ohne Reservierung keinen Tisch«, meinte Angela. »Wo sind Sie denn abgestiegen?«

»Im Carlyle.«

»Dort habe ich noch nie gegessen. Das wäre mal was anderes.«

Keith hielt Angela die Tür auf. Ein für New York typischer eisiger Wind empfing sie, und Keith mußte seine Begleiterin beinahe stützen.

Der Fahrer von Townsends wartendem BMW beobachtete erstaunt, daß Keith ein Taxi anhielt. Noch mehr verwunderte es ihn, seinen Chef in Gesellschaft einer Frau zu sehen, die er nie und nimmer für Townsends Typ gehalten hätte. Der Fahrer drehte den Zündschlüssel und fuhr hinter dem Taxi her zum Carlyle zurück. In der Madison Avenue stiegen die beiden aus und verschwanden durch die Drehtür im Hotel.

Townsend führte Angela direkt zum Restaurant im ersten Stock. Er hoffte, der Ober würde sich nicht an seinen Namen erinnern.

»Guten Abend, Sir«, begrüßte dieser ihn an der Tür. »Haben Sie einen Tisch bestellt?«

»Nein«, antwortete Townsend, »aber ich bin Hotelgast.«

Der Ober runzelte die Stirn. »Tut mir leid, Sir, aber es wird mindestens eine halbe Stunde dauern, bevor ein Tisch frei wird. Sie könnten natürlich den Zimmerservice in Anspruch nehmen, wenn Sie möchten.«

»Nein, wir warten an der Bar«, wehrte Townsend ab.

»Ich habe morgen wirklich eine sehr frühe Verabredung«, warf Angela ein. »Ich kann es mir beim besten Willen nicht leisten, zu spät zu kommen.«

»Sollen wir unser Glück in einem anderen Restaurant versuchen?«

»Ich habe nichts dagegen, auf Ihrem Zimmer zu essen. Nur muß ich unbedingt vor elf Uhr wieder fort.«

»Ist mir recht«, sagte Townsend. Er wandte sich wieder an den Ober: »Wir werden in meiner Suite speisen.«

Der Mann verbeugte sich knapp. »Ich werde sofort jemanden zu Ihnen schicken. Welche Zimmernummer, Sir?«

»Siebenhundertzwölf«, antwortete Townsend. Er führte Angela aus dem Restaurant. Als sie über den Korridor gingen, kamen sie an dem Zimmer vorüber, in dem Bobby Schultz spielte.

»Er hat wirklich Talent«, sagte Angela bewundernd. Townsend nickte und lächelte. Sie stiegen in einen bereits fast vollen Fahrstuhl, gerade noch, bevor die Tür sich schloß. Townsend drückte auf den Knopf für den siebten Stock. Als sie ausstiegen, lächelte Angela ihn nervös an. Keith hätte ihr am liebsten gesagt, daß es nicht ihr Körper war, für den er sich interessierte.

Er steckte den Schlüssel ins Schloß und schob die Tür auf, um Angela hineinzulassen. Erleichtert sah er, daß die Flasche Sekt, die das Haus spendiert und die er nicht angerührt hatte, noch auf dem Tisch in der Zimmermitte stand. Angela zog ihren Mantel aus und legte ihn über den nächsten Sessel; dann öffnete sie die Flasche und füllte zwei Gläser bis zum Rand.

»Ich darf nicht mehr allzu viel trinken«, sagte sie bedauernd. »Ich hatte schon in der Galerie so einige Gläschen.« Keith prostete ihr zu. Im selben Moment klopfte jemand an die Tür. Es war der Kellner mit der Speisekarte.

»Dover-Seezunge mit grünem Salat«, bestellte Angela, ohne auch nur einen Blick auf die Karte zu werfen.

»Mit Gräten, Ma'am, oder entgrätet?« erkundigte sich der Kellner.

»Entgrätet, bitte.«

»Für mich das gleiche«, sagte Townsend; dann ließ er sich Zeit, zwei Flaschen französischen Wein auszusuchen, wobei er auf seinen geliebten australischen Chardonnay verzichtete.

Als beide Platz genommen hatten, erzählte Angela von anderen Künstlern, die in New York ausstellten. Ihre Begeisterung und Fachkenntnisse ließen Townsend fast vergessen, warum er Angela ursprünglich zum Dinner eingeladen hatte. Während sie auf das Essen warteten, lenkte Keith das Gespräch langsam auf ihre Arbeit in der Galerie. Er pflichtete ihr bei, als sie ihre Meinung über die derzeitige Ausstellung äußerte und erkundigte sich, weshalb sie – als stellvertretende Direktorin – nichts gegen die Auswahl der ausgestellten Kunstwerke unternommen hatte.

»›Stellvertretende Direktorin‹ ist ein klangvoller Titel, damit hat es sich auch schon.« Sie seufzte und beobachtete, wie Keith ihr leeres Glas wieder füllte.

»Also trifft Summers sämtliche Entscheidungen?«

»O ja! Ich würde das Geld der Stiftung nicht für diesen pseudointellektuellen Müll vergeuden. Es gibt so viele echte Talente da draußen. Ach, würde sich jemand doch nur die Mühe machen, sich um diese Leute zu kümmern!«

»Wenigstens waren die Bilder gut plaziert«, sagte Townsend, um Angela noch ein wenig anzuspornen.

»Gut plaziert?« entgegnete sie ungläubig. »Na ja, mag schon sein. Vielleicht lag's auch an der Beleuchtung oder an den Rahmen. Aber mir geht's lediglich um die Gemälde als solche. In der Galerie ist nur eines, das dort wirklich einen Platz verdient hat.«

Wieder ertönte ein Klopfen. Townsend stand auf und machte Platz für den Kellner, der ein vollbeladenes Wägelchen hereinschob. Er stellte einen Tisch in der Mitte des Zimmers auf, deckte für zwei Personen und erklärte, daß der Fisch sich in der Warmhaltelade befand. Townsend unterschrieb die Rechnung und gab dem Ober einen Zehndollarschein als Trinkgeld. »Soll ich später wiederkommen und abräumen, Sir?« fragte er höflich. Townsend antwortete mit einem leichten, aber nachdrücklichen Kopfschütteln.

Angela stocherte bereits in ihrem Salat, als Keith sich ihr gegenüber setzte. Er entkorkte den Wein und schenkte beide Gläser ein. »Sie haben also das Gefühl, daß Summers mehr für die Ausstellung ausgegeben hat, als wirklich erforderlich war?« hakte er nach.

»Als wirklich erforderlich war?« Angela kostete den Weißwein. »Er verschleudert jedes Jahr mehr als eine Million Dollar Stiftungsgelder. Und was haben wir dafür vorzuweisen? Bloß ein paar Parties, die Summers großspurig als Soireen bezeichnet, deren einziger Zweck aber darin besteht, seine Eitelkeit zu befriedigen.«

»Wie schafft er es denn, jährlich eine Million auszugeben?« Townsend tat so, als würde er sich auf seinen Salat konzentrieren.

»Nun, nehmen wir mal die heutige Ausstellung als Beispiel. Sie allein kostet die Stiftung eine Viertelmillion. Dann hat Summers noch sein Spesenkonto, und das ist kaum geringer ist als das eines Politikers.«

»Wie kommt er damit bloß durch?« Townsend füllte Angelas Glas nach. Seines hatte er kaum angerührt; er hoffte, daß sie es nicht bemerkte.

»Weil nie jemand nachgeprüft hat, was er tut«, erwiderte Angela. »Schließlich ist seine Mutter die Chefin der Stiftung, und sie verwaltet die Finanzen – na ja, zumindest bis zur Jahreshauptversammlung.«

»Mrs. Summers?« Townsend war entschlossen, Angelas Redefluß nicht versiegen zu lassen.

»Niemand anders«, bestätigte Angela.

»Warum unternimmt sie dann nichts dagegen?«

»Wie könnte sie? Die arme Frau ist seit zwei Jahren bettlägerig, und der einzige Mensch, der sie besucht – tagtäglich, sollte ich vielleicht hinzufügen –, ist ihr treu ergebener Sohn.«

»Ich habe so das Gefühl, daß sich das rasch ändern kann, sobald Armstrong das Sagen hat.«

»Wie kommen Sie darauf? Kennen Sie ihn?«

»Nein«, entgegnete Keith rasch und bemühte sich, seinen Fehler wettzumachen. »Aber nach allem, was ich über ihn gelesen habe, hat er nicht viel für Schmarotzer übrig.«

»Ich kann nur hoffen, daß das zutrifft«, sagte Angela und schenkte sich nun selbst Wein nach, »denn das gäbe mir vielleicht die Chance, endlich mal zu zeigen, was ich für die Stiftung tun könnte.«

»Das war vielleicht der Grund dafür, daß Summers heute abend nicht von Armstrongs Seite wich.«

»Er hat mich ihm nicht einmal vorgestellt!« sagte Angela zornig. »Wie Ihnen bestimmt nicht entgangen ist. Man darf Lloyd nicht unterschätzen. Er gibt seinen Lebensstil ganz gewiß nicht kampflos auf.« Sie stach ihre Gabel in ein Stück Zucchini. »Und wenn er Armstrong dazu kriegt, die Miete für die neuen Räumlichkeiten noch vor der Jahreshauptversammlung zu bezahlen, wird er auch keinen Grund dazu haben. – Der Wein ist übrigens ausgezeichnet!« Sie setzte ihr leeres Glas ab. Townsend schenkte ihr ein und zog den Korken aus der zweiten Flasche.

»Möchten Sie, daß ich einen Schwips kriege?« Sie lachte.

»Wie kommen Sie darauf?« Townsend erhob sich, nahm die zwei Teller aus der Warmhaltelade und stellte sie auf den Tisch. »Freuen Sie sich schon auf den Umzug?« fragte er.

»Umzug?« Angela löffelte ein wenig Sauce Hollandaise auf den Rand ihres Tellers.

Keith hob sein Glas. »Auf Ihre neuen Räumlichkeiten!« sagte er. »Offenbar hat Lloyd die absolut perfekte Lage gefunden.«

»Perfekt?« echote Angela. »Für drei Millionen Dollar darf man das wohl auch erwarten. Die Frage ist nur – perfekt für wen?« Sie griff nach dem Fischbesteck.

»Summers Worten nach zu urteilen, hatte die Stiftung nicht gerade die große Auswahl.«

»Das dürfte wohl eher für den Vorstand gelten. Lloyd hat die Sache so dargestellt, als gäbe es keine Alternative.«

»Aber der Mietvertrag für die derzeitigen Galerieräume lief doch aus, wie ich hörte.«

»Ja, aber Lloyd hat in seiner Rede verschwiegen, daß der Hausbesitzer den Mietvertrag sehr gern um weitere zehn Jahre verlängert hätte – und ohne jegliche Mieterhöhung.« Angela griff nach ihrem Weinglas. »Ich sollte wirklich nichts mehr trinken, aber nach diesem Gesöff in der Galerie ist der Wein einfach zu köstlich.«

»Warum hat Summers es dann nicht getan?« fragte Keith.

»Was nicht getan?«

»Den Mietvertrag verlängert.«

»Weil er ein Gebäude gefunden hat, zu dem zufällig ein Penthouse gehört.« Angela stellte das Weinglas ab und konzentrierte sich auf ihren Fisch.

»Was ist so Besonderes daran? Es steht ihm doch zu, im selben Gebäude zu wohnen. Schließlich ist er der Direktor«, meinte Keith verwundert.

»Stimmt, aber das gibt ihm noch lange nicht das Recht, für die Wohnung einen separaten Mietvertrag abzuschließen, damit er nicht ohne beträchtliche Entschädigung rausgeschmissen werden kann, wenn er beschließt, in den Ruhestand zu gehen. Er hat das alles ganz genau durchdacht, der Schleimer.« Ihre Zunge wurde schwer.

»Woher wissen Sie das alles?«

»Wir hatten eine Zeitlang denselben Liebhaber«, antwortete sie betrübt.

Townsend füllte rasch ihr Glas nach. »Und wo ist dieses famose Gebäude?«

»Warum sind Sie so scharf darauf, alles über das neue Gebäude zu erfahren?« Zum erstenmal klang ihre Stimme mißtrauisch.

»Ich möchte Sie gern besuchen, wenn ich wieder nach New York komme«, antwortete Keith ohne Zögern.

Angela legte das Besteck auf den Teller, schob ihren Stuhl

zurück und fragte: »Sie haben nicht zufällig ein Gläschen Kognak? Nur einen kleines, bevor ich mich auf dem Heimweg diesem Blizzard da draußen stellen muß.«

»Kognak? Das nehme ich doch an«, erwiderte Townsend. Er ging zu dem kleinen Getränkekühlschrank und brachte vier Miniaturflaschen Weinbrand verschiedener Herkunft zum Vorschein. Er goß den Inhalt sämtlicher Fläschchen in einen großen Schwenker.

»Woll'n Sie nicht einen mit mir trinken?« fragte Angela mit zunehmend schleppender Stimme.

»Nein, danke. Ich habe meinen Wein noch nicht ausgetrunken.« Er hob sein erstes Glas, das noch so gut wie unberührt war. »Außerdem brauche ich mich nicht dem Blizzard zu stellen. Erzählen Sie mir – wie sind Sie eigentlich stellvertretende Direktorin geworden?«

»Nachdem in den vergangenen vier Jahren fünf Leute das Handtuch geworfen hatten, war ich vermutlich die einzige Person, die sich um diesen Job beworben hat.«

»Es wundert mich, daß Summers überhaupt einen Stellvertreter akzeptiert.«

»Das muß er.« Angela nahm einen Schluck Weinbrand. »Es steht in den Statuten.«

»Sie müssen ja hochqualifiziert sein, daß man Ihnen diese Stellung angeboten hat«, änderte Townsend rasch das Thema.

»Ich hab' in Yale Kunstgeschichte studiert und meinen Doktor der Philosophie gemacht, über die Renaissance von 1527–1590 an der Accademia in Venedig.«

»Nachdem Sie Caravaggio, Luini und Michelangelo erlebt haben, müssen die Ausstellungen in der Galerie eine ziemliche Enttäuschung für Sie gewesen sein«, meinte Townsend.

»Der Schrott, der da als Kunst präsentiert wird, hätte mir nicht mal viel ausgemacht. Aber ich bin jetzt seit fast zwei Jahren stellvertretende Direktorin und durfte nicht eine einzige Ausstellung selbst ausrichten. Wenn Lloyd mir nur die Chance gäbe, würde ich etwas auf die Beine stellen, auf das die Stiftung wirklich stolz sein könnte – und das zu einem Zehntel der Kosten, die Lloyd für seinen Müll ausgibt.« Wieder trank sie einen Schluck Weinbrand.

»Wenn Ihnen das alles so zu schaffen macht, wundert es mich, daß Sie bleiben«, sagte Townsend.

»Nicht mehr lange«, entgegnete sie. »Wenn ich Armstrong nicht dazu bewegen kann, die künstlerische Linie der Galerie zu ändern, werf' ich die Klamotten hin. Aber so, wie Lloyd seinen neuen Gönner offenbar an der Nase herumführt, bezweifle ich sehr, daß ich bei der nächsten Ausstellung noch dasein werde.« Sie machte eine kurze Pause und nahm einen weiteren Schluck. »Das habe ich noch nicht einmal meiner Mutter gesagt«, gestand sie. »Aber manchmal fällt es einem leichter, sich Fremden anzuvertrauen.« Wieder trank sie einen Schluck. »Sie haben beruflich nicht zufällig mit Kunst und Künstlern zu tun, oder?«

»Nein. Wie ich schon sagte, ich bin im Transport- und Kohlengeschäft.«

»Und was machen Sie da tatsächlich? Fahren oder abbauen?« Sie starrte ihn über den Tisch an, leerte ihr Glas und versuchte es noch einmal. »Was ich meine, ist...«

»Ja?« fragte Townsend.

»Nun, ich meine – was transportieren Sie und wohin?« Sie griff nach ihrem Glas und hielt einen Moment inne; dann glitt sie langsam vom Stuhl auf den Teppich und murmelte etwas über fossile Brennstoffe im Rom der Renaissance. Innerhalb von Sekunden lag sie zusammengerollt auf dem Boden und schnurrte wie eine zufriedene Katze. Townsend hob sie behutsam auf und trug sie ins Schlafzimmer. Er schlug das Oberbett zurück, legte sie auf das Bett und zog die Decke über die schmächtige Gestalt. Er konnte seine Bewunderung nicht verhehlen, daß sie bei diesem Alkoholkonsum so lange durchgehalten hatte. Sie wog bestimmt nicht einmal fünfzig Kilo.

Keith kehrte in den Wohnraum seiner Suite zurück, schloß die Schlafzimmertür leise hinter sich und suchte nach der Akte, in der die Statuten des *New York Star* niedergelegt waren. Als er sie ganz unten in seinem Aktenkoffer gefunden hatte, setzte er sich damit auf die Couch und las bedächtig die Gesellschaftssatzung. Er war bereits auf Seite siebenundvierzig, ehe er einschlief.

Armstrong fiel keine gute Ausrede ein, als Summers vorschlug, nach der Ausstellung gemeinsam zu Abend zu essen. Erleichtert stellte er fest, daß sein Anwalt noch nicht nach Hause gegangen war. »Russell, Sie kommen doch mit zum Dinner?« donnerte er, und es hörte sich mehr wie ein Befehl denn eine Einladung an.

Privat hatte Armstrong sich Russell gegenüber bereits sehr abfällig über die Ausstellung geäußert, und es war ihm nur mit Mühe gelungen, diese Meinung vor Summers zu verhehlen. Von dem Augenblick an, da Summers ihm mitgeteilt hatte, er habe das perfekte Gebäude für die Stiftung gefunden, hatte Armstrong versucht, eine Begegnung zu vermeiden. Doch Summers wurde ungeduldig und ließ ihm über seine Anwälte den folgenschweren Satz mitteilen: »Vergessen Sie nicht, ich habe immer noch eine Alternative.«

Armstrong mußte zugeben, daß das von Summers ausgewählte Restaurant an Exklusivität bestimmt nicht leicht zu übertreffen war, doch im Laufe des vergangenen Monats hatte Dick sich an den extravaganten Geschmack des Mannes gewöhnt. Nach dem Hauptgang betonte Summers, wie wichtig es sei, den Mietvertrag für das neue Gebäude so schnell wie möglich zu unterzeichnen, wenn die Stiftung nicht auf der Straße stehen wollte. »Ich habe gleich am ersten Tag klargemacht, Dick, daß ich Ihnen diese Anteile nur überlasse, wenn Sie für die Stiftung eine neue Galerie einrichten.«

»Das ist nach wie vor meine Absicht«, versicherte ihm Armstrong.

»Und noch vor der Jahreshauptversammlung.« Die beiden Männer blickten einander über den Tisch hinweg an. »Ich schlage vor, Sie setzen den Vertrag sofort auf, damit er am Montag unterschrieben werden kann.« Summers griff nach einem Kognakschwenker und leerte ihn. »Denn ich kenne jemand anders, der nur zu gern unterschreiben würde, wenn Sie es nicht tun.«

»Nein, nein, ich lasse den Vertrag sofort aufsetzen«, versprach Armstrong.

»Gut. Dann zeige ich Ihnen morgen vormittag die Räumlichkeiten.«

»Morgen vormittag?« Armstrong blickte ihn an. »Ich bin sicher, das kann ich einrichten.«

»Gut. Sagen wir, um neun Uhr?« Summers nahm einen Schluck von seinem koffeinfreien Kaffee.

Armstrong leerte rasch seine Tasse. »Neun Uhr ist mir recht«, sagte er schließlich, ehe er um die Rechnung bat. Er bezahlte, warf seine Serviette auf den Tisch und erhob sich. Der Direktor der Stiftung und Russell standen ebenfalls auf und begleiteten Dick stumm zu seiner wartenden Pullmanlimousine.

»Dann sehen wir uns morgen früh um neun Uhr«, wiederholte Summers, als Armstrong in den Wagen stieg.

»Ganz sicher«, murmelte Armstrong, ohne sich nach ihm umzudrehen.

Auf dem Weg zu Pierres erklärte Armstrong seinem Anwalt, daß er Antworten auf drei Fragen haben wollte. Russell zog ein kleines ledernes Notizbuch aus der Brusttasche.

»Erstens, wer steht der Stiftung vor? Zweitens, wieviel vom Gewinn des *Star* verschlingt sie jährlich? Und drittens, besteht eine rechtliche Verpflichtung, daß ich drei Millionen Dollar für dieses neue Gebäude ausgebe, mit dem der Kerl mich so bedrängt?«

Russell kritzelte in sein Notizbüchlein.

»Und ich möchte die Antworten gleich morgen früh!«

Die Limousine hielt unmittelbar vor dem Hoteleingang. Armstrong wünschte Russell eine gute Nacht, stieg aus und machte noch einen Spaziergang um den Block. An der Ecke Einundsechzigste Straße und Madison erstand er ein Exemplar des *New York Star*. Er lächelte, als er auf der Titelseite ein riesiges Foto von sich sah, mit der Überschrift: »Der neue Mann an der Spitze«. Weniger gefiel ihm, daß auch Townsends Bild sich auf derselben Seite befand – wenngleich um etliches kleiner. Die Schlagzeile darüber lautete: »Zwanzig Millionen Dollar Gewinn?«

Armstrong klemmte sich die Zeitung unter den Arm. Im Hotel stieg er in den wartenden Aufzug und sagte zu dem Fahrstuhlführer: »Was sind schon zwanzig Millionen Dollar, wenn man Eigentümer des *Star* ist?«

»Wie bitte, Sir?« fragte der verdutzte Page.

»Was hätten Sie lieber?« fragte Armstrong ihn. »Den *New York Star* oder zwanzig Millionen Dollar?«

Der Page blickte zu dem Riesen von Mann empor, der völlig nüchtern zu sein schien, und antwortete hoffnungsvoll: »Zwanzig Millionen Dollar, Sir.«

Als Townsend am nächsten Morgen erwachte, hatte er einen steifen Hals. Er stand auf und streckte sich, als er die Statuten des *New York Star* vor sich auf dem Boden liegen sah. In diesem Moment erinnerte er sich.

Keith ging durchs Zimmer und öffnete behutsam die Schlafzimmertür. Angela schlief noch tief und fest. Er schloß die Tür leise, ließ sich mit dem Zimmerservice verbinden, bestellte Frühstück und fünf Zeitungen und bat, den Dinnertisch wegzuräumen.

Als die Schlafzimmertür sich an diesem Morgen zum zweitenmal öffnete, trat Angela heraus. Sie bewegte sich, als würde sie auf rohen Eiern gehen. Mit trüben Augen sah sie Townsend das *Wall Street Journal* lesen und an einer Tasse Kaffee nippen. Sie stellte ihm die gleiche Frage wie am Abend zuvor in der Galerie. »Wer sind Sie?« Keith gab ihr die gleiche Antwort. Angela lächelte.

»Darf ich Ihnen Frühstück bestellen?«

»Nein, danke, aber Sie könnten mir von Ihrem Kaffee einschenken, viel und schwarz. Ich bin gleich wieder zurück.« Die Schlafzimmertür schloß sich und wurde erst zwanzig Minuten später wieder geöffnet. Als Angela sich in den Sessel gegenüber Townsend setzte, wirkte sie sehr nervös. Er goß ihr den Kaffee ein, und Angela sagte erst etwas, als sie mehrere große Schluck getrunken hatte.

»Habe ich vergangene Nacht etwas Dummes getan?« fragte sie schließlich.

»Nein«, versicherte Keith ihr lächelnd.

»Es ist nur, ich bin nie ...«

»Machen Sie sich keine Gedanken«, beruhigte er sie. »Sie sind eingeschlafen, und ich habe Sie ins Bett gelegt.« Nach einer kurzen Pause fügte er hinzu: »Voll bekleidet.«

»Da bin ich aber froh.« Sie blickte auf die Uhr. »Großer Gott! Ist es wirklich schon so spät, oder habe ich die Uhr verkehrt herum am Arm?«

»Es ist zwanzig nach acht«, sagte Townsend.

»Dann muß ich zusehen, daß ich sofort ein Taxi bekomme. Ich soll den zukünftigen Vorsitzenden um neun Uhr in Soho treffen, um ihm das neue Gebäude zu zeigen. Ich muß unbedingt einen guten Eindruck machen! Wenn er sich weigert, das neue Gebäude zu kaufen, könnte das meine große Chance sein.«

»Vergessen Sie das Taxi«, sagte Townsend. »Mein Chauffeur kann Sie fahren, wohin Sie wollen. Sie finden ihn in einem weißen BMW auf dem Hotelparkplatz.«

»Danke! Das ist wirklich sehr großzügig von Ihnen.«

Sie trank rasch den Kaffee aus. »Es war ein großartiges Dinner gestern abend«, bedankte sie sich, »und Sie waren sehr aufmerksam.« Sie stand auf. »Aber wenn ich vor Mr. Armstrong am Ziel sein will, muß ich sofort los.«

»Ja, natürlich.« Townsend stand auf und half ihr in den Mantel. An der Tür wandte Angela sich noch einmal zu ihm um. »Wenn ich gestern nacht schon nichts Dummes getan habe – könnte es vielleicht sein, daß ich etwas *gesagt* habe, das ich bedauern müßte?«

»Nein, ich glaube nicht. Sie haben nur von Ihrer Arbeit bei der Stiftung geplaudert.« Keith öffnete ihr die Tür.

»Es war sehr freundlich von Ihnen, mir zuzuhören. Ich hoffe, wir begegnen uns wieder mal.«

»Ich glaube, das werden wir«, antwortete Townsend.

Sie beugte sich vor und hauchte ihm einen Kuß auf die Wange. »Übrigens, Sie haben mir nicht gesagt, wie Sie heißen.«

»Keith Townsend.«

»*Oh, Scheiße!*« rief sie aus, als die Tür sich hinter ihr schloß.

Als Armstrong am Morgen vor der Hausnummer 147 am Lower Broadway eintraf, erwartete ihn der Anblick von Lloyd Summers, der auf der obersten Eingangsstufe neben einer ziemlich dünnen, gelehrt aussehenden Frau stand, die entweder sehr müde war oder einfach nur gelangweilt.

»Guten Morgen, Mr. Armstrong«, rief Summers, als Dick aus dem Wagen stieg.

»Guten Morgen«, erwiderte er und zwang sich zu einem Lächeln, als er dem Direktor die Hand gab.

»Das ist Angela Humphries, meine Stellvertreterin«, sagte Summers. »Vielleicht sind Sie sich gestern bei der Ausstellung begegnet.«

Armstrong erinnerte sich vage an Angelas Gesicht, aber nicht daran, daß sie miteinander bekannt gemacht worden wären. Er nickte knapp.

»Angela ist Spezialistin für die Kunst der Renaissance.« Summers öffnete die Tür und trat zur Seite.

»Wie interessant«, murmelte Armstrong, gab sich jedoch keine Mühe, auch interessiert zu klingen.

»Tja, dann wollen wir Sie mal herumführen«, sagte der Direktor, als sie einen großen, leeren Raum im Erdgeschoß betraten. Armstrong schob eine Hand in die Jackentasche und drückte auf einen Einschaltknopf.

»Schauen Sie nur! So viele wundervolle leere Wände zum Bilderaufhängen!« schwärmte der Direktor.

Armstrong versuchte, von dem Gebäude angemessen fasziniert

zu sein, wenngleich er ganz und gar nicht die Absicht hatte, den Bau zu kaufen. Aber er wußte natürlich, daß er dies nicht zugeben durfte, ehe er nicht am Montag als Vorstandsvorsitzender des *Star* bestätigt worden war – und dazu würde es ohne Summers' Fünf-Prozent-Anteil nicht kommen. Irgendwie gelang es Dick, in den überschwenglichen Monolog des Direktors hin und wieder Worte wie »wundervoll«, »ideal«, »perfekt«, »da pflichte ich Ihnen bei« einzuwerfen, und sogar: »Wirklich tüchtig von Ihnen, daß Sie ein so herrliches Gebäude entdeckt haben«, während sie von Zimmer zu Zimmer gingen.

Als Summers seinen Gönner am Arm nahm und zurück zum Parterre führen wollte, deutete Armstrong zur Treppe, die in die Höhe führte. »Was ist da oben?« erkundigte er sich mißtrauisch.

»Bloß ein Dachgeschoß«, antwortete Summers. »Vielleicht benutzen wir es später als Lagerraum. Zu etwas anderem taugt es nicht.« Angela schwieg und versuchte sich zu erinnern, ob sie Mr. Townsend erzählt hatte, was sich wirklich da oben befand.

Als sie schließlich wieder im Erdgeschoß waren, konnte Dick es kaum erwarten, endlich wegzukommen. Auf dem Bürgersteig dozierte Summers derweil stolz: »Nun werden Sie gewiß verstehen, Dick, weshalb ich dieses Gebäude als ideal für die Fortsetzung der Stiftungsarbeit bis weit ins nächste Jahrhundert erachte.«

»Ja, vollkommen«, sagte Armstrong. »Es ist schlichtweg ideal.« Er lächelte erleichtert, als er sah, wer auf dem Rücksitz der Limousine auf ihn wartete. »Ich kümmere mich um den nötigen Papierkram, sobald ich wieder in meinem Büro bin.«

»Ich bin den ganzen Tag in der Galerie zu erreichen«, versicherte Summers.

»Dann werde ich Ihnen am Nachmittag die Papiere zum Unterzeichnen herüberschicken.«

»Zu jedem Zeitpunkt – Hauptsache, heute.« Summers gab ihm die Hand.

Armstrong schüttelte sie. Ohne sich von Angela zu verabschieden, stieg er in den Wagen. Russell hatte einen großen gelben Notizblock auf den Knien aufgeschlagen und hielt einen Kugelschreiber in der Hand. »Haben Sie sämtliche Antworten?« erkundigte sich Armstrong, noch ehe der Chauffeur auch nur den Schlüssel im Zündschloß gedreht hatte. Dick wandte sich um und winkte Summers zu, als der Wagen vom Bordstein fuhr.

»Ja«, erwiderte Russell und blickte auf seinen Block. »Erstens, Mrs. Summers ist derzeit Präsidentin der Stiftung. Ihren Sohn hat sie vor sechs Jahren zum Direktor ernannt.« Armstrong nickte. »Zweitens, im vergangenen Jahr hat die Stiftung gut eine Million Dollar der Gewinne des *Star* ausgegeben.«

Armstrong umklammerte die Armlehne. »Wie, in drei Teufels Namen, haben diese Leute *das denn* geschafft?«

»Tja, Summers bezieht ein Jahresgehalt von hundertfünfzigtausend Dollar.« Russell hob den Blick von seinen Notizen. »Irgendwie ist es ihm gelungen, sein Spesenkonto mit zweihundertvierzigtausend Dollar zu belasten, und das jedes Jahr – seit vier Jahren.«

Armstrong spürte, wie sein Pulsschlag in die Höhe schnellte. »Wie kommt der Kerl damit bloß durch?« murmelte er, gerade als sie einen weißen BMW überholten. Dick hätte schwören können, den Wagen schon mal irgendwo gesehen zu haben. Er drehte sich um und starrte auf das Auto.

»Ich vermute, daß Summers' Mutter nicht allzu viele Fragen stellt.«

»Wie bitte?«

»Ich vermute, daß seine Mutter nicht allzu viele Fragen stellt«, wiederholte er.

»Aber was ist mit dem Vorstand des *Star*? Es ist doch seine Pflicht, alle geschäftlichen Transaktionen zu überwachen. Von den Aktionären ganz zu schweigen.«

»Jemand hat die Sache bei der letztjährigen Hauptversammlung zur Sprache gebracht.« Russell konsultierte seine Notizen. »Aber der Vorsitzende versicherte – ich zitiere wörtlich –: ›Die Leser des *Star* sind uneingeschränkt dafür, daß die Zeitung sich mit der Förderung der Kultur in unserer großartigen Stadt befaßt‹.«

»Der Förderung der was?« fragte Armstrong.

»Der Kultur«, wiederholte Russell.

»Und was ist mit dem Gebäude?« Armstrong deutete aus dem Rückfenster.

»Ein neues Management ist nicht dazu verpflichtet, ein anderes Gebäude zu erstehen, sobald der Mietvertrag für das alte ausläuft – was am 31. Dezember zum Beginn des neuen Quartals der Fall ist.«

Zum erstenmal an diesem Vormittag lächelte Armstrong.

»Ich muß Sie allerdings warnen«, sagte Russell. »Ich glaube, Summers wird noch vor der Hauptversammlung am Montag davon überzeugt werden müssen, daß Sie das Haus gekauft haben. Denn als Treuhänder könnte er selbst im letzten Moment noch seine fünf Prozent jemand anderem überlassen.«

»Dann schicken Sie ihm zwei Kopien eines Vertrags, die nur noch unterschrieben werden müssen. Das wird ihn bis Montag früh bei Laune halten.«

Russell sah nicht sehr überzeugt aus.

Als der BMW zum Carlyle zurückkehrte, wartete Townsend bereits auf dem Bürgersteig. Er setzte sich neben den Chauffeur und fragte: »Wohin haben Sie das Mädchen gebracht?«

»Nach Soho am Lower Broadway«, antwortete der Chauffeur.

»Dann fahren Sie mich ebenfalls dorthin«, wies Townsend ihn an. Der Chauffeur fädelte den Wagen in den Verkehr auf der Fifth Avenue ein und fragte sich immer noch, was Mr. Townsend in diesem Mädchen sah. Zwischen den beiden mußte irgend etwas laufen, von dem er keine Ahnung hatte. Vielleicht war sie sehr einflußreich oder vermögend.

Als der BMW zum Lower Broadway abbog, entging Townsend natürlich nicht der Anblick der Pullmanlimousine, die vor einem Gebäude stand, das – wie ein großes Schild im Schaufenster verkündete – zu verkaufen war. »Parken Sie auf dieser Straßenseite etwa fünfzig Meter vor dem Haus, bei dem Sie die Dame aussteigen ließen«, befahl Townsend.

Während der Chauffeur die Handbremse zog, spähte Townsend über die Schulter und fragte: »Können Sie die Telefonnummern auf den Schildern lesen?«

»Es sind zwei Schilder, Sir, mit verschiedenen Nummern.«

»Ich brauche beide«, sagte Townsend. Der Chauffeur las die Nummern laut vor, und Keith notierte sie sich auf der Rückseite eines Fünfdollarscheins. Dann griff er nach dem Autotelefon und wählte die erste Nummer.

Eine Stimme meldete sich mit: »Guten Morgen. Hier Wood, Knight und Levy. Wie kann ich Ihnen behilflich sein?« Townsend erklärte, er sei an Einzelheiten des Objekts Nummer 147 am Lower Broadway interessiert.

»Ich verbinde Sie mit den Büros, Sir.« Ein Klicken folgte, und eine zweite Stimme erkundigte sich: »Wie kann ich Ihnen behilflich sein?« Townsend wiederholte seine Anfrage und wurde zu einer dritten Stimme durchgestellt.

»Nummer 147 Lower Broadway? Ich fürchte, wir haben bereits einen ernsthaften Interessenten für dieses Objekt, Sir. Wir wurden angewiesen, einen Kaufvertrag zu erstellen, der am Montag abgeschlossen werden soll. Wir haben jedoch noch weitere Objekte ganz in der Nähe.«

Townsend beendete das Gespräch ohne ein weiteres Wort. Nur in New York würde sich niemand über so schlechte Manieren wundern. Sofort wählte er die zweite Nummer. Während Townsend darauf wartete, verbunden zu werden, zog ein Taxi, das vor dem Haus hielt, seine Blicke auf sich. Ein hochgewachsener, eleganter Herr mittleren Alters sprang hinaus und schritt zu der Pullmanlimousine hinüber. Er sagte irgend etwas zu dem Chauffeur und stieg in die Limousine ein, gerade als sich eine Stimme am Telefon meldete.

»Wenn Sie an Nummer 147 interessiert sind, müssen Sie rasch handeln«, mahnte der Makler, »denn ich weiß, daß die andere Firma, die dieses Objekt anbietet, bereits einen Interessenten hat, der unterschreiben will und im Augenblick das Gebäude besichtigt. Ich könnte es Ihnen also nicht vor zehn Uhr zeigen.«

»Zehn Uhr paßt mir gut«, entgegnete Townsend. »Ich werde vor dem Haus auf Sie warten.«

Es dauerte nur wenige Minuten, ehe Armstrong, Summers und Angela aus dem Gebäude traten. Nach nur wenigen Worten und einem knappen Händedruck setzte Armstrong sich in seine Limousine. Es überraschte ihn sichtlich nicht, daß im Wagen jemand auf ihn wartete. Summers winkte der Limousine fröhlich nach. Angela stand einen Schritt hinter ihm. Sie wirkte enttäuscht und entmutigt. Townsend duckte sich, als die Limousine am BMW vorbeifuhr, und als er zurückblickte, beobachtete er, wie Summers ein Taxi anhielt. Er und Angela stiegen ein, und Keith schaute ihnen nach, als sie in die entgegengesetzte Richtung davonfuhren.

Sobald das gelbe Taxi um die Ecke gebogen war, stieg Keith aus seinem Wagen, überquerte die Straße und betrachtete das Gebäude von außen. Nach kurzer Zeit schritt er ein Stück den Bürgersteig hinunter und stellte fest, daß in unmittelbarer Nähe ein ähnliches Objekt zum Verkauf stand. Auch dessen Nummer notierte er sich auf der Rückseite des Fünfdollarscheins, ehe er zu seinem BMW zurückkehrte.

Nach einem neuerlichen Anruf wußte Keith, daß der Preis für das Haus Nummer 171 zwei Komma fünf Millionen Dollar betrug. Summers bekam nicht nur eine Wohnung ohne Aufpreis dazu, sondern machte auch noch unter der Hand einen ordentlichen Profit.

Der Chauffeur klopfte auf die Trennscheibe und deutete zu Nummer 147. Keith blickte auf und sah einen jungen Mann die Eingangsstufen hinaufsteigen. Er schob das Telefon zur Seite und stieg aus, um sich zu dem Mann zu gesellen.

Nachdem Townsend alle fünf Stockwerke eingehend besichtigt hatte, pflichtete er Angela bei, daß dieses Gebäude für drei Millionen tatsächlich perfekt war – aber nur für eine bestimmte Person. »Welchen Mindestbetrag muß ich als Anzahlung leisten?«

»Zehn Prozent, die nicht rückzahlbar sind«, antwortete der junge Mann.

»Mit der üblichen 30-Tage-Frist für die Begleichung des Restbetrages, nehme ich an?«

»Ja, Sir.«

»Gut. Wie wär's, wenn Sie gleich einen Vertrag ausstellen.« Townsend reichte ihm seine Karte. »Schicken Sie ihn mir ins Carlyle.«

»Selbstverständlich, Sir. Ich werde dafür sorgen, daß Sie den Vertrag noch heute nachmittag bekommen.«

Schließlich zog Townsend einen Geldschein aus der Brieftasche und hielt ihn so, daß der junge Mann am Bild des Präsidenten auf der Banknote sehen konnte, welchen Wert der Schein hatte: einhundert Dollar. »Und ich möchte, daß der andere Makler, der dieses Objekt zu verkaufen sucht, erfährt, daß ich als erstes am Montagmorgen eine Anzahlung leiste.«

Der junge Mann steckte den Hundertdollarschein ein und nickte.

Als Townsend wieder in seiner Suite im Carlyle war, rief er sofort Tom in dessen Büro an. »Was haben Sie für das Wochenende geplant?« fragte er seinen Anwalt.

»Eine Runde Golf, ein bißchen Gartenarbeit«, erwiderte Tom. »Und ich hatte gehofft, zuschauen zu können, wie mein Jüngster in seiner High-School-Mannschaft spielt. Aber so, wie Sie Ihre Frage formuliert haben, Keith, hab' ich das Gefühl, daß ich nicht mal den Zug nach Greenwich nehmen werde, der mich nach Hause bringt.«

»Ihr Gefühl trügt Sie nicht, Tom. Bis Montagmorgen haben wir sehr viel zu tun, wenn ich der nächste Eigentümer des *New York Star* werden möchte.«

»Womit fange ich an?«

»Mit einem Kaufvertrag, der genau überprüft werden muß, bevor ich ihn unterschreibe. Dann hätte ich gern, daß Sie ein Geschäft mit der einen Person abschließen, die das alles ermöglichen kann...« Nachdem Keith schließlich aufgelegt hatte, lehnte er sich in seinem Sessel zurück und blickte auf das kleine rote Buch, das ihn die vergangene Nacht wachgehalten hatte. Augenblicke später bückte er sich danach und schlug die Seite siebenundvierzig auf.

Zum erstenmal im Leben war Keith für seine Ausbildung in Oxford dankbar.

New York Times

11. Oktober 1986

Star Wars

Armstrong unterzeichnete den Kaufvertrag; dann wurde seine Unterschrift von Russell beglaubigt.

Lloyd Summers lächelte, seit er am Morgen im Trump Tower eingetroffen war. Nun sprang er fast aus seinem Sessel, als auch Russell seinen Namenszug unter den Vertrag für das Haus Nummer 147 am Lower Broadway setzte. Summers streckte Armstrong die Hand entgegen. »Ich danke Ihnen, Herr Vorsitzender. Ich freue mich ungemein darauf, mit Ihnen zusammenzuarbeiten.«

»Und ich freue mich auf die Zusammenarbeit mit Ihnen«, entgegnete Armstrong und schüttelte ihm die Hand.

Summers verbeugte sich tief in Armstrongs Richtung, dann nicht ganz so tief vor Russell. Er steckte den Vertrag und den Scheck über dreihunderttausend Dollar ein und ging zur Tür. Ehe er öffnete, drehte er sich noch einmal um und sagte: »Sie werden es nie bereuen.«

Kaum war die Tür geschlossen, brummte Russell: »Ich fürchte, das werden Sie sehr wohl, Dick. Wieso haben Sie Ihren Entschluß geändert?«

»Mir blieb keine Wahl, nachdem ich herausgefunden hatte, was Townsend im Schilde führt.«

»Drei Millionen zum Fenster hinausgeworfen!« brummte der Anwalt.

»Dreihunderttausend«, berichtigte Armstrong.

»Ich verstehe nicht.«

»Ich mag ja die Anzahlung geleistet haben, aber ich habe keineswegs die Absicht, den verdammten Bau zu kaufen.«

»Aber Summers wird Sie verklagen, wenn Sie das Geschäft nicht innerhalb von dreißig Tagen zu Ende führen.«

»Das bezweifle ich«, entgegnete Armstrong.

»Wie können Sie da so sicher sein?«

»Weil Sie in zwei Wochen Summers' Anwalt anrufen und ihm mitteilen werden, wie entsetzt ich war, als ich herausfand, daß sein Mandant einen separaten Mietvertrag für ein Penthouseapartment über der Galerie unterschrieben hatte, das er mir gegenüber als Dachgeschoß bezeichnete.«

»Das können wir unmöglich beweisen!«

Armstrong zog eine kleine Tonbandkassette aus der Brusttasche und reichte sie Russell. »Es wird sich vielleicht als einfacher herausstellen, als Sie glauben.«

»Aber es könnte sein, daß die Gerichte die Kassette nicht als Beweismittel anerkennen.«

»Dann werden Sie wohl nachfragen müssen, was mit den sechshunderttausend Dollar geschehen sollte, welche die Makler Summers zusätzlich zum eigentlichen Kaufpreis zahlen wollten.«

»Das wird er abstreiten, vor allem, wenn Sie den Vertrag nicht einhalten.«

Armstrong rieb sich das Kinn. »Na ja, dann gibt es immer noch eine letzte Möglichkeit.« Er öffnete eine Lade seines Schreibtisches und zog eine Pseudotitelseite des *Star* heraus. Die Schlagzeile lautete: »LLOYD SUMMERS WEGEN BETRUGES ANGEKLAGT.«

»Er wird nur eine weitere gerichtliche Verfügung erwirken!«

»Wenn er die Innenseiten gelesen hat, nicht mehr.«

»Aber bis es zur Verhandlung kommt, ist das längst Schnee von gestern.«

»Nicht, solange ich Eigentümer des *Star* bin!«

»Wie lange wird das alles dauern?« fragte Townsend.

»Ich schätze, zwanzig Minuten«, antwortete Tom.

»Und wie viele Leute haben Sie dafür verpflichtet?«

»Knapp über zweihundert.«

»Wird das genügen?«

»Hoffen wir's. Zu mehr hat die Zeit nicht gereicht.«

»Wissen die Leute, was man von ihnen erwartet?«

»Ganz sicher. Ich habe gestern abend mehrere Proben mit ihnen veranstaltet. Trotzdem möchte ich, daß Sie vor Beginn der Versammlung eine Rede vor den Leuten halten.«

»Und was ist mit der Hauptdarstellerin? Hat sie auch geprobt?« fragte Townsend.

»Das war nicht nötig«, erwiderte Tom. »Es ist beinahe so, als hätte sie nur auf diese Rolle gewartet. Sie kennt sie in- und auswendig.«

»Hat sie sich mit meinen Bedingungen einverstanden erklärt?«

»Sie hatte nichts daran auszusetzen.«

»Was ist mit dem Kaufvertrag für das Gebäude? Gab es da Unvorhergesehenes?«

»Nein. Es war genau, wie sie sagte.«

Townsend stand auf, schritt zum Fenster und blickte hinunter auf den Central Park. »Werden Sie selbst den Antrag stellen?«

»Nein. Ich habe Andrew Fraser gebeten, das zu übernehmen. Ich bleibe bei Ihnen.«

»Wieso ausgerechnet Fraser?«

»Er ist der Seniorpartner. Das wird dem Vorstandsvorsitzenden beweisen, wie ernst wir es meinen.«

Townsend schwang zu seinem Anwalt herum. »Tja, was könnte da noch schiefgehen?«

Als Armstrong in Begleitung des Seniorpartners aus der Anwaltskanzlei Keating, Gould & Critchley trat, sah er sich einer beeindrukkenden Schar von Kameramännern, Fotografen und Journalisten gegenüber, die allesamt hofften, dieselben Fragen beantwortet zu bekommen. »Welche Änderungen wollen Sie vornehmen, sobald Sie Chef des *Star* sind, Mr. Armstrong?«

»Warum sollte man an einer so großartigen Institution etwas ändern?« erwiderte er. »Außerdem«, fügte er hinzu, als er den langen Korridor hinunter und hinaus auf den Bürgersteig marschierte, »gehöre ich nicht zu den Verlegern, die sich in die alltägliche Zeitungsarbeit einmischen. Fragen Sie meine Redakteure. Sie werden es Ihnen bestätigen.«

Einige der Journalisten, die Armstrong noch hinterherliefen, hatten das bereits getan, doch Dick hatte die Zuflucht seiner Limousine erreicht, ehe sie ihn mit weiteren Fragen löchern konnten. »Verdammtes Reporterpack!« fluchte er, als der Wagen Richtung Plaza-Hotel fuhr, in dem die Jahreshauptversammlung stattfand. »Nicht einmal die eigenen Schreiberlinge kann man in Schach halten.«

Russell schwieg. Während sie die Fifth Avenue entlangfuhren, schaute Armstrong immer wieder auf die Armbanduhr. Scheinbar jede Ampel, der sie sich näherten, sprang prompt auf Rot um.

Oder fällt einem das nur auf, wenn man in Eile ist, fragte sich Armstrong, als der Wagen wieder einmal hielt. Er blickte auf den dicht belebten Gehsteig und beobachtete die Bürger von Manhattan, die in einem Schrittempo hin und her strömten, an das auch er sich inzwischen gewöhnt hatte. Als die Ampel auf Grün schaltete, tippte Dick auf seine Brusttasche, um sich zu vergewissern, daß er den Zettel mit seiner Ansprache auch wirklich eingesteckt hatte. Er hatte einmal gelesen, daß Margaret Thatcher die Manuskripte ihrer Reden stets selbst bei sich trug, weil sie schreckliche Angst hatte, sie könne plötzlich ohne schriftliche Vorlage auf der Rednertribüne stehen. Jetzt verstand Dick diese Angst.

Das nervöse Gespräch zwischen Armstrong und seinem Anwalt stockte kurz, als sie am General-Motors-Gebäude vorüberfuhren. Russell starrte weiterhin aus dem Fenster.

»Also, was könnte schiefgehen?« fragte Armstrong zum zehntenmal.

»Nichts«, erwiderte Russell und tippte auf die Ledermappe auf seinen Knien. »Ich habe Aktien und bindende Zusagen für ein Mehrheitspaket von insgesamt einundfünfzig Prozent, und Townsend besitzt nur sechsundvierzig Prozent, wie wir wissen. Entspannen Sie sich.«

Weitere Kameraleute, Fotografen und Journalisten warteten auf der Freitreppe des Plaza, als die Limousine heranfuhr. Russell blickte zu seinem Mandanten hinüber, der jeden Augenblick genoß, derart im Mittelpunkt zu stehen, wenngleich er es bestritt. Als Armstrong aus dem Wagen stieg, eilte der Geschäftsführer des *Plaza* herbei, um ihn zu begrüßen, als wäre er ein Staatsoberhaupt, das im Hotel residierte. Er führte die beiden Herren durchs Foyer und weiter zum Lincolnsaal. Armstrong bemerkte nicht, daß Keith Townsend und der Seniorpartner einer anderen renommierten Anwaltskanzlei aus dem Fahrstuhl stiegen, gerade als er und sein Begleiter mit dem Geschäftsführer vorübergingen.

Townsend war eine Stunde vor der geplanten Hauptversammlung im *Plaza* eingetroffen. Ohne die Aufmerksamkeit des Hotelgeschäftsführers zu erregen, war es Keith gelungen, sich in dem Saal umzuschauen, in dem die Versammlung stattfinden sollte. Anschließend begab er sich zur State Suite, wo Tom ein Team arbeitsloser Schauspieler um sich geschart hatte. Keith erklärte ihnen noch einmal die Rollen, die sie spielen sollten, und weshalb es erforderlich war, daß sie so viele Übertragungsformulare unterschrieben. Vierzig Minuten später kehrte Townsend ins Foyer zurück, wo er und sein Anwalt Armstrong langsam zum Lincolnsaal folgten. Man hätte sie leicht für zwei seiner Lakaien halten können.

»Was ist, wenn sie nicht kommt?« fragte Townsend.

»Dann haben eine Menge Leute viel Zeit und Geld vergeudet«, antwortete Tom, als sie den Lincolnsaal betraten.

Townsend staunte, wie überfüllt der Saal war. Er hatte angenommen, daß die fünfhundert Stühle, die das Hotelpersonal vor seinen Augen hineingetragen hatte, weit mehr sein würden, als gebraucht wurden. Wie sehr er sich getäuscht hatte! Bereits jetzt standen viele Leute hinten im Saal. Das vordere Drittel war mit einer roten Kordel abgetrennt; denn auf den zwanzig Stuhlreihen vor der Bühne durften nur Aktionäre sitzen. Die Reporter, Angestellte der Zeitung und neugierige Zuschauer drängten sich im hinteren Teil des Saals.

Townsend und sein Anwalt schritten langsam den Mittelgang hinunter, hin und wieder von Blitzlicht beleuchtet, bis sie zu der roten Kordel gelangten, wo beide einen schriftlichen Beweis vorlegen mußten, daß sie Aktionäre der Gesellschaft waren beziehungsweise solche vertraten. Der Finger einer sehr tüchtig aussehenden Frau huschte eine endlos lange Namensliste hinunter. Sie machte zwei Häkchen, lächelte die beiden Herren an und öffnete die Kordel für sie.

Als erstes fiel Townsend auf, welche Aufmerksamkeit die Medien Armstrong und seinem Gefolge zollten, die den größten Teil der vordersten zwei Reihen beanspruchten. Tom bemerkte die zwei als erster. Er tippte Townsend an den Ellbogen. »Ungefähr die zehnte Reihe links, ziemlich außen.« Townsend blickte in die angegebene Richtung und stieß einen Seufzer der Erleichterung aus, als er Lloyd Summers und seine Stellvertreterin entdeckte, die nebeneinander saßen.

Tom führte Townsend zur anderen Seite des Saales, wo sie ziemlich weit hinten Platz nahmen. Townsend schaute sich nervös um. Plötzlich deutete Tom mit einem Kopfnicken auf einen Herrn, der den Mittelgang hinunterschritt. Andrew Fraser, der Seniorpartner von Toms Anwaltskanzlei, nahm zwei Reihen hinter Armstrong Platz.

Townsend wandte seine Aufmerksamkeit nunmehr der Bühne zu, wo er einige Direktoren des *Star* erkannte, denen er während der vergangenen sechs Wochen begegnet war. Sie standen noch hinter einem langen Konferenztisch mit grünem Filzbelag, auf dem in großen roten Buchstaben »THE NEW YORK STAR« zu lesen war. Armstrong hatte einigen dieser Direktoren versprochen, sie im Vorstand zu behalten, falls er Vorsitzender würde. Keiner glaubte es ihm.

Die Wanduhr hinter ihnen zeigte fünf vor zwölf. Townsend blickte über die Schulter und sah, daß der Saal so voll war, daß bald niemand auch nur einen Stehplatz finden würde. Er wisperte Tom zu, der ebenfalls nach hinten schaute und die Stirn runzelte: »Falls es immer noch problematisch ist, wenn sie hereinkommen, kümmere ich mich persönlich darum.«

Townsend wandte sich wieder der Bühne zu und beobachtete, wie die Vorstandsmitglieder allmählich ihre Plätze hinter dem langen Konferenztisch einnahmen. Als letzter setzte sich der Vorsitzende, Cornelius J. Adams IV., wie ein elegantes Schildchen vor ihm jene informierte, die ihn nicht kannten. Kaum hatte Adams sich niedergelassen, schwenkten die Kameras von der vordersten Reihe des Publikums zur Bühne. Das Gemurmel im Saal wurde leiser. Um Punkt zwölf Uhr schlug der Vorsitzende so lange mit dem Hämmerchen auf den Tisch, bis endlich Stille eintrat.

»Guten Tag, meine Damen und Herren. Ich bin Cornelius Adams, der Vorstandsvorsitzende des *New York Star.*« Er machte eine Pause. »Na ja, jedenfalls bin ich es noch für ein paar Minuten.« Er blickte in Armstrongs Richtung und erntete für diese gewiß gut eingeprobte Zeile leises Lachen im Saal. »Hiermit eröffne ich die Jahreshauptversammlung der größten Zeitung Amerikas.« Diese Erklärung rief bei den Aktionären begeisterten Applaus hervor, während die meisten Zuschauer hinter der roten Kordel die Worte mit stummer Gleichgültigkeit quittierten.

»Unser heutiges Hauptanliegen«, fuhr Adams fort, »ist die Berufung eines neuen Vorstandsvorsitzenden, der die Verantwortung auf sich nehmen wird, den *Star* ins nächste Jahrhundert zu führen. Ich bin sicher, Sie alle wissen, daß Mr. Richard Armstrong von der Armstrong Communications bereits vor Monaten bekanntgab, daß er die Absicht habe, ein Übernahmeangebot zu machen. Am selben Tag unterbreitete uns Mr. Keith Townsend von der Global Corporation ein Gegenangebot. Meine erste Aufgabe heute nachmittag besteht darin, für einen problemlosen Verlauf der Verhandlungen zu sorgen.

Ich kann bestätigen, daß die beiden genannten Parteien mir durch ihre renommierten Anwälte die Beweise zukommen ließen, daß sie Anspruch auf – oder die Kontrolle über – das Aktienkapital des Unternehmens haben. Unsere Finanzfachleute haben diese Ansprüche genauestens überprüft und sie für richtig befunden. Die Prüfungen ergaben ...« Er griff nach einem Klemmbrett, das vor ihm lag, »daß Mr. Richard Armstrong sich im Besitz von einundfünfzig Prozent des Aktienkapitals der Gesellschaft befindet, während Mr. Keith Townsend der Eigentümer von sechsundvierzig Prozent ist. Drei Prozent der Aktionäre haben ihre Entscheidung noch nicht bekanntgegeben.

Demzufolge kontrolliert Mr. Armstrong als Mehrheitsaktionär die Gesellschaft. Ich habe deshalb gar keine andere Wahl, als ihm den Vorsitz zu übergeben – es sei denn, wie es in der Trauungszeremonie heißt, ›jemand möge jetzt sprechen oder fortan für immer schweigen‹.« Er lächelte das Publikum an wie ein Priester, der vor dem Brautpaar steht, und schwieg.

Sofort sprang eine Frau in der dritten Reihe auf. »Beide Männer, die das Übernahmeangebot für den *Star* gemacht haben, sind Ausländer! Was kann ich tun, wenn ich weder den einen noch den anderen als Vorsitzenden haben möchte?«

Das war eine Frage, mit der die Anwälte der Gesellschaft gerechnet und auf die Adams eine Antwort parat hatte. »Gar nichts, Madam«, erwiderte er sofort. »Sonst wäre jede Gruppe von Aktionären in der Lage, amerikanische Direktoren britischer und australischer Unternehmen auf der ganzen Welt von ihren Posten zu entfernen.« Der Vorsitzende war froh, daß er der Frau so höflich und eindrucksvoll hatte Bescheid geben können.

Die Fragestellerin war da offenbar anderer Meinung. Sie drehte sich um und schritt aus dem Saal, gefolgt von einem Kameramann der CNN und einem Fotografen.

Es wurden noch ähnliche Fragen gestellt, auf die Armstrong von Russell vorgewarnt worden war: »Das sind nun mal Aktionäre, die auf ihre gottverdammten Rechte pochen.«

Während eine Frage nach der anderen beantwortet wurde, blickte Townsend mit wachsender Besorgnis zur Tür, vor der sich immer mehr Leute drängten. Tom entging die zunehmende Nervosität seines Mandaten nicht; deshalb begab er sich zur rückwärtigen Seite des Saales, um mit dem Chef der Platzanweiser zu reden. Als der Vorsitzende der Meinung war, jede Frage aus dem Publikum beantwortet zu haben – manche sogar mehrmals –, war Tom an seinen Platz zurückgekehrt. »Keine Angst, Keith«, beruhigte er seinen Mandanten, »es läuft alles wie geplant.«

»Aber wann wird Andrew …«

»Hab Geduld«, mahnte Tom, als der Vorsitzende sagte: »Falls es keine weiteren Fragen aus dem Saal mehr gibt, habe ich nur noch die erfreuliche Pflicht, Mr. Richard Armstrong zu bitten …« Er hätte den Satz beendet, wäre nicht Andrew Fraser von seinem Platz zwei Reihen hinter Armstrong aufgesprungen und hätte auf diese Weise bekundet, daß er das Wort zu ergreifen wünschte.

Cornelius J. Adams runzelte die Stirn, nickte jedoch, als er sah, wer da eine Frage stellen wollte.

»Herr Vorsitzender«, begann Fraser, während im Saal da und dort ein Stöhnen laut wurde.

»Ja?« fragte Adams, der seinen Zorn kaum verhehlen konnte.

Townsend blickte wieder zum Eingang zurück. Diesmal sah er gruppenweise Leute den Mittelgang zu den Aktionärsplätzen herunterkommen. Jeder, der die rote Kordelbarriere erreichte, wurde von der tüchtig aussehenden Frau aufgehalten, die den Namen auf der langen Liste suchte, ihn abhakte und dem Betreffenden gestattete, sich auf einen der noch freien Plätze zu setzen.

»Ich möchte Sie auf Paragraph 7 B der Gesellschaftssatzung aufmerksam machen«, fuhr Toms Kollege fort. Gedämpftes Stimmengewirr erhob sich. Wenige Personen, sowohl auf der einen wie auf der anderen Seite der Kordel, hatten je die Gesellschaftssatzung gelesen, und nicht einer der Anwesenden wußte, was Paragraph 7 B besagte. Der Vorsitzende beugte sich hinunter, um sich vom Verwaltungschef des Unternehmens den Wortlaut der Seite siebenundvierzig des selten konsultierten roten Lederbüchleins ins Ohr flüstern zu lassen. Es war eine Frage, mit der auch der Vorstandsvorsitzende nicht gerechnet und auf die er keine Antwort vorbereitet hatte.

Townsend entnahm der Hektik in der vordersten Reihe, daß der Herr, den er zum erstenmal gesehen hatte, als er vor dem Haus Nummer 147 am Lower Broadway in die Limousine gestiegen war, seinem Mandanten die Bedeutung des Paragraphen 7 B zu erklären versuchte.

Andrew Fraser wartete, bis die Aufregung sich einigermaßen legte, ehe er fortzufahren versuchte. Auf diese Weise gab er dem steten Strom von Neuankömmlingen mehr Zeit, ihre Plätze innerhalb der Absperrung einzunehmen. Dem Vorsitzenden blieb nichts übrig, als mehrmals auf den Tisch zu hämmern, bevor es leise genug war, daß er verkünden konnte: »Paragraph 7 B gestattet jedem Aktionär, der an der Jahreshauptversammlung teilnimmt«, er las nun direkt aus dem kleinen roten Buch: »›einen Kandidaten für jegliche Position innerhalb der Gesellschaft vorzuschlagen‹. Ist das der Paragraph, auf den Sie verweisen, Sir?« Adams blickte Andrew Fraser fest an.

»Ja«, antwortete der erfahrene Anwalt. Der Verwaltungschef – noch immer in die Statuten vertieft – zupfte am Ärmel des Vorstandsvorsitzenden. Wieder beugte Adams sich hinunter und hörte sich die Worte des Verwaltungschefs an. Andrew Fraser blieb ruhig stehen. Augenblicke später richtete der Vorstandsvorsitzende sich zu seiner vollen Größe auf und blickte Fraser durchdringend an. »Sie sind sich doch sicher bewußt, Sir, daß ein Alternativkandidat für das Amt des Vorstandsvorsitzenden schriftlich vorgeschlagen werden muß, und dies mindestens dreißig Tage vor der Jahreshauptversammlung? Paragraph 7 B, Absatz eins«, sagte er nicht ohne Befriedigung.

»Dessen *bin* ich mir bewußt, Sir«, antwortete Fraser, der immer noch stand. »Allerdings habe ich nicht die Absicht, einen anderen Kandidaten für das Amt des Vorstandsvorsitzenden vorzuschlagen.«

Aufruhr brach im Saal aus. Wieder mußte Adams mehrmals mit dem Hammer auf den Tisch schlagen, bevor Fraser fortfahren konnte.

»Ich möchte einen Kandidaten für das Amt des Direktors der Summers-Stiftung vorschlagen.«

Townsend nahm den Blick nicht von Lloyd Summers, der kreidebleich geworden war. Er starrte Andrew Fraser an und tupfte sich die Stirn mit einem roten Seidentüchlein ab.

»Aber mit Mr. Summers haben wir bereits einen ausgezeichneten Direktor!« wandte der Vorstandsvorsitzende ein. »Oder möchten Sie ihn lediglich in seinem Amt bestätigt sehen? Falls dies der

Fall ist, kann ich Ihnen versichern, daß Mr. Armstrong beabsichtigt…«

»Nein, Sir. Ich beantrage, daß Mr. Summers von Miß Angela Humphries abgelöst wird, die derzeit das Amt der stellvertretenden Direktorin bekleidet.«

Der Vorsitzende beugte sich schon wieder zu seinem Verwaltungschef hinunter, um sich von diesem bestätigen zu lassen, daß dieser Antrag zulässig war. Tom Spencer erhob sich von seinem Stuhl und überprüfte, ob seine Rekruten sich auch allesamt vor der roten Kordelabsperrung befanden. Townsend sah, daß nun sämtliche Plätze belegt waren und mehrere Spätankömmlinge sich entweder an die Seiten der Stuhlreihen gestellt oder auf den Mittelgang gesetzt hatten.

Nachdem man Adams versichert hatte, daß der Antrag rechtsgültig sei, fragte er: »Unterstützt jemand diesen Antrag?« Zu seiner Überraschung schossen mehrere Hände in die Höhe. Adams wies auf eine Frau in der fünften Reihe. »Dürfte ich um Ihren Namen für das Protokoll bitten?«

»Ich bin Mrs. Roscoe.«

Der Verwaltungschef blätterte in dem roten Büchlein und reichte dieses dem Vorsitzenden. Die betreffende Seite war aufgeschlagen.

»Es ist meine Aufgabe, Sie darüber im Kenntnis zu setzen, daß nach den Bestimmungen des Paragraphen 7 B nunmehr eine Wahl stattfinden muß, die es jedem anwesenden Aktionär gestattet, seine Stimme abzugeben.« Er las nun wieder direkt aus dem Büchlein: »Gemäß den Statuten werden Stimmzettel verteilt…« Er blickte auf. »Kreuzen Sie bitte eines der vorgesehenen Kästchen an und geben Sie damit bekannt, ob Sie für oder gegen den Antrag sind, Mr. Lloyd Summers, den Direktor der Summers-Stiftung, durch Ms. Angela Humphries abzulösen.« Er machte eine Pause. »Ich halte es für angemessen, Sie zu diesem Zeitpunkt darüber zu informieren, daß der Vorstand diesen Antrag einstimmig ablehnen wird, da wir alle der Meinung sind, daß die Stiftung durch ihren derzeitigen Direktor, Mr. Summers, gut verwaltet wurde, so daß er in seinem Amt verbleiben solle.« Summers blickte nervös zu Adams, wurde jedoch sichtlich ruhiger, als sämtliche Vorstandsmitglieder bestätigend nickten.

Angestellte schritten die Gänge entlang und verteilten Stimmzettel. Armstrong kreuzte das Kästchen »Gegen den Antrag« an, Townsend das Kästchen »Für den Antrag«; dann steckten beiden ihre Stimmzettel in die herumgereichte Wahlbox.

Da die Abstimmung zeitraubend war, erhoben sich einige der Aktionäre, die bereits ihre Stimme abgegeben hatten, und streckten sich. Lloyd Summers blieb zusammengesunken auf seinem Stuhl sitzen und wischte sich immer wieder mit dem roten Tüchlein die Stirn ab. Angela Humphries blickte kein einziges Mal in seine Richtung.

Russell riet seinem Mandanten, gelassen zu bleiben und die Zeit zu nutzen, sich auf seine große Antrittsrede vorzubereiten. Er war überzeugt, daß der Antrag nach dem eindeutigen Votum des Vorstands jetzt schon entschieden war.

»Aber sollten Sie nicht mit Miß Humphries reden – nur für den Fall, daß der Antrag doch nicht durchgeht?« wisperte Armstrong.

»Das halte ich unter den gegebenen Umständen für außerordentlich unklug«, erwiderte Russell, »allein schon wenn man bedenkt, neben wem sie sitzt.«

Armstrong blickte in Angelas Richtung und machte ein finsteres Gesicht. Townsend konnte doch nicht etwa ...

Während die Stimmen hinter der Bühne gezählt wurden, stellte Lloyd Summers seiner Stellvertreterin sichtlich wütend eine Frage. Sie blickte ihn an und lächelte süß.

»Meine Damen und Herren«, begann Cornelius Adams, nachdem er sich wieder von seinem Stuhl erhoben hatte. »Darf ich Sie bitten, an Ihre Plätze zurückzukehren, da die Stimmen nun ausgezählt sind!« Jene, die sich auf den Gängen unterhalten hatten, nahmen rasch wieder ihre Plätze ein und warteten auf die Verkündung des Wahlergebnisses. Der Vorsitzende öffnete einen zusammengefalteten Zettel. Doch wie ein guter Richter ließ er sich nicht anmerken, wie das Urteil ausgefallen war.

»Für den Antrag«, verkündete er mit Stentorstimme, »dreihundertsiebzehn Stimmen.«

Townsend holte tief Luft. »Genügt das?« fragte er Tom und versuchte abzuschätzen, wie viele Personen vor der roten Kordel saßen.

»Wir werden es sofort erfahren«, erwiderte Tom ruhig.

»Gegen den Antrag, zweihundertsechsundachtzig Stimmen. Hiermit erkläre ich den Antrag mit einer Mehrheit von einunddreißig Stimmen für angenommen«, er machte eine Pause, »und ernenne Miß Angela Humphries zur neuen leitenden Direktorin der Stiftung.«

Stimmengewirr setzte ein, da offenbar jeder im Saal seine Meinung kundtun wollte.

»Knapper, als ich erwartet hatte«, rief Townsend.

»Aber Sie haben gesiegt, und nur das zählt«, erwiderte Tom.

Townsend hatte den Blick auf Angela gerichtet. »Noch nicht«, entgegnete er.

Die Leute schauten sich nun im Saal um, um festzustellen, wo Miß Humphries saß, obwohl nur wenige überhaupt wußten, wie sie aussah. Nur einer blieb die Gelassenheit in Person.

Auf der Bühne konsultierte der Vorsitzende erneut den Verwaltungschef, der ihm wieder aus dem roten Büchlein vorlas. Schließlich nickte er, wandte sich wieder dem Publikum zu und schlug mit dem Hammer auf den Tisch.

Er wartete, bis einigermaßen Ruhe eingekehrt war. Dabei blickte er Fraser direkt an und fragte schließlich: »Haben Sie die Absicht, einen weiteren Antrag zu stellen, Mr. Fraser?« Adams bemühte sich gar nicht, den Sarkasmus in seiner Stimme zu unterdrücken.

»Nein, Sir. Aber ich würde gern wissen, wen die neu gewählte Direktorin mit den fünf Prozent der Stiftungsanteile an der Gesellschaft unterstützen wird; denn von diesen fünf Prozent hängt es ab, wer der nächste Vorstandsvorsitzende wird.«

Zum zweitenmal redeten alle im Saal Versammelten durcheinander, wobei einige immer noch Ausschau nach der neuen Direktorin hielten. Mr. Fraser setzte sich, und Angela erhob sich, als säße sie am anderen Ende einer Wippe.

Der Vorsitzende wandte ihr seine Aufmerksamkeit zu. »Miß Humphries«, sagte er, »da Sie nun die Verfügungsberechtigung über fünf Prozent der Gesellschaftsanteile haben, ist es meine Pflicht, Sie zu fragen, wen Sie als Vorsitzenden unterstützen werden.«

Lloyd Summers wischte sich immer noch die Stirn, blickte jedoch nicht in Angelas Richtung. Sie wirkte erstaunlich ruhig und gefaßt und wartete, bis vollkommene Stille eingesetzt hatte.

»Herr Vorsitzender, es wird Sie nicht überraschen, daß ich den Mann unterstützen möchte, der sich meiner Meinung nach am besten für die Stiftung einsetzen wird.« Sie hielt inne, als Armstrong sich erhob und ihr zuwinkte, doch die Lichter der Fernsehteams blendeten Dick zu sehr, als daß Angela ihn hätte erkennen können. Der Vorsitzende schien sich zu entspannen.

»Die Treuhänderin der Stiftung wird mit ihren fünf Prozent…« Sie legte wieder eine kurze Pause ein und schien offenbar jede Sekunde zu genießen. »… Mr. Keith Townsend unterstützen.«

Ein vielstimmiges, erstauntes Raunen erklang. Zum erstenmal an diesem Tag war der Vorsitzende sprachlos. Er ließ sein Hämmerchen zu Boden fallen und starrte Angela offenen Mundes an. Dann bückte er sich rasch nach dem Hammer, gewann seine Fassung wieder und rief die Versammelten zur Ordnung. Als er der Meinung war, gehört werden zu können, fragte er: »Miß Humphries, sind Sie sich der Konsequenzen bewußt, die diese im letzten Moment getroffene Entscheidung mit sich bringt?«

»Durchaus, Herr Vorsitzender«, versicherte sie.

Eine ganze Schar von Armstrongs Anwälten war bereits protestierend aufgesprungen. Der Vorsitzende hämmerte erneut wie wild auf den Tisch, bis der Lärm halbwegs verstummt war. Dann verkündete er, daß er nach Paragraph 11 A, Absatz d, keine Wahl habe, als Mr. Keith Townsend zum neuen Vorstandsvorsitzenden des *New York Star* zu erklären, da Mr. Townsend durch die ihm von Miß Humphries zugesagten fünf Prozent Stiftungsanteile nunmehr über einundfünfzig Prozent des Aktienkapitals bestimmen könne, gegenüber sechsundvierzig Prozent von Mr. Armstrong.

Die zweihundert Aktionäre, die verspätet eingetroffen waren, erhoben sich und applaudierten wie gut bezahlte Claqueure, als Townsend sich zur Bühne begab. Armstrong stürmte aus dem Saal und überließ es seinen Anwälten, ihren Proteststurm fortzusetzen.

Townsend begann, Cornelius Adams, dem bisherigen Vorstandsvorsitzenden, sowie jedem einzelnen Vorstandsmitglied die Hand zu schütteln, obwohl nicht einer sonderlich erfreut darüber zu sein schien.

Dann setzte er sich auf den bereitstehenden Platz vorn an der Bühne und blickte auf den Tumult im Saal hinunter. »Herr Vorsitzender, meine Damen und Herren.« Er tupfte auf das Mikrofon. »Ich möchte damit beginnen, Ihnen, Mr. Adams, und dem Vorstand des *Star* für die hervorragenden Dienste und die ausgezeichnete Führung zu danken, die Sie alle im Laufe der Jahre der Gesellschaft haben angedeihen lassen. Und ich möchte jedem von Ihnen viel Erfolg für die Zukunft wünschen – was immer Sie auch damit anzufangen gedenken.«

Tom war froh, daß Townsend die Mienen der hinter ihm sitzenden Männer nicht sehen konnte.

»Den Aktionären dieser großartigen Zeitung möchte ich versichern, daß ich die guten alten Traditionen des *Star* fortführen werde. Sie haben mein Wort, daß ich die redaktionelle Integrität der Zeitung unangetastet lasse. Ich will nur jeden Journalisten an die Worte des großen Chefredakteurs des *Manchester Guardian*, Charles Prestwich Scott, erinnern – ein Zitat, das mir während meines gesamten Berufslebens ein Leitfaden war: ›Die Meinung ist frei, doch Fakten sind heilig.‹«

Erneut erhoben sich die Schauspieler von ihren Plätzen und begannen auf ihr Stichwort hin zu klatschen. Als der Beifall schließlich verstummte, endete Townsend mit den Worten: »Ich freue mich darauf, Sie alle in einem Jahr wiederzusehen.« Er benutzte kurz den Hammer und erklärte die Jahreshauptversammlung für beendet.

Mehrere Personen in der vorderen Reihe sprangen auf, um ihren Protest fortzusetzen, während zweihundert andere ihre Anweisungen ausführten. Sie erhoben sich und machten sich auf den Weg zum Ausgang, in angeregte, laute Gespräche vertieft. Binnen weniger Minuten befand sich nur noch eine Handvoll Personen im Raum, die vor einer leeren Bühne protestierten.

Beim Verlassen des Saales fragte Townsend seinen Anwalt als erstes: »Haben Sie einen neuen Pacht- und Nutzungsvertrag für die bisherigen Räumlichkeiten der Stiftung ausgefertigt, Tom?«

»Ja, er liegt in meinem Büro. Sie brauchen ihn nur noch zu unterschreiben.«

»Und es wurde keine Mieterhöhung verlangt?«

»Nein, die Miete bleibt für die nächsten zehn Jahre unverändert – genau so, wie Miß Humphries es mir versichert hatte«, beruhigte Tom ihn.

»Und Miß Humphries' Vertrag?«

»Läuft ebenfalls für zehn Jahre, aber zu einem Drittel von Lloyd Summers' Gehalt.«

Als die beiden Männer aus dem Hotel traten, blickte Townsend seinen Anwalt an und sagte: »Nun muß ich mir nur noch überlegen, ob ich unterschreiben soll oder nicht.«

»Aber ich habe bereits eine mündliche Vereinbarung mit Miß Humphries!« erinnerte Tom seinen Mandanten.

Townsend grinste den Anwalt an, als der Hoteldirektor und mehrere Kameraleute, Fotografen und Journalisten sie zu ihrem wartenden Wagen verfolgten.

»Jetzt möchte aber ich *Ihnen* eine Frage stellen«, sagte Tom und setzte sich zu Townsend auf den Rücksitz des BMW.

»Fragen Sie.«

»Jetzt, da alles vorbei ist, würde es mich brennend interessieren, wann Ihnen die Idee zu diesem Meisterstreich gekommen ist, mit dem Sie Armstrong geschlagen haben.«

»Vor ungefähr vierzig Jahren.«

»Ich fürchte, ich verstehe nicht.« Der Anwalt blickte ihn verdutzt an.

»Wie sollten Sie auch, Bruder Tom? Sie waren ja kein Mitglied des Labour Clubs der Universität zu Oxford, als ich deshalb nicht zum neuen Vorsitzenden ernannt wurde, weil ich versäumt hatte, die Statuten zu lesen.«

The Sun

12. Juni 1987

Maggie packt's zum drittenmal!
Tories siegen locker mit 110 Sitzen Vorsprung

Enttäuscht und wütend stürmte Armstrong aus dem Lincolnsaal. Er wollte sich die Demütigung nicht antun, während der Ansprache Townsends sitzen zu bleiben. Kaum ein Medienvertreter schien es als lohnend zu erachten, Dick zu folgen – ganz im Gegensatz zu zwei Herren, die aus Chicago angereist waren. Die Anweisungen ihres Mandanten hätten nicht klarer sein können: »Machen Sie demjenigen, der den kürzeren zieht, das Angebot, Vorstandsvorsitzender der *Post* zu werden.«

Armstrong stand allein auf dem Bürgersteig, nachdem er einen seiner teuren Anwälte losgeschickt hatte, seine Limousine zu suchen. Der Hoteldirektor war nicht mehr zu sehen. »Wo ist mein verdammter Wagen?« brüllte Armstrong und starrte zu dem weißen BMW hinüber, der auf der gegenüberliegenden Straßenseite parkte.

»Er wird gleich hier sein«, versicherte Russell, als er wieder neben Dick stand.

»Wie, in aller Welt, ist es Townsend gelungen, die Wahl zu manipulieren?« fragte Armstrong heftig.

»Er muß in den letzten vierundzwanzig Stunden eine Menge Aktionäre aus dem Hut gezaubert haben, die frühestens in zwei Wochen im Register erscheinen.«

»Und warum durften sie dann an der Versammlung teilnehmen?«

»Sie brauchten der Sachbearbeiterin, die die Liste überprüfte, lediglich den Besitz des erforderlichen Minimums an Anteilen zu beweisen und ihren Namen zu nennen. Hundert Anteile für jeden – ich schätze, es waren ungefähr zweihundert von diesen Neuaktionären. Mehr war nicht erforderlich. Die Leute könnten die Aktien bei jedem Makler an der Wall Street gekauft haben, oder Townsend hat ihnen erst heute morgen zwanzigtausend seiner eigenen Aktien zugeteilt.«

»Und ist das legal?«

»Na ja, sagen wir, es hält sich im Rahmen der Legalität«, antwortete Russell. »Wir könnten die Sache vor Gericht anfechten, aber bis zu einem Urteilsspruch vergehen erfahrungsgemäß zwei Jahre – und dann ist nicht einmal sicher, wem die Richter tatsächlich recht geben. Ich rate Ihnen, Ihre Aktien zu verkaufen. Freuen Sie sich über den beachtlichen Gewinn!«

»Das ist genau der Rat, den ich von Ihnen erwartet habe«, brummte Armstrong. »Und ich habe nicht die Absicht, ihn zu befolgen. Ich werde drei Sitze im Vorstand fordern und dem verdammten Hundesohn sein Leben lang die Hölle heiß machen!«

Zwei hochgewachsene, elegant gekleidete Herren in langen schwarzen Mänteln standen nur wenige Meter von ihnen entfernt und schienen dem Gespräch aufmerksam zu lauschen. Armstrong nahm an, daß sie zu Critchleys Team gehörten. »Und wieviel kosten mich diese beiden?« fragte er heftig.

Russell warf einen Blick auf die Männer. »Ich habe sie noch nie zuvor gesehen.«

Es war wie ein Stichwort. Die beiden Herren kamen einen Schritt näher und fragten: »Mr. Armstrong?«

Dick wollte gerade antworten, als Russell vortrat und sagte: »Ich bin Russell Critchley, Mr. Armstrongs New Yorker Rechtsbeistand. Kann ich Ihnen behilflich sein?«

Der größere der beiden Herren lächelte verbindlich. »Guten Tag, Mr. Critchley. Ich bin Earl Withers von Spender, Dickson & Withers aus Chicago. Ich glaube, wir hatten bereits das Vergnügen, mit Ihrer Kanzlei zusammenzuarbeiten.«

»Ja, bei vielen Gelegenheiten.« Zum erstenmal lächelte Russell.

»Worum geht es?« fragte Armstrong barsch.

Ohne Armstrong zu beachten, sagte der etwas kleinere Herr zu Russell: »Unsere Kanzlei hat die Ehre, die Chicagoer News Group zu vertreten. Mein Kollege und ich möchten Ihrem Mandanten einen geschäftlichen Vorschlag unterbreiten.«

»Wie wär's, wenn wir uns morgen vormittag in meinem Büro zusammensetzen?« schlug Russell vor, als die Limousine heranfuhr. »Dann können wir über Ihren Vorschlag reden.«

»Was für einen Vorschlag, zum Donnerwetter?« fragte Armstrong. Sein Chauffeur sprang aus dem Wagen und öffnete ihm die Tür.

»Wir haben den Auftrag und die Vollmacht, Ihnen die Möglichkeit zu bieten, die *New York Tribune* zu erwerben«, sagte der kleinere Mann.

»Wie ich bereits sagte, wäre morgen vormittag...«, versuchte Russell es erneut.

»Kommen Sie in fünfzehn Minuten in mein Apartment im Trump Tower!« sagte Armstrong und stieg in die Limousine. Withers nickte bestätigend, während Russell um den Wagen herumrannte und sich zu seinem Mandanten setzte. Er schlug die Tür zu, drückte auf einen Knopf und schwieg, bis die gläserne Trennwand zwischen ihnen und dem Chauffeur emporgeglitten war.

»Dick, ich kann unter keinen Umständen empfehlen...«, begann der Anwalt.

»Warum nicht?« fragte Armstrong schroff.

»Ganz einfach«, erklärte Russell. »Jeder weiß, daß die *Tribune* mit zweihundert Millionen in der Kreide steht und pro Woche eine Million verliert. Ganz zu schweigen davon, daß sie in einem permanenten Streit mit den Gewerkschaften verstrickt ist. Sie dürfen mir glauben, Dick – niemand ist imstande, diese Zeitung wieder auf die Beine zu bringen.«

»Townsend hat es mit dem *Globe* geschafft«, wandte Armstrong ein. »Sehr zu meinem Schaden.«

»Das war eine ganz andere Situation«, entgegnete Russell, und allmählich schlich sich ein verzweifelter Beiklang in seine Stimme.

»Und ich wette, das schafft der Mistkerl nun auch mit dem *Star*.«

»Aber die wirtschaftliche Basis des *Star* ist sehr viel solider! Nur deshalb habe ich Ihnen überhaupt erst geraten, ein Übernahmeangebot zu machen.«

»Ja, und das ist gründlich in die Hose gegangen«, brummte Armstrong. »Ich wüßte jedenfalls keinen Grund, weshalb wir die Herren nicht wenigstens anhören sollten.«

Die Limousine hielt vor dem Trump Tower. Die beiden Anwälte aus Chicago warteten bereits vor dem Eingang. »Wie konnten die Burschen so schnell hier sein?« wunderte sich Armstrong und stemmte sich aus dem Wagen auf den Bürgersteig.

»Ich vermute, sie sind zu Fuß gegangen«, meinte Russell.

»Kommen Sie«, forderte Armstrong die beiden Herren auf, während er zu den Fahrstühlen marschierte. Niemand sprach ein

Wort, bis sie das Penthouse-Apartment erreicht hatten. Armstrong erkundigte sich nicht, ob die Herren ihre Mäntel ablegen oder sich setzen wollten, und bot ihnen auch keine Drinks an. »Mein Anwalt hat mich gewarnt, daß Ihre Zeitung bankrott ist und daß es unklug von mir wäre, auch nur mit Ihnen zu reden.«

»Mr. Critchleys Rat mag sich als richtig erweisen. Aber das ändert nichts an der Tatsache, daß die *Tribune* die einzige Konkurrenz des *New York Star* ist«, gab Withers zu bedenken, der offenbar den Sprecher machte. »Und ungeachtet ihrer derzeitigen Probleme hat die *Tribune* immer noch einen weit höheren Umsatz als der *Star.*«

»Aber nur, wenn sie überhaupt auf die Straße kommt«, warf Russell ein.

Withers nickte. Er sagte zwar nichts, hegte jedoch die offensichtliche Hoffnung, daß sie zu einer weiteren Frage übergehen würden.

»Und stimmt es, daß die Zeitung zweihundert Millionen Dollar Schulden hat?« fragte Armstrong.

»Zweihundertundsieben Millionen, um genau zu sein«, berichtigte Withers.

»Und sie setzt wöchentlich mehr als eine Million Dollar in den Sand?«

»Ungefähr eine Million dreihunderttausend.«

»Und die Gewerkschaften haben Sie an den Eiern gepackt?«

»Nun ja, in Chicago würde man sagen, die Gewerkschaften haben uns nicht an den Eiern gepackt, sondern schon fest zugedrückt, Mr. Armstrong. Genau das ist der Grund, weshalb wir uns an Sie wenden. Im Gegensatz zu Ihnen haben meine Mandanten keine große Erfahrung im Umgang mit Gewerkschaften.«

Russell hoffte, daß seinem Mandanten klar war, daß Withers nur zu gern den Namen Armstrong gegen Townsend ausgetauscht hätte, wäre die Wahl vor einer knappen Stunde anders ausgegangen. Während er Dick aufmerksam beobachtete, keimte in Russell die Befürchtung auf, daß sein Mandant drauf und dran war, sich von den beiden Herren aus Chicago über den Leisten ziehen zu lassen.

»Weshalb sollte gerade ich schaffen, was Ihnen in all den Jahren bedauerlicherweise nicht gelungen ist?« Armstrong blickte aus dem Erkerfenster auf das Panorama Manhattans.

»Mein Mandant hat den Kampf gegen die Gewerkschaften aufgegeben. Und daß die Redaktion der *Tribune* sich hier in New York, die Verlagszentrale sowie einige andere Publikationen der Mediengruppe jedoch in Chicago befinden, verbessert die Lage auch nicht gerade. Wir brauchen einen starken Mann, wie Sie es sind. Jemanden, der imstande ist, sich gegen die Gewerkschaften zur Wehr zu setzen, wie Mr. Townsend es in Großbritannien so erfolgreich praktiziert hat.«

Russell wartete auf Armstrongs Reaktion. Er war sicher, daß sein Mandant sich von so plumpen Schmeichelei nicht betören ließ. Bestimmt würde er die beiden Kerle jetzt hinauswerfen.

»Und wenn ich nicht kaufe, was bleibt Ihnen dann noch für eine Wahl?« fragte Armstrong.

Russell beugte sich im Sessel vor, preßte den Kopf zwischen die Hände und seufzte laut.

»Dann können wir nur noch die Hoffnung und damit die Zeitung aufgeben und müssen tatenlos zusehen, wie Townsend sein Monopol in dieser Stadt ausschlachtet.«

Armstrong schwieg, starrte jedoch weiterhin die beiden Fremden an, die ihre Mäntel immer noch nicht abgelegt hatten.

»Wieviel erwarten Sie, für die Zeitung zu bekommen?«

»Wir sind für jedes Angebot offen.«

»Das kann ich mir denken«, brummte Armstrong.

Russell hätte Dick gern hypnotisiert, den Männern ein Angebot zu machen, das sie ausschlagen *mußten*.

»Na gut.« Armstrong wich dem ungläubigen Blick seines Anwalts aus. »Also, mein Angebot: Ich kaufe Ihnen die Zeitung für fünfundzwanzig Cent ab, den derzeitigen Stückpreis für ein Exemplar.« Er lachte laut. Die Chicagoer Anwälte lächelten zum erstenmal, und Russell vergrub das Gesicht noch tiefer in den Händen.

»Aber die Schulden über zweihundertundsieben Millionen Dollar werden Sie weiterhin in Ihrer eigenen Bilanz führen. Und solange Sie nicht bereit sind, rigorose Einsparungsmaßnahmen vorzunehmen, gehen die täglichen Verluste nach wie vor zu Ihren Lasten.« Er drehte sich zu Russell um. »Bitte, bieten Sie unseren beiden Freunden einen Drink an, bei dem sie sich meinen Vorschlag durch den Kopf gehen lassen können.«

Armstrong fragte sich, wie lange es dauern würde, bis seine

Besucher zu feilschen anfingen. Er konnte ja nicht wissen, daß Mr. Withers' Auftrag lautete, die Zeitung für einen Dollar zu verkaufen. Der Anwalt würde seinen Mandanten also berichten müssen, daß sie bei dem Handel fünfundsiebzig Cent verloren hatten.

»Wir werden nach Chicago zurückkehren, um uns mit dem Vorstand zu beraten«, war alles, was Withers sagte.

Sobald die beiden Anwälte gegangen waren, verbrachte Russell den Rest des Nachmittags damit, seinen Mandanten zu überzeugen, welch ein Fehler es wäre, die *Tribune* zu kaufen, egal zu welchen Bedingungen.

Als Armstrong um achtzehn Uhr den Trump Tower verließ – nach dem längsten und ausgiebigsten Lunch seines Lebens –, hatten sie sich darauf geeinigt, doch lieber die Finger von der Sache zu lassen, ganz gleich, welche Reaktion aus Chicago kommen sollte.

Withers rief am nächsten Morgen an, um Bescheid zu geben, daß seine Mandanten mit dem Angebot einverstanden wären, als Armstrong ihm mitteilte, daß er es sich anders überlegt habe.

»Besichtigen Sie doch erst einmal das Verlagsgebäude, bevor Sie sich endgültig entschließen«, schlug Withers vor.

Armstrong fand, daß ein Besuch nichts schaden konnte, ja, daß es ihm sogar das Nein erleichtern würde. Russell bestand darauf, Dick zu begleiten; sobald sie sich das Gebäude angesehen hatten, würde er in Chicago anrufen und sein Desinteresse bekunden.

Vor dem Gebäude der *New York Tribune* angelangt, stellte Armstrong sich auf den Bürgersteig und blickte den Art-deco-Wolkenkratzer empor. Es war Liebe auf den ersten Blick. Im Foyer, vor der Erdkugel mit mehr als fünf Meter Durchmesser, auf der die Entfernungen zu den Hauptstädten der Welt in Meilen angegeben waren – darunter die nach London, Moskau und Jerusalem –, machte Dick seinen Antrag. Und als die gesamte Belegschaft der *Tribune*, die sich in die Eingangshalle gedrängt hatte, um Armstrong zu begrüßen, in Jubel ausbrach, war die Heirat vollzogen. Sosehr Dicks Trauzeuge auch versuchte, ihm die Ehe auszureden, er konnte die Unterzeichnungszeremonie nicht verhindern.

Sechs Wochen später war Armstrong Eigentümer der *New York Tribune*. An diesem Nachmittag verkündete die Schlagzeile der Titelseite den New Yorkern: »DICK SCHLÄGT ZU!«

Townsend erfuhr von Armstrongs Angebot, die *Tribune* für fünfundzwanzig Cent zu kaufen, in der *Today*-Show, als er gerade unter die Dusche steigen wollte. Er hielt inne und starrte auf seinen Konkurrenten, der eine rote Baseballmütze mit der Aufschrift *The N.Y. Tribune* trug.

»Ich werde dafür sorgen, daß New Yorks größte Zeitung weiterhin auf den Straßen bleibt«, sagte Armstrong zu Barbara Walters, »was immer es mich kosten wird.«

»Der *Star ist* bereits auf den Straßen«, sagte Townsend, als würde Armstrong sich im Zimmer befinden.

»Denn ich möchte, daß die besten Journalisten Amerikas ihre Jobs behalten.«

»Die arbeiten bereits für den *Star.*«

»Und wenn ich Glück habe, mache ich vielleicht sogar ein bißchen Gewinn«, fügte Armstrong lachend hinzu.

»Da mußt du aber schon verdammt viel Glück haben«, murmelte Townsend. »Frag ihn jetzt, was er gegen die Gewerkschaften unternehmen will«, fügte er hinzu und starrte Barbara Walters wie hypnotisierend an.

»Aber werden durch den viel zu hohen Personalstand keine Schwierigkeiten entstehen? Dieses Problem macht der *Tribune* bereits seit drei Jahrzehnten zu schaffen.«

Townsend ließ das Wasser laufen, während er auf Dicks Antwort wartete. »Das mag bisher ja der Fall gewesen sein, Barbara«, antwortete Armstrong. »Aber ich habe es allen betreffenden Gewerkschaften mehr als deutlich gemacht, daß mir keine andere Wahl bleibt, als die Zeitung ein für allemal zu schließen, falls sie die von mir erwähnten Personalkürzungen nicht akzeptieren.«

»Wieviel Zeit wirst du ihnen geben?« fragte Townsend.

»Und wie lange sind Sie bereit, weiterhin über eine Million Dollar pro Woche zu verlieren, ehe Sie Ihre Drohung wahr machen?«

Townsend blickte unverwandt auf den Bildschirm.

»Bei den Gesprächen mit den Gewerkschaftsführern habe ich meine Haltung in dieser Frage sehr, sehr deutlich gemacht«, stellte Armstrong selbstsicher fest. »Sechs Wochen im Höchstfall!«

»Dann wünsche ich Ihnen viel Glück, Mr. Armstrong.« Barbara Walters blickte ihn an. »Und ich würde sagen, wir sehen uns in sechs Wochen hier wieder.«

»Das ist eine Einladung, die ich gern annehme, Barbara.« Armstrong tippte an den Schirm seiner Baseballmütze. Townsend schaltete das Fernsehgerät aus, schlüpfte aus seinem Bademantel und stieg in die Dusche.

Von diesem Moment an brauchte er keine Detektive mehr, um herauszufinden, was Armstrong vorhatte. Für fünfundzwanzig Cent den Tag – indem er die *Tribune* las – blieb er stets auf dem neuesten Stand. In einer Talkshow meinte Woody Allen, daß es schon eines Flugzeugabsturzes mitten in Queens bedürfe, um Armstrong von der Titelseite der Zeitung zu vertreiben – und selbst dann müßte es eine Concorde sein.

Townsend hatte ebenfalls seine Probleme mit den Gewerkschaften. Als der *Star* bestreikt wurde, verdoppelte sich der Umsatz der *Tribune* über Nacht. Armstrong war nun Dauergast bei allen Fernsehsendern, die ihn haben wollten. Er erzählte den New Yorkern: »Wenn man mit den Gewerkschaften umzugehen versteht, werden Streiks überflüssig.« Die Gewerkschaftsführer erkannten rasch, wie sehr Armstrong es genoß, sich so oft wie möglich auf der Titelseite seiner Zeitung und auf dem Bildschirm zu bewundern, und sie vermuteten nicht zu Unrecht, daß er die *Tribune* nur ungern einstellen oder zugeben würde, daß er versagt hatte.

Als Townsend sich endlich mit den Gewerkschaften einigte, hatte der *Star* bereits zwei Monate nicht mehr erscheinen können und dadurch mehrere Millionen Dollar eingebüßt. Es kostete Townsend viel Zeit und Mühe, den Vertrieb wieder anzukurbeln.

Doch es steigerte auch den Absatz der *Tribune* nicht, daß seine Schlagzeilen den New Yorkern verkündeten: »DICK BEISST IN DEN BIG APPLE« (der Spitzname New Yorks), »DICK TRIFFT FÜR DIE YANKEES INS SCHWARZE« und: »MAGIC DICK WIRFT KORB FÜR DIE NICKS«. Aber das alles wirkte bescheiden im Vergleich zu dem großen Ereignis, als die Truppen aus dem Golfkrieg zurückkamen und New York für die heimkehrenden Helden die gesamte Fifth Avenue entlang eine Konfettiparade veranstaltete. Die Titelseite der *Tribune* zeigte ein beinahe ganzseitiges Bild Armstrongs, wie er auf dem Podium zwischen General Schwarzkopf und Bürgermeister Dinkins stand. Die Story auf der Innenseite berichtete in allen Einzelheiten über dieses denkwürdige Ereignis, und auf nicht weniger als vier verschiedenen Seiten konnte man nachlesen, daß Captain Armstrong Träger des Militärverdienstkreuzes war.

Doch als die Wochen ins Land zogen, fand Townsend, so oft er durch die Seiten der *Tribune* blätterte, nie irgendwo etwas darüber, daß Armstrong eine Einigung mit der Druckergewerkschaft erzielt hätte.

Als Barbara Walters, wie angekündigt, Dick sechs Wochen später erneut in ihre Show einlud, teilte Armstrongs PR-Manager ihr mit, daß sein Boß nichts lieber getan hätte, als in der Show aufzutreten; bedauerlicherweise aber halte er sich gerade zu diesem Zeitpunkt in London auf, um an einer Vorstandssitzung der Muttergesellschaft teilzunehmen.

Das zumindest stimmte – aber nur, weil Peter Wakeham Dick angerufen und gewarnt hatte, daß Sir Paul sich auf dem Kriegspfad befand und wissen wollte, wie lange Armstrong die *New York Tribune* eigentlich noch ›durchfüttern‹ wollte, wo die Zeitung immer noch Woche für Woche mehr als eine Million Dollar Verlust machte.

»Was bildet der Kerl sich eigentlich ein?« brauste Armstrong auf. »Wem verdankt er es denn, daß er immer noch Vorstandsvorsitzender ist?«

»Ich bin ja völlig deiner Meinung«, versicherte ihm Peter, »aber ich dachte, du solltest wissen, was er herumerzählt.«

»Dann wird mir wohl nichts anderes übrigbleiben, als nach Hause zu fliegen und Sir Paul einiges klarzumachen, nicht wahr?«

Der weiße BMW hielt kurz vor zehn Uhr dreißig vor dem Bezirksgericht in Lower Manhattan. Townsend stieg in Begleitung seines Anwalts aus und eilte die Freitreppe hinauf.

Tom Spencer war bereits am Tag zuvor hier gewesen, hatte sich um sämtliche Formalitäten gekümmert und wußte deshalb genau, wohin sein Mandant sich in diesem Labyrinth aus Korridoren begeben mußte. Gleich nach Betreten des Gerichtssaals zwängten sie sich auf eine der überfüllten hinteren Stuhlreihen und warteten geduldig. Der Saal war gedrängt voll mit Leuten, die sich in den verschiedensten Sprachen unterhielten. Townsend und Tom saßen stumm zwischen zwei Kubanern, und in Keith stiegen Zweifel auf, ob er die richtige Entscheidung getroffen hatte. Tom hatte ihm immer wieder in den Ohren gelegen, daß ihm gar keine andere Wahl bliebe, wollte er sein Imperium vergrößern, doch Keith wußte, daß er von seinen Landsleuten – ganz zu schweigen vom britischen Establishment – ätzende Kritik zu erwarten hatte. Aber wie sollte er ihnen auch erklären, daß er durch und durch Australier war und blieb und daß nichts auf der Welt etwas daran ändern konnte, nicht einmal ein amerikanischer Paß?

Zwanzig Minuten später betrat ein Richter in langem schwarzem Talar den Saal. Alle Anwesenden erhoben sich. Als der Richter Platz genommen hatte, trat der für Einwanderungsfragen zuständige Beamte vor und sagte: »Euer Ehren, darf ich um die Erlaubnis bitten, Ihnen einhundertundzweiundsiebzig Immigranten vorzustellen, die Bürger der Vereinigten Staaten von Amerika werden möchten.«

»Sind die gesetzlichen Voraussetzungen bei allen Bewerbern erfüllt?«

»Jawohl, Euer Ehren«, antwortete der Beamte.

»Dann mögen sie den Treueid leisten.«

Townsend und einhunderteinundsiebzig zukünftige amerikanische Staatsbürger sprachen einstimmig die Worte, die Keith im Wagen auf dem Weg zum Gericht zum erstenmal gelesen hatte.

> »Ich erkläre hiermit unter Eid, daß ich jeglicher Untertanenpflicht und Treue gegenüber dem ausländischen Fürsten, Potentaten, Staat oder Herrschaftsbereich, dessen Untertan oder Bürger ich bisher war, absolut und vollkommen entsage; daß ich die Verfassung und Gesetze der Vereinigten Staaten von Amerika achten und gegen alle Feinde von außen und innen verteidigen werde; daß ich ihnen gegenüber wahre Treue und Loyalität walten lasse; daß ich für die Vereinigten Staaten zu den Waffen greifen werde, wenn das Gesetz es verlangt; daß ich Zivildienst in den Streitkräften der Vereinigten Staaten leisten werde, wenn das Gesetz es verlangt; und daß ich dieser Verpflichtung vorbehaltlos im Denken und Handeln nachkommen werde: So wahr mir Gott helfe.«

Der Richter lächelte zu den glücklichen Gesichtern hinunter. »Lassen Sie mich der erste sein, der Sie als vollwertige Staatsbürger der Vereinigten Staaten von Amerika willkommen heißt.«

Als die Glocke elf Uhr schlug, hüstelte Sir Paul Maitland und erklärte, daß es an der Zeit sei, die Sitzung zu eröffnen. »Ich möchte damit beginnen, unseren Geschäftsführer willkommen zu heißen, der aus New York hierher geflogen ist.« Er blickte nach rechts. Beifälliges Gemurmel erhob sich am Vorstandstisch. »Aber ich würde meiner Sorgepflicht als Vorsitzender nicht nachkommen, würde ich einige besorgniserregende Berichte aus dieser Stadt nicht zur Sprache bringen.«

Das Gemurmel setzte wieder ein – diesmal lauter als zuvor.

»Wir haben Sie unterstützt, Dick, als Sie die *New York Tribune* für fünfundzwanzig Cent gekauft haben, ohne das Einverständnis des Vorstands einzuholen«, fuhr Sir Paul fort. »Seither ist jedoch einige Zeit vergangen, und wir würden gern wissen, wie lange Sie noch bereit sind, Verluste in Höhe von nahezu anderthalb Millionen Dollar die Woche hinzunehmen. Denn unsere derzeitige Lage«, er blickte auf eine Reihe von Zahlen auf einem Zettel, der vor ihm lag, »stellt sich so dar, daß die Gewinne unserer Unternehmensgruppe in London gerade noch die Verluste in New York dekken. In wenigen Wochen müssen wir bei der Jahreshauptversammlung unseren Aktionären Rede und Antwort stehen ...«, er blickte die Vorstandsmitglieder am Tisch an, »... und sie werden unsere Methode der Vermögensverwaltung nicht billigen, sofern diese Situation noch länger anhält. Wie Sie alle wissen, ist der Kurs unserer Aktien im vergangenen Monat von drei Pfund zehn auf zwei Pfund siebzig gefallen.« Sir Paul lehnte sich im Stuhl zurück, blickte auf Armstrong und deutete auf diese Weise an, daß er nun bereit war, sich Dicks Erklärung anzuhören.

Armstrong schaute sich bedächtig um. Fast jeder der Anwesenden hatte es ihm zu verdanken, daß er hier an diesem Tisch saß.

»Ich kann dem Vorstand nunmehr mitteilen, Herr Vorsitzender«, begann er, »daß meine Verhandlungen mit den New Yorker Gewerkschaften – die mich viele schlaflose Nächte gekostet haben, wie ich zugeben muß – endlich vor dem Abschluß stehen.« Er machte eine Pause, als einige der Vorstandsmitglieder ein Lächeln wagten.

»Siebenhundertzwanzig Mitglieder der Druckergewerkschaft haben sich inzwischen bereit erklärt, in den vorzeitigen Ruhestand zu gehen oder eine Abfindung zu akzeptieren. Das werde ich bekanntgeben, sobald ich wieder in New York bin.«

»Aber nach Schätzungen des *Wall Street Journal* ...« Sir Paul verwies auf einen Artikel, den er aus seiner Aktentasche gezogen hatte, »... müssen wir den Personalstand noch um weitere tausend bis fünfzehnhundert Mitarbeiter verringern.«

»Was wissen diese Burschen in ihren luxuriösen Büros mit Klimaanlage denn schon?« entgegnete Armstrong. »*Ich* bin derjenige, der mit diesen Leuten direkt zu tun hat!«

»Trotzdem ...«

»Die zweite Entlassungswelle wird in den nächsten Wochen folgen«, fuhr Armstrong fort. »Ich bin ziemlich sicher, daß ich die entsprechenden Verhandlungen noch vor der nächsten Vorstandssitzung abgeschlossen habe.«

»Und was meinen Sie, wie viele Wochen es dauern wird, bis wir die positiven Auswirkungen dieser Verhandlungen spüren?«

Armstrong zögerte. »Sechs Wochen. Im Höchstfall acht, Herr Vorsitzender. Selbstverständlich werde ich alles in meiner Macht Stehende tun, um den Vorgang zu beschleunigen.«

»Und wieviel wird dieses letzte Verhandlungspaket unsere Gesellschaft kosten?« fragte Sir Paul und blickte auf ein maschinegeschriebenes Blatt Papier. Armstrong sah, daß er seine Fragen allesamt aufgezeichnet hatte und sie eine nach der anderen abhakte.

»Einen genauen Betrag kann ich im Augenblick nicht nennen, Herr Vorsitzender«, erwiderte Dick.

»Für heute würde ich mich auch mit einem ungefähren Betrag begnügen.«

»Zweihundert Millionen. Höchstenfalls zweihundertdreißig Millionen«, erklärte Armstrong, obwohl seine New Yorker Finanzberater ihn gewarnt hatten, daß dreihundert Millionen wahrscheinlicher wären. Niemand am Tisch sagte etwas, doch einige notierten sich diese Summen.

»Vielleicht ist es Ihrer Aufmerksamkeit entgangen, Herr Vorsitzender«, fügte Armstrong hinzu, »daß das Gebäude der *New York Tribune* auf uns eingetragen ist. Nach niedrigen Schätzungen beträgt sein Wert einhundertfünfzig Millionen Dollar.«

»Als Verlagsgebäude, ja«, wandte Sir Paul ein und blätterte durch eine Glanzpapierbroschüre, die ihm die Chicagoer Anwaltskanzlei Spender, Dickson & Withers zugesandt hatte. »Aber wie ich aus zuverlässiger Quelle erfahren habe, ist das Gebäude nach einer Betriebsschließung im Höchstfall noch fünfzig Millionen wert.«

»Wir schließen den Betrieb nicht«, erklärte Armstrong. »Im Gegenteil, wir werden expandieren.«

»Ich kann nur hoffen, daß Sie recht haben«, sagte Sir Paul leise.

Armstrong schwieg, während der Rest der Tagesordnung Punkt für Punkt durchgegangen wurde. Dick fragte sich, warum er in seiner eigenen Heimat so schlecht behandelt wurde, während man ihn in den Staaten als Held bejubelte. Seine Gedanken richteten sich wieder auf die Tagesordnung, als er Eric Chapman, den Verwaltungsleiter, sagen hörte: »... wir haben derzeit einen hinreichenden Überschuß auf diesem Konto, Herr Vorsitzender.«

»Wie es sich auch gehört«, erwiderte Sir Paul. »Wenn Sie so liebenswürdig wären, uns die genauen Zahlen zu nennen, Mr. Chapman.«

Der Verwaltungsleiter der Gesellschaft bückte sich und hob ein altmodisches, ledergebundenes Hauptbuch auf den Tisch, in dem er bedächtig blätterte. »Der Pensionsfonds«, begann er, »wird durch gemeinsame Einzahlungen finanziert, wie dem Vorstand bekannt ist. Von den Angestellten und Arbeitern werden für den Fonds vier Prozent vom Lohn oder Gehalt einbehalten, und die Geschäftsführung zahlt den gleichen Betrag hinzu. Dieses System basiert auf einer jährlichen Grundlage. Unseren pensionierten Mitarbeitern zahlen wir derzeit vierunddreißig Millionen Pfund, während wir vom aktiven Personal einundfünfzig Millionen hereinbekommen. Dabei ist – zumindest teilweise – einem klugen Anlageprogramm unserer Hausbank zu verdanken, daß der momentane Stand des Kontos knapp über sechshunderteinunddreißig Millionen Pfund liegt, während unsere rechtlichen Verpflichtungen unseren ehemaligen Arbeitern und Angestellten gegenüber sich auf vierhundert Millionen Pfund belaufen.«

»Außerordentlich zufriedenstellend«, freute sich Sir Paul. Armstrong hörte weiterhin angespannt zu.

»In diesen Zusammenhang muß ich den Vorstand darauf hinweisen«, fuhr Chapman fort, »daß ich einen versicherungsmathematischen Rat eingeholt habe. Zwar sieht es auf dem Papier so aus, als hätten wir einen hohen Überschuß, aber nach Meinung der Experten ist es angesichts der ständig steigenden Lebenserwartung nicht mehr als eine unbedingt erforderliche Rücklage.«

»Wir verstehen, was Sie meinen«, versicherte Sir Paul. »Noch weitere Punkte?«

Niemand meldete sich zu Wort. Die Direktoren machten sich daran, ihre Kugelschreiber einzustecken, Ordner zu schließen und Aktentaschen zu öffnen.

»Gut«, sagte Sir Paul. »Dann erkläre ich die Sitzung für geschlossen. Wir können uns nun zum Lunch begeben.«

Als sie den Konferenzraum verließen und den Speisesaal betraten, übernahm Armstrong die Führung. Er marschierte geradewegs zum Kopf des Tisches, setzte sich und stürzte sich auf den ersten Gang, noch ehe jemand anders Platz genommen hatte. Als Eric Chapman den Saal betrat, winkte Armstrong ihm zu und bedeutete ihm, er solle sich zu seiner Rechten setzen, während Peter Wakeham den Stuhl links von Dick nahm. Sir Paul fand in der Mitte der rechten Tischseite noch einen freien Platz.

Armstrong ließ den Sermon des Verwaltungsleiters über seine Erfolge auf dem Golfplatz, die Schwächen der Regierung und die zurückhaltende Investitionsbereitschaft der Wirtschaft über sich ergehen. Dick interessierte sich auch nicht sonderlich für Chapmans Ansichten über Nick Faldo, Neil Kinnock oder Alan Walters. Doch als Chapman auf sein Lieblingsthema zu sprechen kam, den Pensionsfonds, ließ Armstrong sich kein einziges Wort entgehen.

»Um ehrlich zu sein, Dick, sind Sie es, dem wir das alles zu verdanken haben«, gestand Chapman. »Sie haben erkannt, welche Goldmine man uns da übergeben hat. Natürlich gehört sie nicht wirklich uns. Aber in der Bilanz lesen die Überschüsse sich immer gut – ganz zu schweigen von den Berichten der Buchprüfer, die bei der Jahreshauptversammlung vorgelegt werden müssen.«

Nachdem fünf Scheiben Roastbeef auf Armstrongs Teller gehäuft worden waren und Dick sie mit Soße übergossen hatte, wandte er seine Aufmerksamkeit Peter Wakeham zu, der ihm noch immer mit der gleichen sklavischen Ergebenheit diente wie damals, als sie in Berlin gemeinsam bei der Army gewesen waren.

»Wie wär's, Peter, wenn du auf ein paar Tage zu mir nach New York fliegst?« schlug Armstrong vor, während eine Kellnerin Kartoffeln in seine Beilagenschüssel nachfüllte. »Dann könntest du aus erster Hand erleben, was für einen Druck die Gewerkschaften auf mich ausüben. Und was noch viel wichtiger ist – du könntest dir ein Bild davon machen, welche Fortschritte ich erzielt habe. Und sollte ich aus irgendwelchen Gründen nächsten Monat nicht schon wieder zur Vorstandssitzung nach England fliegen können, kannst du für mich einspringen.«

»Wenn du meinst.« Peter gefiel zwar der Gedanke an einen

Besuch in New York, doch er hoffte sehr, daß Dick selbst an der Sitzung teilnehmen konnte.

»Dann flieg nächsten Montag mit der Concorde«, fuhr Armstrong fort. »Am Montagnachmittag habe ich eine Besprechung mit Sean O'Reilly, einem für die Zeitung wichtigen Gewerkschaftsboß. Ich möchte, daß du mit eigenen Augen siehst, wie ich mit dem Burschen umspringe.«

Nach dem Lunch kehrte Armstrong in sein Büro zurück, wo ihn auf seinem Schreibtisch ein Berg von Post erwartete. Er beachtete die Schreiben gar nicht, sondern griff sogleich nach dem Telefon, um sich mit der Buchhaltung verbinden zu lassen. Als der Hörer abgenommen wurde, sagte er: »Fred, würden Sie so nett sein und mir ein Scheckbuch ausstellen? Ich bin nur ein paar Stunden in England und ...«

»Hier ist nicht Fred, Sir«, berichtigte ihn der Sprecher am anderen Ende der Leitung. »Ich bin Mark Tenby.«

»Dann stellen Sie mich zu Fred durch.«

»Fred ist vor drei Monaten in den Ruhestand getreten, Sir«, erklärte der Mann. »Sir Paul hat mich zum neuen Prokuristen ernannt.«

Armstrong wollte schon erwidern: »Aufgrund welcher Befugnis?«, überlegte es sich dann aber anders. »Gut«, sagte er statt dessen. »Vielleicht würden *Sie* mir dann umgehend ein Scheckbuch heraufschicken? Ich fliege bereits in zwei Stunden in die Staaten zurück.«

»Selbstverständlich, Mr. Armstrong. Soll es auf Sie persönlich oder auf die Gesellschaft ausgestellt sein?«

»Auf das Konto des Pensionsfonds. Ich werde die eine oder andere Investition für die Gesellschaft tätigen, während ich in den Staaten bin.«

Ein längeres Schweigen setzte ein, wie Armstrong es erwartet hatte. »Jawohl, Sir«, sagte der Prokurist schließlich. »Aber Ihnen ist gewiß bekannt, daß Sie für dieses Konto die Unterschrift eines zweiten Direktors benötigen. Außerdem muß ich Sie daran erinnern, Mr. Armstrong, daß es gegen unsere Statuten verstößt, Gelder aus dem Pensionsfonds in eine Gesellschaft zu investieren, bei der wir bereits Mehrheitsaktionäre sind.«

»Ich brauche keine Lektion über unser Unternehmensrecht von Ihnen, junger Mann!« brüllte Armstrong und schmetterte den

Hörer auf die Gabel. »So ein unverschämter Fatzke!« sagte er ins leere Büro. »Was glaubt der Kerl eigentlich, wer sein Gehalt bezahlt?«

Sobald das Scheckbuch heraufgeschickt worden war, ließ Armstrong die Post liegen, die er lustlos durchgesehen hatte, verließ sein Büro, ohne sich auch nur von Pamela zu verabschieden, nahm den Lift zum Dach und befahl seinem Hubschrauberpiloten, ihn nach Heathrow zu bringen. Als er auf London hinunterblickte, empfand er keine Spur von Zuneigung, wie es in New York stets der Fall war.

Zwanzig Minuten später landete Armstrong am Flughafen Heathrow und begab sich rasch zur Executive Lounge. Während er darauf wartete, daß sein Flug aufgerufen wurde, kam ein Amerikaner zu ihm – später einer zweiter –, die ihm die Hand schüttelten und sich dafür bedankten, was er »für die Bürger von New York tat«. Armstrong lächelte und fragte sich, welchen Verlauf sein Leben wohl genommen hätte, wenn das Schiff, auf dem er vor so vielen Jahren den Nazis entkommen war, nicht Liverpool angelaufen hätte, sondern Ellis Island.

Sein Flug wurde aufgerufen, und er nahm vorn in der Maschine Platz. Nach einer unbefriedigenden Mahlzeit döste er zwei Stunden mit mehreren Unterbrechungen. Je näher er der Ostküste der Vereinigten Staaten kam, desto zuversichtlicher wurde Dick, daß er es doch noch schaffen würde. Heute in einem Jahr würde die *Tribune* nicht nur einen höheren Umsatz machen als der *Star* – die Zeitung würde einen Gewinn erwirtschaften, von dem sogar Sir Paul Maitland zugeben mußte, daß Dick ihn ohne Unterstützung erzielte hatte. Und da die Aussicht bestand, daß eine Labour-Regierung an die Macht kam – wer konnte da schon sagen, was er noch alles erreichen würde? Dick kritzelte »Sir Richard Armstrong« auf die Speisekarte. Dann, wenige Sekunden später, strich er es durch und schrieb darunter: »Lord Armstrong of Headley«.

Als die Maschine auf der Landebahn des Kennedy-Flughafens aufsetzte, fühlte Dick sich wieder wie ein junger Mann. Er konnte es kaum erwarten, in sein Büro zu kommen. An der Zollabfertigung deuteten Fluggäste auf ihn, und er hörte leise Ausrufe des Erstaunens und Bemerkungen wie: »Sieh mal, das ist doch Dick Armstrong!« Manche winkten ihm sogar zu. Dick tat, als würde er es nicht bemerken, doch sein zuversichtliches, zufriedenes Lächeln blieb. Seine Limousine wartete bereits auf dem VIP-Parkplatz und brachte ihn rasch in Richtung Manhattan. Dick machte es sich auf dem Rücksitz bequem, machte den Fernseher an und schaltete von Programm zu Programm, bis ihn schließlich ein bekanntes Gesicht innehalten ließ.

»Ich halte die Zeit für gekommen, mich zurückzuziehen und ganz auf die Arbeit für meine Stiftung zu konzentrieren«, erklärte Henry Sinclair, der Vorstandsvorsitzende von Multi Media, des größten Medienimperiums der Welt. Armstrong hörte zu und fragte sich, zu welchem Preis Sinclair wohl verkaufen würde, als die Limousine vor dem Gebäude der *Tribune* hielt.

Armstrong stemmte sich aus dem Wagen und überquerte den Bürgersteig. Nachdem er sich durch die Drehtür geschoben hatte, applaudierten die Leute im Foyer, bis Dick im Fahrstuhl verschwunden war. Er lächelte seine Bewunderer an, als gäbe es überall dort, wo er sich sehen ließ, Beifallsbekundungen. Ein Gewerkschaftsfunktionär beobachtete, wie die Fahrstuhltür sich schloß. Er fragte sich, ob Armstrong je herausfinden würde, daß sämtliche Gewerkschaftsmitglieder die Anweisung hatten, zu applaudieren, wann und wo immer Dick erschien. »Behandelt ihn, als wäre er der Präsident. Dann wird er bald glauben, er *sei* der Präsident«, hatte Sean O'Reilly den Gewerkschaftern auf Massenversammlungen geraten. »Applaudiert so lange, bis ihm das Geld ausgeht.«

In jedem Stockwerk, auf dem die Fahrstuhltür sich öffnete, brandete aufs neue der Applaus auf. Als Armstrong die einundzwanzigste Etage erreichte, wartete seine Sekretärin vor der Tür des Lifts. »Willkommen zu Hause, Sir«, begrüßte sie ihn.

»Sie haben recht«, erwiderte Armstrong und stieg aus. »Hier bin ich wirklich zu Hause. Ich wollte, ich wäre in Amerika geboren. Dann wäre ich inzwischen Präsident.«

»Mr. Critchley ist ein paar Minuten vor Ihnen eingetroffen, Sir. Er wartet in Ihrem Büro«, informierte ihn die Sekretärin, als sie über den Flur schritten.

»Gut«, erwiderte Armstrong und betrat den größten Raum im Gebäude. »Schön, Sie wiederzusehen, Russell«, sagte er, als sein Anwalt sich erhob, um Dick zu begrüßen. »Haben Sie inzwischen das Problem mit den Gewerkschaften für mich gelöst?«

»Ich fürchte nein, Dick.« Die Männer schüttelten einander die

Hände. »Offen gestanden, habe ich keine gute Neuigkeiten. Wir müssen noch einmal von vorn anfangen.«

»Was soll das heißen, noch einmal von vorn anfangen?« fragte Armstrong.

»Während Sie in England waren, haben die Gewerkschaften Ihren Vorschlag abgelehnt, ihnen zweihundertunddreißig Millionen Pauschalabfindung zu zahlen. Sie verlangen jetzt dreihundertundsiebzig Millionen.«

Armstrong ließ sich in seinen Sessel fallen. »Ich brauche nur ein paar Tage fort zu sein, und schon lassen Sie alles den Bach runtergehen!« donnerte er. Er blickte zur Tür, durch die soeben seine Sekretärin kam. Sie legte ihm die erste Ausgabe der *Tribune* auf den Schreibtisch. Er warf einen Blick auf die Schlagzeile: »WILLKOMMEN DAHEIM, DICK!«

New York Tribune

4. Februar 1991

Captain Dick hat das Kommando

»Armstrong hat ein Angebot über zwei Milliarden Dollar für Multi Media unterbreitet«, sagte Townsend.

»Wa-as? Der Mann verhält sich ja wie ein Despot, der nur deshalb einen Krieg erklärt, weil er nicht möchte, daß seine Untertanen von den Problemen in der Heimat Wind bekommen«, meinte Tom.

»Und diesen Krieg kann Armstrong nicht gewinnen. Nachdem ich mir übers Wochenende die Zahlen durchgesehen habe, wage ich zu behaupten, daß sein Feldzug in einer weiteren Katastrophe endet – falls es ihm überhaupt gelingt, zwei Milliarden Dollar aufzutreiben.«

»Multi Media ist viel mehr wert als zwei Milliarden. Ihre Zeitungen sind landesweit im Handel, von Maine bis New Mexico. Dazu kommen neun Fernsehsender sowie die *TV News*, die auflagenstärkste Zeitschrift der Welt. Allein ihr Umsatz hat im vergangenen Jahr eine Milliarde Dollar erreicht, und das Gesamtunternehmen hat einen Gewinn von mehr als einhundert Millionen Dollar erwirtschaftet. Die Multi Media ist ein wahrer Goldesel.«

»Für den Sinclair als Gegenwert vermutlich das Tischlein-deckdich erwartet«, gab Tom zu bedenken. »Ich kann mir nicht vorstellen, wie Armstrong darauf hoffen kann, bei einem Kaufpreis von zwei Milliarden Profit zu machen – erst recht, wenn er riesige Kredite aufnehmen muß, um sich das Kapital zu beschaffen.«

»Ganz einfach – indem er weitere liquide Mittel erwirtschaftet«, erwiderte Townsend. »Multi Media läuft ja seit Jahren sozusagen wie von selbst. Um an die notwendigen Aktiva zu kommen, würde ich beispielsweise einige nicht so einträgliche Tochtergesellschaften abstoßen und den Veräußerungserlös in gewinnbringendere Unternehmen investieren. Mit einem solchen Konzept könnte man auch private Kapitalanleger für diese Transaktion gewinnen.«

»Aber Sie müssen sich momentan um mehr als genug andere Dinge kümmern, als daß Sie an eine weitere Übernahme denken könnten«, mahnte Tom. »Sie haben eben erst den Streik beim *New York Star* beigelegt. Und vergessen Sie nicht, daß die Bank Ihnen geraten hat, erst einmal abzuwarten, bis Ihre wirtschaftliche Lage gefestigt ist.«

»Sie wissen, was ich von Bankern halte«, brummte Townsend. »Der *Globe*, der *Star* und meine sämtlichen australischen Unternehmen machen Gewinn, und eine Gelegenheit wie diese bekomme ich vielleicht nie wieder. Das werden Sie doch einsehen, Tom – auch wenn die Bank es anders sieht.«

Tom schwieg eine Weile. Er bewunderte Townsends Elan und Innovationsgeist, doch gegenüber der Multi Media waren alle seine bisherigen Unternehmen kleine Fische. Und so sehr er sich bemühte und immer wieder nachrechnete – am Ergebnis änderte sich nichts. »Ich könnte mir nur eine Möglichkeit vorstellen, wie es sich vielleicht machen ließe«, sagte er schließlich.

»Und die wäre?« fragte Townsend.

»Indem wir Sinclair Vorzugsaktien anbieten – unser Aktienkapital im Austausch für seines.«

»Aber das wäre lediglich eine gegenläufige Übernahme. Darauf würde er sich nie einlassen. Erst recht nicht, wenn Armstrong ihm bereits zwei Milliarden in liquiden Mitteln angeboten hat.«

»Wenn er das getan hat, weiß Gott allein, wo er das Geld hernimmt«, sagte Tom. »Wie wär's, wenn ich mal mit den Media-Anwälten spreche? Vielleicht kann ich dabei herausfinden, ob Armstrong ihnen wirklich ein Barangebot gemacht hat.«

»Nein, das wäre nicht die richtige Vorgehensweise. Vergessen Sie nicht, daß Sinclair der Alleineigentümer der gesamten Gesellschaft ist. Deshalb erscheint es mir angebrachter, direkt mit ihm persönlich zu verhandeln. Genau das hat Armstrong wahrscheinlich auch getan.«

»Aber so gehen Sie normalerweise doch gar nicht vor.«

»Natürlich nicht. Ich hatte ja auch seit langer Zeit nicht mehr die Gelegenheit, mit jemandem zu verhandeln, der alleiniger Besitzer eines Unternehmens ist.«

Tom zuckte die Schultern. »Und was wissen Sie über Sinclair?«

»Er ist siebzig«, sagte Townsend, »deshalb zieht er sich ja auch zurück, nachdem er die größte in Privatbesitz befindliche Mediengesellschaft der Welt aufgebaut hat. Während der Präsidentschaftszeit seines Freundes Nixon war Sinclair Botschafter in Großbritannien. Nebenbei betätigte er sich als Kunstsammler. Inzwischen hortet er in seinem feudalen Landsitz mehr Impressionisten als die Nationalgalerie. Außerdem ist er Vorsitzender einer karitativen Organisation, die sich um die Förderung begabter, aber unbemittelter Studenten kümmert. Und irgendwie findet der Mann sogar noch Zeit, Golf zu spielen.«

»Und was, glauben Sie, weiß Sinclair über Sie?«

»Daß ich gebürtiger Australier bin, die zweitgrößte Mediengesellschaft der Welt leite, Nolan lieber mag als Renoir und nicht Golf spiele.«

»Und wie wollen Sie bei ihm vorgehen?«

»Indem ich direkt zur Sache komme und ihm ein Angebot mache. Dann brauche ich mir jedenfalls nicht jahrelang die Frage stellen, ob ich es vielleicht geschafft hätte.« Townsend blickte seinen Anwalt an, doch Tom schwieg.

Townsend griff nach dem Telefon. »Heather, verbinden Sie mich mit der Zentrale der Multi Media in Colorado. Sobald Sie dort jemanden am Apparat haben, stellen Sie zu mir durch.« Er legte auf.

»Glauben Sie wirklich, Armstrong hat Sinclair ein Angebot über zwei Milliarden gemacht?« fragte Tom.

Townsend dachte lange über diese Frage nach; dann sagte er: »Ja.«

»Aber aus welcher Quelle will Armstrong diese Wahnsinnssumme nehmen?«

»Aus der Quelle, aus der er das Geld zur Abfindung der Gewerkschaften genommen hat, würde ich sagen.«

»Und wieviel werden Sie Sinclair bieten?«

Der Apparat auf dem Schreibtisch klingelte, ehe Townsend antworten konnte.

»Spreche ich mit Multi Media?«

»Ja, Sir«, antwortete eine tiefe Stimme mit unüberhörbarem Südstaatenakzent.

»Ich bin Keith Townsend. Ich würde gern mit Mr. Sinclair sprechen.«

»Kennt Botschafter Sinclair Sie, Sir?«

»Ich hoffe es, sonst würde ich nur meine Zeit vergeuden.«

»Ich verbinde Sie mit seinem Büro.«

Townsend bedeutete seinem Anwalt, am Nebenanschluß mitzuhören. Tom griff nach dem Apparat auf dem Tischchen beim Fenster.

»Botschafter Sinclairs Büro«, meldete sich auch diesmal eine Südstaatenstimme.

»Hier Keith Townsend. Ich würde gern mit Mr. Sinclair sprechen.«

»Der Herr Botschafter ist auf seiner Ranch, Mr. Townsend, und wird sich in etwa zwanzig Minuten zum Country Club begeben, um dort seine wöchentlichen Golfstunde zu spielen. Aber ich werde versuchen, ihn vorher noch zu erreichen.«

Tom legte die Hand auf die Sprechmuschel und sagte leise: »Sprechen Sie ihn mit ›Herr Botschafter‹ an. Offenbar tun das alle.«

Townsend nickte. In diesem Moment erklangen die Worte: »Guten Morgen, Mr. Townsend. Hier Henry Sinclair. Was kann ich für Sie tun?«

»Guten Morgen, Herr Botschafter«, erwiderte Townsend und bemühte sich um Gelassenheit. »Ich würde gern persönlich mit Ihnen sprechen, um nicht unnötig Zeit mit Rechtsberatern zu vergeuden.«

»Ganz zu schweigen von unnötigen Ausgaben«, meinte Sinclair. »Worüber möchten Sie denn persönlich mit mir reden, Mr. Townsend?«

Für einen Augenblick wünschte sich Townsend, er hätte sich etwas mehr Zeit genommen, die Vorgehensweise mit Tom zu besprechen.

»Ich möchte Ihnen ein Angebot für die Multi Media unterbreiten«, antwortete er schließlich, »und es erschien mir vernünftig, mich direkt an Sie zu wenden.«

»Das weiß ich zu schätzen, Mr. Townsend«, entgegnete Sinclair. »Aber Sie müssen wissen, daß mir Mr. Armstrong – mit dem Sie, wie ich glaube, bekannt sind – bereits ein Angebot gemacht hat, das ich abgelehnt hatte.«

»Das weiß ich, Herr Botschafter«, behauptete Townsend und fragte sich, wieviel Armstrong ihm wirklich geboten hatte. Er machte eine Pause, blickte jedoch nicht in Toms Richtung.

»Dürfte ich mich erkundigen, welche Summe Ihnen vorschwebt, Mr. Townsend?«

Als Keith antwortete, hätte Tom beinahe den Hörer auf den Boden fallen lassen.

»Und wie beabsichtigen Sie, die Finanzierung zu regeln?« fragte Sinclair.

»In bar«, erwiderte Townsend ohne die geringste Ahnung, woher er das Geld nehmen sollte.

»Wenn Sie innerhalb von dreißig Tagen mit diesem Betrag in bar aufwarten können, sind wir im Geschäft. In diesem Fall würde ich Sie ersuchen, so freundlich zu sein, Ihre Anwälte zu beauftragen, sich mit meinen Rechtsvertretern in Verbindung zu setzen.«

»Und die Namen Ihrer Anwälte ...?«

»Verzeihen Sie, daß ich dieses Gespräch nun beenden muß, Mr. Townsend, aber ich werde in zehn Minuten auf dem Abschlagplatz erwartet, und mein Golftrainer berechnet für jede angefangene Stunde den Preis einer vollen.«

»Selbstverständlich, Herr Botschafter«, versicherte Townsend, der froh war, daß Sinclair seinen fassungslosen Gesichtsausdruck nicht sehen konnte. Er legte auf und blickte Tom an.

»Wissen Sie, was Sie da gerade gemacht haben, Keith?« sagte dieser.

»Das größte Geschäft meines Lebens«, antwortete Townsend.

»Und bei drei Milliarden Dollar möglicherweise auch Ihr letztes«, meinte Tom.

»Ich mache diesen verdammten Zeitungsladen dicht!« brüllte Armstrong und hämmerte die Faust auf die Schreibtischplatte.

Russell Critchley, der einen Schritt hinter seinem Mandanten stand, war der Ansicht, diese Worte würden überzeugender klingen, hätte Sean O'Reilly sie in den letzten drei Monaten nicht tagtäglich gehört.

»Es wird Sie noch viel mehr kosten, wenn Sie es tun«, entgegnete O'Reilly, der Armstrong gegenüberstand, in ruhigem, beinahe gelassenem Tonfall.

»Was soll das schon wieder heißen?« brüllte Armstrong, dessen Stimme sich fast überschlug.

»Daß es vielleicht nichts mehr gibt, was einen Interessenten dann noch zum Kauf reizen könnte.«

»Wollen Sie mir drohen?«

»Na ja, ich würde sagen, Sie könnten es so auslegen.«

Armstrong erhob sich aus seinem Sessel, stemmte die Hände auf den Schreibtisch und lehnte sich vor, bis sein Gesicht sich dicht vor dem des Gewerkschaftsführers befand. Doch O'Reilly zuckte nicht einmal mit der Wimper. »Sie erwarten eine Abfindung von dreihundertzwanzig Millionen, obwohl ich erst gestern abend die Namen von achtzehn Pensionären auf der Anwesenheitsliste fand. Einer davon ist sogar seit über zehn Jahren in Rente!«

»Ich weiß.« O'Reilly nickte. »Die Leute hängen so sehr an diesem Verlag, daß er sie geradezu magisch anzieht.« Er bemühte sich um ein unbewegtes Gesicht.

»Für fünfhundert Dollar die Nacht!« tobte Armstrong. »Das wundert mich nicht!«

»Deshalb biete ich Ihnen ja einen Ausweg an«, erwiderte O'Reilly.

Armstrong verzog das Gesicht, als er auf die letzten Arbeitsblätter blickte. »Und was ist mit Bugs Bunny, Jimmy Carter und O. J. Simpson? Ganz zu schweigen von den achtundvierzig weiteren bekannten Persönlichkeiten, die hier auf der gestrigen Spätschichtliste stehen? Ich wette, diese Aasgeier haben die ganze Nacht nur den Finger gerührt, um während des Kartenspielens ihre Kaffeetasse an die Lippen zu heben! Und Sie erwarten, daß ich bereit bin, Ihnen eine Pauschalabfindung zu bezahlen, wenn diese Namen – einschließlich der von George Bush –, auf der Anwesenheitsliste stehen?«

»Ja. Es ist nur unsere Art, ihm Spenden für seine Wahlkampagne zukommen zu lassen.«

Armstrong blickte Russell und Peter verzweifelt an und hoffte auf ein wenig Unterstützung von ihnen, doch aus unterschiedlichen Gründen öffnete keiner der beiden den Mund. Dick wandte sich wieder O'Reilly zu. »Ich teile Ihnen meine Entscheidung später mit«, brüllte er. »Verschwinden Sie jetzt!«

»Hegen Sie immer noch die Hoffnung, daß die Zeitung heute nacht in den Vertrieb kommt?« fragte O'Reilly mit Unschuldsmiene.

»Ist das schon wieder eine Drohung?« knirschte Armstrong.

»Allerdings«, erwiderte O'Reilly, »denn wenn Ihre Hoffnung sich erfüllen soll, kann ich Ihnen nur dringend raten, den Abfindungsvertrag zu unterzeichnen, ehe die Abendschicht um siebzehn Uhr beginnt. Denn meinen Männern ist es ziemlich egal, ob sie dafür bezahlt werden, daß sie arbeiten oder nicht.«

»Raus!« brüllte Armstrong mit voller Lautstärke.

»Ganz wie Sie meinen, Mr. Armstrong. Sie sind der Boß.« O'Reilly nickte Russell zu und wandte sich zum Gehen.

Als die Tür sich hinter dem Gewerkschaftsführer geschlossen hatte, drehte Armstrong sich zu Peter um. »Jetzt hast du gesehen, womit ich es hier zu tun habe! Was erwarten diese Mistkerle von mir?« Er schrie immer noch.

»Daß Sie den Verlag schließen«, antwortete Russell ruhig, »wie Sie es bereits am ersten Tag der siebten Woche hätten tun sollen. Inzwischen wären sie mit ihren Forderungen weit heruntergegangen.«

»Aber wenn ich Ihrem Rat gefolgt wäre, hätten wir keine Zeitung mehr.«

»Und würden endlich wieder mal ruhig schlafen können.«

»Wenn Sie das wollen, dann können Sie es jetzt«, brummte Armstrong, »denn ich weiß, daß wir mit O'Reilly fertig werden. Er läßt sich breitschlagen, da bin ich mir ganz sicher. Du gibst mir doch recht, Peter?«

Peter Wakeham schwieg, bis Armstrong ihn durchdringend anstarrte; dann nickte er heftig.

»Aber woher wollen Sie weitere dreihundertzwanzig Millionen Dollar nehmen?« fragte Russell.

»Lassen Sie das meine Sorge sein«, antwortete Armstrong.

»Aber meine ist es ebenfalls. Sofort nachdem O'Reilly die Vereinbarung unterzeichnet hat, brauche ich das Geld. Sonst kommt es gleich vor der nächsten Ausgabe erneut zum Streik.«

»Sie bekommen das Geld«, versicherte Armstrong.

»Dick, noch ist es nicht zu spät …«, sagte Russell.

»Führen Sie meine Anweisungen aus, und zwar sofort!« brüllte Armstrong.

Russell nickte widerstrebend und verließ das Büro. Armstrong griff nach dem Telefon, das ihn direkt mit dem Chefredakteur verband. »Barney, eine gute Neuigkeit«, donnerte er. »Es ist mir gelungen, die Gewerkschaften zur Vernunft zu bringen. Wir schließen einen Vergleich zu meinen Bedingungen. Ich will eine Titelseitenstory, die den Sieg des gesunden Menschenverstandes hervorhebt, und einen Leitartikel darüber, daß mir etwas gelungen ist, was noch keiner geschafft hat.«

»Klar, wenn Sie wollen, Boß. Möchten Sie, daß ich die Einzelheiten des Vergleichs aufführe?«

»Vergessen Sie die Einzelheiten. Die Bedingungen sind so kompliziert, daß nicht mal eingefleischte Leser des *Wall Street Journal* sie verstehen könnten. Außerdem wäre es unklug, die Gewerkschaften in Verlegenheit zu bringen«, fügte er hinzu, ehe er den Hörer auflegte.

»Gut gemacht, Dick«, lobte Peter. »Aber ich hatte sowieso nie daran gezweifelt, daß du aus dieser Schlacht als Sieger hervorgehen würdest.«

»Aber nicht ganz ungerupft.« Armstrong zog die oberste Lade seines Schreibtischs heraus.

»Halb so wild, Dick. O'Reilly hat in dem Moment nachgegeben, als du gedroht hast, den Verlag zu schließen. Das hast du großartig gemacht!«

»Peter, ich muß ein paar Schecks unterschrieben haben. Da du – von mir einmal abgesehen – zur Zeit der einzige Direktor des Unternehmens hier in New York bist ...«

»Selbstverständlich. Das mach' ich doch gern«, versicherte Peter.

Armstrong legte das Scheckbuch des Pensionsfonds vor sich auf die Schreibtischplatte und schlug es auf. »Wann fliegst du nach London zurück?« erkundigte er sich, während er Peter winkte, sich in seinen Schreibtischsessel zu setzen.

»Morgen, mit der Concorde«, erwiderte Peter lächelnd.

»Dann wirst du Sir Paul wohl erklären müssen, weshalb ich an der Vorstandssitzung am Mittwoch nicht teilnehmen kann, so gern ich es auch täte. Sag ihm, daß ich ein Abkommen mit ausgezeichneten Bedingungen aushandeln konnte, und daß ich bei der nächsten Vorstandssitzung im kommenden Monat bereits mit einer positiven Bilanz aufwarten kann.« Er legte Peter eine Hand auf die Schulter.

»Mit Vergnügen, Dick. Wie viele von diesen Schecks möchtest du unterschrieben haben?«

»Am besten gleich alle, wenn du schon dabei bist.«

»Das ganze Scheckbuch?« Peter rutschte nervös auf die Sesselkante.

»Ja«, antwortete Armstrong und gab ihm seinen Füllfederhalter. »Die Schecks sind bei mir vollkommen sicher. Schließlich kann niemand sie einlösen, ohne daß ich sie gegenzeichne.«

Peter lachte nervös. Er zögerte mit der ersten Unterschrift, bis Armstrongs Finger Druck auf seine Schulter ausübten.

»Dein Vertrag als stellvertretender Vorsitzender läuft in einigen Wochen aus und muß verlängert werden, nicht wahr?« sagte Armstrong.

Peter unterzeichnete die ersten drei Schecks.

»Und Paul Maitland lebt nicht ewig. Irgend jemand wird seine Nachfolge als Vorstandsvorsitzender antreten müssen.«

Peter unterschrieb weiter.

NACHTAUSGABE

Alles oder nichts

Daily Express

8. Februar 1991

Kabinett entgeht IRA-Bombe im Garten von Downing Street Nr. 10!

»Die Augen waren größer als der Magen«, lautete die Überschrift des Artikels in der *Financial Times*. Sir Paul Maitland, der vor dem Kamin seines Hauses in Epsom saß, und Tom Spencer, der im Pendelverkehr mit dem Zug von Greenwich, Connecticut, nach New York fuhr, lasen beide den Artikel ein zweites Mal, obgleich sie nur die Hälfte davon wirklich interessierte:

> Die Zeitungsmagnaten Keith Townsend und Richard Armstrong haben offenbar beide den klassischen Fehler begangen, einen in Anbetracht ihrer Aktiva viel zu hohen Kredit aufzunehmen. Es hat ganz den Anschein, als wären beide als Fallstudien für zukünftige Studenten der Harvard Business School prädestiniert.
>
> Analysten waren sich stets darin einig, daß es ursprünglich so aussah, Armstrong hätte einen Coup gelandet, als er die *New York Tribune* für nur fünfundzwanzig Cent erstand, während sämtliche Passiva dieser Zeitung zu Lasten der bisherigen Besitzer gingen. Der Coup hätte durchaus erfolgreich verlaufen können, hätte Armstrong seine Drohung wahr gemacht, den Verlag zu schließen, falls die Gewerkschaften nicht binnen sechs Wochen eine bindende Abmachung unterzeichneten. Doch Armstrong versäumte diesen Schritt – und dann verschlimmerte er seinen Fehler noch, indem er eine dermaßen hohe Pauschalabfindung zahlte, daß die Gewerkschaftsbosse ihn nicht mehr »Captain Dick«, sondern »Captain Weihnachtsmann« nannten.
>
> Trotz dieses Vergleichs muß die Zeitung noch immer wöchentliche Verluste von mehr als einer Million Dollar hinnehmen, obwohl eine Abmachung für ein zweites Sozialpaket sowie eine Regelung für den vorzeitigen Ruhestand vor der Unterzeichnung stehen.
>
> Doch angesichts weiterhin steigender Zinsen und in Anbe-

tracht der Tatsache, daß der Einzelpreis von Zeitungen sinkt, kann es nicht lange dauern, bis die Gewinne des *Citizen* und der übrigen Zeitschriften der Armstrong Communications die Verluste ihrer amerikanischen Tochtergesellschaft nicht mehr tragen können.

Mr. Armstrong hat seine Aktionäre noch nicht darüber in Kenntnis gesetzt, wie er die zweite Pauschalabfindung über 320 Millionen Dollar zu finanzieren gedenkt, auf die er sich kürzlich mit den New Yorker Druckergewerkschaften geeinigt hat. Seine einzige Stellungnahme zu dieser Frage findet sich in der *Tribune*: »Da die Gewerkschaften nunmehr die zweite Pauschalabfindung akzeptiert haben, gibt es keinen Grund zur Annahme, daß die Umsatzentwicklung der *Tribune* sich als negativ erweisen sollte.«

Die Wall Street blieb skeptisch gegenüber dieser Behauptung, und die Aktien der Armstrong Communications fielen gestern um weitere neun Pence auf 2 Pfund 42.

Keith Townsends Fehler …

Das Telefon läutete. Sir Paul legte die Zeitung zur Seite, erhob sich aus dem Sessel und ging in sein Arbeitszimmer, um das Gespräch dort zu führen. Als er Eric Chapmans Stimme vernahm, bat er ihn, einen Augenblick zu warten, bis er die Tür geschlossen habe. Was im Grunde unnötig war, da sich außer Sir Paul momentan niemand im Haus aufhielt. Aber wenn man vier Jahre britischer Botschafter in Peking gewesen war, konnte man sich gewisse Dinge nur schwer abgewöhnen.

»Ich glaube, wir sollten uns sofort treffen«, sagte Chapman.

»Wegen des Artikels in der *Financial Times*?« fragte Sir Paul.

»Nein. Ich fürchte, es geht da um eine Sache, die uns noch näher an den Rand des Abgrunds bringt. Aber ich möchte lieber nicht am Telefon darüber reden.«

»Ich verstehe«, erwiderte Sir Paul. »Soll ich Peter Wakeham bitten, ebenfalls zu kommen?«

»Wenn Sie möchten, daß die Sache vertraulich bleibt, lassen Sie's lieber.«

»Sie haben recht«, meinte Sir Paul. »Wo sollen wir uns treffen?«

»Ich könnte nach Epsom kommen und in etwa einer Stunde bei Ihnen sein.«

Tom Spencer überflog die erste Hälfte des Artikels, während sein Zug an Mamaroneck vorüberfuhr. Er konzentrierte sich erst voll darauf, als er zu dem Abschnitt über seinen Mandanten gelangte.

Keith Townsends Fehler bestand in einem übersteigerten Besitzerwunsch, der ihn dazu brachte, die einfachsten geschäftlichen Grundregeln zu mißachten. Jeder Junge, der einen Beutel Murmeln aus Ton gegen eine schillernde Glasmurmel eintauschen möchte, weiß ganz genau, daß er sich seinen Wunsch nicht anmerken lassen darf, und daß er kein Angebot machen sollte. Statt dessen muß er warten, bis der andere von sich aus sagt, was er verlangt. Doch Townsend war offenbar so versessen auf Multi Media, daß seine Gier auf dieses Unternehmen unverkennbar war. Ohne auch nur zu fragen, zu welchem Preis Henry Sinclair die Multi Media veräußert hätte, machte Townsend ihm unaufgefordert ein Angebot von über drei Milliarden Dollar. Dann verschlimmerte er seine Probleme noch, indem er sich einverstanden erklärte, die volle Summe in bar zu bezahlen.

So, wie die Druckergewerkschaften in New York Mr. Armstrong »Captain Weihnachtsmann« nennen, kann Mr. Sinclair nun Mr. Townsend als den Weihnachtsmann betrachten, insbesondere unter Berücksichtigung der Tatsache, daß Sinclair kurz davor stand, das Geschäft mit Armstrong abzuschließen – für zwei Milliarden Dollar, was schon viel zuviel für die Multi Media gewesen wäre, wie man an der Wall Street weiß.

Nachdem Townsend sich mit den Bedingungen einverstanden erklärt hatte, mußte er feststellen, daß es außerordentlich schwierig war, die Mittel binnen der Dreißigtagefrist zu beschaffen, die Mr. Sinclair sich ausbedungen hatte. Und als Townsend das Geld schließlich aufbrachte, hatte er sich auf dermaßen unverschämte Bedingungen eingelassen, daß sich die Rückzahlungsvereinbarungen als das Ende der Global International erweisen könnten. Sein Leben lang war Mr. Townsend ein Spieler. Mit diesem Geschäft hat er bewiesen, daß er bereit ist, alles auf eine Karte zu setzen.

Als die Global gestern ihre Halbjahresprognose bekanntgab, fielen ihre Aktien um weitere acht Pence auf 3 Pfund 19.

Zu allen Problemen, denen die beiden Zeitungsmagnaten sich derzeit gegenübersehen, kommen noch die steigenden

Papierpreise und der niedrige Wechselkurs des Dollar gegenüber dem Pfund. Falls die Verkettung dieser Umstände noch einige Zeit bestehen bleibt, werden selbst die Euter der Bargeldkühe dieser beiden Pressezare bald trocken sein.

Die Zukunft ihrer beider Konzerne liegt nun in den Händen ihrer Bankiers, die sich – wie die Gläubiger eines Landes der dritten Welt – fragen müssen, ob sie je auch nur ihre Zinsen sehen werden, von der Rückzahlung der langfristigen Kredite ganz zu schweigen. Die Alternative der Banken, ihre Verluste in Grenzen zu halten, besteht darin, sich an diesem größten Notverkauf der Geschichte zu beteiligen. Die Ironie der Sache liegt letztendlich darin, daß schon eine einzige Bank diese Kreditkette zum Zerreißen bringen kann, und das gesamte, kunstvoll zusammengefügte Gebäude stürzt ein.

Gestern kommentierte ein Insider die Lage mit folgenden Worten: »Würde einer der beiden einen Scheck ausstellen, würde seine Bank ihn platzen lassen.«

Tom stieg als erster aus dem Zug, als er in die Grand Central Station einfuhr. Er rannte zur nächsten Telefonzelle und wählte Townsends Nummer. Heather stellte ihn sofort durch. Diesmal hörte Keith sich den Rat seines Anwalts aufmerksam an.

Als Armstrong den Artikel gelesen hatte, griff er nach einem Haustelefon und wies seine Sekretärin an: »Falls Paul Maitland aus London anruft, sagen Sie ihm, ich bin nicht zu Hause.« Kaum hatte er aufgelegt, läutete ein Telefon.

»Mr. Armstrong, ich habe den leitenden Effektenmakler der Bank of New Amsterdam am Apparat. Er möchte dringend mit Ihnen persönlich sprechen.«

»Dann stellen Sie ihn durch«, forderte Armstrong Heather auf.

»Der Markt wird mit Verkaufsaufträgen für Aktien der Armstrong Communications überschwemmt«, ließ der Makler ihn wissen. »Der Aktienpreis ist auf zwei Dollar einunddreißig gefallen. Ich wollte mich nur erkundigen, ob Sie irgendwelche Aufträge haben.«

»Kaufen Sie weiter«, erwiderte Armstrong ohne Zögern.

Nach einer Pause sagte der Effektenmakler: »Ich muß Sie darauf aufmerksam machen, daß Sie jedesmal siebenhunderttausend

Dollar verlieren, wenn die Aktien um einen Cent fallen.« Er überprüfte noch einmal rasch, wie viele Aktien an diesem Vormittag bereits gehandelt worden waren.

»Es ist mir egal, was es kostet«, entgegnete Armstrong. »Das ist nun mal eine kurzfristige Notwendigkeit. Sobald der Markt sich beruhigt hat, können Sie die Anteile freigeben und die Verluste nach und nach wieder reinholen.«

»Aber wenn die Kurse immer weiter fallen …?«

»Kaufen Sie einfach drauflos«, befahl Armstrong. »Irgendwann *muß* es einen Umschwung geben.« Er schmetterte den Hörer auf die Gabel und starrte sein Bild auf der Titelseite der *Financial Times* an. Es war nicht gerade schmeichelhaft.

Kaum hatte Townsend den Artikel gelesen, richtete er sich nach Toms Rat und setzte sich mit seiner Handelsbank in Verbindung, bevor er von dort angerufen wurde. David Grenville, der Geschäftsführer der Bank, bestätigte Keith, daß die Global-Aktien an diesem Vormittag weiter gefallen waren. Er hielt es für angebracht, sich so schnell wie möglich zusammenzusetzen. Townsend erklärte sich einverstanden, einige wichtige Besprechungen zu verschieben, um ein Treffen um vierzehn Uhr zu ermöglichen. »Sie sollten vielleicht Ihren Anwalt mitbringen«, fügte Grenville unheilverkündend hinzu.

Townsend wies Heather an, sämtliche Nachmittagstermine abzusagen. Den Rest des Vormittags verbrachte Keith damit, sich mit den Einzelheiten eines Seminars vertraut zu machen, das die Gesellschaft in etwa einem Monat veranstalten würde. Henry Kissinger und Sir James Goldsmith hatten sich bereit erklärt, Grundsatzreferate zu halten. Es war Townsends Idee gewesen, sämtliche über die ganze Welt verstreuten leitenden Angestellten seines Konzerns nach Honolulu zu beordern, um dort über die Zukunftsperspektiven der Gesellschaft zu diskutieren und darüber, wie die Multi Media sich in das Gesamtunternehmen integrieren und sich im neuen Zeitalter der totalen Kommunikation gewinnbringend nutzen ließe. Ob es soweit kommt, daß wir das Seminar absagen müssen, fragte er sich nun. Oder wird es sich als Totenmesse erweisen?

Es hatte zwanzig hektische Tage gedauert, das Finanzpaket für den Erwerb der Multi Media zusammenzubekommen, und es hatte

Keith noch viel mehr schlaflose Nächte gekostet, über die Frage nachzugrübeln, ob diese Transaktion nicht ein katastrophaler Fehler gewesen war. Jetzt sah es ganz so aus, als wären seine schlimmsten Befürchtungen von einem Schreiberling der *Financial Times* bestätigt worden. Er hätte von Anfang an lieber auf Toms Rat hören sollen!

Wenige Minuten vor vierzehn Uhr bog Townsends Fahrer in die Wall Street ein und hielt vor dem Büro von J. P. Grenville. Als Keith auf den Bürgersteig trat, erinnerte er sich daran, wie nervös er gewesen war, als sein Schuldirektor ihn vor fast fünfzig Jahren zu sich beordert hatte. Die riesige Panzerglastür wurde von einem Mann in blauer Livree geöffnet, der zur Begrüßung die Fingerspitzen an die Krempe seines Zylinders legte, als er den Besucher erkannte. Townsend fragte sich, wie lange der Mann das wohl noch tun würde.

Er nickte und ging zum Empfang, wo David Grenville in ein Gespräch mit Tom Spencer vertieft war. Als sie Keith bemerkten, blickten sie ihm lächelnd entgegen. Offenbar waren beide überzeugt gewesen, daß er sich zu *diesem* Treffen nicht verspäten würde.

»Schön, Sie zu sehen, Keith«, begrüßte ihn Grenville, und die Männer gaben einander die Hand. »Und danke, daß Sie so pünktlich sind.« Townsend lächelte. Er konnte sich nicht erinnern, daß sein Schuldirektor das jemals gesagt hatte. Tom legte seinem Mandanten einen Arm um die Schulter und ging mit ihm zu einem wartenden Fahrstuhl.

»Wie geht es Kate?« erkundigte sich Grenville. »Als ich sie das letzte Mal sah, war sie gerade damit beschäftigt, einen Roman zu redigieren.«

»Der zu einem so großen Erfolg wurde, daß Kate jetzt an einem eigenen Roman arbeitet«, erwiderte Townsend. »Wenn's für mich geschäftlich nicht gut aussieht, könnte es leicht dazu kommen, daß ich von Kates Tantiemen leben muß.« Keiner der beiden anderen Männer äußerte sich zu Keiths Galgenhumor.

Im fünfzehnten Stock glitt die Fahrstuhltür auf, und sie schritten über den Flur zum Büro des Geschäftsführers. Grenville bot den beiden Herren bequeme Sessel an; dann nahm er hinter seinem Schreibtisch Platz und schlug einen dicken Ordner auf. »Ich möchte Ihnen zunächst einmal danken, daß sie sich so kurzfristig Zeit für diese Besprechung genommen haben«, begann er.

Townsend und sein Anwalt nickten. Beide wußten nur zu gut, daß sie gar keine andere Wahl gehabt hatten.

»Wir hatten das Privileg«, Grenville wandte sich Townsend zu, »über mehr als ein Vierteljahrhundert hinweg die Interessen Ihrer Gesellschaft zu vertreten, und ich würde es sehr bedauern, müßte diese Verbindung beendet werden.«

Townsend wurde der Mund trocken, doch er machte keine Anstalten, Greenville zu unterbrechen.

»Aber es wäre leichtfertig, würde auch nur einer von uns den Ernst der Situation unterschätzen, der wir uns nun gegenübersehen. Schon bei einer flüchtigen Prüfung der Situation hat sich für uns das Bild ergeben, daß Ihre Kredite, Keith, Ihre Aktiva weit überschreiten, so daß Sie möglicherweise zahlungsunfähig sind. Falls Sie wert darauf legen, uns als Ihre Investitionsbank zu behalten, müssen Sie uns Ihre volle Kooperation bei der Lösung Ihres derzeitigen Dilemmas garantieren.«

»Und was verstehen Sie unter ›voller Kooperation‹?« fragte Tom.

»Daß Ihr Unternehmen von einem Team versierter Finanzexperten beaufsichtigt wird, und zwar unter der Leitung eines unserer fähigsten Mitarbeiter, der die uneingeschränkte – und zwar *völlig* uneingeschränkte – Vollmacht bekäme, jeden Aspekt Ihrer Geschäfte zu untersuchen, sofern wir es als nötig erachten, um auf diese Weise das Überleben Ihres Unternehmens zu sichern.«

»Und wenn diese Untersuchung beendet ist?« erkundigte sich Tom und zog die Brauen hoch.

»Würde unser leitender Vertreter Empfehlungen ausarbeiten, die Sie genau befolgen werden.«

»Wann kann ich mit ihm sprechen?« fragte Townsend.

»Mit ihr, nicht mit ihm«, korrigierte der Geschäftsführer der Bank. »Und Sie können sofort mit ihr sprechen, denn Mrs. Beresford wartet bereits in ihrem Büro eine Etage unter uns darauf, Sie kennenzulernen.«

»Dann wollen wir's angehen«, sagte Townsend.

»Zuerst muß ich wissen, ob Sie sich mit unseren Bedingungen einverstanden erklären.«

»Ich glaube, Sie können davon ausgehen, daß mein Mandant diese Entscheidung bereits getroffen hat«, warf Tom ein.

»Gut, dann bringe ich Sie hinunter zu E. B., damit sie Ihnen erklärt, wie es weitergeht.«

Grenville stand auf und führte die beiden Herren die Treppe hinunter zum vierzehnten Stock. Vor Mrs. Beresfords Büro blieb er stehen und klopfte, wie es den Besuchern schien, beinahe ehrerbietig an die Tür.

»Herein!« rief eine Frauenstimme. Der Geschäftsführer öffnete und führte die Besucher in ein großes, komfortabel möbliertes Büro mit Fenstern zur Wall Street. Der Raum erweckte auf Anhieb den Eindruck, daß er von einer außerordentlich tüchtigen und dynamischen Person benutzt wurde.

Eine Dame – Keith schätzte sie auf etwa vierzig bis fünfundvierzig – kam hinter ihrem Schreibtisch hervor, um die Besucher zu begrüßen. Sie besaß etwa Keiths Größe, hatte kurzgeschnittenes, dunkles Haar und ein herbes Gesicht, von dem unter der großen dunklen Brille jedoch nicht allzu viel zu sehen war. Mrs. Beresford trug ein dunkelblaues Schneiderkostüm mit kremfarbener Bluse.

»Guten Tag.« Sie hielt Keith die Hand hin. »Ich bin Elizabeth Beresford.«

»Keith Townsend.« Er schüttelte ihr die Hand. »Das ist mein Rechtsberater, Tom Spencer.«

»Ich lasse Sie jetzt allein«, sagte David Grenville. »Aber sehen Sie doch noch kurz bei mir vorbei, bevor Sie das Haus verlassen, Keith.« Er machte eine Pause. »Falls Ihnen dann noch danach ist.«

»Danke.« Townsend nickte. Grenville verließ das Zimmer und schloß die Tür leise hinter sich.

»Bitte, setzen Sie sich doch.« Mrs. Beresford bot den beiden Herren bequeme Sessel an. Während sie zu ihrem Platz hinter dem Schreibtisch zurückkehrte, starrte Townsend auf das Dutzend oder mehr bereitgelegter Aktenordner.

»Möchten Sie eine Tasse Kaffee?« fragte Mrs. Beresford.

»Nein, danke«, sagte Townsend, dem es nur darauf ankam, daß die Frau gleich zur Sache kam. Tom lehnte ebenfalls ab.

»Ich bin eine Art … Firmenarzt«, erklärte Mrs. Beresford, »und meine Aufgabe, Mr. Townsend, besteht schlicht und einfach darin, die Global Corporation vor einem zu frühen Tod zu bewahren.« Sie lehnte sich in ihrem Sessel zurück und drückte die Fingerspitzen aneinander. »Wie jeder Arzt, der einen Tumor diagnostiziert, muß ich zuerst einmal herausfinden, ob er gut- oder bösartig ist. Und ich muß Sie vorab darauf aufmerksam machen, daß meine Erfolgschance bei einer solchen Operation etwa eins zu vier beträgt. Ich möchte Ihnen auch nicht verheimlichen, daß dies mein bisher schwierigster Auftrag ist.«

»Danke, Mrs. Beresford«, murmelte Townsend. »Das ist sehr beruhigend.«

Sie ging nicht darauf ein, sondern lehnte sich vor und öffnete einen der Ordner auf ihrem Schreibtisch.

»Obwohl ich heute vormittag, von meinen äußerst kompetenten Finanzteam unterstützt, mehrere Stunden über Ihren Bilanzen gesessen habe, kann ich immer noch nicht beurteilen, ob die Kritik der *Financial Times* an Ihrem Unternehmen in dieser Form berechtigt ist. Die Zeitung hat sich mit einer oberflächlichen Schätzung begnügt, daß Ihre Schulden beträchtlich höher sind als Ihre Sicherheiten. Meine Aufgabe besteht darin, diesen Punkt sehr viel genauer zu eruieren. Überdies habe ich mir einige zusätzliche Informationen über Sie besorgt, Mr. Townsend, und nach weiterer Durchsicht Ihrer Akten bin ich zu zwei Schlußfolgerungen gelangt. Erstens leiden Sie an einer Krankheit, die unter Selfmademen weit verbreitet ist: Wenn Sie ein Geschäft abschließen, fasziniert Sie der ferne Horizont – solange Sie es anderen überlassen können, sich darum zu sorgen, wie man ihn erreicht.«

Tom bemühte sich, nicht zu lächeln.

»Zweitens: Sie haben offenbar den klassischen Fehler begangen, den die Japaner drolligerweise als ›das Archimedes-Prinzip‹ bezeichnen. Damit ist gemeint, daß das letzte Geschäft häufig größer ist als die Summe aller anderen. Genauer gesagt – Sie haben sich drei Milliarden Dollar von verschiedenen Banken und Geldinstituten geliehen, um die Multi Media zu übernehmen, ohne auch nur einen Gedanken daran zu verschwenden, ob die anderen Unternehmen Ihres Konzerns überhaupt soviel erbringen können, um einen derart riesigen Kredit zurückzuerstatten.« Sie hielt inne und drückte erneut die Fingerspitzen aneinander. »Es fällt mir schwer zu glauben, daß Sie bei dieser Transaktion professionellen Rat eingeholt haben.«

»Ich habe mir durchaus professionellen Rat eingeholt«, entgegnete Townsend, »und Mr. Spencer hat versucht, mir die Sache auszureden.« Er blickte zu seinem Anwalt, der sich jedoch nicht einmischte.

»So ist das also«, sagte Mrs. Beresford. »Tja, falls ich kein Glück habe, ist der risikobereite Spieler, der in Ihnen steckt, der Grund für Ihren Ruin. Als ich letzte Nacht bis in die frühen Morgenstunden Ihre Akten las, bin ich zu der Ansicht gelangt, daß Sie bisher nur überlebt haben, weil Sie im Laufe der Jahre immer gerade ein bißchen mehr gewonnen als verloren haben. Ein weiterer Grund ist darin zu sehen, daß Ihre Bankiers – obwohl des öfteren bis an den Rand des Wahnsinns getrieben und manchmal wider bessere Einsicht – das Vertrauen in Sie nicht verloren haben.«

»Gibt es auch die eine oder andere positive Meldung?« fragte Townsend.

Sie beachtete die Frage gar nicht; statt dessen fuhr sie fort: »Meine erste Aufgabe wird darin bestehen, Ihre Bücher durchzusehen – Ziffer für Ziffer, Wort für Wort. Anschließend werde ich jedes Ihrer Unternehmen durchleuchten – egal welcher Größe, in welchem Land und welche Währung – und versuchen, mir ein Gesamtbild zu verschaffen. Wenn das getan ist und ich zu dem Schluß gelange, daß die Global Corporation im rechtlichen Sinne des Wortes noch solvent ist, werde ich zum zweiten Schritt übergehen, der zweifellos zum Verkauf einiger der Renommierobjekte Ihrer Gesellschaft führen wird, an denen Sie persönlich hängen, wie ich vermute.«

Townsend wollte lieber nicht darüber nachdenken, an welche Renommierobjekte sie dabei dachte. Er saß nur da und hörte sich ihre Leichenbestatterdiagnose an.

»Und selbst unter der Voraussetzung, das dieses Verfahren zufriedenstellend abgeschlossen wird, müssen wir vorsorglich eine Pressemitteilung vorbereiten, weshalb die Global Corporation von sich aus eine Liquidation anstrebt. Sollte es notwendig sein, würde ich die Mitteilung ohne Zögern direkt an die Nachrichtenagentur Reuters übermitteln.«

Townsend schluckte.

»Doch falls dieser Schritt sich als unnötig erweist und wir weiter zusammenarbeiten, werde ich zum dritten Schritt übergehen und sämtliche Banken und Geldinstitute aufsuchen, mit denen Sie zu tun haben, um sie zu veranlassen, Ihnen noch etwas Zeit für die Rückzahlung Ihrer Kredite zu geben. Ich muß jedoch gestehen – wäre ich an Stelle der Banken, würde ich Ihnen keinen Tag länger geben.«

Sie hielt kurz inne; dann beugte sie sich vor und schlug einen weiteren Ordner auf. »Es sieht ganz so aus, als müßte ich…«, sie blickte auf einen handgeschriebenen Zettel, »siebenunddreißig Banken und elf andere Geldinstitute auf vier Kontinenten besuchen, von denen die meisten sich heute vormittag bereits mit mir in Verbindung gesetzt haben. Ich hoffe nur, ich kann diese Banken lange genug hinhalten, bis ich das alles hier durchschaue.« Ihre Hand fuhr durch die Luft, über die Akten auf ihrem Schreibtisch hinweg. »Falls alle drei Schritte wie durch ein Wunder vollzogen werden können, wird meine letzte – und bei weitem schwierigste – Aufgabe darin bestehen, diese Banken und Geldinstitute, die sich zur Zeit die allergrößten Sorgen um Ihre Zukunft machen, davon zu überzeugen, daß es in ihrem eigenen Interesse ist, Ihnen ein Finanzierungspaket zuzugestehen, das Ihrer Gesellschaft ein Überleben auf Dauer gestattet. Diese vierte Stufe werde ich jedoch nur erreichen, wenn ich den Banken mit Hilfe der Zahlen neutraler Wirtschaftsprüfer beweisen kann, daß die Kredite von Ihrer Seite durch tatsächliche Aktiva und reale Gewinne gesichert sind. Es wird Sie gewiß nicht verwundern, daß auch *ich* in dieser Beziehung erst noch überzeugt werden muß. Und bilden Sie sich nicht für einen Moment ein, daß Sie gewonnen haben, falls wir diese vierte Stufe erreichen! Dann nämlich ist der Zeitpunkt gekommen, Sie über die Einzelheiten der fünften Stufe zu informieren.«

Townsend spürte, wie ihm der Schweiß von der Stirn über die Nase perlte.

»In einer Hinsicht hatte die *Financial Times* recht«, fuhr sie fort. »Falls auch nur eine der Banken querschießt, dann, ich zitiere: ›… stürzt das gesamte, kunstvoll zusammengefügte Gebäude ein‹. Sollte es dazu kommen, werde ich Ihren Fall an einen Kollegen weitergeben, der ein Stockwerk unter diesem arbeitet und auf Liquidationen spezialisiert ist.

Das wäre es fürs erste, Mr. Townsend. Falls Sie dem Schicksal Ihrer Landsleute Mr. Alan Bond und Mr. Christopher Skase entgehen wollen, müssen Sie sich nicht nur damit einverstanden erklären, vorbehaltlos mit mir zusammenzuarbeiten – Sie müssen mir überdies verbindlich zusagen, daß Sie von dem Augenblick an, da Sie mein Büro verlassen, keinen Scheck mehr ausstellen und keine Gelder von irgendeinem Ihrer Konten transferieren, es sei denn, dieser Transfer ist zur Deckung Ihrer täglichen Ausgaben unbedingt erforderlich. Und selbst diese Summen dürfen ohne mein Wissen unter keinen Umständen zweitausend Dollar überschreiten.« Sie blickte auf und wartete auf Keiths Antwort.

»Zweitausend Dollar?« wiederholte er.

»Ja«, bestätigte Mrs. Beresford. »Sie können mich jederzeit, Tag und Nacht, erreichen und werden nie länger als eine Stunde auf meine Entscheidung warten müssen. Sollten Sie sich jedoch außerstande sehen, sich an diese Bedingungen zu halten«, sie klappte den Ordner zu, »bin ich nicht bereit, Sie weiterhin zu vertreten und werde die Zusammenarbeit aufkündigen – was dieses Bankhaus mit einschließt, dessen Ruf ebenso auf dem Spiel steht, was ich wohl nicht zu erwähnen brauche. Ich hoffe, ich habe Ihnen meine Position klargemacht, Mr. Townsend.«

»Überdeutlich«, versicherte Keith, der sich fühlte, als hätte er zehn Runden mit einem Schwergewichtsboxer hinter sich.

Elizabeth Beresford lehnte sich in ihrem Sessel zurück. »Sie möchten sich vielleicht erst professionellen Rat einholen«, sagte sie. »In diesem Fall stelle ich Ihnen gern eines unserer Sitzungszimmer zur Verfügung.«

»Das wird nicht nötig sein«, entgegnete Townsend. »Wäre mein Rechtsberater mit irgendeinem Teil Ihrer Ausführungen nicht einverstanden gewesen, hätte er es längst gesagt.«

Tom erlaubte sich ein Lächeln.

»Ich gebe mich völlig in Ihre Hände.« Townsend wandte sich Tom zu, der bestätigend nickte.

»Gut«, sagte Mrs. Beresford. »Dann könnten Sie vielleicht damit anfangen, mir erst einmal Ihre Kreditkarten in die Hände zu geben.«

Drei Stunden später erhob Keith sich aus dem Sessel, verabschiedete sich von Tom, schüttelte Elizabeth Beresford die Hand und überließ sie ihren Akten. Völlig erschöpft räumte er das Feld, stieg mit unsicheren Schritten die Treppe zum nächsten Stockwerk hinauf und schlurfte den Korridor entlang zum Büro des Geschäftsführers. Er wollte gerade klopfen, als die Tür aufschwang und David Grenville vor ihm stand, einen doppelten Whisky in der Hand.

»Ich hab' mir gedacht, den könnten Sie jetzt gebrauchen.« Er reichte Townsend das Glas. »Aber verraten Sie mir zuerst, ob Sie die erste Runde mit E. B. überlebt haben?«

»Ich bin mir nicht sicher«, antwortete Keith. »Aber ich muß mich die nächsten zwei Wochen jeden Tag von fünfzehn bis achtzehn Uhr zur Verfügung halten, sogar an den Wochenenden.« Er nahm einen tiefen Schluck Whisky und fügte hinzu: »Sie hat mir sogar die Kreditkarten weggenommen.«

»Das ist ein gutes Zeichen«, meinte Grenville. »Es bedeutet, daß E. B. Sie nicht aufgegeben hat. Manchmal schickt sie gleich nach der ersten Besprechung mit einem Mandanten die Akten ein Stockwerk tiefer.«

»Soll ich etwa dankbar sein?« fragte Keith, nachdem er sein Glas geleert hatte.

»Nein, nur ein bißchen erleichtert«, antwortete Grenville. »Haben Sie Lust, am Dinner heute abend teilzunehmen?« fragte er, während er Keith das Glas noch einmal nachschenkte.

»Ich hatte gehofft, mich Ihnen anschließen zu können«, erwiderte Keith. »Aber sie«, er deutete nach unten, »hat mich mit so vielen Hausaufgaben eingedeckt, die ich bis morgen um fünfzehn Uhr fertig haben muß, daß ...«

»Ich glaube, es wäre trotzdem besser, Sie würden sich heute abend zeigen, Keith. Unter den derzeitigen Umständen könnte Ihr Fernbleiben falsch ausgelegt werden.«

»Das mag sein. Aber wird Mrs. Beresford mich nicht nach Hause schicken, noch ehe das Entree serviert wurde?«

»Ich glaube nicht, denn ich habe Sie rechts von ihr gesetzt. Das gehört alles zu meiner Strategie, die anderen Banker davon zu überzeugen, daß wir voll und ganz hinter Ihnen stehen.«

»Teufel! Wie macht sie sich als Tischdame?«

Der Geschäftsführer überlegte nur kurz, ehe er antwortete: »Nun, ich muß zugeben, E. B. hält nicht viel von belanglosem Geplauder.«

Daily Mail

2. Juli 1991

Charles und Diana: »Grund zur Sorge«

»Ein Anruf aus der Schweiz auf Apparat eins, Mr. Armstrong«, meldete die Aushilfssekretärin, deren Namen Dick sich nicht merken konnte. »Der Anrufer ist ein gewisser Jacques Lacroix. Außerdem habe ich einen Anruf aus London auf Apparat zwei für Sie.«

»Wer ist der Londoner Anrufer?« fragte Armstrong.

»Ein Mr. Peter Wakeham.«

»Bitten Sie ihn, am Apparat zu bleiben, und stellen Sie den Anruf aus der Schweiz durch.«

»Sind Sie das, Dick?«

»Ja, Jacques. Wie geht es Ihnen, alter Freund?« gab Armstrong sich jovial.

»Ich bin ein wenig besorgt, Dick«, antwortete die sanfte Stimme aus Genf.

»Warum?« erkundigte sich Armstrong. »Ich habe einen Scheck über fünfzig Millionen Dollar auf die New Yorker Zweigstelle Ihrer Bank eingezahlt. Die Quittung habe ich noch.«

»Ich weiß, daß Sie den Scheck eingezahlt haben«, entgegnete Lacroix. »Deshalb rufe ich ja an. Ich wollte Ihnen mitteilen, daß besagter Scheck heute an die Bank zurückkam – mit dem Vermerk ›Mangels Deckung nicht eingelöst‹.«

»Dann muß irgendwas schiefgegangen sein!« polterte Armstrong. »Ich weiß genau, daß auf diesem Konto mehr als genug ist, um diese Summe zu decken.«

»Das mag ja sein. Trotzdem weigert sich irgend jemand, auch nur einen Cent an uns zu zahlen. Ja, man hat uns durch die üblichen Kanäle klargemacht, daß in Zukunft keine Schecks mehr eingelöst werden, die auf dieses Konto ausgestellt sind.«

»Ich werde sofort anrufen«, versprach Armstrong, »und mich umgehend wieder bei Ihnen melden.«

»Ich wäre Ihnen sehr verbunden«, sagte Lacroix.

Armstrong legte auf und bemerkte, daß das Lämpchen des anderen Apparats blinkte. Da erinnerte er sich, daß Peter Wakeham ja immer noch wartete. Er griff nach dem Hörer. »Was, zum Teufel, ist da drüben los, Peter?«

»Das weiß ich selbst nicht so genau«, gestand Wakeham. »Ich kann dir nur sagen, daß Paul Maitland und Eric Chapman mich gestern am späten Abend zu Hause aufgesucht und gefragt haben, ob ich irgendwelche Schecks vom Konto des Pensionsfonds unterschrieben hätte. Ich sagte genau, was du mir aufgetragen hast, aber ich hatte den Eindruck, daß Maitland jetzt den Auftrag erteilt hat, keine Schecks mit meiner Unterschrift mehr einzulösen.«

»Was bilden diese Hundesöhne sich eigentlich ein, wer sie sind?« brüllte Armstrong. »Es ist meine Gesellschaft, und ich tue, was *ich* für richtig halte!«

»Sir Paul sagte, daß er schon die ganze Woche versucht hat, dich zu erreichen, aber du hättest ihn nicht zurückgerufen. Bei der letzten Sitzung des Finanzausschusses vergangene Woche hat er bekanntgegeben, daß ihm keine Wahl bliebe, als zurückzutreten, falls du nicht zur nächsten monatlichen Vorstandssitzung erscheinst.«

»Soll er doch! Wen kümmert das schon? Sobald er weg vom Fenster ist, kann ich jemand anders zum Vorsitzenden ernennen.«

»Natürlich kannst du das«, bestätigte Peter. »Aber ich dachte, es interessiert dich, daß Maitlands Sekretärin mir gesagt hat, er habe die letzten Tage damit verbracht, eine Pressemitteilung zu entwerfen und daran herumzufeilen. Er will diese Mitteilung am Tag seiner Kündigung an die Medien übermitteln.«

»Na und?« brummte Armstrong. »Niemand wird sich sonderlich dafür interessieren.«

»Da bin ich mir nicht so sicher« widersprach Peter.

»Wieso?«

»Nachdem seine Sekretärin an jenem Abend heimgegangen war, bin ich noch eine Zeitlang geblieben. Ich hab' Maitlands Pressemitteilung auf ihrem Schreibtisch gefunden.«

»Und was besagt sie?«

»Unter anderem, daß er die Börse ersuchen wird, unsere Aktien auszusetzen, bis eine Untersuchung durchgeführt werden konnte.«

»Dazu hat er nicht das Recht!« erregte sich Armstrong. »Dazu braucht er das Einverständnis des Vorstandes!«

»Ich glaube, er will bei der nächsten Vorstandssitzung darum ersuchen«, meinte Peter.

»Dann richte ihm aus, daß ich bei dieser Sitzung anwesend sein werde!« brüllte Armstrong. »Und daß die einzige Pressemitteilung, die veröffentlicht werden wird, die Gründe verdeutlicht, weshalb Sir Paul Maitland als Vorstandsvorsitzender abgelöst werden mußte.«

»Vielleicht wäre es besser, du sagst ihm das selbst«, entgegnete Peter leise. »Ich werde ihm nur mitteilen, daß du an der Sitzung teilnehmen möchtest.«

»Sag ihm, was du willst, solange du dafür sorgst, daß keine Mitteilungen an die Presse gehen, bevor ich Ende des Monats zurück bin.«

»Ich werde mein Bestes tun, Dick, aber ...« Peter hörte nur noch das Klicken am anderen Ende der Leitung.

Armstrong versuchte, seine Fassung wiederzuerlangen. Sir Paul konnte warten. Das Wichtigste war jetzt erst einmal, an fünfzig Millionen heranzukommen, ehe Jacques Lacroix der ganzen Welt sein Geheimnis preisgab. Trotz aller Bemühungen Armstrongs hatte die *Tribune* den Umschwung noch immer nicht geschafft. Selbst nachdem die Gewerkschaften das zweite Sozialpaket in Empfang genommen hatten, wies das Unternehmen eine katastrophale Bilanz auf. Ohne Wissen des Vorstands hatte Armstrong bereits dreihundert Millionen Pfund aus dem Pensionsfonds entnommen, um sich endlich die Gewerkschaften vom Hals zu schaffen. Außerdem hatte er riesige Aktienpakete seines eigenen Unternehmens aufgekauft, um den Aktienpreis so stabil wie nur möglich zu halten. Doch er wußte, daß es zu einem weiteren Kursverfall kommen würde, falls es ihm in den nächsten Tagen nicht gelang, das Geld an die Schweizer zurückzuzahlen – und diesmal hatte er keine so bequeme Geldquelle mehr, mit der er die Aktienpreise stützen könnte.

Dick blickte auf die Weltzeituhr hinter seinem Schreibtisch, um festzustellen, wie spät es in Moskau war. Kurz nach achtzehn Uhr. Doch er vermutete, daß der Mann, mit dem er reden wollte, sich noch in seinem Büro befand. Er wies seine Sekretärin an, ihn mit einer Nummer in Moskau zu verbinden.

Als Marschall Tulpanow zum Leiter des KGB ernannt worden war, hatten sich nur wenige Menschen so sehr darüber gefreut wie

Armstrong. Seither war er mehrmals nach Moskau gereist und hatte sich in Osteuropa viele bedeutende Aufträge an Land gezogen. Doch er hatte das Gefühl, daß Tulpanow seit einiger Zeit nicht mehr so leicht zu erreichen war.

Armstrong brach der Schweiß aus, als er darauf wartete, den Marschall an den Apparat zu bekommen. Im Laufe der Jahre hatte er mehrere Begegnungen mit Michail Gorbatschow gehabt, der offensichtlich sehr empfänglich für seine Ideen gewesen war. Nachdem Boris Jelzin an die Macht gekommen war, hatte Tulpanow ihn mit dem neuen ersten Mann in Moskau bekannt gemacht, doch Armstrong war auch jetzt noch der Meinung, daß weder Gorbatschow noch Jelzin seine Bedeutung zu würdigen wußten.

Um sich die aufreibende Wartezeit zu verkürzen, blätterte Dick durch die Seiten seines Adreßbüchleins, um möglicherweise jemanden zu finden, der ihm aus seiner derzeitigen Zwangslage helfen könnte. Er war gerade bis zum Buchstaben C gelangt – Carr, Sally –, als seine Sekretärin das Gespräch durchstellte. Armstrong griff nach dem Hörer und hörte eine Stimme, die ihn auf russisch fragte, wer mit Marschall Tulpanow sprechen wolle.

»Lubji, Sektor London«, antwortete Armstrong. Nach einem Klicken ertönte die vertraute Stimme des KGB-Bosses.

»Was kann ich für Sie tun, Lubji?« fragte Tulpanow.

»Ich brauche ein bißchen Hilfe, Sergei«, begann Armstrong. Die Entgegnung ließ eine Weile auf sich warten.

»Und welcher Art soll diese Hilfe sein?« erkundigte Tulpanow sich schließlich in gemessenem Tonfall.

»Ich brauche einen kurzfristigen Kredit von fünfzig Millionen Dollar. Ich kann dafür garantieren, daß Sie das Geld binnen eines Monats zurückbekommen.«

»Aber, Genosse«, entgegnete der Leiter des KGB, »Sie haben bereits sieben Millionen Dollar von unserem Geld. Einige meiner guten Parteifreunde erkundigten sich schon nach den Honoraren für unser neuestes Buch, die sie immer noch nicht erhalten haben.«

Armstrong wurde der Mund trocken. »Ich weiß, ich weiß, Sergei. Aber ich brauche noch ein kleines bißchen Zeit, dann kann ich alles auf einmal an Sie überweisen!« sagte er flehend.

»Ich glaube nicht, daß ich dieses Risiko eingehen möchte«, erwiderte Tulpanow nach einer weiteren längeren Pause. »Es gibt da ein Sprichwort von einem Faß ohne Boden. Und Sie dürfen nicht glauben, Lubji, daß die *Financial Times* nur in London und New York gelesen wird. Es gibt sie auch hier bei uns. Ich werde warten, bis meine sieben Millionen auf die Ihnen bekannten Konten eingezahlt sind, ehe ich mir überlege, ob ich Ihnen einen Kredit einräumen soll. Habe ich mich klar genug ausgedrückt?«

»Ja«, antwortete Armstrong leise.

»Gut. Ich gebe Ihnen Zeit bis Monatsende, Ihren Verpflichtungen nachzukommen. Dann, fürchte ich, werden wir möglicherweise eine weniger subtile Vorgehensweise in Betracht ziehen müssen. Ich glaube, ich habe Sie vor vielen Jahren einmal darauf aufmerksam gemacht, Lubji, daß Sie sich irgendwann entscheiden müssen, auf welcher Seite Sie stehen. Ich erinnere Sie nur deshalb daran, weil Sie die Kerze offenbar an zwei Enden angezündet haben, um ein weiteres Sprichwort zu zitieren.«

»Das ist nicht fair!« protestierte Armstrong. »Ich bin auf Ihrer Seite, Sergei! Das war ich schon immer!«

»Ich nehme Ihre Worte zur Kenntnis, Lubji. Trotzdem werde ich Ihnen nicht helfen können, falls das Geld nicht bis Ende des Monats bei uns eingegangen ist. Und das wäre nach einer so langen Freundschaft höchst bedauerlich. Ich bin sicher, Sie sehen ein, in welche Lage Sie mich gebracht haben.«

Armstrong hörte, wie aufgelegt wurde. Von seiner Stirn tropfte der Schweiß. Ihm war übel. Er legte auf, zog eine Puderquaste aus der Tasche und tupfte sich damit Stirn und Wangen ab. Er versuchte, sich zu konzentrieren, räusperte sich tief und wies seine Sekretärin an, ihn mit dem isrealischen Premierminister zu verbinden.

»Ist das eine Manhattaner Nummer?« fragte die Aushilfskraft.

»Verdammt, bin ich denn der einzige in dem ganzen Laden, der imstande ist, eine Aufgabe zu erledigen, die jeder Idiot übernehmen kann?«

»Entschuldigen Sie«, stammelte die Sekretärin.

»Lassen Sie's! Ich mach' das selbst!« brüllte Armstrong.

Wieder schlug er sein Adreßbüchlein auf, suchte die Nummer heraus und wählte. Während er darauf wartete, verbunden zu werden, blätterte er weiter in dem kleinen Buch. Er hatte den Buchstaben H erreicht – Hahn, Julius –, als sich am Ende der Leitung eine Stimme meldete: »Büro des Premierministers.«

»Hier Dick Armstrong. Ich muß dringend mit dem Herrn Premier sprechen.«

»Ich werde sehen, ob ich ihn erreichen kann, Sir.«

Ein neuerliches Klicken, ein paar weitere umgeblätterte Seiten. Dick war beim L angelangt – Levitt, Sharon.

»Dick, sind Sie das?« fragte Premierminister Shamir.

»Ja, Yitzhak.«

»Wie geht es Ihnen, alter Freund?«

»Danke, gut«, antwortete Armstrong. »Und Ihnen?«

»Ebenfalls gut, danke.« Er machte eine Pause. »Natürlich haben wir die üblichen Probleme, aber zumindest kann ich gesundheitlich nicht klagen. Wie geht's Charlotte?«

»Charlotte? Der geht es ebenfalls gut. Sehr gut.« Armstrong konnte sich nicht einmal erinnern, wann er sie das letzte Mal gesehen hatte. »Sie ist in Oxford und kümmert sich um die Enkel.«

»Wie viele haben Sie denn jetzt?« fragte Shamir.

Armstrong mußte kurz überlegen. »Drei«, sagte er und hätte um ein Haar hinzugefügt: »Oder sind es vier?«

»Sie Glücklicher. Und sorgen Sie immer noch für die New Yorker Juden?«

»Darauf können Sie sich stets verlassen!«

»Das weiß ich, alter Freund«, versicherte ihm der Premierminister. »So, aber jetzt sagen Sie mir, was ich für Sie tun kann.«

»Es ist etwas Persönliches, Yitzhak. Vielleicht können Sie mir einen Rat geben.«

»Ich werde alles tun, Ihnen zu helfen. Sie haben so viel für unser Volk getan – Israel wird immer in Ihrer Schuld stehen, Dick. Sagen Sie mir ruhig, alter Freund, wie ich Ihnen behilflich sein kann.«

»Das ist schnell gesagt«, antwortete Armstrong. »Ich brauche einen kurzfristigen Kredit über fünfzig Millionen Dollar, den ich innerhalb eines Monats zurückzahlen werde. Da hab' ich mich gefragt, ob Sie mir vielleicht irgendwie helfen könnten ...«

Nach einer längeren Pause antwortete der Premierminister: »Die Regierung beschäftigt sich natürlich nicht mit solchen Geldgeschäften. Aber ich könnte den Direktor des Bankhauses Leumi fragen, wenn Sie meinen, daß Ihnen das helfen könnte.«

Armstrong beschloß, dem Premierminister lieber nicht zu gestehen, daß er vom Bankhaus Leumi bereits einen – noch ungetilgten – Kredit von zwanzig Millionen Dollar erhalten hatte und keinen blauen Heller mehr bekommen würde, wie man ihm unmißverständlich klargemacht hatte.

»Das ist eine gute Idee, Yitzhak. Aber Sie brauchen sich die Mühe nicht selbst zu machen. Ich kann mich direkt an die Bank wenden.« Er bemühte sich um eine fröhliche Stimme.

»Übrigens, Dick, da ich Sie gerade am Apparat habe, wegen Ihrer Bitte ...«

»Ja?« fragte Armstrong hastig, in dem neue Hoffnung aufkeimte.

»Ich möchte nicht, daß Sie es mißverstehen, aber die Knesset hat sich vergangene Woche damit einverstanden erklärt, daß Sie auf dem Ölberg beerdigt werden – ein Privileg, wie Sie wissen, das nur jenen Juden gewährt wird, die dem Staat Israel große Dienste erwiesen haben. Nicht einmal jeder Premierminister kann damit rechnen.« Er lachte. »Ich hoffe allerdings nicht, daß Sie so schnell Gebrauch davon machen werden.«

»Hoffen wir, daß Sie recht haben«, entgegnete Armstrong.

»Dann werde ich Sie und Charlotte also nächsten Monat beim Bankett in der Guildhall wiedersehen?«

»Ja, wir freuen uns schon darauf«, antwortete Armstrong. »Aber jetzt möchte ich nicht noch mehr von Ihrer kostbaren Zeit stehlen, Herr Premierminister.«

Armstrong legte auf. Er spürte plötzlich, daß ihm sein Hemd patschnaß am Körper klebte. Er stemmte sich aus dem Sessel und ging zum angrenzenden Badezimmer. Seine Jacke und sein Hemd knöpfte er unterwegs auf. Nachdem er die Tür hinter sich geschlossen hatte, frottierte er sich ab und schlüpfte in sein drittes Hemd an diesem Tag.

Dann kehrte er an seinen Schreibtisch zurück und blätterte weiter durch sein Adreßbüchlein, bis er den Buchstaben S erreichte – Schultz, Arno. Er bat die Sekretärin, ihn mit seinem Anwalt zu verbinden.

»Haben Sie seine Nummer?« fragte sie.

Nach einer heftigen Verwünschung wählte er Russells Nummer selbst. Automatisch blätterte Armstrong weiter im Adreßbüchlein, bis er die Stimme seines Anwalts am anderen Ende der Leitung hörte. »Habe ich irgendwo auf der Welt fünfzig Millionen Dollar in Reserve?« erkundigte er sich.

»Wozu benötigen Sie das Geld?« fragte Russell.

»Die Schweizer drohen mir.«

»Ich dachte, Sie hätten vergangene Woche mit Ihnen abgerechnet.«

»Das dachte ich auch.«

»Was ist aus dieser scheinbar unerschöpflichen Geldquelle geworden?«

»Sie ist versiegt.«

»Ich verstehe. Wieviel, sagten Sie?«

»Fünfzig Millionen.«

»Nun, ich wüßte schon eine Möglichkeit, wenigstens an diesen Betrag heranzukommen.«

»Wie?« fragte Armstrong und versuchte, die Verzweiflung aus seiner Stimme herauszuhalten.

Russell zögerte. »Sie könnten jederzeit Ihre sechsundvierzig Prozent am *New York Star* verkaufen.«

»Aber wer könnte kurzfristig soviel Geld beschaffen?«

»Keith Townsend.« Russell hielt den Hörer von seinem Ohr weg und wartete darauf, daß das Wort »niemals!« herausdröhnte. Doch als nichts geschah, fuhr er fort: »Ich glaube, er würde sogar mehr als den Tageswert bezahlen, weil es ihm die vollständige Kontrolle über das Unternehmen garantieren würde.«

Wieder hielt Russell den Hörer weit weg. Bestimmt würde diesmal eine Schimpfkanonade erfolgen. Doch Armstrong sagte: »Wie wär's, wenn Sie mit seinen Anwälten sprechen?«

»Ich bin mir nicht sicher, ob das die richtige Vorgehensweise wäre«, entgegnete Russell. »Wenn ich die Anwälte aus heiterem Himmel anrufe, würde Townsend daraus schließen, daß Sie in Geldnöten stecken.«

»So ist es aber nicht!« brüllte Armstrong jetzt um so lauter.

»Das behauptet ja auch niemand«, beruhigte Russell ihn. »Werden Sie heute abend am Dinner im *Four Seasons* teilnehmen?«

»Dinner im *Four Seasons*? Was ist das?«

»Das alljährliche Treffen der Hauptakteure in der Finanzwelt und ihrer Gäste. Ich weiß, daß Sie eingeladen wurden, denn ich habe in der *Tribune* gelesen, daß Sie zwischen dem Gouverneur und dem Bürgermeister sitzen sollen.«

Armstrong blickte auf das Blatt mit seinen Terminen des heutigen Tages, das vor ihm auf dem Schreibtisch lag. »Sie haben recht, ich sollte wohl hingehen. Aber weshalb fragen Sie?«

»Ich glaube, daß Townsend sich dort sehen lassen wird – und sei es nur, um der Finanzwelt zu zeigen, daß es auch ihn nach diesem unglückseligen Artikel in der *Financial Times* immer noch gibt.«

»Ich nehme an, das gleiche könnte auf mich zutreffen.« Armstrongs Stimme klang ungewohnt mürrisch.

»Es könnte sich als die ideale Gelegenheit erweisen, das Thema unauffällig anzuschneiden, um festzustellen, welche Reaktion es auslöst.«

Ein anderes Telefon begann zu läuten.

»Bleiben Sie am Apparat, Russell«, bat Armstrong, während er abhob. Seine Sekretärin war am anderen Ende. »Was wollen Sie?« schrie Armstrong so laut, daß Russell sich für einen Moment fragte, ob sein Mandant noch zu ihm sprach.

»Tut mir leid, daß ich Sie stören muß, Mr. Armstrong«, entschuldigte sich die Sekretärin, »aber der Mann aus der Schweiz ist wieder am anderen Apparat.«

»Sagen Sie ihm, ich rufe gleich zurück.«

»Er besteht darauf, Sie umgehend zu sprechen, Sir. Darf ich ihn durchstellen?«

»Ich rufe Sie gleich noch einmal an, Russell«, sagte Armstrong und griff nach dem anderen Apparat; dabei blickte er auf sein Adreßbüchlein, das jetzt bei T aufgeschlagen war.

»Jacques, ich glaube, ich habe unser kleines Problem gelöst.«

New York Star

20. August 1991

Bürgermeister zu Polizeichef: »Die Kassen sind leer.«

Townsend schauderte bei dem Gedanken, seine Anteile am *Star* zu verkaufen – erst recht an Richard Armstrong. Er zupfte vor dem Spiegel an seiner Schleife und fluchte wieder einmal laut, denn er wußte, daß alle Forderungen, die Elizabeth Beresford an diesem Nachmittag gestellt hatte, wahrscheinlich seine einzige Überlebenschance waren.

Vielleicht erschien Armstrong gar nicht zu diesem Dinner? Das würde es ihm, Keith, zumindest ermöglichen, noch ein paar Tage zu bluffen. Wie könnte E. B. je verstehen, daß sein Herz – vom *Melbourne Courier* einmal abgesehen – am meisten am *Star* hing? Er wollte lieber gar nicht erst darüber nachdenken, daß Mrs. Beresford ihm noch nicht gesagt hatte, welche seiner Aktivposten er ihrer Meinung nach in Australien verkaufen mußte.

Townsend kramte in der untersten Schublade nach einem Frackhemd und atmete erleichtert auf, als er noch eines in seiner Originalverpackung fand. Er schlüpfte hinein. Verdammt! Der oberste Knopf sprang davon, als er ihn schließen wollte. Wieder fluchte Keith lauthals, denn er erinnerte sich, daß Kate erst in einer Woche aus Sydney zurückkommen würde. Er zog die Fliege enger und hoffte, sie würde das Problem bedecken. Der Spiegel zeigte ihm jedoch, daß dies nicht der Fall war. Als noch schlimmer erwies sich, daß der Kragen seiner Smokingjacke glänzte, was ihm das Aussehen eines Bandleaders aus den Fünfzigern verlieh. Kate hatte ihn seit Jahren ermahnt, sich eine neue Smokingjacke anzuschaffen. Vielleicht war jetzt die Zeit gekommen, ihren Rat zu befolgen. Nur … er hatte ja keine Kreditkarten mehr.

Als Keith an diesem Abend sein Apartment verließ und den Fahrstuhl hinunter zum wartenden Wagen nahm, fiel ihm zum erstenmal auf, daß sein Chauffeur einen Anzug trug, der in Sachen modischer Chic alles in den Schatten stellte, was im Kleiderschrank seines Chefs hing. Während der BMW seine langsame Fahrt zum *Four Seasons* aufnahm, lehnte Keith sich zurück und überlegte, wie er das Gespräch auf den Verkauf seiner *Star*-Aktien lenken sollte, falls er eine Gelegenheit fand, unter vier Augen mit Dick Armstrong zu reden.

Der Vorteil einer maßgeschneiderten, zweireihigen Smokingjacke bestand nach Dick Armstrongs Meinung darin, daß sie das Übergewicht zu übertünchen half. Er hatte an diesem Abend eine gute Stunde damit zugebracht, sich von seinem Butler das Haar färben und von einem Zimmermädchen die Hände maniküren zu lassen. Als er sich nun im Spiegel betrachtete, war er sicher, daß ihn nur wenige Gäste des Dinners für einen Mann halten würden, der auf die Siebzig zuging.

Kurz bevor Dick das Büro verließ, hatte Russell ihn angerufen und ihm mitgeteilt, daß er den Wert der *Star*-Aktien auf sechzig bis siebzig Millionen Dollar schätzte, und daß er überzeugt sei, Townsend würde sich bereit erklären, noch etwas draufzulegen, wenn er die Anteile im Paket bekommen konnte.

Alles, was Armstrong derzeit brauchte, waren siebenundfünfzig Millionen Dollar. Damit hätte er die Schweizer, die Russen, ja, sogar Sir Paul vom Hals.

Als seine Limousine vor dem *Four Seasons* hielt, rannte ein rot livrierter junger Mann herbei und öffnete Armstrong die Wagentür. Nachdem der junge Bursche erkannt hatte, wer da versuchte, sich aus dem Sitz zu stemmen, tippte er an seine Mütze und sagte: »Guten Abend, Mr. Armstrong.«

»Guten Abend«, erwiderte Dick und reichte ihm einen Zehndollarschein. Wenigstens gibt es jetzt einen Menschen, dachte er, der mich heute abend noch für einen Multimillionär hält. Inmitten eines Stromes anderer Ehrengäste stieg Dick die breite Treppe zum Bankettsaal hinauf. Einige drehten sich ihm zu und schenkten ihm ein Lächeln; andere blickten ihn nur flüchtig an und tuschelten. Dick fragte sich, was die Leute einander zuflüsterten. Prophezeiten sie seinen Sturz, oder unterhielten sie sich darüber, was für ein bewundernswerter Mann er doch sei? Dick erwiderte jedes Lächeln.

Am Kopfende der Treppe wartete Russell auf ihn. Auf dem Weg zum Bankettsaal flüsterte er Armstrong zu: »Townsend ist bereits hier. Er sitzt an Tisch vierzehn als Gast von J. P. Grenville.« Armstrong nickte. Er wußte, daß Grenville seit über fünfundzwanzig Jahren Townsends Handelsbank war. Er betrat den Bankettsaal, zündete sich eine dicke Havanna an und bahnte sich einen Weg zwischen den besetzten Tischen hindurch. Hin und wieder blieb er stehen, um eine ausgestreckte Hand zu schütteln oder um sich ein paar Augenblicke mit jemandem zu unterhalten, von dem er wußte, daß er Millionensummen zu verleihen imstande war.

Townsend stand hinter seinem Stuhl an Tisch vierzehn und beobachtete Armstrong, wie dieser sich allmählich dem Honoratiorentisch näherte. Schließlich nahm er seinen Platz zwischen Gouverneur Cuomo und Bürgermeister Dinkins ein. Armstrong lächelte jedesmal, wenn jemand in ihre Richtung winkte; offenbar nahm er immer an, daß es ihm galt.

»Der heutige Abend könnte Ihnen durchaus Ihre beste Chance bringen«, meinte Elizabeth Beresford, die ebenfalls zum Honoratiorentisch blickte.

Townsend nickte. »Aber es wird wahrscheinlich nicht so einfach sein, privat mit ihm zu sprechen.«

»Wäre ich auf seine Aktien scharf, würde ich sehr schnell irgendeine Möglichkeit finden.«

Warum mußte diese verdammte Frau immer recht haben?

Der Zeremonienmeister mußte ein paarmal mit einem Hämmerchen auf den Tisch klopfen, ehe es still genug wurde, daß der Rabbi ein Gebet aufsagen konnte. Mehr als die Hälfte der Anwesenden legten sich Khivas auf die Köpfe, sogar Armstrong – was nicht nur Townsend ihn bei einem öffentlichen Auftritt in London nie zuvor hatte tun sehen.

Nachdem die Gäste sich gesetzt hatten, begann eine Schar Kellner die Suppe zu servieren. Townsend brauchte nicht lange, um zu erkennen, daß David Grenville mit seiner Einschätzung von E. B.s belanglosem Geplauder recht hatte: Es war längst zu Ende, ehe Keith auch nur den ersten Gang verspeist hatte. Gleich nach dem Hauptgang machte sie sich daran, Keith mit gedämpfter Stimme eine Reihe von Fragen über seine australischen Besitztümer zu stellen. Er beantwortete jede, so gut er konnte; denn ihm war klar, daß selbst die geringste Unstimmigkeit von E. B. bemerkt und später gegen ihn verwendet wurde. E. B. nahm keine Rücksicht darauf, daß es sich bei dem Dinner um ein gesellschaftliches Ereignis handelte; sie fragte geradeheraus, wie Keith sich an Armstrong heranmachen und ihm seine Anteile am *Star* anbieten wollte.

Die erste Gelegenheit, E. B.s Inquisition zu entgehen – Townsends Antworten füllten bereits die Rückseiten von zwei Speisekarten –, ergab sich, als ein Kellner sich zwischen sie stellte, um ihre Weingläser nachzufüllen. Sofort wandte Keith sich Carol Grenville zu, der Gemahlin des Geschäftsführers der Bank, die zu seiner Linken saß. Die einzigen Fragen, auf die Carol eine Antwort wollte, lauteten: »Wie geht es Kate und den Kindern?« und »Haben Sie die Neuinszenierung von *Guys and Dolls* gesehen?«

»Haben Sie die Neuinszenierung von *Guys and Dolls* gesehen, Dick?« fragte der Gouverneur.

»Leider nicht, Mario«, antwortete Armstrong. »Die beiden auflagenstärksten Zeitungen von New York und London zu führen läßt mir keine Zeit für einen Theaterbesuch. Um ehrlich zu sein, wundert es mich, daß *Sie* die Zeit dafür finden, wo doch Wahlen vor der Tür stehen.«

»Sie dürfen nie vergessen, Dick, daß auch Wähler Theater besuchen«, erwiderte der Gouverneur. »Und wenn man in der fünften Reihe im Parkett sitzt, sehen einen dreitausend Wähler gleichzeitig. Und die freuen sich immer, wenn sie sehen, daß man den gleichen Geschmack hat wie sie.«

Armstrong lachte. »Ich würde nie einen guten Politiker abgeben.« Er hob eine Hand. Augenblicke später erschien ein Kellner neben ihm. »Darf ich um *einen* Nachschlag bitten?« flüsterte Armstrong.

»Selbstverständlich, Sir«, versicherte ihm der für den Honoratiorentisch zuständige Kellner, obwohl er hätte schwören können, daß er Mr. Armstrong bereits einmal nachgereicht hatte.

Armstrong blickte nach rechts zu David Dinkins hinüber und bemerkte, daß dieser lediglich auf seinem Teller herumstocherte – eine Angewohnheit, die bei Personen üblich war, die nach dem Essen eine Rede halten mußten, wie Dick im Laufe der Jahre erkannt hatte. Der Bürgermeister hatte den Kopf gesenkt. Er las den fertig getippten Text und nahm hier und da Verbesserungen mit einem Four-Seasons-Kugelschreiber vor.

Armstrong dachte gar nicht daran, den Bürgermeister zu stören. Er bemerkte, daß Dinkins mit einer Handbewegung abwehrte, als der Kellner ihm eine Crème brûlée anbot. Armstrong bedeutete dem Mann, sie auf den Tisch zu stellen, falls der Bürgermeister es sich anders überlegte. Bis Dinkins mit der nochmaligen Durchsicht seiner Rede fertig war, hatte Armstrong sein Dessert verschlungen und sah erfreut, daß eine Platte mit Petits fours zwischen sie gestellt wurde, gleich nachdem der Kellner den Kaffee eingeschenkt hatte.

Während der darauffolgenden Reden begannen Armstrongs Gedanken abzuschweifen. Er versuchte jedoch, nicht an seine derzeitigen Probleme zu denken. Nachdem der Präsident der Bankiersvereinigung seine Dankesrede heruntergebetet hatte, wurde Armstrong klar, daß er sich an kaum etwas erinnern konnte, das gesagt worden war.

»Die Ansprachen waren brillant, finden Sie nicht?« sagte David Grenville über den Tisch. »Ich bezweifle, daß in New York in diesem Jahr eine erlesenere Schar von Gästen Reden halten wird.«

»Da haben Sie wahrscheinlich recht«, erwiderte Townsend. Er dachte momentan an nichts anderes als daran, wie lange er noch hier herumsitzen mußte, ehe Mrs. Beresford ihm nach Hause zu gehen erlaubte. Ein Blick auf E. B. ließ ihn erkennen, daß ihre Augen angespannt auf dem Honoratiorentisch hafteten.

»Keith«, ertönte eine Stimme hinter ihm. Er drehte sich um und fand sich in der heftigen Umarmung wieder, für die der Bürgermeister von New York bekannt war. Townsend fügte sich in das Schicksal, daß es einige Nachteile mit sich brachte, Eigentümer des *Star* zu sein.

»Guten Abend, Herr Bürgermeister«, sagte er. »Wie schön, Sie wiederzusehen. Darf ich Sie zu Ihrer brillanten Rede beglückwünschen?«

»Danke, Keith. Aber das ist nicht der Grund, weshalb ich mit Ihnen sprechen möchte.« Er tippte mit einem Finger auf Townsends Brust. »Warum habe ich das Gefühl, daß Ihr Chefredakteur etwas gegen mich hat? Ich weiß, daß er Ire ist, aber ich möchte Sie bitten, den Mann doch einmal zu fragen, wie ich eine weitere Gehaltserhöhung für die New Yorker Polizei ermöglichen soll, wo die Stadt bereits jetzt das ganze Geld für dieses Jahr ausgegeben hat. Möchte er eine neue Steuererhöhung? Oder bloß den Bankrott New Yorks?«

Townsend hätte dem Bürgermeister gern vorgeschlagen, er

solle sein Problem mit der Polizei von E. B. lösen lassen, doch als David Dinkins endlich verstummte, versprach Keith dem Bürgermeister, sich gleich am nächsten Morgen mit dem Chefredakteur zu unterhalten. Er versäumte jedoch nicht, Dinkins darauf hinzuweisen, daß es stets seine goldene Regel gewesen sei, sich nicht in die redaktionellen Belange seiner Zeitungen zu mischen.

E. B. zog eine Braue hoch, was Keith verriet, wie gründlich sie seine Akten studiert haben mußte.

»Ich bin Ihnen sehr dankbar, Keith«, sagte der Bürgermeister. »Ich war sicher, daß Sie meine Lage verstehen, wenn ich Ihnen erst erklärt hatte, wogegen ich ankämpfen muß – obwohl ich natürlich nicht erwarten kann, daß Sie wissen, wie man sich fühlt, wenn man am Monatsende seine Rechnungen nicht bezahlen kann.«

Der Bürgermeister blickte über Townsends Schulter und verkündete mit lauter Stimme: »Also, das ist mal ein Mann, der mir nie irgendwelche Schwierigkeiten macht!«

Townsend und E. B. drehten sich um und sahen, wen Dinkins meinte. Er deutete auf Armstrong.

»Ich nehme an, Sie sind alte Freunde«, sagte er und streckte die Arme nach Armstrong und Townsend aus. Einer der beiden hätte darauf vielleicht geantwortet, wäre Dinkins nicht bereits weitergegangen, um seine Wahlkampfrunde fortzusetzen. E. B. zog sich diskret ein Stückchen zurück – aber nicht so weit, als daß sie nicht jedes ihrer Worte hätte hören können.

»Wie geht es Ihnen, Dick?« fragte Townsend, den Armstrongs Wohlergehen nicht im mindesten interessierte.

»Könnte nicht besser sein.« Armstrong drehte den Kopf ein wenig und blies einen Schwall Rauch in Elizabeths Richtung.

»Es dürfte eine große Erleichterung für Sie sein, daß Sie sich endlich mit den Gewerkschaften einigen konnten.«

»Sie hatten letztendlich keine Wahl«, behauptete Armstrong. »Wären sie nicht auf meine Bedingungen eingegangen, hätte ich den Verlag dicht gemacht.«

Russell kam leise herbei und stellte sich hinter die beiden.

»Aber diese enormen Kosten!« sagte Townsend.

»Ich kann sie mir durchaus leisten«, versicherte Armstrong. »Jetzt erst recht, wo die Zeitung von Woche zu Woche mehr Gewinn macht. Ich hoffe für Sie, daß Sie das irgendwann auch mit der Multi Media schaffen.«

»Gewinn zu machen war für die Multi Media von Anfang an kein Problem«, log Townsend. »Die Unternehmensgruppe erwirtschaftet so viel, daß meine größte Sorge darin besteht, genügend Personal zu finden, um das Geld auf die Bank zu bringen.«

»Ich muß zugeben, daß Sie Mut bewiesen haben, als Sie für dieses Cowboy-Unternehmen die drei Milliarden beschafft haben. Ich hatte Henry Sinclair nur anderthalb Milliarden angeboten – und das auch erst, nachdem meine Finanzexperten die Bücher gründlichst durchgegangen waren.«

Unter anderen Umständen hätte Townsend seinen Konkurrenten vielleicht daran erinnert, daß dieser ihm im vergangenen Jahr beim Bankett des Oberbürgermeisters in der Guildhall einen Betrag von zweieinhalb Milliarden genannt hatte – wobei von einem Einblick in die Bilanzen keine Rede gewesen war. Doch solange E. B. sich nur zwei Schritte entfernt befand, hielt Keith lieber den Mund.

Armstrong zog tief an seiner Zigarre, ehe er seine nächste, wohlgeprobte Zeile zum besten gab: »Haben Sie immer noch Zeit genug, um darauf zu achten, daß meine Anteile am *Star* guten Gewinn bringen?«

»Mehr als genug, danke«, erwiderte Townsend. »Auch wenn der *Star* nicht die Auflagenhöhe der *Tribune* hat – ich bin sicher, angesichts der Gewinne des *Star* würden Sie die *Tribune* liebend gern dagegen tauschen.«

»Ich kann Ihnen versichern«, entgegnete Armstrong, »daß die *Tribune* heute in einem Jahr den *Star* in beiden Belangen überrundet hat.«

Jetzt war es Russell, der eine Braue hochzog.

»Nun, dann wollen wir heute in einem Jahr den Vergleich anstellen. Bis dahin dürfte der Stand der Dinge offensichtlich sein«, meinte Townsend.

»Solange mir hundert Prozent der *Tribune* und sechsundvierzig des *Star* gehören, kann ich nur der Sieger sein«, trumpfte Armstrong auf.

Elizabeth runzelte die Stirn.

»Falls die Multi Media tatsächlich drei Milliarden Dollar wert ist«, fuhr Armstrong fort, »müssen meine *Star*-Aktien mindestens hundert Millionen einbringen.«

»Wenn das der Fall ist«, hakte Townsend ein wenig zu schnell nach, »müssen meine Anteile gut hundert Millionen wert sein.«

»Dann wäre jetzt vielleicht der richtige Zeitpunkt für einen von uns beiden, den anderen aufzukaufen«, sagte Armstrong.

Beide Männer verstummten. Russell und Elizabeth blickten einander an.

»Und wie haben Sie sich das vorgestellt?« fragte Townsend schließlich.

Russell wandte seine Aufmerksamkeit wieder seinem Mandanten zu. Er war sich nicht ganz sicher, wie Keith reagieren würde. Auf diese Frage hatten sie keine Antwort geprobt.

»Na ja, ich würde meine sechsundvierzig Prozent des *Star* für – sagen wir, hundert Millionen Dollar veräußern.«

E. B. fragte sich, was Townsend erwidert hätte, wäre sie nicht hier gewesen.

»Kein Interesse«, entgegnete Keith. »Aber wissen Sie was? Wenn Sie den Wert Ihrer Anteile auf einhundert Millionen schätzen, überlasse ich Ihnen die meinen für dieselbe Summe.«

Drei Personen versuchten, nicht mit der Wimper zu zucken, während sie auf Armstrongs Reaktion warteten. Dick machte noch einen Zug an der Zigarre; dann beugte er sich vor und drückte sie in E. B.s Crème brûlée aus. »Nein«, sagte er schließlich und zündete sich eine neue Zigarre an. Er paffte einige Sekunden, ehe er hinzufügte: »Ich warte gern so lange, bis Sie Ihre Aktien auf den Markt werfen. Dann bekomme ich sie für ein Drittel dieses Preises. Auf diese Weise werde ich die beiden großen Zeitungen dieser Stadt kontrollieren. Und ich setze keine Preise für diejenigen aus, die erraten, welche der beiden Zeitungen ich zuerst einstelle.« Er lachte und wandte sich nun zum erstenmal seinem Anwalt zu. »Kommen Sie, Russell. Es ist Zeit zu gehen.«

Townsend konnte sich nur noch mit Mühe beherrschen.

»Geben Sie mir Bescheid, wenn Sie es sich anders überlegen«, sagte Armstrong laut und begab sich zum Ausgang.

Kaum war Armstrong sicher, außer Hörweite zu sein, wandte er sich an seinen Anwalt: »Dieser Kerl ist so scharf auf Bares, daß er versucht hat, mir seine Anteile anzudrehen!«

»Es hatte tatsächlich den Anschein.« Russell nickte. »Ich muß gestehen, damit hatte ich nicht gerechnet.«

»Welche Chance habe ich jetzt, mein *Star*-Aktienpaket zu verkaufen?«

»Kaum eine«, erwiderte Russell. »Nach diesem Gespräch wird es nicht lange dauern, bis die ganze Stadt weiß, daß Townsend verkaufen will. Dann wird jeder andere potentielle Käufer annehmen, daß Sie beide versuchen, Ihre Aktien an den Mann zu bringen, bevor es dem anderen gelingt.«

»Und wenn ich meine Aktien auf den Markt gäbe – wieviel würden sie einbringen? Was meinen Sie?«

»Wenn Sie so viele Wertpapiere sturzflutartig auf den Markt werfen, würde jeder vermuten, daß Sie die Aktien aus irgendeinem Grund loswerden wollen. In diesem Fall könnten Sie von Glück reden, wenn Sie zwanzig Million dafür bekämen. Zu einem erfolgreichen Verkauf bedarf es eines willigen Käufers und eines zögernden Verkäufers. Derzeit jedoch sieht es ganz so aus, als gäbe es nur zwei verzweifelte Verkäufer.«

»Was habe ich dann noch für Alternativen?« fragte Armstrong, während sie zur Limousine gingen.

»Er hat uns so gut wie keine Alternative gelassen«, erklärte E. B. »Ich muß einen Dritten finden, der bereit ist, Ihre Anteile am *Star* zu kaufen – und das rasch, ehe Armstrong sich gezwungen sieht, seine Aktien auf den Markt zu werfen.«

»Warum?« fragte Townsend.

»Weil ich das Gefühl habe, daß Mr. Armstrong sich in noch größeren Schwierigkeiten befindet als Sie – was schon eine Kunst für sich ist.«

»Wie kommen Sie darauf?«

»Ich habe Armstrong keine Sekunde aus den Augen gelassen. Kaum waren die Reden beendet, konnte er gar nicht schnell genug an unseren Tisch kommen.«

»Und was beweist das?«

»Daß er nur einen Gedanken hatte: Ihnen seine *Star*-Aktien anzudrehen.«

Ein dünnes Lächeln flog über Townsends Züge. »Kaufen wir sie doch«, schlug er vor. »Wenn ich seine Anteile in die Hände bekäme, könnte ich ...«

»Mr. Townsend, denken Sie nicht einmal daran!«

Financial Times

1. November 1991

Aktien der Zeitungskonzerne im freien Fall

Townsend stieg in die Maschine nach Honolulu, als Elizabeth Beresford bereits den halben Atlantik überflogen hatte. Während der vergangenen drei Wochen war Townsend den schlimmsten Prüfungen seines Lebens unterzogen worden – und wie bei allen Prüfungen dauerte es noch eine Zeitlang, bis die Ergebnisse bekanntgegeben wurden.

E. B. hatte Keith über jeden Aspekt eines jeden Geschäfts ausgefragt, mit dem er je zu tun gehabt hatte; sie hatte sich eingehend damit befaßt und die kleinsten Details nachgeforscht. Sie wußte jetzt mehr über Keith als seine Mutter, seine Frau, seine Kinder und das Finanzamt zusammen. Tatsächlich fragte sich Keith, ob es irgend etwas über ihn gab, was E. B. nicht wußte – von seinen Erlebnissen im Schulpavillon mit der Tochter des Direktors einmal abgesehen. Und falls er auch dafür hätte bezahlen müssen, würde E. B. zweifellos darauf bestehen, die genauen Einzelheiten der Transaktion zu erfahren.

Wenn er des Abends völlig erschöpft in seine Wohnung kam, ging er mit Kate die aktuelle Lage durch. »Ich bin mir nur in einer Sache sicher«, wiederholte er mehrmals. »Ob ich überlebe oder nicht, liegt völlig in den Händen dieser Frau.«

Sie hatten den ersten Schritt abgeschlossen: E. B. hatte sich vergewissert, daß Keiths Unternehmen grundsätzlich solvent war. Dann hatte E. B. sich sogleich dem zweiten Schritt zugewandt: dem Verkauf von Aktiva. Als sie Townsend mitteilte, daß Mrs. Summers ihre Anteile am *New York Star* zurückerwerben wollte, hatte er sich, wenngleich widerstrebend, damit einverstanden erklärt. Aber zumindest gestattete E. B. ihm, im Besitz der Aktienmehrheit des *Melbourne Courier* und der *Adelaide Gazette* zu bleiben. Er mußte jedoch den *Perth Sunday Monitor* und den *Continent* abstoßen, um die *Sydney Chronicle* behalten zu können. Auch seine Minderheitsbeteiligung an seinen australischen Fernsehkanälen – sowie alle Tochtergesellschaften der Multi Media, die keine Gewinne versprachen – mußte er aufgeben, um weiterhin die *TV News* herausgeben zu können.

Gegen Ende der dritten Woche hatte E. B. den Striptease beendet, und Keith stand nun fast nackt da. Und das alles wegen eines einzigen Anrufs. Er fragte sich, wie lange diese Worte ihn noch verfolgen würden:

»Dürfte ich mich erkundigen, welche Summe Ihnen vorschwebt, Mr. Townsend?«

»Ja, Herr Botschafter. Drei Milliarden Dollar.«

E. B. brauchte Keith nicht zu erinnern, daß erst noch die Pressemitteilung in Erwägung gezogen werden müsse, ehe sie zum dritten Schritt übergehen konnte.

Sooft sie diese Pressemitteilung auch aufsetzten und neu formulierten, an der Aussage änderte sich nichts. Die Global Corporation mußte einen Vergleich nach Paragraph 11 des Bundeskonkursgesetzes anmelden und das Liquidationsverfahren einleiten. Townsend hatte in seinem Leben kaum unangenehmere zwei Stunden verbracht. Er sah bereits die Schlagzeile des *Citizen* vor sich: »TOWNSEND BANKROTT!«

Als sie sich auf die Formulierung der Pressemitteilung geeinigt hatten, war E. B. bereit, sich dem nächsten Schritt zuzuwenden. Sie fragte Townsend, von welchen Banken er seiner Meinung nach am ehesten Verständnis für seine Lage erwarten konnte. Keith zählte sogleich sechs Kreditinstitute auf; dann fügte er weitere fünf hinzu, mit denen die langjährige Zusammenarbeit stets angenehm gewesen war. Mit den restlichen Banken, warnte er E. B., hatte er nie etwas zu tun gehabt, ehe er den Kredit für das Multi-Media-Geschäft aufgenommen hatte, und eine der Banken hatte bereits ihr Geld zurückverlangt, »komme was wolle«.

»Dann warten wir mit dieser Bank bis zum Schluß«, meinte E. B.

Als erstes konsultierte sie den Kreditchef der Bank, bei der Keith das höchste Darlehen aufgenommen hatte. Sie berichtete ihm in allen Einzelheiten von den rigorosen Maßnahmen, die sie Townsend aufgebürdet hatte. Der Kreditchef war beeindruckt und erklärte sich bereit, E. B.s Vorhaben zu unterstützen – aber nur, wenn alle anderen betroffenen Banken ebenfalls bei diesem Sanierungsplan mitmachten. Die nächsten fünf Banker brauchten etwas länger, bis sie ihr Einverständnis erklärten, doch sobald E. B. sich ihrer Kooperation versichert hatte, nahm sie sich die restlichen Banken vor, eine nach der anderen, und konnte stets wahrheitsgemäß darauf hinweisen, daß jedes Kreditinstitut, mit dem sie bisher verhandelt hatte, beim Sanierungsplan mitmachen würde. In London hatte E. B. sich bei Barclays, Midland Montagu und Rothschild angemeldet. Von dort wollte sie nach Paris weiterreisen, um mit der Crédit Lyonnaise zu verhandeln. Anschließend hatte sie Flüge nach Frankfurt, Bonn und Zürich gebucht.

Sie hatte Townsend versprochen, ihn umgehend anzurufen und ihm erste Erfolgsmeldungen mitzuteilen. Sollte sie jedoch in irgendeinem Stadium scheitern, würde sie den nächsten Flug nach Honolulu nehmen, um dort vor den versammelten Global-Repräsentanten zu sprechen – nicht über die langfristige Zukunft des Unternehmens, sondern um den Teilnehmern der Konferenz nahezulegen, nach Hause zu fliegen und sich neue Jobs zu suchen.

E. B. flog am Abend nach London – mit einem Koffer voller Ordner, einem Heftchen mit Flugtickets und einer Liste mit Telefonnummern, die es ihr ermöglichten, Townsend zu jeder Minute zu erreichen, Tag und Nacht. E. B. beabsichtigte, während der nächsten vier Tage sämtliche Banken und Geldinstitute zu besuchen, die über das Schicksal der Global Corporation entscheiden würden. Keith wußte, daß E. B. umgehend nach New York zurückkehren und seine Ordner in den dreizehnten Stock hinunterschikken würde, falls auch nur eine einzige Verhandlung fehlschlug. Das einzige Zugeständnis, auf das E. B. sich eingelassen hatte, bestand darin, Keith eine Stunde vorher zu benachrichtigen, bevor sie die Mitteilung an die Presse gab.

»Wenn Sie in Honolulu sind, werden Sie wenigstens nicht von der Weltpresse belagert«, hatte sie kurz vor ihrem Abflug nach Europa gesagt.

Townsend hatte sie schief angelächelt. »Wenn Sie die Mitteilung an die Presse geben, wird es keine Rolle spielen, wo ich bin. Die Zeitungsleute werden mich finden.«

Townsends Gulfstream landete bei Sonnenuntergang in Honolulu. Er wurde am Flughafen abgeholt und zum Hotel gebracht. Am Empfang wurde ihm eine Nachricht überreicht. »Alle drei

Banken in London haben sich mit dem Sanierungsplan einverstanden erklärt. Fliege jetzt nach Paris. E. B.«

Townsend packte seine Reisetasche aus, nahm eine Dusche und gesellte sich zum Abendessen zu seinen Direktoren, die aus aller Welt zu einem Treffen angereist waren, das ursprünglich als Gedankenaustausch über die Weiterentwicklung des Unternehmens in den nächsten zehn Jahren geplant war. Jetzt sah es ganz so aus, als könnte es dazu kommen, daß die Direktoren über den Bankrott in den nächsten zehn Tagen sprechen müßten.

Jeder am Tisch tat sein Bestes, eine unbeschwerte Miene aufzusetzen, obwohl die meisten während der vergangenen Wochen zu E. B. zitiert worden waren. Und nachdem Mrs. Beresford die Herren entlassen hatte, gaben sie sofort jegliche Hoffnung auf eine Erweiterung des Unternehmens auf. Während dieses Kreuzverhörs war nur ein einziges optimistisches Wort über E. B.s Lippen gekommen: »Fusion«. Sie hatte den Verwaltungschef der Gesellschaft und den Finanzleiter des Konzerns gebeten, einen provisorischen Plan für die Aussetzung der Konzernaktien und einen Antrag auf Vergleich auszuarbeiten. Es fiel den Herrn ungemein schwer, gleichmütig zu tun.

Nach dem Abendessen begab Townsend sich sofort zu Bett und verbrachte eine weitere schlaflose Nacht, für die er nicht dem Jetlag die Schuld geben konnte. Er hörte, wie um drei Uhr morgens eine Nachricht unter der Tür hindurchgeschoben wurde. Sofort sprang er aus dem Bett und riß nervös den Umschlag auf. »Die Franzosen haben sich einverstanden erklärt, wenn auch nach langem Zögern. Fliege jetzt nach Frankfurt. E. B.«

Um sieben Uhr kam Bruce Kelly zum gemeinsamen Frühstück. Bruce war vor kurzem nach London zurückgekehrt, um geschäftsführender Direktor und Vorsitzender des Vorstandsgremiums von Global TV zu werden. Er begann sofort, Townsend sein Leid zu klagen, daß sein größtes Problem darin bestehe, die skeptischen Briten dazu zu bringen, die hunderttausend Satellitenschüsseln zu kaufen, die derzeit in einem Lagerhaus in Watford darauf warteten, vom Einzelhandel bestellt zu werden. Seine neueste Idee war, die Schüsseln an die *Globe*-Leser zu verschenken. Townsend nickte nur, während er seinen Tee trank. Keiner der beiden erwähnte das eine Thema, das ihnen auf der Seele brannte.

Nach dem Frühstück begaben sie sich gemeinsam zum Restaurant hinunter, und Townsend ging von Tisch zu Tisch und plauderte mit seinen Verwaltungsleitern aus aller Herren Länder. Als er seine Runde gemacht hatte, war er zu der Ansicht gelangt, daß die Herrn entweder sehr gute Schauspieler waren oder keine Ahnung hatten, wie prekär die Lage wirklich war. Er hoffte, daß letzteres der Fall sein möge.

Den Einführungsvortrag übernahm Henry Kissinger. Er sprach über Kommunikationstechnologien und die Macht der neuen Medien. Townsend saß in der vordersten Reihe. Er wünschte sich, sein Vater würde noch leben und hier sein, um hören zu können, wie der ehemalige US-Außenminister über Möglichkeiten redete, die noch vor zehn Jahren unvorstellbar gewesen wären. Jetzt aber begann die Zukunft, in der die Global eine entscheidende Rolle spielen sollte. Townsends Gedanken schweiften zu seiner Mutter, die inzwischen über neunzig war, und er dachte an ihre Worte, als er vor vierzig Jahren zum erstenmal aus England heim nach Australien gekommen war. »Für mich sind Schulden, gleich welcher Art, immer schon unerträglich gewesen.« Sogar an ihren Tonfall konnte Keith sich noch erinnern.

Im Laufe des Tages ließ er sich bei so vielen Seminaren sehen, wie er zeitlich einrichten konnte, und verließ jedes mit den Worten »Arbeitseinsatz«, »Vision« und »Expansion« in den Ohren. Ehe er an diesem Abend ins Bett stieg, wurde ihm die neueste Nachricht von E. B. ausgehändigt. »Frankfurt und Bonn haben sich ebenfalls einverstanden erklärt, aber zu äußerst schwierigen Bedingungen. Bin unterwegs nach Zürich. Rufe Sie an, sobald ich die dortige Entscheidung kenne.« Keith verbrachte eine weitere schlaflose Nacht, in der er auf das Läuten des Telefons wartete.

Ursprünglich hatte er vorgeschlagen, daß E. B. von Zürich aus direkt nach Honolulu fliegen solle, um ihn persönlich über ihre Verhandlungen zu unterrichten. Doch sie hatte das für keine gute Idee gehalten. »Schließlich«, hatte sie Townsend erinnert, »wird es wohl kaum die Moral der Delegierten heben, wenn ich ihnen meinen Aufgabenbereich darlege.«

»Vielleicht würden die Herrn Sie für meine Geliebte halten«, meinte Townsend.

E. B. lachte nicht.

Nach dem Mittagessen am dritten Tag war Sir James Goldsmith an der Reihe, eine Rede zu halten. Doch kaum wurden die Lichter im Saal gedämpft, blickte Townsend immer wieder auf die Uhr und fragte sich besorgt, wann E. B. endlich anrief.

Sir James stieg, von stürmischem Applaus begleitet, auf die Bühne, und legte sein Manuskript aufs Rednerpult. Dann blickte er in den Saal und ließ den Blick über die Anwesenden schweifen, die er im Halbdunkel gar nicht mehr sehen konnte, und begann mit den Worten: »Es ist mir eine große Freude, zu einer Personengruppe reden zu dürfen, die für eines der erfolgreichsten Unternehmen der Welt arbeitet.« Townsend hörte sich aufmerksam Sir James' Ansichten über die Zukunft der Europäischen Gemeinschaft an sowie die Gründe für seinen Entschluß, sich für das Europaparlament einzusetzen. »Als gewähltes Mitglied werde ich die Gelegenheit haben ...«

»Entschuldigen Sie, Sir.« Townsend blickte auf und sah den Hoteldirektor neben sich stehen. »Sie haben einen Anruf aus Zürich. Die Dame sagt, es sei sehr dringend.« Townsend nickte und folgte dem Direktor rasch aus dem verdunkelten Saal auf den Korridor.

»Möchten Sie in meinem Büro mit der Dame reden?«

»Nein«, erwiderte Townsend. »Stellen Sie den Anruf bitte auf meine Suite durch.«

»Selbstverständlich, Sir«, sagte der Hoteldirektor, und Townsend stürmte zum nächsten Fahrstuhl.

Auf dem Korridor kam er an einem seiner Verwaltungsleiter vorüber, der sich offensichtlich wunderte, daß sein Chef den Saal bei Sir James' Vortrag verlassen hatte, wo er doch anschließend eine Dankesrede halten sollte.

Als Townsend seine Suite betrat, läutete bereits das Telefon. Er war froh, daß E. B. nicht sehen konnte, wie nervös er war, als er den Hörer abhob.

»Keith Townsend«, meldete er sich.

»Die Bank von Zürich hat sich mit dem Plan einverstanden erklärt.«

»Dem Himmel sei Dank!«

»Nicht so voreilig. Hören Sie erst mal an, zu welchem Preis. Sie verlangen drei Punkte über dem regulären Zinssatz, und zwar für die gesamte Laufzeit von zehn Jahren. Das wird die Global weitere siebzehneinhalb Millionen kosten.«

»Und was haben Sie dazu gesagt?«

»Ich habe diese Bedingungen akzeptiert. Die Schweizer waren clever. Sie konnten sich denken, daß sie zu den letzten gehörten, an die ich mich wandte; deshalb konnte ich mir sämtliche Erläuterungen und Argumente sparen.«

Keith nahm sich Zeit, ehe er die nächste Frage stellte. »Wie sehen meine Überlebenschancen jetzt aus?«

»Immer noch nicht besser als fünfzig zu fünfzig. Also wetten Sie kein Geld darauf.«

»Ich habe ja gar kein Geld«, erwiderte Townsend. »Sogar meine Kreditkarten haben Sie mir weggenommen! Erinnern Sie sich?«

E. B. schwieg.

»Kann ich noch irgend etwas tun?«

»Ja. Wenn Sie heute abend Ihre Abschlußrede halten, sorgen Sie auf jeden Fall dafür, daß kein Zweifel daran aufkommt, daß Sie der Chef des erfolgreichsten Medienkonzerns der Welt sind. Erwähnen Sie mit keinem Wort, daß Sie vielleicht schon wenige Stunden später einen Antrag auf Liquidation stellen müssen.«

»Und wann werde ich erfahren, was denn nun zutrifft?«

»Irgendwann im Laufe des morgigen Tages, würde ich sagen«, erwiderte E. B. »Ich rufe Sie sofort an, wenn ich mit Austin Pierson gesprochen habe.« Sie legte auf.

Armstrong wurde von Reg abgeholt und durch den Schneeregen von Heathrow nach London gefahren. Er ärgerte sich auch jetzt wieder darüber, daß die zivile Flugbehörde ihm nicht erlaubte, nach Einbruch der Dunkelheit seinen privaten Hubschrauber über dem Stadtgebiet zu benutzen. Im Armstrong-Haus angelangt, fuhr Dick mit dem Aufzug direkt zum Penthouse, weckte seinen Koch und befahl ihm, eine Mahlzeit zuzubereiten. Dick ließ sich Zeit, als er eine heiße Dusche nahm, und begab sich dreißig Minuten später im Morgenrock und mit einer Zigarre zwischen den Lippen ins Eßzimmer.

Ein gehäufter Teller Kaviar stand bereit. Noch ehe Dick sich setzte, hatte er sich mit den Fingern bereits eine Handvoll in den Mund gestopft. Während er weiteraß, griff er nach seinem Ordnerkoffer und nahm ein Blatt Papier heraus, das er vor sich auf den Tisch legte. Sofort begann er – zwischen Kaviar und Champagner – die Tagesordnung für die morgige Vorstandssitzung zu studieren.

Nach einigen Minuten schob er die Unterlagen zur Seite. Wenn er den ersten Punkt überstanden hatte – da war er ganz zuversichtlich –, würde er überzeugende Antworten auf alle Fragen haben, mit denen Sir Paul aufwarten konnte. Er schleppte sich ins Schlafzimmer, setzte sich, von mehreren Kissen gestützt, ins Bett und schaltete den Fernseher ein. Nachdem er auf seiner Suche nach irgendeinem Programm, das ihn ablenken konnte, durch die Sender gezappt hatte, schlief er bei einem Laurel-und-Hardy-Film schließlich ein.

Townsend nahm das Manuskript seiner Rede vom Beistelltisch, verließ die Suite und ging zum Fahrstuhl. Im Parterre angelangt, schritt er rasch zum Konferenzzentrum.

Lange ehe er den Ballsaal erreichte, konnte er das entspannte Geplauder der wartenden Delegierten hören. Bei Keiths Eintreten verstummten die gut tausend leitenden Angestellten und erhoben sich von ihren Plätzen. Keith schritt durch den Mittelgang zur Bühne und legte sein Manuskript aufs Rednerpult; dann blickte er hinunter auf die Anwesenden – eine Versammlung der fähigsten Männer und Frauen der Medienwelt, von denen manche bereits seit mehr als dreißig Jahren für ihn arbeiteten.

»Meine Damen und Herren, lassen Sie mich mit der Feststellung beginnen, daß die Global gar nicht besser für die Herausforderungen des einundzwanzigsten Jahrhunderts gerüstet sein könnte. Wir besitzen derzeit die Mehrheit an einundvierzig Fernseh- und Radiosendern, einhundertsiebenunddreißig Zeitungen und zweihundertneunundvierzig Zeitschriften. Und erst kürzlich haben wir ein neues Juwel in unsere Krone eingefügt: die *TV News*, das auflagenstärkste Magazin der Welt. Mit einem solchen Portefeuille ist die Global zum mächtigsten Kommunikationsimperium der Welt geworden. Unsere Aufgabe besteht nun darin, der führende Medienkonzern der Welt zu bleiben«, Keith machte eine bedeutungsvolle Pause, »und ich sehe ein Team von Männern und Frauen vor mir, die sich voll und ganz dafür einsetzen werden, der Global den Spitzenplatz in der Kommunikationsbranche zu erhalten. Im Laufe des nächsten Jahrzehnts ...« Townsend sprach weitere vierzig Minuten über die Zukunft des Konzerns und die Rollen, die sie alle darin spielen würden, und endete mit den Worten: »Es war ein Rekordjahr für die Global. Wenn wir uns nächstes Jahr wiedertreffen, werden wir unsere Kritiker mit einem *noch* besseren Ergebnis zum Schweigen bringen!«

Alle standen auf und klatschten. Doch als der Applaus allmählich verebbte, mußte Keith an ein anderes Treffen denken, das am nächsten Morgen in Cleveland stattfinden und bei dem nur eine einzige Frage beantwortet würde – ohne nachfolgende Jubelstürme.

Während die Delegierten sich erhoben, schlenderte Keith noch ein wenig im Saal umher und bemühte sich, einen entspannten Eindruck zu machen, als er sich von dem einen oder anderen seiner Geschäftsführer verabschiedete. Er konnte nur hoffen, daß die Damen und Herren bei der Rückkehr in ihre eigenen Territorien nicht von Journalisten der Konkurrenz empfangen würden, die sie fragten, weshalb sie Pleite gemacht hatten. Und das alles, weil ein Banker aus Ohio gesagt hatte: »Nein, Mr. Townsend, die fünfzig Millionen Dollar müssen termingerecht zurückbezahlt werden. Falls nicht, bleibt mir keine Wahl, als die Angelegenheit an unsere Rechtsabteilung weiterzugeben.«

Sobald er sich loseisen konnte, kehrte Keith in seine Suite zurück und packte. Ein Chauffeur fuhr ihn zum Flugplatz, wo seine Gulfstream startbereit wartete. Würde er vielleicht schon morgen in der Touristenklasse fliegen? Keith war sich der Anstrengungen der Konferenz gar nicht bewußt gewesen, doch er schlief schon tief und fest, kaum daß er sich angegurtet hatte.

Armstrong hatte sich vorgenommen, früh aufzustehen, damit ihm genügend Zeit blieb, verschiedene Unterlagen zu vernichten, die noch in seinem Safe lagen, doch er wurde erst durch das Läuten des Big Ben geweckt, kurz ehe die 7-Uhr-Fernsehnachrichten gebracht wurden. Armstrong verfluchte den Jetlag und plagte sich aus dem Bett. Bei dem Gedanken daran, was er noch alles erledigen mußte, brach ihm schon jetzt der Schweiß aus.

Er zog sich an und ging ins Eßzimmer, wo bereits der Frühstückstisch für ihn gedeckt war: Speck, Würstchen, Blutwurst und vier Spiegeleier. Dick spülte die Mahlzeit mit einem halben Dutzend Tassen schwarzem Kaffee hinunter.

Um sieben Uhr fünfunddreißig verließ er das Penthouse und fuhr hinauf zum elften Stock. Er schaltete die Lichter ein, schritt rasch den Korridor entlang, vorbei am Schreibtisch seiner Sekretärin, und gab seinen Kode ein. Als das Lämpchen von Rot auf Grün umsprang, schob er die Tür auf.

Dick beachtete den Stapel Post gar nicht, der ihn auf seinem Schreibtisch erwartete, sondern ging direkt zu dem massiven Safe in der hinteren Ecke des Büros. Hier mußte er einen längeren und komplizierteren Kode eingeben, ehe er die schwere Tür öffnen konnte.

Der erste Ordner, den er herausnahm, war mit *Liechtenstein* beschriftet. Er trug ihn zum Reißwolf und fütterte ihn damit, Seite um Seite. Dann kehrte er zum Safe zurück, holte den Ordner *Rußland (Buchverträge)* heraus, mit dem er ebenso wie mit dem ersten verfuhr. Dick hatte die Hälfte des Ordners *Vertriebsgebiete* durch den Reißwolf gejagt, als eine Stimme hinter ihm sagte: »Was, zum Teufel, tun Sie da?« Armstrong schwang herum und bekam voll den Strahl der Taschenlampe eines Wachtmanns ins Gesicht.

»Verschwinden Sie auf der Stelle, Sie verdammter Idiot!« brüllte Dick. »Und machen Sie die Tür hinter sich zu!«

»Tut mir leid, Sir«, entschuldigte sich der Wachtmann. »Niemand hat mir gesagt, daß Sie im Hause sind.« Als die Tür sich hinter dem Mann geschlossen hatte, beschäftigte Armstrong sich weitere vierzig Minuten damit, Unterlagen in den Reißwolf zu stekken, bis er seine Sekretärin kommen hörte.

Sie klopfte an die Tür. »Guten Morgen, Mr. Armstrong«, rief sie fröhlich. »Ich bin's, Pamela. Brauchen Sie Hilfe?«

»Nein!« brüllte er über den Lärm des Reißwolfs hinweg. »Ich komme gleich zu Ihnen raus.« Doch es dauerte noch fünfundzwanzig Minuten, bis Dick schließlich die Tür öffnete. »Wieviel Zeit habe ich noch bis zur Vorstandssitzung?« fragte er.

»Knapp über eine halbe Stunde«, antwortete Pamela.

»Rufen Sie Mr. Wakeham an, und sagen Sie ihm, er soll sofort zu mir kommen.«

»Der stellvertretende Vorsitzende ist heute verhindert, Sir«, erwiderte Pamela.

»Verhindert? Wieso?« brüllte Armstrong.

»Er hat sich die Grippe geholt, die zur Zeit bei uns grassiert. Mr. Wakeham hat sich auch schon beim Geschäftsführer entschuldigt, daß er heute nicht kommen kann.«

Armstrong trat an seinen Schreibtisch, blätterte in seinem

Adreßbüchlein nach Peters Telefonnummer und wählte. Das Telefon klingelte mehrmals, ehe sich eine Frauenstimme meldete.

»Ist Peter da?« polterte Armstrong.

»Ja, aber er liegt im Bett. Es geht ihm nicht gut. Der Arzt sagt, er muß ein paar Tage im Bett bleiben.«

»Holen Sie ihn ans Telefon!«

Es dauerte eine Weile, ehe eine kratzige, schwache Stimme fragte: »Bist du das, Dick?«

»Allerdings. Was, zum Teufel, soll das, daß du nicht an einer so wichtigen Vorstandssitzung teilnimmst?«

»Tut mir leid, Dick, aber die Grippe hat mich ziemlich schwer erwischt, und mein Arzt hat mir ein paar Tage Bettruhe verordnet.«

»Ist mir scheißegal, was dein Arzt dir verordnet hat!« fluchte Armstrong. »Ich will, daß du bei dieser Vorstandssitzung dabei bist! Ich brauche alle Unterstützung, die ich bekommen kann!«

»Na ja ... wenn du es für so wichtig hältst«, entgegnete Peter.

»Allerdings«, erwiderte Armstrong. »Also, sieh zu, daß du herkommst, und zwar schnell!«

Die Geräusche aus den äußeren Büros verrieten, daß es im Gebäude lebendig wurde. Armstrong blickte auf die Uhr: nur noch zehn Minuten bis zum Beginn der Sitzung, doch noch kein einziger Direktor hatte zu ihm hereingeschaut, um wie sonst vor Beginn der Gespräche ein wenig mit ihm zu plaudern oder sich zu vergewissern, daß sie mit Armstrongs Unterstützung ihres Vorschlags rechnen konnten, wie auch immer er lautete. Na ja, vielleicht wußten sie nur nicht, daß er schon zurück war.

Pamela kam ins Büro, sichtlich nervös, und legte einen dicken Ordner mit den Unterlagen für die heutige Sitzung auf Dicks Schreibtisch. Der erste Punkt der Tagesordnung lautete, wie Dick bereits in der Nacht gelesen hatte, »Der Pensionsfonds«, doch waren keine Notizen mit Erläuterungen für die Direktoren daran geheftet – ganz im Gegensatz zum zweiten Tagesordnungspunkt: die sinkende Auflagenzahl des *Citizen*, nachdem der *Globe* seinen Preis auf zehn Pence pro Exemplar gesenkt hatte.

Armstrong las weiter im Ordner, bis Pamela ihn darauf aufmerksam machte, daß es zwei Minuten vor zehn sei. Dick stemmte sich aus dem Sessel, klemmte sich den Ordner unter den Arm und trat zuversichtlich auf den Flur. Auf dem Weg zur Sitzungskammer begrüßten ihn mehrere Angestellte, die ihm entgegenkamen, mit einem respektvollen »Guten Morgen«. Dick dankte jedesmal mit einem freundlichen Lächeln und erwiderte den Gruß, obwohl er nicht immer genau wußte, wer die Betreffenden waren.

Die Tür der Sitzungskammer stand offen; deshalb konnte Dick die Direktoren miteinander flüstern hören, als er näher kam. Doch kaum betrat er den Raum, setzte eine geradezu gespenstische Stille ein, als hätte sein Erscheinen die Anwesenden gelähmt.

Townsend wurde von der Stewardeß geweckt, als die Gulfstream zum Anflug auf den Kennedy Airport ansetzte.

»Eine Mrs. Beresford ruft aus Cleveland an. Sie sagt, Sie warten auf Ihren Rückruf.«

»Ich komme soeben aus der Besprechung mit Pierson«, begann E. B. »Sie hat über eine Stunde gedauert, aber als ich Pierson verließ, hatte er sich noch immer nicht entschieden.«

»Sich nicht entschieden?«

»Nein. Er muß erst noch den Finanzausschuß der Bank konsultieren, ehe er eine endgültigen Entscheidung treffen kann.«

»Aber jetzt, da alle anderen Banken sich einverstanden erklärt haben, kann Pierson doch nicht...«

»Er kann, und vielleicht wird er auch. Bedenken Sie, daß er Direktor einer kleinen Bank in Ohio ist. Die Entscheidungen anderer Banken interessieren ihn einen feuchten Honig. Und so, wie in den letzten Wochen in den Zeitungen über Sie hergezogen wurde, hat er nur noch einen Gedanken.«

»Nämlich?«

»Sich abzusichern.«

»Aber ist ihm denn nicht klar, daß alle anderen Banken abspringen werden, wenn er nicht mitmacht?«

»Doch. Aber als ich ihm das zu bedenken gab, zuckte er nur die Schultern und sagte: ›In diesem Fall werde ich eben mit den anderen das Risiko eingehen müssen.‹«

Townsend fluchte los.

»Aber eines hat er mir versprochen«, unterbrach E. B. Keith's wüstes Gefluche.

»Was?«

»Daß er sofort anruft, wenn der Ausschuß eine Entscheidung getroffen hat.«

»Wie großherzig von ihm. Also, was soll ich tun, wenn die Entscheidung gegen mich ausfällt?«

»Die Presseerklärung abgeben, auf die wir uns geeinigt haben«, erwiderte E. B.

Townsend fühlte sich gräßlich.

Zwanzig Minuten später stürmte er aus dem Flughafengebäude. Der BMW wartete bereits auf ihn. Keith stieg ein, noch ehe der Chauffeur Zeit gefunden hätte, ihm die Tür zu öffnen. Als erstes schnappte er sich das Autotelefon, um seine Wohnung in Manhattan anzurufen. Kate mußte neben dem Apparat gewartet haben, denn sie meldete sich augenblicklich.

Ihre ersten Worte waren: »Hast du schon was aus Cleveland gehört?«

»Ja. E. B. war bei Pierson, aber er ist sich noch immer nicht schlüssig«, erwiderte Keith, als der Wagen sich in den dichten Verkehr am Queen's Boulevard einfädelte.

»Wie stehen die Chancen, daß er den Kredit verlängert?« wollte Kate wissen.

»Genau die gleiche Frage habe ich gestern E. B. gestellt, und ihre Antwort lautet ›fünfzig zu fünfzig‹.«

»Wie sehr ich doch wünschte, Pierson würde uns aus dieser Ungewißheit befreien!«

»Das wird er rasch genug – so oder so.«

»Denk daran, daß du mich als erste anrufst, sobald du von ihm gehört hast! Egal was er beschlossen hat.«

»Natürlich wirst du die erste sein, der ich Bescheid gebe«, versprach Keith und legte auf.

Als zweiten rief er Tom Spencer an, gerade als der BMW über die Queensboro-Brücke fuhr. Auch Tom hatte nichts Neues gehört. »Aber ich würde auch nicht damit rechnen, ehe E. B. Sie nicht informiert hat«, sagte er. »Das wäre nicht ihr Stil.«

»Sobald ich Piersons Entscheidung erfahren habe«, erklärte Keith, »sollten wir uns zusammensetzen und besprechen, was als nächstes getan werden muß.«

»Machen wir«, erwiderte Tom. »Sie brauchen mich bloß anzurufen, sobald Sie etwas erfahren haben. Ich komme dann sofort zu Ihnen.«

Der Chauffeur bog in die Madison Avenue ein und lenkte den BMW vorsichtig auf die rechte Fahrbahn, ehe er vor dem Verwaltungsgebäude der Global International hielt. Er staunte, als Mr. Townsend sich nach vorn beugte und ihm zum erstenmal seit zwanzig Jahren dankte. Doch als der Chauffeur die Tür öffnete und sein Chef »Goodbye« sagte, wirkte er ziemlich erschüttert.

Der Vorstandsvorsitzende der Global International überquerte rasch den Bürgersteig zum Eingang. Er begab sich direkt zu den Fahrstühlen und stieg in den ersten, der zum Parterre zurückkehrte. Obwohl es im Foyer von Global-Angestellten nur so wimmelte, versuchte keiner, sich Keith anzuschließen, außer einem Pagen, der nach ihm in den Lift sprang und einen Schlüssel im Schloß neben dem obersten Knopf drehte. Die Tür glitt zu, und der Fahrstuhl beschleunigte auf seinem Weg in die siebenundvierzigste Etage.

Als die Fahrstuhltür sich wieder öffnete, trat Townsend hinaus auf den flauschigen Teppichboden des Korridors der Chefetage und ging am Empfang vorüber. Das Mädchen hinter dem Schalter blickte auf und lächelte ihn an. Sie wollte gerade »Guten Morgen, Mr. Townsend« sagen, als sie seine grimmige Miene sah und es vorzog, den Mund zu halten.

Townsends Schritt stockte nicht, als die Glastür zu seinem Bürobereich zurückglitt.

»Gibt's Neuigkeiten?« war alles, was er sagte, als er am Schreibtisch seiner Sekretärin vorbei ins Chefzimmer schritt.

The Globe

5. November 1991

Suche nach vermisstem Zeitungsmagnaten

»Guten Morgen, meine Herren«, grüßte Armstrong mit munterer Stimme, doch sein Gruß wurde lediglich von vereinzeltem Murmeln erwidert. Sir Paul Maitland nickte knapp, als Armstrong sich auf den leeren Platz zu seiner Rechten setzte. Dick schaute sich bedächtig um. Alle Plätze am Vorstandstisch waren belegt, außer dem des stellvertretenden Vorsitzenden.

»Da alle anwesend sind, mit Ausnahme von Mr. Wakeham«, sagte Sir Paul und blickte auf seine Taschenuhr, »der sich bereits beim Verwaltungsvorstand entschuldigt hat, schlage ich vor, daß wir beginnen. Darf ich fragen, ob alle Anwesenden das Protokoll der Vorstandssitzung des vergangenen Monats als wahrheitsgetreue und einwandfreie Aufzeichnung anerkennen?«

Alle nickten, nur Armstrong nicht.

»Gut. Beim ersten Punkt der Tagesordnung geht es um ein Problem, das wir auf unserer kürzlich stattgefundenen Finanzausschußsitzung eingehend erörtert haben«, fuhr Sir Paul fort, »nämlich die derzeitige Lage unseres Pensionsfonds. Bei dieser Gelegenheit hat Mr. Wakeham sein Bestes getan, uns über seinen kurzen Besuch in New York zu unterrichten. Aber ich fürchte, mehrere Fragen sind immer noch unbeantwortet. Wir sind zu dem Schluß gelangt, daß nur unser oberster Konzernleiter uns genau unterrichten kann, was tatsächlich in New York vor sich gegangen ist. Ich bin erleichtert, daß Mr. Armstrong die Zeit gefunden hat, heute bei uns zu sein. Deshalb sollte ich vielleicht damit beginnen …«

»Nein, ich glaube, ich bin es, der beginnen sollte«, wurde er von Armstrong unterbrochen, »indem ich Ihnen genau erkläre, weshalb es mir unmöglich war, an der Vorstandssitzung letzten Monat teilzunehmen.« Sir Paul schürzte die Lippen, verschränkte die Arme vor der Brust und blickte auf den freien Stuhl am anderen Ende des Tisches.

»Ich bin an meinem Schreibtisch in New York geblieben, meine Herren«, fuhr Armstrong fort, »weil ich der einzige war, mit dem die dortigen Druckergewerkschaften zu Verhandeln bereit waren – und ich bin sicher, daß Peter Wakeham dies bei der Vorstandssitzung im vergangenen Monat bestätigt hat. Deshalb konnte ich bewerkstelligen, was einige Berichterstatter zu recht als Wunder bezeichnet haben.« Sir Paul blickte auf einen vor ihm liegenden Leitartikel in der *New York Tribune* aus der vergangenen Woche, in dem tatsächlich das Wort »Wunder« vorkam. »Überdies kann ich dem Vorstand nunmehr noch etwas anderes bestätigen, das Mr. Wakeham Ihnen auf meine Bitte hin mitteilen sollte, nämlich, daß die *Tribune* endlich über dem Berg ist und bereits seit letzten Monat einen positiven Beitrag zu unserer Gewinn- und Verlustbilanz leistet.« Armstrong legte eine kleine Pause ein, ehe er fortfuhr: »Und das zum erstenmal, seit wir diese Zeitung übernommen haben.« Mehrere Vorstandsmitglieder fühlten sich offenbar außerstande, in Armstrongs Richtung zu blicken; die Mienen anderer, die es taten, drückten keineswegs Billigung aus. »Ich finde, ich verdiene ein bißchen Lob für diese gewaltige Leistung«, sagte Armstrong, »statt der ständigen nörglerischen Kritik eines Vorsitzenden, dessen einzige Aktivitäten darin bestehen, die Enten auf den Epsom Downs zu füttern.«

Sir Paul schien protestieren zu wollen, doch Armstrong hob eine Hand und sagte mit lauter Stimme: »Gestatten Sie mir bitte, zu Ende zu reden.« Der Vorsitzende setzte sich stocksteif auf, umklammerte die Armlehnen seines Stuhls und blickte starr geradeaus.

»Nun, was den Pensionsfonds betrifft«, fuhr Armstrong fort, »der Geschäftsführer der Gesellschaft kann besser als ich bestätigen, daß wir einen beachtlichen Überschuß auf diesem Konto haben, von dem ich eine kleine Summe – völlig legal – für Investitionen in den Vereinigten Staaten benutzt habe. Es dürfte den Vorstand auch interessieren, daß ich vor kurzem vertrauliche Verhandlungen mit Keith Townsend führte, bei denen es um die Übernahme des *New York Star* ging.« Die meisten Direktoren wirkten bei dieser Erklärung wie mit der Keule getroffen, und diesmal wandten sich alle Armstrong zu.

»Es ist ein offenes Geheimnis«, fuhr Dick fort, »daß Townsend sich seit seiner verwegenen Übernahme von Multi Media – für die er drei Milliarden Dollar bezahlte – in großen finanziellen Schwierigkeiten befindet. Der Vorstand erinnert sich gewiß, daß ich im vergangenen Jahr empfohlen habe, für diesen Konzern nicht mehr als anderthalb Milliarden zu bieten. Im nachhinein stellt sich nun heraus, daß meine Schätzung zutreffend war. Nunmehr ist es mir gelungen, mir den katastrophalen Fehler Townsends zunutze zu machen und ihm ein Angebot für seine Anteile am *Star* zu unterbreiten, was man noch vor sechs Monaten für unmöglich gehalten hätte.«

Jetzt galt Dick die allgemeine Aufmerksamkeit.

»Dieser Coup wird die Armstrong Communications zum mächtigsten Medienverbund an der Ostküste Amerikas machen.« Um seine Worte einwirken zu lassen, legte Armstrong eine kurze Pause ein. »Dies wird sich auch auf unsere Unternehmen hier in Großbritannien positiv auswirken und uns zum Marktführer in Europa machen.«

Einige der Gesichter um den Tisch hellten sich auf, doch das des Vorsitzenden war nicht darunter. »Soll das heißen, daß dieses Geschäft mit Townsend bereits abgeschlossen wurde?« erkundigte er sich mit ruhiger Stimme.

»Es befindet sich in einer Vorabschlußphase, Herr Vorsitzender«, erwiderte Armstrong. »Doch ich würde nicht im entferntesten daran denken, eine so weitreichende Entscheidung ohne vorherige Zustimmung des Vorstands zu treffen.«

»Und was, genau, bedeutet ›Vorabschlußphase‹?« fragte Sir Paul.

»Townsend und ich hatten ein zwangloses Treffen mit unseren beiden Rechtsberatern auf neutralem Boden. Wir haben uns auf einen Betrag geeinigt, der für beide Seiten annehmbar ist, so daß unsere Anwälte nur noch die Verträge zum Unterzeichnen ausstellen müßten.«

»Dann haben wir also nichts Schriftliches?«

»Noch nicht«, erwiderte Armstrong. »Aber ich bin zuversichtlich, daß ich bis zur nächsten Vorstandssitzung alle nötigen Unterlagen zusammenhabe.«

»Ich verstehe«, sagte Sir Paul trocken. Er öffnete einen Ordner, der vor ihm lag. »Dennoch schlage ich vor, daß wir jetzt zu Punkt eins der heutigen Tagesordnung zurückkommen, insbesondere auf den derzeitigen Kontostand des Pensionsfonds.« Er warf einen Blick auf seine Notizen und fügte hinzu: »Von dem in der letzten Zeit Abbuchungen in einer Gesamthöhe von vierhundertund …«

»Und ich kann Ihnen versichern, daß dieses Geld gut angelegt wurde.« Wieder ließ Armstrong den Vorsitzenden nicht ausreden.

»Und wie, wenn ich fragen darf?« erkundigte sich Sir Paul.

»Zur Zeit habe ich die genauen Einzelheiten nicht schriftlich zur Hand«, entgegnete Armstrong. »Aber ich habe unsere Finanzabteilung in New York bereits damit beauftragt, einen detaillierten Bericht aufzusetzen, damit die Vorstandsmitglieder sich noch vor der nächsten Sitzung ein genaues Bild der Lage machen können.«

»Wie interessant«, meinte Sir Paul. »Als ich bei unserer Finanzabteilung in New York anfragte – und zwar erst gestern abend –, hatte man dort keine Ahnung, wovon ich überhaupt sprach.«

»Das liegt daran, daß ein kleines, internes Team mit dieser Aufgabe betraut wurde. Ich habe besagtes Team angewiesen – aufgrund der Brisanz einiger in Aussicht stehender Geschäfte –, keinerlei Einzelheiten verlauten zu lassen. Deshalb kann ich ...«

»Verdammt!« Sir Pauls Stimme hob sich beachtlich. »Ich bin der Vorstandsvorsitzende dieses Unternehmens und habe das Recht, über jegliche Entwicklung informiert zu werden, die Zukunft unserer Gesellschaft betreffend.«

»Nicht, wenn dies meine Chancen beeinträchtigt, ein lohnendes, größeres Geschäft an Land zu ziehen!«

»Ich bin kein Nachbeter!« empörte sich Sir Paul und wandte sich zum erstenmal Armstrong direkt zu.

»Das habe ich auch nicht angenommen, Herr Vorsitzender. Aber es gibt Zeiten, da Entscheidungen *sofort* getroffen werden müssen, während Sie leider in Ihrem Bett liegen und tief und fest schlafen!«

»Ich hätte absolut nichts dagegen, in einem solchen Fall geweckt zu werden!« Sir Paul blickte Armstrong noch immer ins Gesicht. »So, wie ich beispielsweise vergangene Nacht von einem gewissen Monsieur Jacques Lacroix aus Genf geweckt wurde. Er hat mich darauf aufmerksam gemacht, daß er die Angelegenheit in die Hände der Anwälte seiner Bank legen müsse, falls bis heute abend vor Geschäftsschluß ein Kredit über fünfzig Millionen Dollar nicht zurückbezahlt würde!«

Mehrere Direktoren senkten die Köpfe.

»Lacroix wird das Geld vor heute abend bekommen«, behauptete Armstrong, ohne mit der Wimper zu zucken. »Das versichere ich Ihnen!«

»Und woher wollen Sie es diesmal nehmen?« fragte Sir Paul. »Denn ich habe die unmißverständliche Anweisung erteilt, daß dem Pensionsfond kein Cent mehr entnommen werden darf, solange ich Vorstandsvorsitzender bin! Unsere Anwälte haben mich darauf aufmerksam gemacht, daß jedes einzelne Vorstandsmitglied sich strafbar gemacht hätte, wäre dieser Scheck über fünfzig Millionen Dollar ausgezahlt worden.«

»Es war lediglich das Versehen eines unserer neuen Buchhalter, der den Scheck der falschen Bank vorlegte. Der Mann wurde noch am selben Tag entlassen.«

»Aber Monsieur Lacroix hat mich darüber informiert, daß Sie den Scheck höchstpersönlich vorlegten. Als Beweis habe er eine unterschriebene Quittung!«

»Glauben Sie wirklich, ich hätte in New York nichts Besseres zu tun, als Schecks zu deponieren?« Armstrong starrte Sir Paul in die Augen.

»Um ganz ehrlich zu sein, ich habe keine Ahnung, was Sie tun, wenn Sie in New York sind – allerdings sollte ich nicht verschweigen, daß die Erklärung Peter Wakehams bei der letzten Sitzung nicht glaubhaft war.«

»Welche Erklärung?« fragte Armstrong.

»Auf welche Weise Gelder aus dem Pensionsfonds auf Konten der Bank of New Amsterdam und der Chase Manhattan Bank gelangt sind.«

»Was wollen Sie damit andeuten?« brüllte Armstrong.

»Mr. Armstrong, wir wissen beide, daß die Chase Manhattan die Bank der Druckergewerkschaften in New York ist, und daß die Bank of New Amsterdam im Laufe des vergangenen Monats nach und nach die Anweisungen von Ihnen erhielt, unsere Anteile aufzukaufen. Inzwischen für mehr als siebzig Millionen Dollar! Und das, obwohl Mark Tenby, unser Prokurist, Sie darauf hingewiesen hat, daß der Erwerb von Wertpapieren einer unserer eigenen Firmen strafbar ist. Tenby sagte es Ihnen, als er Ihnen ein Scheckbuch für den Pensionsfonds ausstellte.«

»Er hat nichts dergleichen gesagt!« brüllte Armstrong.

»Ist das etwa ein weiteres Beispiel von ›Versehen‹?« entgegnete Sir Paul, »das zweifellos mit der Kündigung des Prokuristen gelöst werden kann?«

»Das ist absolut lachhaft!« knurrte Armstrong »Die New

Amsterdam kann diese Aktien für Gott-weiß-welche anderen Kunden erstanden haben!«

»Leider nicht«, widersprach Sir Paul und blickte in einen anderen Ordner. »Der Makler, der so freundlich war, meinen Anruf zu entgegenzunehmen, hat bestätigt, daß Sie ihm die eindeutige Anweisung erteilt haben, zu kaufen, um den Aktienpreis zu stützen, weil – mit Ihren eigenen Worten – Sie es sich ›nicht leisten können, daß die Aktienkurse noch tiefer fallen‹. Als er Sie warnte, wie teuer das kommen könnte, haben Sie offenbar zu ihm gesagt...« Wieder konsultierte Sir Paul seine Notizen. »... ›es ist mir scheißegal, was es kostet!‹«

»Dann steht sein Wort gegen meines!« stieß Armstrong hervor. »Wenn dieser Mann bei seiner Behauptung bleibt, werde ich eine Verleumdungsklage gegen ihn erheben.« Nach kurzer Pause fügte er hinzu: »In beiden Ländern.«

»Das wäre nicht sehr klug«, meinte Sir Paul, »denn jeder Anruf, der in dieser Abteilung der New Amsterdam eingeht, wird aufgezeichnet und registriert, und ich habe gebeten, mir eine Abschrift der Gespräche zu schicken.«

»Beschuldigen Sie mich der Lüge?« donnerte Armstrong.

»Gesetzt den Fall, ich würde es – würden Sie dann auch eine Verleumdungsklage gegen mich erheben?«

Einen Moment war Armstrong sprachlos.

»Ich sehe schon, daß Sie nicht die Absicht haben, irgendwelche meiner Fragen freimütig zu beantworten«, fuhr Sir Paul fort, »deshalb sehe ich mich gezwungen, als Vorstandsvorsitzender zurückzutreten.«

»Nein, nein!« protestierten einige Vorstandsmitglieder am Tisch.

Zum erstenmal erkannte Armstrong, daß er zu weit gegangen war. Wenn Sir Paul jetzt zurücktrat, würde binnen weniger Tage die ganze Welt von der prekären Finanzlage des Konzerns erfahren. »Ich hoffe aufrichtig, daß Sie es ermöglichen können, bis zur Jahreshauptversammlung im April Ihr Amt weiterzuführen«, sagte Armstrong leise, »damit wir zumindest eine ordentliche Übergabe vornehmen können.«

»Ich fürchte, dazu ist es bereits zu spät«, entgegnete Sir Paul.

Als er sich von seinem Platz erhob, blickte Armstrong auf. »Erwarten Sie, daß ich Sie auf den Knien anflehe?«

»Nein, Sir. Sie sind dazu ebensowenig imstande, wie die Wahrheit zu sagen.«

Armstrong sprang auf. Beide Männer fixierten einander eine Zeitlang, bis Sir Paul sich umdrehte und aus dem Zimmer ging. Seine Unterlagen ließ er auf dem Tisch zurück.

Armstrong ging zum Platz des Vorstandsvorsitzenden, sagte jedoch eine geraume Weile nichts, während sein Blick langsam über die Anwesenden schweifte. »Falls noch jemand gehen möchte«, sagte er schließlich, »ist jetzt die beste Gelegenheit.«

Einige Herren schoben nervös ihre Unterlagen herum; andere rutschten unruhig auf ihren Stühlen oder starrten auf ihre Hände, doch keiner machte Anstalten zu gehen.

»Gut«, sagte Armstrong. »Solange wir uns jetzt alle wie Erwachsene benehmen, wird Ihnen rasch deutlich, daß Sir Paul ohne tatsächliche Kenntnis der Lage voreilige Schlüsse gezogen hat.«

Niemand am Tisch schien das ernsthaft zu glauben. Eric Chapman, der Verwaltungschef, gehörte zu jenen, die den Kopf gesenkt hielten.

»Punkt zwei der Tagesordnung«, sagte Armstrong fest. Der Vertriebsleiter nahm sich Zeit, die Gründe darzulegen, weshalb die Absatzzahlen des *Citizen* während des vergangenen Monats so stark fielen; wie er meinte, würde sich dies rasch auf den Gewinn auswirken, den die Anzeigen einbrachten. »Da der *Globe* den Einzelpreis auf zehn Pence gesenkt hat, kann ich dem Vorstand nur raten, sich dafür auszusprechen, das gleiche zu tun.«

»Aber *wenn* wir das tun«, gab Chapman zu bedenken, »sinken die Erträge noch weiter.«

»Stimmt«, warf der Vertriebsleiter ein.

»Wir müssen ganz einfach die Nerven behalten und abwarten. Ich würde sagen, daß Townsend in einem Monat nicht mehr auf der Bildfläche ist. Dann können wir die Scherben aufsammeln und unsere Chance nutzen.«

Zwar nickten einige Direktoren; aber die meisten waren schon lange genug im Vorstand, daß sie sich erinnern konnten, was das letzte Mal geschehen war, als Armstrong etwas Ähnliches ausgemalt hatte.

Es dauerte noch etwa eine Stunde, die übrigen Punkte der Tagesordnung durchzugehen, und von Minute zu Minute wurde deutlicher, daß keiner der Männer am Tisch bereit war, sich direkt gegen den Präsidenten der Gesellschaft zu stellen. Als Armstrong schließlich fragte, ob es noch weitere Punkte gäbe, rührte sich niemand.

»Vielen Dank, meine Herren«, sagte er, stand auf, sammelte Sir Pauls Unterlagen ein und verließ rasch das Zimmer. Auf dem Weg zum Fahrstuhl sah er Peter Wakeham, den stellvertretenden Vorstandsvorsitzenden, der atemlos über den Flur auf ihn zueilte und Armstrong in dem Moment erreichte, als dieser in den Fahrstuhl stieg. »Wenn du nur ein paar Minuten früher gekommen wärst, Peter«, Armstrong blickte zu ihm hinunter, »hätte ich dich zum Vorstandsvorsitzenden machen können.« Während die Fahrstuhltür zuglitt, lächelte er Peter noch einmal an.

Er drückte auf den obersten Knopf und wurde rasch zum Dach gebracht, wo sein Pilot an der Brüstung lehnte und sich eine Zigarette gönnte. »Heathrow!« brüllte Armstrong, ohne auch nur einen Gedanken an die Starterlaubnis zu verschwenden oder ob überhaupt ein Landeplatz frei war. Der Pilot drückte rasch die Zigarette aus und rannte zum Hubschrauber. Während sie über London flogen, dachte Armstrong über die Reihenfolge der bevorstehenden Ereignisse nach, falls ihm ein Wunder nicht doch noch die fünfzig Millionen Dollar bescherte.

Fünfzehn Minuten später landete der Hubschrauber auf dem Hangarvorfeld. Armstrong stieg vorsichtig aus und ging gemächlich zu seinem Privatjet.

Ein anderer Pilot, der oben auf der Treppe stand, begrüßte ihn, wartete auf Armstrongs Anweisung und erkundigte sich nach seinem Befinden.

»Danke, gut«, sagte Armstrong lediglich und ging nach hinten in die Maschine. Der Pilot nahm an, daß »Captain Dick« zu seiner Jacht in Monte Carlo wollte, um sich ein paar Tage zu erholen, und verschwand im Cockpit.

Die Gulfstream flog nach Süden. Während des zweistündigen Fluges machte Armstrong nur einen Anruf, und zwar mit Jacques Lacroix in Genf. Doch so sehr er ihn auch bat und zu überreden versuchte – die Antwort blieb: »Sie haben noch bis zum heutigen Geschäftsschluß Zeit, die fünfzig Millionen zurückzuzahlen. Mr. Armstrong. Falls Sie dazu nicht in der Lage sind, bleibt mir keine Wahl, als die Angelegenheit unserer Rechtsabteilung zu übergeben.«

New York Star

6. November 1991

PLATSCH!

»Ich habe den Präsidenten der Vereinigten Staaten auf Leitung eins und einen Mr. Austin Pierson aus Cleveland, Ohio, auf Leitung zwei. Mit wem möchten Sie zuerst sprechen?«

Townsend wies Heather an, welchen Anruf sie als ersten durchstellen sollte. Er griff nervös nach dem Hörer und vernahm eine ihm fremde Stimme.

»Guten Morgen, Mr. Pierson. Wie freundlich von Ihnen, mich anzurufen«, sagte Keith. Dann lauschte er angespannt.

»Ja, Mr. Pierson«, sagte er schließlich. »Selbstverständlich. Ich verstehe Ihre Lage vollkommen. Ich bin sicher, ich hätte unter diesen Umständen auch nicht anders gehandelt.« Dann hörte er sich noch aufmerksam die Gründe an, weshalb Pierson zu seiner Entscheidung gelangt war.

»Ich verstehe Ihr Dilemma und weiß es zu schätzen, daß Sie sich die Mühe gemacht haben, mich persönlich anzurufen.« Er legte eine kurze Pause ein. »Ich kann nur hoffen, daß Sie es nicht bereuen müssen. Leben Sie wohl, Mr. Pierson.« Er legte den Hörer auf und vergrub das Gesicht in den Händen. Plötzlich fühlte er sich vollkommen ruhig.

Als Heather von dem Schrei erschreckt wurde, hörte sie zu tippen auf, sprang hoch und flitzte in Townsends Büro, wo ihr Chef wie ein Verrückter herumsprang und rief: »Er hat zugesagt! Er hat zugesagt!«

»Bedeutet das, daß ich Ihnen endlich eine neue Smokingjacke bestellen darf?« fragte Heather.

»Ein halbes Dutzend, wenn Sie möchten.« Townsend nahm sie in die Arme. »Aber zuerst müssen Sie mir meine Kreditkarten wiederbeschaffen.« Heather lachte, und dann hopsten beide durchs Zimmer.

Weder sie noch Keith bemerkten, daß Elizabeth Beresford das Büro betrat.

»Darf ich annehmen, daß dies eine Art Ritual ist, wie es in den abgelegensten Bergregionen der Antipoden praktiziert wird?« erkundigte sie sich. »Oder könnte es eine einfachere Erklärung geben, die etwas mit der Entscheidung eines Bankiers in einem US-Bundesstaat des mittleren Westens zu tun hat?«

Abrupt blieben beide stehen und blickten E. B. an. »Es ist ein Ritual«, sagte Townsend, »und Sie sind die Göttin.«

E. B. lächelte. »Das freut mich zu hören«, sagte sie. »Heather, dürfte ich vielleicht kurz allein mit Mr. Townsend sprechen?«

»Selbstverständlich«, erwiderte Heather. Sie schlüpfte wieder in ihre Schuhe, verließ das Büro und schloß die Tür leise hinter sich.

Townsend fuhr sich mit der Hand durchs Haar, kehrte rasch zu seinem Bürosessel zurück, nahm Platz und versuchte, sich zu beruhigen.

»Ich möchte, daß Sie mir zuhören, Keith, und zwar sehr genau«, begann E. B., als sie sich gesetzt hatte. »Sie haben unwahrscheinliches Glück, denn Sie waren um Haaresbreite daran, alles zu verlieren.«

»Das ist mir bewußt«, erwiderte Townsend leise.

»Ich möchte, daß Sie mir versprechen, nie wieder für irgend etwas ein Kaufangebot zu machen, ehe Sie sich nicht mit der Bank beraten haben – und mit der Bank meine ich mich.«

»Darauf gebe ich Ihnen mein feierliches Wort.«

»Gut. Denn nun haben Sie zehn Jahre Zeit, um die Global auf eine solide Basis zu stellen und sie zu einer der konservativsten und meistgeachteten Institutionen ihrer Art auf der Welt zu machen. Vergessen Sie nicht, daß dies der fünfte Schritt unserer ursprünglichen Abmachung ist.«

»Wie könnte ich das je vergessen«, erwiderte Keith. »Und ich werde Ihnen für immer und alle Zeiten dankbar sein, Elizabeth, weil Sie nicht nur mein Unternehmen gerettet haben, sondern mich gleich dazu.«

»Es war mir eine Freude zu helfen«, erwiderte E. B., »aber ich werde meine Aufgabe erst als beendet betrachten, wenn ich höre, daß Ihre Aktien, vor allem von Ihren Kritikern, als Spitzenwerte erachtet werden, als *Blue chip*.«

Keith nickte ernst, als sie sich zu ihrem Aktenkoffer hinunterbeugte, einen Stapel Kreditkarten herausnahm und sie ihm reichte.

»Danke«, sagte er.

Ein Lächeln huschte über ihre Lippen. Sie erhob sich aus ihrem Sessel und reichte ihm über den Tisch die Hand. Townsend schüttelte sie. »Ich hoffe, wir sehen uns bald wieder«, sagte er, als er sie zur Tür begleitete.

»Ich hoffe nicht«, entgegnete sie. »Ich möchte nicht noch einmal so durch die Mangel gedreht werden wie in Ihrem Fall.«

In Heathers Büro wandte sie ihm das Gesicht zu. Einen Augenblick überlegte Keith, ob er sie auf die Wange küssen sollte, ließ es dann aber lieber. Er blieb bei Heathers Schreibtisch stehen, als E. B. seiner Sekretärin auf die gleiche förmliche Weise die Hand schüttelte. Dann blickte sie noch einmal zu Keith hinüber, nickte und ging ohne ein weiteres Wort.

»Was für eine Frau!« sagte Townsend und starrte auf die geschlossene Tür.

»O ja!« hauchte Heather mit neidischem Unterton. »Sie hat mich sogar noch einiges über Sie gelehrt.«

Townsend wollte gerade fragen, um was sich dabei handelte, als Heather sich erkundigte: »Soll ich jetzt das Weiße Haus zurückrufen?«

»Ja, bitte gleich. Ich hatte es ganz vergessen. Und wenn ich fertig bin, dann wählen Sie doch bitte Kates Nummer für mich – nein, lassen Sie's, das mache ich selbst.«

Als Keith in sein Büro zurückkehrte, stand Elizabeth auf dem Flur und wartete, daß einer der sechs Fahrstühle ins Obergeschoß gelangte. Sie war in Eile, zur Bank zu kommen und ihren Schreibtisch aufzuräumen – sie hatte während des letzten Monats nicht ein Wochenende zu Hause verbracht und ihrem Mann versprochen, daß sie rechtzeitig zurück sein würde, um sich mit ihm die Schulaufführung anzusehen, in der ihre Tochter die Gwendolin spielte. Als endlich ein Fahrstuhl die Chefetage erreichte, stieg sie ein und drückte in dem Moment auf den Knopf für das Parterre, als sich die Tür eines anderen Aufzugs gegenüber im Korridor öffnete. Doch die Tür schloß sich zu schnell, als daß Elizabeth hätte erkennen können, wer herausgesprungen und in die Richtung von Townsends Büro gelaufen war.

Der Aufzug hielt auf der einundvierzigsten Etage. Drei junge Männer stiegen zu, die ihr lebhaftes Gespräch fortsetzten, als wären sie allein. Als einer Armstrongs Namen erwähnte, horchte

Elizabeth auf. Sie konnte nicht glauben, was sie da hörte. Jedesmal, wenn der Fahrstuhl hielt und weitere Personen in die Kabine kamen, schnappte Elizabeth weitere Informationen auf.

Ein atemloser Tom Spencer kam in Heathers Büro gestürmt. Er fragte nur: »Ist er da?«

»Ja, Mr. Spencer«, antwortete Heather. »Er hat soeben ein Gespräch mit dem Präsidenten beendet. Gehen Sie ruhig hinein.«

Tom schritt zur Chefsuite und riß die Tür in dem Augenblick auf, als Townsend eine Nummer auf seinem Privattelefon gewählt hatte. »Haben Sie die Neuigkeit gehört?« stieß Tom keuchend hervor.

»Ja«, erwiderte Keith und blickte auf. »Ich will gerade Kate anrufen und ihr sagen, daß Pierson sich einverstanden erklärt hat, die Laufzeit des Kredits zu verlängern.«

»Das freut mich zwar sehr, aber das ist keine Neuigkeit, sondern bereits Geschichte.« Tom ließ sich in den Sessel fallen, aus dem E. B. sich erst wenige Minuten zuvor erhoben hatte.

»Was meinen Sie damit?« fragte Keith. »Ich habe es doch selbst gerade erst erfahren.«

Aus dem Hörer erklang eine Stimme: »Hallo? Hier Kate Townsend.«

»Ich meine, ob Sie das von Armstrong gehört haben?«

»Armstrong? Nein, was führt er denn jetzt schon wieder im Schilde?« fragte Keith, ohne auf das Telefon zu achten.

»Hallo!« rief Kate erneut. »Ist da jemand?«

»Er hat Selbstmord begangen!« sagte Tom.

»Bist du das, Keith?« rief Kate.

»*Was* hat er?« fragte Townsend und ließ den Hörer auf die Gabel fallen.

»Er war offenbar bereits mehrere Stunden auf dem Meer vermißt gewesen. Vorhin erst haben einige Fischer seine Leiche an der Küste Sardiniens gefunden.«

»Armstrong ... tot?« Townsend drehte sich mit seinem Sessel um und starrte eine Weile wortlos aus dem Fenster über der Fifth Avenue. »Und meine Mutter hat ihn überlebt«, murmelte er schließlich.

Tom blickte ihn verwundert an.

»Ich glaube nicht, daß es Selbstmord war«, sagte Townsend.

»Wie kommen Sie darauf?« fragte Tom.

»Das wäre einfach nicht sein Stil. Der verdammte Kerl hat sich immer eingebildet, schlichtweg alles überstehen zu können.«

»Was immer es gewesen ist – in London geht alles drunter und drüber. Offenbar stammte Armstrongs schier endloser Nachschub an flüssigen Mitteln aus der Pensionskasse des Unternehmens. Er hat die Kasse nicht nur dazu benutzt, seine eigenen Anteile aufzukaufen, sondern auch, um die Gewerkschaften in New York auszuzahlen.«

»Die Pensionskasse des Unternehmens? Wovon reden Sie eigentlich?« fragte Townsend.

»Offenbar hat Armstrong entdeckt, daß viel mehr Geld auf dem Konto dieses Fonds war, als rechtlich erforderlich ist. Also machte er sich daran, das Geld abzuschöpfen, immer ein paar Milliönchen auf einmal, bis der Vorstandsvorsitzende dahinterkam und sein Amt niederlegte.«

Townsend langte nach einem internen Telefon und drückte auf drei Tasten.

»Was tun Sie da?« fragte Tom.

»Pssst!« Townsend legte einen Finger auf die Lippen. Als er eine Stimme am anderen Ende der Leitung hörte, fragte er: »Ist dort die Buchhaltung?«

»Ja, Sir«, antwortete jemand, der sofort den australischen Akzent des Anrufers erkannte. »Ich bin Hank Turner, der stellvertretende Prokurist.«

»Sie sind genau der Mann, den ich brauche, Hank. Aber sagen Sie mir zuerst einmal: Hat die Global ein gesondertes Konto für den Pensionsfond?«

»Selbstverständlich, Sir.«

»Und wie hoch ist der derzeitige Kontostand?«

Townsend wartete, während Hank Turner nachsah. E. B.s Fahrstuhl hatte den neunten Stock auf dem Weg zurück hinauf erreicht, als der stellvertretende Prokurist Townsend informierte: »Der Stand dieses Kontos betrug heute um neun Uhr früh siebenhundertdreiundzwanzig Millionen Dollar.«

»Und wieviel müssen wir dem Gesetz nach auf diesem Konto haben, um unseren Rentenverpflichtungen nachkommen zu können?«

»Knapp über vierhundert Millionen Dollar«, antwortete Hank. »Aber dank der geschickten Investitionsvorschläge unseres Anlageberaters sind wir der Inflation um einige Millionen voraus.«

»Demnach haben wir gut dreihundert Millionen Dollar mehr auf dem Konto, als in den Statuten festgelegt ist?«

»Das ist richtig, Sir, aber nach der rechtlichen Lage sind wir verpflichtet, jederzeit ...«

Townsend legte auf und bemerkte beim Hochblicken, daß sein Anwalt ihn ungläubig anstarrte.

E. B. trat aus dem Fahrstuhl auf den Korridor.

»Ich hoffe, Sie denken nicht, was ich glaube, daß Sie denken«, sagte Tom in dem Augenblick, da E. B. Heathers Büro betrat.

»Ich muß dringend mit Mr. Townsend reden«, sagte sie.

»Um Gottes willen! Sagen Sie jetzt bloß nicht, Pierson hat es sich noch einmal anders überlegt!« Heather blickte E. B. erschrocken an.

»Nein, es hat nichts mit Pierson zu tun. Es geht um Richard Armstrong.«

»Armstrong?«

»Ja. Seine Leiche wurde im Mittelmeer gefunden. Nach den ersten Berichten soll er Selbstmord begangen haben.«

»Großer Gott! Gehen Sie nur schnell hinein, Mrs. Beresford. Tom Spencer ist zur Zeit bei Mr. Townsend.«

E. B. ging zu Townsends Büro. Tom hatte die Tür offenstehen lassen, als er hineingestürmt war; deshalb konnte E. B. die hitzige Diskussion der beiden Männer hören. Als sie das Wort »Pensionsfonds« vernahm, erstarrte sie auf der Stelle und belauschte ungläubig das Gespräch zwischen Townsend und seinem Anwalt.

»Jetzt lassen Sie mich doch erst einmal ausreden, Tom«, sagte Townsend. »Was mir vorschwebt, hält sich durchaus innerhalb aller gesetzlichen Verpflichtungen.«

»Ich hoffe, Sie gestatten *mir* diese Entscheidung«, rief Tom.

»Angenommen, der Handel mit den Aktien der Armstrong Communications wird erst später am Nachmittag eingestellt ...«

»Das ist anzunehmen.« Tom nickte.

»Also wäre es dumm, wenn ich jetzt versuchen würde, diese Aktien zu kaufen. Derzeit wissen wir lediglich, daß Armstrong das Konto des Pensionsfonds geplündert hat. Wenn die Aktien demnach wieder auf den Markt kommen, wird ihr Kurs so tief im Keller sein wie nie zuvor.«

»Ich sehe trotzdem nicht, wie Ihnen das helfen könnte«, sagte Tom.

»Weil ich wie einer der Kreuzritter aus den guten alten Zeiten in der Rüstung der Rechtschaffenheit herangaloppieren und das Unternehmen retten werde.«

»Und wie wollen Sie das anstellen?«

»Ganz einfach. Indem ich die beiden Gesellschaften fusioniere.«

»Aber damit würden die Verantwortlichen sich niemals einverstanden erklären! Schon deshalb nicht, weil die Treuhänder des *Citizen*-Pensionsfonds kein weiteres Risiko eingehen ...«

»Vielleicht doch, wenn sie erfahren, daß der Überschuß in unserem Pensionsfonds die Verluste des ihren mehr als decken würde. Damit wären mühelos zwei Probleme auf einen Schlag gelöst. Erstens würde die britische Regierung ihre Nase nicht in ihr Rücklagenkonto stecken ...«

»Und zweitens?« fragte Tom, der immer noch sehr skeptisch war, als Townsend absichtlich eine kleine Pause einlegte.

»Zweitens könnten die Rentner unbeschwert in der sicheren Gewißheit schlafen, daß sie auch für den Rest ihres Lebens nicht am Hungertuch nagen müssen.«

»Aber die MMC, die Kartellaufsichtsbehörde, würde nie zulassen, daß Ihnen die zwei größten Zeitungen Großbritanniens gehören!« wandte Tom ein.

»Das mag ja sein, aber die Kartellaufsicht könnte nichts dagegen einwenden, wenn ich sämtliche regionalen Zeitungen Armstrongs übernehme, die mir von Rechts wegen ursprünglich sowieso gehören sollten.«

»Das würde die MMC vielleicht hinnehmen«, meinte Tom, »aber die Aktionäre würden ...«

»... würden sich nicht im geringsten um Armstrongs sechsundvierzig Prozent am *New York Star* scheren.«

»Sich darüber Gedanken zu machen kommt etwas verspätet«, sagte Tom. »Sie haben bereits die Gesamtkontrolle über diese Zeitung verloren.«

»Nein, noch nicht«, widersprach Townsend. »Wir gehen die Sache noch einmal durch. Ich bin ja nicht verpflichtet, die Papiere vor Montag zu unterzeichnen.«

»Aber was ist mit der *New York Tribune*?« fragte Tom. »Armstrong mag ja tot sein, aber Sie würden nur alle seine Probleme erben. Auch wenn er vehement das Gegenteil behauptet hat – die Zeitung macht einen wöchentlichen Verlust von mehr als einer Million Dollar.«

»Nicht, wenn ich tue, was Armstrong von Anfang an hätte tun sollen: den Verlag dichtmachen!« entgegnete Townsend. »Auf diese Weise schaffe ich ein Monopol in dieser Stadt, das niemals jemand in Frage stellen könnte!«

»Aber selbst wenn Sie mit der britischen Regierung und der Kartellaufsichtsbehörde einig würden – wieso glauben Sie, daß der Vorstand von Armstrong Communications bei Ihrem netten kleinen Plan mitmacht?«

»Weil ich nicht nur ihren Pensionsfonds auffüllen, sondern dem Management weiterhin die Kontrolle über den *Citizen* überlassen würde. Und wir würden auch das Gesetz nicht brechen, da der Überschuß in unserem Pensionsfonds das Defizit in ihrem mehr als deckt.«

»Trotzdem glaube ich immer noch, daß sie Ihre Übernahme mit allen Mitteln verhindern werden.«

»Nicht, wenn der *Globe* die fünfunddreißigtausend ehemaligen Angestellten und Arbeiter des *Citizen* jeden Morgen darauf hinweist, daß es für ihr Rentenproblem eine einfache Lösung gibt. Sie werden binnen weniger Tage vor dem Armstrong-Haus demonstrieren und verlangen, daß der Vorstand sich mit der Fusion einverstanden erklärt.«

»Aber Sie gehen davon aus, daß das Parlament mitmacht«, wandte Tom ein. »Denken Sie doch bloß an diese Labour-Abgeordneten, die Keith Townsend sogar noch mehr verabscheuen, als sie Armstrong verabscheut haben.«

»Dann muß ich mich eben dahinterklemmen, daß diese Abgeordneten säckeweise Briefe von ihren Wählern bekommen, in denen sie daran erinnert werden, daß die nächste Wahl bereits in wenigen Monaten stattfindet und daß die Abgeordneten, möchten sie wiedergewählt werden ...«

Keith blickte auf und sah E. B. in der Tür stehen. Sie starrte ihn auf die gleiche Weise an wie am ersten Tag ihrer Bekanntschaft.

»Mr. Townsend«, sagte sie, »vor weniger als einer Viertelstunde haben wir eine Abmachung geschlossen – eine Abmachung, auf die Sie mir Ihr feierliches Wort gaben! Oder reicht Ihr Gedächtnis nicht einmal *so* weit zurück?«

Keiths Wangen röteten sich leicht; dann legte sich langsam ein Lächeln auf sein Gesicht.

»Tut mir leid, E. B.«, entschuldigte er sich. »Ich habe gelogen.«

Titel der Originalausgabe: The Fourth Estate
Originalverlag: HarperCollins*Publishers*, London

Aus dem Englischen von Lore Straßl
Redaktionelle Bearbeitung: Wolfgang Neuhaus

Schutzumschlag und Einbandentwurf:
Guido Klütsch, Köln unter Verwendung eines Fotos
von Chuck Fishman, Image Bank
Satz: Typo Forum Gröger, Singhofen
Gesetzt aus der Baskerville book
Druck und Einband: Friedrich Pustet, Regensburg

Printed in Germany
ISBN 3-7857-0885-8

»Jeffrey Archer zählt zu den
zehn besten Erzählern der Welt«
Los Angeles Times

Jeffrey Archer
Der Aufstieg

Charlie Trumper, geboren im Londoner East End in ärmlichen Verhältnissen, hat einen Traum: Anstelle seines kleinen Karrens, mit dem er auf der Straße Obst und Gemüse verkauft, möchte er einmal das größte Kaufhaus der Welt besitzen. Mit Fleiß, Geschick, Verantwortungsgefühl und Mut zum Risiko macht Charlie sich daran, seinen Traum in die Wirklichkeit umzusetzen, allen Widerständen zum Trotz. Denn wenn man fest genug an sich glaubt, können einen selbst die ärgsten Feinde nicht aufhalten.

Aus dem Englischen von Lore Straßl
735 Seiten,
mit Buchkunstarbeiten von Achim Kiel,
gebunden mit Schutzumschlag

Gustav Lübbe Verlag

Archers internationaler Bestseller ist mehr
als nur ein Polit-Thriller.
Er ist ein rasantes literarisches Schelmenstück

JEFFREY ARCHER
DIE STUNDE DER FÄLSCHER

Wir schreiben das Jahr 1993, und der Verlierer des Golfkriegs plant die Vergeltung »Ich versuchte mich in Saddams Gedanken hineinzuversetzen«, erzählt Jeffrey Archer. »Ich versuchte mir vorzustellen, wie ich mich an Clinton rächen könnte, ohne Bomben zu werfen, ohne Hillary zu kidnappen. So kam ich auf die Idee, die Unabhängigkeitserklärung zu klauen. Sie ist solch ein Symbol der Freiheit für die Amerikaner. Können Sie sich vorstellen, daß sie Saddam in die Hände fiele? Können Sie sich vorstellen, wie die Leute reagieren würden – in Kalifornien, in Dallas, im Mittleren Westen? Ich kann's.«

Aus dem Englischen von Lore Straßl
448 Seiten,
gebunden mit Schutzumschlag

Gustav Lübbe Verlag